Scrittori italiani e stranieri

Enrico Brizzi

# Tu che sei di me la miglior parte

ROMANZO

MONDADORI

Dello stesso autore in edizione Mondadori

*Jack Frusciante è uscito dal gruppo*
*Bastogne*
*Il pellegrino dalle braccia d'inchiostro*
*In piedi sui pedali*
*Di furore e lealtà*
*Il matrimonio di mio fratello*

librimondadori.it
anobii.com

*Tu che sei di me la miglior parte*
di Enrico Brizzi
Collezione Scrittori italiani e stranieri

ISBN 978-88-04-67886-1


I edizione maggio 2018

# Tu che sei di me la miglior parte

Oh in che maniera posso mai cantarti
Sapendo che tu sei di me la miglior parte?
Cosa mi dà un elogio che a me stesso io faccia?
E che cos'è lodarti se non lodare me?
Proprio per questo allora dobbiamo separarci
Così che il nostro amore non sia più indivisibile
Ed io da te lontano possa infine donarti
Quello che ti è dovuto, e che tu sola meriti.

WILLIAM SHAKESPEARE

*Libro primo*

# L'ISOLA DEL GRAN CORSARO

## (1982-1987)

# 1

# Il giorno di San Giuseppe

Il giorno di San Giuseppe la maestra Gloria era assente. Al suo posto si era presentata una supplente giovane, magra magra e con gli occhi da faina; sfoggiava due grandi orecchini a triangolo che riflettevano la luce in maniera fastidiosa, e sembrava sempre sul punto di perdere la pazienza.

All'inizio provò a leggerci con la sua voce graffiante un capitolo di *Pippi Calzelunghe*, ma si irritò quasi subito perché in classe c'era troppo chiasso. Così ci ordinò di aprire il quaderno e scrivere un pensierino. Di solito mi ci mettevo di buona lena, ma appena dettò il titolo restai di sasso. "Descrizione di mio padre nel giorno della festa del Papà" era la traccia da sviluppare, e io non avevo molto da dire, perché Babbo era in cielo già da un po'.

Di lui non sapevo granché, a eccezione del fatto che si chiamava Leonardo Bandiera, che era stato architetto e che non era colpa sua se a un certo punto se n'era dovuto andare. Gli parlavo guardando le nuvole durante il giorno e le stelle la sera, come mi aveva insegnato a fare Mamma. Al mare, quando uscivo presto con lei a camminare lungo il bagnasciuga, i cumuli si distendevano paralleli all'orizzonte nel cielo d'un azzurro purissimo e la luce del mattino ne faceva baluginare gli strati superiori: allora potevamo finalmente vederla, la nuova casa di mio padre. Era un castello dalle mura d'oro zecchino e pepite in forma di tegole che navigava in cielo, e nel grande silenzio della spiaggia ancora deserta potevo urlare senza vergogna "Ciao Babbo", salutarlo con la mano, mandargli baci. Lei diceva che lassù Papà stava bene. «Ci protegge tutti» ripeteva, ma intanto le venivano le lacrime agli occhi. Lo sapeva benissimo che non era uguale ad avere un padre in carne e ossa, come il papà avvocato di Matteo Maria Selva o quello sempre sorridente di Athos Carboni, che faceva il pompiere e giocava centravanti nel Rapid, la squadretta del quartiere.

Quando mi sembrava di non ricordare più che faccia aveva il mio Babbo, mi allarmavo e correvo a controllare il ritratto di famiglia appeso in salotto dentro la cornice a nastri d'argento: c'eravamo tutti e tre, in quella immagine in bianco e nero scattata al mare, e io ero così piccolo che indossavo una canottiera di Dumbo e portavo ancora il ciuccio in bocca. Anche Mamma sembrava straordinariamente giovane, e le sue trecce bionde facevano pensare all'Olandesina della Mira Lanza. Mio padre invece era un uomo fatto e finito: il volto abbronzato era rischiarato da un sorriso ironico che i baffoni alla messicana non bastavano a nascondere, e la sua virilità era ulteriormente sottolineata da un poderoso paio di basette. Nel ritratto portava dei Persol dalle lenti fumé, un particolare che riconducevo direttamente alla sua professione: evidentemente agli architetti serviva guardare il mondo attraverso quel tipo di occhiali. Me lo figuravo al lavoro, impegnato a disegnare case su fogli enormi con il suo set imperiale di matite, pennarelli, pastelli a cera, acquerelli e chissà cos'altro.

Era un mestiere, il suo, che gli piaceva molto, ma purtroppo, prima che arrivasse un'altra estate, un camion aveva colpito la sua motocicletta e lui era volato via, proprio come l'elefantino dalle grandi orecchie. Io non andavo ancora all'asilo, e ci avevo messo un po' per capire che il mio Papà non sarebbe più tornato sulla Terra.

Non mi andava di scrivere queste cose per la supplente dagli occhi di faina. Per la maestra Gloria mi ci sarei anche messo volentieri, ma a quell'antipatica non mi andava di raccontare un bel niente.

Ero lì che pensavo al da farsi, quando mi accorsi che, nella fila avanti alla mia, Greta Reggiani piangeva a dirotto appoggiata alla spalla della sua compagna di banco. Ti credo: anche lei era senza babbo e non sapeva cosa scrivere.

«Che succede?» domandò la supplente quando se ne accorse. «Perché piangi, tu?»

Greta non fece neppure in tempo a dire "beo".

Al suo posto rispose dal primo banco Carlotta Caliceti, che veniva a scuola sempre con le trecce infiocchettate e un vestitino a quadretti da piccola tirolese: «Greta non può scrivere niente, perché non ha il babbo» annunciò in tono compìto. Poi si girò a indicarmi e, sfuggendo il mio sguardo, aggiunse: «E nemmeno Tommaso».

L'aveva detto come se si trattasse di denunciare una colpa o rivelare una malattia segreta, e la supplente restò interdetta. In classe era calato un gran silenzio, rotto soltanto dai singhiozzi di Greta.

Mi sentii avvampare, ma non volevo darla vinta a quella scema di Carlotta, così proposi: «Posso scrivere un altro pensierino, se vuole. Su mio nonno che lavora in Africa, o sui miei zii».

«È assurdo» replicò ottusa l'insegnante. «Tutti hanno un padre.»

«Sì, però...» si levò la voce addolorata del biondino Matteo Maria Selva.

«Greta non l'ha mai conosciuto» lo interruppe Carlotta con un sorrisino malevolo. «È figlia di una ragazza madre, lei.»

La Reggiani diede un singulto che mi fece pensare a un cucciolo colpito a tradimento; non mi era mai stata troppo simpatica, ma in quel momento sentii il bisogno di mostrarmi solidale. «Scusa tanto, perché non chiudi la ciabatta?» invitai la pettegola.

«Già» mi diede man forte Athos Carboni, e intimò minaccioso: «Fatti gli affari tuoi, scemadeguerr'!»

«Bandiera invece è orfano» andò avanti imperterrita la Caliceti.

Se c'era una parola che aveva il potere di farmi uscire dai gangheri era proprio quella.

«Orfano di padre» specificò, senza rendersi conto che stavo già uscendo dal banco, l'astuccio di cuoio fra le mani.

«Buono, Tommy» si raccomandò Selva. «Così passi dalla parte del torto.»

Troppo tardi: stavo già piombando alle spalle di Carlotta, e neppure l'urletto rabbioso della supplente ebbe il potere di arrestarmi.

La pettegola fece appena in tempo a vedermi mentre sollevavo l'astuccio a braccia tese, come aveva fatto quell'estate Dino Zoff con la Coppa del Mondo; un istante solo, quindi lo calai di piatto, a tutta forza, sulla sua testa infiocchettata.

Carlotta Caliceti finì con la faccia sul banco, quasi l'avessi centrata davvero con la coppa in oro massiccio, e iniziò a piangere disperata.

Solo a quel punto mi resi conto, esterrefatto, di quel che avevo combinato. Non ero uno che alzava le mani sulle femmine. Non a scuola, almeno. Di solito mi limitavo a torturare per gioco le mie cugine. Loro, però, non perdevano sangue dal naso, né strillavano che i loro genitori mi avrebbero denunciato, come ora stava facendo Carlotta, il viso deformato dalla rabbia.

Anche la supplente strillava come un'aquila. Mi chiamò "teppista", e venni sbattuto fuori dalla classe in mezzo a un gran trambusto.

Era la prima volta che mi succedeva in tre anni di scuola elementare, ma non ero del tutto dispiaciuto. Dal corridoio sentivo che Athos e Selva si sgolavano per darmi ragione; mi ero battuto per la giustizia come il Corsaro Nero o la volpe Robin Hood, ed ero pronto a scommettere che anche il mio Babbo, affacciato dal bordo della sua nuvola, stava guardando in giù orgoglioso di me.

# 2
# La famiglia Latini

Mamma si chiamava Alice Latini, lavorava come segretaria amministrativa all'università e arrossiva quando i negozianti la scambiavano per mia sorella. Aveva perso il marito ancora giovane, ma per fortuna nonna Sandra era viva e vegeta.

La matriarca viveva in un grande appartamento collocato in un palazzo a tre piani appena fuori porta Saragozza, uno stabile color ocra dai muri spessi come un maniero, costruito ai tempi del fascismo per alloggiare i dipendenti comunali; era lì che trascorrevo la maggior parte dei miei pomeriggi e le giornate di vacanza, e mi ci sentivo a casa più di quanto non mi capitasse nel trilocale all'ombra dello stadio che Mamma chiamava "casa nostra".

La domenica si andava a messa nella parrocchia di San Mamante, poi si filava da Nonna ad aspettare l'arrivo degli zii e dei cugini per il pranzo di famiglia.

Il maggiore dei fratelli di Mamma, zio Aldo, sedeva fisso a capotavola, nel posto che un tempo era spettato al padre, segno tangibile del suo ruolo di guida della tribù. Si era dato da fare sin da ragazzo per portare a casa i soldi necessari a mantenere i fratelli minori, e aveva conseguito la sua laurea in Medicina lavorando nel frattempo come maschera a teatro. Era chirurgo all'Ospedale Maggiore, un mestiere che Mamma e Nonna riassumevano in poche parole, adatte per descrivere le mansioni di Superman o di Batman: "Aldo salva la vita alle persone". A quarant'anni aveva un aspetto autorevole, sottolineato da un paio di mustacchi sale e pepe e da una pancia di notevoli dimensioni.

La sua risata aveva un che di tellurico e contagioso; se non lo conoscevi potevi persino spaventarti, nel ritrovartelo rosso in volto e senza fiato di fronte alle gag di certi attori televisivi; una volta che Beppe Grillo si era prodotto in un monologo particolarmente stralunato, lo zio si era ritrovato squassato da tali fremiti che aveva sfondato la sedia.

Zio Aldo si faceva serio e accigliato soltanto quando la radio trasmetteva la radiocronaca dei Veltri, la squadra di calcio cittadina. «Come sono caduti in basso, i nostri Rossoblù» scuoteva la testa, sconfortato. «Se penso che una volta si vincevano gli scudetti, mi viene da piangere». E quando la squadra retrocesse per la prima volta in serie B, lo sorpresi sul punto di scoppiare davvero in lacrime.

Aldo era sposato da prima che io nascessi con la fidanzata degli anni giovanili, zia Elisabetta, che aveva le borse di Louis Vuitton e parlava con l'erre moscia. «Vuol sempre fare la raffinata» accusava Mamma, e Nonna la invitava ad avere pazienza, la Betta era figlia di signori ed era cresciuta "in quella maniera". In ogni caso ad Aldo andava bene così, tanto che insieme a lei aveva messo al mondo i cugini Ettore e Valeria.

Con i suoi quattordici anni, Ettore era quasi un grande: giocava a tennis e studiava in una scuola chiamata ginnasio; sin da quando ero piccolo mi cedeva gli abiti dismessi, le scarpe passate di misura, i libri di Verne e Salgari, i Big Jim e le biciclette che via via sostituiva con modelli più evoluti.

Valeria, invece, era ancora alle medie. Nonna la chiamava "Madamina" e si preoccupava che imparasse i mestieri di casa; bionda e mite com'era, quando si ritrovava relegata a spazzare mi faceva pensare a Cenerentola. Con me era sempre gentile, e ogni volta che mi prendeva in braccio per leggermi una storia provavo una dolcezza strana. Il prurito che mi trasmettevano i suoi capelli e le sue gonne ruvide erano un tutt'uno con la felicità di adagiarmi addosso a lei, di sentire la sua voce vicinissima al mio orecchio. La cugina Valeria era l'unica persona al mondo dalla quale mi lasciassi chiamare "Tommasino", e il nostro rapporto speciale era suggellato da un segreto: davo per scontato che da grande l'avrei sposata.

Dopo Aldo veniva zia Paola. Mi aveva fatto impressione scoprire che era maggiore di mia madre soltanto d'un paio d'anni, perché ne dimostrava parecchi in più. Mamma portava gonne corte e camicette, lei golfini da vecchia e sottane pelose lunghe fin sotto il ginocchio. Paola insegnava Lettere alle medie di Sant'Agata, un paese della provincia di cui deprecava ogni aspetto: dalla rozzezza degli abitanti al clima infame, afoso d'estate e nebbioso d'inverno.

Ogni anno chiedeva un avvicinamento, ma il suo punteggio era sempre troppo basso; proprio come quello dei Rossoblù, che dodici mesi dopo la prima, drammatica retrocessione in seconda serie sprofondarono addirittura in serie C.

A confortarla, con i suoi modi burberi ma efficaci, provvedeva suo marito, il barbuto Camillo. Anche lui era un professore, ma insegnava Storia e Filosofia in città. Era iscritto a Democrazia proletaria, un partito che, secondo la definizione sconsolata di Nonna, radunava "i più comunisti dei comunisti". Da giovane, lo zio era stato ancora più stravagante; mia madre si domandava sempre come potessero essersi piaciuti quella sorella così castigata e un "indiano metropolitano" che ballava nudo ai concerti. Era un'immagine che non mancava di colpire la mia fantasia: avevo sempre visto zio Camillo vestito di tutto punto, con i pantaloni di velluto e il maglione a rombi, e proprio non me lo figuravo a scalmanarsi con le penne in testa, il tomahawk in pugno e il pisello al vento. Di quella vita selvaggia gli era rimasto il gusto per le vacanze itineranti: l'unico mezzo di trasporto contemplato durante le ferie estive era il camper, con buona pace di sua moglie che avrebbe preferito mettersi tranquilla in una pensioncina.

Paola e Camillo avevano due figlie, Anna e Rebecca, alle quali di recente si era aggiunto il cuginetto Ernesto.

Anna aveva la mia età, era smilza e fulva di capelli. Quando la sottoponevo alla tortura del solletico, m'intimava di lasciarla andare accusandomi di essere un porco maschilista. Era una ragazzina decisa, e una volta si era addirittura difesa a zoccolate. Rebecca, invece, era pasciuta in maniera sospetta e aveva sempre le lacrime in tasca. Tenderle agguati era una delle gioie della vita: quando arrivava a casa di Nonna mi acquattavo in un angolo buio coperto da un lenzuolo o da un plaid, e appena la intuivo vicina le piombavo addosso ringhiando come un molosso. «Adesso ti mordo!» annunciavo mentre lei strillava chiamando in soccorso nonna Sandra; quello era il momento di liberarsi del travestimento e darsela a gambe, ché la matriarca era cresciuta in campagna e aveva la mano svelta.

Quanto a Ernesto, quando io mi affacciavo alle elementari lui ancora vagava in girello. Bisognava portare pazienza prima di poterci giocare insieme, ma il frugoletto prometteva bene: appena nato era valso alla madre un bell'avanzamento in graduatoria, e sapeva già cantare «Compagni, avanti, iglà pattìto noi siamo dei lavolatòl!».

Il più giovane dei fratelli Latini, l'unico che non avesse ancora messo su famiglia, era zio Ianez. In verità si chiamava Giovanni, ma da quando il fratello maggiore gli aveva dato quel soprannome non se l'era più scollato di dosso. A Nonna non piaceva, ma era così che lo chiamavano gli amici e le ragazze che lo cercavano al telefono.

Ianez somigliava parecchio al fratello, ma era più alto, portava i capelli lunghi fino alle spalle, i baffi sottili e non aveva la pancia tondeggiante di Aldo: la sua era scolpita come quella di Big Jim.

Procedeva con cautela nel percorso universitario, un fatto che procurava angustia alle donne di casa.

«Ancora tre esami, e poi gli manca solo la tesi» si lamentava Nonna. «Se ci si mettesse d'impegno, in un anno sarebbe anche lui dottore.»

Quell'anno famoso, però, si allungava come la tela di Penelope. Sui codici, infatti, lo vedevo di rado. In compenso, ogni poche settimane partiva con una Leica al collo, un gigantesco zaino dal telaio in alluminio tutto graffiato e un registratore nel tascapane. Al ritorno sviluppava le immagini e spulciava i suoi quaderni d'appunti bevendo un sacco di caffè, poi cominciava a battere sulla vecchia Olivetti 22 dalla scocca color carta da zucchero che regnava al centro della scrivania. Quei fogli fitti di caratteri, carichi di ferite rimarginate a bianchetto, venivano imbustati e spediti alle diverse redazioni dalla posta di via XXI Aprile. Grazie a quel viaggio, si trasformavano in articoli messi in pagina con il suo vero nome, Giovanni Latini, stampato in fondo. Li mostrava a Nonna, quei giornali, sorridendo con aria sorniona: «Lo vedi, mammina? Qualcosa di buono sto combinando».

Ianez aveva amici a Milano e Roma, persino a Napoli e in Sicilia; aveva traversato tutta l'Europa in autostop, dalla Bretagna al Portogallo, dai Paesi proibiti al di là della Cortina di Ferro sino a un monte della Grecia vietato alle donne, e pure agli animali femmina. Se qualcuno pensava che s'inventasse frottole come Salgari, c'erano le foto a provare che le sue erano esperienze di prima mano.

Lo zio radunava i pezzi pubblicati sul ripiano centrale della libreria che chiamava "il mio archivio". Era l'unico settore del suo regno nel quale mi era espressamente proibito mettere le mani: per il resto, avevo libero accesso a tutte le pubblicazioni e i volumi stipati nella grande libreria a parete che correva lungo il lato opposto della stanza, compresi i fumetti con le parolacce di "Linus", "Comic Art" e "Corto Maltese", i patinati numeri di "Photo" con i ritratti delle donne nude e le guide di viaggio scritte in inglese e francese.

Ianez era l'unico membro di casa Latini che avesse una passione per i Paesi lontani: dopo l'exploit del viaggio di nozze alle Seychelles, infatti, la famiglia di zio Aldo trascorreva le estati sulle Dolomiti, Paola e Camillo scendevano in Abruzzo con il camper, mentre Mamma e Nonna si limitavano a portarmi tre settimane a Pinarella di Cervia.

Lui invece aveva dormito nell'abbazia di Mont Saint-Michel assediata dall'alta marea, e sotto una tenda fra i beduini del Sinai. Aveva visto con i suoi occhi Machu Picchu e il Taj Mahal, aveva mangiato piatti che a casa nessuno preparava mai: il souvlaki e il pollo tandoori, i cevapcici e il pulpo a la gallega. Aveva incontrato persone eccezionali, conosceva le vie del contrabbando e quelle dei pellegrini. Cosa importava che non si fosse ancora laureato? Lui padroneggiava le verità nascoste!

E io, ubriaco di racconti e sognanti odissee delle quali tracciavo i peripli a matita sull'atlante De Agostini, non vedevo l'ora di essere abbastanza grande per fargli da scudiero.

Anche nel corso delle trasferte più pericolose, in certi albergacci sulle rive del Congo, nella foresta del Nicaragua o a bordo delle rompighiaccio sovietiche in missione segreta al Polo Nord, Ianez avrebbe vegliato su di me, e un po' alla volta mi avrebbe insegnato a cavarmela da solo. Proprio come un padre.

# 3

# Il grumo di sangue

Il nostro cortile era una spianata compresa tra il marciapiede che bordava il palazzo di nonna Sandra e il labirinto degli orti.

In questo bucolico capolavoro del patriarca che non avevo mai conosciuto, file di lucenti pietre di luna separavano i corridoi calpestabili da due ritagli di terra nera e soffice, estrema memoria di una giovinezza che per i miei avi si era svolta in aperta campagna. Uno di quei minuscoli appezzamenti era consacrato a patate, rape rosse e ravanelli che Nonna metteva orgogliosamente in tavola; il secondo, a un magro filare di vite dai rami calcinati dal sole e i tralci ricci come code di porcellino. Quella vigna in miniatura era bastevole per farmi rivivere la tradizione della vendemmia e il gioco del pestare l'uva, che veniva lasciata a fermentare in cantina. La produzione, coordinata dagli zii Aldo e Ianez, bastava a rifornire la famiglia d'una mezza dozzina di bottiglie da aprire a Natale, feticci in vetro spesso nei quali era prigioniero un aspro Pignoletto che gli zii stessi, al momento del brindisi, ammettevano fosse pressoché imbevibile.

All'estrema periferia della minuscola vigna, spennacchiava una pianta del tutto incongrua, un giovane oleandro dai fiori vermigli che, mi si assicurava, era stato piantato in onore della mia nascita. Prendermene cura era il mio incarico specifico. «Guai però a toccare i fiori» mi ammoniva Nonna. «Son belli ma velenosi.» Secondo lei sarebbe cresciuto anno dopo anno insieme a me, ma io sospettavo che un giorno l'avrei superato: per quanto si facesse frondoso, non era tanto più alto d'un manico di scopa. Ianez, invece, diceva che presto l'oleandro avrebbe cominciato a crescere anche in altezza. «Vedrai che un giorno farà concorrenza alla Torre degli Asinelli» prometteva.

L'intero complesso era circondato da un muretto che faceva da base a una recinzione in pietra; alle opposte estremità del perimetro si aprivano due cancelli sormontati da punte di lancia, così da tenere lontani i pericoli del mondo.

Il biondino Matteo Maria Selva, di statura ridotta e snello come un ciclista, era il mio migliore amico e l'unico che conoscessi a possedere un computer ZX Spectrum, il galeone della Playmobil e il Tango, il pallone dei Mondiali di calcio, nella versione originale in cuoio.

Mamma diceva che era un bel bambino, un complimento che si giustificava con i suoi lineamenti regolari, il ciuffo che gli ricadeva sulla fronte e gli occhi azzurri presi dalla madre, una signora elegante e che andava sempre di fretta benché non facesse assolutamente niente. Il suo babbo era un avvocato e guidava una Mercedes color tabacco, ma la celebrità di famiglia era il padre di lui, che tutti chiamavano "il Senatore".

Il nonno del mio amico era una persona importante, e a volte Mamma mi mostrava la sua foto sul giornale: pezzo grosso del Partito comunista che controllava la città, Artemio Selva era riverito anche prima di trasferirsi a Roma.

La famiglia era sempre rimasta a Bologna, e viveva in una palazzina dai decori liberty.

Quanto a Matteo, per essere uno studente delle elementari si esprimeva con grande proprietà di linguaggio, tanto che finivi per dare corda a tutte le panzane che s'inventava. Sosteneva che nelle notti senza luna i piccioni si accoppiavano con le pantegane: era così che nascevano i pipistrelli!

Era più forte di lui: ogni due per tre banfava di favolose eredità, di tesori nascosti, di inviti ricevuti direttamente da suo cugino Indiana Jones per volare insieme sullo Space Shuttle, e io mi bevevo metà buona delle sue scemenze.

«Se mi voti, da grande sarò anch'io senatore» mi assicurò

un pomeriggio. «E farò una legge che i Veltri vincono di nuovo lo scudetto.»

L'idea era interessante: il ritorno del tricolore sul cuore delle casacche rossoblù avrebbe risollevato gli spiriti di tutti noi.

«Si può fare davvero una legge così?» indagai.

«Se te lo dico!» protestò. «Mi ha spiegato mio nonno come si fa» disse con aria competente.

Per me potevamo già considerarci d'accordo. «Facciamolo sul serio» lo incoraggiai. «Io ti voto e tu fai la legge.»

Volle stringermi la mano a sancire il nostro patto.

«Non dirlo a nessuno, però» pretese. «Lo sai che Athos tifa le Zebre, e poi cerca di metterci i bastoni fra le ruote.»

Athos non l'avrei votato, così non sarebbe mai diventato senatore. Si sarebbe dovuto rassegnare a un mestiere più comune, il nostro amico bianconero; l'avrei visto benissimo a fare il pompiere come suo padre, che gli aveva trasmesso le gambe lunghe e le spalle larghe d'una antica stirpe di montanari mangiacastagne.

La madre era una robusta signora d'origine meridionale che faceva la bidella e parlava a voce altissima: da lei Athos aveva preso la chioma riccia, le labbra carnose e l'incarnato olivastro, ma anche un accento diverso da quello di tutti noi, che s'imponeva con più evidenza quando si agitava; allora il suo discorso si faceva agro, propenso ai troncamenti e fitto di vocali chiuse, e io restavo ad ascoltare affascinato quella cantilena.

"Allanemad'kittemmuòrt!" modulava come un muezzin quando rimediava un pestone in partita, e attaccava a insultare il colpevole nella sua lingua misteriosa da mezzosangue: "Mo soccia, jent' di malafìd! Di ben su, r'ffian'! Mariuol', va ban a fèr dal pugnàtt!".

A me sembrava la lingua di un antico popolo di nomadi attaccabrighe, usi a muoversi con grandi mandrie di bestiame, le scimitarre appese al fianco smaniose di nuovi saccheggi.

Alto e grosso com'era, il mezzosangue Athos non aveva paura di nessuno, ma su noi amici non aveva mai alzato le mani; si contentava di sciorinare le sue esclamazioni misteriose puntando le corna verso il reo, e noi sapevamo che, una volta rasserenato, la sua lingua misteriosa sarebbe tornata identica alla nostra.

Athos non aveva una tecnica raffinata, ma era l'incontrastato re della sborda, il profeta della tega, il titolare del tiro più temuto del circondario: Athos esplodeva certi siluri di collo pieno da far paura, bombe terra-aria il cui segreto gli era stato confidato dal padre.

Quanto a me, gli amici avevano fatto presente con un certo garbo che avevo il piede a banana, così mi adattai a giocare in porta.

Coprire quel ruolo che mi era toccato come ripiego ben presto divenne motivo d'orgoglio: non avevo paura di tuffarmi a un palmo dalle maglie arrugginite del cancello che faceva da rete, né di uscire a gamba tesa sull'attaccante avversario.

Il mio compito era non perdere mai il Tango di vista, provare a indovinare quale traiettoria avrebbe assunto, tenere i nervi saldi e gli occhi aperti sino all'ultimo, per respingere bolidi a mezz'aria, infidi passanti e pallonetti capricciosi.

In occasione dei rinvii, io e solo io ero autorizzato a urlare disposizioni tattiche ai compagni: "Smarcati, Athos!", "Allargatevi, zio svizzero!", "Almeno uno, cazzodibuddha, si faccia vedere!".

Qualora avessimo avuto a disposizione una divisa, la mia maglia sarebbe stata diversa da tutte le altre, con un bel numero 1 cucito sul dorso come quello del vecchio condottiero della Nazionale Dino Zoff.

Come lui, mi nutrivo della sicurezza che sapevo garantire ai miei compagni, e ne irradiavo il riflesso spronandoli a far bene. Quando subivo un gol balordo, ero chiamato a dar prova di un'antica dignità; bisognava evitare piagnucolanti sceneggiate, ammettere la propria colpa e smaltire in fretta la delusione per tornare a concentrarsi. Così ci si comportava se si voleva apparire portieri affidabili; non come quelli che al primo ginocchio sbucciato perdevano la trebisonda, cercavano scuse strampalate o bisticciavano con i compagni di squadra.

Non erano molti i posti dove poter giocare tutti i pomeriggi, così a primavera il cortile di nonna Sandra cominciava a trasformarsi nel punto d'incontro di mezzo rione; si presentavano cugini, compagni di scuola e amici di amici, che finivano raggruppati in formazioni d'occasione per sfidare noi locali. Anche quando minacciava pioggia, almeno un cinque contro cinque si riusciva sempre a metter su, senza bisogno di riempire buchi nella formazione convocando le femmine, esiliate con le loro Barbie ai margini del terreno.

Durante le vacanze estive si giocavano partite-ecatombe, destinate a far registrare punteggi degni della pallacanestro, che terminavano soltanto quando il sole s'inabissava dietro il colle di San Luca. A quel punto, sfiniti e richiamati a gran voce dai parenti, ci salutavamo e ognuno andava mesto incontro al proprio destino. Sino a un momento prima eravamo stati chi Zico e chi Paolo Rossi, chi Platini e chi il "Panzer" Rummenigge, ma ora dovevamo tornare a sottometterci alle regole dei grandi. Per ottenere il diritto di sedere a cena non sarebbe stato sufficiente lavarci le mani: già sapevamo che ci sarebbe toccata anche l'umiliazione delle ginocchia insaponate e spazzolate con la brusca dalle setole dure.

Le femmine non sapevano giocare a calcio, erano meno versate di noi nella lotta e andavano in bicicletta con una lentezza esasperante, tanto che ti veniva il dubbio facessero apposta, giusto per farsi notare. A riprova della loro contorta mentalità, quelle vanitose si appassionavano a storie e cartoni animati insulsi, come Jenny la tennista, Bia la strega della magia e l'invertita Lady Oscar.

I discorsi delle femmine non andavano mai presi alla lettera. Quando avevano finito di rendersi ridicole vaneggiando di attori e cantanti, tornavano serie e prefiguravano le qualità dell'uomo che avrebbero sposato. Al solito era un ircocervo fra un levigato divo di Hollywood e il loro padre. A questo immaginario marito, però, non dedicavano troppa attenzione. Le vere star delle loro fantasticherie erano i figli che avrebbero messo al mondo. Ognuna sapeva già con esattezza quanti sarebbero stati, il loro sesso, i nomi, persino il taglio dei capelli e gli sport che avrebbero praticato. Fatto ai miei occhi ancor più pazzesco, si divertivano a immaginare nel dettaglio l'aspetto della casa nella quale li avrebbero cresciuti. Che cavolo ci trovassero in un posto che serviva solo a mangiare e dormire lo sapevano solo loro. Luoghi come rifugi di tronchi nel cuore della foresta, caverne colme di tesori o igloo sulla banchisa spazzata dal vento polare le lasciavano completamente indifferenti, forse perché lì non avrebbero potuto scegliere le tendine, piazzare i soprammobili o stabilire l'orario della cena.

Alla fine della fiera, c'era poco da discutere: erano matte, poverine.

Come i club di serie A, anche noi avevamo diritto a due stranieri: nel nostro caso erano i fratelli Fabiani, il cui cognome così poco esotico era compensato da un marcato accento iberico e un tifo sfegatato per il Boca Juniors.

Nati a Buenos Aires da una coppia di italiani, erano tornati da un paio d'anni alla Madrepatria sconosciuta, e spesso facevano base da un'anziana zia che abitava a un tiro di voce dal nostro cortile.

Pepe, il maggiore, aveva la mia età, ma a scuola era indietro di un anno. Fu lui a insegnarmi i rudimenti base della lingua spagnola: *seguro!*, *mierda!* e *coño!* Una cicatrice gli correva torno torno il lobo dell'orecchio sinistro; diceva che gliel'aveva staccato un cane con un morso, laggiù in Argentina, e gliel'avevano dovuto riattaccare con l'ago e il filo. Si rendeva conto da solo che il lavoro era venuto in maniera approssimativa, così preferiva nasconderlo sotto la zazzera. Dotato di ginocchia insolitamente grosse, quasi bovine, giocava con grinta da gaucho nel cuore della difesa.

Il vero talento di casa Fabiani, però, era Julio, di due anni più piccolo, una specie di demone nano al quale era difficilissimo levare la palla. Sapeva fare cento palleggi di fila, ed era l'unico bambino del cortile a non avere mai sbagliato un rigore.

La palma per il peggior giocatore in assoluto spettava all'analfabeta Aribò, un monello semiselvatico e sovrappeso di cui si diceva che avesse il padre in carcere; interrogato sul mestiere della madre, si limitava a rispondere che lavorava di notte. Fosse come fosse, lui era libero di vagare fino a sera per i quartieri occidentali della città, sporco come un carbonaio e pronto a confortarsi di quella solitudine adulta affondando una mano nelle tasche dei calzoncini, per trarne l'ennesima rondella di liquerizia. Lento e scoordinato in partita, si trasformava in una minaccia per i suoi stessi compagni, così lo rifilavamo sempre alla squadra ospite.

A mia madre Aribò non piaceva. «A scuola ha la maestra di sostegno!» esclamava come fosse la prova definitiva d'una colpa. «Non andare mai negli orti da solo con lui» mi ammoniva, «perché non si sa cosa aspettarsi, da uno così.»

Non so quale oscura ragione le permettesse di individuarlo come una creatura pericolosa, a me sembrava assolutamente innocuo. Quel balbettante pistola era lo zimbello di tutti; erano più le volte che cadeva da solo di quelle in cui riusciva a colpire il pallone, e quando si appartava per pisciare c'era sempre qualcuno pronto a seguirlo, spiarlo e sfotterlo perché non portava le mutande.

Un pomeriggio di luglio, lo scugnizzo si presentò trascinandosi dietro un cane lupo, un tratto di filo elettrico a mo' di guinzaglio.

«È da ieri che mi segue» spiegò. «Gli ho dato da mangiare. Ha dormito con me. Adesso è mio.»

«Come si chiama?» domandò Selva.

Aribò lo fissò come non avesse mai pensato alla questione. Portò una mano alla tasca, ne trasse una rondella e la scartò con cura. Pareva si fosse completamente estraniato. «Goldrake» rispose di getto, come avesse trovato la risposta dentro la piccola busta, quindi la lasciò cadere a terra e si cacciò in bocca la liquerizia.

Nonostante il suo aspetto bellicoso, Goldrake era un animale più che mansueto; leccava le mani a chiunque gli facesse le coccole, era instancabile nel recuperare bastoni lanciati ai quattro canti del cortile, e tutti ne eravamo invidiosi.

A un certo punto il suo padrone insistette per portarlo in mezzo agli orti; voleva mostrarci una cosa lontano dagli occhi dei grandi. Quando fummo al riparo, Aribò si inginocchiò di fianco al cane, e sulle prime mi parve che fosse incongruamente impegnato a mungerlo.

«Cafusalàm!» esclamò Athos, rapito dallo spettacolo. «Gli sta facendo una sega!»

Il nipote del Senatore era letteralmente a bocca aperta, Pepe

Fabiani seguiva i movimenti della mano dello scugnizzo facendo su e giù con la testa, mentre suo fratello si copriva gli occhi per non vedere.

«È così che si addomesticano i cani» rivelò Aribò. «Non lo sapevate?»

Se non avessi visto coi miei occhi Goldrake immobile come una statua, la lingua penzoloni, favorevole a quel volonteroso affannarsi intorno al suo pisello in forma di matita rosa, non avrei mai creduto possibile una cosa del genere. Invece stava succedendo sotto i miei occhi.

«Ci siamo quasi!» annunciò Aribò, compiaciuto per l'attenzione che aveva saputo suscitare. «Guardate adesso cosa fa!»

Appena il cane fu scosso da un fremito, si levarono grida d'esultanza e d'orrore.

Avevo visto anche quello.

A quei tempi il quartiere era una specie di paese ritagliato fra il centro storico e i sobborghi meridionali della città; come nei villaggi, tutti si conoscevano e molte famiglie erano imparentate fra loro. Il cuore pulsante della comunità, dove si celebravano battesimi, matrimoni e funerali, era la parrocchia di San Mamante.

Il suo pastore era don Sirio Gandolfi, un energico prete di mezz'età che portava i capelli pettinati con l'onda alla Panatta: era lui che aveva sposato Babbo e Mamma, sempre lui che s'impegnava in prima persona per raccogliere vestiti e medicinali da spedire alle missioni nel Biafra, e d'estate portava in vacanza insieme alle catechiste i ragazzi del dopocresima. Aveva fama di confidente e di guida, e riassumeva in sé il moderno carisma del parroco di periferia e il prestigio d'un antico mago.

Che la messa fosse una cerimonia costruita intorno a un miracolo era chiaro persino a noi mocciosi inquadrati nella classe di catechismo guidata dalle sorelle Casolari; certo, la noia poteva prendere il sopravvento in parecchie fasi: solo una volta che ci eravamo sciroppati le sibilline lettere di Paolo ai Corinzi, la scombinata sequenza di adolescenti incaricati di leggere la preghiera dei fedeli e l'omelia di don Sirio, eravamo liberi di assistere al momento più pirotecnico della mattinata: la trasformazione del pane e del vino nel corpo e nel sangue di Cristo.

Era un momento di grande emozione: lungo la navata tutti si inginocchiavano dietro i banchi. Un silenzio soprannaturale si diffondeva per la chiesa, e a tendere l'orecchio si poteva decifrare la voce del prete che mormorava la formula magica.

Un pomeriggio di fine estate, alla vigilia della quarta elementare, il sangue lo vidi davvero, ma non era quello santo di Gesù.

Sotto casa di nonna Sandra, quella volta, si giocava una partita indiavolata contro un composito undici capitanato dal figlio del macellaio, un rosso dalle guance scavate e il piglio polemico che tutti chiamavano Cotenna.

Sul punteggio fantasmagorico di 66 a 60 per noi, il cortile era ormai in ombra. Athos si preparava a calciare a rete, quando il mangialiquerizia Aribò, relegato come al solito nei ranghi degli ospiti, gli franò addosso in netto ritardo.

«Rigore!» reclamò Selva.

«Rigore netto!» gli feci eco dalla parte opposta del campo.

«Facc' ro' cazz'!» protestò Athos indispettito, a quattro zampe sull'asfalto. «Boia d'un cane, marrutolà int'a l'area!»

«Mi spiace» si scusò Aribò, franato a sua volta culo a terra. «Non volevo» spiegò costernato. «Ti ho fatto male?»

Athos si risollevò in un balzo, scosse la testa paziente e andò a recuperare il pallone masticando le sue imprecazioni.

«Invornito!» Cotenna si arrabbiò con il colpevole, impegnato goffamente a rialzarsi. «Solo uno scemo di guerra come te può fare un fallo del genere! Stavamo recuperando, e tu gli regali un rigore grande come una casa!»

Fosse stato per me, avrei affidato l'incarico all'implacabile Julio Fabiani, ma ormai Athos si era appropriato del Tango, lo soppesava fra le mani e scrutava l'asfalto alla ricerca della vaga croce di gesso che faceva da dischetto del rigore. «Batto io» chiarì. «Il fallo l'ho subito io.»

Opporsi ai rigori di Athos era come sottomettersi alla fucilazione, e il portiere avversario se la stava facendo sotto. «Sei tu che ci fai perdere, imbecille!» se la prese con Aribò. «Io mi sono rotto i cosiddetti!» annunciò, e con un gesto stizzito da primadonna lanciò a terra i guanti in lycra dal palmo gommato.

Il Mangialiquerizia annuì con un sospiro rassegnato, e si dispose alla prova suprema riservata ai portieri.

Il rigorista posizionò il Tango sulla croce di gesso, arretrò di qualche passo e si concentrò per tirare: di fronte a lui Aribò, le terga posate contro la cancellata, si molleggiava al rallentatore sulle ginocchia, le braccia aperte come le lancette d'un orologio fermo sulle quattro e quaranta.

«Questo non capisce un cazzo!» si accaniva Cotenna. «Devi stare pronto a tuffarti, brutto mongolo!»

«Adesso basta!» protestò Athos squadrandolo minaccioso come un guerriero sannita. «Facc' ro' cazz', gliene avete dette abbastanza!»

Nel nuovo silenzio che scese sul terreno di gioco, Aribò scartò di mezzo passo sulla destra. Un portiere certe cose le riconosceva: non pretendeva di opporsi al destino, gli bastava salvarsi dall'impatto.

«Pronto?» domandò Athos, rispettoso delle antiche regole.

Aribò gemette una sillaba d'assenso con l'aria di chi sta per essere travolto da un treno. Il figlio del pompiere modulò un fischio e caricò la rincorsa: un saltello, due passi e lasciò partire la sua staffilata a mezza altezza. Diretta, a mio avviso, verso il lato difeso meglio.

Il portiere si limitò a buttarsi a terra per mettersi in salvo dalla bordata, la testa incassata nelle spalle e le braccia tese in avanti a proteggere il volto. Solo un capriccio delle Parche preposte alle sorti del calcio da cortile gli spedì la palla dritta sui pugni; il Tango s'impennò nella sorpresa generale, disegnò una parabola che lo portò a scavalcare le punte di lancia della cancellata e ricadde sonoro in strada.

«Sfiga nera!» esclamò Selva mentre il rimbalzo elastico e beffardo del pallone sfumava nel silenzio del vialetto alberato. «Se ci riprova mille volte, non la para più...»

Athos era impietrito.

«Maracanà! Maracanà» intonarono in segno di giubilo gli avversari; si scambiavano manate sulle spalle e sul sedere, si scompigliavano i capelli a vicenda e si abbracciavano come avessero vinto la partita, senza avvicinarsi ad Aribò ancora a terra.

Il monello li fissava esterrefatto, e non capivo se era più sbalordito per aver neutralizzato il rigore, o mortificato dal fatto di non essere coinvolto nei festeggiamenti. «L'ho parata!» fece notare con aria mite.

«Avanti, giochiamo!» il rosso Cotenna lo ignorò. «Fila a prendere il pallone, tu! Sei l'ultimo che l'ha toccato.»

Aribò si risollevò con paziente energia e andò a cimentarsi nella scalata della recinzione a lato del cancello. Una volta montati in piedi sul bordo del muretto era sufficiente sfruttare i montanti in pietra per issarsi sull'ampia traversa sommitale. Da lassù, bastava mettersi seduti con le gambe a penzoloni verso il marciapiede e darsi la spinta con un colpo di reni per saltare in strada.

Era un'operazione che ognuno di noi era addestrato a compiere in pochi secondi; Aribò invece ci mise un pezzo solo per salire a cavalcioni della traversa, e quando la raggiunse vi si abbarbicò in orizzontale con mani e piedi. Scrutava verso la strada senza decidersi a saltar giù, quindi tornava a guardare dalla nostra parte con aria implorante, paralizzato dalle vertigini.

Per quanto fosse assurdo, mi fece pensare a un tricheco in equilibrio su un ramo. Lo dissi ad alta voce, qualcuno rise.

«Poi dite che non è mongolo!» sbuffò Cotenna, spazientito. Attaccò la recinzione con l'agilità d'un Diabolik giovane, e in un attimo fu al fianco di Aribò.

«Scendi in strada, cazzo!» ordinò. «Fai le seghe ai cani, e non sai saltare giù da un muretto?»

Questa volta risero tutti tranne Aribò, che gemette: «Voglio scendere...».

«E scendi!» lo incoraggiò Cotenna. Per convincere il ribelle gli martellò un paio di pugni sulle mani, e il Mangialiquerizia fu costretto a mollare la presa. «Vedi che ce la puoi fare?» sghignazzò il Rosso, e prese a spingerlo verso l'esterno.

Aribò si ritrovò ad annaspare senza reggersi più a niente; rotolando su un fianco ci rivolse un ultimo sguardo sbarrato da un terrore preistorico, quindi scomparve testa in avanti.

Solo Cotenna lo vide cadere a piombo, ma il rumore disastroso del suo cranio che batteva sul marciapiede risuonò secco come una tavola di legno che si spezza.

Cotenna ghermì la recinzione, come avesse paura di schiantarsi anche lui, quindi ci rivolse uno sguardo atterrito. «È volato di sotto!» esalò bianco in volto. «Zio solfanaio! Mica è colpa mia!»

Bastò issarsi sul muretto e affacciarsi verso la strada per capire che la situazione era grave: Aribò giaceva immobile schiena a terra, la bocca semiaperta, gli occhi sbarrati e vitrei. Non rispondeva ai richiami, e sotto la sua nuca si andava allargando una pozza scura.

«Puttana eva!» gemette Athos, l'unico che trovò il coraggio di scendergli accanto. «Questo si è rotto la testa!»

«Non volevo fargli male» ribadì il colpevole, ancora a cavalcioni della traversa. «Avete visto anche voi che è volato giù da solo.»

«Bisogna chiamare subito un dottore!» andò al punto Selva, e mi scosse per una spalla: «Tuo zio, presto!»

Mi lanciai di corsa verso il portone del palazzo, e alle mie spalle già salivano gli strilli degli amici e i richiami delle donne: che la Vergine di San Luca ci aiutasse! Un ragazzino stava per morire!

Zio Aldo parlò con i colleghi della rianimazione, e mi spiegò con aria grave che nel cervello di Aribò si era formato un grumo di sangue. Il povero Mangialiquerizia sembrava destinato a sopravvivere, ma solo col tempo si sarebbe capito che genere di esistenza gli sarebbe toccata: al momento nessuno poteva garantire che la sua testa avrebbe ripreso a funzionare in maniera accettabile.

Selva, Athos e io insistemmo per andare a trovarlo, ma mia madre non volle darmi il permesso: sosteneva che non era uno spettacolo adatto ai bambini, e in fondo quello sfortunato e io non eravamo neppure tanto amici.

Finì che ci andò solo Athos col padre. Ancora scosso, ci riferì che Aribò aveva la testa ingessata, gli occhi sempre chiusi e certi tubicini che gli entravano su per il naso. A sentir lui, non rispondeva alle cure e rischiava di restare paralizzato per tutta la vita. «Conciato com'è» sospirò scuotendo la testa, «gli conveniva morire subito.»

Nel giro di pochi giorni ricominciò la scuola. L'estate era pronta al letargo, sepolta sotto le urgenze di un eterno presente, le favole di Gianni Rodari, gli esperimenti di scienze, il rituale della vendemmia.

Per qualche tempo tenemmo banco raccontando ai compagni la storia del ragazzo col grumo di sangue nel cervello. Parlarne alla luce del sole era facile, anche se tutti ci restavano male perché non si sapeva quale sorte toccava al protagonista. D'accordo, era in ospedale. Ma sarebbe tornato normale oppure no?

Al buio era un altro paio di maniche. Il rumore sordo del cranio di Aribò che si spaccava come un uovo contro il marciapiede mi perseguitò per molte notti. Sognavo di essere fatto di vetro, di andare in frantumi per una spinta o una pallonata, e quando mi svegliavo sentivo un nodo serrarmi la gola: mentre si bilanciava alla meno peggio sulla traversa, l'avevo chiamato tricheco, e gli altri avevano riso. Era anche colpa mia, se era ridotto così. Gesù lo sapeva, e lo pregavo con tutte le mie forze di perdonarmi.

# 4
# Guerra psicologica

Nonno Learco Bandiera, il padre di Babbo, era l'immagine stessa del vigore: largo di spalle e forte di torace come una quercia, non l'avevo mai visto meno che abbronzato. Era ingegnere, e per tutta la vita aveva costruito strade, ponti e persino dighe in Paesi torridi e sottosviluppati, chiamati Sudan e Niger, Mali e Alto Volta. Per quanto sfiorasse i settant'anni, trascorreva ancora buona parte dell'anno in Africa. Quando partiva era per restare laggiù tre o quattro mesi filati, a seconda di come procedeva il cantiere, poi tornava qualche settimana in Italia a rimpinzarsi di tagliatelle e friggione, piatti che a suo dire gli africani non sapevano cucinare; quando ne aveva abbastanza di mangiare, mostrare diapositive e rampognare nonna Adele, risaliva in aereo diretto nuovamente in posticini come Khartum, Bamako o Ouagadougou.

I nonni Bandiera erano persone buone, ma a mia madre, per qualche motivo, non piaceva tanto frequentarli. Non me lo aveva mai detto apertamente, ma lo capivo dal fatto che non si fermava mai a mangiare da loro. Mi ci accompagnava, scambiava il minimo delle chiacchiere indispensabili a non apparire scortese, e poi si eclissava per tornare a prendermi all'orario convenuto.

Così restavo nella grande casa a due piani in compagnia dei nonni, dell'alano Carnera e della *bonne* di turno. Era questo il titolo delle ragazze di servizio africane che l'ingegner Learco si portava a casa dai suoi viaggi; erano sempre giovanissime, servizievoli e vestite in maniera pittoresca. Cambiavano a un ritmo frenetico: a ogni giro il Nonno ripartiva per l'Africa con l'ultima arrivata, e tornava con una bonne nuova di zecca.

Nonna e Carnera, signori indiscussi del piano terra, non potevano salire la scala retrattile che conduceva al livello superiore, gabinetto delle meraviglie e regno privato di nonno Learco.

Una volta lassù, ci si ritrovava dentro un'unica sala, ampia come la cripta di un'antica abbazia. A darti il benvenuto provvedeva il busto in marmo d'un pelato che ti squadrava con occhi senza pupille come quelli dell'Uomo Ragno. Da piccolo mi faceva pensare al tenente Kojak, ma ormai sapevo che si trattava di Benito Mussolini, il capo dell'esercito in cui Nonno aveva fatto la guerra.

Le pareti della sala ospitavano una quantità di armi da fare invidia al Museo civico. C'erano la rastrelliera delle lance, le *assegai* di Orzowei e una collezione di scimitarre dalle lame istoriate che, sotto la sorveglianza di Nonno, ero libero di brandire sentendomi di volta in volta il feroce Saladino, il Mullah pazzo o Lawrence d'Arabia. Non avevo il permesso, invece, di imbracciare i fucili: ce n'erano almeno venti, dai tromboni ottomani col calcio incrostato in madreperla e i versetti del Corano incisi sulla bascula, a certi aggeggi di precisione col mirino telescopico e altri ancora, dalla canna maculata di verde e nero che parevano progettati per tendere agguati nella giungla.

Due maestose zanne d'avorio, una testa di leone impagliata, una coppia di orici dalle smisurate corna a picca, il corpo coperto di scaglie d'un coccodrillo e le stolide espressioni dipinte sui musi di bufali e zebre dagli occhi di vetro raccontavano con esattezza a cosa fossero servite quelle armi.

«A questo mondo, giovanotto, son più numerosi gli uomini-sciacallo degli uomini-leone» mi spiegò un giorno il Nonno. «La marmaglia ha istinti bassi, va guidata, e il compito spetta a noi pochi nati con le palle quadrate.»

Una sera nonna Adele e nonno Learco mi portarono al ristorante per una cena di reduci della Repubblica Sociale.

Mi trovai in mezzo a una tavolata di vecchi barbogi in camicia nera e signore desiderose di scambiarsi confidenze sui nipoti, rassegnate ai brindisi che i mariti proponevano alla memoria del Duce, di Ettore Muti e degli eroici caduti di El Alamein.

Quella sera Nonno mi presentò un amico, ingegnere come lui, che dopo la guerra ne aveva combinata una clamorosa.

«Devi sapere, giovanotto, che il qui presente Giorgio ha fondato dal nulla uno Stato indipendente» spiegò. «Niente meno.»

«E come ha fatto?» volli sapere.

«Secondo le leggi del mare, il controllo di uno Stato si estende per un certo numero di miglia dalle sue coste» mi spiegò Giorgio. «Quello che si trova più al largo è in acque internazionali. E se qualcuno scopre laggiù uno scoglio, un atollo o un'isola che nessuno Stato rivendica, quella terra è sua ed è libero di disporne come crede.»

«E lei ha trovato un'isola?» domandai sospettoso.

«Non l'ho trovata, l'ho costruita di sana pianta, giusto di fronte a Rimini. Abbiamo piantato nove piloni a cannocchiale dalla base in cemento appena oltre la linea delle acque territoriali italiane» raccontò Giorgio. «Pescavano per quaranta metri, mentre altri venti erano fuori acqua. Li abbiamo uniti per mantenere rigida la struttura, quindi ci abbiamo montato sopra una piattaforma a moduli prefabbricati, col risultato di ottenere una piazza ampia più o meno come due campi da calcio. Quando tutto è stato pronto, ho issato la mia bandiera sul pennone e ho scritto alle autorità italiane e alle Nazioni Unite per comunicare che la mia Repubblica si proclamava indipendente.» Giorgio sorrise, mostrò i palmi al Nonno e precisò: «Era tutto in regola».

«Lo Stato italiano non la pensava così...» obiettò nonno Learco.

«Questo Paese di moralisti non poteva accettare che la gente venisse a divertirsi da noi» riprese Giorgio con un sorriso amaro. «Così, un giorno d'inverno, l'Italia ci ha invaso. Mi hanno portato via a forza su un motoscafo della Guardia costiera, e hanno demolito la piattaforma. Poi i sommozzatori della Marina hanno minato la struttura portante, erano piloni a cannocchiale, mica il lavoro d'un somaro! E gli è servita una tonnellata di esplosivo.»

L'idea di fondare uno Stato dal niente era irresistibile. Certo, non si preannunciava un'impresa semplice: per prima cosa bisognava trovare un'isola, di costruirla da zero non se ne parlava neppure. Avevo solo dieci anni, e le mie competenze di ingegnere si fermavano ai Lego. Così studiavo e ristudiavo l'Atlante del "Times" di zio Ianez, ben più dettagliato del mio, alla ricerca di un lembo di terra a fianco del quale non fosse specificato il nome dello Stato che lo possedeva.

Alla fine trovai un isolotto nel bel mezzo dell'Oceano Indiano che sembrava fare al caso mio.

Io ero il Gran Corsaro, re e profeta, e con me vivevano a palazzo lo stratega Athos, capo della guardia, il ciambellano Selva, cuochi, militi e, soprattutto, decine di fanciulle felici di compiacermi: così passavano le giornate a fare la sfoglia per prepararmi tortellini, tagliatelle e lasagne.

A lavoro finito, sporche com'erano di farina e ragù, si spogliavano di fronte a me; si lasciavano guardare mentre facevano la doccia, e le mie favorite trattenevano a stento lacrime di gioia allorché mi approssimavo a loro, la destra nascosta da un guanto in crine e una candida saponetta nell'altra mano. Ero il signore dell'isola, e non vedevano l'ora di lasciarsi strofinare le chiappe dal sottoscritto.

In quinta elementare volevo essere un meccanico di berline americane come il Boss nel clip di *I'm on fire*, un aspirante idolo del baseball come il Boss nel clip di *Glory days*, ma il massimo sarebbe stato essere il Boss stesso così com'era raffigurato sulla copertina del 45 giri di *Born in the U.S.A.*, graficamente perfetto nell'atto di reggersi in piedi come una gru, il braccio destro levato e l'altra mano a mantenere orizzontale la Fender.

Lo sfondo a strisce bianche e rosse, la scritta U.S.A. e il tema delle stelle che tornavano nel materiale promozionale del disco suggerivano un'adesione incondizionata alla nazione, ma secondo zio Ianez la faccenda era più sottile.

«L'hai capito che *Born in the U.S.A.* è una canzone contro l'America?» mi mise in guardia un pomeriggio che la intercettammo insieme sulla sua Panasonic portatile. «Parla di guerra del Vietnam, di un poveretto che perde i suoi amici e si ritrova abbandonato da tutti.»

Secondo lui il protagonista del pezzo era praticamente l'anello mancante fra John Rambo e il ragazzo di Gianni Morandi che, come lui, amava i Beatles e i Rolling Stones.

«Però» considerai. «Non l'avevo capito.»

«Mica colpa tua» concesse. «Primo, non conosci l'inglese. Secondo, la tua generazione è vittima d'una colossale operazione di lavaggio del cervello.»

Lo guardai allarmato, come se avesse il potere di salvarmi attirandomi nella generazione giusta, al riparo dagli effetti di quel piano segreto.

«Prendi la televisione» sussurrò per non farsi sentire da Nonna, impegnata a spignattare in cucina. «Credi di vedere telefilm americani, e invece sono produzioni russe che la CIA copia pari pari, trasferendo l'azione negli Stati Uniti. Capito come gira il fumo?»

«Ma perché lo fanno?» trasecolai.

«E me lo chiedi? Per illudere i ragazzini che tutto quel che è figo viene dall'America.»

Per un attimo restai a valutare il portato di quella rivelazione. «Anche *Happy Days*?» volli sapere.

«Assolutamente» garantì. «In realtà è una serie russa, ambientata a Leningrado. I protagonisti sono tutti pionieri del Partito col fazzoletto rosso al collo, e il Fonzie originale si chiama Fonzarellosky.»

«Merda Zaniboni» gemetti. «Sul serio?»

«Anche *Il mio amico Arnold* è così» m'incalzò. «Lui in realtà è un nano calmucco del Tagikistan, che si trasferisce a Mosca perché viene adottato da un membro del Politburo...»

«Il signor Drummond» gemetti.

«O meglio il compagno Anatoly Drummondov. E il vero Willis si chiama Sergej.»

L'intera architettura dei riferimenti che mi avevano sostenuto fin lì franava sotto i miei occhi; credevo di amare l'America, ma in realtà tutto quel che mi piaceva veniva dall'Unione Sovietica!

«Sono dei bei volponi, quelli della CIA» decretò lo zio. «Si chiama guerra psicologica, e in questo campo loro sono i fuoriclasse.»

«Dimmi la verità» andai al punto con la voce che tremava. «Anche il Boss è russo?»

La missione che zio Ianez si era prefissato era quella di aprirmi gli occhi sugli inganni del potere, e considerava che i libri costituissero viatici per la consapevolezza. Per questo mi consentiva di sfogliare liberamente i volumi della sua biblioteca.

Ci trovai *La fattoria degli animali* e *1984*, *Il tallone di ferro* e le anarchiche *Avventure di Huckleberry Finn*, ma anche gli ermetici volumi di Bifo e Deleuze, i dossier sui festival di "Re nudo" con le foto delle ragazze che ballavano nude, T*utto quello che avreste voluto sapere sul sesso*, *Flash. Kathmandu il grande viaggio*, *Noi, i ragazzi dello zoo di Berlino* e *Cosa fare in caso di golpe*.

Ancora prima di sbarcare in prima media, avevo le conoscenze teoriche necessarie a prevenire gravidanze indesiderate, iniettarmi eroina e fabbricare una bottiglia molotov, ed ero pronto a scommettere che prima o poi qualcuna di quelle nozioni mi sarebbe tornata utile.

Un altro pallino di Ianez era il cinema.

Ianez mi portava al cinema tutte le settimane: all'Apollo, all'Olimpia di via Andrea Costa oppure al parrocchiale di San Mamante.

Una volta, all'Arlecchino di via Lame, capitò una faccenda che non mi sarei levato di mente per un bel pezzo. Eravamo arrivati a metà di *Fandango*, acquistammo i biglietti e ci disponemmo ad attendere lo spettacolo successivo. Ci aggiravamo nell'ampio atrio del cinema, studiando le locandine dei "prossimamente", quando notai una bimbetta bionda di sei o sette anni, china sul Cicciobello adagiato sopra una poltroncina. Gli cambiava il pannolino: da una borsa in stoffa traeva il Pampers immacolato, lo sostituiva con gesti premurosi e tornava a cullarlo. Quando cominciò a dargli il biberon cantando una ninna nanna in lingua forestiera, Ianez mi domandò a mezza voce: «La conosci quella canzone?».

«Mai sentita» assicurai.

«Si chiama *Hasta siempre, comandante*» mi spiegò, gli occhi che gli brillavano.

«L'hanno scritta per Che Guevara prima che partisse per la sua ultima missione in Bolivia.»

Il fatto che quella pupattola la conoscesse e io no m'ingelosì.

«Chissà chi gliel'ha insegnata» sospirò Ianez, e quando si propose di farmela cantare risposi di no per ripicca.

Ormai avevo deciso che la biondina mi stava antipatica, e appena mi accorsi che mi fissava mi sentii in imbarazzo. Fu un sollievo quando le porte si aprirono e sciamò nell'atrio la folla che usciva dallo spettacolo precedente. «Bello» diceva qualcuno. «Non l'ho capito» confessava candido qualcun altro. Come sempre.

In mezzo a quella gente si fece largo una giovane donna dal profilo perfetto e i capelli mori tagliati alla sbarazzina, abbronzata come in quella stagione se ne vedevano poche. Portava un vestito che le lasciava scoperte le spalle e le gambe, tornite in una maniera che faceva pensare alle statue delle dee sul libro di arte.

«Sei stata brava?» domandò alla biondina che le andava incontro.

«Marcellino si è comportato bene?» s'informò a sua volta una ragazzina della mia età, gli occhi dal taglio orientale e la pelle ambrata. Con i capelli corvini dal taglio asimmetrico sembrava una pellerossa o un'eschimese, oppure una di quelle ragazze del Pacifico che si vedevano con le collane di fiori sul seno nudo nelle foto di "Gente Viaggi". Tahiti. Ecco da dove poteva venire una tipa così.

«Marcellino è stato tranquillo» assicurò la piccola, e chiamò la donna "mamma".

«Andiamo, allora» l'invitò la donna. «Su, da brava, dài la mano a Ester.»

Ecco come si chiamava la maggiore.

«Ciao, Eva» mi raggelò in quella la voce stupita di mio zio.

«Ciao, caro» rispose la donna, appena lo mise a fuoco. Si conoscevano! «Come va, Ianez?»

«Bene, dài. Come al solito» rispose lui disinvolto. Quindi levò l'indice e assicurò divertito: «Come ai vecchi tempi: poche idee ma confuse».

Lei rise di cuore mostrando una dentatura perfetta. «Di questi tempi è già qualcosa» replicò.

«Che impressione vederti con le tue figlie» ammise Ianez. «La piccola, mentre giocava col suo pupazzo, cantava "Comandante Che Guevara"!»

«Non è un pupazzo!» protestò la biondina. «È un bimbo vero, e si chiama Marcellino!»

«Scusa!» si giustificò Ianez. «Avevo visto male.»

Profittai di quella vicinanza per cercare gli occhi di Ester. Avevo fuggito con intenzione lo sguardo della sorellina, ma con il medesimo slancio cercavo il suo. Non mi era mai capitato di desiderare che una coetanea specchiasse i propri occhi nei miei, e quando accadde dovevo avere la faccia del pesce lesso; la ragazzina si limitò a una fuggente linguaccia e subito tornò a occuparsi della piccola.

«Buon cinema» ci augurò la donna, mentre si allontanava leggera con le ragazzine che le filavano dietro.

Ianez la stava ancora guardando quando lei si girò verso di noi e aggiunse con un sorriso solare: «Gran film. Vedrai che ti piace».

«Chi è quella?» domandai allo zio mentre entravamo in sala.

«Una volta Eva abitava vicino a casa nostra» sospirò. «La conosce anche tua madre.»

«Erano amiche?» domandai, nella speranza di stabilire un ponte con la giovane tahitiana.

«È sempre stata un po' fuori dagli schemi» mi meravigliò lo zio, «è una persona che piace o non piace.» Quindi rivelò con un sorriso amaro: «Alice e le sue amiche la chiamavano "la saccopelista"».

«Perché?» volli sapere.

«Andava ai festival... girava il mondo... Tutte cose che a tua madre non sono mai andate a genio» spiegò, ma ebbi la sensazione che doveva esserci dell'altro. «E poi è figlia del cavalier Bonsignori, il titolare del primo autosalone del quartiere» aggiunse. «È nata ricca, e le altre non le hanno mai perdonato niente.»

«Perché?» domandai. «Cos'aveva fatto?»

«Le parlavano dietro perché frequentava le spiagge per nudisti. Figurati adesso, con due figlie da due uomini diversi.»

# 5

# Una povera scimunita

«Hai visto che il mostro ha colpito ancora?» domandò Mamma mentre percorrevamo di buon passo il portico accanto al Collegio di Spagna.

«Quale mostro?»

«Quello di Firenze. Ha ucciso un'altra coppietta» rabbrividì. «Io non so come faccia tuo zio a fidarsi ancora a dormire sotto una tenda.»

«Mica va a Firenze» obiettai.

«Non è più come una volta» sospirò lei, impermeabile alla mia osservazione. «I ragazzi facevano tranquilli l'autostop, si dormiva in giro, e non succedeva mai niente. Oggi invece ti ammazzano senza motivo.»

«Tu l'hai mai fatto l'autostop?»

«Certo. Cioè, non come Gianni e Paola. Per brevi tratti.»

«E loro?»

«Lui ci ha girato l'Europa fin dai tempi del liceo. Ma una volta ha fatto un viaggio anche lei. In Sicilia. Non da sola, però. Per una ragazza è diverso.»

«È andata con zio Camillo?»

Mamma ignorò la mia domanda. «È tornata coi pidocchi» disse, poi si fece pensierosa. Stava valutando se rivelarmi qualcosa oppure no.

«Col suo fidanzato? Quello prima di zio Camillo?» tirai a indovinare.

«E tu come lo sai?» domandò indispettita. «Te l'ha raccontato lo zio Gianni?»

Avevo fatto centro. «Tutte le donne prima di sposarsi hanno avuto un fidanzato diverso, ma non lo dicono mai.»

«Uno?» replicò, divertita dalla mia tirata. «Qualcuna anche due o tre...»

Si era scoperta da sola.

«E tu?» volli sapere. «Prima di Babbo, quanti ne hai avuti?»

«Tommy!» protestò. «Quando ho conosciuto tuo padre, lui aveva ventun anni e io diciannove. Cosa vuoi che abbia fatto, prima? Ero una ragazza seria, io.»

Ventun anni. Chissà se anch'io a quell'età avrei conosciuto la donna che sarebbe diventata mia moglie. Ormai mi ero rassegnato all'idea che non poteva essere mia cugina Valeria, e mi struggevo all'idea di chiedere in sposa una ragazza sensuale e disinibita come quelle che disegnava Manara.

«A cosa pensi?» volle sapere.

«Niente. A come sarà avere ventun anni.»

«Per i maschi è diverso» concesse. Per qualche motivo, quell'idea la rallegrava. «Per loro è normale fare esperienze in giro con le ragazze.»

Senti senti.

«E come fanno, se le ragazze che conoscono sono tutte serie?»

«Parlane con tuo zio, d'accordo? Scommetto che, fra maschi, vi intenderete.»

Per un po' il ventre del portico risuonò del trotto dei suoi tacchi, quindi lei stabilì: «Ti porto da Giusti. Ha delle camicie in liquidazione che sono un amore. Prima, però, andiamo ad accendere una candelina per Babbo».

Era bello andare in centro a piedi insieme a Mamma.

Mi piaceva vederla curata e vestita a festa, col suo foulard variopinto legato al collo e la camicetta bianca a maniche corte, i capelli lunghi alle spalle come quelli di una ragazza; camminava leggera e spensierata, e io mi sforzavo di raccontarle storie divertenti per farla sorridere, così che nessuno indovinasse che si trattava di una vedova.

Scendemmo tra le vetrine di via d'Azeglio, e quando davanti a noi si aprì l'orizzonte di piazza Maggiore, orlato di palazzi antichi, il mio cuore si riempì di gioia. Ogni volta era come tornare a vivere un passato conosciuto solo attraverso le storie dei vecchi: sulla sinistra, la prospettiva correva radente alla facciata di mattoni del palazzo in cui si riunivano gli antichi rappresentanti del libero Comune, a destra s'innalzava la grande vela di San Petronio, la basilica costruita dai nostri antenati per sopravanzare tutte le chiese edificate per ordine del Papa, e dritto davanti a me svettava al centro d'una fontana la statua solenne e poderosa del Nettuno, che tutti chiamavano "il Gigante".

Completamente nudo e armato di tridente, indicava con la mano libera il cuore della città e intanto la sorvegliava, consapevole e protettivo. Come ci si aspetta da un padre.

Uscimmo da Giusti con due camicie, una scozzese e l'altra orrenda, a grosse righe bianche e verdi con un vergognoso inserto floreale nell'interno del colletto.

Mamma aveva insistito che quella schifezza da allegri milordini era perfetta per le grandi occasioni, e l'aveva acquistata senza dare ascolto alle mie imbarazzate proteste. Se proprio mi avesse costretto a indossarla, l'avrei dovuta portare allacciata sino all'ultimo bottone: bastava che qualcuno intravedesse quella guarnizione da frifrì, e il sottoscritto era rovinato.

«Che ne dici di un succo di frutta da Zanarini?» domandò Mamma per placare le mie recriminazioni. Ormai c'eravamo di fronte. Era il caffè più elegante della città, gremito di fenomeni in doppio petto e donne tanto abbronzate quanto pretenziose. Avrei preferito un bar-latteria qualsiasi, ma si capiva che lei ci teneva a concedersi quella puntata.

Accettai la proposta a una sola condizione. «Una Fanta» stabilii. «Non il succo.»

«D'accordo» capitolò, e mi sorrise mentre spalancavo per lei la pesante porta dalla maniglia dorata.

Scivolò dentro. Stavo per seguirla quando vidi che alcune persone si apprestavano a uscire. Mantenni la posizione come un perfetto usciere, e mi vidi sfilare davanti un tracagnotto in abito bianco con tanto di fazzoletto al taschino, un paio di vitelloni con i Ray-Ban sul naso e l'aria bisbetica, una donna con un chihuahua al guinzaglio. Nessuno, né i cristiani né tantomeno il cane, si degnò di ringraziarmi. Ero diventato invisibile, un fermaporte umano, e quando incrociai lo sguardo di Mamma vidi che era stizzita. Mi fece segno di raggiungerla, ma un nuovo flusso di clienti si avvicinava; per precederli, avrei dovuto sgattaiolare dentro alla Giamburrasca e lasciare che la porta si chiudesse loro in faccia, ma non mi sembrava un gesto garbato. Così restai dov'ero.

«Tommaso!» mi chiamò lei, nel tono perentorio che sfoggiava quando la facevo grossa.

Non lo vedeva che ormai era troppo tardi? Mi erano già sfilati davanti in due o tre, e adesso mi veniva incontro una giovane signora dai capelli corti inguainata in un tubino a scacchi; era una donna molto bella, e a differenza degli altri sembrava consapevole della mia presenza. Mi stava sorridendo, diamine, e non potevo farle lo scherzo da ritardato di sbatterle l'uscio sul naso.

«Grazie» mi sussurrò la donna. «Sei molto gentile.»

Mandava un profumo dai sentori d'oceano, e mentre le sorridevo a mia volta, discreto e diligente, fui certo di avere già visto da qualche parte quegli occhi verdi dalle lunghe ciglia.

Che fosse una celebrità? Forse una cantante, o un'attrice di quelle che la "Settimana Enigmistica" eleggeva per ingentilire il cruciverba di copertina?

Piroettai al rallentatore per guardarla andar via. La sua figura aggraziata faceva pensare a una gazzella o a una splendida femmina di cervo.

«Ma ti pare restare lì impalato?» domandò Mamma indispettita appena la raggiunsi. «Cosa sei, il bell boy in attesa della mancia?»

Cos'era un bell boy? Me lo figurai come una specie di mendicante, e l'idea non mi piacque.

«Mica potevo sbattere la porta in faccia alla gente» protestai a volume ridottissimo, pregando che la facesse finita.

Ordinammo la mia bibita e il caffè in un'atmosfera tesa. Lei parlava con i baristi sfoggiando un tono di voce innaturale, sorrideva in maniera forzata, e la sorpresi persino a controllarsi in uno specchio; continuava a cambiare di mano la borsa di Giusti che conteneva le camicie, ed ebbi la spiacevole impressione che fosse entrata lì dentro per appagare una qualche forma di vanità.

Trangugiai la Fanta senza godermela davvero, e appena fummo fuori tornò a mostrarsi irritata.

«Lo sai chi era quella donna a cui hai tenuto aperta la porta?» domandò con aria di sfida.

«Quella col cane?» feci lo gnorri.

«L'ultima» mi corresse. «Quella che si dava tante arie con addosso quell'abitino a scacchi.»

«È la sola che mi abbia ringraziato» le feci notare.

«Quella stronza» mi lasciò di stucco. «Ha fatto finta di non vedermi, ma io so bene di che pasta è fatta.»

«La conosci?» domandai.

Annuì con una strana luce negli occhi. «Eravamo ragazze insieme, lei e io» svelò, e subito aggiunse: «Manda le figlie a scuola con le borse di studio per i poveri, la nostra saccopelista, e poi fa la diva da Zanarini.» Diede una risatina acida e scosse la testa. «Davvero una donna coerente» aggiunse guardando nella direzione in cui si era allontanata, come sperasse di farsi sentire. «Sarebbe proprio orgoglioso di lei, il vecchio cavalier Bonsignori.»

Al sentirla parlare così mi si spalancò un mondo. Quella donna era la madre della principessa polinesiana Ester e della balia di bambolotti incontrate con Ianez al cinema Arlecchino! Ecco dove l'avevo già vista!

«Non eravate amiche, mi pare» la stuzzicai mentre ci lasciavamo sulla destra la statua di Galvani e della sua rana elettrica. «Ti ha fatto qualche dispetto?»

«A me?» domandò con incredula aria di superiorità. «Ma figurati.» Diede una risatina nervosa e aggiunse: «Si crede una gran donna, quella lì, ma è solo una povera scimunita».

Eva Bonsignori aveva cominciato a dare scandalo da ragazza.

A sedici anni quella fanatica aveva mollato la scuola per scappare con gli hippie. Per un paio di lustri aveva fatto avanti e indietro, destando clamore a ogni rientro per le mise stravaganti e le variopinte compagnie. Solo all'alba degli anni Ottanta era rientrata in via definitiva con due figlie e senza l'ombra di un uomo accanto. Dopo avere fatto i suoi comodi, si era sistemata senza pagare una lira in un appartamento che la famiglia aveva sin lì dato in affitto, e intanto le sue bambine entravano all'asilo nella graduatoria speciale riservata alle madri prive di sostegno in difficoltà economica. A chi aveva lavorato onestamente tutta la vita poteva fare rabbia, una donna del genere.

Mia madre non era la sola a detestarla. Ad allungare le orecchie in giro, mi capitava di sentirne elencare nuove colpe. La Bonsignori sarà pure stata una bella donna, ma come cavolo si conciava? Alternava caffettani da sciattona ad abitini sin troppo costosi, fumava le puzzolenti Camel da uomo, e quando andava in bicicletta teneva in mostra tutta la mercanzia.

A inviperire ulteriormente le comari più polpacciute c'era il fatto che la giovane signora faceva girare la testa a parecchi uomini. Cercava un benestante coglione che le mantenesse le figliole. Lo sapevano tutti. E alla fandonia che lavorasse non ci credeva nessuno. Che razza di lavoro era, occuparsi di pubbliche relazioni? Una scusa per farsi regalare vestiti nuovi, scroccare cibarie ai rinfreschi e sculettare sotto gli occhi dei ricconi. Ma, per quanto sculettasse, un benefattore così pisquano da farsi carico d'una testa matta come lei ancora non l'aveva trovato. E ben le stava, a quella poco di buono.

# 6
# La follia di Ianez

Ianez era tornato integro e di buon umore da certi viaggi rocamboleschi ai confini del mondo, ma bastò una trasferta in Puglia per fargli perdere completamente la bussola.

A metà settembre, rientrò irriconoscibile dalla sua settimana di campeggio a Santa Maria di Leuca; di solito si profondeva in descrizioni dei luoghi, snocciolava aneddoti, presentava personaggi paradossali. Quella volta invece si limitò a riferire l'essenziale: il tempo era stato buono, il mare bellissimo, e un'amica milanese di nome Vittoria gli aveva insegnato a fare le immersioni.

Quando raccontava di com'era nuotare sott'acqua, sorrideva come avesse le traveggole, e mi venne il dubbio che in campeggio avesse contratto la febbre terzana. Notai che, a differenza del solito, non si affrettava a esibire stampe o diapositive, e sullo stereo faceva girare con monocorde testardaggine *Il cielo è sempre più blu.* Bellissimo 45 giri, per carità, ma al decimo ascolto consecutivo poteva anche stancare. Senza contare che quella canzone non sembrava fargli un bell'effetto: a ogni nuovo ritornello annuiva con lo sguardo perso, e quando la puntina raggiungeva il termine del suo viaggio a spirale, sospirava malinconico da stringere il cuore.

«In campeggio la cantavamo sempre intorno al fuoco» confidò, quindi parve illuminarsi e aggiunse con un sospiro preoccupante: «La mia amica Vittoria suona la chitarra molto bene».

E due! Ecco chi l'aveva fatto diventare grullo!

«Secondo me avrebbe potuto fare la musicista di mestiere» aggiunse senza che gli avessi chiesto niente. «Invece è fotografa, sai?»

Qualche tempo dopo si trovò a Milano con gli amici conosciuti in campeggio. Tornò con un sorriso da orecchio a orecchio, clamorosamente su di giri: adesso raccontava barzellette, oscillava in mutande per casa ascoltando Bob Marley, sordo alle proteste di Nonna, parlava persino di scrivere la tesi. Che cavolo gli stava succedendo? Aveva lasciato il senno a nord del Po, come Orlando sulla luna? Non si ricordava più che noi due dovevamo girare il mondo insieme e vivere un casino di avventure?

Iniziavo a paventare una verità inconfessabile. I miei sospetti trovarono conferma quando apparve in camera sua un quadretto inaudito: fra il poster di Che Guevara e il comodino c'era il ritratto a colori di una ragazza sconosciuta. Non serviva essere Sherlock Holmes per indovinare chi fosse quella biondina dalla mascella forte che fissava sicura di sé l'obiettivo.

«È lei, l'amica delle immersioni?» domandai col cuore in gola.

Pensavo d'inchiodare Ianez alle sue responsabilità nei miei confronti, speravo di farlo vergognare, invece annuì con un sorriso catastrofico. «Proprio lei» confermò, orgoglioso. «Vittoria. La mia fidanzata...»

Era l'inizio della fine: lo zio cambiò senza rimedio in pochi mesi. Sostenne con disciplinata furia da samurai degli studi gli esami che gli mancavano, mise mano alla tesi, e si astenne da qualsiasi viaggio che non lo conducesse verso la Lombardia. Diceva che lassù, per un aspirante giornalista come lui, c'erano ottime opportunità di lavoro. A me, voleva darla a bere? Ottime opportunità la fava! La verità era che quella tipa l'aveva messo all'angolo. Me la vedevo, che lo implorava con gli occhi lacrimosi di non lasciarla sola nella nebbia e lui, sempre cortese con le donne, non sapeva più come sottrarsi. La sua gentilezza lo stava fregando.

La consapevolezza che la mia famiglia stesse per muovere un passo senza ritorno arrivò alla fine dell'inverno per bocca di nonna Sandra.

«Come ce la caveremo, poveri noi?» domandò bonaria mentre facevo merenda nel tinello di casa sua.

«A fare cosa?» volli sapere, ruotando un Bucaneve nel mare tondo d'una tazza di tè.

«Tuo zio si sposa» sospirò. «Va a vivere a Milano.»

Quell'uno-due mi lasciò senza fiato.

Già la prima notizia sarebbe bastata ad annichilirmi.

Perché cavolo si sposava? Non poteva restare fidanzato, come tutti gli eroi rispettabili? Forse che Asterix, Fonzie e Che Guevara avevano avuto bisogno di una moglie?

Ianez era il mio zio giovane, lo scapolo per eccellenza, il protettore e il complice, ciò che più somigliava a un padre in carne e ossa e all'idea stessa dell'amicizia. Come poteva tradirmi così, sposando una donna? Lo capiva che lei si sarebbe trasformata in una moglie? Gli entrava nella zucca che prima o poi quella avrebbe avuto dei bambini, e le cose fra noi non sarebbero mai più state uguali a prima?

Dovevo parlarci. Provare a capire cosa l'aveva indotto a un passo del genere. Forse aveva visto degli amici sposarsi, e si era detto che sarebbe stato bello provarci. Ma che cavolo! Poteva essere così ingenuo? Proprio lui, che mi aveva sempre incoraggiato a decidere con la mia testa, andava a buttarsi nel pozzo perché ci si buttavano gli altri?

«Non sta più bene, qui con noi?» domandai con un filo di voce.

«Ma certo» mi rassicurò Nonna. «È solo che Gianni è diventato grande, e ha trovato la donna con cui fare le cose sul serio.»

«Perché va a Milano?» gemetti, e il Bucaneve ormai zuppo cambiò natura: me ne ritrovai in mano solo una metà gocciolante, mentre l'altra parte, fattasi molle come un'alga, si inabissava verso il fondo della tazza.

«Lei è di Milano» spiegò Nonna. «E lassù ci sono tutte le redazioni dei giornali importanti» aggiunse con favore. Sorrideva, adesso! Proprio non aveva capito cosa stava per succedere! «L'hanno preso ad "Airone"» svelò scarmigliandomi i capelli. «Acqua in bocca, però. Non l'ha ancora detto a nessuno.»

Fu come ricevere un manrovescio a tradimento. Dov'era finito il vecchio Ianez che mi informava per primo di ogni novità? Il narratore di moderne odissee, il compagno dei pomeriggi al cinema, il disvelatore delle verità nascoste nelle trame dei telefilm, non c'era più.

Si trasferiva per quella smorfiosa; mollava la vita d'avventura per farsi chiudere nella redazione di una rivista; confidava le novità alla madre, e io, il suo fedele scudiero, dovevo imparare le cose di seconda mano.

Ormai era ridotto a un automa nelle mani delle donne. No, non l'avrei mai perdonato. E tanto per fargli capire fino a che punto mi aveva offeso, stabilii che non sarei andato al suo matrimonio.

La Volvo di zio Aldo era posteggiata in cortile carica fino all'inverosimile, le valigie del fratello stipate nel bagagliaio e sui sedili posteriori. C'erano scatoloni persino sul portapacchi, tenuti in rango a forza di ganci elastici. Ogni cosa era pronta per il trasloco, ma prima che i due partissero per Milano, l'uno per tornare l'indomani e l'altro mai più, c'era un ultimo lavoro da sbrigare insieme.

«È finito il tempo della nostra vigna» mi spiegò Aldo. «Ormai fa l'uva vizza, e il Pignoletto viene sempre più acido.»

«Abbiamo deciso di sgombrare tutto» annunciò il promesso sposo, bilanciando zappa e vanga prelevate in cantina. «Così il tuo oleandro potrà crescere più forte. Vuoi darci una mano?»

Lavorammo tutta la mattina: prima per levare di torno i paletti che sostenevano le viti e i tiranti in fil di ferro, poi a orbare le piante dei tralci, quindi per metterne a nudo le radici ed estirparle. Il mio compito era quello di fare avanti e indietro con la carriola per trasportare gli scarti al bidone della spazzatura, e ogni volta che tornavo dal mio viaggio mi stupivo di vedere Aldo e Ianez lavorare accaldati spalla a spalla, in silenzio e di buona lena; non avevano bisogno di parlare per capirsi, e la loro intesa traspariva dagli sguardi, dal ritmo alternato col quale assestavano colpi e palate, ciascuno proteso a favorire il compito dell'altro. Era come se entrambi, il giovane e il vecchio, sapessero che quella era l'ultima occasione per fare una cosa da fratelli all'ombra della casa che li aveva visti ragazzi, e non volessero sprecarne un solo istante.

«Fa un po' impressione vedere l'orto così vuoto, vero?» domandò Ianez quando l'ultima pianta fu sradicata.

«Mi sembra che abbiamo fatto un buon lavoro» notò Aldo, le mani sui lombi e la camicia appiccicata alla schiena. «Però, ragazùl» esclamò in un sospiro, e indicando l'appezzamento devastato ammise: «Non mi ero mai reso conto di quanto fosse faticoso strappare il piede d'una vite».

Le voragini allineate facevano pensare a tane di enormi talpe, e l'oleandro svettava solitario a lato di quel cimitero.

«Ora che è rimasto solo, è pronto a diventare un albero» assicurò Aldo.

Ianez mi batté il palmo sulla spalla e aggiunse in tono solenne: «Adesso sei tu, Tommy, l'uomo di casa».

«Io al matrimonio dello zio non ci vengo!» annunciai senza mezzi termini a mia madre. Mi ero nascosto sotto il letto, e mi apprestavo a resistere a un assedio che si annunciava estenuante.

«Vieni fuori da lì!» ordinò lei. «Vieni fuori immediatamente!»

«Col cavolo!» replicai, inflessibile. «Altrimenti mi costringi a vestirmi elegante e mi porti là!»

«Certo che ti porto là! Mio fratello si sposa! Ci andiamo tutti, e tu vuoi farmi fare tardi!» recriminò. Poi, visto che non mi aveva impietosito neanche un po', tentò di blandirmi: «Su, esci, dài. Sarà una festa bellissima. Ci sono tutti i cugini. E un sacco di cose buone da mangiare».

«Anche i sandwich con la maionese?» chiesi dal mio riparo.

«Lo sai. Lo zio ti ha promesso che ci saranno.»

«Non m'importa!» mentii. «Ianez è un traditore! Va a Milano da "Airone", e vuole più bene a quella lì che a noi!»

«Ascolta» Mamma cercò di farmi ragionare. «Lo capisco che ti dispiaccia. Anch'io avrei preferito restasse in città. Ma Gianni è come il vento, e nessuno è mai riuscito a imbrigliarlo.»

Nessuno, tranne quella tizia dalla mascella forte e lo sguardo deciso che l'aveva ipnotizzato. Doveva avergli fatto il lavaggio del cervello, la stronza, per convincerlo a lasciare il suo promettente nipote-scudiero.

«Rapiamolo» proposi. «Lo rapiamo, e lo lasciamo libero solo quando gli è passata...»

«Troppo tardi» commentò Mamma. Benché non la potessi vedere, avrei giurato che stava sorridendo. «Il fatto è che quando un adulto trova un lavoro, deve andare» sospirò. «Anche il tuo Babbo faceva così. Quando ha seguito i lavori per la villa del tenore Massaccesi, sul monte Conero, era sempre là.»

«Poi però tornava.»

«Lo zio, invece, vuole andarsene per sempre! Ha trovato lavoro a Milano, e si è innamorato di una ragazza che vive là. Cos'altro avrebbe dovuto fare?»

Che domande. Restare con me. Raccontarmi storie pazzesche, proteggermi e illuminarmi la via verso l'età adulta. Ecco cos'avrebbe dovuto fare.

«Venitemi dietro e, qualunque cosa accada, ci vediamo all'autogrill Pavesi» ribadì zio Aldo, unico ad avere già affrontato con successo il viaggio verso Milano. «Quello a ponte, dopo Parma. Così arriviamo in città tutti insieme.»

L'idea del rendez-vous intermedio fu davvero opportuna, perché non facemmo in tempo a entrare in autostrada che già il corteo si sfilacciò.

La Volvo guidata dal maggiore dei fratelli Latini sparì quasi subito, portandosi via Nonna, mio cugino Ettore travestito per l'occasione da cadetto, sua sorella Valeria, che invece s'era ispirata nella pettinatura a Stéphanie di Monaco. Zia Elisabetta non s'era contentata di indossare il vestito più incredibile di tutti, un arnese azzurro e lucido che le lasciava le spalle scoperte, stretto come un tubo dalle poppe in giù e largo sotto, che mi faceva pensare a un vaso di porcellana capovolto; per non lasciare nulla d'intentato, si era procurata anche una specie di lumaca in stoffa dello stesso colore, che andava posata sulla testa e lasciava scendere sul davanti uno schermo simile a quello impiegato dagli apicultori.

«Con la veletta, si presenta!» protestò Mamma mentre inseguivamo sulla nostra Ritmo ammaccata la Talbot color ramarro di zia Paola e zio Camillo. «Ha proprio deciso di farsi notare» affermò, aggiustandosi gli occhiali dalla montatura verde che impiegava alla guida.

«Secondo me siamo tutti vestiti da scemi» dissi la mia.

Non mi sentivo a mio agio, col cardigan in cotone e i bermuda a righe dismessi da Ettore, men che meno con i vezzosi calzini blu, bucherellati a finestrelle esagonali da qualche ricamatrice pazza, che Mamma aveva comprato per l'occasione. Era obbligatorio tenerli sollevati in tutta la loro orripilante estensione, fin sotto il ginocchio, anche se facevano prurito e ti veniva una gran voglia di rincalzarli verso il basso, a cagarella, come usava in cortile.

«Da scemi, addirittura?» si meravigliò Mamma. «Non pensi che ogni tanto sia divertente mettersi eleganti?»

Quella domanda poteva suonare curiosa se usciva dalla bocca di una donna che indossava una veste drappeggiata simile alla tenda d'un salotto e un incongruo scialle a nappine.

«Siamo un po' strani» risposi vago, e profittai dell'attenzione che Mamma dedicava alla strada per far scendere di mezzo palmo l'elastico dei calzini.

«La vedi la macchina degli zii?» mi domandò a un certo punto. Era ingobbita sul volante, gli occhi stretti dietro le lenti come se la quantità esagerata di rimmel che aveva impiegato la stesse lentamente accecando. «Erano davanti a noi un attimo fa, ma li ho persi di vista.»

«Come faccio a vederla?» protestai. La Ritmo viaggiava in scia a un Tir carico di maiali che procedeva coscienziosissimo agli ottanta orari, e il panorama era quello che era. «Se non lo superi, vedo solo porcelli!»

«Miseria gobba!» si era lasciata andare. «Ci siamo già persi! Lo dicevo, io, che dovevamo andare in treno!»

L'arrivo al maestoso autogrill Pavesi doveva essere una piccola festa. Mamma aveva promesso che mi avrebbe comprato un succo di frutta Billy, e io ero contento di rivedere i cugini. Invece, una volta posteggiata a fatica la Ritmo, ci eravamo ritrovati di fronte a una situazione ruvida: erano tutti appostati in picchetto alla base della scalinata d'accesso all'Autogrill, muti e con le facce da funerale.

«Non siamo in ritardo» prese la parola zio Aldo tormentandosi il fermacravatta dorato. «Di più.»

«Scappiamo in bagno, e ripartiamo subito» si affannò Mamma e, presomi per mano, mi trascinò su per i gradini di quel futuristico locale sospeso a cavallo dell'A1.

Avrei voluto esplorarlo con calma, invece venni barbaramente trascinato nel bagno delle donne. Fui rinchiuso in una toilette, costretto ad aspettare che Mamma risorgesse dalla sua, e affinché la mia umiliazione fosse completa mi toccò lavarmi le mani sotto lo sguardo accigliato di certe turiste straniere che, giustamente, si domandavano che cavolo ci facessi là dentro.

A dispetto d'ogni impegno, mia madre si rifiutò di comprarmi il Billy: appena lasciammo il bagno, partì a passo di carica lungo i corridoi di quel labirinto dalle pareti cariche d'ogni ben di dio

«Me l'avevi promesso!» protestai.

«Non c'è tempo!» ribatté tentando di orientarsi verso le casse. «Se quello scalmanato di Aldo va via senza di noi, come la troviamo da soli la chiesa giusta?»

«Coño y mierda!» borbottai alla maniera di Pepe Fabiani. Mi toccò lasciarmi alle spalle tutto, succhi di frutta, salamini, palloni colorati, dame cinesi e lucidissime Ferrari della Burago in scala 1:43.

Sembrava che gli altri fossero ormai seduti in macchina con la marcia inserita, invece li ritrovammo ai piedi della scala, esattamente dove li avevamo lasciati, tutti stretti intorno a zia Paola. A quanto pareva, era sparito il cuginetto Ernesto.

«Doveva fare di nuovo pipì, così vi abbiamo seguito» spiegò la zia. «L'ho mandato dai maschi» sillabò, gli occhi larghi di paura. «Gli ho detto di tornare insieme a Tommy» aggiunse toccandosi la fronte. Poi si volse di colpo verso di me, mi prese per le spalle e volle sapere: «Tu non l'hai visto?».

Mi vergognavo ad ammettere che Mamma mi aveva trascinato ai servizi delle signore, così mi limitai a scuotere la testa in cenno di diniego.

«Calma, Paoletta» si fece sentire zio Camillo. «Se è entrato e non è uscito, significa che è ancora dentro.»

«Oddio!» gemette Nonna, indicando la costruzione pensile che incombeva sull'autostrada, e pareva mostrasse il castello dell'orco. «Il piccolo è rimasto là da solo!»

«Dividiamoci!» ordinò Aldo. «Valeria e io controlliamo l'uscita, voialtri entrate a cercarlo.»

Sordo alle raccomandazioni di Mamma, partii al galoppo con Ettore, zio Camillo e le sue figlie alla ricerca del cuginetto smarrito.

Ernesto, disorientato, si era spinto lungo la struttura a ponte che ospitava il ristorante; fui io ad avvistarlo mentre vagava fra i tavoli. Gli avevano trovato chissà dove una giacchetta bianca e un farfallino. Quell'abbigliamento, unito ai capelli pettinati all'indietro con la gommina, gli conferiva un aspetto bizzarro da cameriere nano, che l'aria imbronciata caricava di drammaticità. Faceva su e giù dandosi un tono, ignaro delle braghe dalla saracinesca abbassata, e intanto spiava la fisionomia dei clienti caso mai riconoscesse qualcuno di famiglia.

Mentre lo trascinavamo fuori fra baci e sculaccioni, confessò in lacrime di non aver fatto la pipì, ma ormai avevamo perso troppo tempo, e venne costretto a pisciare contro una siepe del parcheggio.

«Tu adesso mi stai attaccata, Alice!» decretò zio Aldo, sul punto di perdere la pazienza, quando finalmente fummo pronti a ripartire. «Spingi su quel gas e non mi perdere di vista, d'accordo?»

Il prosieguo del viaggio andò magnificamente. Almeno fino ai palazzoni di Metanopoli.

Mamma si era messa a guidare a una velocità accettabile, ed era divertente dare la caccia alla Volvo dello zio come in un film poliziesco.

Eravamo ormai in vista della barriera d'uscita, quando Aldo allungò in maniera irresistibile; poco dopo ci affiancò la Talbot color ramarro, e l'espressione con la quale zia Paola ci guardò scivolare indietro era a metà fra lo scoramento e l'urgenza.

«Perché vai così piano?» domandai, allarmato da un salto di potenza del motore.

«Ossignur! La macchina non risponde più!» esclamò Mamma azionando in maniera incongrua il tergicristallo. «E adesso cosa faccio?»

Un nuovo salto confermò che avevamo un problema serio.

Vidi lampeggiare la freccia della Talbot centro metri avanti a noi mentre il paesaggio intorno pareva rallentare.

«Non ci posso credere!» gemette Mamma, sfruttando l'abbrivio per pilotare la Ritmo verso la corsia d'emergenza in scia all'auto degli zii. «Qui è finita la benzina!»

La chiesa di via Ampère era stata progettata da un architetto famoso, ma non doveva essersi impegnato granché, perché il risultato era molto simile a un hangar per aerei con la croce sopra. Ci arrivammo davanti stipati nella Talbot, e non fu semplice trovare posto fra le auto lustre degli altri invitati.

«Non mi sono mai vergognata così tanto» confessò Mamma mentre scivolava fuori dall'abitacolo. «Sembriamo dei naufraghi, e con questa umidità mi si è disfatta l'acconciatura.»

Personalmente mi ero divertito a fare gli ultimi chilometri nel bagagliaio, e appena zio Camillo aprì il portellone per liberarmi, balzai a terra sentendomi uno dei cugini Duke che smontava dal Generale Lee.

«Non fare il buffone!» mi ammonì Mamma. «E tirati su i calzetti!»

«Ci guardano tutti» sibilò, mortificata, zia Paola.

Non era vero. Aldo ed Elisabetta, frammisti ai parenti della sposa ai piedi della scalinata, facevano ostentatamente finta di non conoscerci.

«Bisogna capirli» ammise noncurante suo marito. «Non capita tutti i giorni di vedere sette persone scendere da un bolide come questo...»

«Vorrei sotterrarmi viva» gemette Mamma stringendosi lo scialle. «Che parte da poveracci!»

Affari suoi. Io gliel'avevo detto che non era una buona idea partecipare a quella cerimonia.

Ianez aveva un bel da farci gli occhiacci, conciato da pinguino com'era. Non feci in tempo neppure a salutarlo, che subito apparve la sposa scortata da un vecchio con un garofano bianco all'occhiello.

Troppo tardi. Ormai era fregato.

# 7
# Il Bunker

Le scuole medie erano ospitate in un edificio di cemento chiamato "il Bunker" e radunavano ragazzini che provenivano dai contesti più diversi.

Nella mia classe eravamo in ventisei, e il foglio che ci venne fornito con gli indirizzi di ciascuno bastava a fotografare con cinica precisione chi scendeva dalle ville dei colli, chi abitava in un dignitoso condominio e chi invece veniva dai rioni più poveri.

«Questa dove sta Altieri è una bella zona...» commentò mia madre nel passarlo in rivista. «... Ma chi è Patrizia Morini? La figlia del fruttivendolo? Mi dirai come va a scuola, son curiosa... E Santurro?» domandò sollevando lo sguardo dal foglio. Pareva avesse letto qualcosa che la offendeva. «Sta in via del Fossatello! Non vivrà nei bassi?»

Era una zona a ridosso del fiume dove si trovavano ancora verande dalla tettoia in lamiera, cortili sterrati e pollai abusivi.

«Vivono in mezzo ai topi, quelli» rabbrividì Mamma.

Dal nostro punto di vista, invece, ci si posizionava sui diversi gradini della piramide sociale in base ad altri parametri: la simpatia, la naturalezza nello stare al mondo e, ovviamente, le scarpe.

Ginevra Vespignani, bionda figlia d'un dentista, poteva sfoggiare un parco calzature che la poneva al vertice di questa particolare graduatoria: la riccastra dal sorriso scintillante possedeva tre paia di Timberland – il modello da barca, quelle alte sino al malleolo e persino lo scarponcino dalla suola a carrarmato – ma anche le Nike da tennis col baffo azzurro, le spaziali Adidas Los Angeles e le Stan Smith. Le compagne l'invidiavano, anche perché le andava dietro metà della popolazione maschile della classe, con il mio amico Selva in prima fila tra gli spasimanti.

Il buon Altieri, invece, poteva abitare finché voleva in una bella zona, ma con i suoi stivaletti ottocenteschi dalla fibbia dorata non avrebbe fatto troppa strada. Contando poi che si presentava a scuola accompagnato per mano dalla madre, era chiaro fin da subito il suo destino di fuoricasta.

«Hai paura di perderti?» lo sfotteva l'allegro, disagiato Santurro, che calzava perennemente un paio di orride Mike, più improbabili d'una moneta da trecento lire. «È per quello che dai la manina alla mamma?»

Chi era cresciuto in condizioni umili e sfoggiava scarpe tarocche poteva sempre riscattarsi grazie alla presenza di spirito, alla capacità di fare la voce grossa e al sostegno degli amici.

In quel contesto, avere Athos di fianco mi rassicurava; i bulletti di terza dal giacchino jeans senza maniche ci avrebbero pensato due volte, prima di attaccar briga con quel marcantonio dalla testa riccia, la mascella quadrata e lo sguardo vigile.

Sembrava che la presenza del Mezzosangue infondesse sicurezza anche alle ragazze; nonostante si presentasse sempre in tuta come un carcerato e calzasse delle discutibili Lumberjack rosse da pallacanestro, la fila delle sue ammiratrici si allungava di giorno in giorno.

Fu un colpo scoprire che gli avevano dedicato una scritta davanti a scuola; era solo un messaggio vergato sul fusto metallico d'un lampione a tratti di UniPosca rosa, ma leggere "Atos Carboni (I C) 6 un gran sanazzo!" mi fece una profonda impressione, e non per via del nome sbagliato, né del fiorellino inglobato nel punto esclamativo. "Gran sanazzo" era un titolo onorifico di raro pregio, il medesimo che spettava a titani assoluti come George Michael e Simon Le Bon, Nick Kamen e il motorizzato Mirko Bonola di III B. Coño y mierda! Era una dedica che proiettava il mio amico nell'empireo dei ragazzi popolari: lui stesso la fissava imbarazzato, resistendo stoicamente ai colpi di gomito che Selva gli indirizzava al costato.

«Pare che abbiamo fatto colpo, eh playboy?» si congratulava il Biondino con un sorriso malizioso. «Secondo te chi l'ha scritta?»

Tra i capannelli che gremivano il piazzale un gruppetto di undicenni ridacchiava spiando le nostre reazioni.

Mi ero illuso che, una volta scoperte, si sarebbero date per vinte, rassegnandosi a disperdersi, invece continuavano a spalleggiarsi, orgogliose di sostenere la sfida. Una ragazzina dagli orecchini a cerchio, frangetta castana da yorkshire e felpa Best Company, avvampava più delle amiche; balbettava qualcosa a proposito di una figura di merda e opponeva resistenza mentre le altre la incoraggiavano a farsi avanti.

Spettava al "gran sanazzo" prendere una decisione, che Selva propiziò a modo suo: «Vai e non fare prigionieri» sussurrò con fare da intenditore. «Avanti, arnesone! Mica ti morde!»

«Arnesone?» ripeté Athos interdetto.

«Grande, grosso e pistolone» lo canzonò Selva, mentre dalla parte delle ragazze strillavano: «Lei è Sonia! È un po' timida ma ti ama!».

Il Mezzosangue mi rivolse uno sguardo allarmato. Sentiva anche lui che ci stavano strappando l'uno dall'altro. Ci chiamavano due destini diversi, e la parte dello sfigato toccava a me.

«È lì che ti aspetta» lo sollecitò il Biondino, e mormorò fra i denti: «Stai facendo la parte del cagamutande, Athos».

«Il cagamutande no!» ringhiò il Mezzosangue, misurando a occhio la distanza che lo separava dalla falange delle femmine. Mi posò una mano sulla spalla e spiegò in tono di scuse: «Ormai mi tocca», quindi si staccò da me.

«Così tu sei Sonia» esordì disinvolto. «Molto piacere, Carboni Athos. Andiamo a fare un giro?»

Era passato per sempre il tempo in cui le bambine mi apparivano bizzarri scherzi di natura, creature monche, maschi dimidiati dall'incapacità di giocare a calcio, pisciare in piedi e cimentarsi in battaglia.

Le femmine erano, molto semplicemente, tutt'altro da noi. E

quando non starnazzavano, rese sicure dal numero, né sfilavano impettite l'una a braccetto dell'altra per farsi notare, quelle tipe potevano lasciarti a bocca aperta. Con alcune ti veniva voglia di parlarci insieme, addirittura.

Durante le lunghe ore di grammatica mi sorprendevo ad ammirare la Vespignani: bastava posare lo sguardo sui lunghi capelli biondi e il profilo da ninfa per ritrovare la gioia di vivere, e lasciar correre la fantasia al tempo remoto in cui i draghi rapivano le fanciulle come la bella Ginevra; ti pareva di sentire addosso il peso dell'armatura, un galoppo di zoccoli che riecheggiava sulla terra battuta, e presagivi il momento meraviglioso e terribile in cui avresti sguainato la tua Durlindana per affrontare il mostro.

Poi quella ti rivolgeva la parola, magari per chiedere in prestito la gomma, e tu gliela passavi a occhi bassi, vergognoso delle tue fantasticherie.

Allora tornavi casto – di più, asessuato – fino al termine della lezione, appagato dall'antica complicità che ti legava al vicino di banco Selva. Con le ragazze era difficile rapportarsi? Be', ci si poteva pur sempre confortare con le battaglie navali, le barzellette sui carabinieri o la rievocazione con penna Bic e foglio a quadretti d'una parata spettacolare di Walter Zenga.

Quella dorata quiete, però, era destinata a durare poco, i turbamenti erano sempre in agguato. Bastava un niente: magari l'orario proponeva a stretto giro una lezione di matematica, e il caso decideva che venisse chiamata alla lavagna la Morini Patrizia. Allora la figlia del fruttivendolo si metteva d'impegno per stabilire con esattezza i tre quarti di mille, con le sue pantacalze strette che lasciavano intravedere l'elastico delle mutande a cavallo delle chiappe sode. Più lei annaspava, spalle ai banchi, nei gelidi gorghi dell'aritmetica, più io tornavo a galoppare nel regno in cui tutto era possibile. Quella ragazzina in difficoltà con le frazioni si trasformava in una scatenata spogliarellista, lieta di danzare lasciva su un accattivante tappeto swing, di scuotere a un palmo dal mio naso il sorriso verticale del pandizucchero, di rivolgermi un promettente occhiolino nel lanciare via il reggiseno in pizzo scarlatto.

Un mattino che parlavo con gli amici davanti al Bunker mi trovai addosso un paio d'occhi dal taglio esotico che facevano pensare alla bella isolana Maimiti, di cui si innamora Fletcher Christian, l'ammutinato del Bounty. I capelli mossi d'un nero lucente, gli zigomi alti e la carnagione ambrata mi lasciarono come atterrito. Ester Bonsignori. La ragazzina che mi aveva fatto una linguaccia al cinema Arlecchino. La figlia della Saccopelista. Aspettava un saluto, ma non avevo osato. Mi ero rifugiato nelle chiacchiere smorte e rassicuranti con i ragazzi, e quando ero tornato a cercare quegli occhi verdi, non c'erano più. Da quel giorno non me li ero più levati dalla mente.

Durante la ricreazione Ester stava sempre insieme a una squadra di compagne fidate, sfrontate cowgirls in minigonna e Camperos. Era un gruppo poco socievole, però io allargavo ad arte le mie traiettorie per spingermi il più vicino possibile a lei; volevo regalarmi un'altra opportunità di carezzare con lo sguardo la sua chioma lucente come quella d'una giovane pellerossa, ascoltare di sfuggita la musica della sua voce, incrociare il suo sguardo per scoccare un timido saluto. Niente, era come fossi diventato trasparente.

Cosa potevo fare, a quel punto, per recuperare la situazione? Sfidare la sorveglianza delle amiche e andarle sotto per dirle in faccia: "Uè, tipa, meglio tardi che mai! Finalmente ho connesso! Ci siamo già beccati, noi due, la volta che sei andata a vedere *Fandango* insieme alla signora Eva, tua sorella e il pupazzo Marcellino"?

Athos, forse, l'avrebbe fatto senza battere ciglio, ma io mi sarei sentito troppo goffo; era una parte che mi avrebbe coperto di ridicolo e avrebbe finito per mettere lei in imbarazzo.

Meglio tormentarmi in silenzio, patire il caldo sulle guance al suo passaggio e raccogliere dal pettegolo Selva gli ultimi aggiornamenti sulle manovre che la stringevano d'assedio.

«La Bonsignori è gettonatissima» mi ammonì. «Ci hanno già provato in tre. Se vuoi giocarti le tue possibilità, devi buttarti.»

Per la fine di ottobre fu chiaro che le andava dietro un seduttore spietato come il paninaro Filiberto Grignoni; a metà novembre il tanghero le regalò il 45 giri di *Tarzan boy*, e subito dopo le propose di mettersi insieme per due settimane di prova. Per qualche motivo Ester accettò, e andò a finire che – coño y mierda! – si trovò bene: prima di Natale giravano appiccicati uno all'altra durante la ricreazione, uscivano di scuola mano nella mano e si baciavano in bocca davanti a tutti.

Athos festeggiò i primi tre mesi insieme alla timida Sonia in una maniera per lei inattesa: la lasciò quel giorno stesso, rifiutando il quaderno di Holly Hobbie pieno di foto, scritte e collage che la fidanzatina gli aveva preparato come pegno d'amore.

«Ha fatto un po' di storie» ammise, reduce da una scenata memorabile in cui lei aveva tentato di schiaffeggiarlo col quaderno chiamandolo davanti a tutti "maiale" e "puttaniere". «Ma c'aggi' a fa'? Ormai mi sono compromesso con la Bergamini Deborah di I G.»

«Hanno fioccato sabato pomeriggio» mi rivelò Selva, felice di dimostrarsi informato. «E lei gli ha chiesto di lasciare Sonia.»

«Logico» intervenne il Mezzosangue. «Alle donne non piace fare le amanti. Vogliono essere portate in palmo di mano.»

«Mica vero» obiettò Selva. Da quando era stato in crociera nell'Egeo coi genitori, sosteneva di essersi spupazzato una ragazza greca, e sulla base di quell'esperienza si dava arie da intenditore. «Ce n'è tante che vogliono scopare e basta. Guardate quelle che vanno con Eolo.»

Il tabaccaio di via De Coubertin era tracagnotto e ormai stempiato, con un arcipelago di venuzze esplose sul naso e gli zigomi, eppure si diceva che certe signore sposate, insospettabili madri di famiglia, facessero a gara per andare a letto con lui. Negli orari di chiusura del negozio capitava che andasse in onda dalla finestra aperta del suo appartamento, posto al piano superiore, uno spettacolo di cui si dicevano meraviglie: sinfonie di inviti osceni, echi di sculacciate, insulti in dialetto e gemiti in crescendo. I vicini, quali invidiosi e quali esasperati, se ne risentivano, e una volta era dovuta intervenire la polizia municipale per invitare i presenti a darsi una calmata. Così era venuto fuori che il tabaccaio se la faceva con una maestra della XXI Aprile, sposata con due figli, e lo scandalo era stato tale che persino don Gandolfi, dal pulpito, aveva tuonato contro le tentazioni che minacciano la sacralità della famiglia. Ma Eolo, che in chiesa non ci andava, aveva tirato dritto per la sua strada.

«Il suo segreto sta nel bagaglio» garantì Athos. «Trenta centimetri» sillabò, ponendo le mani di taglio a indicare una misura esagerata. Secondo me erano separate di almeno mezzo metro, ma l'idea restava impressionante. Chissà come faceva a contenerlo nelle mutande. Forse se lo girava intorno alla vita?

«Certe voci si spargono in fretta» considerò il mio amico. «Così, un po' alla volta, si è scopato metà quartiere.»

Cacciai l'idea abominevole che mia madre facesse parte delle curiose che si erano spinte nell'antro di Eolo.

«Metà è troppo» considerò Selva, e ne provai sollievo. «Però almeno cento se le sarà fatte.»

Il Mezzosangue diede un gran sospiro, e per un po' nessuno disse niente.

«Se vi dico una cosa riservata, ve la tenete per voi?» parlò per primo Selva.

«Allanemad'kittemmuòrt!» protestò Athos. Per qualche motivo si era innervosito. «Ci hai preso per due che se la cantano?»

«Patti chiari, amicizia lunga» replicò il nipote del Senatore, quindi mi guardò come se la notizia che si apprestava a darci avesse un valore particolare per il sottoscritto. «Ho visto la Saccopelista nuda» rivelò. «La madre della Bonsignori» aggiunse, accennando con cautela nella mia direzione, quindi schioccò la lingua e considerò: «Avrà i suoi trentacinque anni, ma è ancora un tocco di passera da restarci secchi.»

Lo sapevo già.

«Nuda nuda?» indagò Athos pensieroso, e Selva annuì con sguardo goloso.

«Poppe al vento e boscaglia in bella vista» assicurò. «Mi cadesse l'uccello se mento, diventasse di cemento, mi finisse in culo senza unguento» giurò baciandosi gli indici posti in croce.

«E come hai fatto a vederla?» volli sapere, cercando di mascherare il sottile dispiacere che ora provavo.

«Dalla finestra a vasistas della mia soffitta» rispose pronto. «In linea d'aria, da lì a casa loro saranno cinquanta metri.» Sollevò le sopracciglia ad arco, e spiegò: «Mia madre non sopporta l'odore della colla da modellismo, così mi costringe a fare il plastico di Stalingrado di sopra. Sabato scorso i miei erano a dormire fuori, così ci ho dato dentro fino alle ore piccole. Ero lì che dipingevo per gli affari miei un Tigre centrato da un colpo di bazooka, e all'improvviso là fuori si accende la luce d'una portafinestra. Così la vedo sulla soglia del balconcino, con un accappatoio mezzo aperto e una specie di turbante in testa. Un po' ubriaca, secondo me».

Per qualche alchimia mi sembrava di essere al suo fianco, l'odore penetrante della colla da modellismo nelle narici e il cuore che batteva forte in petto.

«Erano ormai le tre, e dato il buio pesto era come stare al cinema» riprese Selva sognante. «Ho spento l'abat-jour perché non mi notasse, ho pescato il binocolo nel cassetto e mi sono piazzato di vedetta.»

L'idea che qualcuno guardasse con un binocolo dentro casa di Ester non mi piaceva, ma non avevo il diritto di protestare: chiunque, nei panni di Selva, avrebbe fatto la stessa cosa. Tuttavia, quel che provavo per lui non era solo invidia; era gelosia. Cos'era saltato in mente a Eva Bonsignori? Se c'era qualcuno al quale si sarebbe dovuta mostrare nuda, quello ero io.

«E poi?» volle sapere Athos.

«Ha acceso una sigaretta, e dopo i primi tiri si è liberata i capelli del turbante. L'ha scosso, poi l'ha fatto volare dentro. Per un po' ha fumato poggiata di spalla alla portafinestra, i capelli bagnati che le nascondevano il viso.»

«Cos'è, un film?» osservò il Mezzosangue. «Vai al sodo, Secco!»

«Ci sono rimasto di sasso quando si è scrollata di dosso l'accappatoio e ha lanciato anche quello all'interno. Poi ha fatto due passi sul balconcino, ha spento la sigaretta nella terra d'un vaso ed è rimasta lì, nuda, sotto i miei occhi.»

Mi figuravo la sagoma snella della donna che spiccava contro il rettangolo illuminato, i riflessi perlacei sulle sue spalle nude, i capelli ancora umidi che ricadevano sul volto, il ventre piatto e la curva del bacino che facevano capolino dalla penombra.

«Zozzona! Potevano vederla tutti!» esclamò incredulo Athos.

«A quell'ora, mi sa che eravamo svegli in pochi» considerò

Selva. «Lei comunque non sembrava preoccuparsene. Stava lì, tranquilla, come volesse abbronzarsi sotto la luna, e io quasi piangevo di gioia.»

«Mi par di vedere, come piangevi» lo provocò Athos. «Con le braghe a mezz'asta.»

«Che pezzo di donna, ragazzi» lo ignorò il nipote del Senatore, e lasciò andare un sospiro. «Anche Ester ha due belle gambe.»

«E non solo quelle» approvò Athos osservandomi come suscitassi in lui una profonda pena. «Peccato che Tommy si sia fatto fregare da quello sborone di Grignoni.»

«Fregare?» protestò Selva. «Se non si è mosso! Cosa sperava? Di restarsene in panciolle e vederla arrivare da lui saltando come un leprotto?»

Bisticciavano come i secondi all'angolo di un pugile suonato, troppo infervorati per occuparsi del poveretto col paradenti seduto con gli occhi gonfi a un braccio da loro.

Il gran sanazzo Athos era implacabile. Prima ancora di lasciare la timida Sonia si spupazzava in segreto la Bergamini Deborah, la figlia della parrucchiera di via Turati dalla faccia tonda e impiastrata di terra come una divinità azteca. Ma non gli bastava: alla festa per i dodici anni di Selva, complice uno snervante gioco della bottiglia, tradì anche lei con la cugina del padrone di casa. Gli veniva tutto facile, e in primavera arrivò a gestire due fidanzamenti in simultanea, uno a scuola, passionale e proletario con la sua Debby, e l'altro, furtivo e faticoso, all'ombra del campanile di San Mamante. A forza di frequentare la parrocchia per prepararsi alla cresima, il mio amico si era invaghito di Rita Quinzi, la più intrigante e pettegola fra le ragazzine del nostro corso.

A me stava antipatica, con il suo cerchietto in lamé e il tono studiato da piccola opportunista. La Quinzi era la più sollecita nell'aiutare le sorelle Casolari a distribuire i messali, la prima a candidarsi per leggere un'intenzione durante la preghiera dei fedeli, l'unica che gratificasse la tondeggiante solista Cinzia Stroppa offrendosi di farle il controcanto durante gli inni.

Arciconvinto che mentire in amore non fosse peccato grave, Athos le aveva giurato di essere libero. Il loro amore si celebrava a suon di chiacchiere fitte sul sagrato e baci sulle panchine dei giardinetti, due identiche bandane rosse infilate nella tasca posteriore dei jeans.

Quando le catechiste allentavano la sorveglianza, li si vedeva svicolare verso qualche ambiente al momento disabitato, la sala dei biliardini, l'ufficio della Caritas o la tana dei lupetti; lei tornava rossa in volto e su di giri, turbata dalla predisposizione del mio amico alle parole di fuoco e alle ardimentose palpate di tette.

# 8
# La bonne

Sul principio della seconda media, apparvero a scuola personaggi che credevo dimenticati, dispersi nei meandri di un'ottusa età dell'oro.

Rispetto al giorno disgraziato in cui aveva battuto la testa, Aribò si era fatto più alto e forte di spalle. Faceva impressione vedere quel marcantonio con le labbra sempre umide vagare solitario per i corridoi, incuriosito dalla vita sociale dei coetanei, dalla quale sembrava irrimediabilmente escluso. Dell'incidente non ricordava nulla, né dava mostra di riconoscere gli amici d'un tempo. Era come fosse regredito ai cinque anni, tuonato a vita da quel fatidico grumo di sangue nel cervello.

Quando era stanco si reggeva al gomito di un barbuto trentenne che incarnava alla lettera la missione dell'insegnante di sostegno. Con lui Aribò si appartava per svolgere lezioni ad hoc, nel corso delle quali componeva puzzle, ascoltava musica o colorava disegni mentre l'uomo leggeva per lui. A me, che conoscevo la sua storia, faceva tenerezza, ma le ragazze ne avevano paura: una volta se l'erano trovato nei bagni con le braghe abbassate, ed erano serviti tre bidelli per portarlo via.

Ritrovai anche Pepe Fabiani, l'amigo argentino dalle ginocchia possenti e l'orecchio attaccato alla meno peggio. Contrario per principio all'idea di pettinarsi, riuscì nell'impresa di presentarsi a scuola fino alla stagione delle caldarroste senza mai cambiare la polo sdrucita e i bermuda che sfoggiava il primo giorno. Con le gelate di novembre gli toccò a malincuore integrare lo scarno guardaroba con un giubbotto imbottito color senape; indifferente ai rigori in arrivo, continuò a non possedere sciarpa, guanti o cappello, e lo vedevi arrivare a scuola con il naso rosso e le gambe nude virate a una minacciosa tinta violacea.

«La legge dice che bisogna studiare fino a quattordici anni!» fece presente mentre caracollavamo verso la scuola in un mattino nebbioso di gennaio, gli zaini stracarichi di libri e le righe millimetrate in mano. «Ma alle leggi ingiuste ci si deve ribellare, coño!» proclamò, e un sorriso intraprendente rischiarò il suo volto incoronato da una massa di capelli ridotta a un'installazione d'avanguardia, fitta di ciuffi a pinnacolo, a ramo d'abete e a stalattite.

«E come?» domandai.

«Non mi laverò mai più» annunciò trionfante.

Era un proposito malsano da ogni punto di vista, l'età ormai imponeva robuste saponate mattutine sotto le ascelle.

«Però, Pepe» sospirai mentre il profilo squadrato della scuola emergeva dalle brume. «Non ti dispiace che le ragazze ti tengano alla larga?»

Mi guardò come non ci avesse mai pensato prima.

«Quali ragazze?» domandò. Era proprio un simplex.

Mi congedai per esplorare i capannelli alla ricerca dei miei amici; non li trovai, così mi piazzai in un angolo dal quale riuscivo a tenere d'occhio Ester. Arrivava sempre alle otto meno dieci, lei, e s'isolava insieme alla sua banda di cowgirls.

Stavano chiacchierando come al solito, addossate al muretto venato di muschio che chiudeva il piazzale, scambiandosi confidenze in cerchio serrato e ridendo a tutto spiano per le battute dell'eunuco Pinzoglio, unica eccezione ammessa nel gineceo.

Poi arrivò il titano Spicci in sella al suo Califfone smarmittato. Alle spalle del gigante viaggiava appollaiato il voivoda Filiberto Grignoni. Mentre quello frenava sgommando sul piazzale, il fidanzato di Ester balzò plastico a terra, fiero della chioma scolpita a suon di spuma e del bomber rivoltato a mostrare la fodera arancio.

«Dov'è la mia sfitinzia?» domandò rauco e si diresse con passo da padrone verso la schiera delle cowgirls. Non salutò nessuno, si limitò ad andare dritto verso Ester e a baciarla con la sua lingua di iena. Le più grezze fra le amiche lanciarono gridolini di approvazione, le altre si ritrassero fintamente scandalizzate, mentre Pinzoglio si faceva aria come una vecchia signora costretta ad assistere a una scena troppo ardita.

Ormai Ester era mano nella mano col Voivoda, e sapevo che non se lo sarebbe scollato di dosso per tutta la mattina. All'intervallo, se non erano impegnati a sbaciucchiarsi, lui se la trascinava dietro come un ostaggio o una segretaria alle riunioni della sua grega di aspiranti teppisti con casa a Milano Marittima. Grigno era il loro capo, e lei la sua fidanzata; chissà se le piaceva, sentirsi qualcosa di simile a una first lady. Mi faceva male, quando la sentivo ridere alle loro spacconate, unica ragazza ai margini d'una cerchia di deficienti.

Quella primavera fummo condotti in gita di classe a Venezia.

Procedevamo a mandria per le calli di San Polo, quando Patrizia Morini venne a dire a Selva che doveva parlargli.

«Per me ci prova» pronosticò Athos, mentre i due scivolavano in fondo al gruppo. «E scommetto che il Secco dice di sì.»

Il Mezzosangue aveva ragione, ma lui stesso si meravigliò per come bruciarono i tempi: sbucarono tenendosi teneramente per mano in piazza San Marco, e durante la pausa pranzo lui le comprò una palla di vetro di quelle che, una volta ribaltate, scatenavano una nevicata sulla città.

Il nostro amico sembrava ipnotizzato, completamente calato nella parte del fidanzatino premuroso, e persino la sua maglietta della Maui sembrava virata di colore, da un bel rosa sfacciato a un'arresa tonalità confetto. Al momento di risalire in pullman mi confidò brevemente: «La amo».

Era impazzito, e volle assolutamente fare il viaggio di ritorno seduto al fianco di lei nella porzione anteriore del pullman. Erano talmente lontani che neppure i colpi di cerbottana che sparavamo attraverso i fusti cavi delle Bic riuscivano a intaccare la perfezione della loro fiaba.

«Sembra felice, il Secco» valutò Athos con un sorriso malinconico confezionando una letale dum-dum a base di carta bagnata e caccole di naso. «Mi sa che per un po' ce lo siamo giocato...»

Eravamo cresciuti insieme, e ormai ero l'unico dei tre che non si fosse ancora messo insieme a una ragazza. Se non mi sbrigavo a rimediare, presto mi sarebbero toccati il cappello a punta del somaro, i cori di scherno e il lancio di torsoli.

Dopo molte insistenze, mia madre aveva consentito a farmi giocare fra i giovanissimi del Rapid insieme al terzino tascabile Selva e al centravanti di sfondamento Athos. Agli ordini del suo babbo pompiere, che bisognava chiamare mister Carboni, la squadra dava del filo da torcere a chiunque: alla fine del girone d'andata eravamo terzi su sedici squadre, e anche se ero soltanto il portiere di riserva ero fiero di quei risultati.

La mia occasione arrivò per un'influenza del titolare. Fui io a scendere in campo contro il Panigal, la maglia verde col numero 1 cucito sulle spalle e i guanti imbottiti della Uhlsport ben chiusi intorno ai polsi.

A metà del primo tempo mi lasciai infilare da una punizione a effetto, ma nella ripresa non lasciai passare più niente. Vincemmo 3-1, e mentre i ragazzi mi portavano in trionfo per festeggiare il mio buon esordio avevo le lacrime agli occhi.

Le sorprese di quella stagione generosa, però, non erano finite: in occasione del mio compleanno gli zii si consorziarono per regalarmi una bici da corsa, una Legnano a tre rapporti nuova di zecca e, poche settimane dopo, toccai per la prima volta una donna nuda.

Il prodigio si manifestò una domenica pomeriggio nel gabinetto delle meraviglie di nonno Learco. Nonna Adele era uscita per partecipare alla processione che scortava l'immagine sacra della Vergine di San Luca. Il Nonno e io, invece, eravamo usciti insieme a portare a spasso Carnera, e sulla via del ritorno ci eravamo fermati alla Fata del Gelato: mentre davo fondo al mio cono crema e amarena, lui aveva bevuto un gin tonic, una bevanda che diceva di assumere per contrastare gli effetti della malaria, ma che di fatto aveva il potere di renderlo loquace e curioso. Volle sapere se avevo una fidanzatina, e ci rimase male quando gli risposi di no. «E una donna senza vestiti l'hai mai vista?» mi domandò con un sorriso indulgente.

«Sui giornali? Oh sì» mi vantai. «Disegnate, e anche in fotografia.»

«Hai dodici anni, giovanotto» considerò con aria sconsolata. «Alla tua età, me la facevo con le lavandaie.»

Persino Carnera sembrava fissarmi deluso.

«Lo sai cos'è un giuramento?» domandò severo. Lo sapevo. «Allora giurami che quel che vedrai resterà un segreto fra noi.»

Cosa voleva mostrarmi? Un film porno?

Annuii, ma non bastava. Mi fece giurare con la mano sul cuore che avrei mantenuto il silenzio con Mamma e nonna Adele.

Magalì, la nuova bonne africana, indossava un vestito giallo ricoperto di stampe geometriche e lungo fino ai piedi, della stessa stoffa con cui era realizzato il copricapo che le nascondeva i capelli raccolti in treccine. Nonno le parlò in francese, la ragazza sgranò gli occhi, e io provai un brivido lungo la schiena. La giovane argomentò con la malinconia nella voce, Nonno replicò in un tono che comprendeva persuasione e imperio, e Magalì abbassò lo sguardo.

«Andiamo di sopra» mi fece lui, e io imboccai la scala con le ginocchia che tremavano.

Nonno mi venne dietro fischiettando. Quando fui in cima alla rampa, mi accorsi che stava salendo anche la ragazza. L'ingegner Bandiera prese un toscanello, lo accese e andò a sedere sul divano collocato sotto le zanne d'elefante, mentre la ragazza restava impalata al centro della sala con le mani giunte e gli occhi bassi.

«È bella, no, la nostra faccetta nera?» volle sapere il padre di mio padre.

Dissi di sì, anche se mi sembrava più che altro spaventata.

«Viene dal Niger, e studia per diventare infermiera» assicurò. Lo ripeté in francese, e Magalì sorrise debolmente.

«Mettiti di fronte a lei, giovanotto» ordinò poi con voce più aspra, come se il tempo dei convenevoli fosse terminato. «Vicino.»

Avanzai fino a un braccio di distanza. Avevo paura e sentivo il bisogno di fare pipì, ma non dissi niente.

Lui le parlò di nuovo, e la ragazza mi si avvicinò. Sussurrò qualcosa con aria dolce, ma non riuscivo a capirla, né a sostenere il suo sguardo. Aveva occhi grandi, sbarrati, come temesse di sbagliare qualcosa, e controllava di continuo le reazioni di Nonno. La vidi sfilare una manica del vestito, poi l'altra, per abbassarlo fino alla vita. Aveva due poppe impressionanti, gonfie e puntute, dai capezzoli nerissimi.

«Magalì...» sospirò il Nonno. «Non è bellissima?»

Parlava come non fosse la prima volta che la vedeva così, e mi parve finalmente di capire come mai cambiava ogni volta domestica. Chissà perché la Nonna non protestava.

La ragazza mi sorrideva, adesso. Con un movimento fluido abbassò ancora il vestito e lasciò che le cadesse ai piedi. Aveva dei segni strani sulla pancia, delle specie di cicatrici che componevano file di figure geometriche, cerchi, rombi e scaglioni. Quello da cui non riuscivo a distogliere lo sguardo, però, era l'isoscele di peluria crespa che sorgeva dalla piega più interna delle cosce magre. Sentivo in modo confuso di essere di fronte a un miracolo e, contemporaneamente, in pericolo.

«Carpe diem» si raccomandò Nonno, e solo allora mi accorsi che era in piedi, pronto ad andarsene.

«Ci vediamo di sotto» mi disse dall'imboccatura della scala. Diede un tiro dal toscanello, impartì un'estrema disposizione a Magalì, quindi prese a scendere i gradini senza voltarsi.

Appena scomparve, la ragazza prese la mia destra e la portò con un sospiro in mezzo alle cosce. Sentii sotto il palmo la consistenza di crine dei suoi peli, quindi lei divaricò leggermente le gambe e portò le mie dita più in basso. E là sotto era tutta diversa. Liscia e morbida. Calda. Umida d'un miele che non conoscevo.

# 9

# Anga sgevù

Ianez, nella precipitazione di consegnarsi alla sua nuova vita di marito e giornalista di "Airone", si era lasciato dietro una quantità di tesori.

Fino a che punto si fosse dimostrata subitanea e fatale la sua crisi, si poteva ben capire valutando che aveva lasciato nelle mie mani interi scaffali di libri e riviste, e decine di buste colme di foto e negativi che passai in rassegna scovando il ritratto d'una giovane hippie nuda e sorridente scattato nel giugno 1976.

Adesso ero io, nelle fasi del pomeriggio consacrate ai compiti, a mettere in azione il giradischi per far risuonare in casa di Nonna i dischi di Battisti e Guccini, *Viva l'Italia* di De Gregori, *Sgt. Pepper's* dei Beatles, le chitarre spaziali dei Byrds, *Hotel Californi*a e la furia iconoclasta degli Who.

Una delle mie preferite era la canzone di Battiato che suonava come una chiamata alle armi destinata a un'ardita minoranza. «Up patriots to arms» canticchiavo rispettoso insieme al maestro. «Anga sgevù!»

Quelle sillabe ermetiche non si lasciavano penetrare, ma avevano il potere di elettrizzarmi. Dovevano essere il motto della società segreta dei patrioti, il messaggio in codice che invitava all'insurrezione, il "Viva Verdi!" rivolto a noi ragazzi del 1987.

"Anga sgevù": mica male come parola d'ordine, incoraggiamento a propiziare un tempo nuovo, una primavera disinvolta nella quale osare, certi che la fortuna avrebbe supportato gli audaci.

Mi misi d'impegno per individuare una ragazza alla quale formulare la mia dichiarazione.

Ester era fuori gara, esclusa a priori, irraggiungibile per la sorveglianza del Voivoda.

Dopo un'attenta valutazione di numerosi profili, da solo e in compagnia dei miei mentori, la candidata ideale apparve Loretta Farnè, erede dell'omonimo bar latteria di via Curiel; in gita scolastica m'aveva ispirato simpatia, e anche dal punto di vista fisico non era poi male. Forse scontava un naso non esattamente regolare, largo alla base e dalle narici rilevate; a sentire i maligni, quel naso le conferiva un'aria da maiale, ma era un'esagerazione al limite della calunnia. Al massimo poteva far pensare a una simpatica porcellina dei cartoni animati.

Io, in ogni caso, mi sforzai di farla sentire una principessa.

Preparai il terreno con un crescendo di galanterie – dal semplice "ciao" al "ciao Loretta", dal sorriso da tonno a una spericolata strizzata d'occhio –, e quando il terreno mi parve propizio, puntai dritto il suo capannello e scoccai il fatidico «Ti posso parlare?».

Lei sembrò colpita. Forse non se l'aspettava così presto, ma ormai ero deciso a non perdere tempo in smancerie: il vecchio Tommaso Bandiera pavido e insicuro non c'era più, e al suo posto era sorto un Tommy inatteso, dinamico e pronto a ogni imprudenza pur di fioccare con una ragazza.

Annuì. Le potevo parlare. E restò in attesa che lo facessi.

Forse non aveva notato i microcenni che le rivolgevo per indurla a lasciare il sistema solare delle amiche, uscire dall'orbita e farsi insieme a me cometa fiammeggiante per i corridoi.

«'Ndiamo?» proposi balbettante. «Cinque minuti.»

«Non puoi parlarmi qui?» si schermì, scartando di due passi per bloccarsi daccapo. «Cosa devi dirmi, Tommy?»

Non era la reazione che mi sarei atteso, ma non mi persi d'animo.

Il cinema spiegava chiaramente che le brave ragazze, sulle prime, dicevano sempre di no. Poteva suonare antipatico ma bisognava insistere, perché quei no, a ben vedere, erano solo i bozzoli d'un sì. E spettava a noi liberare dalla sua prigionia quella farfalla.

«Cioè» presi tempo, «è che pensavo una cosa...»

Lei m'invitò a spiegarmi, curiosa, anche il suo naso da cartoni animati sembrava fissarmi come dotato di vita propria. Dovevo trovare il modo di non guardarlo. Chiusi gli occhi e la mia voce disse: «Mi stai simpatica e sei molto carina, Loretta». Avevo il fiato corto come salissi le scale, ma riaprii gli occhi e mi sforzai di concludere: «Così mi dicevo che noi due, magari, potremmo provare a metterci insieme».

L'avevo detto! E nessun mostro a tre teste era sorto per divorarmi!

Loretta Farnè mi rivolse un sorriso che mi parve un tantino tirato. Forse era annientata dalla sorpresa, lusingata fin nelle sue fibre più profonde, grata alla sorte di essere nata femmina?

Un sì. Non mi serviva ascoltare nient'altro, per sapere che avevo trovato la mia ragazza da baciare con la lingua in bocca.

Non era che una sillaba, ma lei non la pronunciò.

Mi posò una mano sulla spalla, invece, e per qualche motivo provai la sensazione che la clavicola fosse pronta ad andare in fiamme e l'omero a sbriciolarsi.

«Anche tu sei molto carino...» riconobbe.

"Ma..." Stava per dire "ma".

«Ma non sono sicura che sarebbe una buona idea» calò la ghigliottina. «Non mi hai nemmeno chiesto se sono libera» notò con sfavore.

A quel punto dovevo chiederglielo per forza. «Hai... Un ragazzo?»

«Ho una mezza storia» specificò.

Cosa voleva dire? Che ci potevo provare con lei oppure no?

«Con uno che vedo in montagna» chiarì.

Athos mi aveva messo sull'avviso: mai lasciarsi smontare dall'evocazione di un fidanzato lontano. Anche perché spesso si trattava di un fidanzato immaginario.

«Non ci credo» la canzonai.

«Dovresti, invece» assicurò, e mise in chiaro: «Mi fa piacere che sei carino con me, ma non devi correre troppo».

Quando mi afferrò per le spalle, credetti che volesse picchiarmi; invece si avvicinò a un palmo dal mio viso, e fissandomi come mi volesse coprire d'insulti domandò: «Davvero ti piaccio?».

Per un attimo mi parve che il suo naso fosse davvero quello d'un maiale, così restai senza parole.

«Oppure ci provi con tutte?» volle sapere.

Ero confuso, ma trovai necessario chiarire: «Mi piaci. Giuro».

L'avevo detto per paura che si arrabbiasse, ma fu come scoperchiare un calderone ribollente.

«Anche tu mi piaci» rivelò. Sospirò come le fosse costato una fortuna ammetterlo, e aggiunse: «Un casino».

Anga sgevù! Ci stava! E adesso cosa dovevo fare?

«Occhio, però!» mi ammonì scoccando uno sguardo da erinni. «Non sono mica una puttana!»

E chi l'aveva detto? Forse si era accorta di essere stata troppo cruda, così raddolcì il volto e specificò: «Voglio mettermi con te, Tommy, ma bisogna fare le cose nell'ordine giusto. Prima devo lasciare quello là» ricapitolò. E aggiunse: «Tanto non mi piace più».

Era un discorso che non faceva una piega, una confidenza e una promessa. Adesso lei mollava il montano, e noialtri si era pronti a fidanzarci.

«Gli telefono oggi pomeriggio» assicurò. «Così domani ci possiamo mettere insieme.»

Strizzai gli occhi, come abbagliato dal sorgere di un'alba radiosa.

Adesso che mi toccava stare insieme a Loretta, non sapevo più se avevo fatto bene oppure no.

Baciarla con la lingua mi procurava una strana eccitazione, almeno le volte in cui riuscivo a portare qualche guizzo di originalità nelle sue pazienti traiettorie a mulinello. L'aspetto migliore della faccenda era che per fioccare si stava l'uno addosso all'altra, tanto da sentire i suoi seni eretti contro il mio torace, e il centro del suo corpo che spingeva dolcemente contro il mio, verso le regioni dove nessuna donna si era mai avventurata.

Purtroppo quei momenti capitavano di rado. Erano una specie di premio, un dono che andava propiziato con immensa pazienza, facendo buon viso a cattivo gioco di fronte alle capricciose condizioni della mia fidanzata.

Loretta pretendeva di chiamarmi in pubblico "amorino", e durante la ricreazione mi voleva sempre al suo fianco.

Non mi ero mai reso conto fino a che punto essere fidanzati comportasse una stringente serie di obblighi: mi toccava dimostrarmi sollecito e gentile con le sue amiche, lavarmi bene le orecchie e portare il più spesso possibile la felpa verde dei New York Jets che le piaceva tanto. Costava impegno, ma fin lì si poteva ancora gestire la faccenda.

Il vero guaio era un altro. Loretta si dimostrava gelosa di ogni ragazza sulla quale mi capitava di posare lo sguardo: credevo non si fosse accorta che slumavo quella zoccola?

Aveva da ridire persino su Athos e Selva. Li chiamava "quei poco di buono dei tuoi soci", e piantava il muso se veniva a sapere che avevo preferito passare il pomeriggio con loro invece di scortarla a guardare le vetrine dei negozi.

Cominciavo a sentirmi prigioniero come la Maschera di Ferro, e mi ridussi a inventare allenamenti immaginari pur di schivare i suoi inviti; Loretta però non mollava, e verso la fine di aprile mi toccò persino partecipare al compleanno della sua compagna di banco Noemi.

Non conoscevo nessuno a quella festa, e il mio disagio si trasformò in terrore quando trovai la mia ragazza con il volto spolverato di brillantini, una vezzosa chioma frisée e due assurde scarpe dalla suola a forma di chiatta. Cos'era, carnevale?

Mi toccò sottopormi con enorme imbarazzo al gioco dei bigliettini e al ballo della scopa, e i rifornimenti gratuiti di Fanta e pizzette non bastavano a giustificare il disagio. Speravo che la festa finisse in fretta, ma non avevo fatto i conti col gran finale: venne fatto buio, e a quel punto mi toccò danzare come meglio potevo sul tema de *Il tempo delle mele*, lo sbrilluccicante naso da cartone animato della mia fidanzata adagiato sulla spalla. Mai mi ero sottoposto a una prova del genere, e solo il conforto delle tenebre mi dava la forza di continuare a dondolarmi al ritmo della nenia; cieco e infelice, carezzavo senza costrutto il pavimento con le suole, sopportando con stoicismo il prurito che i capelli di Loretta mi trasmettevano alla guancia e all'orecchio, l'olezzo fuori luogo del suo profumo da adulta, i silenti urti di culo degli altri ugonotti prigionieri delle femmine.

Mi facevo forza dicendomi che forse, più tardi, avremmo potuto fioccare. L'attesa di quel momento supremo, tuttavia, non bastava a dissipare i miei dubbi esistenziali: alla fine era tutto lì, stare con una ragazza? Ne valeva davvero la pena? Sicuri sicuri che la fatica non fosse più del gusto?

Per cercare sollievo dalle mie angosce, mi ridussi a tentare un'uscita in doppia coppia con Selva e la figlia del fruttivendolo. Mi illudevo che Loretta, nel vedermi insieme a un amico, si rendesse conto di chi ero davvero, e che cominciasse a portarmi il rispetto dovuto a un giovane ascoltatore di Battiato e degli Europe, portiere di rara audacia e lettore occasionale della rivista "Commando", l'unico mensile dedicato alla sopravvivenza e alle tecniche di combattimento.

Anche Selva, che pure si diceva innamoratissimo, mi confessò che non vedeva l'ora di dare un taglio a certi salamelecchi. «Stare sempre appiccicati va bene all'inizio» considerò alla vigilia del nostro rendez-vous a quattro. «Ma dopo un po' diventa soffocante, dico bene?»

«Parole sante» approvai. «Figurati che Loretta domani vuole andare a vedere *Dirty dancing*.»

«Anche lei?» domandò scorato il nipote del Senatore. «Qui occorre reagire! Il film di domani lo decidiamo noi!»

*Platoon* era un capolavoro. Si trattava del film più realistico e coinvolgente che avessi mai visto. Era una grandiosa tragedia che si consumava nell'inferno verde della giungla vietnamita e allo stesso tempo un racconto interattivo come un videogioco. Mentre la squadra avanzava, tentavi disperatamente di scorgere il charlie di merda appostato dietro il sipario del fogliame, e provavi un sentimento di rabbia e liberazione quando finalmente l'M-16 intonava la sua raffica.

Selva pareva tarantolato, si agitava sulla poltrona come se fosse anche lui al seguito dei sergenti Barnes ed Elias. Le ragazze avevano insistito fino all'ultimo per *Dirty dancing*, e quando Barnes uccise a sangue freddo la moglie del capovillaggio, Loretta mi affondò le unghie nella carne della mano. «Mi fa venire l'ansia, amorino» avvisò. «Usciamo?»

Ma come? Fosse stato per lei, ci saremmo sorbiti le peripezie mielestrazio di una banda di ballerini, e osava chiedermi di lasciare a metà *Platoon*?

Anche Selva sembrava avere i suoi problemi: ne scorgevo il profilo cereo, due poltroncine più in là, assediato dalle rimostranze della sua Patty.

L'attacco era concluso, ma la mia ragazza era ormai maldisposta. Qualcosa mi diceva che non sarebbe finita lì.

L'indomani, durante la ricreazione, Noemi mi consegnò una busta color cipria tempestata di cuoricini, musi di gatto e manici d'ombrello di zucchero caramellato.

C'era scritto "X Tommy", e la messaggera specificò in tono misterioso: «Da parte di Loretta. Ritiro la risposta all'uscita».

Attesi che si allontanasse, quindi mi addossai alla parete, ché nessuno potesse spiare da dietro, e aprii la busta.

"Amorino" presi a decifrare il corsivo minuto e tondeggiante. "Ti amo tanto e da quando ci siamo messi insieme con te sto benissimo. Però quando mi tratti male non mi piace e penso che sei cattivo e non mi ami. Ieri mi hai trattata come un pupazzo. Mi sono messa carina per te e non mi hai neppure detto come stavo."

Ossignùr.

"E poi avevi promesso che guardavamo *Dirty dancing*, invece ti sei rimangiato tutto per farmi vedere un film di guerra bruttissimo e violento."

Era una falsità! Gesù mi era testimone! Non le avevo promesso un bel niente!

"Anche dopo, al Burghy, mi è toccato chiacchierare tutto il tempo con quell'antipatica della sua fidanzata. Credevo di essere importante per te, invece mi consideri solo una palla al piede."

La faceva drammatica, ma in fondo era quello che pensavo.

"Dipende tutto da te, Tommy" spiegava la missiva trasformandosi in una sorta di quiz a sfondo psicologico. "Scegli bene, amorino!!!"

La sequenza delle righe lasciava spazio a una porzione di foglio, sulla quale spiccava un titolo fitto di croci come un camposanto: "+++ Test +++ Dell' +++ Amore +++".

Appena sotto campeggiavano due quadrati che facevano pensare alla scheda d'un referendum. Accanto a quello di sinistra era scritto "ti amo e voglio cambiare ed essere sempre carino con te"; barrare l'altro, invece, comportava sottoscrivere la netta affermazione "non voglio più stare insieme a te".

Anga sgevù! Davvero era tutto così semplice? Bastava mettere una crocetta, e si tornava uomini liberi? A me una Bic, presto!

# 10
# Le scarpe del ladro

Un pomeriggio nuvoloso, il vecchio custode Strazzari si rifiutò di farci entrare sul campo del Rapid perché mister Carboni aveva l'influenza. «Le regole parlano chiaro: senza tecnico o dirigente accompagnatore non vi apro.»

«Ma sabato giochiamo contro il Casalecchio!» protestai. «Sono primi in classifica! Non vorrà mica farci arrivare impreparati!»

«Mica scritte io le regole, zuvnòt!» si dimostrò irremovibile. Era accerchiato da una tribù di ragazzini smaniosi di correre dietro al pallone, ma non voleva sentire ragioni.

«Giochiamo piano!» lo supplicò Selva, mentre fissavo con tutta l'intensità di cui ero capace il lucchetto che chiudeva il cancello del campo. Sai mai che riuscivo di farlo saltare con la forza del pensiero.

«E se mi viene un controllo, milordino?» obiettò Strazzari, ravanandosi un orecchio col mignolo. «L'assicurazione non paga, e chi ci va di mezzo?»

«Non lo diciamo a nessuno, neanche a mio padre!» insistette Athos.

«Adesso basta, boia d'un Giuda!» sbraitò il custode, e raccolse la scopa che giaceva accanto all'ingresso del suo gabbiotto. «Ho iniziato a lavorare a quattordici anni, io! Mi sono rotto la schiena tutta la vita e adesso prendo seicentomila lire di pensione! Volete che finisco nei guai per la vostra bella faccia?»

«Quanto la fai tragica, Straz-za-man!» lo irrise il Mezzosangue.

Quel soprannome aveva il potere di mandare il custode su tutte le furie. Brandiva la scopa come una mazza da guerra e noialtri arretrammo mentre improvvisava i suoi fendenti alla cieca.

Adesso che ci aveva allontanati, Strazzari bilanciò la scopa con aria arresa, quindi la posò contro il muro e aggiunse burbero: «Quando avevo la vostra età bastava un cortile!». Sbuffò come un mantice, tornò a guardarci ed esclamò: «Se ci tenete ad allenarvi, andate al parco! Ce la fate da soli, carogne, o vi devo disegnare la mappa?».

Salimmo al prato di Villa Spada e disponemmo quattro borsoni a fare i pali. Quando giocavamo sì e no da venti minuti, iniziò a piovere. All'inizio non era spiacevole, sembrava di essere in Inghilterra, la patria del meraviglioso gioco, e tutto era ammantato da una dimensione semiepica. Ben presto, però, la pioggerella si trasformò in acquazzone, il terreno in palude, e i meno decisi fecero comunella per sciogliere il raduno. Non mi restò che riparare verso casa, raffreddato ma orgoglioso di come la gente squadrava le mie sembianze di mostro della palude coperto di fango sino ai capelli. Ero un portiere, io!

Arrivato sul pianerottolo mi levai le scarpe coperte di mota e la felpa fradicia. Mamma si infuriava, se le portavo il fango dentro casa, ed era capace di accorgersene anche se mi dannavo per cancellarne le tracce.

Non appena la porta girò sui cardini, mi accorsi che la luce del salotto era accesa: lei doveva essere già tornata dal lavoro.

«Ciao, Ma'» borbottai, mentre mi ingegnavo a calarmi le braghe senza sporcare troppo in giro. Nessuno mi rispose, e andai avanti a levarmi maglietta e calzini. Poi mi allungai in punta di piedi verso il termosifone sotto il quale Mamma allineava le pantofole: ci restai di sasso quando accanto ai miei calzerotti tirolesi mi apparvero due scarpe da uomo che non avevo mai visto prima.

Erano eleganti, in cuoio color testa di moro, con la mascherina decorata a piccoli buchi. Le sollevai incuriosito e compresi subito che non potevano essere un regalo per me: erano un numero 44, e io portavo il 40. Gli ospiti erano esentati dal levarsi le scarpe, e lì per lì mi passò per la testa che potesse essere entrato in casa un ladro.

«Mamma!» chiamai. «Ma'!», e mi accorsi che la mia voce tremava. Poi sentii aprirsi la porta del bagno, e mia madre arrivò dal corridoio. «Stavo facendo la doccia» dichiarò in tono assurdamente giulivo. «E tu che ci fai a casa a quest'ora?»

Era avvolta nel suo accappatoio candido, portava le solite ciabatte in spugna fucsia, ma inalberava un sorriso imbarazzato che non le conoscevo.

Quando mi inquadrò le andò via la voce. Ero di fronte a lei con indosso unicamente delle mutande zuppe, reggevo un paio di scarpe da uomo in mano, e nemmeno io sapevo cosa dire.

La vidi coprirsi la bocca, poi mise su un sorriso forzato e mi allungò un bacio sulla testa come nulla fosse. «Com'è andato l'allenamento?» domandò ignorando l'evidenza di quelle calzature incongrue. E io compresi che l'intruso non era un ladro. «Ma sei tutto bagnato» notò poi. «Fila a farti la doccia.»

Sollevai le scarpe in verticale, come reggessi per le orecchie due cuccioli di lepre, e andai dritto al punto: «Di chi cavolo sono, queste?».

«Mettile giù e fila a farti la doccia!» alzò la voce. C'era un uomo nascosto in casa e lei gli reggeva il sacco. Voleva che mi chiudessi in bagno per farlo uscire senza che io lo vedessi.

«Mettile giù» ripeté in tono più dolce. «Poi ti spiego.»

Le ubbidii, ma solo perché quelle scarpe, ora, mi davano un senso di ribrezzo.

«Spiegami *adesso*!» la presi in contropiede. «Chi cazzo c'è in casa?»

Vidi i suoi occhi riempirsi di paura. Fino a qualche tempo prima sarebbe bastato per spaventarmi a mia volta, abbassare la cresta e darle retta. Ora, invece, sentivo che quell'invasione del nostro spazio non poteva restare impunita. Volevo sapere.

«Dov'è?» domandai, implacabile. «In camera, vero?»

Se solo avesse trovato la forza di sillabare una risposta sensata, mi sarei accontentato. Mi avesse detto che era un collega, un amico, un venditore di enciclopedie, e me lo avesse presentato, mi sarebbe bastato.

Invece abbassò lo sguardo e notò: «Sei in mutande, Tommy». Chiunque fosse lo sconosciuto, quella prendeva le sue parti!

«E allora?» replicai con rabbia. «Sono in casa mia!»

«Vai a fare la doccia, per favore» mi supplicò, sul punto di scoppiare in lacrime. «Non essere cattivo.»

*Cattivo?* Adesso ero io il cattivo?

Fu come se una saracinesca mi calasse di schianto davanti agli occhi.

Provai il desiderio di levarla di mezzo con una spallata, di spedirla gambe all'aria per precipitarmi in camera sua e smascherare chi si nascondeva là dentro, nel posto ch'era stato di mio padre.

«Tommy» sospirò. Voleva spiegare, quella falsa, ma io non avevo nessuna intenzione di ascoltarla.

Raccolsi le scarpe all'improvviso e scartai verso il salotto, stringendole al petto come fossero trofei di guerra.

«Torna qui» protestò Mamma, ma ero lanciato verso il bagno.

«Apri, Tommy!» protestava mentre chiudevo la porta a chiave. «Non fare sciocchezze!»

Spalancai la finestra e scaraventai fuori la scarpa sinistra; rimbalzò sulla tettoia che riparava il cancellino del palazzo e ricadde in strada. Poi bilanciai l'altra come fosse una bottiglia incendiaria, e la scagliai con tutta la forza di cui ero capace nella direzione opposta; sorvolò la recinzione del cortile e andò a inabissarsi oltre la siepe che delimitava la rimessa dei vicini.

Cucù, bello stronzo! Come le ritrovi, adesso?

«Su, Tommy, ridammi quelle scarpe» implorava mia madre da fuori.

Una risata guasta mi squassò il petto. «Andatevele a cercare di sotto» la invitai.

Volevo godermi da lassù lo spettacolo della bugiarda e del suo amichetto che si avventuravano sotto la pioggia, ma all'improvviso mi ritrovai a battere i denti dal freddo. Chiusi la finestra con mani tremanti, mi rifugiai nella cabina della doccia e lasciai che l'acqua tiepida si mescolasse alle mie lacrime.

Comunque si mettesse quella serata sbilenca, di una faccenda potevo andare certo: le cose fra Mamma e il sottoscritto non sarebbero mai più state uguali a prima.

Una stagione della mia vita era finita per sempre. Il bambino che ero stato era morto, stecchito senza rimedio a forza di sorprese e delusioni.

Io però ero ancora vivo, e mi toccava stare al mondo.

*Libro secondo*

# IL RAGAZZO CON LA SPINA NEL FIANCO

## (1987-1990)

## 11

## Le usanze di qui

Germano Raul, con l'accento sulla "u", entrò nella mia vita il primo giorno di terza media. Ripetente in provenienza da un'altra scuola, si mostrò inatteso sulla soglia dell'aula mentre aspettavamo che qualche insegnante venisse a prendersi cura di noi. Ci squadrò con uno sguardo duro e ironico da mezzadulto, e la plebe dei compagni si ritrasse verso il fondo dell'aula, come un gregge di fronte all'apparizione di un formidabile predatore.

Le iridi color dell'oceano, le tempie rasate e un accenno di cresta bionda sarebbero bastati a farne un esemplare unico, ma la sua eccezionalità era ribadita dai bermuda oltraggiosamente sdruciti, dal gilet a zip in cuoio che portava aperto sopra la traslucida maglia a fasce bianche e smeraldo del Celtic Glasgow. Era l'unico di noi senza zaino, l'unico a calzare un paio di Vans da skateboard a quadretti bianchi e neri, e per quel giorno la sua dotazione scolastica si limitava a un fineliner dal fusto mezzo smangiato e un quaderno che mostrava in copertina la figura ghignante di Cattivik.

«Qui Radio Londra!» furono le prime parole che pronunciò. «Uscite dagli scaffali, ragazze e ragazzi! Vi informo che siete vivi!»

Controllò con un sorriso benevolo la meraviglia che era scesa sulla classe, quindi posò le terga contro il bordo della cattedra e si presentò per nome e cognome.

«Mi scuso in anticipo» aggiunse, «ma sembra che quest'anno ci dovremo sopportare a vicenda.» Levò la destra nel silenzio da consacrazione sceso in classe, e lì per lì non compresi se volesse giurare, o mostrarci il bracciale borchiato che portava al polso. «Vediamo di comportarci come persone a modo, tovarisch, e vi garantisco che andrà tutto alla grande.»

Era una specie di punk, ma mentre traversava la navata centrale sino all'ultima fila di banchi le ragazze lo guardavano rapite, come fosse entrato Nick Kamen senza i Levi's 501 addosso.

«Questo promette bene» sibilò Selva, senza perdersi un gesto del nuovo arrivato.

Raul scelse la postazione che gli aggradava, proprio sotto la finestra, e quando notò il Seven stracolmo che ne occupava la sedia lo indicò come fosse una cacca di cane. «E questo bagaglio di chi è?»

Il diligentissimo Altieri levò un dito tremante.

«Non ti dispiace se mi metto qui, vero?» domandò il nuovo arrivato, e detronizzò il Seven posandolo sul banco alle sue spalle. «È una specie di sindrome» si giustificò mentre si accomodava. «Se non posso vedere il mondo libero, vado in paranoia e mi viene la tachicardia.»

Livio Solmi, il pezzo di pane che insegnava geografia, volle sapere come avevamo trascorso l'estate.

Selva raccontò della sua crociera nell'Egeo, Athos dei mesi al Sud nel corso dei quali s'era fatto ancor più alto e muscoloso. Si era anche lasciato crescere i capelli, che ora portava legati a coda con un cinghietto di cuoio, e scuro com'era faceva pensare a un giannizzero. Sembrava che tutti avessero combinato qualcosa di speciale, e un po' mi vergognai delle mie tre settimane a Pinarella di Cervia con Mamma e nonna Sandra.

Quando venne il turno di Raul Germano, però, il mio disagio cambiò di stato e si vaporizzò in sorpresa.

«Mia madre non mi ha fatto andare via per punizione» spiegò. «Ma c'è da capirla, povera donna. Non era contenta che mi avessero bocciato.»

Solmi annuì, meravigliato da quel tono responsabile.

«Non so se lei ha figli, prof» riprese Raul, «ma scommetto che nessun genitore sarebbe contento.»

Solmi, che di figli ne aveva due, ammise: «È un fatto che lascerebbe l'amaro in bocca a chiunque, Germano. Ma confido che l'incidente non si ripeterà».

«Siamo in due» annunciò Raul, volonteroso, e stringendosi nelle spalle aggiunse: «È che l'anno scorso, per me, era il primo qui in città. Ho avuto qualche problema di adattamento».

«Dove stavi prima?» domandò Solmi.

Il nuovo compagno gli rispose con un profondo sospiro. Si aggiustò sulla sedia e sollevò una gamba come volesse mostrare al prof le Vans a scacchi. «Diciamo che queste scarpe sono fatte per camminare...» considerò, e riabbassando il piede spiegò: «Una volta stavo a Milano. Poi siamo andati in Inghilterra».

«Inghilterra dove?» domandò Solmi, incuriosito dal curriculum di quel globetrotter quattordicenne.

«Brighton» rispose sicuro Raul. «Sul mare», e aggiunse con aria compresa: «Pittoresca cittadina. Ma nel weekend c'erano sempre tafferugli fra i mods e i rockers».

Il servizio postale delle ragazze aveva già preso a smistare missive, bigliettini sui quali, potevo scommetterci, ricorrevano le espressioni "sano", "sanissimo" e "gran sanazzo".

Durante la ricreazione, non si parlò d'altro. Che genere di famiglia aveva alle spalle, l'itinerante Germano? Era forse un orfano, un adottato, un ospite delle strutture dei servizi sociali? E quali altri misteri nascondeva, quella specie di pirata giovane?

Il suo incontro con la Malvicini, alla quarta ora, fu meno felice.

«Respirate ancora aria di vacanza» notò acida l'insegnante d'italiano, i soliti occhiali dalla montatura dorata poggiati sulla punta del naso e un vestito a fiori che pareva ricavato dal rivestimento d'un divano. «Da oggi, però, si ricomincia a fare sul serio, e pretendo che questa serietà si rispecchi anche nel vostro aspetto esteriore.» Assunse un'aria scanzonata e, puntando la stilografica verso il nuovo arrivato, spiegò: «Non si viene a scuola vestiti in maniera strampalata. E neppure pettinati come gli artisti del circo».

Altieri lasciò andare una risatina servile, ma appena si trovò addosso lo sguardo torvo di Raul tornò a impettirsi, muto come una statua cinese di terracotta, dietro il banco che gli era toccato come ripiego.

«Per domani, Germano, gradirei facessi sparire quella cresta da gallinaccio» dispose la Malvicini.

Raul abbassò la testa con un sorriso benevolo, quindi si schiarì la gola e domandò: «Mi scusi, madame, lei è un'insegnante o una parrucchiera?».

Anga sgevù! La Malvas mi apparve prigioniera di un lucido sarcofago di ghiaccio, come la caricatura di un'imprudente esploratrice, o una divinità dei tempi remoti ridotta a reperto archeologico.

«Uno a zero per lui» mormorò Selva, ammirato.

La prof sfiorò la stanghetta degli occhiali per aggiustarli, quindi tornò a guardare Raul come temendo che le piombasse addosso per morderla.

«O tempora o mores!» replicò liberandosi con uno sforzo supremo dalla morsa del gelo. «Cosa devo sentire dopo sedici anni di insegnamento!» Voleva fare la spiritosa, ma aveva rischiato di morire ibernata, e adesso la voce le usciva sottile. «Sui capelli siamo intesi.» Passò al contrattacco: «E dei compiti delle vacanze cosa mi dici?».

«Quali compiti?» domandò Raul. Si guardò intorno come ci invitasse a scusare l'insegnante per un errore marchiano, quindi tornò con gli occhi su di lei e spiegò accorato: «C'è un equivoco, madame. Vengo da un'altra scuola, io».

La prof sorrise senza una parola, quindi scartabellò fra gli incartamenti che accompagnavano il registro, pescò una certa fotocopia e l'esibì come la prova regina. «Al momento dell'iscrizione ti è stata consegnata una lista di verifiche. Le hai fatte?»

«Mai viste» replicò lui. «Ho paura che l'elenco sia andato perso.»

La prof sorrise maligna, felice di averlo colto in castagna. «Partiamo col piede sbagliato» decretò.

«Eh no!» protestò Raul. «La lista è stata consegnata a un adulto, mica a me. Forse che le dimenticanze dei padri devono ricadere sui figli?»

«Troppo facile, così!» lo ammonì la Malvas. «Se basta dare la colpa di tutto ai genitori...»

«Le assicuro che i miei ne hanno eccome, di colpe, e ben più gravi di questa distrazione» la interruppe il nuovo arrivato. Fissò la prof come avesse davanti un ottentotto che si affaccia per la prima volta sul mondo civile, quindi domandò in tono conciliante: «Si capisce che ho già i miei problemi, madame? Non serve che ci si metta anche lei».

All'uscita il Mezzosangue partì deciso a pasturare le compagne tornate più snelle e popppute dalle vacanze; Selva e io, invece, avvicinammo cauti il nuovo compagno.

«Il guaio della Malvas è che è permalosa» osservai per rompere il ghiaccio. «Ma vai tranquillo. Parla tanto, ma non boccia mai nessuno.»

«Quella donna ha un grosso problema» considerò Raul, il fineliner smangiato in posizione dietro l'orecchio come uno stravagante droghiere. «Si vede lontano un miglio che nessuno la fa godere come dio comanda.»

Il Biondino diede una sorta di sbalordito singhiozzo, quindi lo prese un attacco di risarola. «Accoppiarsi con la Malvas tutta nuda» valutò con occhi lucidi da isterico. «E chi ci si mette, in un'impresa del genere?»

«Invece Solmi è una specie di zio» ripresi, «e gli altri...»

«I kapò non mi preoccupano» assicurò Raul, guardandosi in giro con aria scontenta. «Ogni professore crede di essere vivo, invece è solo un ingranaggio della macchina» spiegò. «*Another brick in the wall.*»

I pulcini di prima gli sciamavano intorno, squadrandolo di sotto in su come per accertarsi che fosse vero.

«Però devi ammettere che la scuola è toga!» lo incalzò Selva.

Raul si girò pensoso verso le cubature in cemento armato del Bunker. «In caso di guerra nucleare siamo al riparo» considerò, quindi tornò a volgersi con una piroetta verso il piazzale e allargò un gesto a comprendere i capannelli dei ragazzi, il campo da ping pong in cemento impiegato come seduta dai voivodi e gli alberelli stenti che orlavano il vialetto d'accesso. «Si è visto di peggio» ammise. «Almeno qui c'è un po' di verde. Ma non sembra anche a voi che latiti la bernarda di classe?»

*La bernarda di classe.* Mica la figa o la gnocca. E poi quel verbo, latitare, che sapeva di proibito, fughe e nascondigli. Al nuovo arrivato andava riconosciuto un certo stile.

Me ne compiacqui, ma subito sentii una lama gelida conficcarsi in pancia. Cos'avrebbe detto, quella specie di punk gentiluomo, se gli fosse apparsa Ester?

«Che fate adesso, soci?» volle sapere, come se esistesse un'alternativa al filare a casa. «Il pranzo è servito?», e avrei scommesso che si preparava a prenderci in giro per le nostre esistenze ordinarie. «Beati voi» disse invece, avvicinandosi a una BMX dalla filante sella scarlatta, un prodigio della tecnica in alluminio cromato che barbagliava sotto il sole; era una cavalcatura che prometteva avventure di prim'ordine, e faceva impressione vederla legata alla rastrelliera accanto alle vecchie Olmo a tre velocità, alle mountain bike del Mercatone e alle Graziella col cestino. «Io mi sparo un cheese da Burghy» c'informò. «Poi, piacendo al cielo, vado a fare un po' di pratica ai Giardini.»

«Pratica di cosa?» cedetti alla curiosità.

«Tavola» rispose liberando la cavalcatura dalla catena. «Vado in skate.»

«Fico!» si esaltò Selva. «Lo fa anche mio cugino Matthew che vive in California!»

«È da là che nasce tutta la scena» riconobbe Raul, sistemando il quaderno sotto la maglietta per bloccarlo fra i lombi e l'elastico dei bermuda. «I pionieri dello skate hanno cominciato dentro le piscine abbandonate dei ricconi.»

«Piacerebbe anche a me imparare» ammise il nipote del Senatore, e domandò ingenuo: «Quanto costa il corso ai Giardini?».

«Non c'è nessun corso» spiegò Raul, fissandolo come avesse di fronte un volonteroso scimunito. «Coi regaz della ballotta facciamo i tricks per conto nostro.»

Selva annuì, fremente. Cercava di esprimere la sua approvazione, ma non gli venne fuori una sillaba.

«Le scuole sono prigioni» stabilì Raul chino a liberare la ruota anteriore dalla rastrelliera. «Ma là fuori il mondo è grande.» Avvolse la catena intorno al reggisella, e nel risollevarsi rivolse un ultimo sguardo al Bunker come volesse imprimerlo bene nel ricordo. Si consegnò in un gesto fluido alla sella ribassata, cercò l'appoggio sul pedale alto con la suola a rombi della sua Vans, e quando m'aspettavo mi vederlo partire a razzo tornò a guardarci con un'espressione seria che mi lasciò interdetto. Sollevò la destra come aveva fatto appena entrato in classe, aprì le dita e sfregò lentamente il pollice contro l'interno dell'anulare. Era un gesto che non avevo mai visto, e Raul sorrise nel riconoscere la nostra meraviglia. «Alla fine vincono i nostri» sussurrò complice. «Ricordatevelo bene.»

Selva e io restammo a guardarlo mentre disegnava le sue curve consapevoli giù per il pendio in cemento, capitano coraggioso fra le isole in movimento dei brufolosi diretti a pranzo. Andava a spararsi un cheese al Burghy, lui che aveva vissuto a Brighton e conosceva la lingua dei cavalieri e quella delle piazze. Schivava gli ostacoli uno dopo l'altro, e intanto prendeva velocità verso la strada maestra, libero come noialtri non eravamo mai stati.

«Mi dispiace, Tommy, che tu abbia dovuto scoprire le cose in quella maniera» sospirò Mamma.

Ecco perché mi aveva preparato i sofficini col puré. Ecco perché le tovagliette all'americana che mi piacevano tanto, e i segnaposti che si fronteggiavano come nelle grandi occasioni.

Sedevamo da sempre uno in faccia all'altra dietro i lati lunghi della tavola: il posto d'onore era stato di Babbo, e doveva restare libero in permanenza.

«Non fare quella faccia» riprese. «Avrei voluto parlartene, mi credi?»

«Di cosa?» feci lo gnorri.

«Lo sai quand'ho capito che eri un bambino molto intelligente?» cambiò tono.

Se ci teneva, che lo svelasse.

«Avrai avuto sì e no due anni» ricordò. Gli ultimi tempi in cui Babbo era al mondo. «Eravamo insieme dal macellaio, e io ti tenevo in braccio. Le signore ti facevano un sacco di complimenti. Lo sai come fanno le anziane: "Ciao bel bimbo. Me lo dici come ti chiami?". E tu, senza fare una piega, hai risposto: "Armando Pimpa". Quella è rimasta a bocca aperta, e tu hai spiegato: "Pimpa è il cognome".»

Più che intelligente, dovevo sembrare pazzo, e mi figuravo a perfezione il rossore di Mamma, le sue scuse imbarazzate, il disvelamento della mia vera identità.

«Quando tuo padre è morto pensavo di impazzire» confessò all'improvviso. Non ne parlava mai, e ci restai male quando aggiunse con voce strozzata: «Avevo ventisei anni». Mise su un'aria seria, scosse la testa come per cacciare la commozione e spiegò: «Se non ci fosse stata mia madre ad aiutarmi, forse sarei impazzita davvero. Per fortuna ho ripreso in fretta a lavorare. Per una donna sola è importante».

«Tu non eri sola» obiettai. «C'ero io.»

Sorrise debolmente. «Sola senza un uomo accanto» precisò.

«A quanto pare l'hai trovato» attaccai a testa bassa.

«Non sai quante volte mi sono domandata cosa ne penserebbe Leonardo» confessò. «Non avrei dato spazio a nessuno, se non fossi arcisicura che a lui non dispiace.» Allungò una mano sopra la tavola per carezzarmi la destra. Mi sforzai di mantenerla rigida e fredda, adesiva alla tovaglietta. «Sono rimasta sola molto giovane, Tommy» spiegò, e ora sembrava m'implorasse. «Ti ho sempre messo davanti a tutto, e continuerai a essere la mia ragione di vita. Ma la felicità, alla quale tutti hanno diritto, per me è stata così breve.»

Le rotolavano le lacrime dalle ciglia, adesso, rigavano veloci il suo volto e le precipitavano in grembo. «Sono una scema» disse asciugando le guance con un gesto simmetrico delle mani. «Non si piange davanti ai figli. E tu, Tommy, perdonami, se puoi.»

All'intervallo Raul si piazzava le cuffie del walkman sulle orecchie e partiva per i suoi vagabondaggi solitari in giro per la scuola. Nei primi tempi, io, Athos e Selva lo pedinavamo. I miei amici speravano che avvistasse della bernarda di classe per vedere come se la cavava; io, invece, volevo accertarmi che non si avvicinasse troppo al corral di Ester.

Su di lui Radiobunker diffondeva le leggende più strampalate: c'era chi lo voleva figlio d'una coppia di celebrità morte in un incidente aereo e chi sosteneva che fosse nipote del preside, un tizio pedante al quale il colorito giallastro e il parrucchino dalla frangia corvina erano valsi il soprannome di Bruslì.

Finii per conoscere meglio il nuovo arrivato in occasione d'un tema in classe.

Dopo mezz'ora che mi sforzavo di stendere le mie considerazioni su don Abbondio, venni raggiunto da un bigliettino. "S.O.S.!" era scritto, con le S a forma di lampo come sulle mostrine delle SS. "Non ne so mezza, amigo! Aiutami a mettere insieme qualcosa! PS. Chi cazzo è il Griso?"

Lo cavai d'impiccio strappando con cura da artificiere una pagina dal diario di Jacovitti. Vi riportai le date di nascita e morte del Manzoni, l'aneddoto dei panni in Arno e due pensierini per tutte le stagioni sull'ignavia del prete di fronte ai potenti. Completai il messaggio con la sospirata verità sul Griso, ridussi il foglio a un sedicesimo della sua estensione, e il servizio interno di posta recapitò il tutto in maniera impeccabile.

Grazie a quella missiva Raul interruppe il filotto di insufficienze rimediando il primo "discreto" della stagione. Ne parve ancor più sorpreso della Malvas, e per ringraziarmi mi portò in dono una TDK da 46 minuti.

«Ti ho registrato un po' di primizie, socio» spiegò. «Rock 'n' roll di prim'ordine. Non la merda pressofusa che passano alla radio.»

Quel pomeriggio, nella mia camera, lo stereo portatile a due piastre della Philips vibrò d'entusiasmo autentico: il nastro si apriva con *Some kinda hate* dei Misfits e proseguiva con *Highway to hell*, quindi planava sulle vacanze al sole dei Pistols e le ferie cambogiane dei Dead Kennedys. Non avevo mai ascoltato tanta roba dura, veloce e diretta tutta di fila. La consapevolezza di essere un peone di tredici anni svaniva sotto i colpi di maglio della grancassa, gli stivali in marcia, le grida selvatiche, la sensazione di essere entrato in una dimensione nuova.

Quando il lettore abbandonò il nastro scattando sulla posizione di fermo, mi sentii perduto. Solo dopo un istante realizzai che c'era ancora il lato B da esplorare per intero: altri 23 minuti di estasi non me li levava nessuno.

L'uomo col quale mia madre insisteva a vedersi era basato a Forlì, portava il nome di Pierangelo Pozzi e si riteneva un gran califfo.

Era un rappresentante di abbigliamento, e quando veniva a prendere il caffè da noi parlava di sé come d'un fuoriclasse noto in tutto l'ambiente: nessuno piazzava la collezione primavera-estate di Giorgio come lui, nessuno strappava gli stessi sconti alla famiglia Versace. Abile e smaliziato com'era, godeva di un credito pressoché illimitato con i negozianti, e gli piaceva ricordare che la sua Audi Quattro macinava duecentomila chilometri l'anno. «Io che so come si lavora, fatturo a otto zeri» si vantava. «Ma non è un mestiere per improvvisatori.»

Quando gli capitava di avere a che fare con un fornitore irragionevole o un concorrente sleale, metteva le cose a posto in quattro e quattr'otto. E, seduto dentro casa nostra con le sue nuove, orribili, scarpe di coccodrillo, insisteva a spiegarti come aveva fatto: «"Tocca proprio insegnarti a stare al mondo", dico a quel genio. "Tocca spiegarti le basi"» ricordava, e lasciava andare una risatina sarcastica. «"Ascolta un cretino" gli faccio. "Un cretino che in questo campo conta qualcosa." Allora quello s'è messo buono, e io l'ho gelato: "Se vuoi impiccarti, non chiedere a Pozzi di reggerti la sedia". Così gli ho detto. Testuale. Dovevate vedere che faccia ha fatto: basito!».

Ti veniva da prenderlo a calci in bocca, quando si lanciava in questo genere di autocelebrazioni. E Mamma mica lo metteva al suo posto, come logica avrebbe voluto, con un asciutto: "Pier, per cortesia, finiscila con 'ste cagate". Tutto il contrario. Sorrideva, annuiva, simulava interesse per quelle storielle patetiche.

L'idea che andasse a letto con lui era bastevole a darmi il voltastomaco, e quando si riferiva a Pozzi chiamandolo "il mio fidanzato" trattenevo a stento un ghigno beffardo. Che razza di fidanzato era, quell'abbronzato fenomeno col Rolex al polso? Lo si chiamasse col suo nome: stronzo usurpatore.

Aspettavo di essere in casa da solo per interrogare il ritratto di famiglia nella cornice dal nastro d'argento; mi piazzavo lì davanti come Hiroshi di fronte al monitor dal quale gli appariva il professor Shiba. Anch'io attendevo istruzioni da mio padre, ché mi spiegasse l'antichissimo segreto dell'invulnerabilità, ma l'immagine si rifiutava di prendere vita.

Leonardo Bandiera era solo un uomo in vacanza con la giovane sposa e un poppante in canottiera, un architetto diligente destinato a una vita breve; non aveva mai sbagliato un progetto, ma presto la sua scomparsa avrebbe fatto crollare il mondo addosso ai suoi cari.

Adesso ch'erano trascorsi più di dieci anni dal brutto giorno in cui se n'era andato, restava lì muto e immobile, identico per l'eternità a come si era presentato al mare nell'estate del 1976. Lo pregavo, e lui pareva scusarsi con gli occhi. Non doveva. Lo sapevo che non era colpa sua se era morto. Restava il fatto che non poteva dirmi un bel niente. Se volevo salvare la terra dai mostri, dovevo scoprire da solo come ci si trasformava in robot d'acciaio.

«L'hai visto *Stand by me. Ricordo di un'estate*?» domandò Raul mentre uscivamo dal Bunker.

«Solo le locandine» ammisi.

«Che razza di film! Sai quando vedi una storia di ragazzi al cinema e capisci che è successa davvero?»

«Devo andarci» mi riproposi. Magari con Athos e Selva.

«Sono i film più belli, quelli dove non c'è niente di inventato» considerò mentre ci facevamo largo tra i nanerottoli di prima dagli enormi zaini. Mi guardò come dovesse confidarmi una notizia riservata e spiegò: «Non li capisco proprio, quei registi che vanno in crisi e non sanno più cosa raccontare. Ma sono scemi o cosa?». Pettinò l'aria come volesse lanciare la sua benedizione su tutti i presenti, quindi osservò: «Basta guardare la realtà e ce n'è quante ne vuoi, di buone storie! E tutte gratis!».

«Seguro» ammisi. Conosceva le parole per dire cose che pensavo da sempre.

«Dovrebbero farli tutti in quello stile, i film» stabilì. «Storie vere come *Stand by me.*» Mi fissò in cerca di approvazione, mentre alle sue spalle sorgeva la sagoma enorme del titano Ugo Spicci. Veniva dritto verso di noi, facendosi largo a mani larghe come camminasse in mare dove l'acqua è ancora bassa.

Raul si rese conto che guardavo con allarme sopra la sua spalla, così si girò e si trovò di fronte al mostro.

«Cazzo guardi?» lo provocò Spicci, un sorriso ebete sulla faccia larga da vaioloso. «Ti piaccio, finocchio?»

Doveva essere l'una e un quarto d'un giorno di primo autunno, ma raggelai come si fosse levato un vento artico. La ghenga dei voivodi aveva dichiarato guerra al nuovo arrivato.

«Ti conosco, amico?» domandò Raul senza scomporsi.

«Non sono tuo amico!» mise in chiaro Spicci. «Abbiamo mai mangiato pasta e fagioli insieme?»

«Gusti raffinati» osservò noncurante Raul. «Mangi anche la biada?»

Maledissi il momento in cui mi ero intrattenuto con lui a parlare di cinema. Se aveva deciso di farsi ammazzare, poteva almeno darmi il tempo di levare le tende.

«'Scolta bene» andò al punto Spicci, scuotendo la cascata di riccioli sulle spalle. «Tu sei nuovo, e forse non conosci le usanze di qui.» Piazzò l'indice in verticale fra la sua testa e quella di Raul, poi aggiunse: «Le regole».

«Tipo?» domandò lui, mentre scivolavo con discrezione, le orecchie che avvampavano, verso l'emiciclo degli spettatori.

«Le donne degli altri non si toccano. Non so come usa dalle tue parti, ma qui è così che vanno le cose.»

«La faccia breve, sceriffo» lo irrise Raul. «Di cosa sono accusato?»

«La Bonsignori è di Grigno!» alzò la voce Spicci.

I voivodi erano a dieci passi, disposti a coorte intorno all'odioso Filiberto, che osservava la scena ridacchiando come il padrone del Golem, i pugni affondati nelle tasche del bomber.

«È la donna del mio amico, e tu non devi neppure guardarla!» ribadì il Titano. «Se ti becco di nuovo che la intorti, ti ammazzo con queste mani!»

Ormai ero al sicuro accanto al Mezzosangue e Selva, fuori dalla portata dei manrovesci nucleari di Spicci, eppure sentii le guance farsi roventi. Ma come? Io rischiavo la vita per stare vicino a Raul, e quello corteggiava di nascosto la ragazza dei miei sogni!

«Mi hai capito bene, stronzetto?» volle sapere.

Il mio compagno gli diede con noncuranza le spalle. «Sei un po' all'antica, tu» osservò inchinandosi per liberare la BMX dalla rastrelliera. «Non credi che una ragazza abbia il diritto di parlare con chi vuole?» domandò accovacciato, più vulnerabile che mai. «O forse per te sono delle specie di oggetti che appartengono a qualcuno?»

Quell'altro stava per mandarlo all'ospedale, e lui continuava a provocarlo senza mostrarsi minimamente intimorito.

«Non mi abbindoli con le tue prediche» lo avvertì Spicci, e batté per tre volte il dorso della sinistra sul palmo opposto, come se il tempo delle parole fosse finito.

«Perché poi quel cagamutande manda te?» domandò Raul rialzandosi con la catena in mano. «Non vedi che ti tratta come se fossi il suo cane? Il suo grosso cane panzone senza cervello» scandì abitato da una nuova sicurezza.

Un "oh" di meraviglia salì dal pubblico, e Spicci aggrottò le sopracciglia. Il suo prestigio era messo in discussione da quella lingua lunga che gli arrivava sì e no al mento.

«Non farti abbindolare, guerriero!» Grigno incoraggiò l'amico. «Gli occhi della tigre! Rovinalo, quel bastardo!»

«Lo senti, big boy?» osservò Raul con un sorrisetto divertito. «Non è patetico? Sta lì al riparo e manda te a fare il lavoro sporco. Che cosa vinci? Un biscottino?»

La pazienza del titano era al colmo: gli tirò una gran manata sulla spalla e restò a guardarlo col petto che andava su e giù, eccitato all'idea della lotta.

«Madonna di Montevergine!» gemette Athos. Mi si era aggrappato al braccio destro e, che se ne rendesse conto o meno, lo stava stritolando. Toccò sfilarlo a forza dalla morsa, e a quel punto il Mezzosangue sussurrò: «Bisogna aiutarlo, zio giaguaro!».

«E cosa vuoi fare?» osservò fatalista il Biondino. «Germano sta per morire.»

Spicci partì senza preavviso con un diretto mancino che pareva una locomotiva volante; Raul lo schivò abbassandosi, ma il Titano allargò un gancio spaventoso con l'altra mano, e questa volta lo prese in pieno petto.

Raul barcollò all'indietro, le ginocchia piegate come un ubriaco, ma in qualche modo riuscì a non finire culo a terra.

«Morte! Morte!» prese a scandire Grignoni, il braccio teso avanti a sé col pollice puntato verso terra; i voivodi lo guardarono compiaciuti per la trovata, quindi scimmiottarono il suo gesto.

«Con te facciamo i conti dopo, paninaro del cazzo!» promise Raul, pallido in volto e coi lineamenti tesi, trasfigurato in una maschera d'odio puro. Come poteva pensare che ci sarebbe stato un dopo? Spicci si faceva sotto in tutta calma, la sinistra avvolta intorno all'altro pugno, e nel silenzio ch'era sceso sentivi lo scrocchiare minaccioso delle nocche nitido come dentro la cuffia del walkman. L'ala del pubblico alle spalle di Raul ripiegava per mettersi al sicuro, compatta come l'onda quando si ritira.

Mentre quelli arretravano, dalla nostra parte si avanzava a ridosso dei contendenti. Nessuno al Bunker aveva mai visto niente del genere. Chi si trovava di fronte Spicci implorava pietà prima ancora che quello partisse con uno sganassone. Quel Germano, invece, aveva incassato un siluro sul torace, eppure gli stava di fronte senza nessuna intenzione di arrendersi. Era come se qualcosa in lui aspirasse alla distruzione, e sembrava non importargli tanto su quale dei due contendenti incombesse la rovina.

«Non essere timido, palla di sego!» lo provocò Raul, improvvisando un beffardo gioco di gambe, e la catena gli ballava dietro come un'assurda coda.

«Come mi hai chiamato?» ruggì Spicci.

Raul si bloccò con aria pensosa, quindi levò l'indice della sinistra e rispose a gran voce: «Obeso macrocefalo succhiacazzi».

Il Titano restò fotografato a bocca aperta, i pugni a mezz'aria, e trascurò il colpo di polso col quale il giovane diavolo diede vita alla catena.

La vidi incredulo disegnare l'aria, messa in tensione dal pesante lucchetto.

Spicci realizzò in ritardo che qualcosa di spigoloso e compatto viaggiava veloce verso la sua testa. Colpito secco all'attaccatura della mandibola, andò giù pari, come un albero segato al piede.

«Vedi cosa succede a fare lo sborone?» esclamò Raul, richiamando la testa in ottone dell'arma. «Va a finire che ti fai male.»

Non credevo ai miei occhi: un attimo prima era praticamente morto, e adesso Spicci sbavava sangue nella polvere, le dita tozze sul volto largo e butterato.

Era uno spettacolo di prim'ordine, ma solo Aribò trovò il coraggio di staccarsi dalla massa per guardare da vicino il Titano.

«Piange» annunciò con la sua voce sorda.

Raul non perse un istante e filò dritto verso Grignoni con la catena ancora viva in pugno. «Dimmi un po', faccia di terracotta» gli fece. «Sei tu quello che fa le regole, qui?»

Dov'era Ester mentre il suo abbronzato cavaliere arretrava senza ritegno, e la coorte dei voivodi s'apriva a ventaglio alle sue spalle?

«Bel capo che sei» lo sbeffeggiò Raul, e si arrestò stringendosi nelle spalle. «Mandi avanti gli altri e poi scappi, cagamutande.»

«Io non voglio lo scontro» dichiarò Grigno in tono remissivo, e squadrò preoccupato la testa d'ottone della catena che dondolava a un palmo da terra. «Però, da uomo a uomo, le donne degli altri non si toccano. Su questo siamo d'accordo?»

Raul spalancò le braccia come avesse di fronte un caso disperato; la catena si ripiegò su se stessa come un serpente che si morde da solo, quindi il peso del lucchetto la distese daccapo. «No!» esclamò perché tutti lo sentissero. «Mi scuso in anticipo, ma dici una valanga di cazzate.»

«Su... cosa?» bofonchiò l'altro.

«Primo, tu non sei un uomo. Secondo, le regole sono per gli schiavi. Terzo, Ester va con chi le pare. D'accordo, faccia di terracotta?»

Grignoni borbottò qualcosa.

«Non ti ho sentito!» reclamò Raul. «Voglio che ti sentano tutti!»

«Non è morto, alla fine» osservò compiaciuto il Biondino. «E che stile!»

«Sta a vedere che le suona anche a quell'altro» presagì Athos.

Vidi Grigno che sputava in terra, lo vidi mettersi in guardia.

All'improvviso Raul fintò un attacco, battendo il piede come si fa per spaventare i piccioni. Tanto bastò a Grigno per gettarsi rovinosamente a terra; si tuffò come il più ipocrita dei centravanti a caccia di un rigore, e una risata generale, spontanea e liberatoria, salutò quel numero indecoroso.

«Sei un buffone!» lo insultò Athos. «Non ti ha nemmeno toccato!»

Raul si girò verso l'emiciclo di brufolosi del Bunker e domandò: «Avete visto tutti chi ha cominciato, giusto?».

Una schiera di testimoni sulle dodici primavere annuì all'unisono.

«Bene!» approvò. «Ora siete liberi! A casa, sciò!»

«Viva Germano!» esplose Selva. «Abbasso Grignoni!»

La gente, ora, non si teneva più; la temuta signoria dei voivodi affondava nella vergogna, e dalla torma volavano le pernacchie e i vaffanculo ai prepotenti ladri di merende ormai sconfitti.

«Vedi cosa intendevo?» sospirò Raul mentre rientrava verso la rastrelliera delle bici. Era a me che parlava, come se quell'interruzione non gli avesse fatto perdere il filo del discorso, e adesso tutti ci guardavano. «Non serve inventare un bel nulla. La realtà basta e avanza.»

Selva gli corse incontro festante, Athos lo omaggiò con un profondo "Ehiii!" d'approvazione alla Fonzie, ma lui continuava a rivolgersi a me come nulla fosse. «Non è una buona storia?» volle sapere. «Un tipo che ha già i suoi problemi arriva in una scuola nuova. All'inizio cerca di comportarsi da gentleman, ma certi bifolchi ce l'hanno con lui...» Guardò Spicci, guardò Grigno e riprese: «... Non si sa mica come va a finire».

«Ma come?» domandò incredulo il Biondino. «Un KO e un abbandono! Li hai ridicolizzati, Germa!»

Raul lo squadrò con aria ironica e chiarì: «Germa chiamaci tua sorella». Poi gli sorrise e spiegò: «Questo era solo il primo round, tovarisch. Adesso i cattivi gliela vorranno far pagare».

«Noi siamo con te» assicurò Athos, le dita tese della destra a sfiorare il petto. «Vuoi che gli vado a dare il resto, a quel lampadato?»

Raul fece segno che non era il caso. Si aggiustò la catena sulle spalle come fosse la stola d'un prete e montò sulla BMX. «Io proprio non li capisco, quei registi a corto di idee» tornò a dire. «Ma dove vivono? Sugli alberi?»

Il liberatore se ne andò pedalando con calma.

Dalle due ali di ragazzini che gli si aprivano innanzi piovevano elogi, incoraggiamenti, grate pacche sulle spalle.

Nel cielo del Bunker era sorto un nuovo astro.

## 12
# Sid e Nancy

Durante una lezione d'Educazione artistica, il Mezzosangue mi spinse sotto il naso una fotocopia dell'*Urlo* di Munch. «Visto che roba?» domandò con aria ammirata. «L'hanno fatto in Norvegia.»

Restai sorpreso, perché non era tipo da esaltarsi per i quadri. Era impermeabile al fascino dell'arte in tutte le sue espressioni, e lo zenith della sua creatività era la scritta "Zebre alè, Nerazzurri busèn" tracciata a pennarello sulla porta dei bagni.

«Ma guardalo!» insistette, e le sue labbra carnose s'incresparono in un sorriso. «È uguale a te, Tommy!» Si piazzò le mani sulle guance, strabuzzò gli occhi, spalancò la bocca. Poi tornò a sorridere mostrando una chiostra di denti candidi e spiegò: «Precisa alla faccia che fai quando vedi Germano insieme alla Bonsignori».

Quei due erano sempre insieme, e Radiobunker li dava come prossimi al fidanzamento. Durante la ricreazione andavano a chiacchierare nella penombra del laboratorio di tecnica, certi che nessuno avrebbe rotto loro le scatole, e all'uscita Raul la scortava conducendo la bici a mano, sollecito e cortese come il deficiente Grignoni non era mai stato.

Con me si era sempre comportato bene, il ragazzo che aveva abbattuto il regime dei voivodi. C'era da sentirsi orgogliosi d'essergli amico; tuttavia, quando pensavo che era libero di avere l'attenzione della principessa polinesiana, di vederla ridere da vicino, mi pentivo di avergli dato confidenza.

E quella smemorata di Ester? Come faceva ad avere dimenticato il patto che ci legava? Era a me che aveva fatto una linguaccia, in quel remoto pomeriggio al cinema Arlecchino. Non a Raul Germano, né a nessun altro. Peccato che non avessi mai trovato il coraggio di rivolgerle la parola.

Bisognava fare i conti con la realtà. Ero cresciuto con l'idea di diventare un eroe, invece mi cascava addosso a perfezione il costume da anonimo peone tredicenne, ugonotto in Lumberjack, comparsa buona giusto per le scene di massa. Il protagonista di quel film era un altro. Io al massimo potevo vantarmi di essergli amico.

Le giornate si facevano sempre più brevi, il calendario inclinava verso il Natale, ma anziché bearmi delle vacanze in arrivo, coltivavo una qualità nuova di dolore. Faceva battere le tempie e salire l'amaro in bocca, lo spettacolo di quei due che si sfioravano le dita, chiacchieravano fitto, si cercavano specchiandosi l'uno negli occhi dell'altra. C'era qualcosa che li rendeva affini, e si erano riconosciuti.

Ai semplici figuranti come il sottoscritto non restava che meravigliarsi nel trovarli ogni giorno più simili e concordi. Belli nelle felpe gemelle dei Pistols che lui aveva ordinato per corrispondenza, teneri nell'allontanarsi, mano nella mano, coloratissimi contro il cielo bianco.

Ester e Raul mi volavano via sotto gli occhi. Predestinati. Invincibili nell'aria profumata di neve. Felici in maniera insopportabile.

A gennaio il cielo era d'un bianco levigato e uniforme tipo Fabriano liscio. Si diceva che fosse in arrivo una grossa perturbazione dalla Siberia, ma passavano i giorni e non veniva giù neppure un fiocco.

L'attesa della bufera e il giro di boa del calendario ci mettevano addosso una strana inquietudine: prima che quel 1988 nuovo di zecca conoscesse la sua estate, tutti noi avremmo lasciato il Bunker per trasformarci in apprendisti adulti, chi alle Professionali e chi al Liceo.

Una mattina di quelle, durante la ricreazione, Raul mi parlò per la prima volta della sua relazione con Ester. «È successo qualcosa di imprevisto» annunciò ridotto a una silhouette in controluce mentre sfilavamo sotto il finestrone affacciato sulla palestra. «Credo di amarla.» Subito mi riapparve a colori, domestico negli anfibi slacciati e nella maglia giallonera del Peñarol. Non si era più rasato le tempie, e ora la cresta giaceva per ciuffi sparsi, ammainata, sulla ricrescita a velluto dei capelli biondastri. «È una ragazza speciale, Tommy, e ha davvero una gran testa.»

Giusto. Infatti l'aveva capito subito, lei, che il sottoscritto era un invornito.

«Viene giù dritta, quando vuole dirti la sua, anche se è l'unica nel raggio di mille miglia a pensarla in quella maniera.» Mi strizzò l'occhio e aggiunse: «Il nostro è un amore contrastato».

«In che senso?» domandai con voce smorta.

«Le sue amiche d'egitto non mi vedono di buon occhio. Ce le ho tutte contro: la Bergamini, la Fantoni, persino quell'invertito di Pinzoglio. Dicono che ho una cattiva influenza su di lei. Ma la verità è che le bifolche sono gelose. Ester è il totem vivente della loro tribù, e se la fanno sotto all'idea di perderla.»

«E lei cosa dice?» domandai animato da una speranza viscida e senza nome.

«Se ne frega perché è innamorata.» Raul mi sbatté in faccia la verità. «Lo sai come sono le donne quando decidono di volere bene a qualcuno.»

Lo sapevo?

Il giovane diavolo mi squadrò complice e sospirò: «Certo, dal punto di vista musicale c'è ancora parecchio lavoro da fare».

Se c'era qualcosa che doveva riconoscermi era una discreta competenza musicale, e ne andavo fiero. Ogni due o tre settimane, il postino consegnava a casa mia un promettente pacco quadrato e piatto in arrivo da Milano. Sventravo i sigilli con il cutter, e dal cartone scivolava fuori la busta di Buscemi che avvolgeva la musica ribelle di Finardi o le poesie in musica degli Smiths, gli eroi tossici di Bowie o gli apocalittici virtuosismi di Demetrio Stratos. Quei vinili regalo di Ianez finivano allineati nella mia libreria, giusto accanto al mobiletto in plastica trasparente destinato alle cassette che mi registrava il giovane diavolo.

«Quando ci siamo messi insieme, il gruppo preferito di Ester erano gli A-Ha» mi fece sussultare. «Ma ormai l'ho convertita ad ascoltare la merda giusta. E tu sai di cosa parlo.»

Mi sforzai di annuire con aria sagace mentre scivolavo lentamente verso l'abisso. Adesso mi toccava immaginare Ester che scorreva le tracklist scritte a mano da lui, dolcemente sorpresa di scoprire che esisteva un mondo più colorato e selvaggio di quel che raccontava la radio. L'inarrestabile cavalcata di *Hell's bells*, le oscillazioni schizo di *Pretty vacant*, il ritornello di *I fought the law*: ogni singolo inno che suonasse potente e vivace le parlava di Raul.

«Hai dovuto... educarla» mi sforzai di riconoscere.

«Ha rischiato grosso» considerò. «Ascoltava il liquame commerciale, ascoltava. Non l'aveva mica capito, che a forza di ascoltare musica di merda si fa una vita di merda.»

Com'era possibile? Lui solo aveva diritto di camminare mano nella mano con la principessa tahitiana, lui solo poteva sfiorarne la chioma corvina e strappare baci alla sua bocca da sogno. Era l'unico ragazzo al mondo che avesse quella fortuna, e proprio con me doveva venirne a lamentarsene?

«Chi ascolta musica schifosa fa sogni banali, crede alla pubblicità del Mulino Bianco e si prepara a diventare un altro ingranaggio nella macchina che ci macina. *Another brick in the wall*» scandì amaro, poi esclamò divertito: «Gli A-Ha! Ma ti rendi conto?» e si arrestò nel bel mezzo del corridoio.

Lo guardavano tutti, mentre spalancava le braccia come il Cristo di Rio, e subito dopo si nascose la faccia dietro le mani giunte, come pregasse o avesse un gran mal di denti. «Ma ci pensi cos'ha rischiato, la matta?» domandò remoto, poi liberò il volto dalla maschera delle dita e mise in chiaro: «Una che ascolta quel liquame ti diventa come niente un'italiana media! È matematico, come giallo più blu fa verde».

«Che cosa diventa?» domandai incredulo.

«Un'ugonotta del menga» mi fece, e riprese a marciare sulle suole ultraresistenti dei Doctor Martens. «Una poverina che vuole sposarsi in chiesa e avere due figli» presagì spiritato. «Il maschio col nome del nonno e la femmina che fa danza classica. E un cane, ovviamente. Un levriero dalle zampe a stecco, o un bassett hound che striscia il pisello per terra.»

Che fosse l'attesa della neve o una forma più sottile di ansia, qualcosa lo stava prostrando. Sragionava.

«Qui dentro la gente non lo sa» sussurrò in tono lugubre, quindi puntò l'indice verso l'alto con un gesto a giro. «La macchina della repressione non va mai in ferie» rivelò spiritato. «Una ragazza può essere intelligente quanto vuole, ma se nessuno le fornisce qualche indicazione, la povera perderà un giorno dopo l'altro il suo talento» spiegò. «E quando non gliene resta più nemmeno una briciola, buonanotte! È pronta per diventare una brava scema obbediente, e chi s'è visto s'è visto!»

L'inverno quell'anno fu avaro. Di neve cadde giusto una spolverata, niente a che vedere con i cumuli ai quali avevamo fatto l'abitudine. L'indomani mattina era già sciolta, e la strada era dilavata come se durante la notte si fosse scatenato il diluvio. Le grondaie gocciolavano senza sosta, e sembrava che l'estate non potesse essere più lontana.

Risalii pedalando sulla Legnano le colonne di primini in galosce diretti verso il Bunker, e quando arrivai sul piazzale trovai Raul, le mani in tasca e l'aria scazzata accanto alla BMX già assicurata alla rastrelliera. Portava un berretto in lana a visiera, che faceva pensare a uno sciatore o un terrorista, e appena fui a tiro attaccò: «Sai cosa mi ha detto ieri Ester?».

Non ero sicuro di volerlo sapere.

«Vuole partecipare a *Doppio slalom*» rivelò corrucciato.

Era un quiz televisivo per ragazzi che seguivo regolarmente, e non mi era mai passato per la testa che fosse uno spettacolo riprovevole.

«È un problema?» domandai.

«Un megaproblema, Houston!» sbottò. «Solo i coglioni vogliono andare in tivù!»

Ora che avevo scoperto di avere un punto in comune con Ester, mi sentivo più forte.

«*Doppio slalom* non è così male» obiettai. «Hai mai provato a vederlo?»

Raul mi guardò arreso e chiarì: «Io mica ce l'ho, la tivù».

«Mi dispiace» mormorai in preda all'imbarazzo.

«Guarda che è una figata!» mi prese in contropiede. «Per vedere i film vado al cinema, e senza quella scatola di merda si può ascoltare lo stereo tutto il giorno.»

Chissà dove si trovava, quella casa senza televisione. Non ci aveva mai invitato nessuno, e mi meravigliai quando disse: «Mia madre vuole obbligarmi a usare le cuffie. A me invece piace far pompare le casse per godermi tutta la tempesta».

Così una madre ce l'aveva anche lui.

Mi strizzò l'occhio, come si fosse reso conto di aver parlato troppo e invocasse la mia riservatezza.

«Io non sono fatto per stare con una che guarda i quiz» sterzò il discorso. «Se c'è una ragazza che fa al caso mio è come Nancy di Sid e Nancy.»

Chi cavolo era?

«La tipa di Sid Vicious, il bassista dei Pistols» mi ragguagliò.

«Ah, lei» feci spallucce. «E cos'ha di tanto speciale?»

«Accompagna Sid fino all'estremo, e alla fine muoiono» s'illuminò.

Decisamente Raul non finiva di stupirmi. Non gli bastava Ester, colma di ogni benedizione. Voleva che lo accompagnasse fino all'estremo per morirci insieme. A quattordici anni.

«Lei lo sa?» indagai.

Mi scosse per una spalla con un sorriso che non mi piacque. «È proprio per questo che te ne sto parlando» annunciò. «Mi fido di te, Tommy. E tu mi aiuterai, vero?»

«A fare cosa?» mormorai con un filo di voce.

«A spiegarle che sono molto arrabbiato con lei! Mette in dubbio la mia parola, capisci?»

Così dovevo andare dalla ragazza che mi piaceva come ambasciatore per conto suo. Se esisteva uno stadio di abiezione più basso di quello, doveva essere appannaggio dei lombrichi.

«Non sono sicuro che sia una buona idea» presi tempo, ma lui si fece sotto con un sorriso speranzoso.

«Te lo chiedo per cortesia, socio» aggiunse in tono supplice. «È un caso disperato.»

Mi sentii spalle al muro. «Cosa devo dirle, di preciso?» mi arresi, ormai calato nei panni del peone messaggero.

Sorrise, contento della mia solerzia. «Deve venire con me

fino all'estremo» scandì, gli occhi color dell'oceano ravvivati da una luce nuova. «Lei capirà cosa intendo.»

Trasecolai. Così non voleva lasciarla. Soltanto convincerla a levarsi il reggiseno e a farsi toccare in mezzo alle gambe... L'orrore!

«Ma perché devo andarci io?» protestai ora che il mio destino si svelava in tutta la sua ingratitudine.

Raul mi posò la destra sulla spalla, magnanimo come un re che affidi la missione cruciale al favorito tra i paladini. «Non esitare» mi sorrise. «Sei tu l'uomo giusto, Tommy.»

Ero distrutto, raso al suolo come Hiroshima, annichilito come i Veltri superati dall'ennesimo gol in zona Cesarini. Non avevo mai trovato il coraggio di avvicinare Ester, e ora mi toccava farlo per convincerla a lasciarsi mettere le mani addosso da Raul.

«Per sdebitarmi ti registro un po' di roba forte» annunciò, ormai sicuro che avrebbe ottenuto quel che voleva. «Conosci i Beastie Boys?»

Non li conoscevo.

Puntò gli indici verso di me come fossero pistole, e annunciò sorridente: «È materia di prima scelta. Finirà che mi ringrazi, parola mia».

A ricreazione mi toccò mettermi alla ricerca di Ester.

La avvistai fra le amiche cowgirls lettrici di "Cioè", rustiche dame di compagnia dell'unica fanciulla in grado di far palpitare il mio cuore. A tenere banco pensava l'invertito Silvio Pinzoglio, i capelli morbidi di balsamo e i risvolti dei jeans arrotolati sino a metà polpaccio; si stava producendo nell'imitazione in falsetto del preside Bruslì che comminava tre giorni di sospensione a qualcuno.

«Scusate» mi accostai tremando al corral. «Posso parlare un minuto con Ester?»

Pinzoglio e le cowgirls mi guardarono come avessi appena commesso un sacrilegio.

«E tu chi cazzo sei?» domandò la gigantesca Fantoni Melania, frangetta da barboncino e guance color terra di Siena. Appariva schifata, come si fosse presentato al loro cospetto un ripugnante lebbroso.

«Cosa devi dirle di bello, Bandiera?» domandò civettuola Gennifer Bergamini, giocherellando con il nastro di pizzo che le pendeva vezzoso dalla chioma decolorata, identico a quello che sfoggiava Madonna in *Cercasi Susan disperatamente*.

«Sarai mica un messaggero dello stronzetto?» mi smascherò Pinzoglio.

Nessuno aveva mai chiamato Raul a quella maniera. Come osava, il Testa di balsamo?

Adesso rideva su un tono acuto, la bocca nascosta dietro le dita bianche e lisce. «Ho indovinato!» esultò, e scambiò un cinque alto con Gennifer. «Viene da parte di lui! Novità in arrivo, sorelline!»

«Ester» sillabai come un naufrago alla ricerca della salvezza. «Per favore, posso parlarti un minuto in privato?»

Dovevo avere pronunciato la formula magica, ché i suoi occhi verdi dal taglio orientale ora mi squadravano sospettosi e ironici. Non avevo mai notato il disegno perfetto delle efelidi sui suoi zigomi ambrati, e mi riproposi di tenerne a mente la mappa. Era talmente bella che mi tremavano le gambe. E io ero lì per incoraggiarla a farsi mettere le mani addosso da un altro.

«Poi ci racconti tutto, vero?» si raccomandò il Silvio, ma ormai Ester guadagnava distanza dal gruppo, camminava spalla a spalla con me, e io sentivo la guancia esposta alla sua luce andare a fuoco.

«Allora, Tommy?»

Nel sentirla pronunciare il mio nome mi sentii felice come non ero mai stato a fianco di una ragazza. Valutai che su un altro pianeta, collocato in una dimensione parallela, saremmo potuti essere fidanzati; magari pilotavamo due robot che lottavano fianco a fianco contro i mostri, come Goldrake e il Delfino spaziale di Venusia.

«Immagino ti mandi Raul» tagliò corto, e forse nessuno al mondo poteva sentirsi più infelice di me in quell'esatto momento. «È ridotto così male che ha bisogno dei messaggeri?»

L'unica era fare in fretta. «È molto arrabbiato» rivelai.

«Ah sì?» domandò divertita. «Anch'io, sai?»

«E perché?»

«Mi ha rifilato delle balle» spiegò.

Raul? Beccato a mentire? Come un Biondino qualsiasi?

Ora mi guardava dritto in volto. Chissà se vedeva un ragazzo carino o soltanto una specie di Fantozzi giovane. Nel dubbio, ora m'avvampava anche l'altra metà del volto.

«Non è giusto, raccontare le bugie alla tua ragazza» fece il punto. «Non trovi?»

«Trovo, trovo» ammise la mia voce, distorta come quella di Max Headroom.

«Invece di predicare tanto la coerenza e la lealtà, uno potrebbe cominciare col dimostrarsi sincero.»

E se avessi tentato un colpo di mano, gettando la maschera per confessarle che l'amavo, che sognavo di invitarla nella baia più riposta della mia isola, per vivere soli tipo Richard e la bellissima Emmeline in *Laguna blu*?

«Su» m'incoraggiò con un sorriso. Concreta. Pragmatica. Propositiva. «Cosa si è messo in testa stavolta, quello là?»

«Conosci Sid e Nancy?» tastai il terreno.

«Mai visti. Chi sarebbero?».

«Due tipi veri sui quali hanno fatto un film. Sid dei Sex Pistols e la sua tipa.»

Era bello vederla attenta, e mi dispiacque non poter aggiungere dettagli gustosi sulla pellicola.

«E insomma?» cedette all'impazienza. «Cosa combinano, 'sti due?»

«Quel film l'ha ispirato!» inquadrai la questione. «Si sente come Sid, vuole che tu sia la sua Nancy e vuole andare con te fino all'estremo» vuotai il sacco.

Ester abbassò le belle ciglia. «Che stronzo» sospirò, come si sentisse all'improvviso stanchissima.

Qualcosa dentro di me andò in pezzi. L'avevo ferita, imbecille che non ero altro!

«Scusa» invocai. «Io non ci volevo neanche venire.» Sudavo, ora. Sudavo e ingobbivo. «Non è facile, andare da una ragazza a dirle queste cose per conto di un amico.»

«Ti credo, Tommy» sospirò. «Non bisognerebbe mai accettare incarichi del genere.»

Aveva troppo ragione! E ora cosa faceva? Si avvicinava a me, il gobbo più sudato dei dintorni, e mi prendeva le mani?

Anga sgevù! Ci vedevano tutti, nel corridoio della scuola, i voivodi deposti e i nani di prima, l'invertito Pinzoglio, l'atleta pesante Fantoni Melania, i bidelli e certo anche Raul, che doveva essere appostato alla Robin Hood in posizione nascosta e sopraelevata. Se avessi rivelato a Ester che la amavo, quello avrebbe senz'altro scoccato un dardo capace di fischiare esatto a spaccarmi il cuore.

«Sei un po' timido, vero?» mi sorrise.

Timido? Stavo per perdere i sensi!

«Un tipetto sulle sue che guarda e non saluta» mi inquadrò.

«Ma io... È solo che...»

«Ti ricordi che una volta ci siamo visti al cinema, vero?» la musica allegra della sua voce coprì i miei balbettamenti.

«All'Arlecchino» partii a mitraglia. «Davano *Fandango*. Ero con mio zio Ianez, e tu...».

«Abbiamo praticamente visto *Fandango* insieme, e non mi saluti?» osservò con aria di rimprovero. «Chi ti credi di essere, Bandiera?»

Io? Il più infelice fra i peones!

«Non vale la pena di torturarsi» cantava la sua voce. «Se ti va di fare una cosa, la fai. Altrimenti non c'è niente, né il sangue né l'amicizia, che può costringerti».

Mai nella vita avevo immaginato che le mani potessero trasmettere un simile calore al resto del corpo, né mi aveva mai lambito la periferia del cervello l'idea che un giorno sarei svenuto di fronte a tutta la scuola. Ora, invece, mi girava la testa e vedevo un caleidoscopio di esagoni e cerchietti colorati esplodermi davanti agli occhi.

Ester parlava, e io dovevo lottare per non cedere alla tentazione di lasciarmi andar giù, il filo della schiena percorso da una processione di gocce ghiacciate.

Come cavolo faceva Raul a ritrovarsi quelle labbra piene a due palmi dal volto e non perdere di vista il senso delle sue parole, a mantenersi saldo sulle gambe, a replicare?

«Mi stai ascoltando, Tommy?» domandò lei con una vibra di dispetto nella voce.

Avevo perso il filo, ma annuii lo stesso. Purché non se ne andasse, ero pronto a dire quello che voleva.

«Non mi piace più» mise in chiaro, scuotendomi per le mani. «Mi ha rotto le scatole, con i suoi modi da grand'uomo e le sue bugie. Lo lascio, capito?»

Coño y mierda!

«Perché?» sibilai, le dita orfane all'improvviso delle sue.

"Perché mi piaci tu, Tommy." Così avrebbe potuto dire. E subito dopo mi avrebbe baciato sotto una pioggia di petali e coriandoli, mentre un invisibile impianto stereo mandava *The river* del Boss e tutta la scuola applaudiva. Invece rispose: «Cavoli miei. Voglio stare un po' da sola, d'accordo?».

Le casse dello stereo saltarono tutte insieme, vittime di uno sciagurato cortocircuito; la voce del bardo Springsteen smorì in un rantolo, e i cannoncini che dovevano sparare a festa fecero cilecca tutti insieme.

«Questo gli avrei detto se avesse avuto la decenza di presentarsi di persona» spiegò, e restò a guardarmi come volesse accertarsi che avessi registrato il messaggio.

«Capito» assicurai ritratto, come doppiato da Oreste Lionello. «Un po' da sola, vuoi stare. Glielo dirò.»

«Grazie, Tommy» disse, e le sue belle labbra planarono sulla mia guancia.

Era la ricompensa inattesa per i tormenti che m'erano toccati. Il premio per anni di silenziosa devozione. La luce d'una speranza.

Avrei voluto trovare il coraggio per tenerla a me, abbracciarla, ricambiare quel piccolo bacio cento e cento volte sino a trovare la sua bocca, ma ormai mi dava le spalle e se ne andava leggera. Meravigliosa. Finalmente libera.

E adesso chi glielo spiegava, a Raul?

13

# Sto volando, gente!

Pierangelo Pozzi, il fidanzato di mia madre, non smetteva di fare il califfo: a ogni nuovo incontro sciorinava virtù rare, svelava colpi segreti, accennava a passati gloriosi.

Non bisognava credere che fosse solo un venditore abilissimo e un salace fustigatore dei costumi: ci teneva ad apparire anche un esperto di cucina e di vini, un arguto raccontatore di barzellette – il suo cavallo di battaglia era quella sui gay pugliesi che vogliono aprire un "conto vinculete" – e parlava di sé come di uno dei migliori piloti d'automobile mai visti in Europa.

Guidava da dio, lui. A Forlì lo sapevano tutti. E una volta all'anno andava su in Germania, in un albergo dove lo trattavano benissimo, per guidare la sua Audi sul circuito del Nürburgring. Ovviamente i collaudatori crucchi ci restavano con un palmo di naso, nel vedere quel talento arrivato dall'Italia sverniciarli senza pietà.

«Avete un bel po' di minestre da mangiare, cari i miei Fritz!» sbeffeggiava l'intera nazione germanica. «Ascoltate un cretino: quando c'è da mangiare, fare l'amore o schiacciare il gas a tavoletta, gli Italienisch vi daranno per sempre dei punti!»

Un giorno che ci aveva portati a mangiare il pesce a Cesenatico, ci fece un'altra rivelazione. Bevendo l'aperitivo confessò di essere stato sul punto di passare dalle giovanili del Roncofreddo alla primavera delle Zebre, ma il padre non gli aveva dato il permesso di trasferirsi, ché lo voleva ragioniere. Al terzo calice di Trebbiano maledisse il legamento matto che gli aveva negato una carriera di sicuro successo in Serie A; giunti al dolce, arrivò a enumerare senza vergogna i tornei nei quali la Nazionale se l'era dovuta cavare senza di lui. «Sono del '44, io, come Gigi Riva» bofonchiò. «Potevo arrivare comodo in Azzurro per gli Europei del '68. Così poi mi facevo anche i Mondiali del Messico e Italia-Germania 4-3.» Diede un gran sospiro, poi guardò Mamma con aria stralunata e scoppiò a ridere: «Cosa ci posso fare, Alice? Il destino ha deciso altrimenti, e devo ammettere che non mi ha voluto male!».

Dall'alto della sua sapienza stabilì che avevo sbagliato tutto, a voler giocare in porta, e quando arrivarono gli ammazzacaffè decise di convincere anche Mamma dell'errore. «Ascolta un cretino, Alice! Io di calcio ne capisco! Non lo vedi che Tommaso è brevilineo? Ha il fisico da mediano, il ragazzo, mica da portiere! Ma dove l'ha trovato, il cieco che l'ha messo a giocare in mezzo ai pali?» ridacchiò incredulo. «Nell'uovo di Pasqua o nel bidone della spazzatura?»

«Gioca giusto in una squadretta di quartiere, Pier. L'allenatore è un vigile del fuoco» spiegò Mamma, imbarazzata come dovesse giustificare l'esistenza del Rapid di fronte ai papaveri della FIFA.

Il presunto brevilineo provò a protestare, ma Pozzi non sentiva ragioni. Si versò un altro limoncello e stabilì che non ero l'unico inadatto a giocare in porta; adesso aveva sbagliato mestiere anche Walter Zenga.

«Quello vale come il due di coppe quando briscola è denari!» bestemmiò. «Fuori dall'area piccola è una calamità naturale!»

Desolato, cercai lo sguardo di mia madre: si rendeva conto di quali enormità sosteneva quel monumentale coglione, quel ritardato mitomane, quel verboso bastardo?

«È il portiere della Nazionale, Mamma!» tentai di aprirle gli occhi. «Uno dei migliori al mondo!»

«Non me ne intendo» parve lavarsene le mani. «Però lo sento dire spesso, Zenga» osò. «E se gioca nell'Italia, così scarso non dev'essere.»

«Sulle uscite è nullo!» l'aggredì Pozzi come al Bar Sport. «E dal dischetto non ne prende una neanche per sbaglio!» Ammutolita Mamma, mi puntò l'indice sotto il naso. «Vuoi sapere perché, giovane?» domandò, e si rispose da solo: «Perché al bamboccio manca il carattere!».

Lui, che ne aveva da vendere, sapeva anche scherzare. «Uè Walter, mi fai il saltimbanco del circo Barnum, ma sulle uscite sei nullo!» imbastì un improbabile accento lombardo. «Va' a ciapà i ràtt, fighètta d'un fighètta! Anzi, sfighètta! T'è piaciuta questa, neh? Alüra ciapa sù e porta a ca'!»

Pierangelo Pozzi da Forlì sapeva prodursi in tutte le calate d'Italia, ma trovò adatto chiudere la discussione facendo sfoggio di un marcato accento sardo: «Capitto mi hai?».

Come no. *Capitto* che Mamma si era scelta un imbecille, Dio ce ne esca salvi.

Un pomeriggio di marzo mi avventurai con Athos e Selva ai Giardini Margherita.

Avevamo una mezza idea di cercare compagnia per giocare a calcio, ma ogni piano fu sconvolto dall'apparire di un'installazione nuova di zecca: la gabbia in rete metallica che ospitava i tappeti elastici.

Il custode aveva la stessa carnagione bruna dei giostrai del luna park; incassò impassibile le nostre duemila lire e ci concesse un quarto d'ora per saltare su quelle prodigiose reti gialle in grado di proiettarti in aria come privo di peso.

Se volevi prendere quota dovevi saltare con decisione nel centro esatto del tappeto e mantenere la verticale: dopo qualche tentativo rimbalzavo abbastanza alto da superare con la testa il sommo della recinzione.

«Guardatemi!» mi sorpresi ad esclamare. «Sto volando, gente!»

Staccavo l'ombra da terra, mi libravo senza peso come Icaro, e al sommo della parabola potevo permettermi numeri sempre nuovi: mimavo le scariche di pugni del Balboa, le micidiali mosse di Mazinga Z, l'aereo calcio della gru che Miyagi insegna al suo protetto Karate Kid.

«Mio cugino Matthew, quello che sta in California, è campione di tappeti elastici» mi raggiunse dall'abisso la voce di

Selva, impegnato nei suoi ridicoli saltelli tipo Mary Poppins che scavalca la pozzanghera.

«Non ti ha proprio insegnato una minchia, allora» lo prese in giro il Mezzosangue dal tappeto accanto al suo. «Guarda e impara, pisellino!»

Spiccò il volo a gambe unite, le braccia larghe; per un attimo parve deciso a tuffarsi faccia avanti, invece rullò in aria su se stesso e lo vedemmo ricadere in piedi.

«Salto mortale!» annunciò trionfante, mentre rimbalzava terga sulla rete per il contraccolpo.

Ogni cosa appariva possibile, nella primavera dell'88. Bastava essere tra amici fidati e farsi coraggio a vicenda per osare quello che sino al giorno prima pareva impossibile.

«Il mio tappeto era lento» denunciò il Biondino, mentre ci accomodavamo su una panchina, chiappe sullo schienale e suole sulla seduta. «Era teso male, e non si riusciva a prendere quota.»

«Te l'ho pur chiesto, se volevi fare scambio» ricordai.

«Ascolta» si risentì. «Se qualcuno può dire qualcosa è Athos, che fa il salto mortale. Da te non accetto critiche!»

«Volavo!» precisai. «E tu che sembravi un cane morto ancora parli?»

«Proprio non sai perdere, pisellino!» lo mise a posto Athos, quindi indicò il vialetto alberato che bordeggiava i campi da tennis. «Guardate un po' chi arriva!» esclamò.

Raul si avvicinava in virtuoso equilibrio su una tavola da skate dalle rotelle color crema, levigate al punto che le avresti dette cilindri di sapone. Scendeva contro il fondale della palazzina liberty che chiudeva il piazzale, scazzato e graficamente perfetto con i suoi calzoncini a scacchi, la maglietta di Batman e il cappellino a rete dalla visiera gialla.

Nessuno, vedendolo, avrebbe indovinato ch'era soltanto uno studente di terza media con un bel po' di problemi da gestire. I suoi rapporti con la Malvas ormai erano deteriorati in maniera irrimediabile, e gli era toccato fare un paio di visite in presidenza per ascoltare le prediche di Bruslì.

«Raul!» lo chiamò Selva, sbracciandosi per salutarlo. «Siamo qui, vecchio!»

Come ci riconobbe, il giovane diavolo aprì le braccia in un abbraccio a distanza e nel riabbassarle corresse la traiettoria nella nostra direzione. Arrivò con una musica buona di legno inarcato e cuscinetti a sfera, e nel balzare giù dalla tavola la colpì con decisione sulla coda: quella schizzò in verticale, e lui ne afferrò alla cieca il carrello come fosse la faccenda più ovvia del mondo. «Allora, mates?» domandò divertito dalla nostra meraviglia. «Cosa vi porta nel mondo libero?»

Con lo skate Raul era un manico. Sapeva condurre la tavola negli slalom stretti, disegnando curve veloci mentre infilava una teoria di lattine recuperate dalla spazzatura; sapeva danzarci sopra mentre era in movimento, saltando a scrutare alternativamente il passato e il futuro; sapeva persino rigirarsela sotto i piedi, mandandola pancia all'aria mentre saltava, per riportarla con le ruote sull'asfalto una frazione di secondo prima di atterrarci sopra. Un attimo aveva la tavola incollata ai piedi, e il momento dopo sembrava si fosse fatta un corpo estraneo, ma in realtà ne governava le rotazioni e si preparava a ritrovarla. Esattamente come faceva con Ester, con la quale continuava a lasciarsi e riprendersi. Ogni volta giurava che non sarebbe più tornato sui suoi passi, ma solo per scoprire nel giro di due o tre giorni che non poteva fare a meno di lei. Allora erano affanni e sospiri, solerti registrazioni di nuove cassette, suppliche di perdono e confidenze gioiose all'amico peone: si amavano ancora, non ero contento?

E io, gioioso come il ragazzo degli Smiths con la sua spina nel fianco, facevo di sì con la testa, strizzavo complice le palpebre, mi sforzavo di sorridere.

L'unica consolazione era che adesso con Ester ci salutavamo; trovarla davanti a scuola era la mia piccola gioia quotidiana, e sfidavo senza paura la diffidenza delle cowgirls per rivolgerle il mio omaggio. Di giorno in giorno ne riconoscevo i mutamenti d'umore: la bellezza ombrata dopo le litigate con Raul, lo sguardo rassegnato dei periodi di bonaccia, la socievole eccitazione che precedeva gli armistizi.

Reggevo il moccolo, seguro, ma era l'unico modo che conoscevo per starle vicino e continuare a cullare i miei sogni.

«Ma gli altri skateboardisti dove sono?» domandò Selva. «Credevo fossero una specie di banda, invece va da solo come un cane.»

«Mica tutti hanno bisogno della balia asciutta» lo rampognò il Mezzosangue. «Se ti piace una cosa, puoi anche farla per conto tuo.»

Il Biondino lo squadrò con aria sospettosa, e in quella vidi Raul prendere velocità, un piede a carezzare l'asfalto e l'altro saldo sul ponte della sua nave a rotelle.

Quando appariva ormai deciso a schiantarsi là contro lo zoccolo del marciapiede, si piegò sulle ginocchia per arpionare fra le dita il bordo della tavola, e con un colpo di reni prese il volo. Si alzò da terra col suo veicolo per tre palmi, il tanto che bastava per vincere il dislivello; i cilindri delle ruote planarono sul marciapiede, Raul atterrò sul legno senza perdere l'assetto e proseguì la sua corsa vittoriosa.

«Puttana eva, cos'ha fatto!» esclamai.

«Questo era facile» sibilò Selva, verde d'invidia.

«Facile il cazzo» replicò Athos, mentre Raul faceva dietrofront con un'espressione di quieta soddisfazione.

Smontò afferrando la tavola al volo, pizzicò la maglietta di Batman per scollarsela dal petto sudato e dichiarò: «Quando ascolto la musica dell'asfalto e dell'acciaio, sento qualcosa che la scienza non può spiegare». Si aggiustò il cappellino, lanciò uno sguardo circospetto all'intorno, e propose: «Paglia in imbosco, reginaldi?».

La musica sorgeva distorta e abrasiva dalle casse rotonde del portatile color alluminio; usciva al galoppo come avesse fretta di abbandonare quel catafalco a maniglia per invadere la radura che ci ospitava, e sulle prime credetti che le due cassette alloggiate nel suo ventre stessero suonando all'unisono. Ci volle un po' per accettare l'idea che quella slavina di suoni primordiali provenisse da un solo nastro, e quando la furia rumorista lasciò spazio alle atmosfere dilatate di uno strumentale giamaicano trovai il coraggio di osservare: «Poderosi! Chi sono?».

«I Bad Brains» illustrò Raul, il berretto girato alla picchiatella con la visiera a sporgere di lato. «Sono l'unica banda hardcore nera sulla scena.»

Il titolare dell'impianto semovente era un suo amico di nome Tesfay, un nome esotico quanto la sua carnagione caffellatte e le treccine che portava raccolte da una bandana candida. Era di origine eritrea, e la maglietta di Bob Marley ricadeva gigantesca dalle spalle strette. Le ginocchia che spuntavano dai calzoncini militari parevano quelle d'un ragazzino, e i polpacci si sviluppavano lunghi e sottili come quelli degli uomini-gazzella che dominavano le maratone, così che poteva sedere sullo skate arenato sull'erba stenta della radura senza paura d'incrinarne le fibre. Pareva un guerriero e un sacerdote, mentre si versava sul palmo una presa di tabacco e vi sbriciolava dentro una scheggia giallastra e farinosa di polline.

Lo fissavamo col cuore in gola mentre avvolgeva il preparato in una cartina ampia quanto un lenzuolo in miniatura; Raul gli porse un cilindretto di cartone uscito da chissà dove, quello lo sistemò a un'estremità dell'incarto e prese a rollarlo sotto i polpastrelli con quieto fervore da orologiaio.

Quando l'impasto fu ridotto a un cilindro pressato, Tesfay fece un gioco di prestigio: chiuse con un colpo di lingua la cartina, strappò con cura il lembo in eccesso e, reggendo il filtro fra due dita, ci mostrò in verticale il cigarro neonato. «Marruego» annunciò. «Dritto dalla valle del Ketama, che il buon Dio l'abbia in gloria.»

«Sei cristiano, tu?» domandò inopportuno Selva.

Raul lo squadrò sdegnato, e Tesfay rispose levando una vampa di Bic dal pugno. «Non ho creato io il fuoco. E nemmeno l'aria, la terra e l'acqua. Questo è poco ma sicuro.»

«E tu?» domandò Raul al Biondino. «Sei cristiano o no?»

«Vengo da una cultura di Sinistra» dichiarò compito il nipote del Senatore. «Però sì, sono cristiano. Non c'è contraddizione, dico bene?» Stava andando alla grande, poi accennò ad Athos e al sottoscritto e rovinò tutto. «Frequentiamo insieme il gruppo del dopocresima, noi.»

Raul annuì con aria severa. «Molto bene» approvò. «Sai mai che venga Satana a prendervi.»

Era un argomento che mi turbava da quando avevo visto

*L'esorcista,* e non riuscii a ridere di quella battuta come faceva il Mezzosangue.

«Ci vado solo perché vuole mia madre» spiegò divertito. «E perché c'è un po' di patonza.»

«Questo cambia tutto!» concesse Raul, e si girò la visiera del berretto su un lato. «L'uomo nasce poligamo» spiegò mentre dal portatile sorgeva l'attacco di *Walk on the wild side.* «Lo ammettono tutti gli scienziati.»

Tesfay diede fuoco alla testa del cigarro. Dopo averne aspirato un buon tiro assunse un'aria ieratica; chiuse gli occhi e parve annuire in risposta a una voce che sentiva solo lui, quindi dichiarò solenne: «Bueno!».

«Ascolta, cultura di Sinistra» Raul tornò a tirare in ballo il Biondino. «Tu che segui tanto le voci che girano a scuola, non mi sai dire chi ha fatto la spia con Ester?»

Selva si strinse nelle spalle, mentre l'eritreo tornò ad aspirare. «Se ne sentono di tutti i colori» ammise. «La verità è che non lo sa nessuno.»

«Perché la spia?» domandò Athos. «Cos'è successo?»

«Ho commesso un errore» rispose Raul mentre Tesfay gli passava il cigarro. «L'ho tradita come uno scemo con la Vespignani. Sabato scorso, sui divanetti dell'Euforia.»

Una cavolo di discoteca del sabato pomeriggio per giovani fighetti. Cosa ci andava a fare, uno come lui?

«Sono un idiota» riconobbe. «L'ho tradita dove potevano vedermi, e prima di lunedì qualcuno ha cantato.»

Il giovane diavolo aspirò con rabbia, diede uno sbuffo di fumo acre e dolciastro, poi tornò a tirare.

Se tanto mi dava tanto, presto sarebbe toccato anche a noi; non sapevo tanto bene come gestire la faccenda, ma in fondo ero curioso di provare.

«Per me no, grazie» si schermì il Mezzosangue quando Raul gli passò il testimone.

«Almeno un tiro lo devi dare» illustrò Raul. «In segno di amicizia.»

Tesfay annuì con energia. «Chi non fuma in compagnia» spiegò «è un ladro o una spia.»

«Uno solo» concesse il mio amico, e raccolse dal filtro la canna che Raul gli porgeva. L'accostò alle labbra, aspirò e subito lasciò uscire una voluta di fumo che lo fece somigliare a un drago. «Ziobò, se picchia» osservò con gli occhi rossi e un'espressione incredula, quindi mi cedette il joint.

Speravo di non ritrovarmi addosso gli occhi di tutti, così fui contento quando Tesfay disse: «Se il buon Dio non voleva che fumiamo il polline della ganja, non lasciava che cresce spontanea».

La consecutio era discutibile, ma il concetto non faceva una grinza.

Accostai le labbra al cannello in cartone del filtro, chiusi gli occhi e aspirai quel fumo acre.

«Non è un reato?» domandò a mezza voce Selva, mentre mi sforzavo di deglutire la candida voluta di fumo che mi riempiva la bocca. In qualche modo potevo vederla, e un attimo dopo non c'era più; trasformato in meraviglioso additivo, viaggiava col sangue a irrorare tutto il corpo, e subito sentii i muscoli delle gambe rilassarsi come sotto un invisibile massaggio.

«Fumare no» dichiarò Raul. «Venderlo, lo è.»

«Reato o no, meglio non farsi vedere dagli ussari» precisò Tesfay. «I bastardi sono la legge, ma della legge se ne fottono, ti prendono a sberle e se lo gagnano.»

Dalla mia bocca usciva poco fumo. L'esperimento era riuscito, così mi applicai ad accorciare la canna d'un altro tiro. Sentivo la terra fremere sotto il culo come stesse fermentando. E poi la chiamavano terraferma.

«Ci hai preso gusto, Tommy?» domandò Raul divertito, quindi si rivolse a Tesfay e spiegò: «Il primo giorno di scuola, con la felpa Benetton, i mocassini di cuoio e i tubolari da Magic Johnson, lo avevo preso per un geppo. Invece è un bravo chico.»

Tesfay annuì con le palpebre a mezz'asta, e io mi sentii proiettato controvoglia sul palcoscenico. Quel giorno sfoggiavo un paio di Clark's, ma sotto portavo sempre i calzini di cotone da pallacanestro. Seduto all'indiana com'ero, mi rattrappii su me stesso cercando di coprirne il lampo candido con le estremità dei jeans.

Per qualche motivo il fumo aveva deciso di uscirmi dal naso, e la testa mi sembrava più leggera del solito.

«Passa, passa» mi mise sotto pressione Selva. «Mica è la tua proprietà privata.»

«Prego, monsieur» sussurrai nel cedergli il trofeo, e d'un tratto mi parve che le cime dei pini ondeggiassero in maniera coordinata, animate da invisibili mulinelli che le spingevano a convergere e richiudersi sopra le nostre teste per formare una enorme capanna.

Selva esplose in una compilation di colpi di tosse, grugniti e sbuffanti recriminazioni. «Scusate» fece. «È che ho un po' di bronchite.»

«Lui invece l'ho sgamato subito» fece Raul all'africano. «Spara certe balle che non stanno né in cielo né in terra.»

«Mica vero» protestò Selva. Assunse un'aria corrucciata e osò domandare: «Quando mai vi ho rifilato una stronzata?».

«La gente prima o poi spiffera in giro i suoi peccati» spiegò Raul sollevando la destra. «Ricordatevene bene» aggiunse, e mi avvidi che era tornato a massaggiarsi col pollice l'interno dell'anulare.

Qualunque cosa intendesse, la sua voce s'era fatta minacciosa. «Selva» chiamò il nipote del Senatore, e quello si fece piccino come un topo di fronte al serpente.

«Sì?» lo sentii squittire.

«Devi scoprirmi chi ha parlato con Ester» annunciò Raul. «Fosse l'ultima cosa che faccio, devo ringraziare chi le ha messo la pulce nell'orecchio.»

«Ci pensa lui» assicurò Athos. «Le intercetta tutte, le voci, peggio di una portinaia. E quando impariamo chi è, lo pettiniamo a ceffoni.»

«A casa ho delle manette!» gli andò dietro il Biondino. «Ordinate per corrispondenza, precise a quelle della polizia americana!»

«Cazzo te ne fai?» domandò l'eritreo con lo sconcerto in volto.

«Picchiare un uomo con le mani bloccate è molto più facile» replicò Selva con sussiego. «È per quello che le hanno inventate.»

«Buoni, fanatici!» si fece sentire Raul.

Lo guardammo in attesa di chiarimenti mentre si massaggiava l'attaccatura del collo con aria pensosa. Raddrizzò il capello, e aggiustando la visiera a filo d'occhi spiegò: «Ho solo chiesto informazioni, d'accordo?».

Lo stesso ragazzo che aveva dato battaglia davanti al Bunker, sul coro finale di *Walk on the wild side*, sembrava posato e riflessivo come un giocatore di scacchi. Mi domandai se quell'impressione fosse un effetto del polline, o se davvero conosceva qualcosa che a noi sfuggiva.

«È inutile dare sempre la colpa agli altri» spiegò, e solo in quel momento realizzai che aveva mancato di rispetto alla principessa polinesiana. Per tradirla davanti a tutti con Ginevra, poi. «Ho fatto una stronzata, e non si può tornare indietro» sospirò, poi abbassò la testa e strappando un ciuffo d'erba brontolò minaccioso: «È solo che le spie non le sopporto. Le ammazzerei tutte. È come una voce che mi urla dentro, e non ci posso fare niente».

## 14

# I segni in faccia

Mia madre insisteva perché frequentassi il gruppo del dopocresima, terra di mezzo fra le regolari classi di dottrina e la vocazione conclamata all'attivismo cattolico.

Le pie sorelle Casolari e un seminarista glabro di nome Flavio si occupavano di noi, votati a tenerci lontani dalle sataniche lusinghe del weekend, le accidiose vasche in via Indipendenza, le discoteche del pomeriggio e il selvatico cerimoniale dello stadio. Il sabato ci imponevano la visione d'un film educativo con relativo cineforum, liberandoci solo quando il sole era ormai prossimo a calare dietro il colle di San Luca; la domenica, invece, era giorno di penosi giochi all'aperto a Parco Talon, micropellegrinaggi in pullman e ritiri spirituali.

La mia assenza consentiva a Mamma di concedersi gite e pranzi romantici con il detestabile Pozzi, e talora sospettavo che mi spedisse in parrocchia soltanto per avere campo libero. Era un pensiero che mi feriva, ma tanto peggio per quell'egoista e il suo amico fanfarone; loro ormai erano una coppia, condannati a sopportarsi a vicenda, mentre io avevo davanti tutto il ventaglio delle possibilità.

Frequentare il sagrato di San Mamante era come regalarsi una vita nuova, con altre gerarchie e altre ragazze, ignare delle pene che mi affliggevano al Bunker; Athos si spupazzava la Quinzi, mentre io miravo alla bionda, assennata, modesta Susanna Corvaglia. Sai mai che fioccando con lei potessi guarire dalla sindrome di Ester?

Piaceva anche a Selva, la Susi, ma lui tentava di sedurla con argomenti di dubbio gusto; sosteneva di voler diventare un mercenario, così la sfiancava parlando delle missioni segrete sudafricane in Angola, dell'ultimo modello di mitraglietta israeliana e della devastante precisione dei razzi RPG.

Della concorrenza degli altri, poi, non c'era da preoccuparsi. L'unico di qualche spessore era Balbo, il figlio del diacono, ma il suo passatempo preferito era aggirarsi per i giardini con un fazzoletto di carta in mano; andava alla ricerca di merde di cane, per trasportarle zitto zitto verso la macchina di don Gandolfi e impiastricciare la maniglia della portiera sul lato guida.

Le ragazze perbene inorridivano di fronte a quelle trovate, e non c'era da stupirsi che preferissero corteggiatori più urbani, discreti, quasi impalpabili come il sottoscritto.

Una domenica pomeriggio, dopo la proiezione di *Momenti di gloria*, l'imberbe Flavio ebbe la pessima idea di replicare la corsa dei velocisti Liddell e Abrahams. «Vi sfido a fare il giro dei giardini» chiarì, e io sentii la terra aprirsi sotto i miei piedi.

Mi apprestavo a subire una lezione sotto gli occhi di Susanna: Flavio era nei suoi vent'anni, e l'atletico figlio del pompiere era l'unico che potesse tenergli dietro. Ad andar bene, mi sarei giocato la penultima posizione con il Biondino.

«Si entra dal cancello di sinistra, si tocca il muretto in fondo e si torna sul sagrato attraverso l'altro cancello» dispose il seminarista. Illustrava il circuito compreso come un giudice di gara, l'ipocrita, e intanto presagiva la sua facile vittoria.

«Niente scorrettezze, però» pretese il Biondino. «Si fa sul serio. Chi spinge è squalificato.»

«Tranquillo che mi vedi solo da dietro!» proclamò il Mezzosangue. «Preparati a mangiare la polvere, Secco!»

Carezzai l'ipotesi di ritirarmi, ma ormai le donne ci stavano incasellando ai blocchi di partenza, divertite all'idea di vederci sputare l'anima.

Riuscii a intercettare lo sguardo di Susanna. Anga sgevù, mi sorrideva! Almeno la medaglia di bronzo gliela dovevo portare.

«Pronti?» domandò la Casolari maior, schierata in qualità di starter, e mi piegai in avanti all'unisono con gli altri concorrenti, le mani aperte a toccare il selciato.

«Vi stronco, rafaniè!» promise il Mezzosangue, pronto a esplodere in avanti come Ben Johnson. «Vi do la merda a tutti.»

«Niente spinte» ribadì Selva, e ci lasciò di sale schizzando avanti per conto suo.

«Cazzo fai?» protestò Athos risollevandosi, mentre il Biondino prendeva metri di vantaggio.

Le ragazze, ingiuste, ridevano.

«Falsa partenza!» denunciò Flavio, immobile sui blocchi. «Torna qui, Matteo!»

Se il Biondino lo sentì, fece l'indiano.

«Ai posti... Via!» proclamò la Casolari, indifferente alle regole fondamentali dello sport.

«È buona!» gridò il seminarista, ed esplose in scia a Selva, che aveva ormai infilato il cancello dei giardini con falcate ampie il doppio delle sue.

Avrei dovuto appellarmi alla palese irregolarità della gara. Così me la sarei cavata con onore, e sarei stato libero di andare a chiacchierare con Susanna. Ma era troppo tardi. Volevano farmi correre, e io correvo, come il cane di Pavlov liberato fra i levrieri d'un cinodromo.

«Bastardi!» protestava Athos da dietro, imbufalito per quella sequela d'irregolarità. «Vi struppèo!»

Era come sentire alle spalle una locomotiva sbuffante. In un attimo mi sfilò accanto a un ritmo insostenibile. Costernato, lo vidi prendere il largo nelle peste dei fuggitivi.

Ero ultimo, mierda! Se non riprendevo almeno il Biondino, le donne avrebbero riso di me. Anche Susanna. Non doveva accadere.

Fu l'ultimo pensiero che mi traversò la mente prima del disastro.

Mi apprestavo a infilare l'ingresso dei giardini, quando un piede s'inchiodò all'improvviso: forse l'appoggio su un sampietrino sbilenco, forse un laccio traditore delle Lumberjack pestato alla cieca, fatto sta che volai in avanti con un movimento a cerniera, troppo meravigliato dal precipitare della prospettiva per ripararmi con le mani. La colonna in cemento alla quale era incardinato il cancello dei giardini, squadrata e ruvida d'intonaco color ocra, mi s'avventò addosso e, lanciato com'ero a testa avanti, la botta fu spaventosa.

Nell'istante dell'impatto sentii cedere e sfaldarsi la base del naso, quindi mi accartocciai a terra con una spiacevolissima sensazione d'impotenza: qualche parte fondamentale del mio cranio doveva essere ridotta in poltiglia.

Non vedevo più niente, ma ero quasi sicuro di avere lasciato un segno sulla colonna, tipo le ombre dei poveri giapponesi ridotti a silhouette dalla bomba a idrogeno.

«Mi senti?» gridava atterrita la Casolari minor. «Ehi, Tommy, mi senti?»

«E tu che cavolo ridi?» la sorella oversize rimproverava qualcun altro. Balbo, ero pronto a scommettere. «Non vedi che si è fatto malissimo, deficiente?»

Un fiume di sangue mi colava sulla bocca, e un fabbro misterioso mi faceva pulsare la testa percuotendola a martellate dall'interno.

Se aprivo gli occhi, però, potevo ancora vedere.

Ero circondato da figure torreggianti, le teste buie contro la volta abbagliante del cielo, e ognuno diceva la sua. Parlavano di ambulanze e pronti soccorsi, di traumi cranici e di gente che moriva dopo tre giorni. Provai a distinguere la voce di Susanna, ma non la riconobbi. Certo in quello stato dovevo farle orrore.

«Tommy!» implorò la Casolari maior. «Rispondi, ti prego!»

Avrei voluto farlo, cosa credeva. Mica l'avevo deciso io, di diventare muto.

«Don Sirio!» strillava Flavio, segno che la corsa era finita. Chissà chi aveva vinto. «Venga giù subito, per carità!»

«Resisti, socio!» ordinò Athos, ma la luce del cielo mi faceva troppo male. Non riuscivo più a tenere gli occhi aperti. «Siamo qui con te!»

«Non toccarlo!» strillavano le donne.

Almeno fossi caduto sul campo di battaglia. O sul terreno del Rapid. Invece mi toccava morire in parrocchia, come l'ultimo degli invorniti.

«Non darla vinta ai charlie di merda!» m'incoraggiò Selva,

le lacrime agli occhi, mentre scivolavo verso l'abisso. «Devi tornare a casa, ragazzo!»

Forse il parroco sarebbe arrivato vestito di speciali paramenti prismatici da guaritore. Oh sì. Ammantato di luce e con i discepoli al seguito. Mi avrebbe imposto le mani e, bisbigliando magiche formule in aramaico, avrebbe compiuto il miracolo. Allora il defunto Tommaso Bandiera in arte Supersfighè sarebbe uscito dal sepolcro in una gloria di campane, vivo e risanato come Lazzaro, deciso a liberarsi delle bende putride e disposto a scherzare sull'incidente che l'aveva costretto nel sepolcro.

Socchiusi le palpebre in attesa del salvatore; come vidi che il Don arrivava da solo, indossando il clergyman dei giorni ordinari e decisamente contrariato, persi ogni speranza e mi lasciai prendere dal vuoto.

Quando tornai in me ero steso su un letto, e Mamma mi sedeva accanto carezzandomi una mano.

Non riconoscevo il posto in cui ci trovavamo, e non avrei saputo dire da quanto si prolungava la mia assenza dal mondo.

La prima sensazione che provai fu di essere tornato piccolo; non avevo idea di quale genere di formula o pozione avesse reso possibile il miracolo, ma non m'importava. Ero al sicuro e mi sentivo cullato, così finsi di dormire per non rovinare tutto.

«Povero Tommy» sospirò mia madre.

Quell'atmosfera ovattata e vintage evocava i lunghi pomeriggi a letto con la febbre negli anni dell'asilo, e non mi sarei meravigliato se lei avesse cominciato a leggermi un libro di fiabe, una storia a fumetti della Pimpa o le istruttive avventure di gatto Sandrino e Zigo Zago.

«Povero, sì, ma anche un bel piciu» replicò una voce maschile, e la dolcezza di quel momento d'abbandono si prosciugò all'istante.

«Cos'è un piciu?» domandò Mamma.

«Un pistola, Alice» rispose l'altro con un timbro euforico. «Un pirlotto. Senza offesa, eh.» Tacque per un attimo, poi riprese in tono più pacato: «Se è vero quel che dice il prete, ha fatto tutto da solo».

«È scivolato mentre correva, Pier» Mamma esalò in un sospiro mite.

«È quel che dico io!» rivendicò la voce di Pozzi. «Ma non ti preoccupare. Il giovane ha la testa dura, e questo incidente gli servirà da lezione.»

Mia madre era preoccupata, e quello pontificava.

«Tu di calcio non ne capisci, Alice, ma un portiere deve avere un controllo totale sul proprio corpo. Invece lui si schianta di testa contro le colonne.»

L'odio che provavo bastava a rianimarmi. Tornavo a provare desideri dinamici. Tipo balzare in piedi di scatto, gli occhi di brace e una spada in pugno come l'arcangelo Michele.

«Ascolta un cretino: gli manca la destrezza. E poi è un brevilineo, te l'ho già detto. Se mi lasci parlare col suo mister, potremmo riconvertirlo in mediano.»

Costringerlo a bocca aperta e, ignorando le sue suppliche, mozzargli senza pietà la linguaccia di merda. Forse con uno sforzo supremo potevo riuscirci.

«Si è mosso!» Pozzi avvertì mia madre. «L'ho visto!»

«Tommy» mi chiamò lei, chinandosi al capezzale. «Mi senti, Tommy? Sono la mamma!»

«Ohi» risposi a fatica.

«Si è svegliato!» esultò mia madre. «Parla! Corri ad avvertire il dottore, Pier!»

«Ciao, piciu» l'ignorò il califfo. «Hai fatto prendere un bello spavento a tutti, lo sai?»

«Non importa» assicurò lei, protettiva. «Come stai, Tommy?»

Di balzare in piedi non se ne parlava neppure, al momento, e spade in giro non se ne vedevano. Però ero tornato al mondo, così mi sforzai di rassicurarla: «Benino, dài».

«Hai dato una botta con la testa» spiegò. «Ti ricordi?»

«In parrocchia» confermai, e il suo volto parve illuminarsi. Le piaceva che gliene parlassi, così aggiunsi: «Era una gara».

«Una garra di testatte» se ne venne fuori l'irresistibile Pozzi. «Campionnatto sardo. Capitto mi hai?»

«Davvero divertente, Pier!» sbottò lei. «Vai a chiamare il dottore, per cortesia!»

«Cercavo soltanto di tirarlo su» protestò lui. Doveva imboccare l'uscita, invece aggirò il letto e si chinò su di me con aria complice: «Ora ho capito! Volevi farti il nasino alla Walter Zenga!».

«Pier!» salì di tono la voce di lei. «Ti dispiace lasciarci soli un minuto?»

«Mi dichiaro prigioniero politico!» gigioneggiò lui in allontanamento, e finalmente scomparve lungo il corridoio.

«Non sai che paura mi sono presa, Tommy» disse Mamma appena restammo soli, e tornò ad accarezzarmi la mano. Sarebbe stato bello tornare ai tempi in cui la sua presenza bastava a rassicurarmi. Ma ormai non si poteva più: in nessun modo l'acqua diretta verso il mare poteva rivedere le balze dalla quale era scesa per salti.

«Anch'io» replicai. «Non è bello riaprire gli occhi in un posto che non conosci e trovarti accanto quel barbagianni.»

«Adesso devi solo stare tranquillo» si raccomandò Mamma senza dare peso al disastro che aveva propiziato. Era stata lei ad aprire il varco al mostro, a invitarlo nel nostro mondo senza darmi il tempo di trasformarmi in un robot d'acciaio, e ora quello la faceva da padrone.

«Com'è ridotto il mio naso?» volli sapere.

Sorrise imbarazzata. «Adesso è un po' gonfio» si limitò a dire.

Provai a toccarlo, ma un lampo bianco corse lungo la spina dorsale.

«Lascia stare» si allarmò.

«Voglio vedermi» reclamai. «Non c'è uno specchio?»

Ne portava sempre uno nella borsa, ma frugò senza cercarlo veramente. «Cavolacci» esclamò fasulla. «Proprio quando serve...»

«Avanti, Mamma» insistetti. «Ho il diritto di vedermi in faccia!»

«Vedrai che si sistemerà tutto» garantì, e richiuse la borsa.

Dovevo essere ridotto come Elephant man.

Anche una volta sgonfio, il mio naso faceva schifo: il setto, fratturato in tre punti, era rimasto deviato da un evidente zigzag. Il dottore diceva che si sarebbe potuto mettere a posto con un'operazione, ma consigliava di aspettare il termine dello sviluppo. Per il momento andavo a raggiungere Totò, Zenga e certi personaggi di Picasso nel club riservato ai titolari di volti asimmetrici.

Dovevo scendere a patti con la realtà: conciato com'ero, nessuna ragazza mi avrebbe più trovato carino. Mi piacesse o no, era così che andavano le cose. Se volevo un ruolo nella commedia della vita – il buon Gesù sapeva quanto ne avessi bisogno – dovevo adattarmi alle circostanze e lavorare nell'unica direzione possibile: imparare la grammatica sfacciata della disinvoltura e metter su uno stile ruvido, così da apparire convincente nei panni di duro.

«Speravo di rimediare, ma è stata una catastrofe!» si disperava Raul mentre mi scortava verso casa trascinando a mano la BMX.

«È andata così male?» gli domandai. Il mio nuovo naso da duro pulsava sotto il sole a picco, e lo immaginavo rosso come quello della renna Rudolph.

«Ho perso il suo rispetto» gemette a testa bassa come un penitente. Si arrestò, stringendo i pugni intorno alle manopole sino a farsi diventare le nocche bianche, quindi aggiunse scorato: «Lo so per certo, Tommy».

Non l'avevo mai visto ridotto così, e non sapevo tanto bene cosa dirgli.

«L'ho supplicata di darmi un'ultima possibilità» mormorò mentre riprendevamo il cammino. «Di ascoltarmi, almeno. Dovevo chiederle scusa. Mille volte scusa. E ieri sera mi ha finalmente dato appuntamento da lei.»

Uscimmo allo scoperto per infilare l'arco del Meloncello, e il giovane diavolo riprese: «All'inizio sembrava tutto normale: mi fa entrare in camera, si chiude dietro la porta e ci sediamo vicini sul tappeto. Una volta eravamo felici di restare soli. Adesso invece con noi c'è una specie di fantasma, e lo stronzo sussurra a Ester: "Ricordati che ti ha tradito con Ginevra! Sui divanetti dell'Euforia!". Continua a ricordarle la mia colpa, e io non posso fare niente per mandarlo via».

Ne fui quasi lusingato: dopo un affronto tanto grave, Ester non sarebbe tornata sui suoi passi.

«Lo so che non potrà mai perdonarmi» considerò entrando

nell'ombra dell'arco, «però a un certo punto sento il bisogno assoluto di abbracciarla. Così lo faccio, mate. Lei all'inizio non vuole, però resta lì.»

Finivo sempre così, a fargli da confidente: mi toccava ascoltare cose che avrei preferito non sentire.

«Non mi prendere in giro, tovarisch» si premunì tornando in piena luce, e annunciò con aria beata: «Sapevo che era l'ultima volta, ma restare lì, stretti insieme, era una cosa dolce.»

Dolce? Era la più grande fortuna del mondo, e tu l'hai buttata nel cesso per baciare una Ginevra qualsiasi in discoteca!

«Poi il patatrac!» mi fece sussultare. «Per poco non mi viene un colpo quando parte chissà come la musica, *Girls just wanna have fun*, la porta si spalanca ed entrano in stanza quell'orco della Fantoni e la Bergamini, sculettando e lanciando coriandoli stile carnevale di Rio.»

Non mi sarei mai potuto rilassare a casa di una donna, a meno che non mi avesse lasciato compiere una bonifica completa degli ambienti. Finivano sempre per tenerti nascosta la presenza di qualcuno.

«Alla festa a sorpresa partecipava tutta la banda, e man mano che entravano correvano ad abbracciare Ester. Mi sculettavano sotto il naso» ricordò scuro in volto. «Persino l'invertito. Suonava una trombetta, lui. E a un certo punto mi fa: "Vedi cosa succede a tradire la fiducia delle persone?".»

«E lei?» domandai.

«Rideva» ammise Raul. «"Chi la fa l'aspetti", mi ha detto.»

«Che scherzo di merda» giudicai.

Raul fissava avanti a sé con sguardo spento. «Mica vero» obiettò. «Se voleva farmi sentire un verme, c'è riuscita benissimo.»

"Germano cornuto" si leggeva a caratteri di scatola sul muro del Bunker, e fra le due parole a spray nero spiccava un'approssimativa testa di bue.

Come vide la composizione, Raul sbarrò gli occhi e mormorò: «Allora è la guerra, che vogliono». Per un attimo ristette a un passo dal muro, la testa bassa come un ebreo in preghiera, quindi posò a terra la borsa in tela da marinaio che conteneva i libri di giornata. Aprì con noncuranza il giubbotto da college con il torso in panno e la maniche di similpelle, affondò la destra verso la tasca interna e mi consegnò con noncuranza quello che lì per lì mi parve un manubrio di legno, e invece era un Opinel numero 9 dalla lama a riposo. «Meglio che te lo lascio» assicurò. «Altrimenti oggi faccio un casino.»

«Carichiamo i cagamutande?» propose Athos, cercando fra i capannelli le teste dei voivodi.

«Voi non muovete un dito» mise in chiaro Raul. «Ci penso io.»

«Aveva addosso una lama!» guaì Selva mentre facevo sparire in tasca il coltello. «Una lama vera!»

«Zitto, pisellino!» lo ammonì Athos, sintonizzato con aria partecipe sulla traiettoria di Raul.

I voivodi erano disposti a testuggine, Spicci e Grigno in prima linea a fare i neri, ma Raul andò loro sotto senza un'ombra di paura.

«Ti diverti con le bombolette, paninaro del cazzo?» rimbalzò forte e chiara la sua voce. «Te la faccio breve: o quella roba sparisce entro domattina, o ti faccio pentire di avere imparato a scrivere.»

«Non l'ho fatta io» argomentò il Voivoda, testardo e puerile. «Spiegami perché dovrei cancellarla.»

«A che gioco giochiamo, cagamutande?» replicò sdegnato Raul. «Io e te, a mani nude, o ti butti a pelle d'orso anche stavolta?»

«Non ho paura di te» annunciò Grigno, e i suoi sodali lo incoraggiarono a suon di pacche sulle spalle. La faccenda stava prendendo una curva imprevista: era pronto allo scontro. «Ti credi grande, Germano, ma sei solo un cornuto» proseguì, ebbro d'una sicurezza nuova.

«Cosa cosa?» domandò Raul. Fremeva, ma voleva che fosse l'altro ad alzare le mani per primo.

«La Bonsignori ti ha fatto diventare matto con i suoi numeri» lo provocò Grigno. Si stirò sotto il palmo la stampa della Best Company che decorava la felpa rosa e precisò: «Io ne so qualcosa, modestamente. Lo sai, vero, che glieli ha insegnati tutti sua madre?».

Raul gli andò sotto, testa contro testa: «Vieni, scemo» lo invitò. «Tu e io da soli.»

Vicino com'era ai voivodi, rischiava il linciaggio.

«Andiamo, ragazzi!» ordinò Athos. «Stiamogli appresso!»

Lo seguii col cuore in gola verso il quadrato e pregai che, in caso di contrasti con l'entourage rivale, nessuno mi colpisse sul naso.

Selva ci venne dietro reclutando i simpatizzanti, Santurro, Fabiani e certi cani sciolti di seconda.

«Brutto, vero, pensare che adesso quegli stessi numeri li fa a qualcun altro?» sospirò Grignoni, allucinato dall'odio. «Alla fine siete tutti uguali, voi senza famiglia. Non siete capaci di tenere la rotta. Sbandati del cazzo tutti quanti!»

«Della mia famiglia non sai un cazzo» brontolò basso Raul, e non capivi se fosse sul punto di urlare o di piangere.

«Invece sì, pezzo di merda» lo contraddisse l'altro. Spalancò le braccia muovendo un passo all'indietro e annunciò con un sorriso feroce: «Tuo padre non ti ha voluto!».

Il calcio a giro di Raul lo prese sulle costole, costringendolo ad arretrare scomposto, ma i voivodi lo spinsero di nuovo avanti.

«Indietro, voi!» urlò il Mezzosangue. «È un duello uno contro uno!»

Il titano Spicci annuì di malavoglia, e stese le braccia per tenere a bada i suoi. «Gli occhi della tigre!» incitò l'amico. «Strappagli le palle!»

Il Voivoda partì a testa bassa con una scarica di pugni, ma il mio compagno lo strinse in una morsa, le braccia serrate intorno al torso, per colpirlo a furiose ginocchiate sulle cosce e sul bacino.

«Azzoppalo!» strepitò Selva, stringendo al petto la borsa da marinaio di Raul come una reliquia.

«Bastardo!» gemeva Grigno nelle pause fra i colpi. «Figlio d'una gran puttana!», e a forza di strattoni franò a terra con il giovane diavolo avvinghiato addosso.

Raul si ritrovò una mano alla gola, piantò le dita sulla faccia del rivale, così cercò gli occhi come fanno i gatti, e l'altro fu costretto a mollare la presa.

Ora si scambiavano pugni a tutto braccio; ognuno cercava di risollevarsi prima dell'altro dalla polvere del cortile, ma quelle scariche alla cieca finivano per condannarli entrambi al suolo.

«Basta!» implorò Pinzoglio all'apparire del primo sangue. «Separateli, in nome del Cielo!»

«Vattene, checca!» intimò il giovane diavolo, l'urgenza nella voce, e sferrò un nuovo gancio alla testa del rivale.

«Non è così che si risolvono le questioni, Raul!» lo implorò l'invertito, ma venne allontanato a spintoni dalla cerchia dei testimoni serrati intorno a quel groviglio selvaggio.

Adesso Raul cercava la testa del rivale, come volesse confidargli un segreto.

«I morsi no!» strillò il Voivoda, scalciando alla disperata. «I morsi no, stronzo!»

Il giovane diavolo gli affondò i canini nella guancia e prese a scuotere la testa come una belva; appena mollò la presa, l'altro si portò le mani al volto ferito, e lui ne profittò per balzare in piedi.

Aveva un occhio semichiuso e perdeva sangue dalle labbra spaccate, ma trovò in qualche modo la forza di rimettersi in guardia. «Allora, cagamutande?» ansimò. «Non dirmi che sei già stanco?»

Sbuffando per lo sforzo, anche Grigno si puntellò sul ginocchio e riuscì a rimettersi sulle gambe. Due scie scure gli scendevano in parallelo dal naso, e il segno dei denti di Raul spiccava sulla guancia come il marchio dello squalo. «Tu pensala come vuoi... ma la madre della Bonsignori fa le marchette» ribadì col fiato corto. «Se non ci credi, chiedi in giro... Se la sono scopata tutti... E la figlia è tale e quale.»

Raul afferrò il rivale per i polsi e pennellò un calcio laterale che lo prese appena sopra la caviglia. Al Voivoda mancò la terra sotto i piedi; cadde falciato come una spiga, e picchiò il gomito sul cemento con un angolo sciagurato.

Stavolta i voivodi avevano un bel da risollevare il loro campione: Grigno strillava come un maiale allo scannatoio, l'avambraccio piegato in maniera innaturale, e appena vide la mano che pendeva col palmo all'infuori ribaltò la testa e svenne.

Spicci gridava con gli occhi fuori dalla testa che bisognava chiamare un'ambulanza, il Testa di balsamo piangeva disperato fra le braccia delle cowgirls, e in quella confusione Raul zoppicava via come un ladro.

«Ehi, socio» lo affiancai. «Sei tutto intero?»

Si sforzò di sorridere, quindi recuperò la borsa dalle mani di Selva e la sistemò a tracolla.

Senza una parola, Athos gli offrì il braccio e lui accettò quel sostegno. «Non si esce mai interi dai duelli» spiegò. «Ogni volta resta qualcosa sul terreno.»

I signori Grignoni, un professore d'ingegneria e una sindacalista rognosissima, si ritrovarono Filiberto con un braccio al collo e il segno d'un morso in faccia; conclusero che era stato vittima di un pestaggio e tirarono su un putiferio. Se il preside non voleva ritrovarsi denunciato per omessa sorveglianza, era chiamato a fare chiarezza.

Bruslì, terrorizzato all'idea di finire nei guai, radunò le terze in palestra per smascherare il colpevole.

«Bisogna rompere il muro mafioso dell'omertà!» esordì stridulo, la faccia gialla e il parrucchino a frangetta lucido come penne di corvo. «I signori Grignoni hanno il diritto di sapere come sono andate le cose!»

Non volava una mosca, e lui parlava camminando avanti e indietro di fronte alle classi schierate, come un ufficiale che arringhi le truppe. «Vi rendete conto dell'aggressione che ha subito il ragazzo? Ha una frattura scomposta! Se batteva la testa poteva anche morire!» Si segnò rapidamente, baciò la fede e andò al punto: «Vi tengo qui tutt'oggi, se non mi dite chi è stato!».

Esigeva un nome, ma tacemmo dal primo all'ultimo.

«Germano, tu non hai niente da dire?» lo mise sotto accusa il preside, e tutti si volsero al giovane diavolo.

Raul aveva ancora il labbro gonfio e un'ombra violacea intorno all'occhio, ma non perse il suo spirito. Affondò i pollici nelle tasche dei pantaloni scozzesi, finse di guardarsi alle spalle, quindi domandò incredulo: «Dice a me?».

«Sei pieno di segni in faccia» notò Bruslì.

«Caduto in skate» assicurò scrollando le spalle, e un domino di risatine si propagò per la palestra. «Piccoli guai che capitano quando ci si diverte.»

«Chi ti credi di essere, bulletto?» alzò la voce il preside. «Al Capone?»

«Ho un debole per i fratelli Kray» lo spiazzò Raul. «Li conosce?»

«È lui che ha picchiato Grignoni, vero?» domandò ad alta voce Bruslì. «Parlate, domineddio! Parlate, o vi tengo qui finché non si presentano a ritirarvi i genitori!»

«O chi ne fa le veci» precisò Raul.

«Zitto tu!» lo ammonì il preside. «Una testimonianza una» scandì, «e sei sospeso per una settimana!»

Le fronde già si consultavano; le cose si mettevano male.

«Mi scusi, signore» si levò la vocetta di Pinzoglio. «Posso parlare?»

«Prego» approvò Bruslì senza nascondere la soddisfazione. «Parli pure in libertà.»

«Si sono picchiati Grignoni e Germano» vuotò il sacco Pinzoglio.

Mi stava antipatico da quando ero andato a parlamentare con Ester e lui mi aveva messo a disagio davanti a tutto il corral; così, però, aveva superato di slancio il confine fra pettegoli e spie.

«Devi farti i cazzi tuoi, infame!» ruggì Athos. «Cosa ti frulla, in quella testa di balsamo?»

«Sentito bene, bulletto?» Bruslì domandò a Raul. «Lo sanno tutti che sei stato tu. Così ti sei guadagnato una vacanza. Una di quelle che valgono mezza bocciatura.»

Il nostro compagno fece spallucce. «Si vede che mi sono picchiato da solo» commentò. «Non fa una piega, dottore.»

«Mica è giusto punire solo lui!» tornò a esporsi Pinzoglio. «È stato Grigno a sfidarlo!»

«Muto, frocio!» ringhiava Spicci da dietro. «Muto o ti ficco la testa nel culo!», ma quello tenne il punto.

«Raul non ha più colpa di quell'altro» s'accorò. «Non può punire solo lui.»

«È innamorata, la checca!» gli facevano la baia i voivodi, e il preside non sapeva più che pesci pigliare.

Il giovane diavolo mosse un passo per uscire dallo schieramento e levò una mano per chiedere silenzio. «Grignoni e io ci siamo picchiati» ammise. «Non importa chi era lo sfidante e chi lo sfidato, basta sia chiaro che è stato un duello. E di fronte alla legge i duellanti hanno le stesse responsabilità.»

Un mormorio d'approvazione accolse le sue parole.

Bruslì pareva smarrito. Quasi presagisse le urla isteriche della signora Grignoni di fronte all'evidenza che il suo bravo figliolo era, a ben vedere, un provocatore e un idiota.

«O ci sospende entrambi, o nessuno dei due» lo incalzò Raul. «Siamo in democrazia, no?»

«È proprio per questo che le contese andrebbero risolte a parole!» sbottò il preside. «Invece voi siete il regresso al neanderthal! Al cro-magnon! Non vi vergognate?» Scoccava occhiate severe, impettito con le mani sui fianchi come un povero dittatore di provincia, ma ormai si era capito che non avrebbe sospeso nessuno.

«E con questa Pinzoglio me ne ha fatte due» considerò Raul. «Prima mi spernacchia a casa di Ester, e adesso mi sputtana con Bruslì.»

«Alla fine ha rimediato» notai.

«Se stava zitto e basta, non ce n'era bisogno» protestò risentito. «Si mette sempre in mezzo alla mia vita! Ma perché non si fa una caterva di cazzi suoi?»

«Avrà un debole per te» suggerì untuoso il Biondino.

«Chi gli ha dato il permesso di parlare?» lo ignorò il giovane diavolo, poi mi batté sulla spalla e disse: «Se avevo qualche dubbio, ora non ne ho più. È stato lui a raccontare a Ester dell'Euforia. Vive solo per farsi gli affari degli altri, la spia schifosa.»

Mi guardai in giro, caso mai si scorgessero la chioma vaporosa e il culo a papera dell'invertito; pregustavo il momento in cui le divinità della vendetta si sarebbero abbattute su di lui.

«Ce l'ha con te per via di Ester, vedrai» fece il Mezzosangue. «Perché l'hai fatta soffrire e cazzate del genere.»

«Dovevi vederlo, come soffiava in quella trombetta da stronzi!» ricordò Raul. «Era felicissimo di vedermi sotto un treno.»

Athos batté le lunghe ciglia scure, accennò un sorriso e propose speranzoso: «Se ti fa piacere, lo struppèo di mazzate».

«Scherzi?» lo gelò Raul. «È un tipo sofisticato. Merita un trattamento speciale.»

Anga sgevù! A cosa pensava?

«Tanto per cominciare, vorrei che tutti noi gli diventassimo amici» ci spiazzò. «Dobbiamo conquistare la sua fiducia. Farlo sentire uno della ghenga. Che ne dite, compañeros?»

«Scherzi?» bofonchiò Athos. «Amico di quella spia?»

«Un po' di spirito, giovani! Il mese prossimo partiamo in gita con la sua classe» ricordò Raul con un sorriso gelido.

«Se è un piano ci sto!» s'illuminò il Biondino. Cercò lo sguardo del giovane diavolo e domandò: «È un piano per prenderlo in trappola, dico bene?».

Raul fece gli occhiacci per invocare il silenzio. «Siamo una squadra corsara, noi» illustrò, e intanto pettinava l'aria con le mani, come volesse evocare qualcosa di rotondo e meraviglioso. «In casa dobbiamo giocare guardinghi, ma in trasferta andiamo a levarci delle belle soddisfazioni.»

15

# Un film-verità

Raul attirò Pinzoglio nella sua ragnatela con una naturalezza che mi lasciò turbato.

Sulle prime finse di volersi chiarire con lui, e sotto l'occhiuta sorveglianza delle cowgirls ammise che aveva fatto bene, il Silvio, a prendere la parola di fronte al preside. «Hai avuto coraggio a parlare in mio favore» lo lasciò sbalordito. «Alla fine ti devo una cortesia», e gli porse la destra in segno di amicizia.

Nei giorni a venire, intensificò la frequentazione. In fondo, suggeriva subdolo all'invertito, loro due avevano parecchie cose in comune: entrambi detestavano il moralismo, i pregiudizi, l'etica ipocrita da parrocchia. Non era forse così?

Pinzoglio gongolava, incredulo di aver appianato ogni contrasto e di potersi far vedere spalla a spalla col ragazzo più ammirato della scuola.

Si incontravano il pomeriggio, adesso, andavano al cinema insieme e fumavano le paglie in imbosco. Raul arrivò a registrargli una cassetta dei Kiss come pegno di alleanza, e lo mandò definitivamente in sollucchero.

Poiché ci aveva raccomandato di essere gentili con lui, ci sforzavamo di parlargli di cose da maschi: calcio e donne, musica e armi automatiche.

Un pomeriggio, mentre fumavamo seduti in cerchio all'ombra della sequoia di Parco Melloni, Raul lo guardò dritto in volto e domandò: «Perché eri tanto felice che tra Ester e me fosse finita?».

Pinzoglio arrossì, balbettò che lei aveva bisogno di pace.

«Quando siete sbucati a sorpresa in camera sua, te l'avrei fatta mangiare, quella trombetta del menga» replicò Raul.

Quell'altro, tutto una vampa, si arrampicò sugli specchi per sminuire l'episodio. «È una mia amica, e credo che la facessi stare troppo male» confessò. «Per questo ce l'avevo con te». Strappò un filo d'erba, lo osservò come un esemplare raro e aggiunse: «Però quand'ho sentito cosa usciva dalla bocca di Grignoni, non ho avuto dubbi su chi fosse il bastardo fra i due».

«Alla sincerità!» fece Raul porgendogli il cono fumante del cigarro. Mi strizzò l'occhio, furtivo, e aggiunse in tono ispirato: «Almeno fra noialtri non ci devono essere segreti».

Il Testa di balsamo annuì con vigore, sempre più vicino al baratro che si preparava a inghiottirlo.

«Guardami negli occhi, Tommy» pretese Ester. «Perché fate il lavaggio del cervello a Silvio?».

Mi scrutava senza nascondere il sospetto, e non pareva tanto impressionata dal mio naso. Magari faceva schifo anche prima, così non si notava troppo la differenza.

«In che senso, il lavaggio del cervello?» feci lo gnorri.

«Oggi mi ha parlato della corsa dei Veltri verso la Serie A» considerò. «Anzi, non "corsa". "Cavalcata" ha detto.»

«Ne abbiamo parlato insieme» reagii con noncuranza.

«Lui non sa niente di calcio!» protestò. «E neppure di armi. Ma da quando sta con voi non fa che ripetere i vostri discorsi.»

Si vede che la trappola funziona, mi dissi.

«Conosco sia lui sia Raul» spiegò la principessa polinesiana. «Non vorrei che fosse tutto un teatrino per fargli qualche scherzo in gita» centrò il bersaglio.

Tremai all'idea di tradirmi, e cercai d'indovinare cos'avrebbe detto un innocente.

«Io non ne so niente» assicurai.

«Di te mi fido, Tommy» disse. Mi prese la mani, e io la odiai. Solo per portarmi dalla sua parte, lo faceva. «Posso avere la tua parola che nessuno darà noia a Silvio?»

Appena sbarcammo all'hotel di Spoleto che ci avrebbe ospitato per tre notti, Raul prese il comando delle operazioni. Insistette per occupare insieme a me l'ultima stanza in fondo al corridoio, mentre Selva e Athos si piazzarono nella camera comunicante.

La sera accogliemmo Pinzoglio sul nostro matrimoniale; bevemmo con lui vodka alla pesca mentre ascoltavamo i Talking Heads dal mangianastri, e un paio di gagliardi cannoni di libanese aiutarono l'ospite a rilassarsi.

«Che mondo, là fuori» sospirò Raul mentre rollava l'ennesimo joint. «Siamo quasi nel 2000, e ancora si discrimina la gente sulla base di quel che fa a letto.»

Pinzoglio viaggiava sulle nuvole dorate che sorvolavano al rallentatore la valle della Bekaa, ma quel discorso lo ridestò all'istante.

«Prendete Rupert Everett» riprese il demonio con piglio da attivista. «Vi sembra giusto che un talento come lui debba essere incasellato come gay? Dovrebbe essere considerato un bravo attore e basta.»

«Giustissimo» approvò Pinzoglio, e studiò di sottecchi le nostre reazioni.

«L'identità sessuale è un modo per marchiare le persone» si accalorò Raul. «Cosa importa se a una persona piace andare a letto con gli uomini, con le donne o con entrambi?»

Per conto mio, annuivo malinconico come Jimmy Somerville mentre il treno lo porta via per sempre dal gretto borgo natio.

«Alla fine siamo tutti esseri umani» sospirò il Silvio.

Raul ci rivolse uno sguardo terribile: guai a ridere! Poi si affondò una mano fra i capelli con aria tragica. «Tu l'hai capito subito, vero?» domandò a Pinzoglio, e gli sorrise malizioso. «Che mi piacciono anche i ragazzi, dico».

La spia sbiancò. «Tu...» balbettò incredulo, ormai all'amo. «Io non ci posso credere...»

«È gay» confermò Selva. «Non sembra, ma lo è».

«È come se tutti volessero farti sentire sbagliato» si lamentò Raul. «Ma a me non importa del giudizio degli altri.»

Era la messinscena più realistica alla quale avessi mai assistito, e il Testa di balsamo diede un sospiro «Ester lo sa?» domandò a mezza voce.

«Inutile spiegare a chi non può capire» tagliò corto Raul, e cercò lo sguardo dell'ospite. «Una volta le ho detto che trovavo bello un ragazzo» spiegò. «E sai cosa mi ha detto? "Tu hai dei problemi"!» Lo vidi scuotere la testa come cercasse di scacciare la nausea, e ripeté desolato: «Dei problemi!».

«Mi dispiace» assicurò con voce tremante il Testa di balsamo. «Mi dispiace davvero.»

«Peggio per lei!» sbottò Raul. «A seguire i propri istinti non si fa del male a nessuno» rivendicò fiero. Poi sollevò la destra e, sfregando il pollice contro l'interno dell'anulare, aggiunse: «Ricordatene sempre, Silvio».

La seconda sera Pinzoglio si presentò sfoggiando una camicia traslucida e un paio di Wampum bianchi troppo stretti, che gli premevano le trippe a monte della cintura con un grottesco effetto salvagente.

Bevemmo, fumammo, e ci adattammo ad ascoltare i Roxy Music per fare ambiente.

Quando l'ospite era cotto a puntino, Raul tirò fuori dal cilindro un racconto ambientato in un circolo tennis; uno dei protagonisti era lui, l'altro un amico col quale aveva appena finito di giocare.

«Appena ci siamo trovati da soli negli spogliatoi e si è levato la maglietta, ho provato un brivido strano» caricò il pezzo da novanta. «Mi sentivo in colpa a guardarlo, ma non potevo farci niente: era un dio greco, e io volevo adorarlo.»

Le labbra sottili del Testa di balsamo disegnavano una sbalordita O.

«Non sapevo cosa dire, ma appena ci siamo trovati nudi uno di fronte all'altro, mi ha sorriso in una maniera strana.»

«Dài» esalò il Silvio. «Eravate nudi?»

«Sotto la doccia» precisò Raul. Sorrise e sussurrò: «Sapevamo che quello che stavamo per fare era proibito, ma a volte bisogna fregarsene dei divieti».

Noi tre del coro non dovevamo lasciarci impressionare: democratici, tolleranti, filogay per solidarietà, continuavamo a fare dei gran sì con la testa. Recitavamo diligenti la nostra parte, ma lo vedevo che i miei amici erano nervosi: Selva era ammutolito, coperto da una patina di sudore, e il Mezzosangue sembrava pronto a colpire chiunque tentasse di toccarlo.

«Ci siamo baciati sotto il getto caldo» proseguì Raul, sognante, e incrociò gli avambracci sul petto a carezzare gli omeri. «Era strano, ma era anche bello.»

Era la migliore interpretazione possibile d'un finocchio che ti raccontava la sua prima volta. O forse era tutto un gioco di specchi, la messinscena d'una messinscena, e quello era il modo di Raul di raccontarci la sua verità.

«Vi siete più visti?» domandò Pinzoglio in timbro da ottavino, le mani in grembo come una suora curiosa.

«Non vuole» sospirò Raul con aria da cane bastonato. «Si vergogna di quel che è successo.» Si massaggiò mesto l'attaccatura del naso e aggiunse: «Ci sono stato molto male, all'inizio».

Poi fece una cosa che nessuno si aspettava: inclinò la testa sulla spalla, sorrise all'ospite e gli allungò una carezza fugace fra i capelli vaporosi.

Pinzoglio si ritrasse, scarlatto in volto, e io non sapevo più se restare serio o lanciarmi in corridoio prima che la faccenda degenerasse.

«Perdonami» esalò Raul e abbassò lo sguardo. «Non so cosa mi è preso, Silvio.»

Lo stava ammaliando come un serpente, lo trascinava verso l'imboccatura della sua tana, e l'invertito non ci capiva più niente.

L'ultima sera Raul si fece trovare in stanza da solo.

Accolse Pinzoglio coi fianchi drappeggiati dall'asciugamano come per un toga party; gli offrì un joint già pronto e stappò la sontuosa bottiglia di Irish coffee destinata a trasformare il Testa di balsamo in una sfrenata baccante. Il mangianastri suonava *This is not a love song*, ma se ti sforzavi di escluderne le frequenze riconoscevi le loro parole una ad una.

«Dove sono i ragazzi?» domandò subito l'invertito.

«Bisca in stanza di Santurro» spiegò Raul con aria accomodante. «Sono riusciti a convincere anche qualche sgallettata, a quanto pare.»

E noi zitti nell'oscurità, come da istruzioni, spalla a spalla dietro la porta della camera comunicante.

Reggevo a due mani la Polaroid, pronto a documentare la scena che ci saremmo trovati di fronte, e anche al buio potevo indovinare le espressioni attente dei miei amici.

«Diamine!» esclamò Pinzoglio. La vocina in falsetto era l'unico argine che sapeva opporre all'imbarazzo, e ora parlava come una vecchia giocatrice di canasta: «Certo che sei bello spregiudicato, tu!».

«Non sei contento che siamo soli?» domandò Raul suadente. «È l'ultima sera.»

«Ma sei nudo!» protestò l'invertito. «E se tornano i ragazzi?»

Il Mezzosangue mi allungò un colpetto di gomito. «Adesso lo vede, se tornano o no» sussurrò minaccioso.

«Non tornano» assicurò Raul. «Ho detto di non disturbare. Anzi, fammi la cortesia di dare un giro di chiave.»

«Hai detto loro che volevi... stare con me?» domandò pudico l'ospite, e andò a chiudere la porta che dava sul corridoio.

«Alla fine sono un egoista» rispose allegro Raul. «Faccio sempre quello di cui ho voglia. È il mio modo per dare ascolto alla natura. Dovresti farlo anche tu, Silvio. A tenersi le cose dentro si diventa tristi e frustrati.»

Non sapevo come facesse quel demonio a trovare le parole giuste ogni volta, ma ci riusciva così bene che non capivi più se stava recitando oppure no. Solo Ester era riuscita a decifrare la sua lingua segreta, a tracciare un solco tra vero e falso, e alla fine aveva deciso di liberarsi di lui. Cos'aveva capito che a me sfuggiva?

Dietro la porta scarpe caddero dall'alto, vestiti frusciarono.

«Qui va per le lunghe» sibilò Selva, facendo tinnare le manette in dotazione alla polizia americana. «La facciamo o no, quest'irruzione?»

Lo sapeva benissimo che dovevamo aspettare la parola d'ordine.

«Zitto!» comandò il Mezzosangue. «Ci siamo quasi.»

«Via anche le mutande!» ordinò la voce allegra di Raul. «Mica è giusto che io sto nudo e tu le tieni!»

Immaginavo Pinzoglio bianco e flaccido come una mozzarella, il pisello mezzo armato sotto il cotone degli slip.

«No!» lo sentii protestare, vergognoso e matto d'amore. «Che modi, diamine!»

Salirono i rumori di una piccola lotta gioiosa, e alla fine Raul esclamò: «Non si sta meglio, così?».

Dal mangianastri adesso saliva un pezzo reggae, e per un tempo che mi parve lunghissimo non si sentirono che gemiti smozzicati, lamenti di molle, "no" che volevano dire "sì", indizi audio di scenari catastrofici.

«Oi, regiz» sibilò Athos nella tenebra. «Non è che ci hanno preso gusto?»

«Sotto a chi tocca!» proclamò in quella la voce di Raul.

Era la parola d'ordine!

Athos spalancò ruggendo la porta e ci tuffammo come un sol uomo nella stanza accanto. Ognuno aveva il suo compito, ma restammo impietriti: Raul ci sorrideva in piedi sul letto, nudo ad eccezione dei Ray-Ban, le spalle appoggiate alla parete, e intanto affondava le dita fra i capelli di Pinzoglio, inginocchiato come un cavaliere di fronte al suo signore.

Anga sgevù! Quel pazzo se l'era fatto prendere in bocca!

«Visto cosa fa 'sto frocio?» domandò impassibile, trattenendo a forza la testa della spia. «Avanti, Tommy! Scattagli una bella foto-ricordo da mostrare a casa!»

Era come un film, un film-verità di quelli che piacevano a Raul, e la colonna sonora era di Bob Marley.

"I shot the sheriff" cantava ecumenico dal mangianastri, e intanto il giovane diavolo bloccava l'invertito per i polsi, la verga snella e ricurva a un palmo dalla sua espressione sgomenta.

Athos si gettò sul prigioniero per immobilizzarlo pancia sotto, mentre Selva si affannava per agganciare alla testiera del letto il primo occhio delle manette.

Pinzoglio, bianco e molliccio, lottava come un pesce nella rete. «Perché?» piagnucolava. «Perché mi fate questo?»

Nel trovarmi a portata di mano le sue chiappe provai l'istinto da asilo di menare una sculacciata. A trattenermi fu l'alone sacrilego che promanava da quelle pallide angurie; era a stuzzicarlo là in mezzo che il maiale godeva, così la destra già aperta si strinse in un pugno, e gli assestai un cazzotto sulle reni.

«Dagliele secche, Tommy!» m'incoraggiò Raul. «Fagli male!», e io presi a colpirlo a ripetizione come avessi di fronte un sacco di stracci. Era una soddisfazione nuova, che sapeva di riscatto e si nutriva di paura: più il Testa di balsamo gemeva impotente, il collo bloccato dal braccio poderoso di Athos, più i miei colpi si facevano fitti e precisi.

Picchiavo quel poveretto, i polsi saldi per non rovinare il gusto dell'impatto, e intanto mandavo in frantumi l'immagine di Ester che sussurrava "Di te mi fido, Tommy". Per chi mi aveva preso, per uno che tradisce gli amici? Quell'umiliazione aveva sporcato l'idea che avevo di lei, e ora mi vendicavo piazzando ganci sul corpaccione pallido dell'eunuco.

Non avevo sentito lo scatto del braccialetto intorno alla testiera, ma quello del secondo occhio che si chiudeva intorno al polso di Pinzoglio risuonò come un minuscolo gong. Era il segno che potevo smettere di picchiare.

«E adesso, scherzo della natura?» lo sfidò il Biondino. «Prova ad andartene, se ci riesci!»

«Ti sconsiglio di chiamare aiuto» spiegò Raul scendendo d'un balzo dal letto, e andò a recuperare dal mobile la Polaroid. L'osservò divertito, e sventolandola aggiunse: «Sempre che tu non voglia trovare questo bel ritratto a ogni angolo del quartiere».

Il prigioniero non avrebbe potuto strillare neppure se voleva, Athos gli serrava la gola nell'incavo del gomito e con l'altra mano gli tappava la bocca.

«Ci pensi, schifoso, che faccia farebbero i tuoi genitori?» domandò Selva. «Allevano un figlio e si ritrovano in casa un busone.»

«Adesso lui fa la persona ragionevole» assicurò il Mezzosangue. «Non vuole che la gente veda quella foto. Così sta qui buono buono.»

Sembrava provare un piacere specifico nel tenere la nuca di Pinzoglio bloccata contro il petto, i bicipiti tesi allo spasmo, come volesse fargli esplodere il cranio.

«Piano» raccomandai, il fiato corto per la sequenza appena piazzata. «Così lo soffochi», ma Athos scrollò le spalle.

«Tutto sotto controllo» assicurò. «È una presa di lotta libera.»

«Facciamo un gioco!» esclamò Raul. Schioccò le dita e dispose: «Tu, Silvio, eri Maria Antonietta, e noi i rivoluzionari che ti torturavano!».

Alzò il volume del mangianastri, quindi scivolò verso il bagno, e mi domandai cos'avesse in testa per il prosieguo del cerimoniale.

«Mutismo e rassegnazione, femminiello!» intimò Athos. «Se fiati ti spezzo il collo», e all'improvviso lasciò andare Pinzoglio per sfilare di tasca la bandana rossa, pegno d'amore di Rita Quinzi.

Appena si ritrovò libero, il prigioniero bevve l'aria come un nuotatore che rompe l'acqua con la testa.

Il Biondino ondeggiò di sorpresa, arretrò come se quello potesse azzannarlo, e gli sferrò un diretto a tradimento in pieno volto. «Prendi questo» gli sentii dire, «charlie di merda!»

La testa di Pinzoglio non fece in tempo ad andar giù. Athos lo tirò in controtempo per i capelli, lo costrinse a sollevare la fronte e gli infilò a forza la bandana in bocca.

Marley scuoteva i dreadlocks da Medusa sul pulsare pacifista della linea di basso, e Pinzoglio pareva accompagnare la musica ondeggiando la testa, la stoffa rossa che sporgeva dalle labbra simile a un osceno boccone sanguinolento.

«Pensa che dolore per i tuoi vecchi» sussurrò Selva, lisciandosi le mani come faceva don Gandolfi durante le omelie. «Una vita di sacrifici per mantenere uno che, alla fine, vuole solo succhiare cazzi.»

«Allegra, maestà, ché ora viene il bello!» annunciò la voce di Raul dal bagno, quindi ordinò: «Si metta la regina a pecora!»

L'animale del sacrificio intese che la cerimonia si avvicinava al culmine, e prese a lottare con furia cieca.

Provai a bloccare una caviglia, ma quello scalciò all'indietro come un mulo e mi colse in pieno petto.

«Prendigli l'altra gamba, Secco!» sentii dire mentre il mondo intorno a me si faceva buio. Ero piegato in due dal dolore e non riuscivo più a respirare, coño! Ecco cosa succedeva, ad aggredire la gente. Ci si faceva male e si moriva.

«Fermo, rotolo di lardo!» ansimava Selva da una distanza insondabile. «Guarda che di là ho un coltello da sopravvivenza! Ci metto niente, a tagliarti l'uccello e ficcartelo in gola!»

Riaprii gli occhi, provai a inspirare a tutta forza, ma era come se qualcosa impedisse all'aria di entrarmi in petto.

Non volevo crepare a tredici anni.

«... Dove vuoi andare, rafaniè?» riecheggiò una voce che risaliva i tratturi dei secoli. «Ormai ti ho incaprettato!»

L'ostacolo che sentivo in petto esplose dolorosamente, e i miei polmoni tornarono a riempirsi d'aria. Subito mi apparve attraverso un velo di lacrime una scena angosciosa come la lotta dei figli di Laocoonte: Athos bloccava sotto la pressa del corpo il braccio libero dalle manette e ne tratteneva il polso al piede col quale il bastardo m'aveva colpito, mentre Selva, rosso in volto per lo sforzo, abbracciava l'altra gamba del prigioniero immobilizzato chiappe all'aria.

Raul rientrò com'era uscito, sempre nudo a eccezione dei Ray-Ban, e notai con sollievo che il suo uccello s'era messo tranquillo.

«Stu... Stu... Studio line!» cantilenava con un sorriso guasto, agitando in pugno una lucida bomboletta a cilindro. Era un fissatore per capelli d'una marca alla moda, e lì per lì mi parve l'oggetto più assurdo del mondo. «Maria Antonietta!» esclamò gelido come Robespierre. «Il tribunale rivoluzionario ti condanna come affamatrice del popolo, sputtanatrice dei rivoluzionari perbene e spia del preside!»

«Animo!» lo incoraggiò Selva. «Sbrighiamoci, ché questo suda da fare schifo!»

Stava per succedere qualcosa di brutto, ma se anche avessi provato a dire qualcosa, non sarebbe servito.

«Il giorno in cui ho perso il mio amore, tu ridevi e suonavi la trombetta» spiegò Raul. «Sei una brutta persona, Pinzoglio. Se decidessi di impiccarti, come fate a volte voi problematici, nessuno sentirebbe la tua mancanza.»

Le cose erano andate troppo in là: le pietre ormai fischiavano nell'aria. Provare a pararle significava restarne lapidati.

«Impiccarti, o tagliarti le vene» considerò Raul. «Pensaci» lo invitò, e con una smorfia piantò il beccuccio del fissatore tra le chiappe dell'altro.

Pinzoglio, semisoffocato dal bavaglio, lasciò andare un verso penoso, a mezza via fra il gemito di dolore e la supplica.

«Non fare il santerellino, brutto frocio, ché ormai conosciamo i tuoi gusti!» il Mezzosangue oltraggiò la vittima.

«A quelli come te piace soffrire un po'» chiosò il Biondino. «Dico bene?»

Ci stavamo trasformando tutti quanti. Come Hiroshi, che prima di farsi robot d'acciaio assume la forma intermedia d'uno spaventoso cyborg cornuto.

L'animale del sacrificio diede un ultimo strattone, ma Raul l'inchiodò sull'ara. «Buono» ordinò. «Un attimo ed è già finita.» Poi mi strizzò l'occhio e affondò sino a fine corsa il tappo dell'erogatore.

L'indomani, al raduno per la partenza, Pinzoglio si presentò nella hall dell'albergo conciato in maniera allarmante. Si reggeva al gomito d'una compagna che avanzava passin passetto, come lo scortasse nel cortile d'un sanatorio. Più che la vittima d'un pestaggio, il Testa di balsamo sembrava un malato grave.

«Che brutta cera. Cos'ha?» filò a impicciarsi la Vespignani.

La dama di compagnia di Pinzoglio le rispose sottovoce, e appena la gente sentì odor di disgrazia li cinse d'assedio.

Dove cavolo si era cacciato, Raul? A colazione non s'era visto, e non riuscivo a capire perché ci avesse lasciato da soli in quella situazione scomodissima.

«Madonna di Montevergine!» gemette Athos quando si vide Altieri guidare la Malvas verso l'assembramento. «Adesso il femminiello canta!», e parve misurare in un'occhiata la distanza che lo separava dalla bussola della porta girevole.

Mi sollevai in punta di piedi per vedere meglio: la prof sollecitava Pinzoglio a parlare, e quello scuoteva la testa con aria sofferente.

«Tutti fuori!» ordinò all'improvviso la Malvas. «Sul piazzale! Il pullman arriverà in un minuto!»

Nell'uscire attraverso la porta girevole col borsone del Rapid in spalla mi sentivo come un dado sballottato dentro un cilindro: per quanto m'impegnassi, restavo incapace di decidere il numero che avrei mostrato.

«Quello ci ha mollato in braghe di tela!» denunciò Athos spingendosi verso la periferia del piazzale, la valigia appesa a tracolla che gli dondolava contro il fianco. «S'inventa qualche cabala delle sue, e va a finire che la colpa ce la prendiamo noi!»

«Una visione strategica!» reclamò il Biondino, agitatissimo. «Ci serve una visione strategica coerente!»

Mi figurai a tremare in presidenza. Negare sempre, mi dissi, negare ogni cosa, ma avevo una paura dannata che non sarebbe bastato. In qualche modo Bruslì ci avrebbe colti in castagna, e sarebbe venuto giù tutto il teatro. Mia madre avrebbe fatto il diavolo a quattro, seguro. E non sarebbe finita lì. Forse ci avrebbero sospesi. O si sarebbero rifiutati di ammetterci all'esame, Dio ce ne esca salvi.

«Cosa facciamo se la Malvas chiama le guardie?» domandò Athos con voce tremante, e non si capiva se gli venisse da ridere o da piangere.

Raul ci raggiunse con calma, gli occhiali calati a nascondere lo sguardo e la sacca di marinaio appesa a una spalla. Pareva l'attore protagonista nell'ultima scena d'un film estivo, pronto a saltare sul Greyhound diretto alla Costa Ovest per cominciare una nuova vita.

«Non ditemi che avete paura» sospirò, e lasciò cadere il bagaglio ai nostri piedi. Sollevò le lenti sulla fronte e raccomandò: «Puro relax! Scommetto che l'inverso non ha le palle di cantarsela».

Faceva il nero. Tanto a lui cosa cambiava? Non aveva niente da perdere, lui.

Cosa ci era venuto in mente? Perché gli avevamo dato retta?

«Amico!» reclamai. «La situazione è seria! La Malvas...»

«Vade retro, paranoia!» esclamò Raul, quindi prese a massaggiarsi le tempie. «A cosa serve preoccuparsi, io dico, quando si ha la coscienza a posto?»

Selva lo fissò sbigottito: era impazzito del tutto?

«Quello canta» spiegò concitato il Mezzosangue, e s'aggiustò in spalla la tracolla della valigia. «Se saliamo su quel torpedone siamo in trappola. Ci arrivi, Raul?»

«Sbrocchi, socio!» lo liquidò il giovane diavolo. «Se quello canta, è la voce di uno solo. E noi siamo in quattro.»

La sua aritmetica sicurezza mi faceva bene. Al vederlo così calmo, quasi smettevo di sudare.

«È la sua parola contro la nostra, e noi racconteremo tutti la stessa identica storia» illustrò. «Insieme e uno alla volta. È così che si fa.»

La Malvas uscì allarmata dalla porta girevole e raggiunse a passo di carica la collega dell'altra classe.

«Bomba in buca!» mormorò il Biondino. Si coprì gli occhi e aggiunse desolato: «Siamo morti, fratellini!».

A venti passi da noi, i compagni si fecero attorno alle insegnanti come mosche sulla marmellata. Tutti volevano orecchiare il responso.

«Spara, Raul!» lo invocai. «Cosa dobbiamo dire?»

Anche Selva e il Mezzosangue pendevano dalle sue labbra. Se conosceva il modo per salvarci, che lo tirasse fuori in fretta.

«Molto semplice» spiegò senza scomporsi. «Voi non c'eravate.»

«Ma così vai nei guai solo tu» obiettai, la voce sbiancata dall'ansia.

«È così che è andata» ribadì, una vibrazione d'urgenza nella voce. «Voi tre siete rimasti tutta la sera nella camera accanto a guardare la televisione. Cos'è successo fra me e Silvio non lo sapete. Chiaro?»

Annuimmo, aggrappati all'unico progetto che promettesse la salvezza, e in quella vidi Altieri che si staccava dal gregge; ci veniva incontro zampettando nei suoi stivaletti ottocenteschi, solerte come il principe dei menagramo.

«Non c'eravate!» ribadì Raul. «Non avete visto niente! Se vien su burrasca, ci penso io!»

«Megacasino, amici!» si annunciò il diligentissimo. «Megacasino spaziale!»

Quattro che eravamo, ci volgemmo verso di lui come in attesa d'una sentenza.

«La Malvas è troppo nel panico!» illustrò bloccandosi a mezza via. «Pinzoglio si è beccato un febbrone da cavallo!»

«Madonna di Montevergine, ti ringrazio» mormorò Athos.

Per il momento eravamo salvi.

«Il tapino ha *trentanove*!» aggiunse Altieri in tono drammatico.

«Avrà preso un colpo di vento» replicò fatalista Raul.

Altieri l'osservò inclinando la testa come se la nuova prospettiva l'aiutasse a vederci chiaro. «Ha trentanove» ripeté a pappagallo. «Avete mica un'aspirina, o qualcosa del genere?»

# 16
# Se i ragazzi sono uniti

L'indomani pedalai verso il Bunker con una tempesta nel cranio.

Finché eravamo intenti al sacrificio, trasformati in feroci cyborg cornuti, avevamo agito come in trance; durante il viaggio di ritorno, poi, eravamo troppo elettrizzati dal pericolo d'una punizione per valutare le possibili conseguenze del nostro gesto.

«Per ora l'abbiamo scampata» aveva detto Athos al momento di scendere dal pullman. «Ma come la mettiamo se il femminiello si ammazza per la vergogna?»

Quell'eventualità terribile mi aveva tormentato per tutta la notte. Se Pinzoglio avesse commesso una follia, il caso sarebbe passato dalla giustizia scolastica alle scrivanie degli ussari. E quelli non avrebbero smesso di torchiarci sino a quando non sarebbe venuta fuori la verità. Già mi vedevo trascinato via da due carabinieri altissimi, il pennacchio bicolore sulla lanterna. "Dove mi portate?" gemevo nel dormiveglia. "Dove ti meriti" spiegavano severi. "Alla prigione dei birichini."

Quando svaniva l'incubo del carcere minorile, tornava a infestarmi la mente il fantasma di Raul nudo, le spalle addossate al muro e le mani fra i capelli di Pinzoglio. Era arrivato a farselo prendere in bocca da un ragazzo, e mentre lo fissavo ammutolito mi aveva sorriso; voleva farmi sapere che gli piaceva davvero fare quelle cose tra maschi? Che le avrebbe volute fare anche insieme a noi? *Insieme a me?*

"Non sono finocchio!" ripetevo a mezza voce nel dormiveglia. "Non sono finocchio", ma intanto non riuscivo a cancellare dalla mente l'immagine della verga snella e ricurva di Raul, snudata come un'assurda scimitarra a un palmo dal volto di Pinzoglio.

Avevo salutato la prima luce lattiginosa del giorno come una liberazione. Forse tutto si sarebbe sistemato, mi ero detto, ma ora che si delineavano le cubature del Bunker provavo l'orribile sensazione di essermi cacciato in un tranello.

Sul piazzale, il nome di Pinzoglio correva di bocca in bocca, e mentre assicuravo la Legnano alla rastrelliera provai la netta sensazione che la gente si tenesse alla larga da me.

Dov'erano i miei amici?

Anga sgevù! La gigantessa Fantoni Melania mi arrivava incontro di gran carriera, trasfigurata in una femmina di grizzly pronta a sbranarmi.

Valutai di disarcionare il Jolly Invicta, lanciarglielo contro e darmi alla fuga. Avevo letto che a volte funzionava, con gli orsi: magari sentiva l'odore della merenda e si accontentava.

«Sei un pezzo di merda, Bandiera!» mi fu addosso. «Come avete potuto fare una cosa del genere, bastardi schifosi?»

Il sudore mi scendeva copioso lungo il filo della schiena. Se avesse allungato le zampe a ghermirmi la nuca e mi avesse premuto la testa fra le poppe, della mia scatola cranica non sarebbe rimasta che poltiglia. «Allora, merdoso? Non hai neanche il coraggio di guardarmi in faccia?»

Era da un po', in effetti, che studiavo il tassello scamosciato sulla punta delle mie Adidas Tampico. Sollevai lo sguardo, e vidi che intorno a noi si rinserrava il pubblico delle grandi occasioni. Il popolo del Bunker allungava le orecchie per non perdersi una mossa; se non volevo sembrare il più colpevole fra i colpevoli, era meglio che m'inventassi qualcosa.

«Guarda che non so di cosa stai parlando, tipa!» la affrontai. «Ti dispiace articolare delle frasi, invece di offendere le persone?»

«Tu lo sai cos'è successo a Silvio» sibilò Melania, e non si capiva più se fosse un'affermazione o una domanda. «Gli avete fatto un catturone in gita. Tu e Germano.»

Barcollai sotto il peso della colpa, poi riconsiderai le sue parole e ne provai ristoro: mancavano troppi dettagli. Dei protagonisti, addirittura. Pinzoglio non aveva parlato. Potevo riprendere coraggio.

«Fantoni!» l'ammonii con piglio da domatore. «Non so perché ce l'hai con me, ma vedi di mollarmi!»

Grignoni, il braccio al collo, si allontanò con aria insoddisfatta, e persino Loretta Farnè e l'amica Noemi sembravano rassegnate: il linciaggio del sottoscritto era da intendersi annullato.

Quel breve sollievo sfrigolò via rapido: Ester planava su di me a grandi passi, l'espressione nobile trasformata nella maschera d'una furia.

Non si era mai vista una ragazza che indossava una maglietta di Snoopy infuriata a quella maniera, così il pubblico tornò a infittire richiamato dal nuovo spettacolo.

«Sei uno stronzo, Tommy!» mi investì. «Mi avevi dato la tua parola!»

"E tu mi avevi umiliato trattandomi come il tuo valletto. Così mi sono vendicato." Questo avrei voluto dire, ma non potevo farlo davanti a tutti.

«L'avete rovinato, idioti!» mi accusò Ester. «L'hanno dovuto portare all'ospedale, e non vuole più vedere nessuno! I suoi genitori sono preoccupatissimi! E se non si riprende più?»

L'idea che si potesse rovinare una persona, guastarla per sempre come si faceva con gli oggetti, non mi era mai passata per la testa. Un apprendista uomo doveva sapersi risollevare anche dai colpi più duri. Ma forse Pinzoglio non lo sapeva, e adesso si sarebbe lasciato morire come una santa del Medioevo.

«Silvio è una persona fragile. E voi vi siete divertiti a distruggerlo, bestie! Ma ce l'avete un cuore?»

Volare via. Ottenere il dono dell'invisibilità. Morire. Sarebbe stato troppo facile. La mia condanna era restare lì, e prendermi gli insulti della ragazza che preferivo a ogni altra.

Adesso a guardarmi c'erano anche Pepe Fabiani con la sua zazzera simile a un polveroso colbacco, e la timida Sonia, che un giorno aveva scritto una dichiarazione a UniPosca rosa per il Mezzosangue; Aribò si grattava via le caccole gialle da-

gli occhi cisposi, e quando ebbe ultimato l'operazione mi fissò meditabondo, come se all'improvviso gli ricordassi qualcosa.

«Perché l'avete messo in croce?» implorò Ester. «Qual è il gusto che si prova? Me lo racconti, Bandiera?»

Per cognome, mi chiamava. Ormai era una causa persa. Non restava che mettere su la maschera e provare a scampare la punizione. «Non so di cosa parli» dichiarai. «E comunque non ho fatto nulla. Guardavo la televisione, io.»

«Lo sapevo che Raul progettava qualcosa» ricordò addolorata. «Mi hai giurato che si poteva stare tranquilli. Invece eri d'accordo con lui, stronzo!» mi gridò contro. «Sei lo schiavetto di Raul! Il suo servo della gleba!»

«Gleba!» mi urlò addosso la Fantoni. «Gleba di merda!»

Era particolare, il rivestimento scamosciato in punta alle Tampico, perché aggiungeva un tocco opaco alla pelle candida e abbacinante delle scarpe. Aveva una sua utilità pratica, ma se guardavi le cose da un altro punto di vista, ci potevi leggere una metafora: non tutto splende alla stessa maniera. E non tutti siamo nati per essere belli, intraprendenti e felici.

Tremai, quando Ester mi si fece sotto. Voleva dirmi qualcosa senza farlo sentire agli altri.

«Pensavo fossi un ragazzo in gamba, Tommy» spiegò addolorata. «Invece sei solo un altro animale che va dietro al capobranco. Un gregario» mi liquidò, e dalle belle ciglia le lacrime scivolavano lungo le guance ambrate che sognavo di baciare, spiccavano il volo, ricadevano sulla maglietta di Snoopy.

Avrei voluto consolarla, stringerla in un abbraccio e sussurrarle all'orecchio la mia verità, ma non me l'avrebbe mai consentito. Roba che le sue amiche mi saltavano addosso tutte insieme appena muovevo un dito.

«Devi metterti maggiormente d'impegno, Raul» considerò il professor Livio Solmi. «Nel corso del quadrimestre ti ho interrogato tre volte, e per tre volte hai fatto scena muta.»

Se avesse saputo di quale colpa si era macchiato, gli avrebbe parlato in ben altra maniera.

«Ha ragione, prof» concesse il mio peggiore amico. «È che ho dei pensieri.»

Dei pensieri? Rischiava di brutto, e noi che gli eravamo andati dietro rischiavamo con lui!

Solmi inarcò le sopracciglia e sbuffò paziente. «Devi fare una bella inversione di rotta. Come i nostri Veltri, che hanno corretto una partenza incerta e ora viaggiano a gonfie vele verso la promozione.»

«Ci sta» ammise Raul, e aggiunse indolente: «Sarebbe bello».

Sembrava impermeabile ad ogni preoccupazione, ma quando bussarono alla porta sussultò.

Era il bidello, impettito come non lo si vedeva mai.

«Prego?» lo invitò Solmi.

Quello esitò sulla soglia, esplorando l'aula con uno sguardo timoroso: «Bandiera, Carboni e Selva» scandì. «Dal preside.»

Il Mezzosangue scattò in piedi come l'avessero centrato con una secchiata gelida; il Biondino, invece, mi fissò sbigottito, quindi cercò lo sguardo di Raul come attendesse istruzioni.

«Coraggio» lo invitai. «Andiamo a sentire cosa vuole da noi», e mi alzai con lo stomaco in subbuglio.

Mentre percorrevamo la navata centrale, Altieri ci fissò incredulo, quindi guardò Raul e fece per dire qualcosa, ma si limitò a scuotere la testa.

«Capita anche ai migliori, prima o poi» considerò Solmi per farci coraggio. Non poteva immaginare in quale casino ci andavamo a cacciare. «Qualunque cosa accada» aggiunse in tono scherzoso, «tenete alto l'onore della classe!»

Non ero mai stato convocato in presidenza, così il tricolore, il ritratto incorniciato del presidente Cossiga e la campanella di peltro che Bruslì teneva sulla scrivania mi fecero impressione: quell'ambiente doveva essere l'anticamera della caserma, del tribunale, del carcere.

Il coach di educazione fisica Gigi Carati e la Malvicini, in piedi a braccia conserte come asimmetriche guardie del corpo, facevano ala al preside, che conduceva l'interrogatorio dalla sua poltrona; dalla parte opposta della scrivania, erano già pronte tre sediole poste in semicerchio, e a me toccò quella in mezzo.

«Bandiera» attaccò il preside, e mi domandai perché avesse deciso di cominciare da me. «Sei un ragazzo a posto e nessuno ti accusa di niente» mi lisciò il pelo. «Lo dico per chiarezza. Voi siete qui solo come testimoni.»

Athos e il Biondino annuirono, e Bruslì tornò a puntarmi addosso i suoi occhietti a spillo: «In gita eri in camera con Germano. Per caso ti risulta che l'ultima sera Pinzoglio abbia dormito da voi?».

Se avevo una chance di salvarmi stava nel negare tutto; dovevo protestarmi innocente, giurare che non sapevo proprio nulla, e sperare che Raul non mi tradisse.

«Non lo so, perché ero ospite nella stanza di Selva e Carboni» spiegai, e quelli approvarono con entusiasmo. «Abbiamo guardato la televisione, e mi sono addormentato».

«I video musicali» mi diede manforte il Biondino.

«Sono tornato nella mia camera la mattina dopo» ripresi. «Subito prima di colazione, e c'era solo Raul.»

«D'accordo» ammise Bruslì, giochicchiando con la campanella. «Ma più in generale... Che sia stato in camera vostra o altrove...»

«Sospettiamo che fra quei due ci sia stato... un contatto improprio» gli venne in soccorso coach Carati, il petto gonfio sotto la tuta archeologica in lanetta.

«Pinzoglio ha un profilo psicologico particolare» spiegò imbarazzata la Malvas e, facendosi aria, domandò: «Non ti risulta che Germano abbia provato a baciarlo?»

Restarono a guardarmi come si aspettassero che dalle mie labbra uscisse un profluvio di parole, invece dissi soltanto: «No».

«Quel delinquente di Germano perde l'anno!» straripò la Malvas. «Se qualche anima bella si azzarda a dire che va ammesso all'esame, faccio le barricate in consiglio di classe!» Pronunciata la sua condanna, mise su una faccia da zia buona e spiegò: «Quello è una boccia persa, Tommaso. Tu invece hai un buon profitto. Perché gli reggi il sacco?».

Non muovere un muscolo. Non battere nemmeno le ciglia.

«Noi vi sapremo proteggere» garantì Carati. «Però dovete dirci tutto quello che sapete.»

«Niente» gli fece eco il Mezzosangue.

«Abbiamo guardato i video musicali, noi» ribadì il Biondino.

«Omertà!» esclamò indignato il preside. «Poi ci stupiamo dei negozianti che pagano in silenzio il pizzo al racket.» Schioccò la lingua e disse: «Un vostro compagno ha avuto una crisi di nervi. L'hanno dovuto sedare con le iniezioni. È evidente che gli è capitato qualcosa di brutto. E voi non sentite il dovere di spendere una parola per aiutarci ad alleviare le sue sofferenze?»

Stronzate. A dozzine. A bancali interi. I professori non ci chiedevano mai se eravamo felici. Volevano solo evitare guai.

«Comportati da galantuomo, Bandiera!» mi fustigò il preside. «Dài fiducia all'istituzione-scuola, agli insegnanti che vi fanno da guide, alla tua comunità di riferimento.»

La mia comunità di riferimento erano i due pisquani che mi stavano accanto e il giovane diavolo che mi si chiedeva d'accusare. Per questo da me non avrebbero sentito una parola.

«Pinzoglio è un effeminato» dichiarò Carati scuro in volto. «E non vorremmo che Germano si fosse approfittato di questa deviazione».

«Non la chiamerei deviazione» protestò la Malvicini. «È la sua natura. Mica si può...»

«Cosa importa se è nato prima l'uovo o la gallina!» sbraitò Bruslì suonando furiosamente la campanella. «Qui si tratta di inchiodare Germano alle sue responsabilità! A voi due non ha detto niente?» interpellò i miei amici. «Non si è vantato, magari, di averlo sedotto?»

Athos e Selva scuotevano la testa all'unisono, da destra a sinistra, simili a due robot dai meccanismi inceppati.

«Li vedete?» disse il preside. «Questo Paese si merita tutto! La mafia, la camo...», e per qualche motivo restò a bocca aperta. Anche la Malvas e Carati, ora, fissavano sbigottiti un punto alle nostre spalle.

«Si bussa, prima di entrare!» reclamò Bruslì.

A un passo da noi s'era materializzato Raul con la sua maglietta color acquamarina dei Miami Dolphins, e la cresta scompaginata al sommo del capo che ricadeva a ciuffi sparsi sulla fronte e le tempie.

«Mi costituisco» annunciò. «Vorrei rendere una deposizione spontanea.»

«Ti sembra il modo!» protestò la Malvas. «Il signor preside sta conferendo con...»

«Le domande che fate a loro dovreste rivolgerle a me» chiarì Raul. «Lasciateli andare, per gentilezza, e provate a darmi ascolto.»

Bruslì ci fece cenno di sgombrare il campo, e mentre ci alzavamo dalle sediole il giovane diavolo si puntellò con le mani sul bordo della scrivania. «È una faccenda delicata» premise. «Abbiamo la possibilità di registrare?»

Nello sgattaiolare fuori dalla presidenza gli lanciai un ultimo sguardo: ci eravamo conosciuti nove mesi prima, in un mattino tiepido sul finire della buona stagione, e qualcosa mi diceva che non avremmo festeggiato insieme l'inizio della nuova estate.

Raul sostenne di essere gay. Descrisse nel dettaglio quel che il Testa di balsamo gli aveva fatto e sottolineò che non c'era stata nessuna violenza. Quell'altro era più che consenziente, d'accordo? Se c'era rimasto tanto male, era perché lui non si era voluto fidanzare. Allora? Cosa volevano fare? Bruciarli entrambi in piazza come sodomiti?

Bruslì si trovò impantanato in una situazione più imbarazzante che mai: bisognava forse mettere in mezzo i servizi sociali? Ma che figura ci avrebbe fatto, quando la "Gazzetta felsinea" avrebbe additato la sua scuola come un posto dove gli studenti praticavano la fellatio?

Non restava che ritrarre la testa nel guscio come la tartaruga, attendere, sperare che arrivasse in fretta la stagione degli scrutinii e degli esami, così che l'estate cancellasse tutto e spegnesse le voci insidiose che giravano per il quartiere: all'uscita della messa e nei negozi si mormorava che un giovane invertito era stato violentato in gita scolastica, e ora non voleva più saperne di tornare a scuola. Non faceva pena quella famiglia, barricata in casa col figlio problematico che rifiutava il cibo e non faceva altro che piangere?

Per non creare imbarazzi, smise di presentarsi al Bunker anche Raul. Dicevano che avrebbe dato l'esame da privatista.

Il conto alla rovescia era ormai avviato; non restava che imprimersi nella memoria il volto di Ester, la luce del suo sorriso, le guance ambrate che chiamavano i baci. Toccava farlo da lontano, come quando non ci salutavamo ancora. Era tornata a ignorarmi, e non avrebbe mai più preso le mie mani nelle sue.

L'unica cosa che mi consolava era che adesso si sarebbe ricordata per forza del sottoscritto. Ai suoi occhi non ero più un peone qualsiasi, e neppure l'alter ego del catastrofico Supersfighè. Mi aveva preso sottogamba, ma io ero riuscito a deluderla, ingannarla, farle male. Ora avrebbe dovuto per forza pensare a me come a un duro.

Quando mia madre si spinse al Bunker per il colloquio finale con gli insegnanti, mi ritrovai a camminare dentro casa col passo del tarantolato.

Se la Malvas le avesse raccontato dei suoi sospetti, mi sarebbe toccato difendermi da una quantità di domande scomode: c'ero anch'io, mentre il povero Pinsoglio veniva brutalizzato? Perché non avevo fermato i miei amici? E come mai non avevo avvertito all'istante i professori?

Provavo un brivido all'idea di rispondere in maniera composta e sincera, come mi avessero instillato il siero della verità. Certo che c'ero. Non li ho fermati perché volevo levarmi anch'io la voglia di mettere sotto qualcuno. E coi profii non avrei cantato in ogni caso, Mamma, perché il valore di un ragazzo si misura sulla scala della lealtà, e io non sono una spia.

Svalvolavo. Figurarsi se potevo parlare così a Mamma. A quel punto mancava solo che il professor Shiba, dal monitor del computer, mi domandasse cos'avevo provato durante la metamorfosi in cyborg cornuto. Ne ero rimasto turbato, vero? E quella violenza selvaggia non mi faceva forse l'effetto d'uno spiraglio sull'abisso?

Per calmarmi, filai a chiudermi in bagno. Ormai sapevo che pensando a Ester i fantasmi se ne sarebbero andati. Nel mio sogno a occhi aperti la principessa polinesiana non ce l'aveva più con me, anzi s'offriva ridendo, vestita solo d'una corona di fiori, sotto il cielo pieno di luce della nostra Laguna blu.

Quando sentii girare le chiavi nella serratura, ero sdraiato sul divano del salotto, quieto e ancora stordito dal piacere, ma balzai in piedi come non volessi farmi sorprendere in una posizione compromettente.

«Lo sai cosa mi ha detto la Malvicini?» domandò mia madre in tono allegro.

«Cosa?» sfidai la sorte.

«Che dovresti fare il classico!» svelò.

Allora ero salvo!

«Dice che sei portato per le materie umanistiche» insistette, orgogliosa come avessi meritato un premio. «A te non piacerebbe?»

Il classico? In teoria sembrava interessante, ma si diceva che da quelle parti i professori picchiassero duro. E poi Ester sarebbe andata all'artistico, e all'idea di lasciarla scappare ci stavo male.

«Preferirei pensarci su» presi tempo. «Mica dobbiamo decidere adesso.»

«Anche Leonardo ha fatto il Classico» m'ignorò, rivolgendo uno sguardo tenero al ritratto di famiglia custodito nella cornice a nastri d'argento. Mandò un bacio a mio padre sulla punta delle dita, e aggiunse: «Ha studiato al Caimani, lui».

Il classico più classico della città. Quello dove i profii ti asfaltavano.

«Sinceramente...» obiettai.

«Tommy» coprì la mia voce, e annunciò vibrante: «Babbo sarebbe tanto orgoglioso che tu seguissi le sue orme».

Ancora una volta il passato dettava la forma dell'avvenire.

«Giurano gli indù che si muore e si resuscita ogni sette anni» illustrò euforico zio Aldo mentre percorrevamo via XXI Aprile in direzione dello stadio. «Ignoro su quali basi scientifiche lo sostengano, ma con i nostri Veltri sembrano averci visto giusto.»

La città era in fermento da giorni: dopo l'anno orribile della prima retrocessione e un'infilata di sei stagioni sconfortanti, vincere la terzultima di campionato contro la Spes, onesta formazione di provincia vergine di trofei, avrebbe comportato la certezza della promozione anticipata in Serie A.

«Un paio di punticini, e si torna in paradiso» sussurrò mio cugino Ettore a occhi bassi, come avesse paura d'indispettire la sorte.

Ero contento che mi volessero accanto a loro in un'occasione del genere, una potenziale festa di popolo attesa come la liberazione da un incubo.

Gli striscioni che chiamavano la gente a raccolta – "Tutti allo stadio!" – erano appesi da una settimana lungo i viali di circonvallazione; la "Gazzetta felsinea" batteva sulla grancassa con le fotocolor della stagione e le interviste ai grandi ex, e quel mattino era uscita in edicola con una bandierina in plastica rossoblù da portare allo stadio per colorarne ogni settore.

Il nostro era il quartiere-tana del club, la sua casa dai tempi in cui Bologna era il quadrivio della rivoluzione fascista; lungo le nostre strade erano stati celebrati titoli nazionali ed europei, e ai davanzali delle case erano esposti i gonfaloni scoloriti che, all'epoca di Kennedy e dei Beatles, avevano festeggiato l'ultimo Scudetto.

«Quella volta non eravamo neanche andati sulla luna!» se ne uscì lo zio. «Avevo vent'anni, e adesso che li hai tu» fece a Ettore «forse si torna a vedere un po' di bel gioco.»

Quando in fondo alla prospettiva della strada apparve la torre di Maratona, provai un tuffo al cuore: il piazzale ai piedi dello stadio era gremito da una folla che non avevo mai visto prima.

Aldo si era procurato tre biglietti per i distinti, giusto ai piedi della squadrata torre in mattoni rossi che dominava l'impianto. Quando prendemmo posto mancavano venti minuti all'inizio: non sapevo ancora cosa aspettarmi dai ragazzi che sarebbero scesi in campo, ma la gradinata ad anfiteatro della Curva Reno, che ribolliva sulla nostra destra, mi lasciò da subito a bocca aperta.

Pareva che le barriere ai suoi lati la isolassero facendone una repubblica a sé, dove rullavano senza sosta i tamburi e garrivano enormi bandiere sulle quali il rosso e il blu erano ricombinati nelle maniere più fantasiose. Saranno stati in diecimila, là dentro, assiepati dal parterre fin su all'ultimo ordine di posti, e non c'era balaustra o transenna che non servisse da trespolo per compagnie d'amici.

Nella parte bassa del settore spiccava contro la vetrata l'enorme striscione del Commando Apache con le chiavi inglesi incrociate. A cavallo della balaustra centrale, invece, pendeva oscuro il telo dei Wild Boys, decorato da un teschio che stringeva una rosa fra i denti; in quel settore garrivano incongrui tricolori con lo stemma del re, vessilli da guerra giapponesi e i jolly roger dei pirati. Quando i forsennati a torso nudo che occupavano la prima linea distesero uno striscione, lo spettacolo mi lasciò interdetto: era azzurro come le maglie degli ospiti, e la scritta "Brigate" era a rovescio.

«Preda di guerra» spiegò Ettore compiaciuto. «L'hanno fatta su a quegli altri.»

«Che solenne sciocchezza» protestò zio Aldo. «Picchiarsi per il calcio è davvero da sottosviluppati».

Il trofeo rimase capovolto mentre i Wild Boys cantavano «Cucù, cucù, lo striscione non c'è più», quindi ondeggiò come se lottassero per strapparselo di mano; era ormai irriconoscibile quando gli diedero fuoco, e finalmente cadde in brandelli, lasciando i nostri colori padroni della Curva.

Il fossato che separava il parterre dal campo risuonò per il boato spaventoso d'una bomba-carta; quel tuono a ciel sereno, simile a una sorda cannonata, creò uno iato di silenzio. Ebbi paura di ritrovarmi condannato alla sordità perpetua, ma già tornavo a distinguere il rullo dei tamburi in Curva e le voci dei capi che urlavano a squarciagola nei megafoni, esortando i ragazzi ché si unissero a un nuovo coro.

Il vento tirava verso di noi, e dalla Reno arrivavano folate di un fumo acre che contagiava d'un risolino consapevole il volto di mio cugino.

«Puzza di canna» spiegò, e lo zio lo scrutò con fare indagatore. «Tu che ne sai?» volle sapere.

«Vado all'università, babbo» chiarì Ettore, e sospettai che si sarebbe trovato più a suo agio in Curva, dove nessuno faceva domande del genere.

Dagli altoparlanti risuonava la canzoncina dell'acqua Cerelia, che apriva da tempo immemore le partite dei Veltri; vecchi e giovani la cantarono tutti insieme come fosse l'inno cittadino. Sulle ultime note fiorì un applauso spontaneo, quindi il fragore secco d'una bomba più grossa delle altre riportò gli occhi di tutti verso gli ultras. «Serie A! Serie A!» salì al cielo un coro unanime, e le scie luminose di tre, sette, venti razzi colorati esplosero dal parterre e colorarono il cielo di bengala e fontane luminose.

Come si spensero gli ultimi fuochi, lo speaker scandì le formazioni. Gli uomini che avevano trascinato la squadra a un passo dalla promozione furono applauditi uno per uno, come avessero conquistato la finale dei Mondiali.

La folla andò in delirio quando finalmente spuntarono dal tunnel; il capitano Fernando Farolfi, fisico da ragioniere e piedi da fuoriclasse, corricchiava verso il centrocampo nella sua maglia rossoblù troppo aderente con la scritta pubblicitaria del Caffè Bononia, e intanto si sbracciava a salutare i diversi settori.

Solo quando le squadre si schierarono davanti alla tribuna per la foto di rito, sulle gradinate scese un gran silenzio.

Persino zio Aldo, che di mestiere salvava la vita alla gente, sembrava sentire l'emozione del momento. Lo vidi giungere le mani, e volto lo sguardo al cielo scandì: «Io ti prego, divina Eupalla. Concedi la vittoria agli alfieri di questa città che ti fu sempre fedele».

A indossare la casacca rossoblù erano solo undici uomini, ma a scuotere il piano inclinato del destino pensò lo stadio, il mostro da quarantamila voci che reclamava con forza la vittoria. Promanava dalle gradinate l'energia che, sul finire, guidò i nostri fuori dalle secche d'un deludente 0-0: capitan Farolfi recuperò il cuoio sulle tre quarti, servì un filtrante promettentissimo nel cuore dell'area, e il boato della Reno esplose ancor prima che il centravanti si avventasse sul pallone per scaraventarlo in fondo alla rete. Gol! Vittoria! Serie A!

Allora anche noi dei distinti ci unimmo al grido selvaggio degli ultras che franavano a domino verso il parterre; era tutta la città a ruggire di gioia, levare le braccia al cielo, sciogliere la rabbia in esultanza.

Al novantesimo anche Aldo aveva le ciglia cariche di lacrime, mentre Ettore m'indicò a bocca aperta l'ondata di piena degli ultras che s'abbatteva contro la vetrata della Curva. «Fanno invasione!» annunciò trepidante. «Fanno invasione, quei matti!»

I Wild Boys scavalcavano la vetrata sotto la balaustra centrale per gettarsi in campo a pattuglie, grappoli, centurie. I vinti fuggivano verso il tunnel degli spogliatoi, ma nessuno si occupava di loro: i ragazzi erano decisi ad abbracciare i nostri, a portarli in trionfo, a celebrare da padroni del campo quella giornata di gloria.

Ero fiero di aver preso parte alla festa, e l'indomani, con gli amici, mi bullai parlando di gruppi e stendardi, di spettacoli pirotecnici e bombe-carta.

Selva aveva visto la partita in tribuna col padre e il nonno, ma canticchiava esaltato: "Cucù, cucù, lo striscione non c'è più": lo spettacolo potente e selvaggio della Curva aveva stregato anche lui.

Durante la lezione della Malvas sulla poesia del Novecento, istoriai il mio diario di Jacovitti con le chiavi inglesi del Commando e il teschio dei Wild Boys; perché stare come d'autunno sugli alberi le foglie, quando si poteva stare in balaustra a incitare i Veltri?

Persino un gobbo come Athos si rallegrava: il ritorno dei Rossoblù in Serie A significava stadio sempre pieno, Curva ribollente, spettacolo garantito per tutto l'anno a venire. «Dobbiamo farci regalare l'abbonamento» stabilì, pronto a rinnegare senza un rimpianto le sue Zebre.

Dopo cinque anni di elementari e tre di medie ci apprestavamo a separarci, ma potevamo contare sul monumentale catino in mattoni nel cuore del quartiere come su un meraviglioso luogo d'appuntamenti. Era un covo riservato ai ragazzi, dove le raccomandazioni dei presidi e dei parroci non potevano arrivare, un teatro a cielo aperto dove non ci saremmo mai annoiati.

Non restava che convincere Mamma.

Per festeggiare la promozione organizzammo una tavolata da venticinque alla Spaccanapoli; mancava solo Raul, l'unico fra noi che non era stato ammesso all'esame.

Quando nei piatti non restavano che gli avanzi di margherita e quattro stagioni, Altieri reclamò l'attenzione facendo tinnare col cucchiaino il bicchiere colmo di Fanta. «Un attimo di silenzio, per cortesia!» Aveva preso "ottimo", ed era ringalluzzito come non mai. «Propongo un brindisi ai compagni di questi anni meravigliosi!»

La stagione della scuola dell'obbligo era finita per sempre, e non avrei dimenticato facilmente quel che mi aveva insegnato: il nostro non era il migliore dei mondi possibili, la giustizia non trionfava quasi mai, e nessuno accorreva a confortare gli infelici.

«Quando ci siamo conosciuti eravamo solo bimbi appena usciti dalle elementari...» attaccò il diligentissimo, ma non riuscivo a dargli ascolto.

Pensavo a un'altra lezione che mi era toccato imparare: chi appare fragile finisce per diventarlo davvero, e prima o poi cade vittima degli spietati.

«... Un giorno alla volta, mettendoci ognuno la sua briciola di buona volontà, siamo diventati una bellissima classe» flautò Altieri. «E allora, amici, io brindo al destino che...»

Un mostruoso rutto rase al suolo le sue nobili intenzioni.

«Parli come un pretaccio, coglione!» lo insultò Santurro.

«Benedici questo, don Altieri!» richiamò la sua attenzione il Mezzosangue, e gli catapultò in fronte una fetta di pane.

Sarebbe andato all'ITIS, lui, con la sua mascella quadrata e la coda corvina raccolta dal solito cinghietto in cuoio. E il Biondino allo Scientifico. Precisi ai loro padri.

«Così no!» protestò il diligentissimo. «Non è modo!», ma in un attimo volava di tutto, resti di pizza, tovaglioli, persino le gomme profumate che Ginevra ci aveva portato in dono.

«Bona lé, imbezél!» protestava la Mancinelli sotto il bombardamento. «Non si gioca con la roba da mangiare!»

Nessuno le diede ascolto, ma quando arrivò il vecchio cameriere Villiam, baffi a manubrio e avambracci istoriati di souvenir turchini della galera, gli bastò battere le mani perché lo scempio avesse termine.

«Tu a capotavola!» puntò l'indice contro Altieri nel silenzio grave ch'era sceso. «Ti ho visto che fai il masaniello!»

Il diligentissimo si riebbe alla moviola «Ma io...» mormorò. «Sono stati loro!»

«Un attimo fa lanciavi le cose!» l'accusò Villiam, minacciando le busse con la mano larga e carica d'anelli. «Non fare il furbo con me, cicciobello, ché Bologna è piccola!»

Il diligentissimo scrutava tremando i trapezi del gilet tesi sul torace dell'uomo, i bicipiti ancora forti come pompe idrauliche.

«Non sono stato io, signore» mugolò, e scoppiò a piangere nell'istante in cui Villiam calava la maschera.

«Te l'ho fatta, eh?» ghignò il cameriere. «Ma che ti ha preso?» si preoccupò nel vederlo in lacrime. «Spirito santo! Guarda che scherzavo, giovane!»

Le ragazze erano schifate. Come potevano sprecare il fiore degli anni accompagnandosi a citrulli del genere? Le si lasciasse libere, ora che il Bunker era solo un ricordo, di correre verso il mondo nuovo, dove il cantante degli A-ha si materializzava dalle pagine d'un fumetto per corteggiarle, Nick Kamen passeggiava in mutande, e l'altro somaro di *Dirty dancing* le invitava a sudare con lui.

Il futuro apparteneva a loro, e prima di abbandonarci al nostro destino subalterno ci imposero un'estrema beffa: la via crucis dei conti separati.

Ero in coda alla cassa con le mie carte da mille pronte in mano, quando Athos rientrò d'urgenza. «Oi, Tommy!» mi avvertì, e indicò il rettangolo di strada incorniciato nella vetrina. «Guarda che c'è Raul, là fuori!»

Mollai i copechi ad Altieri e seguii il Mezzosangue con una strana sensazione addosso; qualcosa mi suggeriva di tenermi alla larga dal giovane diavolo come da Ester, per scivolare in silenzio nel ventre caldo dell'estate, dimenticare, rifarmi una vita nella quale i due non avevano cittadinanza.

Il giovane diavolo mi apparve avvolto da una cappa invincibile di malinconia: era ingobbito nella maglietta a strisce da marinaio, le mani affondate nelle tasche dei bermuda color kaki, e come lo vidi mi vergognai del proposito di evitarlo. Si era preso la colpa per tutti, poveretto, ed era l'unico che aveva pagato.

«Ehi, socio» gli feci. «Bello vederti.»

«Mica potevo mollarvi senza salutare» osservò.

«Già» approvai, poi mi feci forza e dissi: «Ti devo un "grazie" per avermi tenuto lontano dai guai.»

«Lontano?» replicò divertito. «Ti ci ho cacciato io, compañero. Evitare di sputtanarti era il minimo.»

Parlava come un uomo. E gli sarebbe toccata la pena grottesca di un ulteriore anno fra i pivelli.

«Dicono che vai al Classico» notò guardandomi di sotto in su. «Devi mettertici a testa bassa, Tommy.»

Annuii con un sorriso forzato, e presi sottobraccio Selva e il Mezzosangue. «Mi dispiace che non ci vedremo più tutte e mattine» sospirai.

«Ci beccheremo in giro!» assicurò quel demonio. «Bologna è piccola!» aggiunse, preciso a come aveva detto Villiam, e ci lasciò una volta di più a bocca aperta.

Abbracciò a lungo Athos, poi sollevò il Biondino da terra e gli stampò un bacio in fronte.

«Prova a capire chi ti trovi accanto, e lui capirà te» si raccomandò quando venne il mio turno. «Perché tu sei lui, e lui è te.»

Sciorinava quei versi con aria partecipe e concentrata, come recitasse una poesia che a scuola non insegnava nessuno.

«Possono sbatterci in faccia le loro bugie» proseguì, «ma non inganneranno il nostro cuore.»

Fra poco avrebbe sollevato la destra, me lo sentivo, per sfregarsi le dita alla sua maniera.

«Serriamo le fila, e sarà un buon inizio» sospirò, e provai un brivido nel vedere che i suoi occhi color dell'oceano si facevano lucidi.

«Raul...» mormorai. Non sapevo neppure io quante cose avrei voluto domandargli. Come si diventa dei vincenti? Cosa significa perdere tutto? Dove si trova la forza per ricominciare ogni volta da capo?

Il giovane diavolo mando giù un singhiozzo e spalancò le braccia. «Vieni qui!» ordinò con la voce incrinata, e stringendomi al petto mormorò: «Se i ragazzi sono uniti, non potranno mai essere divisi. Ricordatene sempre, Tommy».

# 17
# Atene e Sparta

«E ascoltami, Mamma!» protestai. «Athos e Selva...»

«... Fanno l'abbonamento in Curva» completò la frase. «Me l'hai già detto.» Mi guardò come si stupisse di trovarmi ormai alto quanto lei. «Ma non m'interessa niente: se i tuoi amici si buttano nel pozzo, ti ci butti anche tu?»

Ma quale pozzo! L'anfiteatro della Reno era il luogo più eccitante che avessi mai avvistato in città.

«Ti prego» mi abbassai a supplicarla. «Mi hai voluto iscrivere al Classico, e ti ho dato retta» enumerai i miei meriti. «Faccio sport, e in parrocchia non ho mai dato problemi.»

«Vorrei anche vedere» osservò.

Sapevo imitare abbastanza bene lo sguardo implorante di John Belushi, quando si leva gli occhiali e domanda pietà alla fidanzata abbandonata sull'altare. Serviva inarcare le sopracciglia, far tremolare il labbro, fingersi sull'orlo del pianto. «Dici che non me lo merito, un posticino in Curva?» uggiolai. «Costa poco!»

«Sei proprio figlio di tuo padre!» esclamò compiaciuta, quindi aggiunse divertita: «Leonardo era un talento, quando provava a convincere la gente».

Grazie, professor Shiba! «Allora è un sì?» osai.

«Non se ne parla nemmeno!» pronunciò il suo verdetto. «Io non ti ci mando, in mezzo a quei fanatici. Non è posto per tre ragazzini.»

«Ma come?» protestai. «Avevi quasi detto di sì!»

«Lo capisci che in Curva ci vanno i drogati e quelli che vogliono menare le mani? Tu hai una cultura diversa, Tommy» proseguì, implacabile nel separarmi dalla felicità. «E poi hai solo quattordici anni, e non voglio che vai a prendere le botte.»

Era un'argomentazione talmente vergognosa che agli amici dovetti raccontare una balla.

«Quella rompiscatole ha paura che prenda freddo» dichiarai.

«La mia, invece, ha paura della violenza» confessò Selva. «Ha sobillato mio padre, la stronza, e tanti saluti all'abbonamento.»

La giustizia non era cosa di questo mondo: l'unico a ritrovarsi il posto sicuro in Curva Reno fu il gobbo Athos. Sarebbe andato con certi compagni nuovi dell'ITIS, il rinnegato, una sciarpetta in lana del Commando Apache appesa al collo per far dimenticare il suo passato bianconero.

All'idea di perdermi lo sbarco dei Veltri in serie A mi veniva il mal di cuore; grazie al cielo, venne fuori in extremis che zio Aldo ci teneva a regalarmi un abbonamento nei distinti.

«Andremo insieme a Ettore, sempre in tre come il giorno della promozione» insistette. «È una questione di cabala, Alice.»

Di fronte alle insistenze di suo fratello, Mamma si arrese.

Appena in tempo, perché alla primissima giornata del torneo le teste rasate della Viscontea si spinsero a caricare la Milizia sotto la sua curva, e uno dei ragazzi di casa finì ammazzato a sprangate.

«Cosa ti avevo detto?» strillò mia madre mostrandomi il giornale. «Ci muore la gente, allo stadio! E voialtri avete ancora il coraggio di andare a vedere la partita come nulla fosse?»

Il Caimani era una scuola fuori dal tempo.

Bastava presentarsi sotto le alte vele del suo portico per respirare un'aria antica, che sapeva di fatalismo e sottomissione.

Una targa in bronzo collocata accanto all'ingresso ricordava i nostri predecessori, sbarbi strappati agli studi per vestire il grigioverde nella Grande guerra; erano balzati fuori dalle trincee tremando di terrore, poveretti, e non avevano fatto in tempo a strillare "Avanti, Savoia!" ch'erano già scarpe al sole.

Da noi ci si aspettava che onorassimo Dio, la Patria e il vocabolario greco-italiano di Lorenzo Rocci con la medesima abnegazione dimostrata da quei ragazzi caduti fra i reticolati del Carso.

Erano trascorsi settant'anni da quando i nemici avevano risalito in disordine le valli, ma certi profii erano così anziani che ti davano l'idea di aver partecipato di persona al conflitto. Il preside Beretta era l'ultimo uomo al mondo a portare i favoriti, e non mi sarei stupito di scoprire che aveva preso a sciabolate i Tugni col suo squadrone del Saluzzo cavalleria; l'agro Pancrazi di matematica me lo vedevo benissimo con le mollettiere e la maschera antigas, caporale d'una sezione lanciafiamme, mentre l'eccentrica prof di francese, prima di trasformarsi in una sottospecie di diva inacidita, doveva essere stata un'infermiera birichina stile *Addio alle armi*.

Solo la prof di lettere Elsa Matri, una popputa ex hippie d'origine pugliese, sembrava conscia del fatto che Vittorio Emanuele III non fosse più sul trono. «I nostri governanti si stanno mangiando un pezzo di Repubblica alla volta» denunciava, ma in quel contesto faceva la parte d'una stravagante Cassandra. «È di Sinistra» la si giustificava con aria di pena.

La nuova classe era fitta di ragazzi con due cognomi seriosi come trentenni.

Il mio compagno di banco Gastone Ripa Ghislieri viveva in un attico di piazza Santo Stefano col padre industriale, la madre avvocato, un cane da caccia dagli occhi azzurri e la governante; era abbonato alla Virtus, aveva trascorso le vacanze in barca a vela bordeggiando la Sardegna, e la quarta ginnasio rappresentava il suo primo passo fuori dai recinti delle scuole private. Appena imparò dove abitavo, s'incuriosì come avesse sentito nominare una località pittoresca e fuori mano. «Per venire in città c'è l'autobus?» volle sapere, sinceramente preoccupato per le mie condizioni di vita.

«Magari» scherzai. «Devo chiedere un passaggio sui carri dei contadini che portano gli ortaggi al mercato.»

«Non è vero» balbettò incerto, ma intanto mi fissava con sospetto, come mia madre quando aveva scoperto che Santurro viveva nei bassi lungo il fiume.

Per la prima volta mi assalì un dubbio orribile: non è che, a ben vedere, ero povero?

A scuola, l'impressione dei primi giorni lasciò il posto a una specie di nube psichedelica.

Se non ti lasciavi impressionare dalle difficoltà dei *pluralia tantum* e della declinazione attica, potevi fare la conoscenza di personaggi straordinari: fra i paragrafi dei libri spuntavano giovani schiave che si erano riciclate come sacerdotesse, poveracci che rotolavano dentro botti chiodate, terzetti di fratelli che si inseguivano scambiando fendenti.

In quel tempio del sapere, i miei amici del Bunker si sarebbero trovati a malpartito.

Forse quel testone del Mezzosangue non avrebbe superato neppure lo sbarramento iniziale del *rosa-rosae*, e il suo stile periferico gli sarebbe valso risolini di compassione: al Caimani nessuno portava i capelli raccolti a coda, indossava giubbotti con la toppa dei Guns n' Roses o lasciava pendere dalla tasca dei jeans una bandanarossa.

La sua vicinanza mi aveva sempre dato sicurezza, ma nella nuova scuola non serviva. Dai compagni più grandi, d'altronde, non c'era nulla da temere. Il nonnismo si riduceva al grido "fisico da palude!" che il fascista Cavazza riservava ai pivelli troppo magri quando si levavano la camicia nello spogliatoio della palestra.

La violenza fisica era bandita come se fosse in vigore la tregua olimpica; persino gli occasionali affrontamenti fra compagni e camerati si riducevano a schermaglie verbali, zuffe simboliche e innocui lanci di farina.

E Selva? Non me lo vedevo proprio, a imbonire le eteree novizie votate allo studio con le sue sbruffonate, i cugini immaginari e le fantasticherie sulla carriera di mercenario.

Quanto a Raul, finito in un collegio fra le montagne del Friuli, impossibile figurarselo in una scuola come la mia. Il Classico non era posto per gli indisciplinati e gli arruffapopolo: le energie andavano preservate per spremersi le meningi e vagare tra le suggestioni d'Arcadia, giovani esploratori alla ricerca d'una perfezione perduta. Fuori il mondo andava avanti, ma noi ci rifugiamo in un'epoca mitica, il tempo in cui Zeus insidiava le signore mascherato da cigno, i satiri zufolavano sui prati, e le dee si sottoponevano nude al giudizio degli uomini.

«Con il sacramento della Confermazione siete entrati a pieno titolo nel popolo di Dio» illustrò don Gandolfi aggiustando dietro l'orecchio la frangia da tennista. «Avete promesso d'ispirarvi a lui, giusto?» Seduto dietro la sua scrivania carica di agende e telefoni, più che a un pastore di anime faceva pensare a un piccolo imprenditore alle prese coi conti dell'azienda. «E allora il vostro modello dev'essere superlativo: bontà pura, giustizia assoluta, pace perfetta.»

«Avete sentito, ragazzi?» domandò gioiosa la Casolari maior, gonna beige al ginocchio e capello sifonato da vergine di ferro. Ci aveva stipati nell'ufficio del parroco per ottenere una consulenza teologica di cui solo lei sentiva il bisogno, e trovò adatto chiosare: «È proprio con questo spirito che, arrivati alla vostra età, ci si può fare testimoni e restituire quel che si è ricevuto».

Non avevo niente, chiaro? Né copechi né fidanzata. Che cavolo dovevo restituire?

«Non è bello svegliarsi al mattino e sapere che si dedicherà una parte del proprio tempo a chi è stato meno fortunato di noi?» domandò la catechista, ormai pronta per la beatificazione.

«Dobbiamo dedicargli del tempo anche se è un eretico?» domandò impertinente Balbo. «Un testimone di Geova, o un musulmano?»

«Ma certo!» approvò la Casolari minor, ch'era più moderna della sorella nello stile e sotto i jeans di Naj Oleari non portava neppure il cilicio. «Bisogna aiutare tutti!»

«Anche gli atei?» insistette il figlio del diacono.

Un silenzio imbarazzato calò nell'ufficio.

«Gli atei...» attaccò il Don, lancia in resta. Sembrava sul punto d'insultarli, poi la sua espressione si distese ed esclamò rabbonito: «Non sanno vedere la luce, loro! E spetta a noi spiegare a quei poveri fratelli che Dio li ama!».

«Che due palle» mi sussurrò all'orecchio Athos. «Come usciamo da qui, io me la telo.»

«Li ama!» ripeté in tono canzonatorio Balbo. «Se per loro non esiste, come fanno a credere che li ama?»

«Facciamo che basta?» lo redarguì Selva a mezza voce. «Più tu vai avanti, più quello...»

«Ma che Dio esiste, ragazzi, è provato!» coprì la sua voce il parroco.

«Già» gongolò la Maior, mentre un moto di incredulità si spargeva fra le giovani teste. Si fregò le mani e promise: «Adesso ve lo dice il Don, cosa dovete rispondere agli atei».

Il parroco chiuse gli occhi come volesse evocare un ricordo, e io mi ritrovai a fissare Susanna Corvaglia. Era bella, inquadrata di profilo nel rettangolo della finestra, e il suo profilo appariva ancor più nobile per la vicinanza con la pettegola Quinzi e il suo naso a patata.

Dovevo sforzarmi di essere ottimista. D'accordo, il fidanzamento con Loretta mi aveva lasciato l'amaro in bocca e con Ester era stata una Caporetto, ma valeva la pena di provarci ancora. In fondo avevo quattordici anni, e niente da perdere.

Così mi sorpresi a guardare Susanna forte d'una sicurezza inedita; ero soltanto un duro col naso un po' ammaccato, ma conoscevo a menadito le imprese di Alessandro Magno, il più grande outsider della storia e, a modo mio, esalavo stile da ogni porto: sfoggiavo una camicia con l'alloro ricamato sul cuore, e un paio di costosi Burlington avevano preso il posto dei tubolari da peone. "E guardami, Susi! Son qui per te!" tentavo la telepatia.

«S'è addormentato?» domandò cauto il Mezzosangue.

Parlava del prete, che finalmente parve ridestarsi dal suo letargo con un sorriso furbesco. «Se esiste al mondo qualcosa di buono, allora c'è anche qualcos'altro di molto buono» mi deluse. «E se c'è qualcosa di molto buono, dovrà esistere per forza qualcos'altro di ottimo.»

«Ecco!» esultò la Maior. «Proprio così!»

«E questo qualcosa di ottimo, ragazzi miei... è Dio!» esclamò il parroco, e ci fissò soddisfatto come un prestigiatore al termine di un numero ben riuscito.

«Capito cosa dovete rispondere agli atei?»

Un collettivo sospiro di sollievo rianimò i giovani. Forse la predica era finita.

In quella Susanna si volse sovrappensiero nella mia direzione; quando si accorse che la guardavo, le strizzai l'occhio come faceva Raul. Feci in tempo a leggere il suo stupore che lei abbassò lo sguardo; facesse pure la sdegnosa, tanto mi aveva visto benissimo.

L'avevo fiocinata, e adesso doveva fare i conti con un turbamento nuovo. Forse riusciva a ritagliarsi cinque minuti fra i compiti e il tennis per pensare a me. E in quei cinque minuti – chi poteva dirlo? – magari scopriva che le piacevo.

"Le Ateniesi, per parte loro, conducono la prole nei teatri e negli odeon. Le Spartane, al contrario, allevano la progenie nelle palestre e tengono in vergogna avere figli poeti."

Per quel pomeriggio le donne greche avevano finito di farmi soffrire: se ne andassero a cagare nelle ortiche, loro e i figli busèn che si pavoneggiavano negli odeon!

Chiusi il quaderno, ammutolii il mangiacassette che suonava *Revolution rock* e mi preparai a uscire; nel borsone del Rapid non mancava nulla, così salutai Mamma e mi chiusi l'uscio alle spalle.

Se non volevo fare tardi per l'allenamento, dovevo spingere la Legnano al galoppo. Risalivo la strada maestra in un mulinare di pedivelle, e mi sentii come accecato dal lampo d'una rivelazione: vivevano in me due nature.

Al Caimani mi si educava da ateniese, preciso a un Ripa Ghislieri con cane pregiato e barca a vela. Da quelle parti si facevano discorsi raffinati e vertiginosi; ci si spingeva in cordata lungo le pareti del paradosso e si aggiravano i baratri dell'insensatezza, ma eran tutte gioie cerebrali. In verità non c'era spazio per l'emozione, l'imprevisto, l'avventura.

Studiavo in centro, ma sarei rimasto spartano a vita, e non potevo dimenticare le gioie analfabete della mia città natia. Mi mancavano lo stupore genuino della classe di fronte ai gutturali barriti di Santurro, i furtivi sfregamenti di bacino con Loretta e i duelli vandalici di Raul davanti al Bunker. E mi sentivo a mio agio quando Selva si presentava in parrocchia con l'ultimo numero di "Playmen" nascosto sotto il giaccone da regata dell'Ocean Star, o quando Athos terrorizzava le Casolari facendo scoppiare i Magnum sul sagrato. Il piacere di quelle letture furtive mi faceva sentire a casa; riconoscere la luce bianca del petardo un attimo prima che esplodesse era la certificazione che io ero sempre io.

La vidi mentre infilavo in piedi sui pedali l'arco del Meloncello; Ester camminava lungo il marciapiede con aria assorta, un libro stretto in grembo, e l'aria all'improvviso si fece più calda e densa.

Aveva tagliato i bei capelli corvini che le scendevano lucidi sulle spalle per improvvisare un taglio corto e scarmigliato identico a quello di Sharleen, la cantante dei Texas. Dallo spolverino nero carico di spille colorate occhieggiava una kefiah palestinese; le belle gambe erano fasciate da un paio di calze a fantasia tartan, ai piedi portava anfibi privi di lacci.

Provai la sensazione che l'abbrivio smettesse di sostenermi: avanzavo a fatica, ora, come vittima d'un sortilegio.

Per un attimo la principessa polinesiana posò su di me gli occhi cerchiati di nero, ma non mi guardò veramente.

Era lei, sempre meravigliosa, ed era già un'altra. Chi cavolo l'aveva convinta a intraprendere quella trasformazione?

Ma certo, mi dissi, tornando a spingere sui pedali. Era finita all'Artistico, lei, e da quelle parti erano in vigore codici diversi dai nostri. Ci si poteva presentare con i giacchetti borchiati, i jeans a brandelli e i capelli tinti, volendo addirittura con un topo vivo in spalla.

La strada inclinava favorevole avanti alla mia ruota, eppure pedalavo di gran lena come dovessi seminare gli inseguitori. Altroché Atene e Sparta. Voleva farsi notare dai punk sdentati e malati di rogna, la stronzetta esibizionista. Non ce n'era abbastanza per decidere di detestarla?

La Serie A era il torneo più bello del mondo, ma non per noi.

Adesso che si erano innalzati al massimo livello, i Veltri prendevano un'imbarcata dopo l'altra.

Il condottiero Farolfi, metronomo di centrocampo e cervello della squadra, a trentadue anni sembrava aver tirato i remi in barca: sotto la nuova maglia in sintetico dai riflessi cangianti lievitava un pancione da trappista, e gli inferociti mediani avversari gli erano addosso ancor prima che potesse smistare il cuoio.

Se andava in confusione lui, cosa poteva la truppa raccogliticcia di mestieranti e reclute contro le corazzate del campionato, squadre stellari in grado di ingaggiare gli assi più richiesti del mondo?

Il club aveva puntato tutto sul centravanti peruviano Caleffi, ma definirlo bidone era un eufemismo: quel balengo arrivato dal paese degli Incas correva come una donna zoppa, inciampava sul pallone e sbagliava le conclusioni più elementari.

Il giorno in cui rischiò di segnare a Walter Zenga marchiò a fuoco la sua carriera: un fortunoso rimpallo spedì il cuoio fra i piedi del peruviano mentre il numero uno della Nazionale era a terra. Bastava spararla dentro a mezza altezza, invece Caleffi tentò un velleitario pallonetto che rimbalzò sulla pista d'atletica e andò a perdersi nel fossato sotto la curva.

«Soccia, Perú!» esplose zio Aldo mentre intorno a noi si vedeva solo gente con le mani nei capelli. «Ma quanto sei tristo?»

Nel prosieguo del match il nostro portiere Zanner Maicol, "l'Anguilla di Goro", dovette raccogliere il cuoio dalla rete per ben sei volte. All'ultimo gol, un beffardo tunnel di tacco, anche la sua fisionomia stoica da pioniere cresciuto nelle badlands del Delta mostrava segni di sconforto.

«Pellagra!» lo insultò zio Aldo. «Gozzuto! Se ti vede Lombroso ti porta via!»

Il pubblico dei distinti fischiava senza pietà, imbelvito da quella goleada umiliante: ci eravamo innalzati in paradiso per farci prendere a pallonate?

Volavano sulle nostre teste i programmi fatti a brandelli, e i padri di famiglia bestemmiavano per mano ai figlioli.

Solo la Curva Reno continuava imperterrita a sostenere la squadra. Così invidiavo Athos che poteva seguire le nostre disfatte da laggiù, dove risuonavano senza sosta i boati delle bombe-carte, le bandiere sventolavano fino al novantesimo e la speranza non moriva mai.

Un sabato in cui le Casolari volevano portarci in ritiro spirituale, Athos, Selva e io ci demmo alla macchia. Riparammo ai giardinetti davanti alla Porta dei Leoni, orgogliosi come evasi di quella libertà guadagnata con l'astuzia. Festeggiammo facendo esplodere petardi, ma dopo un po' si divertiva solo il Biondino.

«Insomma, che si fa?» domandò Athos, cavando con noncuranza dal taschino del giubbotto jeans un pacchetto di Camel morbide.

«Fumi le paglie?» indagò Selva.

«Non azzardatevi a cominciare, voi» c'intimò. «Si inizia con una, e come niente te ne fai dieci o quindici al giorno.» Appese una sigaretta fra le labbra e, controllando la nostra reazione, l'accese con voluttà.

«Stammi lontano!» protestò il Biondino. «Puzzi!», ma intanto studiava con attenzione i suoi gesti, il modo che aveva di soffiar fuori il fumo dalle narici.

«Allora?» domandò spazientito il Mezzosangue. «Mica passeremo il tempo a tirarci il pistullo! Si va a slumare un po' di gnocca in via Indipendenza?»

Era un piano interessante, ma il Biondino mise su un'aria scontenta. «Non si conclude mai niente, a fare i galletti in compagnia» considerò. «A donne bisogna andarci da soli.»

«Giusto per rifarci gli occhi» insistette il Mezzosangue. «O hai paura di sfigurare accanto a me?»

«Io?» gonfiò il petto Selva, e mi chiamò in causa risentito. «L'hai sentito cos'ha detto? Fa il grosso con me!»

«Sembri Asterix, nanerottolo» lo sfidò Athos, quindi gli soffiò il fumo in faccia.

«Stronzo!» protestò il nipote del Senatore sfregandosi gli occhi. «Arnesone di merda!», ma il Mezzosangue ormai si era avviato verso il centro, la coda corvina che dondolava sulla pezza dei Guns n' Roses cucita al dorso del giubbotto.

«È impazzito?» domandò Selva. «Poteva accecarmi!»

«Su, che era solo un gioco!» lo incoraggiai. «Andiamo», ma quel permaloso non la finiva più di lamentarsi.

Athos, venti passi avanti a noi, si arrestò con una mezza piroetta e proclamò: «Oi, geppi! Chi mi ama mi segua! Io vado!».

Il Biondino finalmente si mosse, e avviandosi verso il centro recriminò: «Lo vedi? Da quando fuma si dà un sacco di arie!».

Alle cinque avevamo finito i soldi e non s'era combinato niente.

Per vincere la noia del ripiegamento verso il quartiere, formammo un trenino alle spalle di una signora che reggeva due buste della Conad. Procedevamo al suo passo, incollati dietro di lei come fosse la locomotiva, e quando si accorse di noi si girò spaventata.

«Smile!» la raggelò Selva. «Sei su *Candid camera*!», e scappammo a gambe levate come poveri grulli. Ci divertivamo con poco.

Quando apparve in fondo alla strada lo slargo intorno alla Porta dei Leoni, Athos tornò a estrarre il pacchetto di sigarette. Mi ero preparato, e gliene domandai subito una, la mia prima. Nell'aspirare quella miscela di tabacchi turchi e americani, sentii la testa leggera un po' come quando si fumava in imbosco con Raul, e mi parve che il nostro pomeriggio si riscattasse dalla sua nullità.

«Fate male» sentenziò Selva. «Siamo degli sportivi, noi.»

«Cosa vuoi che sia una sigaretta!» replicai con noncuranza, l'occhio lungo caso mai spuntasse mia madre.

«Anche Platini fumava!» lo informò il Mezzosangue. «Persino nell'intervallo», e guardò il Biondino con aria di compatimento.

Selva lo guardò sospettoso. «Davvero?» domandò. «Come lo sai?»

Il Mezzosangue non rispose neppure. Gli porse il pacchetto, e l'altro pescò con cautela la testa d'una Camel.

«Sabato scorso vi siete dati malati» ricordò don Gandolfi, e noi tre annuimmo con cautela.

«Così avete detto» confermò la Casolari maior.

«Io stavo poco bene» garantì Selva. «Indigestione.»

«Non dare falsa testimonianza!» tuonò il parroco.

Coño y mierda!

«Mentre i vostri compagni si perfezionavano, voi eravate a bighellonare!» c'inchiodò alla nostra croce. Picchiò il pugno sulla scrivania tanto forte che il ricevitore del telefono saltò imbizzarrito, quindi aggiunse «A fumare le sigarette!».

Come ci aveva visto? Attraverso un satellite-spia?

«Ci sono rimasta male» confessò la Maior in posa crepuscolare. «Non è stato un bel comportamento.»

Il Don scosse la testa per rimettere in posizione la frangia, quindi ci scrutò a uno a uno con sguardo gelido. Sembrava soppesarci come potesse disporre di noi, infliggendoci la pena che più gli aggradava. «Se volete partecipare al campo-scuola, sarà meglio che vi rimettiate in carreggiata» ci colpì dove faceva più male.

Ogni anno, in agosto, lui e le sisters portavano fuori per una settimana i ragazzi del dopocresima. Si alloggiava in un casale in mezzo a boschi millenari, e laggiù non sarebbero bastate le gabbie per impedire ai satiri di zompettare sulle piste delle ninfe.

Era l'occasione ideale per conquistare Susanna, e non volevo saperne di perderla. Così, un sabato dopo l'altro, ci toccò sottoporci a una serie di attività umilianti: vendere torte sul sagrato di San Mamante, scrivere ai giovani detenuti nel carcere minorile del Pratello, persino visitare una casa-famiglia abitata da ragazzini scorbutici e mordaci.

Non bastava ancora.

All'avvicinarsi della Pasqua, il parroco pretese che tre di noi partecipassero alla lavanda dei piedi.

«Vuole Athos, Matteo e Tommy» riferì nonscialante la Maior, e restò a guardarci per sondare le nostre reazioni.

Cavarsi scarpe e calzini in chiesa, davanti alle sorelle Nicodemi e gli altri riccastri appostati nel coro, sarebbe stato imbarazzante.

«Ma chi ci lava?» domandai smarrito.

Allora venne in chiaro che scarpe e calzini potevamo tenerli: a noi toccava lavare, e i piedi erano quelli dei barboni assistiti dalla Caritas.

«Col cazzo che mi presto!» protestò il Biondino mentre tornavamo a casa. «Neanche per un milione in gettoni d'oro, mi metto a ravanare quelle fette puzzolenti!»

«Vorrà dire che a fare 'nfringhete 'nfranghete al campo-scuola ci andiamo solo noi due» lo canzonò Athos.

«E va bene!» Selva perse baldanza. «Però uso i guanti da lavapiatti!»

All'ultimo venne fuori che non era consentito dalla liturgia. Pur di non restare a bocca asciutta, il nipote del Senatore si fece animo e lavò a mani nude come noi.

## 18

# Dove non c'è legge

Alessandro Magno era l'outsider di maggior successo della Storia.

Giù a fondovalle lo trattavano da montanaro macedone venuto giù con la piena, ma li aveva zittiti tutti a spadate in testa, i milordini d'Atene, e anche gli Spartani, che a forza di guerre vinte con troppa facilità si erano ormai imborghesiti. Non era che l'antipasto: una volta conquistata tutta la Grecia, il vecchio Alex era montato in groppa a Bucefalo e aveva guidato i suoi a prendersi la Persia. Portava i capelli pettinati all'indietro e smisurate basette da rocker; era un generale e una popstar, e ogni nuova vittoria era l'occasione per un party di quelli organizzati bene. La sete di gloria e l'urgenza di nuove feste lo invitavano a spingersi sempre più a Oriente; il suo tour si era trasformato in una migrazione epocale, e in pochi anni aveva esteso il suo impero fino alle montagne dalle quali spuntava l'alba.

Il buon Alex era morto giovane, tipo Jim Morrison, e come lui non poteva essere dimenticato: pareva che in certe vallate ai piedi del Karakorum vivessero ancora i biondi eredi dei suoi opliti.

Leggevo sempre con piacere delle sue imprese, ma ormai il capitolo del Camera-Fabietti dedicato a lui era esaurito, concluso, kaputt; mi toccava far cambio di libro e misurarmi con i compiti assegnati da Pancrazi, lo scorbutico nano di matematica dal cranio calvo e il collo villoso che minacciava di rimandarmi.

"Sarebbe il caso di mettercisi d'impegno, Bandiera" suggerì untuoso. "Sempre che tu non voglia passare l'estate sui libri." Mi sorvegliava sotto forma di ologramma, il bastardo, ritto in piedi accanto alla scrivania.

Esaminai intimorito la fila di assurdi numeri che mi fissavano dall'eserciziario: solo pochi osavano mostrarsi col loro vero volto, mentre gli altri erano travestiti da arcane frazioni a due o tre piani, con e senza esponente, dentro e fuori parentesi, Dio ce ne esca salvi.

Diligente come Champollion, spogliai il geroglifico delle graffe, delle quadre e delle tonde nella speranza di restituirgli un aspetto civile. Saltò fuori un sospetto 29 fratto 6; nitrii di scontento quando mi resi conto che il libro indicava come soluzione un onesto 3.

"Mi fai gli errori di distrazione, pistola?" mi irrise sornione il fantasma di Pancrazi.

Riprovai da capo, fallii ancora.

Mi veniva da piangere per la mia zucconaggine, ma non volevo farmi vedere in difficoltà.

Fuori c'era il sole, nelle campagne fiorivano i peschi, e le ragazze ormai giravano a gambe scoperte. Dovevo risolvere quell'espressione del menga, così mi sarei guadagnato il diritto di partecipare alla festa che andava in scena là fuori.

"Tanto non ti viene" gufò l'ologramma.

«E non rompere, Brontolo!» lo misi a posto. «Io ci riprovo l'ultima volta, te lo dico. Se viene bene, altrimenti chiamerò Gastone per sapere come ci ha cavato i piedi.»

Forse bisognava astenersi dal semplificare il parziale fra parentesi quadra. Seguii speranzoso, quella pista. Mi saltò fuori un barocco 487,6, con tanto di 6 periodico.

«Ma vaffanculo la matematica e chi l'ha inventata!» sbottai e chiusi di schianto l'eserciziario.

"Getti la spugna? Ahi, ahi!" considerò minaccioso l'ologramma. "Dovrai fare un miracolo, nell'ultima interrogazione."

«Time out, pigmeo!» lo zittii, il dito in verticale sul naso. «Va bene tutto, ma avrei anche una vita, io.»

«Guarda chi si vede? Il vecchio gleba!» la gigantessa Fantoni mi diede il benvenuto al Capanno.

I suoi genitori gestivano da una vita quel chiosco di gelati collocato a ridosso del centro sportivo di quartiere; solo adesso che la trovavo a lavorare con loro, però, mi rendevo conto della sproporzione fra i due – persone di taglia assolutamente ordinaria – e quella figlia adatta per il sumo.

«Ma sei in giro senza catene?» insistette. «Cos'è, hanno abolito la schiavitù?»

«Fragola e limone da un sacco e mezzo, per cortesia» ignorai le sue provocazioni.

Posai i copechi sul bancone appiccicoso mentre riempiva di malavoglia il mio cono.

«Dove l'hai messa quella canaglia di Raul?» volle sapere. «Qui non si fa mai vedere. Sarà mica crepato?»

Collegio. In Friuli. Lo sapevano tutti.

«Io ci ho fatto il militare, in Friuli» si fece sentire il Fantoni padre, un ometto dai baffi sottili e l'aria dimessa. «Ero a Cividale.»

«E al signore, Renato, dici che frega qualcosa?» lo rampognò la moglie. Somigliava forte alla figlia, ma portava i capelli ad alveare ed era truccata come Liz Taylor in *Cleopatra*; gli orecchini ad anello ondeggiarono in controtempo quando mi sorrise facendo segno che il marito era tocco.

«C'è il mare, in Friuli?» volle sapere Melania.

«Sì» svelai. «Ma non so lui dove...»

«È una fortuna!» esclamò porgendomi il gelato, ma appena provai a prenderlo lo allontanò con una risatina. «Sai perché?» domandò impertinente. «Perché la merda galleggia!»

Quella non era adatta per Atene né per Sparta: era rimasta all'asilo.

«L'hai capita?» volle sapere Melania.

Provai a indovinare di cosa parlava con Ester, ma non mi veniva in mente nulla a parte gli editoriali di "Cioè".

«Dài subito il gelato al signore, ismìta!» intimò Cleopatra. «Mi son consumata la lingua, a forza di dirti che non si fanno i giochini coi clienti!»

«Ma è... un amico» si giustificò la figlia consegnandomi il gelato. «Non c'è bisogno di sclerare.»

Passare la giornata rinchiusi gomito a gomito nello spazio esiguo del Capanno li stava sfiancando.

La donna la spinse via in malo modo e prese posto alla finestrella. «Devi scusarla, giovanotto» mormorò, guardandomi in una maniera civettuola che faceva arrossire e insieme metteva paura. Inclinò il capo sulla spalla, fece una smorfia da sciantosa e spiegò: «La Melania è alle prime armi».

Una goccia di gelato alla fragola mi scivolava lungo il polso, ma ero troppo impressionato per reagire.

«Allora ci vediamo un giorno di questi» miagolò la panterona, indifferente alla vicinanza del marito, e un raggio di consapevolezza squarciò la coltre delle nubi. Ma certo! Mica l'aveva messa al mondo con lui, quella figlia gigantesca!

«Be', buona serata!» mi congedai. «Ci vediamo presto!»

«Stammi bene, gleba!» salutò Melania, esiliata alle spalle di Cleopatra. «Se vedi Raul» aggiunse accorata, «mandalo affanculo da parte mia!»

La madre implorò la mia comprensione levando gli occhi al cielo, quindi si girò verso Melania e, senza una parola, le stampò un ceffone sulla guancia.

«Mami!» protestò la gigantessa. «Sei fuori?»

«Questo non mi piace» sospirò Fantoni, e la moglie mandò una risata acida.

«E a me, Renato, dici che frega qualcosa?» lo sfidò mentre svicolavo.

Sui campi da basket del centro sportivo in cemento non si vedeva nessuno dei nostri, ma nell'angolo di prato ai piedi del grande abete spiccavano, simili a variopinti gozzi tratti in secca, le Vespe di Nelson Centocapelli e dei suoi amici, la promessa della greco-romana Yuri Zagatti, in arte Zagor, e i gemelli Morgana.

Mio cugino Ettore se li era trovati alle medie, e già allora li chiamavano "I quattro dell'oca selvaggia"; ormai da un pezzo si erano lasciati alle spalle le prediche dei genitori, il magistero di don Gandolfi e il sacro timore verso gli ussari.

L'adrenalina dei vent'anni li guidava a imprese folli.

Un pomeriggio in cui non si trovava niente da fumare, erano partiti dal Bar Carioca sulla Panda di Max Morgana, ed erano andati direttamente ad Amsterdam; li avevano visti tornare dopo una settimana, tutti e quattro con la maglia dell'Ajax e carichi di fogli d'acido da smerciare al dettaglio.

Per qualche tempo avevano fatto concorrenza ai vecchi hippie della Montagnola, ma un sabato sera Clod, il minore dei fratelli, era stato beccato mentre vendeva le sue meraviglie davanti al Ciak. Quando i caramba in borghese si erano qualificati, aveva ancora sette trip in tasca, e per evitare la flagranza di reato se li era buttati in bocca prima che lo pinzassero. Aveva scampato l'arresto, ma per diversi giorni aveva camminato lungo il portico della strada maestra in accappatoio e ciabatte, terrorizzando gli ugonotti di passaggio coi suoi gutturali "Heil Hitler!".

Un'altra volta gli squilibrati avevano deciso di farsi tutti i bar della via Emilia fin giù a Rimini. A notte fonda erano approdati per caso sotto lo stadio della Romagnola; bevuti com'erano, avevano pensato bene di scavalcare le recinzioni, caso mai i Briganti avessero dimenticato qualche striscione in giro. Forzando un magazzino avevano messo le mani su tutto l'eldorado: tamburi, striscioni e bandiere. Stavano ancora caricando il materiale sulla Panda quand'era arrivata a fari spenti una volante, e gli ussari li avevano gonfiati come zampogne. Zagor, grosso com'era, era quello che aveva regalato loro le maggiori soddisfazioni: gliele avevano date in tre coi manganelli, ed era rimasto sordo da un orecchio.

I quattro ronzavano spesso dalle parti del Capanno, e quando Melania aveva raccontato loro di come noialtri avevamo trattato il povero Pinzoglio, Nelson e i suoi amici ce ne avevano chiesto conto.

«Perché avete *martorizzato* quel poveretto?» era andato al punto Zagor.

Tremavo come una foglia, ma era bastato sussurrare: «Era una spia» per ottenere un'immediata riabilitazione.

«La Fantoni ce l'aveva raccontata diversa» aveva spiegato Nelson. «Frigna che il povero deve prendere gli psicofarmaci per via delle crisi di ansia. Ce l'ha menata un'ora perché il coglione si è ritirato dalle magistrali alla fine del primo quadrimestre, addirittura. Ma che era un infame mica ce l'aveva detto.»

A loro modo di vedere, scaricare una bomboletta di fissatore nel culo di una spia era cosa buona e giusta. Così, ogni volta che incrociavano Athos, il Biondino o il sottoscritto si facevano raccontare la storia daccapo, e ne ridevano di cuore.

Restai in vista col mio gelato in mano, sperando che i "Quattro dell'oca selvaggia" mi convocassero, e ringalluzzii appena Nelson mi fece cenno di raggiungerli. «Oilà, sbarbo!» mi chiamava, seduto sulla sella a dromedario del PX. «Vieni un po' qui dagli zii!»

Le loro cavalcature, esperte di scorciatoie e di vie di fuga, viste tutte insieme facevano impressione: scudi e bandoni erano carichi d'adesivi rari, i bauletti armati d'impianti stereo. Le impiegavano come piedistalli o troni, quasi ripugnasse loro toccare direttamente il suolo.

«Come butta, cinno?» mi salutò Zagor mentre fumava un petardo accoccolato come il brucomela, la mascella da mastino fra le mani e i gomiti posati sul manubrio del suo Special mimetico e privo di parafango. «Hai svuotato altre bombolette nel culo di qualcuno?»

«No? Peccato!» esclamò deluso Max Morgana. Era l'unico a fare un lavoro normale, geometra in Provincia, ed era ancora vestito da ufficio. «Allora raccontaci daccapo di come andò quella volta col finocchio.»

Mi schermii, orgoglioso di essere vicino a loro. Ero finalmente esentato dal sarcasmo di Melania, così narrai per l'ennesima volta come avevamo torturato Pinzoglio. Se la risero come fosse una storia nuova di zecca.

«Noi oggi si doveva invadere la Polonia, in teoria» considerò il Morgana mangiacartoni, scuotendo la testa carica di riccioli. «In teoria il blitz doveva scattare mezz'ora fa, in teoria.» Ondeggiava asimmetrico in sella, la mano a coppa traboccante di mesta e la cartina a mezz'aria nell'altra mano. «Solo che questo libano picchia *troforte*» rivelò, «e così abbiamo ritardato l'attacco.»

Si facevano le canne davanti a tutti, indifferenti agli sguardi incuriositi dei giocatori di pallacanestro e a quelli di condanna che piovevano obliqui dai clienti della gelateria.

Quando Zagor notò che mi guardavo intorno con sospetto,

si stiracchiò, lisciò l'avambraccio possente sul quale risaltava il teschio dei Wild Boys, quindi disse: «Tranquillo, cinno. Siamo la banda e nessuno ci comanda», quindi si cavò di bocca il joint per mostrarmelo e subito lo riportò alla bocca, come lo baciasse con rabbia. «Questa è casa nostra» chiarì, «e facciamo il cazzo che ci pare.»

La fronte bassa solcata dalle sopracciglia folte, il collo da toro e il disegno dei pettorali che spuntavano dalla canottiera non invitavano a complicate discussioni, così ammisi: «Giusto. Ognuno è padrone a casa propria».

«È una questione di *libesram*» osservò Clod mentre finivo di lappare il gelato, e chiarì: «Ciascun popolo ha bisogno del suo spazio vitale».

«Ancora con 'ste menate nazi?» lo rampognò Nelson. «Tu lo sai, vero, che se vivevi ai tempi del Führer non perdevano neppure tempo a spedirti nei lager? Ti facevano secco per la strada, e chi s'è visto s'è visto.»

Clod annuì con aria malinconica. Lo sapeva anche lui. «Non meritavo di vivere nella Grande Germania» ammise.

«A te, vecchio» Zagor disse a Nelson, e gli passò la torcia olimpica.

«Allora per stasera gli inviti non servono?» domandò il Centocapelli, il joint appeso alle labbra sottili, e diede una risata da scienziato pazzo. Dio solo sapeva quanto gli invidiavo la maglietta del Hard Rock Cafe, il PX con la testa di Jagger aerografata e la beata indifferenza con la quale aspirava la resina.

«Saranno contente di vederci, regaz» pronosticò Zagor. «Sono brave chiavone, e mica possiamo lasciarle sole con quei caviglì dei fidànzi ingegneri.»

Non andavano a invadere la Polonia, ma una festa privata a casa di qualche ugonotta.

Sorrisi all'idea, e mi trovai addosso gli occhi di Max Morgana. «Vedo, prevedo e stravedo» attaccò con un esoterico gioco di dita. «Nel tuo futuro c'è un incontro.»

Nel volgermi verso l'ingresso del centro sportivo, provai l'assurda speranza di vedere arrivare Ester. Sarebbe stato un gran colpo, farmi vedere con i "Quattro dell'oca selvaggia". Invece erano solo Athos e Selva, che ci arrivavano incontro per il corridoio erboso stretto fra il muro di cinta e i campi da basket.

Il Biondino sfoggiava un sontuoso giubbotto scamosciato da teddy boy, aperto a triangolo sul petto della Lacoste azzurra, ma l'insieme appariva compromesso dai Ray-Ban troppo grandi. Pareva un cieco, tanto più che s'arrestava ogni tre passi per dire gesticolando la sua.

Athos, invece, portava una maglietta del Commando Apache, talmente nuova che anche a venti passi distinguevi le pieghe; il cotone sul quale erano stampate le chiavi inglesi incrociate era d'un bianco abbacinante, e faceva risaltare più del solito la sua carnagione olivastra.

Come arrivarono da noi, il Mezzosangue salutò a uno a uno i ragazzi chiamandoli per soprannome, mentre il Biondino, più impacciato, se la cavò con una serie di riverenze.

«Così nel Commando accettano anche i poppanti!» esclamò Zagor. Strinse le manopole del manubrio, mise su un sorriso sarcastico, e osservò: «Nei tafferugli di domenica contro la Legione, però, non ti ho mica visto!».

«Ero un po' lontano» riconobbe Athos. Adesso che andava in Curva Reno, teneva il conto delle battaglie e degli striscioni rubati, ma con Zagor non poteva permettersi di fare il grosso. «Praticamente non ho fatto un cazzo» ammise.

«Almeno sei onesto, tu» lo confortò il lottatore, e gli allungò un buffetto. «Troppa gente se la mena come fosse il ras della Curva. Ma se vai a vedere, in prima linea siamo sempre i soliti. Gli stessi cinquanta stronzi» scandì solenne, come fosse il nome d'un ordine cavalleresco.

«Fuoco?» domandò il Mezzosangue. Per darsi un tono aveva tirato fuori una Camel, e Nelson lo fissava indignato, come avesse visto compiersi un sacrilegio.

«Butta via quella merda!» intimò. «Se vuoi fumare, fuma bene», e il Mezzosangue ripose costernato la Camel nel pacchetto.

«Ce li avete dieci sacchi?» s'informò Clod.

Suo fratello lo folgorò con lo sguardo.

«Ormai sono degli ometti, Maximo!» protestò il Mangiacartoni, agitando la canna appena rollata come una bacchetta da direttore d'orchestra. «Degli ometti e dei bravi villanelli di quartiere! Noi alla loro età...»

«Zitto e mosca!» ordinò Zagor, rizzando il busto poderoso. «Questo non è posto per fare mercato, rimasto che non sei altro!», e per un attimo ebbi paura che lo volesse picchiare.

«Ma chiudila tu, gruppenführer!» replicò in tono combattivo il Mangiacartoni. Si piazzò la mano davanti alle labbra, ché l'altro non potesse vederle, e scandì: «Vai a prendere il sussidio d'invalidità, sordo di merda!».

Il lottatore smontò di sella e gli andò incontro a braccia aperte, i deltoidi gonfi sotto le bretelle della canottiera e tre pieghe parallele a solcare in orizzontale la collottola rasata. «Sei proprio un coglione, Clod!» esclamò ridendo. «Se non ci fossi, bisognerebbe inventarti!», e un attimo dopo s'abbracciavano.

«Che scago!» sussurrò Selva. «Credevo lo ammazzasse», e Nelson mi chiamò a sé con una luce losca in volto.

«Qua, sbarbo» mi reclamò. Con un gesto fluido si portò qualcosa alla bocca, lo morse e lo risputò nel palmo. «Fondo di solidarietà per i bimbi poveri» spiegò, e m'invitò a offrirgli la destra. Confuso com'ero, mi ritrovai in mano una sanguinolenta caccola di naso bagnata di saliva. Come aveva fatto? Lo guardai sgomento, meravigliato che non ridesse di me, e solo quando intimò: «Andateci piano, sbarbi, ché questo è pieno d'olio» compresi di cosa si trattava.

Zagor non s'era perso una mossa. «Cessione gratuita agli orfanelli di zona» mormorò. «Poi dicono che siamo cattivi.»

Esitai, la pallottola di libanese grasso e rossastro in mano. Se la rivoleva indietro, io non facevo la minima resistenza.

«A rollare ce la fate, o vi serve il libretto d'istruzioni?» domandò beffardo nel rimontare in sella.

Il Biondino sospirò di sollievo. Potevamo tenerla.

«Qui s'invecchia, fratelli!» osservò il lottatore, e girò la chiave del bloccasterzo. «Andiamo dalle damigelle o restiamo a fare i vermi?»

«Fatta l'Italia, facciamoci le italiane!» inneggiò Clod, il joint sistemato dietro l'orecchio, e liberò il manubrio all'unisono col fratello.

«Usate la testa, voialtri!» ci raccomandò Nelson, e come abbassarono i pedali d'accensione, i motori da 105 e le marmitte Polini intonarono una ruggia che si doveva sentire fino a piazza Maggiore.

Sgasavano sul posto come alla partenza della Parigi-Dakar, sordi alle proteste che provenivano dal Capanno, e dal bauletto di Zagor usciva la voce di Vasco che reclamava sensazioni forti.

«'Ndate via, somari, ché mi avvelenate il gelato!» si sgolava la strega madre di Melania nel bel mezzo di quel concerto futurista. «'Ndate a prenderlo nel bisacchino!», ma ormai i quattro ci avevano preso gusto, e facevano abbaiare le Vespe avvolgendo il Capanno di fumo.

I genitori allontanavano con aria d'urgenza i bambini dal chiosco, e persino i giocatori di basket si erano fermati per seguire la scena.

«Cuidado!» mi ammonì Nelson in quel frastuono, e ribadì: «È pieno d'olio!»

I "Quattro dell'oca selvaggia" schiodarono in impennata traversando a zig-zag i campi in cemento, coreografici e certi dell'immunità.

Come l'ultimo sparì verso la strada maestra, la fumana prese a diradarsi; pian piano la piccola folla tornò ad assediare il chiosco, e i palloni a spicchi iniziarono daccapo la trama di rimbalzi e passaggi.

«Via anche noi, compari!» proclamò Athos. «Procuriamoci delle cartine, presto! E poi via! Verso i colli, dove non c'è legge!»

# 19
# Fuoco

L'anno scolastico volgeva al termine, e io cercavo alla disperata di recuperare il mio cinque in matematica. La mia sorte sembrava correre in parallelo a quella dei Veltri, obbligati a far punti nelle ultime giornate per assicurarsi la salvezza.

In vista dell'interrogazione dalla quale dipendeva la mia pagella, trascorsi sui libri anche il fine settimana; il sabato saltai la riunione al gruppo parrocchiale, la domenica mattina rinunciai alla partita col Rapid, e nel pomeriggio stavo ancora macinando espressioni sotto lo sguardo implacabile dell'ologramma di Pancrazi.

Decisi di sintonizzare la radio sulle partite nella speranza che almeno i Rossoblù facessero risultato in trasferta, ma *Tutto il calcio minuto per minuto* era monopolizzato dalle cronache di quel che era accaduto prima del match fra i Diavoli e i Lupi. Questa volta la rivalità fra le due maggiori città del Paese non si era risolta con i soliti cori "Milano in fiamme" e "Bombe a mano sul romano", né con le tradizionali risse intorno allo stadio: un gruppo di giallorossi era caduto in un agguato finito malissimo, ché sotto la tempesta di calci e pugni il cuore di uno di loro si era fermato per il terrore.

L'indomani rimediai un sei e mezzo che, calcolatrice alla mano, risanava la mia media sino al 5,85, ma il nano di matematica ci tenne a far sapere che restavo in bilico. De André aveva capito perfettamente come l'eccessiva vicinanza del cuore al buco del culo causasse scompensi, e gli piaceva l'idea di godersi i miei tormenti fino all'uscita dei quadri.

Nel pomeriggio, appena Mamma tornò dal lavoro, provai a parlarle della mia situazione. Rischiavo di essere rimandato ingiustamente, lo capiva? Niente, sembrava incapace di darmi ascolto. Voleva mostrarmi una foto sul giornale che ritraeva un ragazzo magro dall'aria accigliata, i capelli lunghi come un pellerossa e la maglia con la scritta "Barilla" addosso. Era il poveretto rimasto sull'asfalto a Milano. Non sembrava né uno stinco di santo né un delinquente, solo un ragazzo, tal quale ai miei soci e al sottoscritto, e faceva impressione considerare che non avrebbe più visto una partita insieme ai suoi amici.

«Pensa a sua madre, povera donna!» mi esortò, gli occhi di brace come avessi una qualche colpa nella vicenda. «Me lo dici, dove trova la forza di non buttarsi dalla finestra?»

Dopo quel che era successo, fu inutile pregarla di lasciarmi salire sul treno speciale che la domenica successiva avrebbe portato in Toscana una marea di tifosi rossoblù; il Derby dell'Appennino in casa della Libertas era decisivo per la salvezza, e serviva sostenere i ragazzi fino allo stremo perché portassero a casa almeno un punto.

Arrivai a supplicare zio Aldo di accompagnarmi, ma si rifiutò: era una partita a rischio per via degli antichi dissapori fra le tifoserie, e lui non aveva nessuna voglia di trovarsi in mezzo ai fanatici che facevano a schiaffi.

Il sogno di vedere quella partita nel settore ospiti insieme a Selva e al Mezzosangue mi accompagnò fino all'uscita dei quadri: otto in storia, sette in latino e greco, e alla fine avevo tirato su anche matematica! Anga sgevù, promosso! Non meritavo un premio? Oh sì, ma non quello che speravo: Mamma e il califfo mi regalarono un videoregistratore, però sul fronte trasferta non si mosse una foglia.

Non mi diedi pace finché non imparai che i biglietti erano finiti, allora ringhiai e presi a calci le porte per la frustrazione.

«In che razza di mani mi hai lasciato?» protestai sotto l'immagine del professor Shiba congelato nel monitor. «Quella è una donna, e continuerà per sempre a trattarmi da bamboccio!

Athos si è fatto bocciare, eppure va alla partita con suo padre, e il Biondino ha ricevuto in regalo una motocicletta!» Risi incredulo, mi schiaffeggiai le cosce per la stizza e gemetti: «Perché, cazzo? Perché vuole a tutti i costi farmi diventare lo sfigato della compagnia?».

Il pomeriggio della partita, don Gandolfi sfruttò noialtri del dopocresima come sondaggisti.

Aveva elaborato una pietosa sequenza di domande per scoprire se i fedeli si attenevano o meno ai Dieci comandamenti, e adesso toccava a noi del dopocresima rompere le scatole alla gente per annotarne le risposte.

Ogni protesta fu inutile: venimmo sguinzagliati per gruppi, i ridicoli questionari sotto braccio, e io mi ritrovai in squadra con quell'imbranato di Balbo e Rita Quinzi.

«Che figura di merda!» presagì la pettegola. «Facciamo che con la gente ci parlate voi, e io segno le risposte.»

«Ma scusate» feci presente, «perché non le compiliamo noi, le schede? Tanto chi se ne accorge?»

«Sei un genio!» esultò il figlio del diacono. «Un fottuto genio, Bandiera!»

«Eh no!» la kapò Quinzi frenò il suo entusiasmo. «Barare no!»

La detestavo, ma avevo una mezza idea di parlarle di Susanna; pensavo che magari avrebbe potuto intercedere per me, così era meglio tenermela buona.

«D'accordo» convenni. «Cominciamo a fare qualche intervista sul serio, poi vediamo come butta.»

Il primo pomeriggio di vacanza sembrava richiamare verso il centro tutte le coppie del quartiere; ci venivano incontro sotto il portico i vecchi sposi tenuti dalla tenerezza d'una confidenza antica, i quarantenni ancora spanizzi e i fidanzati in età da passarsi il chewing gum bocca a bocca. A modo loro parevano tutti felici, e non mi sembrava adatto irrompere nelle loro vite neppure per cinque minuti. Dovevo fermare una persona di cui nessuno avrebbe sentito la mancanza; quando individuai un'anziana dai capelli cotonati che usciva dalla farmacia con un botolo zoppicante al guinzaglio, mi lanciai a testa bassa.

«Buon pomeriggio, signora!» le andai incontro ammantato

di cattolica cordialità. «Siamo i ragazzi della parrocchia di San Mamante, e don Gandolfi ci ha incaricati di fare un sondaggio.»

«È bravo, don Gandolfi!» fece quella mentre i compagni mi raggiungevano. «Un parroco in gamba come ce ne sono pochi! Tenetevelo caro!»

«Possiamo farle qualche domanda?» interruppi la sequela di lodi, e quella annuì come non sperasse in niente di meglio.

Controllai la prima domanda elaborata dal parroco. Volonteroso, mi schiarii la voce e sfidai il ridicolo: «A lei capita di adorare un altro dio al di fuori dell'Onnipotente?».

La signora mi fissò esterrefatta e tirò a sé il botolo per metterlo in salvo. «Un altro dio?» ripeté. «Son mica scema!»

Squadrò Balbo e la Quinzi, come volesse imprimersi in mente le fattezze d'ognuno, quindi tornò a guardarmi e domandò sospettosa: «Sicuri che vi manda il Don e non qualche setta?».

«È un'autentica stronzata» valutò Balbo quando riuscimmo a mettere insieme tre schede. «Se uno desidera la donna d'altri, lo viene a dire a noi?»

«Chissà cosa ascolta il Don nel confessionale!» disse la Quinzi, e aggiunse sognante: «Se per un giorno potessi essere un uomo, vorrei tanto essere un prete.»

«Che gusti!» esclamò Balbo. Si lisciò il mento e osservò: «Io, se potessi essere una donna, vorrei essere Cicciolina.»

«Sei un porco!» stabilì Rita.

«Tu no, Tommy?» mi tirò in ballo il figlio del diacono, una luce beata negli occhi da maniaco.

Stava facendo la parte del geppetto. Era il momento perfetto per agire. «Io preferirei essere Susanna Corvaglia» dichiarai.

La Kapò mi guardava sbigottita, e scoccò a fatica il suo: «Perché?».

"Perché così potrei decidere di darla a Tommy" pensai, ma non era quello che andava detto.

«Mi piace» osservai con noncuranza. «Bella, intelligente, simpatica. Mi sembra perfetta in tutto quello che fa.»

La Quinzi ascoltava in sollucchero: c'era una tresca nuova di zecca da influenzare! «Lei lo sa?» domandò cortigiana.

«Forse l'ha capito» recitai la mia parte.

«Vuoi che glielo dica io?» si propose.

Tranello classico. Per chi mi aveva preso? «Vorrei farlo di persona» assicurai, consapevole che le avrebbe parlato in ogni caso.

«Perché, scusate, la Corvaglia è libera?» domandò Balbo come risorgesse da un letargo secolare.

Non feci in tempo a zittirlo che dichiarò: «La Susi piace anche a me! Un casino!».

«KTM?» gli ringhiai in faccia. Era l'acronimo di "Kazzi Tuoi Mai?", e di solito bastava a zittire gli importuni. Il raccoglitore di merde di cane, però, aveva ormai preso una piega romantica. «La penso sempre» assicurò. «Credevo che era fidanzata, ma se sta su piazza ci voglio provare anch'io.»

«Tombola!» esclamò la pettegola, battendo le mani per l'entusiasmo, e mi fissò malevola. «Susi ha fatto strage di cuori!»

«Puoi chiederglielo anche per me, cortesemente?» la implorò Balbo, sfiorandole la spallina imbottita della giacca come un mendicante. «Per favore, Rita! Ci tengo di brutto!»

Era una scena penosa. Ridotto a bisticciare con un raccoglitore di cacche sotto gli occhi della Quinzi, mentre intorno a noi esplodeva la primavera. Mi domandai dove avevo sbagliato, e quando vidi i due ragazzi che ci arrivavano incontro provai la certezza di essere il quattordicenne più solo e triste della città.

Camminavano nella nostra direzione come isolati dentro una bolla di confidenza, animali giovani felici di ritrovarsi insieme nel primo tepore della buona stagione.

Lui non l'avevo mai visto prima: poteva avere diciassette o diciott'anni, e portava calcata in testa una bombetta in feltro come i drughi di *Arancia meccanica.* I risvolti del suo chiodo erano un gran pavese di spille, e una fascia a bandoliera gli assicurava sul dorso la custodia d'una chitarra.

«Mentre lavorava a quel film, Antonioni ha litigato con tutti» lo sentii dire quand'erano a venti passi. «Addirittura coi Pink Floyd.»

Per quanto mi sforzassi, non riuscivo a staccare gli occhi dalle gambe di lei. Portava un'impeccabile gonna a pieghe da collegiale, e non portava calze a velare le cosce snelle. Sopra la camicetta indossava un giubbotto a zip di tela granata, in tinta con la bandana che le tratteneva all'indietro i capelli da dea del rock.

Ester mi veniva incontro con passo leggero, a ritmo col respiro del mondo, e mi sentii un verme per essermi riproposto di detestarla.

Pregai che un miracolo levasse di torno Balbo e Rita Quinzi, i fogli sciagurati del formulario e la mia aria da miserabile ugonotto prossimo alla paralisi.

"Non potevamo incontrarci al centro sportivo?" le domandai senza aprir bocca, e nel medesimo silenzio gemetti: "Sono qui per un equivoco."

«Per non dire dell'attore protagonista» riprese il drugo. «L'hanno ingaggiato mentre litigava per la strada, lui, e grazie al film è diventato famosissimo. Ma aveva problemi di sostanze, e nel giro di poco è morto.»

«Cavoli!» replicò lei. «Ci dava dentro, il ragazzo!»

Era come racchiudesse in sé la forza invincibile delle cose all'inizio. Era una pianta giovane, una meravigliosa tigre che inizia a esplorare la foresta, la capitana d'un veliero appena salpato per il suo grande viaggio.

«All'inizio mica volevano i Pink Floyd» spiegò il drugo. «Avevano provato a mettere sotto contratto gli Stones, solo che quelli chiedevano troppo.»

Era informatissimo, ma Ester non gli dava più retta: aveva messo a fuoco i tre scemi che, dieci passi più avanti, ruminavano sotto il portico.

Mi trovai addosso i suoi occhi dalle lunghe ciglia ricurve, e sentii le gambe farsi di caucciù. Avvampai come il giorno in cui mi aveva preso le mani nel corridoio della scuola. Mi guardava dentro, e io sarei voluto cadere in ginocchio, implorare perdono per le mie miserie, supplicarla di portarmi con sé in un mondo dove l'aria era più fine e non bisognava scontare la fatica di crescere un giorno alla volta.

Mi avrebbe ignorato, o intendeva ridicolizzarmi col suo cavaliere? "Quello è Bandiera" avrebbe potuto dire. "Un gregario che non vale niente."

«Olà, Tommy» mi salutò quando si avvide che non mi azzardavo a farlo io, e la sua voce aveva una nota ironica e severa. «Tutto bene?» volle sapere, e mi parve il segno che era disposta a dimenticare, forse addirittura a perdonarmi.

«Ciao, Ester» ricambiai il saluto quand'era ormai vicinissima, e avrei voluto gridarle che le cose non stavano come credeva. Ero momentaneamente impelagato in un'attività del menga, ma non ero lo sfigato che ricordava. Ero cambiato, coño! Avevo capito che nella vita bisogna essere un po' ateniesi e un po' spartani, non ero più lo schiavetto di nessuno, e presto avrei dimostrato al mondo il mio valore. «Tutto bene» assicurai, senza scendere nei particolari. «Ormai è estate. E tu?»

«Alla grande» assicurò con un sorriso candido, identico a quello della madre. «Rock 'n' roll!» aggiunse mostrando le corna con un gesto complice.

«Rock 'n' roll!» mi affrettai a replicare, felice di quell'intesa volante, mentre lei doppiava a vele spiegate Balbo e la Kapò, appaiati dall'imbarazzo come Scilla e Cariddi.

Un attimo dopo sfilò tra loro anche il drugo con la chitarra, e la Quinzi mi guardò stralunata. «La Bonsignori...» balbettò. «... La figlia della Saccopelista... È tua amica?»

Quando rientrammo in parrocchia, don Gandolfi sembrava impietrito, e anche le Casolari ci guardavano senza trovare il coraggio di parlare. Dei sondaggi, alla fine, non importava a nessuno?

«Tommy» ruppe gli indugi il parroco. «Dove sono Selva e Carboni?»

Il Biondino era partito per Riccione insieme al padre avvocato e regalatore di Cagiva per quello che chiamava "un weekend fra single". E il Mezzosangue, beato lui, era andato a vedere il Derby insieme a suo padre e ai vecchi del Bar Carioca.

Glielo dissi, e subito domandai: «A proposito, Don, quanto stanno?».

«C'è stato un problema» rispose il parroco. Strinse le labbra e aggiunse: «Un incendio sul treno dei tifosi».

«Come sarebbe, un incendio?» sbiancai.

«Sembra dalla radio che ci siano dei morti» illustrò la Casolari maior, e aggiunse con un sospiro rassegnato: «Due o tre ragazzi.»

«Athos era sul treno» balbettai, e il loro silenzio mi mandò fuori di testa. «Si sa qualcosa?» strillai. «I nomi! Si sanno i nomi?»

«Dio del cielo! Athos è morto?» domandò Balbo, e la Quinzi ebbe un moto d'impazienza come le costasse un patrimonio trattenersi dal correre fuori a diffondere la notizia. Era più o meno il suo fidanzato, ma l'istinto da pettegola sembrava più forte di ogni apprensione.

«Non si sa ancora niente» spiegò il Don, e sospirò: «Bisogna pregare!»

Non capivano un cazzo, quelli. Se davvero il fuoco aveva divorato il treno speciale diretto alla partita, le vittime potevano essere ben più numerose di quelle che raccontava la radio, e i feriti una moltitudine.

«Siamo in attesa di aggiornamenti» spiegò la Maior, e sua sorella fece per allungarmi una carezza che mi fece l'effetto d'una secchiata d'acqua gelida.

«Devo andare a casa!» assicurai nel ritrarmi. «Fatemi andare a casa!»

Fuggii sul sagrato con il cuore che scoppiava, liberai la Legnano e saltai in sella con la sensazione di portare un peso troppo grande per le mie spalle.

Cosa andavo a farci, a casa? A sentire la predica di mia madre sulle disgrazie che capitano ai tifosi?

Frenai, controllai al volo che alle mie spalle non arrivasse nessuno e disegnai una U sull'asfalto della strada maestra.

Sbucavano dalla stazione a centinaia nella luce bassa del tramonto, le bandiere arrotolate intorno alle aste, chi piangendo sottobraccio agli amici e chi gagliardamente a torso nudo. I tifosi di ritorno dal Derby sciamavano coperti di fuliggine, bagnati fradici, gli occhi ancora pieni d'orrore, e nessuno di loro pensava a festeggiare un pareggio fondamentale per la salvezza.

«E vendetta sarà!» scandì un gruppetto molesto. Si slanciarono dietro un autobus per riempirne di calci la fiancata, ma nessuno andò loro dietro.

Noialtri in attesa là fuori, ancora più numerosi di quanti arrivavano, ci sporgevamo in punta di piedi, smarriti, alla ricerca degli amici, dei figli, dei fratelli.

Quando vidi Athos uscire dall'ala ovest sottobraccio a suo padre, gli corsi incontro col cuore in gola: era intero, grazie al cielo.

«È la cosa più brutta che abbia mai visto, Tommy» singhiozzò mister Carboni, e rabbrividii nel vedere che era lui ad appoggiarsi al figlio. «Ci abbiamo provato, ma non abbiamo potuto fare niente.»

Quell'uomo alto e sempre di buonumore sembrava piegato da un rimorso indicibile, ed era una pena vederlo singhiozzare.

«Hai fatto il possibile, amico mio» garantì un tizio dai lunghi capelli grigi che si trascinava al suo fianco a occhi semichiusi. «Sei stato bravissimo, Carbo» mormorò strascicando le sillabe, come se l'avesse già ripetuto molte volte. «Non si poteva fare niente di più.»

Solo allora lo riconobbi: era Kociss, il titolare del Bar Carioca, e dietro a lui venivano Eolo, gli occhi ancora rotondi di paura, il cameriere Villiam e il custode Strazzari, la tuta del Rapid appiccicata addosso come si fosse ristretta nel corso di quella giornata terribile.

«Che brutta roba!» commentò il vecchio custode. «Pareva la guerra.»

«S'è l'è fatta addosso, lui» spiegò Villiam in tono neutrale, e diede una risata isterica. «Così l'abbiamo bagnato dalla testa ai piedi per nascondere la macchia di piscio.» Poi strinse i pugni e diede una specie di latrato. «Devono darli a me, quei figli di cane che hanno tirato le molotov!» sibilò battendosi la destra sul petto. «Li ammazzo io, uno dopo l'altro! Li strangolo con queste mani senza spese per lo Stato!»

«Facciamo una bella cosa, adesso» propose Eolo, accennando alle facciate degli alberghi sul lato opposto dei viali. «Andiamo a farci una grappa tutti insieme, tanto per calmarci i nervi.»

Traversata la strada come una mandria alla deriva, indifferenti ai colpi di clacson degli automobilisti, s'infilarono nel primo bar. Offrirono da bere anche a noi ragazzi, ma quando ordinarono il secondo giro uscii sotto il portico con Athos. Non sapevo se volesse raccontare oppure no, così gli dissi soltanto: «Amico mio, non sai quanto sono contento di vederti».

«Appena usciti dalla galleria, ci siamo ritrovati nel loro territorio» attaccò il Mezzosangue piazzandosi una Camel fra le labbra. «A vedere le bandiere della Libertas appese ai balconi dei palazzi, la gente ha cominciato a innervosirsi. Battevano a due mani sui finestrini, sfanculavano, mostravano le sciarpe. "Stiamo arrivando!" gridavano.»

Si cavò di tasca un Bic verde, e come sorse la fiamma la guardò interdetto, poi accostò cauto la sigaretta al fuoco, aspirò e caricò un gesto da discobolo. L'accendino volò in mezzo ai viali, rimbalzò sul tettuccio di una Panda in corsa, e Athos spiegò indifferente: «Sono preoccupato per mio padre. Molto preoccupato».

Era in scompartimento insieme a cinque uomini fatti, ma nessuno di loro poteva presagire l'agguato che avrebbe trasformato quella gita in un viaggio all'inferno.

«Qualcuno gridava di tirare il freno a mano per scendere e andare allo stadio in corteo» riprese. «Intanto il treno andava avanti, sempre più dentro la città. "Tirano i sassi" hanno gridato a un certo punto. "Tirate le tende o ci arrivano i vetri addosso!", e non mi piaceva ritrovarmi a casa loro senza poter vedere fuori.»

Si arrestò come se non volesse più raccontare, e quando lo guardai in volto mi parve invecchiato in un colpo di dieci anni. Era un uomo anche lui, adesso. Un uomo che aveva visto l'orrore con i suoi occhi.

«Ogni tanto sentivi un finestrino che andava in pezzi, e in quella brutta penombra era come ritrovarsi in trappola» riprese. «Eolo litigava con Villiam per riaprire le tende, diceva che gli veniva la claustrofobia, e sembrava che la gente sul treno urlasse tutta insieme. E ancora non era successo niente. Poi si è sentita una specie di esplosione, come se avessero centrato il treno con una cannonata. Invece era la molotov che aveva centrato il vagone dietro al nostro. "Fuoco a bordo!" urlavano, e a quel punto il freno l'hanno tirato davvero. Lo sai che razza di rumore fa, un treno, quando si arresta a quel modo?»

Provai a figurarmi le ganasce dei freni che, dalla locomotiva al vagone di coda, mordevano tutte insieme le ruote di ferro, e Athos disse: «Fischia così forte che sembra sia quel suono atroce a bloccare la marcia. Ci siamo precipitati in corridoio, verso l'uscita sul davanti, e intanto il fumo saliva dal fondo, denso come quando trova un bel po' di roba da bruciare. Tutti cercavano di scavalcare gli altri, e mio padre strillava: "Sono un vigile del fuoco! Sfollate con ordine, perdio!". Non ci fosse stato qualcuno capace di mantenere la calma, ci saremmo calpestati l'uno con l'altro».

Forse anche Aldo avrebbe mantenuto il suo sangue freddo. Salvava la vita alla gente, lui. Ma un conto è muoversi nel silenzio immacolato d'una sala operatoria, e un altro ritrovarsi in mezzo a una turba di gente impazzita di paura, uomini e ragazzi che ti strattonano e ti trattengono.

«Quando siamo saltati a terra, il vagone dietro al nostro era avvolto dalle fiamme tipo balla di paglia. I finestrini erano crepati e bianchi, gonfi come bolle di pus, e la gente si buttava giù con i vestiti in fiamme, senza più capelli, nera in faccia, e anche chi non si era bruciato si rotolava a terra gridando "Al fuoco!». "Dobbiamo entrare là dentro!" urlava mio padre. "C'è ancora gente viva!", ma solo ad avvicinarsi il caldo e il fumo ti lasciavano senza respiro.» Athos sospirò, mi guardò allucinato e aggiunse: «Non è facile, per un vigile del fuoco, trovarsi in una situazione del genere senza neppure un estintore. Tutto quello che ha potuto fare è stato allontanare dal pericolo i fuori di testa, e trasportare i feriti lungo la banchina».

Si appoggiò alla colonna squadrata del portico, diede un colpo di tosse come sentisse ancora intorno quell'aria guasta, e represse a stento un conato. «Ho già sboccato due volte, oggi» considerò con gli occhi lucidi, e inspirò a denti stretti, quasi volesse filtrare l'aria, poi diede un lungo tiro alla sigaretta e, per qualche motivo, sorrise.

«Non so neppure come abbiano spento il rogo» gemette. «Dicevano che c'erano rimasti dentro in tre, ma a mettere insieme tutti quelli che cercavano gli amici non ci si capiva più niente.» Sorrise d'imbarazzo come a confessare una debolezza: «So mica in quanti sono morti, alla fine».

«Mentre aspettavo sul piazzale, ne ho sentite di tutti i colori» gli riferii. «Dicono che il più grave è un ragazzo della nostra età».

Il Mezzosangue annuì, e un altro sussulto gli squassò il petto. Fece per scusarsene, e ora le lacrime gli scendevano lungo le guance. Pronunciò il nome del ragazzo e mormorò: «Era anche lui alla sua prima trasferta», quindi spense con rabbia la Camel contro la colonna.

Ero al sicuro, ma adesso potevo sentirla addosso anch'io, la sensazione del terrore. La gente che ti spintona. Il fumo che ti avvolge. Le tendine in fiamme. Il bisogno disperato di avanzare. Il fuoco davanti e dietro. Il calore insopportabile. I polmoni avvelenati, la vista che si annebbia, la trappola che si chiude su di te.

«Alla fine quel relitto di vagone era tutto bianco, nero e color della cenere. Sembrava ritagliato da un vecchio film e incollato sullo sfondo a colori.» Athos mi guardò con dolore e aggiunse: «Non c'entrava niente col resto, Tommy».

«Speriamo che il ragazzo si salvi» sospirai.

Mi guardò corrucciato, come avessi sbagliato a parlare. «L'hanno fatto apposta, quei bastardi» scandì. «Se era per loro finivamo tutti bruciati vivi. Così quando gli ultras sono partiti in corteo verso il centro per spaccare tutto, ho mollato i vecchi e sono andato con loro.» Abbassò la testa, si coprì gli occhi con una mano e aggiunse: «Abbiamo tirato giù dal motorino uno con la sciarpa della Libertas e gliele abbiamo date finché non si muoveva più. Pensavo che sfogarmi potesse rimettere le cose in equilibrio. Invece quello che abbiamo subito non si cancella, e io sto ancora di merda».

La televisione non aveva a disposizione le riprese dell'agguato, così quella sera mandò in onda a ripetizione la marcia forsennata dei superstiti: i ragazzi del Commando e i Wild Boys si erano riversati nel cuore della città nemica per bastonare chiunque si mostrasse, ribaltare automobili e tirare giù a sassate vetrine e finestre. Erano serviti i caroselli dei blindati e i tiri di lacrimogeni per indirizzare la torma verso lo stadio, distrarla con le cariche di alleggerimento e rinchiuderla nella gabbia riservata agli ospiti.

Il servizio della Rai si era chiuso con una zoomata sui tifosi dei Veltri in tumulto dentro il loro settore. I più inferociti resistevano arrampicati al sommo della vetrata anche sotto i getti degli idranti; appena trovavano un attimo di tregua si risistemavano a cavalcioni, tagliavano l'aria con le braccia a forbice e tornavano a gridare invano che la partita andava fermata.

La clip si era congelata sul fermo immagine del lottatore Zagor a torso nudo, le vene del collo gonfie da scoppiare e la bava alla bocca. Aveva gli occhi fuori dalla testa e l'indice puntato verso il campo, come se accusasse uno per uno gli uomini sul terreno di gioco.

Era uno scandalo che l'arbitro avesse dato il via alla partita dopo quel che era accaduto, ma già gli opinionisti del cazzo dicevano la loro: era stata una buona decisione, l'unica in grado di salvaguardare l'ordine pubblico.

Lo sapevo fin troppo bene cosa pensavano in verità i farisei figli di puttana: cos'altro si poteva fare con il torneo ormai agli sgoccioli? Non si poteva mica falsare la coda del campionato più bello del mondo solo perché un ragazzo di Bologna era bruciato vivo.

## 20

# Chi è il più carino?

Athos, Selva e io scivolavamo silenziosi lungo il corridoio buio del casale, curvi in avanti come i ragazzi di *Platoon* in perlustrazione nel territorio dei charlie fottuti.

Se don Gandolfi si fosse svegliato e ci avesse sorpresi, sarebbe stata la fine: avrebbe dato l'allarme al seminarista Flavio e alle Casolari, e noialtri ci saremmo ritrovati circondati, i coni delle torce elettriche puntate in faccia.

Allora il Don ci avrebbe trascinato dabbasso per un orecchio, come aveva fatto un paio di sere prima quando ci avevano trovato le Camel, e anche gli altri avrebbero assunto un'aria grave e tremendamente delusa. Già me li sentivo parlare di princìpi e valori. Non si andava al campo-scuola della parrocchia per fumare di nascosto, coinvolgere gli altri ragazzi in una gara di seghe in camerata, o manomettere il registratore del piccolo campanile della pieve per far risuonare in mezza vallata *Paradise city*.

Per il momento, il prete russava della grossa. Sotto il suo insistere da contrabbasso, si udiva a malapena il sottile strazio del violino di Flavio, e anche nella camera delle sisters tutto taceva. Niente cigolii di reti, niente chiacchiere sussurrate o risatine frigide. Niente di niente. La salita al Corno alle Scale e la vertiginosa discesa per i Balzi dell'ora li avevano schiantati tutti.

Superammo la stretta delle porte gemelle, ragazzi-puma attirati in maniera irresistibile verso l'uscio socchiuso in fondo al corridoio, dietro il quale ci aspettavano le ragazze.

Toccava a noi andarle a trovare, per approfondire le mezze promesse sussurrate nel corso delle escursioni diurne, delle corvée e intorno allo smisurato tavolaccio dove consumavamo la cena.

Durante il lavaggio dei piatti, Rita Quinzi ci aveva dettato in un sussurro la linea d'azione: «Se volete fare qualcosa, venite solo voi tre. Quell'affamato di Balbo puzza come una scimmia, e gli altri sono soltanto dei bambocci».

E noi tre non-bambocci, noi tre non-affamati che ci lavavamo regolarmente e avevamo il coraggio di strizzare l'occhio alle ragazze, ci eravamo riuniti in sussurrante complotto sulle brande.

«Dobbiamo organizzarci!» aveva preteso Selva. «Serve decifrare le dinamiche in atto! Altrimenti ogni sforzo sarà inutile!»

«Organizzatevi voi! Io mi faccio Rita!» aveva tagliato corto Athos. «Quando abbiamo fatto il bagno al lago, me l'ha preso in mano sott'acqua. E se non arrivava Flavio a rompere con quell'idea di merda della pallanuoto, andava avanti.»

Era il solo dalla quale la Kapò si facesse mettere le mani addosso, e l'unico disposto a fissarla con desiderio negli occhietti rapaci. E poi era lui che aveva portato le sigarette e la cassetta di *Appetite for destruction*. Lui che all'Hobby One aveva steso un molesto del Pilastro con un solo pugno, e sempre lui che aveva viaggiato sul treno speciale colpito dalle molotov. Forse avrebbe scelto per primo in ogni caso.

«Io ci provo con la Corvaglia» avevo messo in chiaro prima che il Biondino si facesse venire l'idea di pestarmi i piedi. Mi ero dichiarato nel pomeriggio, lungo il sentiero che ci riconduceva a fondovalle. Avevo rimediato il rituale "devo pensarci, Tommy", ma un particolare passaggio affrontato mano nella mano mi suggeriva che la casta Susanna fosse pronta a capitolare.

«A mio avviso stiamo sbagliando strategia» se n'era uscito Selva. «In quella camerata dormono in cinque. Non potremmo fare una bella orgia?»

Era tutta la settimana che la menava con un racconto che lo vedeva fra i protagonisti insieme a un cugino brillante come Casanova e due sorelle di Brema. Tifosissime del Werder, sollecite a darsi il cambio e pressoché insaziabili, risultavano tanto volonterose che ti veniva da perdonare l'esecrabile tendenza a mutarne di continuo il nome e l'età. Balbo e gli altri se l'erano bevuta, ma con noi non attaccava.

«Tu devi guardare meno film, o diventi cieco» l'aveva smontato Athos. «Non volevi organizzarti, Secco? Scegline una, e non rompere!»

Al campo-scuola con noi c'era una mezza dozzina di giovani della parrocchia del Divino Sacramento; era servito esaminare le candidature una a una, e alla fine il Biondino s'era deciso a tentare la sorte con la tettona Natascia. Di statura ridotta, nei primi giorni s'era guadagnata il nomignolo Ziobérgomi per via delle sopracciglia foltissime, complemento a una chioma crespa e a una inquietante ombra di basette, ma col bagno al lago aveva guadagnato parecchi punti: le gambe non presentavano tracce del pelame che presagivo, ma erano lisce e tornite, e dalla punta dei piedi al ventre non c'era in lei nulla di men che proporzionato. Poi quelle mammelle imperiali disegnate dalla lycra traslucida del costume intero, sfide gemelle alla forza di gravità e al senso della decenza... altroché lo zio Bergomi! Avevamo sotto gli occhi l'erede di Carmen Russo, la più degna rivale di Sabrina Salerno, la Samantha Fox del futuro!

«E sia!» aveva concesso Selva con l'aria di farci una cortesia. «Ma vi avverto che mi ci butto come la tigre del Bengala, su quelle poppe, e gliele succhio finché non sviene! Che nessuno si lamenti, dopo!»

Ora che procedevamo addossati al muro, saggiando al rallentatore le vecchie assi in noce del pavimento per evitarne i lamenti, quelle parole tornavano a battermi in testa. Mi esaltavano e mi mettevano addosso un'agitazione mai provata: sarei riuscito a succhiare i seni acerbi di Susanna sino a farla svenire?

Sfilammo muti sotto l'unica finestra che si apriva sul corridoio e mi sentii nudo nella luce della luna piena: si vedevano ondeggiare le fronde d'inchiostro dei castagni che orlavano la radura di fronte al casale, avanguardia dell'immenso bosco che ammantava la valle. Volpi, caprioli e cinghiali dovevano essere a zonzo per le segrete radure di quel labirinto vegetale, su di giri e ansiosi quanto noi di ritrovare l'abbraccio del buio.

«Quasi fatta» sussurrò la voce del Biondino. «Colpo in canna e uccello dritto, fratelli!»

Un colpo sordo e un gemito risentito salirono a raccontarmi del pugno con cui Athos l'aveva messo zitto. Bisognava ancora uscire dal campo minato del pavimento d'assi, per approdare sulla rassicurante piattaforma in pietra che annunciava la camera delle ragazze.

La minaccia del Don era ormai dietro le spalle, ma qualcosa mi suggerì che il pericolo maggiore si annidava proprio là dentro. Come avrei reagito, se Susanna mi avesse lasciato a bocca asciutta? Mi sarebbero toccate le prese in giro degli amici, la delusione incredula dei bambocci, persino le frecciatine delle ragazze.

Mi domandai se non fosse meglio ripiegare, poi ripensai a Susanna che giocava a schizzarmi d'acqua. La sua figura snella nel costume a due pezzi, le adorabili tette a coppa di champagne stile Patsy Kensit, il collo da cigno che chiamava i baci. Solo un pazzo avrebbe rinunciato.

L'uscio ruotò sui cardini senza che nessuno di noi lo toccasse: Rita Quinzi era di fronte a noi con la sua penosa tuta intera di Hello Kitty, l'indice in verticale davanti al volto per raccomandare il silenzio.

Ci guidò all'interno come una cordata di ciechi, pellegrini che procedevano a tentoni in quel tempio in cui la tenebra odorava di decoro e premura. Si percepiva il respiro lieve di vergini addormentate, turbato a malapena da un sommesso digrignare di denti, come se una di loro fosse afflitta da un sogno doloroso. Per il resto era silenzio, mansuetudine, pace, roba da farti venire voglia di rinascere donna per evitare la sinfonia inquietante che andava in scena nel nostro puzzodromo.

Una volta m'ero svegliato in piena notte arso dalla sete ed ero rimasto sbigottito da come il basso continuo delle ronfate fosse intessuto senza sosta da grugniti, lamenti insensati e grattate furiose. Era come dormire in mezzo a una famiglia di cinghiali intenti a rivoltare un campo di patate, e i bestioni si erano messi buoni solo quando li aveva sorpresi l'improvvisa minaccia d'un peto squillante e modulato proveniente dalla branda di Balbo: che fossero in arrivo i cacciatori?

«Benvenuti, ragazzi» mormorò la Quinzi come raggiungemmo il fondo della camerata. «Sedetevi qui» ordinò.

Ci accomodammo a tentoni sull'impiantito; un cigolio di molle rese chiaro che ci trovavamo ai piedi d'un letto, e sentii il cuore che accelerava.

«La pila» reclamò Rita, e quando accese la torcia per poco non gridai di paura: la teneva sotto il mento, e il cono di luce ribaltato le conferiva un aspetto larvale, disegnava occhiaie smisurate e faceva sparire nell'ombra le orbite. «Ognuna di noi ha fatto una classifica» annunciò il fantasma. «Nessuno si deve offendere, però.»

«Ci mancherebbe altro» garantì Selva. «Siamo sportivi, noi», e mi piantò una gomitata fra le costole. Non vedeva l'ora di succhiare le tette di Natascia, l'animale.

«Quanto la fate cadere dall'alto» osservò Athos.

«Silenzio, fanfarone!» lo castigò la Quinzi. «Se vuoi giocare, devi stare alle regole!»

Chiamalo gioco, stronzetta. Scivolare in silenzio come i corpi speciali verso l'ala proibita dell'edificio, e ritrovarsi col culo sulla pietra gelida, il cuore a martello per la speranza e la paura. Cosa ne sapeva, lei, di quel che si provava?

«Avanti, allora» esortò Athos, volonteroso. «Sentiamole, 'ste classifiche.»

Il fantasma della Kapò svanì, e il cono di luce passò a illuminare di sbieco la ragazza che le sedeva accanto: era Susanna, i capelli tirati all'indietro e un distinto pigiama in spugna della Fila, aggraziata e promettente anche nel riposo.

«Sentiamo un po', Susi» l'interrogò civettuola la Quinzi. «Chi è il più carino?»

"Tommy." Ovvio. Mi aveva ben dato la mano, lungo il sentiero. E allora che bisogno c'era di esitare tanto prima di rispondere?

Susanna represse una risatina d'imbarazzo e dichiarò emozionata: «Mi piace Matteo».

Coño y mierda! Cosa le era preso?

«Grazie!» mormorò Selva. «Non me l'aspettavo davvero, sapete?»

Ero pronto a gridare che c'era un errore, determinato a mandare a monte quella buffonata, quando il cono della torcia illuminò Natascia. Seduta all'indiana a mezzo braccio da me, mi guardava aggiustandosi addosso la felpa col sigillo dell'Alma Mater, come volesse farla aderire a perfezione alle sue forme.

Un istante prima era determinato a mandare a monte quella buffonata, e ora un vortice di ricordi mi sconvolgeva: rivedevo la tettona emergere dalle acque del lago, mi tornava in mente la risatina maliziosa con la quale aveva annunciato che a scuola da lei c'erano dei gran maschioni, e il proposito di Selva di succhiare quelle poppe enormi incombeva sulla mia testa come la spada del vecchio Damocle.

«Sei tu il più carino, Tommy» dichiarò Natascia, e la mia delusione si tramutò in uno stato di eccitazione che sconfinava nel terrore.

Appena la stanza risprofondò nella tenebra la Quinzi indirizzò Athos verso la propria branda.

«Allora che si fa, Susi?» domandò giulivo il Biondino, e un attimo dopo le mani di Natascia mi trovarono nel buio.

«Alzati, Tommaso» sussurrò, e appena fui in piedi mi sfregò il naso contro la guancia. Che fosse un segnale in codice? «Andiamo da me» m'invitò verso la sua tana.

Mentre mi guidava attraverso il camerone andai a sbattere contro il telaio d'un letto a castello, poi urtai qualcosa coi piedi rischiando di finire lungo disteso. A quanto pareva, il giaciglio di Natascia era il più appartato, e mi domandai se l'avesse scelto fin dal primo giorno con l'idea che quel riserbo le avrebbe fatto comodo.

«Qui stiamo più tranquilli» spiegò allungandosi sul letto. Mi lasciai trascinare al suo fianco, pronto a tutto e terrorizzato da ogni cosa.

Mentre analizzavo il piano elaborato da Selva per farla svenire, qualcosa di caldo e umido mi toccò la guancia. Anga sgevù, cercava ancora la mia guancia! Con la bocca, stavolta!

Sentivo i brividi lungo il filo della schiena, e non avrei saputo dire se mi trovavo in orizzontale, in verticale o invece navigavo nello spazio abbracciato a quella popputa benefattrice. Ora la sua bocca cercava la mia. Ero pronto a dimostrarle la mia perizia nel fioccare, invece vidi le stelle dal dolore: la matta mi stava mordendo un labbro!

«Allora ti piaccio?» domandò, improvvisamente feroce. Annuii, ma in quel buio non poteva bastare. «Ti piaccio?» ripeté, e mi piantò l'indice contro il fianco. «Guarda che tu mi piaci un casino.»

«Anche tu» mi sforzai di dire. E, per sottolineare il concetto, riecheggiai: «Un casino proprio.»

«Sei come tutti gli altri» mi accusò. «Guarda che so tutto.»

«Tutto cosa?» trasecolai.

«Che oggi pomeriggio ci hai provato con Susanna.»

Era un'accusa troppo circostanziata per fare lo gnorri. Rischiavo di farmi cacciare da quel promettente giaciglio, così osai una piccola bugia. «Credevo di non avere speranze con te. Se l'avessi saputo, mica perdevo tempo con quella suora.»

«Davvero?» sospirò.

Mugolai un assenso. «Giuro» aggiunsi. «Morissi adesso.» Non era facile conservare la lucidità necessaria a parlare mentre sentivi le sue tette addosso, solide come panettoni di marmo.

«Allora perché quando cantiamo in cerchio non mi guardi mai?» mi mise di fronte alle mie responsabilità. «Ci spero sempre» rivelò in tono supplichevole.

Mi baciò piano sulla guancia, poi di nuovo vicino all'orecchio, quindi sussurrò il mio nome una, due, tre volte, e io mi sentii avvampare.

«Ma ti piaccio davvero?» tornò alla carica. «Dimmelo, allora» m'incoraggiò.

Dall'assecondarla non potevano che venire fuori buone cose. In fondo era lei, che mi implorava di mentire. «Mi piaci un casino, Natascia» esalai, per ripetere: «Un casino proprio.»

Le sue labbra adesso cercavano le mie, e non c'era una ragione al mondo per non ricambiare. Mi ritrovai la sua lingua dentro la bocca, e ormai anche la mia vagava dentro la sua. Altroché i noiosi mulinelli della Farnè! Fioccare con Natascia era un viaggio e un duello, una danza e una parabola.

Viaggiavo fuori dal tempo, quando dal fondo dello stanzone mi raggiunse la voce rancorosa di Selva. «Ma come?» protestava. «Ti rendi conto che mi son preso dei rischi? Per cosa, vorrei sapere?»

Ne provai una sorda soddisfazione: credeva di avere fatto un buon affare, lo stronzetto, e invece si ritrovava a bofonchiare le sue rivendicazioni sindacali da maschio deluso. Dalla Quinzi e Athos non giungevano segnali, ma una cosa era certa: se c'era qualcuno che quella sera sarebbe andato in bianco, non ero io.

«Sai cosa ti dico, allora?» mise i piedi sul piatto. «Fattelo da sola, il ditalino!», e si allontanò stizzito nel buio, urtando qua e là come un elefante in fuga dal circo. Temetti che facesse un trambusto di proposito, invece si limitò a ringhiare «Stronza d'una stronza» e scivolò fuori dalla porta silenzioso come un'ombra.

Natascia mi baciava come se fossi il suo idolo, il principe dei sanazzi, l'ultimo gran maschione sulla faccia della terra, e io cominciavo a provare nei suoi confronti un'onesta gratitudine.

Altroché quella mistocca di Susanna Corvaglia! Lei sì che mi capiva! Grazie al suo intuito femmineo doveva avere compreso che non ero un geppo qualsiasi – avevo toccato una donna nuda, io! – e quando feci scivolare la mano sotto la felpa dell'Alma Mater non protestò.

Mi addentrai nella tana dei mostri gemelli, e come incontrai l'indumento che i poeti chiamavano "quella sua maglietta fina" lo feci scorrere verso l'alto, lento ma implacabile come la marea. Stavo andando alla grandissima, ma l'ultimo ostacolo da superare era ben più temibile: come vincere il bastione corazzato del Lovable?

Preso dall'urgenza, rinunciai a trovare i gancetti e mi affannai per far sgusciare quegli enormi globi di carne viva fuori dalle coppe che li difendevano.

«Così mi fai male» protestò lei, e m'incoraggiò ridente: «Slaccialo, Tommy.»

Era una parola.

La sentii puntellarsi col gomito sul letto, me la ritrovai seduta accanto e in men che non si dica felpa, maglietta fina e Lovable sparirono. «Ecco» vibrò la sua voce mentre tornava a sdraiarsi al mio fianco, e un attimo dopo affondavo il volto fra quelle poppe da antica divinità mediterranea, tiepide e profumate.

Pazzo di entusiasmo, leccavo le tette più insigni del campo-scuola, le succhiavo e le coprivo di piccoli morsi. Era il più entusiasmante esperimento scientifico di sempre, ché ad ogni azione corrispondeva un gemito, uno iato nel respiro, un tuffo all'indietro della testa di Natascia. Forse non sarebbe svenuta, ma le piaceva. E piaceva anche a me. Niente di più semplice, inatteso e meraviglioso.

Ero capace. Sapevo dare gioia alle femmine. Abile e arruolato.

«Quanto corri, Tommy?» protestò Natascia.

Preso dall'entusiasmo, dovevo avere superato un qualche confine che lei non voleva farmi oltrepassare. Tipo quello dell'elastico che le reggeva in vita i calzoni a tre strisce dell'Adidas.

«Un casino. Mi piaci un casino, Natascia» le sussurrai senza sfilare la mano da là sotto, e in quel momento mica mentivo.

Dicevano i nostri educatori che amarsi profondamente è la condizione necessaria per andare a letto insieme, ma cosa ne sapevano, loro? Le cose funzionavano esattamente al contrario: solo se provavi piacere con una ragazza potevi cominciare a sentire una tenerezza autentica nei suoi confronti.

«Fermati» soffiò. «Per favore.»

«Un momento solo» reclamai, le dita già in avanscoperta oltre l'elastico delle mutandine, e la mia voce sussurrò: «Ti amo.»

L'avevo detto davvero? Ne provai una rammaricata vertigine, come avessi sparato l'unico colpo a disposizione.

«Oh, Tommy» mormorò lei. «Anch'io ti amo», e a quel punto mi lasciò fare.

Trovai sotto i polpastrelli il piccolo cespuglio del suo pube, e adesso ero un trapper in avanscoperta verso qualcosa di essenziale, clamoroso, inaudito. Questa volta non c'era mio nonno a dirigere le operazioni: me l'ero conquistato da solo, quel diritto.

Credevo di essere giunto alla meta, invece fu lei a guidarmi nell'ultima tappa del viaggio. E quando sentii la punta del dito medio scivolare in un posto morbido e bagnato, persi completamente la ragione.

Lei ansimava, adesso, alternando i "basta" ai "ti amo", fino a che non mi prese decisa per il polso e mi cacciò da sé.

«Perché?» mormorai deluso, ma invece di rispondere Natascia ricominciò a baciarmi.

Ora non si accontentava più di premere contro il centro del mio corpo; andava in cerca del cuore stesso dell'entusiasmo che provavo, per cullarlo e stringerlo in pugno.

Stava facendo tutto lei, e io potevo lasciarmi andare, affidato come navigassi sdraiato sul fondo della mia canoa portata dalla corrente, il cielo infinito negli occhi e il dito profumato del suo miele come unico nutrimento.

Quando Natascia si spinse a sfiorare il mio desiderio con le labbra ebbi l'impressione che la mia testa venisse spiccata dal corpo. Tanto a cosa mi serviva? Ormai non c'era più niente su cui ragionare.

«Ti piace?» volle sapere.

Non si capiva?

«Un casino» la rassicurai, le dita affondate fra i suoi capelli crespi, preciso a Raul quando l'invertito gliel'aveva preso in bocca. Mica coi maschi, andavano fatte quelle cose, e neppure con le suorine indecise come Susanna. Che Dio benedicesse le ragazze allegre che non si dimenticavano di avere di fronte, in fin dei conti, degli animali.

Natascia mi faceva godere nella sua bocca; se solo la mia testa fosse stata ancora attaccata al corpo, mi sarei messo a piangere di gioia.

I veri trapper sapevano di essere come le volpi, i caprioli, i cinghiali del bosco. Un semplice corpo, muscoli e cuore persi nel buio e guidati dal puro istinto. Sfuggire alle persecuzioni dei predatori. Trovare cibo, protezione e piacere. Ecco cos'era, al netto di tutte le parole, le prediche e i salmi, la vita storta che ci era dato di vivere.

L'indomani mattina, nella sobria cappella a fianco del casale, don Gandolfi dispose la recita delle lodi rosso in volto e con la mascella tirata. Qualcuno doveva aver fatto la spia.

«Pietà di me, o Dio, secondo la tua misericordia» esordì il seminarista Flavio, gli occhi lucidi come avesse pianto.

«Nel tuo grande amore, cancella il mio peccato» gli fecero eco le sisters in tono mesto.

«Lavami da tutte le mie colpe» riprese Flavio.

«Mondami dal mio peccato» risposero le donne.

Athos, seduto alla mia sinistra sulla panca, era immobile, lo sguardo basso, mentre Selva, sull'altro lato, sembrava scosso dalla febbre.

A giudicare dagli sguardi gelidi che il Don ci riservava, eravamo stati individuati con precisione. Ma chi aveva parlato? Forse Balbo? O uno degli altri ugonotti ch'erano stati lasciati indietro?

«Riconosco la mia colpa» dichiarò il seminarista.

«Il mio peccato mi sta sempre dinanzi» gli fecero eco le donne contrite.

Don Gandolfi si aggiustò l'onda alla Panatta dei capelli con un gesto stizzito, quindi distolse lo sguardo da noi. Ci aveva sgamato, non potevano esserci dubbi, e anche gli altri, i bravi ragazzi che non erano sgattaiolati fuori dalla camerata, ci osservavano con la compiaciuta pietà che gli ipocriti riservano ai condannati.

«Contro di te, contro te solo ho peccato» sospirò Flavio.

«Quello che è male ai tuoi occhi, io l'ho fatto» ammisero le sisters, vergognose come fossero state loro stesse a offendere il buon Dio con atti impuri.

La Quinzi e Natascia, per qualche motivo, sembravano al riparo dall'ira muta del prete. Evitavano di guardarci, e si erano disposte a sedere mescolandosi alle innocenti, per meglio mimetizzarsi su uno sfondo uniforme di contrizione.

«Allora gradirai i sacrifici prescritti» proseguì il giovane.

«L'olocausto e l'intera oblazione» gli fece eco il coro delle donne.

Quale olocausto e quale oblazione ci attendevano? Ci avrebbero messi sotto processo, sgridati, condannati a lavare le stoviglie sino alla fine della vacanza?

Natascia sfuggiva il mio sguardo; si limitava a leggere mesta dal libretto, mentre Susanna sembrava sul punto di scoppiare a piangere. La Quinzi invece voleva farsi vedere attenta e solerte, e annuiva ad ogni singolo passaggio del salmo e del responsorio. Sembrava desolata di non poter far risuonare la sua voce accanto a quella delle sisters.

Pur di salvarsi la reputazione, sarebbe stata capace di raccontare che le avevamo sorprese nel sonno. Che le avevamo *costrette*. La guardai meglio e realizzai con un brivido che forse l'aveva già fatto.

Don Gandolfi ci camminava davanti col suo passo implacabile.

Era nato in una valle come quella, il parroco, e si muoveva sicuro nel bosco.

Se avesse semplicemente voluto parlarci, non ci avrebbe separati dagli altri che erano rimasti al casale per colazione.

«Dove stiamo andando?» domandò Selva quando varcammo un piccolo ponte in pietra, ma nessuno gli rispose. Athos e io non lo sapevamo, e il prete faceva finta di non sentire.

Fino a qualche stagione prima, l'istinto mi avrebbe suggerito di scappare. Farsi portare da un adulto infuriato nel cuore di una foresta non era una buona idea. Ma ormai le cose erano cambiate. Fuggire era una vergogna. Le punizioni andavano affrontate con coraggio. Se manteneva la dignità il Mezzosangue potevo farlo anch'io.

«Ho il diritto di sapere dove...» riprovò il Biondino, ma il parroco lo zittì.

«Cammina, disgraziato, e ringrazia che non vi denuncio tutti e tre!»

Per quanto fosse sconvolto dall'indignazione, mica poteva sopraffarci. Avrebbe urlato, fors'anche cercato di prenderci per le orecchie, ma se i ragazzi fossero rimasti uniti se la sarebbero cavata.

Arrivati a una piccola radura finalmente il parroco si fermò. Era un posto che doveva conoscere bene, ché subito ci indicò un vecchio abbeveratoio in pietra assediato dalla vegetazione. Un tempo, prima della guerra, da quelle parti abitava parecchia gente. Adesso che quasi tutti erano scesi in città, però, il bosco aveva ripreso ad avanzare, e tanta roba era andata in malora.

«La fonte è in secca» illustrò con un cenno alla vasca. «Ma una volta dava un'acqua speciale, purissima, che guariva da tutte le malattie.»

Stronzata.
«E voi?» risuonò la sua voce. «Che posto volete nel Creato? Volete dare acqua pura, o ridurvi a cumuli di pietre sterili?»
Ecco che attaccava.
«Allora, grand'uomini?» ci incoraggiò con un sorriso freddo. «Avete perso la voce?»
Ora ch'eravamo lontano da tutti, ci sfidava con i muscoli delle braccia guizzanti sotto le maniche della polo. Voleva farci pesare la sua costituzione da montanaro, la differenza di età e di ruolo.
«Su, dite!» insistette, quindi domandò con voce strozzata: «Vi siete divertiti, questa notte, a sporcare le vostre sorelle?»
Selva se ne stava in disparte a testa bassa. Scambiai uno sguardo con Athos per concordare una linea di condotta, ma il Mezzosangue m'invitò a non dar peso a quelle parole: forse il pretaccio si sarebbe accontentato di una strigliata simbolica.
«Di chi è stata l'idea?» proruppe invece. «Voglio una risposta, brutti maiali!»
Ci urlava contro con la violenza antica di chi è cresciuto in campagna, dimentico di tutte le arti retoriche apprese negli anni di studio. Era tornato ignorante e sanguigno, e in un attimo mi parve di capire che razza di tormento dovessero essere stati per lui gli anni del seminario.
«Bestie! Siete delle bestie schifose!» gridava fuori controllo, poi ci squadrò feroce e, come un predatore, andò sotto a chi gli pareva maggiormente in difficoltà.
«Con chi sei andato, tu?» domandò a Selva.
«Con nessuno» gemette il nipote del Senatore, senza osare guardare negli occhi quell'uomo che torreggiava su di lui.
«Guardi che non abbiamo fatto niente» si mise in mezzo Athos.
«Abbiamo chiacchierato e basta» gli diedi man forte.
«Muti, voi!» ci zittì il Don, afferrando il Biondino per il colletto della Lacoste. «Bugiardi! Guardate che so tutto! Le loro famiglie me le hanno affidate, e voi le avete usate come donnacce!»
Selva barcollò come se fosse stato colpito da una bastonata sulle ginocchia. «Giuro che non ho fatto niente» ribadì.

«Sei andato con Natascia, schifoso!» lo accusò il prete. Non sapeva niente.

«E loro?» volle sapere il parroco, assestando uno scossone al mio amico. «Con chi sono andati, loro?»

«Era buio» gemette il Biondino. «Non ho visto.»

«Allora?» domandò il prete afferrandolo per un orecchio. «Adesso me lo dici o no, cosa ci avete fatto?»

Quello piagnucolava, costretto dalla presa a inchinarsi.

«Adesso basta!» intimò Athos. «Gli fa male!»

«Male? Siete voi schifosi che avete fatto il male!» gridò il prete torcendo l'orecchio di Selva finché le sue ginocchia non toccarono il terreno, e con la mano libera gli affibbiò uno schiaffone sulla testa.

«Lo lasci andare!» gridò Athos, saltellando intorno a quei due come un pugile pronto a colpire. «Lo lasci andare adesso!»

«Le avete insozzate!» gridò il Don fuori di sé. «Vi starebbe bene che qualcuno trattasse come donnacce anche voi!»

«Ma cosa dice?» protestai. «Nessuno ha costretto nessuno!»

Sognavo di colpirlo come avrebbe fatto Raul: un calcio dal basso verso l'alto, un gancio malandrino, un colpo di catena dritto in faccia. Sognavo, e intanto mi riparavo dai ceffoni che mi piovevano sulle mani e sulla testa.

«In ginocchio, maiali!» strillava il Don fuori controllo. «In ginocchio, ché vi insegno a comportarvi da schifosi!»

«Basta, stronzo!» Athos urlò a squarciagola. «Basta o t'ammazzo!»

Dovevano averlo sentito fino al casale, e mentre la radura risuonava ancora di quel grido imperioso, il Mezzosangue assestò uno spintone al parroco per levarmelo di dosso.

Sbilanciato, il Don arretrò di qualche passo e restò a fissare sbigottito il ragazzo che l'aveva colpito.

«Ti credi forte, Carboni?» domandò con una luce cattiva negli occhi, e non potevo credere che fosse lo stesso uomo che aveva sposato i miei genitori.

«Non può picchiare i ragazzi!» recriminava Selva. «Io ti denuncio! Finisci in galera anche se sei un prete!»

Athos si guardò intorno con urgenza, poi balzò a raccogliere un ramo e lo sollevò trionfante a due mani come fosse una katana da samurai. «Fatti sotto, pretaccio! Fatti sotto e vediamo chi piange!»

Don Gandolfi lo liquidò con un nitrito insoddisfatto, agitò le mani come non sapesse più cosa farsene e tornò a guardarci con aria sprezzante. «Schifosi» ripeté al nostro indirizzo. «Maiali schifosi. Tutti e tre. Voi adesso ve ne tornate dritti a casa.»

«Poco ma sicuro!» approvò il Mezzosangue abbassando la sua arma. «Chi ci vuole restare, qui, con un prete pazzo che mette le mani addosso alla gente?»

Il parroco annuì con sarcasmo, si aggiustò l'onda dei capelli mentre aiutavo il Biondino a risollevarsi, e domandò un'ottava sotto: «No, dico, vi sembra lecito venire al campo-scuola a fare queste porcherie?». Cercava di costruire un discorso sensato, di ritrovare l'appiombo, ma aveva il fiato corto e gli occhi ancora accesi. «Voi non siete degni di stare all'interno della comunità cristiana!» intimò, e ora sembrava facesse la voce grossa per darsi coraggio da solo. «Siete dei corruttori!»

La paura che avevo provato si stava degradando in nausea. Sentivo che eravamo stati a un passo da una catastrofe, e sembrava rendersene conto anche lui.

«Sparite adesso! Filate a prendere le vostre cose e preparatevi a partire!»

Selva si lanciò di corsa senza una parola lungo il sentiero che ci avrebbe ricondotto alla vita civile, le ginocchia alte come durante gli allenamenti.

«Ci godi, pretaccio, a fare male alla gente?» volle sapere Athos, e tornò ad agitare la sua nodosa katana. «Hai una vita talmente di merda che devi sfogarti sui ragazzi? Be', cosa ne dici se adesso i ragazzi si sfogano su di te?»

«Tu non sai quel che dici» lo ammonì don Gandolfi. «Che il Signore possa perdonarti!»

«Su!» incoraggiai il mio amico. «Molla quel bastone!»

«Rafaniè!» ringhiò il Mezzosangue. «Hai paura di finire come i martiri, vero?»

Fece il gesto di colpire, e come il Don alzò le mani per parare il colpo, arrestò l'arma e scoppiò a ridere. «Sai cosa ti dico, pretaccio?» domandò al parroco, e gli vomitò in faccia una bestemmia.

Don Gandolfi lo fissò esterrefatto, e Athos lanciò il bastone alto sopra la sua testa.

Volteggiava in aria come una lancetta impazzita. Si mangiava il tempo che portava all'avvenire, e prima ancora che iniziasse la sua planata verso il sottobosco ci lanciammo anche noi sulle peste del Biondino.

Al piano superiore del casale c'era solo il seminarista Flavio.

«Fate i vostri zaini» ci raccomandò con aria desolata. «Vi porto io in paese a prendere la Corriera.»

Le sisters avevano recluso gli altri in refettorio per evitare che ci incontrassero, così da tenere lontano il contagio della colpa.

Uscendo coi nostri bagagli in spalla, li vedemmo dalla finestra che lavoravano rassegnati di forbici e pennarelli per comporre un cartellone. Un bel lavoretto da asilo dedicato alla parabola delle vergini stolte, probabilmente.

Tentai di attirare l'attenzione di Natascia bussando al vetro. In fondo mi sarebbe piaciuto mantenere i contatti. Non alzò neppure la testa. Avevano l'ordine di ignorarci, e lei non intendeva disubbidire.

«Comunque non è giusto» si lamentò Selva mentre scendevamo con Flavio lungo la sterrata che conduceva al borgo. Potevo capire il suo scontento: era l'unico a non avere goduto della compagnia delle ragazze, e quello che le aveva prese più di tutti. «Certi peccati, se vogliamo chiamarli così, si commettono in compagnia. Perché se l'è presa solo con noi?»

Flavio era un tipo mite, e con lui si poteva provare a parlare. Però non sapeva tanto bene cosa rispondere.

«Il Don era completamente sbroccato» gli fece presente Athos. «Non lo so mica come si mettevano le cose se non lo fermavo.»

«Diceva che meritiamo di essere trattati come donnacce» ricordò Selva. «Secondo me voleva farci qualche schifezza.»

«Schifezze non lo so» dissi la mia. «Di certo voleva darcele di dritto e di rovescio.»

Flavio fece per rispondere ma restò muto, quindi si arrestò nel bel mezzo della pista, gli occhi chiusi come se pregasse, o si addestrasse a sparire. «Non dovete nemmeno pensare che volesse farvi davvero male» spiegò in tono addolorato. «Don

Gandolfi è una persona un po' fumantina, ma è profondamente buono» garantì contro ogni evidenza. «Una delle persone più generose che io abbia mai conosciuto.»

«Sarà anche generoso» concesse il Biondino, l'orecchio ancora paonazzo. «Però mena. E un educatore non può permetterselo. È la legge che lo dice.»

«Forse ha perso la pazienza» ammise Flavio. «Ma le persone vanno valutate per intero. Bisogna considerare anche il bene che sanno fare, non solo quel che scappa loro dalla bocca nei momenti d'ira.»

Un bel pensierino da seconda elementare per giustificare don Gandolfi. D'altronde studiava da prete, lui, e non avrebbe mai ammesso che il parroco aveva sbagliato.

«Siete come gli sbirri, voialtri di chiesa» lo accusò il Mezzosangue. «Qualunque disastro combinate, vi parate il culo a vicenda.» Lo osservò gelido e aggiunse: «Ora capisco come mai nessuno racconta quel che succede nei vostri circoletti di froci».

«Ma no, ma no!» gemette Flavio, e riprese la marcia a occhi bassi. «Sono luoghi comuni!»

«Nomi non ne faccio, ma mica eravamo da soli» tornò alla carica il Biondino. Allungò un colpo di gomito al seminarista e domandò polemico: «Poi parliamo della parità dei sessi?».

Per il Don gli uomini e le donne non erano uguali, ed eravamo più fortunati noi, presi a sberle e lasciati liberi di tornare a casa, rispetto alle ragazze che restavano prigioniere lassù. A loro nessuno avrebbe torto un capello, ma le avrebbero fatte sentire sporche come se avessero lasciato spegnere il fuoco sacro di fronte all'altare. Un giorno dopo l'altro, usando le parole come armi, avrebbero provato a spegnere la loro gioia, e si sarebbero placati solo quando le ragazze curiose si sarebbero trasformate in zitelle insipienti, creature timide e tormentate dai sensi di colpa, terrorizzate dai lampi di piacere che possono rischiarare l'esistenza d'ogni essere vivente.

«Lo vedi, Flavio?» domandò il Mezzosangue. «Studi tanto la vita di santa Maria Goretti, le oblazioni e cazzi così, ma al dunque non sai cosa rispondere!»

Nel giro di cento passi la sterrata cambiò natura, sepolta da una lingua d'asfalto tutto crepe e buchi. Superammo una fattoria, e dietro una svolta il sipario della vegetazione si aprì sulle prime case intonacate del paese. Non erano che una cinquantina di fuochi radunati intorno a un campanile assediato di ponteggi, ma c'erano il market e la posta, l'edicola e un paio di bar. Sentii subito di amarlo, quell'avamposto, ché laggiù tornava in vigore la legge degli uomini, e nessuno poteva picchiarti in nome di Dio.

## 21

# Fuori dalla casa di Dio!

Mamma era a Portofino con il califfo Pier. Non sarebbe rientrata prima di tre giorni, così invitai gli amigos a installarsi da me.

Cedetti il mio letto al delicato Selva e il divano ad Athos. Potevo ben adattarmi a dormire qualche notte in un giaciglio di fortuna sul pavimento, e la ricompensa per quel piccolo disagio sarebbe stata incommensurabile: per qualche tempo potevamo vivere senza orari né divieti, liberi di fare colazione a orari iberici, di sfidarci per ore a *Mario Bros* e di cucinare gli hamburger sulla piastra alle cinque di pomeriggio.

Eravamo un nucleo di naufraghi, il germoglio d'una società nuova d'eguali, e di quella repubblica io ero il disc jockey: nell'arco di un pomeriggio feci conoscere a quei cari ascoltatori di merda pressofusa i Police e *England belongs to me,* gli Specials e la voce da seghe di Nico dei Velvet Underground.

Selva mi dava soddisfazione: volteggiava in salotto vestito solo delle mutande, reattivo ai cambi di registro. Accennava passi ska quand'era il momento, o fingeva di suonare la chitarra flettendo le ginocchia. Athos lo fissava con aria di pena, i capelli sciolti sulle spalle nude, impermeabile ai messaggi di libertà che tuonavano dalle casse. Per lui esistevano solo i Guns, al massimo qualcosa dei Poison o dei Bon Jovi. Sosteneva, il bestione, che la mia musica mancava di tiro, però quando misi su *If the kids are united* restò a bocca aperta.

«Bella ignorante!» approvò. «Che genere è?»

«Genere Raul» risposi. «È lui che me l'ha fatta conoscere.»

I miei pards si scambiarono un'occhiata, ma nessuno parlò. Era come se l'evocazione del giovane diavolo li avesse messi a disagio.

«Quella volta sì che l'abbiamo fatta grossa» osservò il Biondino. Era in piedi al centro della stanza, a un braccio dal monitor guasto del professor Shiba. «Ci è andata bene.»

«Io non l'ho mica capito, se è finocchio o cosa» sospirò Athos dal divano. «Però quella sera ha usato il cazzo come un'arma.» Mi guardò flettendo i muscoli dell'addome per richiamare a sé le gambe, si accomodò all'indiana e spiegò: «Uno così, in tempo di guerra, può far comodo».

Ripensai ai racconti di nonno Learco, che la guerra l'aveva fatta davvero. Dalla parte sbagliata, ma non aveva gettato lo scudo fino all'ultimo giorno, e nessuno poteva dire di averlo visto scappare. Che fosse quella la vera vittoria?

Gettai uno sguardo al ritratto di famiglia, e provai a indovinare se anche mio padre, per i suoi dodici anni, avesse ricevuto un dono simile al mio. Forse sì. O magari certe cose si regalavano solo ai nipoti.

«L'Unione Sovietica è alle corde, caro il mio simplex. Gorbaciov è pagato dalla CIA per smontarla dall'interno» se ne uscì il Biondino, e osservò malinconico: «Ho paura che non ci sarà nessuna guerra, per la nostra generazione.»

«Guarda che è già cominciata» lo corresse Athos, e ricordò ombroso: «Hanno provato a bruciarci vivi.»

Non aveva più parlato di quel pomeriggio all'inferno, ma ora ch'era tornato in città sembrava che quella ferita fosse tornata a sanguinare.

Alla fine anche il ragazzo ustionato nella maniera più grave si era salvato, ma il dolore che gli avevano inflitto chiamava vendetta. Il Mezzosangue ci parlò di lame e di spranghe, dei Wild Boys e del loro terribile conducator Iago. «Una sera si è dato con un mustafà» raccontò in preda all'euforia. «Quello gli è saltato addosso con una bottiglia rotta in mano, ma il generalissimo non ha fatto una piega. L'ha sganciato di brutto, e prima di andarsene l'ha ficcato dentro un bidone del rusco.»

Esisteva davvero, un uomo così? Athos non sembrava avere dubbi, e nominò a uno a uno i suoi luogotenenti, come facesse il catalogo degli eroi: il nostro Zagor e il lunatico Danko, il gigante Egisto Fontana e suo fratello Evandro detto Sampei, l'elegantone Milton e l'idraulico karateka Gimmi Palma. E ancora Cambogia, Escobar, Gennaro Nemola in arte Flash, Rasputin, Ciccio Pasticca e il persiano Amir, che aveva la carnagione olivastra ma parlava come un lord ed era il più infervorato di tutti con la superiorità degli ariani sulle marmaglie arabe, turche e slave.

«Quella è gente che non perdona» assicurò il Mezzosangue, e non dubitavo che ognuno di quei mitologici guerrieri da strada avrebbe potuto uccidermi con un solo schiaffo.

«Fortuna che sono dalla nostra parte, loro» sospirò di sollievo il Biondino.

«Hanno provato a bruciarci vivi» ripeté Athos, e promise con aria truce: «D'ora in poi, vale tutto.»

Don Gandolfi insisteva a lasciare messaggi in segreteria, ma io li cancellavo prima che Mamma potesse ascoltarli.

Già s'era risentita perché avevo offerto ospitalità agli amici, la permalosa, come se solo lei avesse il diritto di far entrare in casa chi voleva. Figurarsi se avevo voglia di affrontare un interrogatorio su quel che era accaduto al campo-scuola. Avevo il mio daffare, io, a godermi gli ultimi giorni di vacanza: il cortile interno del Bar Carioca ci offriva rifugio nel pomeriggio, e la sera si poteva indugiare sino al tramonto al centro sportivo.

L'impresa che ci era valsa la cacciata dal campo-scuola da quelle parti valeva come una medaglia, e la Fantoni non osava più chiamarmi "gleba".

Quando riuscivamo a mettere insieme un deca, compravamo una presa di libanese da Nelson o da Clod Morgana; tiravamo su una porra veloce prima di tornare a casa, e il resto andavamo a fumarcelo l'indomani mattina sull'erba tenera di Villa Spada.

Su quei prati mi esercitavo in una disciplina tutta nuova, figlia dell'ottica e della geologia.

Ad attirare la mia attenzione era il dorso familiare delle alture che fronteggiavano il pendio del curvone; la linea delle colline che faceva da spartiacque fra la valletta del Bunker e i versanti che scendevano verso l'antico acquedotto si comportava in modo strano.

Da sobri non si capiva, ma quando fumavamo si vedeva in modo nitido ch'era scossa a intervalli impredicibili da un fremito, come se i suoi fianchi erbosi pulsassero. Che fosse l'annuncio d'un terremoto? Un messaggio in morse degli alieni? O era soltanto il lamento dell'estate che moriva un'altra volta?

«Le esplosioni mi hanno sempre dato un piacere strano» cantilenò Athos, gli occhi rossi da far paura.

«Era da un pezzo che non parlavi» considerai, valutando l'inclinazione del terreno che scendeva davanti a noi fino a lambire l'ampia curva in contropendenza di via di Casaglia, passaggio obbligato per chi si dirigeva verso la porzione più bucolica ed esclusiva del quartiere.

«Io?» replicò il Mezzosangue con un tono venato di permalosaggine. «Tu, piuttosto» mi accusò, e mi mostrò il nuovo petardo che aveva appena confezionato come se fosse la prova del mio silenzio. «È mezz'ora che stai lì a guardare le foglie.»

Si riferiva alla siepe che ci chiudeva la vista sulla lingua d'asfalto? Nel dubbio misi a fuoco le foglie di cui parlava. Tenere, lanceolate, verdissime. In effetti le avevo già osservate con attenzione. Subito prima di sintonizzarmi sulle misteriose onde che percorrevano le colline, avevo persino parlato con la loro clorofilla.

«Presente l'innesco dei magnum che sprizza la sua fiamma verdolina un attimo prima dell'esplosione? E quella luce, bianca che più bianca non si può, nell'istante preciso dello scoppio?»

Avevo presente, ma sentivo la bocca troppo impastata per dire qualcosa d'intelligente.

«Poi c'è un momento in cui le orecchie non sentono più niente» riprese sognante Athos. «È in quel momento che sale l'odore.»

«L'odore del napalm» balbettai, nettandomi gli angoli della bocca, e un nuovo fremito percorse il fianco delle colline: partiva dall'aperto dei colli e scendeva verso la città, troppo evidente per essere ignorato.

«Lo fanno di nuovo!» esclamai. «Guarda!»

Il Mezzosangue era impegnato come un artificiere ad avvolgere la carta in eccesso sulla bocca del joint; quando l'ebbe ridotta a un minuscolo corno di narvalo la strinse fra le dita e agitò il manufatto come volesse dare aria al filtro. «Cos'è che fanno?» domandò quando ormai il fenomeno s'era arrestato.

«Buonanotte!» lo salutai.

«Buonanotte, fiorellino» sillabò Selva come avesse la mandibola slogata.

Era appostato mezzo passo indietro, e mi ero scordato che ci fosse anche lui.

«Lui sì ch'è zitto da un bel po'» osservò Athos. Torse il collo per guardarlo e mi parve che il suo corpo fosse fatto di gomma, tipo il capo dei Fantastici Quattro.

Il Biondino era pallido come un foglio di Fabriano, e sotto le palpebre bigie abbassate per due terzi s'intravedevano le cornee acquose. Si sforzò di sollevare indice e medio nel segno della vittoria, e nettandosi gli angoli della bocca domandò remoto: «Quante cazzo ne abbiamo già fumate? Tre o quattro?».

Ne discutemmo come d'una questione di importanza capitale; Athos giurava di averne rollate solo tre, si alzò per recuperarne i filtri dal prato e ci sfidò a trovarne un altro.

«Date retta, rafaniè! È questa, la quarta» garantì risentito mostrando il nuovo joint, quindi strappò il codino di carta e mise al rogo la testa del cigarro.

In quel momento provai la netta sensazione che il tempo scorresse all'indietro. Non mi era già capitato, di osservare le colline di fronte a noi pervase da un fremito misterioso? E non avevo già provato la sensazione precisissima di bagnarmi in un fiume che ogni anno sparisce col termine della buona stagione, s'inabissa e corre carsico sotto i mesi dell'anno scolastico?

«Quest'anno mi sa che non ci andiamo più, in parrocchia» considerò il Biondino, e mi domandai se per caso avesse il dono della telepatia.

«Era ora!» esclamò Athos nel passarmi il calumet. Quando teneva i capelli sciolti, sembrava uno stregone messicano. «Io non ne potevo più da un pezzo, e Rita Quinzi ha rotto i maroni.»

«Da cinni può andare» osservò Selva. «Mi ci sono anche divertito.»

«Anche all'asilo, mi sono divertito» replicò Athos. «Però non ci tornerei.»

«Hanno provato ad addomesticarci, ma è andata male» biascicò il Biondino. «Non puoi costringere Zanna Bianca a scodinzolare come un barboncino.»

«Ora siamo liberi» approvò il Mezzosangue. «Liberi come non siamo stati mai.»

Ci guardammo in faccia come se ognuno dei due aspettasse dall'altro un'idea, un progetto, una ricetta qualsiasi che suggerisse come impiegare tutta quella libertà, ma avevano la bocca secca e nessuno disse niente.

Il primo giorno di scuola, provai l'impressione di trovarmi in un posto nuovo.

C'erano anche l'anno prima, tutte quelle ragazze? Come avevo fatto a non notare le caviglie sottili e i profili nobili, le mani da pianiste birichine, i bei sorrisi e i seni da donne fatte che tendevano il cotone a nido d'ape delle polo?

D'accordo, alcune erano un po' stronze. Ma che problema c'era? Se poteva servire a metterle a loro agio, così che accettassero di levarsi i Lovable, potevo diventare stronzo anch'io. Tanto era gratis!

«Ave, Tommy!» mi omaggiò Gastone Ripa Ghislieri mentre indugiavo su un gruppetto di sirene pettinate tutte uguali con la scriminatura al centro. Facevano le sostenute, ma al sottoscritto non la davano più a bere.

Potevo vederle nude con la mia supervista addestrata nella tenebra della camerata femminile. E indovinavo esattamente di quali diavolerie erano capaci le loro bocche rese scintillanti dal lucidalabbra.

«Salute, Tommy» balbettò il mio compagno di banco.

«Caro Gastone!» ricambiai il suo saluto. «Ero un attimo sovrappensiero» mi giustificai accennando alle ragazze.

«Amicitia numquam importuna est» sorrise. Pareva più inquartato rispetto a come l'avevo lasciato in giugno, e restò a guardarmi come se anche lui volesse prendermi le misure. Si aggiustò in spalla il Jolly Invicta e fece: «Be', amico, com'è andata l'estate?».

«Alla grandissima» assicurai, scoccando sguardi rapaci.

«Anch'io non mi posso lamentare» ammise, e annunciò trionfante: «Sono stato in crociera nel Dodecaneso».

Io a Pinarella, come al solito. Ma stavolta avevo un argomento per stenderlo. Mi chinai sulla sua spalla e sussurrai: «Una tipa mi ha fatto un pompino».

Mi guardò esterrefatto. «Gratis?» volle sapere.

«Al campo-scuola della parrocchia» spiegai. «Ma ora non ci andrò più. Il pretaccio ci ha fatto un cazziatone, e dice che non siamo più bene accetti. Così ho preso due piccioni con una fava.» Potevo resistere alla tentazione di saggiarmi l'uccello sotto la stoffa dei jeans e dire "questa!"? Non resistetti, e lui mi guardò perplesso.

«Tommaso» fece compreso. «Capisco che la fellatio possa essere un'esperienza entusiasmante. Però mi sembri bizzarro.»

Che non avesse capito la battuta sulla fava?

«Come parli?» domandò cauto. «Sembri diventato una specie di agricoltore», e finalmente compresi il suo sconcerto.

Mi era rimasto in bocca l'idioma grossolano dell'estate. Se volevo convincere qualche sirena del Caimani a levare il Lovable e prendermelo in bocca, dovevo tornare un minimo forbito.

«Era una celia, mio caro» lo rassicurai. «Imitavo la parlata colorita della plebe», e finalmente Gastone tornò a guardarmi come se mi riconoscesse.

Quando rincasai scoprii che mia madre aveva intercettato l'ennesimo messaggio del Don. Così aveva scoperto che il nostro soggiorno fra i boschi non era affatto terminato in anticipo per via del maltempo, e si era finalmente spiegata perché i miei soci e io avessimo vissuto come selvaggi dentro casa.

Quando le avevo confessato l'esatta natura della nostra colpa, era sbiancata. Poi aveva cominciato a prendere colore, transitando gradualmente dal rosato al vermiglione. Non erano argomenti dei quali fosse abituata a parlare, così osservò pudica: «Mica m'interessa cosa fanno le ragazzine spregiudicate». Mise su la stessa aria risentita e ipocrita con la quale aveva descritto la giovinezza della madre di Ester, e osò: «Belle sceme a far entrare in camera dei maschi».

«Magari si sono divertite anche loro, no?» azzardai malizioso.

«Non m'interessa» tornò a dire. «A me importa di mio figlio.»

Il suo imbarazzo mi dava gusto, e valutai di raccontarle nel dettaglio cosa avevo fatto con Natascia; un padre ne avrebbe sorriso, mentre lei su quel terreno non aveva scampo, così batté in ritirata.

«Ci devono pensare gli educatori, a queste cose» illustrò. «È il loro mestiere.» Poi mi scoccò uno sguardo diagonale e spiegò: «Don Gandolfi ci ha dato appuntamento per parlarne. Alle cinque siamo da lui».

La riunione nell'ufficio parrocchiale con Athos, il Biondino e i loro padri si risolse in uno scontro frontale.

Don Gandolfi partì lancia in resta tuonando contro i comportamenti inopportuni, ma l'avvocato Selva gli fece abbassare la cresta in fretta. Come si era potuto fidare il parroco a rispedirci in città da soli? Lo sapeva che l'omessa sorveglianza sui minori era un reato punibile d'ufficio? E le percosse un altro, aggravato dalla circostanza che a colpire suo figlio era stata una figura di responsabilità?

«Signor avvocato, lei mi cita il codice ma trascura un fatto di non poco conto» si difese il Don. «Suo figlio e i suoi amici hanno insozzato delle vergini!»

Il padre di Selva lo squadrò con un risolino ironico. «Li denunci all'Inquisizione» suggerì. «Io invece denuncio lei in procura, e vediamo come va a finire.»

«Perché non le lasciamo stare, le denunce?» propose mister Carboni. «Nessuno ha da guadagnarci niente.» Dal giorno del Derby gli era rimasta addosso una malinconia invincibile, e persino la voce era cambiata, costretta su un registro incerto e arreso.

«Io non intendo procedere, purché il nostro prelato la smetta con le sue assurdità» chiarì l'avvocato. «Siamo mica nello Stato pontificio, diamine!»

«Devo tutelare tutti, io» assunse un'aria ieratica il parroco. «Se ci sono delle mele marce...»

«Perché non se le ficca nel culo, le sue mele?» suggerì Athos.

Il silenzio drammatico che scese nell'ufficio si risolse in una risatina collettiva di noi ragazzi.

«Non devi dire così» osservò bonario mister Carboni. «Chiedi scusa, Athos.»

«Perdono! Pietà! Ci salvi dalle fiamme dell'inferno!» implorò il Mezzosangue, e adesso anche l'avvocato Selva se la ghignava sotto i baffi.

«Fuori!» perse la calma il Don. «Fuori dalla casa di Dio!»

Finì a urla in faccia, e la notifica della nostra espulsione dal gregge di San Mamante lasciò mia madre incredula e mortificata.

«Non mi sono mai vergognata tanto» dichiarò mentre ripiegavamo in fretta attraverso il sagrato.

«Già detta» le feci notare. «Anche al matrimonio di Ianez non ti eri mai vergognata tanto.»

Mi guardò come l'avessi pugnalata a tradimento, e fu il segnale che avevo colpito nel segno. «Posso sapere cosa te ne viene, dal vergognarti sempre?» domandai impertinente.

L'avevo messa sotto, ma quando attaccò a frignare mi sentii perduto. Che figura ci facevo, a farmi vedere in giro con una donna che piangeva?

Ormai il mio patto con gli dèi era chiaro: se volevo tutelare i miei diritti di spartano, dovevo dimostrarmi impeccabile e riflessivo lungo i peripati del mio ginnasio ateniese. Si trattava di destreggiarsi con un minimo di stile fra gli iloti e i beotarchi, i giambi e i pulvini, i coseni e i partitivi, ma non era poi un'impresa così disperata.

Melania Fantoni passava le giornate chiusa dentro il Capanno, a servire gelati d'estate e vin brûlé d'inverno, Santurro già lavorava in cantiere, e il titano Spicci faceva il carrozziere col padre. In confronto a loro ero un privilegiato, e per quanto Mamma potesse essere irritata con me, nessuno minacciava di spedirmi in collegio in Friuli.

L'anno precedente, strangolato dall'ansia di far bene e dalle minacciose attenzioni di Pancrazi, mi ero lasciato scivolare a corpo morto nello stige ginnasiale. Avevo cominciato a studiare per paura, come una bestiola che fugge dinanzi al pericolo, e avevo continuato a vivere in apnea sino all'uscita dei quadri. Alla fine ero risultato fra i salvati d'una classe in cui erano rimasti sommersi in parecchi: due ritirati, tre respinti, una mezza dozzina di condannati agli esami di riparazione. Sarò stato anche povero, ma almeno non ero il più scemo di tutti.

Quella considerazione mi regalava sicurezza, e finalmente, mi sembrava di vedere la faccenda sotto una luce nuova: anche se eravamo condannati al remo delle interrogazioni e delle verifiche, ce la potevamo cavare con onore.

In fondo bastava tenere la presa sull'impugnatura, e andare avanti a spostare l'acqua secondo il ritmo imposto dal tamburo. Se riuscivi a gestire la fatica e ti mettevi di buzzo buono sui compiti, per le cinque avevi sbrigato la pratica, e fino al tramonto eri libero di tornare a parlare la lingua dura di Sparta.

Il giorno in cui i Vopos smisero di sparare a chi si avvicinava al Muro, la televisione andò avanti tutta la sera a mostrare i berlinesi dell'Est che s'affacciavano straniti sulle mille luci del mondo libero. Sciamavano attraverso i varchi creati dalla polizia e quelli aperti a colpi di mazza, vestiti come comparse di un telefilm anni Settanta: gli uomini portavano barbe e capelli lunghi, occhiali dalle montature pesanti e giacche di colori impossibili – beige, tortora, cioccolato – mentre le ragazze sfoggiavano baschi, gonne sotto il ginocchio, stivali che parevano dover cedere da un momento all'altro.

L'indomani ci trovammo convocati in aula magna. Per il preside Beretta la caduta del Muro era il più importante avvenimento da molti anni a quella parte: per la prima volta dal 1918 le grandi svolte della Storia non vedevano gli italiani sconfitti e scornacchiati.

«Dopo oltre settant'anni, la mostruosa utopia marxista che aveva trasformato l'Est in una prigione a cielo aperto ha dimostrato il suo fallimento!» annunciò senza nascondere l'emozione. «Oggi comincia un'era nuova, e potrete raccontare questa giornata a figli e nipoti!» Era raggiante, e persino i favoriti, simili a cuccioli di volpe argentata aggrappati alle guance, parevano fremere festosi.

«Perché da noi all'Ovest va tutto bene, vero?» domandò a

mezza voce Helios Nardini, un mezzo uligano dalla fronte brufolosa che avevo conosciuto negli spogliatoi della palestra.

«L'Europa tornerà a essere una, senza dittatori o polizie segrete» proseguì Beretta. «Il Vecchio Continente, la culla della civiltà, potrà finalmente riprendere il suo ruolo di guida mondiale.»

«Perché adesso gli americani ci lasciano il posto» chiosò Helios. «Non s'inventano un altro nemico pur di continuare a fare gli sbirri del pianeta, vero?»

Se tanto mi dava tanto, mentre da noi si discuteva sull'avvenire d'Europa, il pratico Athos stava già organizzando una corriera insieme agli assatanati dell'ITIS per precipitarsi verso la Porta di Brandeburgo e tuffarsi attraverso i varchi in direzione opposta a quella dei derelitti berlinesi dell'Est. Mica male, come idea. Chi arrivava per primo, avrebbe trovato milioni di ragazze disposte a tutto pur di fare festa.

«Tornerà attuale il sogno di Augusto e Adriano» proseguì il preside. «L'impero cristiano universale vagheggiato da Carlo Magno sarà il modello della nuova Europa, casa comune per tutti i popoli di buona volontà.»

«Tombola!» polemizzò Helios, ignorando le voci che gli sussurravano di tacere. «E a noi chi ci porta alla casa comune? Quegli onestoni di Craxi e De Mita?»

Sembrava avere le idee chiare, e più Beretta si lanciava nelle sue elegie sull'avvenire dorato che ci attendeva, più lui s'incaponiva a gettare il seme del dubbio.

«Gli americani non molleranno mai» gli diede man forte uno smilzo dai capelli lunghi fino alle spalle e discretamente bisognosi di uno shampoo. «Il loro gioco si fonda sul rilancio. Se si fermano crolla tutto il sistema. Qualunque economista te lo sa spiegare.» Fra l'assurdo maglioncino con le renne fatto in casa e i calzoni a zampa color topo, pareva vestito preciso ai berlinesi dell'Est. «Se ieri hanno venduto mille mitragliatori, oggi ne devono vendere millecinquecento. E se hanno venduto diecimila paia di bluginx...»

«Silenzio, là in mezzo!» reclamò la Matri. Sentivo che anche lei avrebbe avuto qualcosa da ridire sulle parole del preside, ma la ragion di stato la costringeva a spalleggiarlo.

«Gli arabi!» l'ignorò quello dei blugìnx. «Vedrete se adesso il Pentagono non se la prende con gli arabi!»

«Muto, Hoge, zecca che non sei altro!» alzò la voce il fascista Cavazza. «Muto o fuori te le suono!»

Il capellone fece finta di niente, ma Helios si girò, squadrò Cavazza e gli mostrò beatamente il medio. «Autoincùlati, camerata» raccomandò premuroso.

Forse quei due non erano spartani, ma sembravano tipi interessanti. Poteva valere la pena di approfondirne la conoscenza.

Mi feci largo nel gregge di studenti usciti a mezzogiorno dal Caimani, e li vidi subito.

Athos e il Biondino stazionavano nella penombra del portico basso e fitto di Vespe sul lato opposto della strada, ma erano talmente vistosi e sospetti che la gente li indicava a dito.

«Abbiamo fatto fuga, noi» osservò il Mezzosangue come li raggiunsi.

Aveva due occhi rossi da far paura, segno che mentre m'industriavo in classe con la parafrasi della *Chanson de Roland* quelli si erano concessi libertà da zingari egiziani.

«Quante ne avete fumate?» domandai sottovoce, invidioso della mite mattina novembrina che s'eran regalati.

«Soccia che scuola, Tommy!» ribatté, aggiustandosi in vita il bomber color ghiaccio adorno delle chiavi inglesi del Commando, un distintivo che dalle nostre parti non portava nessuno. Accennò alle alte colonne del liceo, si batté una mano sulla coscia e stabilì: «Pare il Grand Hotel. Ma avete i bidelli o i camerieri?».

«C'è mica bisogno di urlare» spiegai con tutta la delicatezza del mondo. Non mi piaceva che i miei compagni e gli sparuti parenti in attesa ci notassero.

«No, vabbè! C'è anche un'auto blu!» m'ignorò accennando alla Lancia ferma con le quattro frecce in seconda fila. «Ma dove siamo? A Beverly Hills?»

La vettura si presentava tutti i giorni a raccogliere Marzia Corbelli Doria, smilza rampolla d'una famiglia d'industriali che possedeva la più importante fabbrica di cancelli automatici d'Italia. Già quei due avevano un'aria aliena e sospetta, ci mancava solo che creassero un incidente diplomatico con la ragazza più ricca della scuola.

«Cioè, una cazzo di auto blu!» ribadì il Mezzosangue. «Se si presenta all'ITIS, la gente ride per tre giorni di fila.»

Anche qui, gli avrei voluto dire, la gente si meraviglia quando si presenta un maraglio con le maniche del giubbotto rimboccate a metà avambraccio, la coda di cavallo e gli stivali a punta. Ma era mio amico, e non volevo farlo sentire a disagio. «Perché non parli un po' più piano?» mi limitai a suggerire.

«Se mi spiegavi prima quanta fica c'era da 'ste bande, mica andavo allo Scientifico» recriminò Selva, le cornee non meno liquide e losche di quelle del Mezzosangue. Sfoggiava un impeccabile giubbotto scamosciato dai bottoni in osso, e dal bavero occhieggiava un pretenzioso foulard scarlatto a pois che non gli avevo mai visto. Era una mise progettata per fare colpo, ma era talmente tuonato che sembrava poter scivolare a terra da un momento all'altro.

«Zio giaguaro! Ma questo è il paradiso della gnocca!» esclamò Athos nell'inquadrare il gruppo di ancelle diciassettenni fra le quali splendeva radiosa Vittoria Altavilla. Figlia d'un notaio e d'una modella francese, era opinione comune che fosse stata eletta miss Caimani, anche se nessuno sapeva dire dove e quando si fosse svolta l'elezione. Svettava di mezza testa sulle amiche, e il suo bel viso dagli occhi turchese, incorniciato da un caschetto biondo cenere con la frangetta à la Valentina, era una consolazione anche nelle mattine d'autunno più cariche di spleen. Estasiato dalla vista, Athos prese a bilanciare il peso da una gamba all'altra come un pugile ansioso di iniziare il combattimento. «Di' un po', Tommy» mi fece. «Dici che quella puledra ci uscirebbe con un bel moretto disinvolto?»

«Roba troppa fina per le tue manacce da lumpen!» stabilì il Biondino. «Non hai mezza chance, con una fatina del genere!»

Athos lo squadrò con aria di compassione. «Ce l'avrai tu, allora!» esclamò. «Se non le arrivi alla spalla, pigmeo...»

Selva gli andò sotto e, sfregando pollice e anulare come faceva Raul, spiegò: «Per tua norma, caro il mio tamarro, da sdraiate son tutte alte uguali! Ricordatene sempre!».

Per fortuna le ragazze non li potevano sentire, ma un ventenne in trench che stazionava a pochi passi ci guardò con la stessa aria di flemmatica censura che Phileas Fogg avrebbe riservato a un trio di boscimani sorpresi a vagare nudi per le esclusive sale del Reform Club.

«Allora cosa mi dici della Coscialunga?» m'incalzò il Mezzosangue. «È una che se lo fa, un giretto, o è più la fatica del gusto?»

«Son mica il suo manager» balbettai mentre il giovanotto si allontanava con aria disgustata. «So neanche come si chiama, lei» mentii. «Però non è il modo, Athos.»

«Sentilo, lui!» mi prese in giro. «È diventato un milordino, adesso che va al Caimani!»

«Perché non facciamo un giro ai Giardini Margherita?» annaspai. «Avete ancora da fumare?»

«Resta l'ultima» rivelò Selva.

A lui pareva poca cosa ma, dopo due ore in compagnia della prof di francese e dei suoi deliri sulla chanson de geste, non avrei potuto sperare in un aperitivo migliore. Ora non restava che convincerli a sloggiare. «Allora io vado a slegare la bici» annunciai, ma non feci in tempo a muovere un passo che Athos prese a scuotermi per una manica.

«Guarda, guarda, guarda!» mi fece, indicando il ragazzo in trench che s'era portato sull'altro lato della strada. Salutò con garbo le ancelle, e loro s'aprirono come ballerine di fila per lasciargli baciare sulle labbra la bella Vittoria.

«Era il suo maschio, il coglionazzo vestito da cresima!» ghignò Selva.

Fissai orrificato i miei soci: si rendevano conto dell'abissale figuraccia?

«Insieme a quel gagà, le piace sudare?» domandò, non avrei saputo dire se più incredulo o indignato. «Adesso gli faccio vedere io come si impressiona una femmina.»

Per un attimo mi parve si grattasse la nuca a due mani, invece sfilò l'elastico che tratteneva la coda e diede un colpo di testa a vuoto liberando la chioma.

Uscì da sotto il portico, si piazzò davanti al muso della Lancia, e prese a roteare il bacino carezzando le pietre antiche della strada con le suole degli stivali da desperado.

«Athos!» tentai di fermarlo. «Ti prego!»

«Sciora ndusefoi che iungì mifé sciorà» attaccò a cantare lascivo sulle note della *Lambada*. Scuoteva le chiappe senza ritegno come si trovasse sulle spiagge candide e libertine dei Caraibi. «Sciora ndusefoi che iungì non so liquidàààr.»

Magari fra i giovani maragli dell'Hobby One funzionava pure. I compunti liceali che indugiavano davanti al Caimani, invece, l'osservavano a bocca aperta: che fosse un artista di strada in cerca d'ingaggio?

Vittoria e le amiche sirene lo guardavano in tralice, severamente impressionate, e appena se ne rese conto il Mezzosangue tentò il tutto aumentando il volume: «Aààre cordasàm» si sgolava indicando le belle. «Paisà, cun me nuvàn gefò!»

Nell'uscire dall'abitacolo della Lancia, l'autista lo guardò sbigottito. Era un uomo in giacca a cravatta che doveva avere passato i cinquanta, ma Athos gli strizzò l'occhio come a un vecchio amico, e riprese in tono incoraggiante: «Aààre cordasàm, paisà, presùm gefò!».

Ero senza parole, e anche il Biondino sembrava consapevole del fatto ch'era stato superato un confine.

Il Mezzosangue fece una mezza piroetta e, fissandoci speranzoso da dietro il sipario oscuro dei capelli, domandò: «Allora? Mi guarda o no, la Coscialunga?».

«Fra poco chiamano gli ussari» rispose Selva costernato, ma l'altro lo prese come un indizio favorevole: il suo spettacolo non stava passando inosservato.

«Chensa chì su i Doors» si sgolò il Mezzosangue, avanzando verso le ragazze, le mani molli nell'aria come fossero paralizzate dai polsi in giù. «Nééémodìa sgiamò, un mumentu che fica nuààà».

Si rendeva conto del danno che mi stava facendo?

«Ma mi ha visto bene?» s'indignò il Mezzosangue quando constatò che Vittoria se ne andava di buon passo col ragazzo. «Non è che è orba?»

Non trovai il tempo di rampognarlo, ché già l'autista spalancava la portiera posteriore del lato guida, e Marzia Corbelli Doria, l'aria mite e svagata dietro gli occhialetti alla Lennon, traversava la strada nella nostra direzione.

Il Barbour aperto rivelava un busto asciutto fasciato da maglioncino in cachemire rosa, e anche le gambe smilze disegnate dai calzoni in velluto parevano quelle d'un ragazzino. Per essere una plutocrate aveva decisamente un aspetto poco appariscente, e la sua quieta sobrietà invitava al rispetto. Prima che mi vedesse insieme a quei due disadattati, filai a nascondermi dietro una colonna del portico.

«Ricca e pure carina!» s'entusiasmò Selva. «Questa sì che è da sposare!»

Athos lanciò uno sguardo clinico e schioccò la lingua deluso. «Una quattrocchi senza tette» decretò, inacidito dal fiasco della sua esibizione. «Pare una saracca.»

«La finite di fare i balenghi?» implorai dal mio rifugio mentre la portiera si richiudeva con un'eco stizzita. «Io qui mi ci devo presentare tutti i giorni!»

«È la tipica ragazza che fa le seghe coi piedi» diagnosticò il Biondino, indifferente al mio tormento. «Dico bene, Athos? La sera, mentre stai lì a sorseggiare il tuo Oban davanti al caminetto acceso, arriva tutta carina e...»

«Ci devi andare a cagare, tu, nel caminetto acceso!» decretò il Mezzosangue. «Di gnocca ne capisci come me di austro-ungarico!»

«È arrivato il John Holmes della mutua!» lo zittì Selva. «Da uno che andava con la Quinzi non accetto giudizi!»

«Muto, nanerottolo!» intimò Athos, e gli assestò un coppino. «Mutismo e rassegnazione!»

L'auto blu si era messa in moto. Avanzava al passo sui pietroni della strada, e in quella mutevole prospettiva m'apparve Marzia Corbelli Doria, intenta a osservare la scena con il naso a un palmo dal finestrino. Non sembrava né divertita né schifata, si limitava a registrare con quieta meraviglia da etnologa le usanze dei villici.

"Desolato" avrei voluto dire quando s'incrociarono i nostri sguardi. "Sono diverso, io, e li sopporto solo perché ci conosciamo da una vita."

Selva intuì ch'ero distratto e non resistette alla tentazione di sorprendermi: si piegò lesto in avanti e, con un verso a metà fra il soffio del cobra e un fischio pastorale, mi rifilò una sberla sotto le palle.

Mica tanto piano.

«Touché!» esclamò lieto mentre boccheggiavo, gli occhi negli occhi stupefatti della miliardaria in allontanamento.

Si racconta che l'indovino Tiresia, da giovane, avesse sorpreso due serpenti allacciati nell'atto della riproduzione. Deciso a levarsi dagli occhi quella scena che lo turbava, uccise con una pietrata la femmina. Non fece in tempo a compiacersene che si ritrovò prodigiosamente trasformato in ragazza. Visse a quel modo per sette anni, sperimentando tutti gli aspetti della condizione femminile, e quando tornò uomo comunicò il risultato più sorprendente della sua esperienza: le donne, a letto, godevano ben più dei maschi.

Se mi fossi imbattuto in due vipere scopatrici, non avrei esitato a seguire il suo esempio per verificare di persona la situazione, ma dalle nostre parti non se ne trovavano, così dovevo fidarmi di Tiresia.

Sulla base dei dati che aveva raccolto, le donne erano creature geniali. Se facevano le preziose e si negavano a lungo, non era perché il sesso non le stuzzicasse. Tutto il contrario! Ti lasciavano a bella posta in salamoia, consapevoli che, al dunque, il loro piacere sarebbe stato enorme. Praticamente, mentre tu soffrivi i morsi del desiderio, loro già pregustavano un godimento sconfinato.

Non potevo fare altro che sottomettermi al fato e contentarmi delle metamorfosi disponibili ai giovani maschi: liceale ateniese, ragazzo con la spina nel fianco ascoltatore delle poetiche romanze di Morrissey e Johnny Marr, aspirante teppista di quartiere, portiere in disarmo del Rapid ormai insidiato dal vice spilungone.

Ora che i centravanti avversari rasentavano il metro e novanta, cominciavo a trovarmi in seria difficoltà: tentavo l'anticipo sulle incornate, smanacciavo, ci davo di pugno, ma eran più le volte che andavo a farfalle di quelle che riuscivo ad accartocciarmi col pallone al petto. «Bella Mahani Dimerda» mi sfotteva Selva, che non m'arrivava al naso ma giocava sulla fascia, dove la velocità contava più della statura. Faceva male ammetterlo, ma forse Pozzi aveva ragione: un brevilineo non avrebbe dovuto fare il portiere.

I tempi stavano cambiando, e adesso che il gruppo del dopocresima era solo un ricordo, il sabato pomeriggio lo trascorrevamo a Villa Spada sfidando nebbia e gelo.

Intabarrati come pescatori di balene, facevamo amicizia coi quindicenni più eccentrici e rebels del quartiere, stabilivamo contatti e vedevamo rispuntare dalle brume del passato figure semidimenticate.

Tornarono in scena i fratelli Fabiani e il lentigginoso Cotenna, che stentava alle Professionali ma in pratica un mestiere ce l'aveva già. Si stava facendo largo come mercante di resine, il figlio del macellaio, e non tollerava intromissioni della concorrenza. La chioma rossa rasata sulle tempie, corta al sommo del cranio e fluente sulla nuca gli conferiva un aspetto inquietante da ragazzo di strada, e la confidenza con le lame maturata in bottega si risolveva in sventagliamenti dimostrativi che mettevano in fuga le compagnie arrivate da fuori per vendere il libanese, il marruego giallastro e l'erba calabra.

Resistevamo lassù finché non si volatilizzava l'ultimo joint, e solo allora rientravamo a fondovalle a caccia di bevande per placare la sete mitologica che ci affliggeva.

Nel riconoscere i tre ragazzi cacciati con ignominia dal campo-scuola che procedevano storti e ghignanti sotto il portico, i fedeli di San Mamante ci fissavano con disdegno; le Casolari fingevano di non vederci e Rita Quinzi cambiava lato della strada per non incrociare i nostri passi, ma era un dolore che sentivamo di poter sopportare.

Riuscivano a ficcarselo in quelle teste di cocomero che noialtri delle pecorelle non avevamo nulla?

Se mai ci eravamo lasciati condurre al pascolo, quella stagione era finita.

Eravamo in tre, amici da una vita, e ogni settimana ci facevamo più forti e sicuri; qualunque cosa accadesse, nessuno poteva più metterci sotto come si faceva coi ragazzini di parrocchia.

Eravamo come Zanna Bianca, lupi giovani che annusavano la brezza profumata di resine ed erbaggi, aspiranti cittadini d'una repubblica dove la forza e la decisione erano tenute in maggior conto della virtù.

Non c'interessava diventare santi, ma stare al mondo, scoprire le regole autentiche del grande gioco ed entrare in partita da protagonisti. Nel mentre ci allenavamo, e poco male se ogni tanto capitava d'incollare una cartina a rovescio, di perdere la mesta nel prato o di ritrovarci alla deriva, troppo stonati per aprire bocca. A forza d'errori imparavamo l'arte, e il tempo lavorava per noi.

## 22
# Ku Klux Klan

Dopo la salvezza raggiunta per il rotto della cuffia, i Veltri si erano attrezzati a dovere e finalmente giocavano un bel calcio arrembante.

In estate era arrivata una pattuglia generosa e ben bilanciata di giovani prospetti e veterani di qualità. Cacciato fra le pernacchie il tristo Caleffi, ora il club poteva schierare un autentico fuoriclasse come il brasiliano Gegé.

Alla prima giornata i Rossoblù strapparono un clamoroso pareggio in casa delle Zebre, alla seconda bloccarono l'Inter che pochi mesi prima li aveva umiliati, poi cominciarono a vincere.

A me toccava seguirli dai distinti insieme a zio Aldo e mio cugino, mentre gli amici di Villa Spada avevano fatto l'abbonamento tutti insieme nel settore di Curva Colli adiacente allo spicchio ospiti. Si riproponevano di colonizzare quell'angolo di stadio opposto alla bolgia della Reno; fantasticavano di formare un nuovo gruppo, ma Cotenna diceva che per esporre uno striscione bisognava chiedere il permesso ai capi; per il momento si contentavano di bombardare i tifosi rivali di insulti, monete e rotoli di carta igienica, di fronteggiarli da dietro le vetrate e rispedire al mittente le torce nautiche che quelli scagliavano sui nostri.

«Che cretinate!» disapprovava Aldo. «Non la finiranno più, con queste provocazioni da imbecilli?», e io intanto mi struggevo dal desiderio di essere insieme a loro, liberi di fumare sulle gradinate e di franare l'uno sull'altro quando i Veltri segnavano.

A fine ottobre Athos e Cotenna furono gli unici di noi a spingersi in trasferta per la nuova edizione del Derby dell'Appennino. Dopo l'agguato al treno, la partita era classificata ad altissimo rischio, e uno spiegamento di forze senza precedenti impedì ogni contatto fra i Biancorossi della Libertas e i nostri ultras decisi a dare battaglia. Neppure la contraerea, tuttavia, avrebbe potuto nulla contro il missile terra-aria esploso dal destro di Gegé a un quarto d'ora dalla fine: la sciabolata s'inarcò perfetta dalla tre quarti e scavalcò il portiere per infilarsi un palmo sotto la traversa. Se si espugnava a quella maniera il campo più detestato, cosa avrebbe potuto fermarci?

«Siamo gli spiriti dei soldati caduti che tornano dall'aldilà» annunciò in tono lugubre Selva. Il lucido giubbotto turchino degli Yankees stonava con la tela grezza e sudista del copricapo, ma ormai si era calato nella parte. «Siamo i quattro cavalieri dell'apocalisse.»

«Muto, Secco» gli fece Athos, e riprendemmo ad avanzare attraverso il giardino della parrocchia, protetti dal buio della serata dicembrina, e fatti l'uno simile all'altro dai cappucci a cono che lasciavano liberi soltanto gli occhi.

Cotenna aveva raccontato a una zia, rintronata fuoriclasse della macchina da cucire, che gli toccava interpretare il penitente medievale in una recita. La vecchia se l'era bevuta e l'infingardo, già che c'era, le aveva commissionato i copricapo a punta per i tre confratelli.

Con la sinistra affondata nella tasca a marsupio della felpa, percepivo la cilindrica consistenza della bomboletta spray. Calzavo i guanti Uhlsport da portiere, così da non lasciare impronte digitali, ma neppure quelli bastavano ad attutire il rumore testardo e irritante della pallina che ballava nel ventre dell'erogatore.

L'edificio che ospitava gli uffici parrocchiali e il cinema-teatro si stagliava di fronte a noi come una fortezza nella foschia.

Le uniche finestre illuminate erano quelle dello studio del parroco, dove secondo le nostre informazioni era in corso la riunione del gruppo missionario.

Avevamo studiato un piano fin nei minimi dettagli, e presto quei marpioni sfessati di San Mamante avrebbero imparato di cos'eravamo capaci.

Athos e Selva infilarono il cancello che dava sulla facciata della chiesa, mentre io puntai insieme a Cotenna l'altra uscita. Chissà cosa avrebbe pensato il figlio del macellaio se gli avessi raccontato che mi ero quasi ammazzato da solo battendo il muso contro una di quelle colonne.

Traversammo il sagrato di mezza corsa, e in un attimo ci trovammo al riparo del portico sotto il quale si apriva l'ingresso all'edificio.

Il mio socio filò muto come un'ombra a bloccare le maniglie del portone con un tirante da portapacchi, così da prevenire eventuali sortite. Diede una mezza dozzina di giri, e come strozzò la legatura mi fece cenno di procedere.

Estrassi la bomboletta per scuoterla con energia; la maledetta pallina che rimbalzava dentro l'erogatore mi sembrava fare un baccano d'inferno, e fu un sollievo puntare il beccuccio verso l'intonaco. La vernice usciva secondo un fiotto regolare, come un nero soffio di fantasmi, e in un attimo avevo tracciato le prime parole a lettere alte un braccio.

"Don Gandolfi" si leggeva, e ormai non si poteva più cancellare.

«Su. Che ci vuole a scrivere "pezzo di merda"?» mi sollecitò lo spaccino Cotenna, fissandomi da sotto il cappuccio coi suoi occhi cerulei da matto.

Il Don era pur sempre il pastore delle nostre anime e l'uomo che aveva sposato i miei genitori, ma ormai era tardi per i ripensamenti. Completai il messaggio, aggiunsi due trattini orizzontali alle diagonali delle zeta e arretrai di due passi per valutare in un colpo d'occhio il risultato.

«La firma!» reclamò lo Spaccino. «Mettici la firma!»

Me ne ero dimenticato. Tracciai una accanto all'altra tre kappa, e filammo verso la sagoma imponente dell'albero di Natale che spiccava sul sagrato.

I miei amici erano chini ai piedi dell'abete come giardinieri premurosi; vuotavano uno dopo l'altro i cartocci di carta paglierina che contenevano l'innesco messo a punto dal Mezzosangue nel laboratorio dell'ITIS; ce n'era già un bel cerchio intorno al vaso, ma continuavano a versarne nella terra e sui rami più bassi.

«Avanti con gli stoppacci!» reclamò Athos appena ebbe vuotato l'ultimo contenitore.

Selva si cavò una busta di plastica da sotto il giubbotto traslucido, ne estrasse le strisce di federa inzuppate d'alcool e le dispose a cavallo dei rami, ai piedi del tronco, lungo il cerchio di polvere.

«Mettersi in sicurezza!» ordinò il Mezzosangue. Ci scostammo di tre passi, quello si cavò dalla tasca a zip sulla manica del bomber una scatola di fiammiferi, ne prese un mazzetto e fece cenno a Cotenna di procedere.

Il figlio del macellaio aveva già la fionda in mano: caricò l'elastico d'una biglia d'acciaio e lo tese a tutta mentre inquadrava nella forcella la finestra illuminata; il proiettile partì secco come un colpo di balestra, e il vetro andò in frantumi al primo colpo.

«Adesso!» gridai, incapace di trattenere l'entusiasmo, e Athos diede fuoco alle polveri.

La vampa si levò all'istante, alta e chiarissima come aveva promesso il Mezzosangue: l'albero di Natale della parrocchia andava a fuoco.

La finestra sfondata si aprì con cautela verso l'interno, e quando la sagoma di un'anziana s'affacciò per vedere cosa succedeva dabbasso, Cotenna raccolse le mani a megafono e gridò: «Kappa kappa kappa! Siamo il Ku Klux Klan, brutte merde!».

«Vi impiccheremo tutti, chiesaioli maledetti!» strillò Selva, agitando le braccia come oscure ali, e intanto che il bagliore sovrannaturale dell'innesco perdeva luminosità, il fuoco vivo saliva a divorare i ventagli dei rami; festoni e palle di plastica ardevano verdastri, s'ingrinzivano malsani, ricadevano a brandelli in piccoli vortici di scintille.

Don Gandolfi si affacciò sgomento dal rettangolo della finestra accanto a quella spaccata: vide quattro incappucciati ritti a far gestacci nel riverbero del suo albero di Natale trasformato in un'enorme fiaccola, ma non si perse d'animo. «Cosa fate, disgraziati?» gridò, le dita a uncinare il davanzale. «Siete pazzi?»

«Ripiegamento!» dispose Selva. «Via da qui, prima che arrivi l'aviazione!»

Ci lanciammo attraverso il giardino veloci come non avevamo mai corso. Balzammo sul marciapiede della strada maestra chi con il cappuccio in mano e chi ancora in testa, e guadammo la lingua d'asfalto correndo a zig-zag come incursori inquadrati dai fari delle auto.

Una donna che portava il barboncino a fare la passeggiata serale ci vide balzare sotto il portico a dieci passi da lei e prese a urlare senza ritegno: «Aiuto! Aiutatemi, per carità!».

«Zitta, bagascia!» intimò Cotenna senza rallentare. «Fatti i cazzi tuoi o ti violento il cane!»

Continuammo a correre in discesa ridendo isterici, sempre più addentro al labirinto di strade che s'incrociavano ad angolo retto nel cuore del quartiere. Svoltammo una volta, una seconda, e in un niente fummo di fronte alla recinzione in pietra che delimitava sul retro il cortile della nostra infanzia; da bambini l'avevamo scavalcata mille volte per recuperare il pallone, e scavalcarla fu un attimo.

Ci lasciammo cadere all'interno, verso il labirinto degli orti; conoscevamo a memoria quel groviglio di corridoi sterrati, siepi e festoni d'edera, e finalmente ci gettammo bocconi sulla terra morbida ai piedi del mio oleandro.

«Zero prove!» assicurò il Mezzosangue. «Non ha riconosciuto nessuno, il pretaccio! Gliel'abbiamo messa nel culo, a lui e al suo albero!»

Mentre riprendevamo fiato, il vento ci portò un'eco di sirene. Avrebbe dovuto metterci paura, ma ascoltarlo da quel rifugio segretissimo ti faceva venire voglia di ballare. Che gli ussari si mettessero il cuore in pace: erano arrivati tardi, e non ci avrebbero mai trovati.

Forse la storia di Tiresia aveva un messaggio nascosto come le ghost tracks dei vinili: se volevi piacere alle ragazze, dovevi capire come pensavano.

E nel gennaio 1990 quelle della mia scuola non sembravano avere dubbi sul fatto che esistessero due categorie di ragazzi fighi: i giovani plutocrati sicuri di sé e gli spiriti liberi refrattari a ogni regola.

Non potevo avere molti dubbi su quale fosse la via da seguire, e mi ci avviai con passo risoluto. I miei nuovi compagni di strada erano gli irregulars Hoge e Helios Nardini, il loro crepuscolare amico chitarrista Tony, il bassista Alex e Nicola Brescia detto Nixon, uno spilungone diciassettenne dalla frangia asimmetrica che portava sempre il cravattino. Era un trafficante qualificatissimo di TDK da 90 minuti sulle quali restavano incisi miracolosi capolavori: fu lui, fratello minore d'un dark della prima ora, a farmi conoscere i *17 re* dei Litfiba, la noble art dei Diaframma e i vecchi lavori dei CCCP-Fedeli alla linea.

«Noi abbiamo il diritto alla speranza!» concionò un giorno durante l'intervallo, tribuno della plebe new wave in posa plastica sotto la statua in gesso del Caimani. «Il futuro non è ancora scritto! E la colonna sonora la scegliamo noi!»

Anche nell'Italia democristiana di Sanremo e del Festivalbar si poteva ascoltare rock di qualità; lo dimostravano Arezzo Wave e una miriade di serate alla Festa dell'Unità, certi clip entusiasmanti su Videomusic e gli articoli di "Mucchio selvaggio" e "Rockerilla" che ci passavamo di mano in mano.

Nixon incoraggiava quel fuoriclasse da conservatorio di Hoge a mettere su una band insieme a Tony e Alex, ma i tre non s'accordavano sul nome.

Il primo insisteva per un demenziale Evirati Arabi Uniti, mentre al chitarrista piacevano soltanto tetri nomi di malattie: Depression, Aracnophobia, Bubonic Plague. Alex, che come bassista era scarso forte ma ci credeva più di tutti, si batteva inascoltato per un nome lunghissimo ed ermetico come Le anatre di Central Park.

«Come cavolo ce lo scriviamo, sulla cassa della batteria?» obiettava Hoge. «Neppure avesse un diametro di due metri, ci starebbe.»

In attesa che quei tre si decidessero, risalivamo tutti insieme come speleologi il fiume sotterraneo che collegava i Ramones ai Pixies e questi ai Bad Religion. A forza di passarci cassette e prestarci vinili, esploravamo le gallerie segrete che mettevano in comunicazione la fiabesca miniera di Frank Zappa alle grotte dove risuonavano le folli marcette di Primus e NoMeansNo. L'obiettivo della spedizione – almeno a sentire Nixon – era chiaro: una volta indagati gli abissi dai quali avevano tratto la loro oscura linfa i Joy Division e i Cure di *Disintegration*, saremmo riemersi in superficie per chiudere il cerchio, ospiti dei pascoli dorati che avevano nutrito la beata follia dei Devo e dei Talking Heads.

«Allora saremo finalmente liberi dalle nostre catene, folks» vaticinava Nixon. «Raggiungeremo la terra promessa dove risuona la musica eccellente!»

Era un piano tanto affascinante quanto complesso, eppure riusciva a radunare intorno a sé un certo seguito. I capannelli che s'addensavano sotto la statua del Caimani erano sempre più numerosi, dopo la scuola ci spingevamo in perlustrazione al Disco d'oro, e – tears of joy! – fra i disadattati di talento cominciava a farsi vedere anche qualche ragazza.

C'era chi si divertiva a costruire velieri in bottiglia, e chi a suonare il violino; a noi della brigata volante di Villa Spada in primavera piaceva stonarci sui prati morbidi alle pendici dei colli, democraticamente, il figlio dell'avvocato spalla a spalla col maraglio dagli stivali a punta, il rocker liceale accanto allo spaccino che un giorno avrebbe ereditato una macelleria.

All'Abbazia dei monaci della dopa non si chiudeva la porta in faccia nessuno.

Nemmeno ad Aribò, centoventi chili di invalidità permanente che gli valevano un sussidio mensile sicuro come uno stipendio delle Poste. Fumava anche lui, e quand'era bello tuonato si faceva venire la fregola del pogrom. Per qualche motivo, gli piaceva che lo picchiassimo, e non bisognava cadere nella trappola dei buoni sentimenti: era lui che lo chiedeva, e d'altronde non sentiva alcun dolore.

Un cocktail particolarissimo di danni neurologici permanenti e massa adiposa lo rendeva completamente insensibile alle percosse; esclusi il volto e le palle, potevi colpirlo con un manico di piccone che quello non faceva una piega.

Era lui stesso a dare il via al cerimoniale, levandosi in piedi con aria sorniona per sfilarci alle spalle. Assestava schiaffetti a tradimento e pizzicotti sulle orecchie dei monaci allineati a fumare, e la sua vittima preferita era Cotenna.

«Sono stato io!» si autodenunciava, emozionato come un bambino. «Mi hai sgamato? Sono stato io, Coti!»

«Falla finita!» gli si raccomandava, ma quello insisteva sino a quando il figlio del macellaio non perdeva la pazienza, si alzava stancamente in piedi e suonava la squilla dell'assalto.

«Po-grom!» scandiva indicando il minus habens che caracollava via pregustando il martirio.

«Po-grom! Po-grom!» gli facevamo eco al ritmo d'un battimani sempre più veloce, scrollandoci di dosso il torpore e incitandoci a vicenda ché nessuno si astenesse dal rito.

Sfilavamo con pazienza le cinture, mentre Aribò, guadagnati venti o trenta passi di vantaggio, lanciava sanguinosi insulti ad personam per essere certo che la torma lo pestasse per bene.

«Athos, sei un terrone!» strillava sovreccitato. «Tommy sfigato! Selva cazzo piccolo!»

Sfruttava quei momenti in cui, come agli antichi scemi del villaggio, gli era consentito dire qualsiasi cosa, e all'apice dell'invasamento sfidava il lentigginoso Principe della maraglia che l'aveva ridotto a un subnormale: «Cotenna... A Bologna non conti un cazzo!».

Era il suo modo bizzarro di reclamare affetto. E noi, ch'eravamo di buon cuore, pur di farlo sentire inserito all'Abbazia partivamo urlando come belve, le cinghie già pronte a colpire, e riducevamo a falcate la distanza che ci separava. Gli eravamo addosso in pochi istanti, e dal momento che conoscevamo i suoi gusti ci prestavamo al placcaggio, al tackle assassino, alla spallata in tuffo per farlo cadere pancia avanti sull'erba. Era la sua festa, e già che si trattava di farlo felice, lo prendevamo a calci, pugni e fibbiate sulle trippe, tempestavamo di sberle la schiena ampia come un tavolo, le cosce e le manacce dalle dita a cannolo con le quali si riparava il volto. Lo facevamo di buon grado, intonando per lui: «Pogrom! Pogrom!».

«Basta!» supplicava Aribò quando sentiva che il fiato gli stava venendo meno. «Basta!» ripeteva, scosso, ma gli piaceva che andassimo avanti fino a quando non iniziava a strillare con un timbro bestiale, come un animale in trappola che sente arrivare la fine.

«È la sua versione del sesso» spiegò una volta Cotenna mentre aiutava il martire a rialzarsi. Che gli piacesse o meno, lo sapeva anche lui che erano legati per sempre. «Vero o no, bestione?» lo incoraggiò. «Ti piace prenderle, vero?»

Aribò si risollevò a fatica. Non disse né sì né no, ma negli occhi aveva una luce di beatitudine.

«Porco masochista» insistette Cotenna. «Sei proprio un maniaco, lo sai?», e quello grugnì con uno sguardo grato.

«Non voglio sapere cosa puoi fare con una donna, mostro!» ridacchiò Selva, e colpì Aribò con un tardivo gancio alla spalla. «Dimmi la verità, mostro» pretese. «Ti fai menare anche da loro?»

«Lascialo in pace» reclamò Athos, aggiustandosi la coda di cavallo. «Questo ne ha viste meno di te, di donne.»

«Si fa per stare in compagnia» spiegò contegnoso Aribò, tastandosi il costato come per assicurarsi di non avere niente di rotto. «Così» rise ottuso, «tanto per fare un po' di ballotta», e ricambiò Selva con un buffetto amichevole.

Era felice di essere la nostra ingombrante mascotte e il nostro sacco da pugni, e sulla via del ritorno all'Abbazia Cotenna gli dimostrò il proprio apprezzamento con un estemporaneo calcio nel culo, tanto per ricordargli quanto era profondo l'affetto che provava per lui e le sue strambe debolezze.

L'ultimo giorno prima delle vacanze di Pasqua, l'intera scolaresca venne radunata nell'aula magna trasformata alla meno peggio in sala da concerto: la mozione del club antischiavista guidato da Nixon aveva vinto, e il vecchio preside aveva consentito a farci celebrare la primavera con un'assemblea d'istituto consacrata alla musica.

Toccò sorbirsi le sonate per violino, i virtuosismi a quattro mani sul pianoforte a coda e persino un imbarazzante esibizione di ocarine di Budrio, ma alla fine giunse, implacabile, un'ora filata dedicata al rock 'n' roll.

«Abbiamo finito con le palle di Mozart!» esultò Helios. «Adesso parte il devasto!» La jam session che seguì era quanto di più simile si potesse immaginare a un grido di rivolta.

I migliori rocker del Caimani, riuniti in una formazione variabile che prevedeva cambi volanti a ogni pezzo, ci davano dentro camuffati come una brigata di circensi: il fuoriclasse Hoge, jeans a zampa e camicia hawaiana, improvvisava coreografici assoli di tastiera degni d'un Jerry Lee Lewis; Ivo Furiani di I A occupava lo sgabello della batteria compreso come Ian Solo alla guida del Millennium Falcon, e a ogni colpo di crash gli danzava sulla testa la penna del cappello da alpino; Alex suonava in pigiama come il degente d'un sanatorio, e persino Tony, al solito sobrio fino all'austerità, aveva consentito a indossare una maschera da sci e un paio di ridicoli moon boot pelosi prima d'imbracciare la sua Fender coreana.

Nelle prime file si pogava dimentichi di paradigmi e leghe ioniche, finalmente liberi di ascoltare *London Calling*, *Paranoid* dei Black Sabbath e la versione punk dell'*Avvelenata* di Guccini che scuotevano il ventre dell'augusto liceo.

Fu una sorpresa vedere lo strabordante Gigi Maccaferri di I A, pingue figliolo di una coppia di ristoratori e bersaglio preferito del fascista Cavazza, farsi largo sul palco mentre smorivano le note di *Road to nowhere;* il cantante, un pretenzioso esistenzialista dalla chioma cotonata, ancora si scuoteva abbarbicato al microfono, lanciando saluti alle ragazze. Sembrava non avere notato il colosso che gli stava piantato alle spalle con le braccia incrociate e l'aria severa.

Non mi risultava che il Macca suonasse alcuno strumento, e lì per lì credetti che l'avessero ingaggiato come roadie, incaricandolo magari di sistemare qualche cavo in vista del pezzo successivo.

«Vedrai che scoperta!» si beò Nixon, ma solo quando il cotonato si fece da parte e Macca s'impadronì del microfono compresi che l'avevano ingaggiato per cantare.

Un mormorio si diffuse per tutta l'aula magna: con il suo fisico mastodontico, il maglione ai ferri giallino, i capelli bisunti partiti al centro e un accenno di barbetta caprina, quel tale era il frontman più improbabile che si potesse immaginare.

«L'hai mai sentito?» mi domandò una voce di ragazza. «Dicono che spacca!»

Mi volsi da quella parte e per poco non svenni. Marzia Corbelli Doria, la ragazza più ricca della scuola, la miliardaria che si faceva scarrozzare in giro dall'autista, parlava a me. Da vicino appariva minuta, pallida e quasi spaurita dall'ardire che l'aveva appena portata a rivolgermi la parola. Era davvero lei, la rampolla della principale industria di cancelli automatici del Paese? Quel giorno sfoggiava un cardigan rosso fiammante che faceva pendant con la linguaccia degli Stones stampata sulla maglietta, e quando vidi la minigonna optical dalla quale spuntavano le gambe sottili mi domandai se la trovavo bella. Bella bella forse no, ma vibrava di una certa grazia e i suoi occhi nocciola da miliardaria socievole indugiavano su di me.

Nixon pensò a cavarmi dall'imbarazzo facendo le presentazioni. «Avete un sacco di cose in comune, voi due» assicurò, e io provai la netta impressione che avessero parlato di me.

Marzia accennò al cantante in maglione giallo, sorrise con garbo e osservò: «Fa un po' strano, uno così in mezzo a una band».

*Band*. Aveva detto "band". Non "gruppo", e nemmeno "complesso". Forse l'esangue magnate era meglio di come credevo.

«Vero» ammisi. Mi sforzai di aggiungere qualcosa di spiritoso, ma ero come annientato dalla sorpresa. Parlavo con la ragazza più ricca della scuola, adesso. Sotto gli occhi di tutti. E mi era venuta a cercare lei!

«Alla fine, però, è il più originale di tutti» concesse Marzia, e mi sorrise.

Anga sgevù! Mi sorrideva anche, adesso!

Spiragli di vite mai vissute si aprivano a mostrare sequenze di ricevimenti, corridoi silenziosi deputati a ospitare collezioni d'arte moderna, motoscafi rivestiti in teak che solcavano le acque cristalline delle Eolie.

«Vero» ripetei, come ipnotizzato, e un conato mostruoso, distorto e amplificato dai Marshall fece sussultare i presenti.

Macca aveva estirpato il gambo del microfono dall'asta, e lo reggeva davanti alla bocca nello stile degli urlatori hardcore, il cardioide verso terra e il gomito alto, e tutti ci restarono secchi nel vedere con quale sicurezza aveva preso il centro del palco. Rideva, adesso, gli occhi sbarrati e morbido sulle ginocchia, improvvisamente padrone della situazione mentre una musica nuova saliva ad avvolgerlo.

«Pape satàn! Pape satàn aleppe!» sibilò deciso e accorato tipo esorcista, quindi attaccò con un possente timbro da tenore: «Giro di notte con le anime perse... Sì, della famiglia io sono il ribelle!»

Era come ascoltare Pavarotti posseduto dallo spiritello capriccioso di Piero Pelù, ma la presenza scenica era quella di un Ice T o d'un Henry Rollins particolarmente ghiotto di tigelle. «Vendimi l'anima e ti mando alle stelle!» riprese, incitando i compagni di palco.

«Sì!» esultò Marzia. «È uno sballo, Tommy!»

Mi assestò un colpo laterale di bacino, e i miei occhi attoniti la videro levare sopra la testa il polso pallido. Anga sgevù! Sculettava anche, la miliardaria, ma era niente rispetto a vedere quelle dita delicate puntate fieramente nel gesto delle corna.

«Cosa ti dicevo?» osservò Nixon sorridendomi nel cuore della bolgia. «Tutti hanno diritto a una seconda possibilità!»

I perdenti sovrappeso potevano trasformarsi senza preavviso in rockstar, e la ragazza più ricca della scuola aveva passioni insospettabili.

Quando partì il ritornello osai saggiare la sua decisione con una riguardosa, esplorativa, spallata: le andava per caso di accennare qualche passo di pogo insieme a me?

Marzia mi prese per mano come non aspettasse altro. «Nichilismo!» la sentii gridare, trasfigurata in una baccante da Monsters of rock. «Spacchiamo tutto, Tommy!»

## 23
## Il sol dell'avvenire

Il ritornello di *Epic* incalzava fra le tempie, mitologico e radioso, mentre pedalavo sul diseguale fondo in porfido, via, lontano dalla galera scolastica, incontro al sol dell'avvenire che rischiarava una vacanza lunga tre mesi.

Mai più, numquam, never again mi sarei trovato a indossare i panni del ginnasiale incerto e fez. Oh sì, gente: in settembre sarei riapparso sotto l'alto portico del Caimani trasfigurato in un meraviglioso cigno di quasi sedici anni iscritto alla prima liceo. Terzo anno. O terzultimo, a vedere il boccale mezzo pieno.

Era una prospettiva allettante, ma avevo tutto il tempo di pregustare quella metamorfosi: mentre infilavo l'arco che mille anni prima faceva da confine tra città e contado, il patrimonio da novanta giorni filati di *otium* era ancora intatto, la storia delle mie "holidays in the sun" tutta da scrivere.

Filavo ch'era un piacere, e il regalo di nonna Sandra per la promozione – un biglietto vermiglio con il Bernini di tre quarti e regolare filigrana – non domandava altro che essere speso. Quei cinquanta sacchi mi facevano la tasca leggera come contenesse il misterioso gas delle mongolfiere; si poteva scambiare con un paio delle magliette che avevo preso di mira da Bambulé, con cinque vinili in offerta speciale sulle scansie di Nannucci, o ancora...

Ero preso dai miei conti, quando Nixon uscì sbracciandosi dal portico venti colpi di pedale avanti a me.

Il leader del club antischiavista, con la sua camicia bianca a maniche corte, il cravattino e gli occhiali dalla montatura alla Clark Kent, faceva pensare a un agente dell'FBI o a un predicatore mormone, ma in quel momento d'esaltazione decisi che era un commissario di gara sul traguardo della Liegi-Bastogne-Liegi; preso dall'agonismo, lo puntai e presi a mulinare le pedivelle simulando a testa bassa un arrivo allo sprint; avevo in animo di frenare all'ultimo per spaventarlo, uno scherzo grullo ma sempre divertente, e ci restai male quando scomparve dalla linea del traguardo con un passetto prudente all'indietro.

Solo allora realizzai che gli organizzatori della corsa avevano sostituito i tradizionali gonfiabili degli sponsor con il solido profilo a trapezio d'una Panda beige. La squadrata poveromobile progettata dagli ingegneri al soldo dell'Avvocato era posteggiata – leggerezza intollerabile – a mezzo metro dalla linea dell'arrivo, e con quelle distanze ridottissime hai voglia a tirare le leve dei freni: la gioia per la vittoria sfumò nell'angoscioso presentimento dell'impatto. La ruota anteriore si piantò con un rumore sordo contro il paraurti della Fiat, il carro si alzò d'un palmo da terra, e le mie chiappe persero il contatto con la sella.

Il tonfo salvifico delle mani aperte contro il lunotto posteriore bordato di gomma, smangiata e nera come la malasorte, coincise con la sensazione straniante di avere perso sul più bello la mia natura virile.

«Disastro!» mormorò la voce allegra di Nixon. «Per poco non tiravi una musata, Tommy!»

Non aveva capito il mio dramma. Scivolando in avanti ero piombato a gambe aperte sul tubo orizzontale della bici, e ora non riuscivo tanto bene a prendere fiato.

«Coño» mi ritrovai ad ansimare, ancora a cavalcioni della Legnano assassina, e al sentire la mia voce ritratta e implume mi spaventai da solo. Ormai dovevo accettare la mia nuova condizione: per la prima volta sarebbe salito sul podio d'una classica del ciclismo un povero eunuco.

Il club antischiavista del Caimani era al completo sotto il portico, a un passo da Nixon: a fissarmi allibiti c'erano Leo Chernobyl, Helios Nardini, Hoge, l'assatanato Rinaldi, il bassista

Alex e la flirteuse Valentina, le sorelle Nicodemi e persino la loro amica tettona Vanessa Campora, della quale si raccontavano meraviglie. Meraviglie che a me, ridotto com'ero, sarebbero state negate per sempre.

«Non è niente» mi sforzai di ridacchiare disinvolto, ma la voce m'usciva come facessi parte del Piccolo coro dell'Antoniano.

«Mi sa che hai storto il cerchio» notò Alex con distaccata empatia da ciclista urbano, e a quel punto ognuno si sentì autorizzato a dire la sua.

Ammettiamolo: in assenza di testimoni, mi sarei accasciato senza vergogna spalle al pavé.

«Mi hai fatto prendere un colpo, Tommy!» mi allarmò una voce femminile. Marzia sbucò alle spalle dello spacciatore di TDK, una sorprendente maglietta dei Mano Negra dal lembo inferiore annodato sul ventre stile coniglietta di Playboy; nel vederla che si precipitava a porgermi aiuto, un'ondata di calore salì dai lombi a pizzicare la spina dorsale in tutta la sua lunghezza.

«Ti sei fatto male, rude boy?» sussurrò accorata la plutocrate convertita al rock 'n' roll, e le sue mani bianche dai polsi sottili che reggevano il manubrio della Legnano mi apparvero come la certezza d'una figuraccia ormai irrimediabile.

Come risponderle? Tentai di schiarirmi la voce per recuperare il timbro abituale, ma non ero tanto sicuro del risultato.

«Tranquilla, sorellina» mi cavò dall'imbarazzo Nixon. «È una specie di stuntman, lui.»

«Be', io mi sono presa un colpo» chiarì per tutti, poi tornò a guardarmi attraverso le lenti degli occhialetti alla Lennon e domandò: «L'avevi vista, la macchina?»

«Ma certo!» la rassicurai, passabilmente virile, mentre gli altri facevano le loro diagnosi sul mio cerchio ammaccato. «Niente paura! È una specie di scherzo! Lo faccio sempre!» sparai a raffica, e posai le mani accanto alle sue per riprendere il controllo del mezzo.

«Se lo fai sempre...» concesse in un sorriso, e intanto restava lì come se non fosse sicura di volermi restituire la cavalcatura. Prima di lasciarmi andare, le sue dita da pianista carezzarono il dorso della mia manaccia destra – coi tendini in evidenza, i peli e tutto il resto – come se sfiorassero un cavolo di fiore tropicale.

«Sarà una lunga estate» sospirò, e sentivo che il suo nuovo rossore stava per contagiarmi. «Mi mancherai, Tommy.»

Anga sgevù! Ce n'era abbastanza per chiederle il numero di telefono.

"Vaffanculo ai Beatles." "Lady Diana troia." "Liverpool Aids."

Nell'estate dei Mondiali di calcio, le legittime speranze che riponevamo negli Azzurri erano silenziate dall'attesa per l'arrivo degli Inglesi.

L'orda ubriaca degli hooligans assassini che avevano fatto strage di italiani all'Heysel sarebbe calata in città nel giro di pochi giorni, e i toni d'allarme della "Gazzetta felsinea" avevano indotto gli anziani a fare scorta di viveri, medicinali e guide TV in vista dell'assedio.

Quella stessa atmosfera da apocalisse imminente che spaventava i vecchi aveva galvanizzato le teste calde di Bologna city, e sui muri del centro sportivo, sotto il portico di San Luca e intorno allo stadio erano già apparse le minacciose sfide a spray vergate a lettere alte un metro.

Alla vigilia della calata, Zagor apparve al Capanno con un adesivo nuovo di zecca incollato sullo scudo della Vespa. Mostrava un piccoletto baffuto che scaricava una doppietta addosso a un nerboruto bulldog avvolto nell'Union Jack, e la scritta sotto il disegno non lasciava spazio a equivoci: "Ve la diamo noi l'invasione!".

«Se ne trovano ancora?» domandai speranzoso al lottatore, ma quello mi fissò con aria sarcastica e non rispose neppure.

«Sono riservati a quelli delle ronde anti hooligans» mi gelò Athos. Poi si strinse nelle spalle e, fissando con aria speranzosa Zagor, buttò lì: «Non l'ho ancora avuto neppure io, l'adesivo».

Neppure io. Così aveva detto. Perché lui c'era dentro, alle storie degli ultras, e io invece no. Andavo nei distinti, io. Che cazzo pretendevo?

«Se lo sarà intascato Cotenna» ridacchiò il lottatore. «Li ho mollati a lui perché li distribuisse a voi piccoli.»

«Io i miei due sacchi glieli ho dati in anticipo» protestò Athos, ma compresi che le speranze di ottenere il pattuito lo stavano abbandonando.

«Devi fartela con il Norcino» decretò Zagor. «Io gli ho mollato gli adesivi in mano, poi cosa ci ha fatto lo sa lui.» Guardò il mio amico come volesse sondare la profondità del suo scoramento, e per un attimo credetti che intendesse confortarlo. «Capacissimo che li ha venduti» ridacchiò. «Lo sai che quello venderebbe anche sua madre, caso mai qualcuno volesse comprarla.»

Vedere il Mezzosangue mortificato mi ringalluzzì. Così imparava a fare il fenomeno in faccia al sottoscritto. «E insomma, Zagor» mi giocai le mie possibilità. «Cosa bisogna fare, per entrare in queste ronde?»

Il lottatore volse lentamente la testa verso di me, mi guardò come fossi nudo sulla bilancia ed ebbi un presentimento terribile: che l'avessi offeso?

Cosa mi era passato per la testa? Perché la mia bocca aveva parlato?

Lo sapevo pure, che quello era un tipaccio. Conosceva esattamente cosa si prova a fumare erba sotto le armi, nella garitta numero due della polveriera di Gradisca d'Isonzo; sapeva com'è fare il bagno nel Mar dei Caraibi imbottito di fecola sino alle orecchie, ed era al corrente di quali pensieri ti possono prendere nell'abbattere a notte fonda la vetrina dello Zebre Club Bologna usando una Renault 4 come ariete.

Era Zagor, lui, e io non ero nessuno. Se solo avesse fatto il gesto di scendere di sella avrei cominciato a scappare, urlando senza vergogna in cerca d'aiuto.

«Come ti chiami, tu?» domandò gelido.

Ma come? Ci eravamo visti cento volte, e cento volte gli avevo raccontato la storia del martirio di Pinzoglio! Conoscevo una per una le pieghe parallele che solcavano la sua collottola muscolosa, e avrei potuto disegnare a occhi chiusi il tatuaggio che portava nell'interno dell'avambraccio...

«Tommy» risposi incredulo.

«Tommy ce n'è tanti» considerò. «E poi?»

«Bandiera» vuotai il sacco.

Annuì come gli avessi levato un grattacapo, e fece cenno che m'avvicinassi. «Ascoltami, Bunny» mi disse, amorevole e sicuro di sé come un frate nel confessionale. «Lo so che sei uno sbarbo a posto. Ma questa è una faccenda seria. Si va alla guerra, e i piccoli non ce li vogliamo.»

Ora che mi aveva raso al suolo, mi guardava come attendesse una risposta da me.

«Claro» annuii, e aggiunsi pavido: «Liberissimi.»

Allora guardò Athos e minacciò: «Provate a venirci dietro, tu e il Norcino, e vi sculaccio davanti a tutti».

«Ma io...» reagì piccato il Mezzosangue.

«Ma io il cazzo!» lo zittì l'altro. «Se proprio ci tenete, andate con quelli del Commando» aggiunse con una punta di veleno. «Quelli accolgono tutti, pur di far numero.» Poi ci guardò come se all'improvviso gli avessimo fatto balenare un'idea, mise su un'aria compresa e suggerì: «Altrimenti fatevi la vostra, di ronda. La ronda dei piccoli. Noi facevamo così, ai nostri tempi».

I primi inglesi arrivarono in città quando mancavano due giorni alla partita, e trovarono la madama in tenuta antisommossa già schierata agli angoli di piazza Maggiore.

Per tutto il pomeriggio i Wild Boys gironzolarono per il centro in gruppetti da cinque o sei, senza sciarpe né magliette che permettessero di identificarli; seguivano i drappelli d'imprudenti che si staccavano dal gregge per raggiungere l'albergo o trovare un bar, e come quelli svoltavano per i vicoli del ghetto o le stradine del mercato vecchio, piombavano loro addosso solleciti come volontari del comitato d'accoglienza: davano loro il benvenuto a cinghiate e colpi di manganello spagnolo, li investivano d'affetto a suon di calci e sediate, e inseguivano i più timidi per non lasciarli partire senza il souvenir d'un affondo di stocco nel culo.

Quel pomeriggio noi piccoli ci mangiavamo le mani a Villa Spada. Eravamo appesi agli aggiornamenti di Aribò, che faceva la spola col centro a cavallo del Ciao e tornava ubbidiente a riferire gli ultimi sviluppi.

«Ce n'è uno bello grosso che piscia sangue dalla testa» garantì il Mangialiquerizia, al ritorno dall'ennesimo giro di perlustrazione. «È seduto in mezzo ai vetri rotti, e sua moglie piange.»

«Dove?» volle sapere Cotenna. Con i suoi capelli rossi corti sul sommo del cranio e lunghi dietro, le manacce abituate al lavoro e i polpacci spigolosi come quelli d'uno sprinter che spuntavano dai bermuda mimetici, sembrava il ritratto del teppista da giovane, e non si dava pace all'idea che i grandi fossero a divertirsi mentre noialtri eravamo confinati all'Abbazia. «In quale cazzo di via, mostro?» domandò, e intanto camminava su e giù sfidando l'incomodo della pendenza, come volesse passare in rassegna noialtri seduti in linea.

«Cazzo ne so della via, Coti» si giustificò l'altro. «In centro», e si asciugò le labbra col taglio della mano. Preciso a come faceva da bambino. «E più in là ce n'è un altro a dorso nudo, coperto di tatuaggi, che quando mi guarda mi cago in mano. Merda se è brutto» sospirò sedendosi alla mia destra. «Penso che è tipo Goldrake, e nessuno lo può battere.»

Se lo ricordava, del cane che un giorno aveva battezzato con quel nome? Esisteva, nella sua mente, una specie di ponte tibetano fra il passato remoto e il giugno 1990? O davvero aveva dovuto reimparare i nostri nomi da capo, come non ci avesse mai visti prima dell'incidente?

«Poi escono da una strada quattro o cinque dei Wild, e gli vanno contro tutti insieme» riprese. Poi diede una specie di grugnito e aggiunse ammirato: «Senza paura, cazzo».

«E insomma?» lo investì Athos. «Cos'hanno fatto?»

Aribò restò interdetto come se la domanda gli arrivasse inattesa.

«Mostro, svegliati che è primavera!» lo sollecitò Selva. «Gli vanno contro, e poi?»

Il faccione inespressivo di Aribò pareva essere pietrificato, come se lo sguardo opaco non mettesse più a fuoco.

«Niente» sospirò il Biondino, carezzando il casco della Nolan che impiegava sulla Cagiva. «La centralina è andata in tilt!»

«Mi pare che uno ha in mano una scopa» si rianimò il vecchio Mangialiquerizia. «Una scopa o una roba così, e la rompe in testa all'inglese che cade. Poi lo sganciano di brutto. C'è uno che gli salta sulla testa come se pesta l'uva» aggiunse impressionato. «Mica un bello spettacolo.»

«Hai riconosciuto qualcuno?» volle sapere Cotenna.

Aribò indicava il cielo, ora, e pareva annusare l'aria profumata di maggio. «Arriva Nelson» annunciò sicuro.

«Chi arriva?» domandò incredulo il Biondino.

La lingua d'asfalto che incurvava sotto di noi era deserta, e non c'era suono che emergesse al di sopra del frinire delle cicale e del basso continuo del traffico esiliato lungo la strada maestra.

«Se ha detto che arriva, arriva» annunciò il figlio del macellaio. Poi ci guardò divertito e spiegò: «Sa il cazzo come fa, ma ci becca sempre».

«È assurdo!» protestò Selva, e reclamò il silenzio. «È una stronzata» stabilì nel giro d'un istante.

«Giochiamoci cinquanta carte» propose Cotenna. «Se Nelson non passa da qui entro tre minuti, hai vinto. D'accordo?»

Il Biondino lo guardò come se fosse pazzo, controllò l'orologio e balbettò incredulo: «Siete tutti testimoni. Tre minuti da ora».

«Pagamento immediato» specificò Cotenna.

«Alla grande» accettò il Biondino, quindi controllò il Bulova e scandì: «Due minuti e cinquantacinque». Non gli pareva vero di riprendersi il bernini che aveva appena passato a quell'altro in cambio d'un considerevole mattoncino di marruego, e diede un colpo di gomito ad Athos. «Ci manca solo che Aribò è un indovino, adesso.»

«Questa la voglio proprio vedere» sospirò il Mezzosangue, possibilista.

«Eccolo che arriva» insistette il Mangialiquerizia. Per quanto tendessi l'orecchio ancora non sentivo niente, ma quella sicurezza da cacciatore preistorico mi invitava a deporre l'incredulità.

«È una specie di dono» illustrò Cotenna, compiaciuto. «A vederlo non sembra, ma il mostro ha dei superpoteri.»

In effetti era praticamente invulnerabile. La faccenda dell'udito sovrumano mi avrebbe indotto a ripensare a lui sotto una luce diversa.

«Due minuti e mezzo» annunciò Selva, e ridacchiò: «Prepara la fresca, amico. Qui non arriva proprio nessuno.»

«Sta a vedere che si è sbagliato» insinuò Athos.

Il figlio del macellaio ci diede le spalle con ostentazione, quasi volesse farci ammirare il numero 66 stampato sul dorso della sua maglietta traforata dei Warriors, ricordo del camp estivo di flag football. Scrutava la strada con le mani giunte dietro la testa, in attesa, e quella calma mi trasmetteva una strana elettricità.

«Come lo sai che è in arrivo Nelson?» interrogai Aribò.

Quello alzò le spalle rotonde, occhielli di carne in vista attraverso le scuciture all'attacco della manica, e mi parve una vecchia tartaruga che ritraesse la testa nel guscio. «Arriva» assicurò imbarazzato.

«La sentite ora?» s'illuminò Cotenna.

«Stai bluffando» accusò il Biondino. «Son mica nato ieri!»

Adesso anch'io m'ero alzato in piedi: non vedevo l'ora che spuntasse la Vespa aerografata del Centocapelli per poter dire di aver assistito al primo prodigio dell'estate.

«Preparala tu, la fresca» annunciò gioioso il figlio del macellaio. «Eccolo qui, il vecchio Nelson.»

Adesso lo riconoscevo anch'io, il cantico aspirato del motore da 105 che risaliva la prima rampa.

L'espressione scettica di Selva si trasformò nella smascellata maschera della disfatta. Poi la pellicola della mia vita in diretta saltò, e il fascio di luce che promanava dalla cabina di proiezione sparò sullo schermo una sequenza di fotogrammi fuori asse: Nelson curvo in avanti sul manubrio, due mani di ragazza intrecciate intorno alla vita; Nelson che saluta gli sbarbi con un colpo di clacson, si arresta in surplace, a un braccio dal Cagiva del Biondino posteggiato al limitare dell'asfalto, e domanda perculatorio come mai i giovani facinorosi non sono a caccia di hooligans insieme agli altri assatanati.

«Andiamo più tardi, noi» gonfiò il petto Cotenna. «Colpiamo duro, e ci facciamo uccel di bosco!» Poi si volse al Biondino e pretese: «Fuori la fresca, adesso!».

Sembrava il solito documentario sulla vita di quartiere, ma ormai avevo riconosciuto con un tuffo al cuore la ragazza alle spalle del Centocapelli, il ben di dio contro le sue scapole e le belle cosce ambrate incongruamente vicine alle sue, secche e fasciate dodici mesi all'anno dai jeans.

La pellicola tornò a scorrere in maniera impeccabile: Ester sollevò il bel viso dalla spalla di lui, si schermò lo sguardo dalla luce piena del pomeriggio, guardò nella nostra direzione e accennò un saluto a mano aperta.

«Ma è la Bonsignori, quella!» esclamò Athos, e ricambiò con energia campestre la cordialità di lei. «Bella lì, Ester!»

«È il tuo vecchio amore, Tommy!» mi tormentò Selva, il portafogli già in mano. «Non la saluti?»

Mi limitai a un cenno, ma l'immagine era fuori fuoco, impossibile capire se lei se n'era accorta.

«Come cavolo fai a indovinare, amico?» Athos domandò al Mangialiquerizia mentre la coppia ripartiva verso l'aperto dei colli.

Quello increspò le labbra, scosse la testa e ammise: «Mica lo so». Poi tornò a sorridere e profetizzò: «Adesso Nelson la porta dietro la chiesetta. La cipolla un po', e quando lei è tutta bagnata se la scopa appoggiata al muro».

# 24
# Vale tutto

Mia madre si bevve la fola che l'avvocato Selva e la sua signora non vedevano l'ora di avermi ospite a cena. Così, quando mancava un quarto d'ora al rendez-vous con gli altri, scesi quatto come il coguaro nella rimessa condominiale, liberai il reggisella della Legnano dalla catena che gli stava avvoltolata intorno come un anaconda di metallo, e la soppesai: con un'arma del genere Raul aveva steso il titano Spicci, e anch'io avrei potuto dire la mia.

Qualunque cosa avessimo combinato, Ester sarebbe venuta a saperlo. Se avesse imparato che avevo fatto la mia parte, non avrebbe più pensato a me come a un codardo capace soltanto di prendersela con i deboli. Andavo a sfidare gli hooligans assassini, io, insieme alla ronda dei giovani.

Nascosi l'arma nel mio vecchio Invicta da elementari a righe rosse e bianche, me lo sistemai in spalla e filai di buon passo verso il Bar Carioca.

Via Andrea Costa scorreva sotto i miei piedi come un tapis roulant, in testa incalzava l'hit parade dei miei personali canti di battaglia, e la catena mi pesava contro il dorso; sarei stato capace di sguainarla con la sicurezza che aveva mostrato il mio peggiore amico? O mi sarei ridotto a brandirla senza colpire nessuno? Mi passarono davanti agli occhi come un incubo le immagini di me stesso che mi centravo in testa da solo col lucchetto, ondeggiavo incredulo fra le risate degli amigos e fuggivo sanguinante come l'ultimo dei cagamutande. No. Mai. Ester l'avrebbe saputo in quattro e quattr'otto. Piuttosto mi sarei lasciato fare a pezzi sulla pubblica via.

Ormai era tardi per i dubbi: distinguevo già il capannello davanti al bar nella coda del tramonto estivo, la Cagiva di Selva posteggiata di traverso sul marciapiede accanto a una teoria di Vespe, e il vento mi portava l'eco d'un coro: «Uccidiamo chi rispetta... la regina Elisabetta!».

«Bella Tommy!» mi venne incontro il Biondino, le braccia magre che spuntavano dalle maniche della camiciola a quadri, e annunciò complice: «Ho portato le manette e lo spray antiuomo.»

Me lo rividi in gita scolastica, mentre colpiva al volto il povero Pinzoglio, e mi domandai se sarebbe stato capace di far male a un gigante a torso nudo coperto di tatuaggi dell'Ipswich Town, del Villa o del Millwall. E io? Ci sarei riuscito?

«Si va a caccia grossa, stasera» ribadì euforico il Biondino. «Non senti già nell'aria l'odore del napalm, soldato?»

«Del napalm» ripetei, sforzandomi di non balbettare. «Come no.»

C'erano tutti i ragazzi che andavano allo stadio insieme ai miei amici, e Athos insistette per presentarmi anche chi conoscevo già: il vecchio, annebbiatissimo, Pepe Fabiani col suo orecchio riattaccato alla meno peggio sotto la zazzera scomposta, il campione di rutti Santurro, un tizio spiccio dalle ampie basette che chiamavano l'Assiro, Ginko e il Tosco dell'ITIS. C'erano anche due liceali del Foscolo, l'esitante milordino Pier Battaglia e il sodale tarchiatissimo Robbi Stramenghi, che indossava un'altamente inappropriata T-shirt nera sulla quale campeggiava il ritratto del Duce. Furono abbracci e strette di mano, ma nessuno era in animo di tirare fuori le vecchie storie delle medie, ché dovevamo combattere e il ricordo di quando eravamo degli ugonotti di dodici anni non avrebbe fatto altro che indebolirci.

«Vi siete contati, ragazzi?» intimò Cotenna spalancando le braccia. «Io dico che il futuro è nostro, se riusciamo a contarci!»

Undici. Tutti minorenni. Dodici con Aribò che stazionava con un sorriso ebete sulla soglia del bar, una ridicola spuma al cedro in mano. Cosa potevamo contro le crew di uomini fatti, minatori e portuali addestrati allo scontro?

«Pochi ma buoni!» rispose con ottimismo Athos.

«Anche i Wild Boys, alla nostra età, erano quattro gatti» riprese convinto il figlio del macellaio. «Ma un passo alla volta hanno fatto quello che hanno fatto. Basta che andiamo convinti, regaz, e anche noi lasceremo il segno!»

«È arrivato il gran giorno!» si esaltò il Biondino. «Non facciamo prigionieri!»

«Boia chi molla!» gridò Stramenghi a braccio teso, e io mi vergognai come un ladro.

«Sta' buono che porta sfiga» lo ammonì Athos. «L'ultimo che l'ha detto è finito appeso a testa in giù», e gli si piazzò di fronte con aria noncurante.

«Non fate gli stronzi, voi due!» pretese Cotenna. «Non siamo qui per la tribuna elettorale! I pugni chiusi e i saluti romani li fate quando siete per i cazzi vostri, non col gruppo!»

Così eravamo *un gruppo*. Con Pepe che ondeggiava strafatto, Aribò e la sua spuma, e un fascista sbruffone che, fosse stato per me, poteva anche tornare da dove era venuto.

«Questa città è la nostra città!» tornò a concionare il figlio del macellaio. «Deve ancora nascere il finocchio di Londra che viene qui a farla da padrone!»

«Così si parla» approvò Eolo affacciandosi alle spalle di Aribò. Bilanciava un bicchierino di Fernet, gli occhietti ad ago illuminati da un'emozione che non gli conoscevo. «Una volta a Bologna li accoglievamo come meritavano, quelli che venivano per farla da padroni.» Ci fissò malinconico, quindi sorrise coi denti guasti e si volse all'interno del locale: «Grappa per i ragazzi che vanno in prima linea, oste della malora!» gridò a Kociss. «Offro io, brutta raspa, ma tira fuori quella buona!»

Anche gli sbarbati usciti dal Caimani per vestire il grigioverde, prima di saltar fuori dalle trincee, bevevano grappa. Tutti. Quelli destinati a cadere falciati dalla mitragliatrice ed essere ricordati in saecula saeculorum sulla targa accanto all'ingresso del liceo, e quegli altri senza nome ch'erano rimasti illesi. Avevano potuto ballare con le infermiere, i fortunati, avevano festeggiato la vittoria nei bordelli, e alla fine erano tornati a gustare il pane di casa, il brodo buono dei tortellini e il vino asprigno della cantina di famiglia. Io volevo essere come loro, gli scampati dal sepolcro – se proprio qualcuno doveva cadere, che fosse il fascista Stramenghi – e già mi prefiguravo le delizie che mi sarei concesso in premio se fossi sopravvissuto. Telefonare a Marzia, tanto per cominciare, caso mai saltasse fuori che la magnate aveva davvero una gran voglia di vedermi, magari addirittura di chinarsi a offrire le magre chiappe mentre si sorreggeva contro il muro di qualche chiesetta fuori mano.

Solo i fumi della grappa friulana distillata in purezza, a ben vedere, mi stimolavano a muovere un passo dopo l'altro, oplita ebbro con l'Invicta bicolore a pesare sulla schiena, perso in mezzo alla dozzina di volontari che sciamavano sul selciato alla volta del Pratello.

«Cento a uno che voltiamo l'angolo e ne troviamo qualcuno in osteria!» promise Cotenna, e ci restò male quando Selva ricordò che, per ordine della prefettura, era proibita la somministrazione d'alcolici in tutta la città.

«Figuratevi se qualche barista non fa il furbo» ribatté Athos, e prese la curva alla larga facendoci cenno d'attendere. Sentivo una specie di palla infuocata alla bocca dello stomaco, adesso, e l'idea di dare aria alla catena non mi dispiaceva più. Un bel giro alto, ché la testa d'ottone del lucchetto la guidasse a disegnare l'aria, e – *stoc!* – pioveva impietosa sul volto del malcapitato di Leeds o Newcastle. Niente di più facile, a vedere le cose con distacco.

«Via libera» annunciò Athos, e ci fece cenno d'andargli dietro.

Scendemmo la strada disposti a cuneo come uno stormo di migratori; i passanti si arrestavano sotto i portici in penombra a fissare quella bislacca armata di principianti, e mi domandavo se sapessero indovinare chi di noi sarebbe caduto e chi no. Se non volevo rischiare di essere scambiato per morituro, dovevo metter su la più convincente musta da duro a disposizione, accelerare il passo per stare avanti con Athos e Cotenna.

Fu così che mi ritrovai occhi negli occhi con i tre ussari che uscivano di fretta dal commissariato in testa alla via.

«Coglioni che siamo!» esclamò Selva alle mie spalle. «Ci siamo cacciati in bocca alla madama!»

Quelli ci guardavano interdetti: a nessuna banda di aspiranti ultras doveva essere passato per la testa di calare in centro passando da lì, e anche noi non sapevamo più tanto bene cosa fare.

«Avanti, avanti!» reclamò Cotenna. «Facciamo finta di niente!»

Ripartimmo a passetti da donna cinese, vergognosi sotto lo sguardo sarcastico dei tre. «Attenti, giovani, che c'è in giro brutta gente!» ci ammonì il più attempato. «Se poi vi fate male, non venite a piangere da noi!»

«Ma cosa dici!» gli fece un collega. «Non vedi che cazzimma? Quelli gliele suonano, agli inglesacci.»

«Speriamo non li becchino i colleghi della Digos» sospirò il terzo. «Già me li vedo a tremare come gelatine in sala interrogatori, 'sti piscialetto!»

Cotenna aveva la fronte imperlata di sudore, e rivolse agli ussari un cenno da turista imbarazzato, come domandasse il permesso di procedere.

I tre voltarono l'angolo come non ci avessero neppure visti, così proseguimmo a chiappe strette fino a quando non si spalancò davanti a noi la prospettiva delle Due Torri.

«Bella idea, passare di qui!» protestò Selva. «Lo sanno anche i bambocci che al Pratello c'è il fortino della madama!»

«Se lo sapevi, perché non l'hai detto?» protestò Cotenna.

«Eccoli!» li zittì Athos. «Sono loro!»

A cinquanta passi da noi, un tassista scaricava le valigie per una coppia di uomini in calzoni corti dall'inconfondibile colorito latteo. Ero incredulo per il loro ardire: il ragazzone sceso dalla portiera sul lato guida sfoggiava la vecchia maglia Admiral della nazionale inglese con le strisce rosse e blu a fasciare le spalle, mentre l'altro, un pelato più anziano e muscoloso, aveva una bandiera con la croce di San Giorgio a cavallo delle spalle. Conciati a quel modo li avresti notati a un miglio di distanza, eppure si comportavano come pacifici turisti: ringraziarono il tassista, si fecero dare un'ultima indicazione e traversarono ridendo la strada trascinandosi dietro le loro valigie a rotelle. Aggirata la ringhiera del vecchio sottopassaggio, i due s'infilarono incerti nella bocca squadrata della Galleria del Toro.

«Quelli sono nostri!» promise il figlio del macellaio, e dispose: «Prendiamoli tra due fuochi, Athos!»

Ci dividemmo senza bisogno di altre parole. Adesso che seguivo il Mezzosangue che correva verso l'uscita opposta della galleria, il cuore batteva a incudine nelle tempie. C'era Selva, con noi, lo spray pronto in mano, e anch'io avrei dovuto tirare fuori la catena dallo zainetto. Se il tempo si fosse fermato per regalarmi un'occasione, lo avrei fatto, ma era troppo tardi: non sapevo fare altro che correre insieme ai miei amici e a qualche ombra giovane nel cuore della mia città, incontro a due tizi sconosciuti che s'erano cacciati in trappola da soli.

«Animo, ragazzi!» ci incitò Athos, come faceva sul campo del Rapid quando mancava poco alla fine e bisognava riprendere la partita per i capelli. «Vale tutto!»

Ritrovammo gli inglesi lungo il tratto centrale del corridoio a baionetta della galleria: il pelato con la bandiera sulle spalle esitava come subodorasse qualcosa, e appena ci vide lanciò l'allarme all'amico. I due si volsero d'istinto per tornare sui loro passi, ma si trovarono di fronte il drappello di Cotenna che avanzava a sbarrare la via d'uscita.

«Carica!» gridò Athos, e il ragazzone con la maglia della nazionale sbiancò. Lo schianto della sua valigia che franava di piatto sul pavimento della galleria segnò l'inizio dell'emergenza.

«Fuck off!» gridò il pelato, furioso come avessimo offeso la sua famiglia, e subito imbracciò il borsone che portava a tracolla per lanciarlo addosso ai bloody italian bastards che gli si avventavano contro.

Il figlio del macellaio, che veniva avanti per primo, si gettò di lato per schivarlo, ma il proiettile mandò Ginko gambe all'aria. Nessuno gli badò: il fascista Stramenghi si lanciò per primo addosso all'inglese frustando l'aria con la cinghia del Fronte, e un attimo dopo l'Assiro si lanciò testa avanti in un temerario placcaggio.

Noi, ormai, eravamo addosso allo spilungone che cercava di aprirsi la fuga con il terrore dipinto in volto. Athos ne rallentò l'impeto con un calcio aereo che lo spedì a sbattere contro una saracinesca abbassata, e mentre franava a terra Selva prese a sventagliarlo con lo spray.

«You like it?» domandava isterico il Biondino, e l'inglese, nonostante i calci che gli piovevano addosso, sembrava aver cambiato umore. Per qualche assurda ragione pareva ridere, nascondendo l'ilarità dietro le mani sollevate a proteggere il volto.

Era sceso da un taxi un minuto prima, e ora si trovava a vivere una situazione antipatica; era in trappola, le gambe aperte come una bambola e le spalle addossate alla serranda che risuonava ad ogni colpo. Che cazzo aveva da ghignare?

«Hai goduto dopo l'Heysel?» gli ruggì contro Athos. «Godi adesso, brutta merda!» e mentre quello spalancava gli occhi meravigliato, gli scaricò in volto un destro da fargli dimenticare se si chiamava William oppure Derek.

Perdeva sangue dal naso, il pallido mangiatore di porridge, gli colava fin sulla maglia traslucida con i tre leoni e le rose sul cuore, ma non smetteva di ghignarsela coi denti in vista. Forse era solo la faccia che metteva su nei momenti difficili, ma sentivo di non poterne sopportare la vista. Era venuto a invaderci e le stava prendendo come il giorno del giudizio, che si levasse di dosso quel sorriso da iena!

Fargli chiudere la bocca diventò una cosa importantissima, tipo la mia ragione di vita, e pur di riuscirci valeva tutto. Così, fra un calcio e l'altro, mi sfilai di dosso l'Invicta; lo sollevai a due mani come avevo fatto un giorno con l'astuccio per zittire una compagna impertinente, valutai il peso del serpente di metallo che dormiva là dentro, e lo abbattei con tutta la forza di cui ero capace in testa al mangiatore di porridge.

Quello abbassò il capo sotto la vagonata, si tastò la fronte e mi guardò risentito, come fossi stato l'unico a mancargli di riguardo. Finalmente aveva smesso di ridere.

«Sorry, sir!» lo interpellò Selva col fiato corto. «Do you like Italy?»

Danneggiato com'era, l'inglese implorò un attimo di quiete, ma non fece in tempo ad aprire bocca: Athos lo schiantò con una ginocchiata in pieno volto, e il clangore del contraccolpo sulla saracinesca suonò crudo come la certificazione del KO.

«L'abbiamo fatto!» esultò Selva mentre quello scivolava a occhi chiusi sul fondo di pseudomarmo. Guardò incredulo quel corpaccione scomposto, diede una sorta di nitrito entusiasta e ribadì: «Abbiamo fatto un inglese, Tommy!».

L'istinto mi suggeriva di filarmela prima che arrivasse gente, ma a pochi metri da noi la battaglia continuava.

Il pelato era rimasto in mutande ma si manteneva ancora in piedi, la schiena muscolosa pezzata di tatuaggi e rigata dal sangue che colava dalla testa. Era un osso duro e, per quanto lo bersagliassero di colpi da ogni lato mentre Aribò lo copriva di sputi, s'ostinava ringhiando a trattenere la bandiera che Cotenna provava a strappargli.

«Addosso!» c'incitò Athos. «Fottere anche questo e telare!»

Raccolsi l'Invicta, ne trassi la catena, e mentre correvamo da quella parte mi parve di capire cos'era il fuoco che sentivo in petto: come Hiroshi, dovevo avere installato nella cassa toracica la miniatura di un'antica campana di guerra che conferiva l'invulnerabilità. Doveva essere l'ultimo regalo di mio padre, il più prezioso, quello di cui Mamma non mi avrebbe mai parlato. Grazie al dono del professor Shiba sapevo combattere i mostri. Non ero più un mediocre cyborg cornuto; mi ero finalmente trasformato in un poderoso robot d'acciaio, e mi lanciai urlando addosso al nemico.

"Inferno hooligans" titolava a tutta pagina la "Gazzetta felsinea" che mia madre mi agitava sotto il naso. Non ero ancora riuscito a uscire dal letto, e quella mi sovrastava blaterando che il giornale parlava di fatti gravissimi.

«Li hanno aggrediti in tutta la città!» reclamava, mentre facevo il censimento delle api che mi ronzavano in testa, provavo ad aprire e richiudere le mani sotto il lenzuolo, cercavo di ricordare se portassero segni della lotta. «Sono stati quei balordi dei tuoi amici ultras!»

Come poteva sapere della ronda dei piccoli? Ci eravamo dispersi appena il tarchiato era andato giù, la bandiera insanguinata con la croce di San Giorgio era sparita in tasca a Cotenna, e nel giro di mezz'ora ci eravamo ritrovati al Bar Carioca per ricevere i complimenti dei vecchi, rievocare le scene più efficaci della nostra magistrale aggressione, buttar giù un nuovo giro di grappa friulana.

Poi i monaci erano saliti in processione all'Abbazia, due su ogni cavalcatura come i templari, per festeggiare levando colonne di fumo profumato sotto il cielo inondato di stelle di un'estate italiana.

«Dimmi la verità, Tommy!» pretese. «Dove siete stati, ieri sera, tu e Selva?»

Roba che aveva chiamato la madre del Biondino per incastrarci. Come minimo. Se provavo a dire che si era rimasti a cena a casa sua, ero fregato.

«Su, Mamma» le feci levandomi a sedere. «Lo sai.»

Mi guardò pietrificata.

«Se ti dico che esco con una ragazza fai mille domande» osservai piccato. «Così ti ho raccontato una piccola bugia a fin di bene.»

«A fin di bene?» ripeté un'ottava sopra, e il giornale le restò a penzolare in mano. Diede una risatina incredula e volle sapere: «Quale ragazza, Tommy?».

«Presto avrò sedici anni» feci il misterioso, e mi liberai del lenzuolo con un gesto da prestigiatore che la indusse a ritrarsi. Scesi a terra con la mossa più elastica e naturale che mi venne in soccorso, le sfilai sotto il naso coi miei boxer a quadretti e mi stiracchiai in maniera plateale. «Lo so che mi vedi sempre come un poppante» annunciai rammaricato. «Sarà la natura, ma vedi di lavorarci su» l'esortai, puntando il corridoio con la tipica aria di chi ha passato la serata con la sua nuova fiamma e ha una gran voglia di farsi una doccia.

«Spero che tu non mi racconti balle, giovanotto» sospirò, prossima alla capitolazione, quindi tornò a domandare: «Con chi sei uscito?»

Bastò una mezza piroetta sulla soglia per tornare a fissarla ironico e rilassato come i migliori sciupafemmine della Costa Est. «Natascia» improvvisai scrollando le spalle. «Si chiama Natascia, d'accordo? E mi ci trovo bene.»

Mi fissò come non ci capisse più niente. «Natascia» sillabò a sua volta. Poi mi agitò contro il giornale come si fa per ammonire i cuccioli, e aggiunse preoccupata: «Vedi di non prendere in giro le donne, tu. Sono loro che reggono il peso del mondo mentre voialtri fate i galletti in giro». Cosa stava dicendo, adesso? «Ti ha cercato al telefono un'altra ragazza, ieri sera» rivelò. «Eri appena uscito. Marzia, si chiama.»

«Ah!» esclamai, senza riuscire in alcun modo a mascherare la mia sorpresa. «Tu guarda!»

«Educatissima» osservò con favore. «Non la finiva più di scusarsi per l'ora tarda, e chiede se la puoi richiamare entro mezzodì, ché poi parte.»

Sedici feriti, un numero imprecisato di contusi, e una ventina di hooligans già schedati per atti di violenza rispediti a Londra sul primo volo. E, a quanto pareva, chi non le aveva prese dai ragazzi era stato gonfiato a manganellate dagli ussari.

L'inseguirsi delle voci e il piacere di mettere insieme le tessere del mosaico mi trattennero sul prato dell'Abbazia sino a ora di pranzo, e solo a quel punto mi ricordai di Marzia.

Mi precipitai con una scusa giù per i gradoni erbosi e guadagnai il sentiero in ghiaia che conduceva all'ingresso del parco affacciato sulla strada maestra. Entrai nella garitta della SIP, raccolsi il ricevitore che penzolava dal corpo squadrato del telefono pensile e inserii speranzoso le mie duecento lire nella bocca verticale della gettoniera. Attento come un antico copista, digitai il numero esatto di villa Corbelli Doria, e ascoltando il segnale di linea libera mi sorpresi a ravviarmi i capelli.

Cos'ero, intimorito? Solo perché quella cacava i copechi e io avevo già dilapidato il mio tesoro da cinquanta carte? Pensava forse di intimorirmi, la magnate? Ero un robot d'acciaio, io. Uno della ronda dei piccoli che si era fatta valere al pari dei gruppi più celebrati. Proprio come facevano i Wild Boys alla nostra età.

«Pronto?» mi raggiunse dal ricevitore una voce argentina.

Vedrai che era seduta accanto al telefono da tutta la mattina. Anzi. Una così aveva il cordless, sicuro come la luce del sole, e non se l'era perso di vista neppure in sala da bagno per paura di mancare la mia chiamata.

«Tommy» mi annunciai in tono morbido e galante.

«Scusi? Chi parla?»

Faceva la sciocchina, adesso. Le andava di giocare. Ma presto avrebbe gettato la maschera e mi avrebbe chiamato "rude boy".

«Son Tommy!» protestai. Vedrai che aveva i parenti attorno e faceva la gnorri per non farsi sgamare. «Dài, che sto chiamando da una cabina!»

«Si può sapere con chi desidera parlare?» domandò la voce. Grattava come gesso sulla lavagna, ora, e mi prese un dubbio spaventoso.

«... Marzia?» balbettai.

«Sono la madre» chiarì l'equivoco, e aggiunse agra: «So che Marzia l'aveva cercata.»

Feci per levare gli occhi al cielo, ma il mio sguardo incontrò un disegno realizzato ad accendino sul soffitto della cabina; due cerchi pelosi dai quali dipartiva una rudimentale ellisse, evidente richiamo agli arcaici totem della fertilità. Avranno anche avuto il salone affrescato, i Corbelli Doria, ma graffiti rupestri del genere se li sognavano.

«È appena partita» riprese la plutocrate madre, e aggiunse asciutta: «Sarà al Forte sino a fine luglio».

Quale forte? Fort Apache?

«Non è che per caso...» insinuai, ma ancora una volta la donna coprì la mia voce.

«Torna il 30» mi informò. «Può cercarla al rientro, prima che riparta per Parigi.»

Lo intuiva, vero, che sua figlia mi aveva carezzato la mano come fossi l'ultimo sopravvissuto a una catastrofe nucleare? Lo sapeva, la madame royale, che alla sua principessina sarei mancato?

Valutai di assumere la ghigna guasta d'un Rotten e strillare: "Sissignora, sono povero! Io le vacanze le farò a Pinarella! Ma sua figlia mi ama, e lei non ci può fare un bel cazzo!".

Ci sarebbe stato bene, invece mormorai un ringraziamento generico, un accettabile arrivederci, e restai inebetito, il ricevitore ancora all'orecchio, ad ascoltare il carpiato delle mie duecento lire lungo lo scivolo della gettoniera.

Nel precipitare fra le consorelle, la moneta produsse un clangore doloroso; la prima nota, c'era da giurarci, di un'altra estate consacrata alle seghe.

«Adesso l'autorizzazione ce la devono dare per forza» valutò Cotenna, mostrando a tutta l'Abbazia la bandiera con la croce di San Giorgio sporca di sangue. «Il nostro battesimo del fuoco l'abbiamo passato alla grande, zio caimano!»

«L'autorizzazione per cosa?» domandò il Biondino, la mentoniera del casco sollevata sulla fronte come fosse l'elmo di un antico eroe.

«Facciamo un gruppo» proclamò solennemente il Norcino.

«Un gruppo tutto nostro» precisò il Mezzosangue levandosi in piedi. Andò ad affiancare Cotenna, aprì le braccia come per contenerci tutti e annunciò con un sorriso franco: «Con lo striscione e tutto quanto, regiz!».

«Togo!» esclamò Selva, e nel tumulto d'approvazione che salutò l'annuncio l'Assiro levò la destra.

«Uccidiamo chi rispetta...» lanciò il nostro coro bislacco.

«La regina Elisabetta!» rispondemmo tutti insieme.

L'idea di fondare un gruppo mi esaltava, e questa volta mia madre non si sarebbe potuta mettere in mezzo. Avrei iniziato lo sciopero dello studio, se si azzardava a negarmi il diritto di stare in mezzo ai miei amici. Dello studio e della fame, anche.

«Ci serve un nome!» mi feci sentire.

Ne uscirono di tutti i colori, ma il Norcino ci zittì sventolando irritato la bandiera. «Siamo i piccoli della Curva, noi, ma sappiamo muoverci bene anche da soli. E ci serve un nome che a Bologna non abbia mai usato nessuno.»

«Wolves?» propose Selva, e sconcertato dal silenzio che salutò la sua proposta cercò il mio appoggio: «Vuol dire "lupi", dico bene?»

«Lasciamoli in parrocchia, i lupetti» si oppose l'Assiro.

«Sterminators?» azzardò Ginko.

«Ma scusate!» fece Athos. «Dopo quello che abbiamo fatto, andiamo a prenderci un nome inglese? Italiano, ci vuole!»

«Decima legio!» propose Stramenghi. Era l'unico fra noi che si rifiutasse testardamente di fumare le resine, in compenso la sua dieta giornaliera comprendeva due pacchetti di Marlboro rosse, un beverone di amminoacidi per gonfiare la muscolatura e una mezza dozzina di Peroni in bottiglia.

«È un nome fascio!» denunciai. «È fascio e non è manco italiano!»

«Ce l'ho!» s'infervorò l'Assiro. «Ce l'ho, cazzo!»

«Spara» lo invitò Athos.

L'altro sorrise come conoscesse un mistero, quindi inarcò un sopracciglio e scandì: «Ardita Guardia!».

Il Mezzosangue lo fissò corrucciato. «Chissà cosa m'aspettavo» esclamò. «È un nome da coglioni, dài.»

L'idea di fondo, però, era buona. «Nuova Guardia» proposi a mia volta. «C'è la Vecchia, Commandos e Wild, e noi siamo la Nuova.»

«Nuova Guardia!» ripeté Athos compiaciuto. «A me piace!»

«Nuova Guardia» scandì a sua volta il Norcino. «Me lo figuro già scritto sullo striscione. Voi che ne dite?»

Al vedere che stava per essere approvata la mia proposta, Selva tentò il colpo della disperazione: «E se ci chiamassimo Ballotta Anti Ronda?».

Fu sepolto di pernacchie. Ormai eravamo la Nuova Guardia, per gli amici la Nuova. Avremmo fabbricato sciarpe e magliette col nostro nome, e il nostro gonfalone avrebbe incorporato il trofeo di guerra sottratto agli inglesi.

«Facciamo lo striscione in stoffa, a due facce, e in mezzo ci cuciamo questa» illustrò Cotenna tornando a mostrare la bandiera. «Così da fuori non si vede, ma noialtri lo sappiamo che lì dentro c'è il ricordo della nostra fondazione.»

«Sarà il nostro segreto» approvò Athos. «Nostro e di nessun altro.»

«Ci sto» approvò l'Assiro. «E chi lo racconta in giro è fuori! Quel che accade nel gruppo, resta nel gruppo!»

«Be', andiamo a brindare al Bar Carioca?» propose Stramenghi, ma c'erano tre diversi joint in lavorazione, e nessuno aveva troppa voglia di sgombrare il campo.

«Brindiamo dopo» concluse Cotenna, e riposta la bandiera nella tasca dei bermuda militari dispose: «Prima tiriamo su un'olandesina a testa! Stasera tocca tuonarci!»

Passò fra di noi come il grande cerimoniere, e regalò una punta di libano a chi ne era sprovvisto; fiorirono in ogni angolo dell'Abbazia i pacchetti di Rizla, e chi non sapeva rullare si rendeva utile predisponendo i filtri.

Stramenghi protestò che non si poteva battezzare il gruppo senza buttar giù neppure un sorso di birra, ma il Norcino lo invitò a non prendersela: «Se hai sete ti conviene scendere al bar e portar su un po' di bottiglie, amico, ché ormai la Nuova Guardia si è messa al lavoro».

Quella sera, mentre discutevamo di quale aspetto avrebbe avuto il nostro striscione, i Wild Boys tornarono in caccia. Era passata da poco la mezzanotte quando il Ciao di Aribò si presentò a fari spenti all'Abbazia, e il Mangialiquerizia ci raccontò cos'era successo a Porta San Donato.

A quanto pareva, un tizio di Nottingham era stato inseguito per tutta via Irnerio; per sfuggire ai nostri che gli davano dietro si era buttato alla cieca in mezzo ai viali, e un taxi l'aveva centrato in pieno.

«È pieno di madama, laggiù» spiegò concitato il messaggero. «Tengono lontani i ragazzi, ma io vado lì in sambo e butto l'occhio prima che mi scacciano. Così vedo il lenzuolo!»

«Che lenzuolo?» domandai mentre un brivido mi risaliva la spina dorsale, e l'effetto dei cigarros svaniva all'istante.

«Il lenzuolo sporco di sangue» spiegò Aribò. «È lì sotto che sta sdraiato l'inglese.»

«Puttana eva!» imprecò Athos.

L'altro si portò un pugno alla bocca e, sovrappensiero, vi si appese coi denti. «Sembra un film» considerò abbassando la mano, quindi volle sapere: «Se uno sta sotto un lenzuolo, vuol dire che c'è rimasto secco. Vero o no?»

I connazionali del poveretto sloggiarono nel giro d'un paio di giorni.

La temuta invasione degli hooligans poteva considerarsi respinta, e del mangiatore di porridge rientrato in patria dentro una bara nessuno parlava volentieri. Finché si enumeravano i nemici presi a bastonate o colpi di stocco, c'era di che andarne orgogliosi, ma un morto era un morto, e nessuno aveva voglia di vantarsene.

Al considerare che una vita era stata spenta senza rimedio, sentivo pesare su tutti noi l'ombra della colpa. Come mi sarei sentito, se a restarci secco fosse stato uno degli inglesi che avevamo massacrato di botte sotto la Galleria del Toro?

Una notte sognai di essere braccato da una banda di esaltati; correvo e correvo, ma non riuscivo mai a staccarli, e all'improvviso mi ritrovavo addosso la fiondata dei fari d'un veicolo lanciato a tutta velocità.

Per alleggerirmi la coscienza, valutai con gli amici che erano stati quegli altri a invaderci, e in fondo non erano mai esistite guerre senza vittime.

«Poteva andare male a noi, invece la penitenza è toccata a quel tizio» osservò Athos con una scrollata fatalista di spalle. «È il destino, e contro il destino non si può fare niente.»

«È brutta da dire» si cautelò Selva. «Ma se il baggiano non si faceva prendere dal panico e guardava meglio prima di attraversare la strada, mica gli succedeva niente. Dico bene?»

«Se non lo sapete voi che andate alle scuole alte...» sospirò Cotenna. «Per quel che mi risulta, si chiama selezione naturale.»

*Libro terzo*

# IL FUTURO CHE ARRIVA

## (1990-1992)

## 25

# I mostri del rock

«Stiamo assistendo a una svolta epocale» spiegò Nixon coprendo il vociare della folla. «Negli anni Novanta non ci sarà più posto per la compartimentazione dei generi.»

Anche in mezzo alla bolgia di metallari sudati, manteneva il suo aplomb, ed era forse l'unico fra i trentamila ragazzi che assediavano le torri del palco a sfoggiare un cravattino e una camicia a maniche corte fresca di stiratura.

«Le barriere mentali cadranno come il Muro di Berlino» riprese. Ravviò dietro l'orecchio la frangia asimmetrica e annunciò: «Sarà un decennio all'insegna del crossover, del riciclo e della ricontestualizzazione. Stiamo per entrare in una decade altamente sperimentale, e quel ragazzo l'ha capito.»

Indicò Mike Patton, che camminava su e giù per il palco su un tappeto strumentale che non capivi se fosse hard rock o la parodia dell'hard rock; il cantante si prendeva il suo tempo, confidente come un padrone di casa libero di starsene a torso nudo, una camicia a quadri biancorossi legata in vita e i lunghi capelli lisci che ondeggiavano sulla schiena. Un paio di bermuda larghi da skate e le scarpe da basket erano tutto quello che gli serviva per andare incontro all'avvenire.

«I Faith No More sono stati i primi a contaminare il rock con le liriche hip hop» illustrò il leader del club antischiavista. Le sapeva tutte, lui. «*Walk this way*, gli Urban Dance Squad e i Mano Negra sono venuti dopo.»

«E i Beastie Boys dove me li metti?» suggerii.

«Calma!» invocò il bassista Alex. «Qui si dimenticano i Red Hot Chili Peppers!»

«Seminàli, non discuto» concesse Nixon, e sottilizzò: «Però i Beastie sono cresciuti nella scena hardcore. E i Peppers degli inizi ibridavano soprattutto rock e funk.»

Alex sbuffò, infastidito da quello sfoggio di cultura musicale. «Le sai tutte, tu!» esclamò sulfureo.

Propiziate dall'interludio strumentale, intorno a noi fervevano le attività degli amigos, schiera di liceali moderatamente abbronzati nella bolgia del Monsters of Rock. Hoge e Helios Nardini avevano imbastito un inguardabile carciofo con il marruego sabbioso che avevo portato loro dall'Abbazia; Rinaldi slumava le tipe, spalle al palco, indirizzando alle più giovani i suoi untuosi "Cresci bene che ripasso", mentre Leo Chernobyl continuava ad allarmare Vanessa Campora e le Nicodemi profetizzando rissa.

«Mi pogavano sulle Vixen, gli sfighé! A gomiti alti!» denunziava, dardeggiando di sguardi incendiari una cerchia di parrucconi in camperos con un pesante accento montanaro. «Credono di essere simpatici, gli zotici. Ma appena i ragazzi attaccano *Epic* gliele restituisco con gli interessi.»

Patton gli fece eco dal palco con una spiazzante bestemmia nella lingua di Dante che ammutolì la platea.

«L'ha detto davvero?» volle sapere Macca. «Ho sentito bene, regiz?»

Durante l'estate si era fatto tosare la lana, e ora sfoggiava un taglio d'avanguardia, suggerito da Nixon, al quale gli ampi occhiali a specchio aggiungevano un tocco cyberpunk.

«L'ha detto» confermò Helios, statuario nella maglietta dell'Incredibile Hulk. «L'ho sentito benissimo», e passò il turibolo fumante a Nixon.

Il leader del club antischiavista si schermì con un gesto di nobile sdegno. Fumava solo personal, lui. Così mi feci avanti io. Raccolsi dalle mani di Hoge quella specie di melograno in tabacco e carta di riso, aspirai una buona boccata e repressi un colpo di tosse per via della mesta grezza. Mentre saliva la botta mi parve di vedere in controluce uno schema virtuoso, una cerimonia da replicare in grande scala, un'intuizione da eureka.

Non mi avevano forse passato cento carte, gli amigos che mi stavano intorno, con l'auspicio che le trasformassi in resina? E io per aiutarli non mi ero forse rivolto a Cotenna? Il Norcino mi aveva consegnato una porosa mattonella brunita da venti grammi, e io ne avevo staccato quello che all'Abbazia si chiamava "il boccone del prete", la decima per l'intermediazione, la giusta mercede per lo sbattimento. Avevo fatto la mia consegna, e a portare la mercanzia nel perimetro del festival ci aveva pensato Helios, nascosta dentro le mutande. Io invece ero entrato pulito come un poppante, senza rischio alcuno nello sculettare fra i Rin Tin Tin al guinzaglio dei berretti verdi. E adesso fumavo gratis quella stessa resina.

Bonus track: Vanessa Campora e le sorelle Nicodemi, i davanzali in bella vista sotto le canottiere sbracciate, mi facevano gli occhi dolci nell'indagare se – hai visto mai? – riuscivo a rimediare anche a loro un venti, un cinquanta, qualcosellina che aiutasse una ragazza a farsi forza in vista del rientro a scuola.

Fra i bocconi del prete, la fumagione già pagata che mi tornava in mano e le promettenti moine delle smorfiose, mi pareva di capire che smerciare resina fosse un buon lasciapassare per il futuro. Altroché l'avvocato, l'ingegnere o il professore! Il mestiere perfetto per gli anni Novanta era il pusher!

Chissà se Mike Patton la pensava come me.

"What is it? It's it!", le rime serrate e lapalissiane di *Epic* mi riecheggiavano in testa come il metronomo della nuova era, mentre pedalavo fradicio nella notte lungo la schiena del ponte di Stalingrado.

Il concerto era finito sotto un nubifragio, ma avevamo resistito stoici al diluvio per seguire gli Aerosmith e confezionare gli ultimi cigarros formando ripari con i nostri stessi corpi; nessuno voleva abdicare a quella serata di libertà, e per scaldarsi bastava sbirciare le canottiere incollate addosso alle ragazze, i loro capezzoli eretti sotto il cotone zuppo.

Quando raggiunsi il sommo del ponte scesi incontro al cassero di porta Mascarella senza più pedalare; il semaforo dei viali mi concesse subito il via libera, così aggirai il rudere per inoltrarmi nel labirinto amico del centro storico.

All'una di notte la zona universitaria brulicava di compagnie allegre di fuorisede addossati alle colonne dei portici, cliques di maghrebi in cerca di rogna e minacciosi epiroti che strillavano dietro alle ragazze sole.

Forse i vecchi del Bar Carioca avevano ragione, quando si lamentavano che Bologna non apparteneva più ai suoi figli. Ma erano stati i suoi figli a cederla, un metro quadro alla volta, e ci avevano trovato il loro guadagno. Le finestre aperte di via Belle Arti, dalle quali uscivano colonne sonore di feste, grida di litigi e risate matte, erano altrettanti spiragli sulle vite degli universitari, che si stipavano in tre o quattro dentro una stanza umida pur di sentirsi al centro della scena.

Arzdaure e omarelli proprietari di appartamenti vendevano ai ragazzi la sensazione di trovarsi in un Village medievale, una Londra in sedicesimo, una Kreuzberg dove si mangiava benissimo.

Sbucai su piazza Verdi di fronte al Piccolo, il bar d'elezione di artisti e intellettuali giovani, che ricordavano volentieri come un tempo fosse stato un ristorante di lusso, preso d'assalto dagli autonomi nei giorni di fuoco del '77.

Ora serviva birra a prezzi calmierati, e vi stazionavano davanti i radicali barbudos in maglietta nera di Teramo e di Andria, capelli lunghi alle spalle e orecchini da corsari. Studenti del Dams con le trecce rasta e pasdaran con gli occhialetti alla Trotsky discorrevano di assemblee e di occupazioni bevendo le loro bionde nei bicchieri di plastica; gli araldi della Pantera si facevano largo ciabattando fra i cani esausti dei clochard.

Presi con rinnovata energia il falsopiano di via Zamboni, stretto fra i portici di San Giacomo e quelli di Giurisprudenza, tra le sale mute del Conservatorio e quelle ancora chiassose d'un pub. Non c'era niente da fare: quella città femmina, capace di accogliere ma sempre attenta al soldo, era la mia città.

Cento colpi di pedale e le greghe di estudiantes lasciarono il posto a costellazioni di ragazzi in camicia cifrata e fanciulle in abitini da miss Muretto che sciamavano fuori dal Kinki o si apprestavano a entrarvi. C'erano gli avanguardisti dalle teste rasate, i ragazzi ricchi dei Colli, le compagnie di ugonotti di provincia vestiti a festa, le aspiranti modelle, gli amici dei baristi, i cugini dei vocalist, i corteggiatori delle cubiste, i profittatori, i mitomani.

Qualcuno protestava ubriaco con i pretoriani schierati all'ingresso, giurava d'avere dimenticato il portafoglio, il giacchetto o la fidanzata all'interno, ma quelli irremovibili gli sbarravano la via. Chi era stato sbattuto fuori doveva restare fuori, e gli conveniva farsi passare senza troppo clamore la nostalgia del paradiso perduto.

Un ciclista bagnato fradicio poteva persino sentirsi a disagio, in mezzo a quella folla ebbra che colmava la strada; pedalare a un buon ritmo era impensabile, così m'impegnai in un cauto slalom tra le fanciulle in fiore e i cavalieri in ecstasy.

Il più alterato di tutti si era issato in precario equilibrio su un paracarro e ballava a torso nudo da là sopra, la mandibola serrata e le braccia aperte stile Cristo di Rio, come benedicesse uno per uno i partecipanti al convegno. Mi resi conto con un brivido di conoscerlo: era Martino, diciassettenne maudit del Caimani devoto ai ritmi spezzati della house e alle montagne russe delle pastiglie.

«E portala a mano, la bici!» berciò qualcuno alle mie spalle. Non gli diedi peso, ma quasi subito mi piovve una manata a tradimento sulla schiena fradicia; non sentivo l'urgenza d'intavolare una discussione sui diritti dei ciclisti con qualche fuori di testa, così incassai senza fare una piega e continuai a farmi largo verso le Due Torri.

«Ti ho detto che devi scendere da quella bici di merda, Gimondi della minchia!» riprese rauca la voce di prima. Davanti alla mia ruota ora s'apriva un passaggio favorevole; presi il largo con tre colpi di pedale, e a quel punto mi parve equo levare al cielo un proletario dito medio.

«Oi, oi, oi! Fermati un po', tu!» sentii gridare da dietro.

Mi venne da ridere: non lo sapeva, il geppo, che quando un uomo a piedi incontra un uomo in bicicletta, l'uomo a piedi è un uomo morto?

«A chi l'hai fatto, il ditaculo?» reclamò. «Torna subito qui!», e a quel punto lanciai uno sguardo da sopra la spalla per levarmi la soddisfazione di vederlo in faccia.

Era un ragazzone dal caschetto così chiaro che pareva un albino, e la camicia aperta lasciava intravedere un torace da peso massimo; il bastardo mi veniva dietro col sorriso sufficiente di chi può amministrare la giustizia a proprio gusto, e nella sua scia si muovevano già due, tre, cinque amici che non sembravano più ragionevoli.

Telare! Scattai in piedi sui pedali per prendere vantaggio prima che quelli si mettessero a correre, e quando mi parve d'aver trovato un buon abbrivio tornai a sedere curvo sul manubrio, le ginocchia che mulinavano alla ricerca della velocità di punta.

Una maschera di stupore si disegnò sui volti di ragazze ricciolute arrampicate sui tacchi e studenti d'economia in polo bianca che calavano verso la discoteca.

«Largo!» gridavo, pistonando sulle pedivelle come il Re Leone Cipollini lanciato in volata. «Fate largo, cazzo di Buddha!»

Sfilai sotto la torre Garisenda con la voce del mio persecutore che rimbalzava contro le tempie, mi lasciai alle spalle anche il basamento dell'Asinelli e svoltai a destra. Contavo che lungo l'asse di via Rizzoli sarebbe stato più facile incrociare una volante o qualche filantropo in grado di salvarmi. Realizzai subito di aver commesso un errore, perché l'antico decumano della città era ampio e rettilineo come una sconnessa pista per aerei; a fuggire per di là si restava in vista troppo a lungo. Pedalavo alla disperata, ma le speranze di arrivare sano e salvo in fondo alla strada svanirono appena sentii salire alle mie spalle il cantico a due tempi d'una Vespa.

Anga sgevù! Mi braccavano! Se non uscivo dalla visuale al più presto, ero fatto!

Inclinai la traiettoria per tagliare la carreggiata, e mi gettai verso la piazzetta che ospitava il parcheggio dei taxi; tentai il tutto per tutto saltando sul lembo di marciapiede sotto Palazzo Re Enzo. Ero nel cuore millenario della città, la meta delle mie passeggiate di bambino per mano a Mamma, e forse lì non avrebbero avuto il coraggio di farmi del male.

Scivolai sotto il Portico delle Spie, dove il buio era più buio; sbucai nell'alveo di piazza del Nettuno e mi lasciai il Gigante sulla destra. La Vespa non si sentiva più. Forse li avevo seminati.

Mi toccava un ultimo tratto allo scoperto, lungo il lato di piazza Maggiore sul quale affacciava il Palazzo del Comune;

per estrema cautela m'infilai sotto il suo portico, e mi ritrovai di fronte alla teoria di ombre in coda davanti alla farmacia.

«Un'insulina e un'acqua» gracchiavano nello sporgersi verso lo sportello del servizio notturno. La busta di brown se l'erano appena procurata, il cucchiaio e l'accendino erano in tasca da sempre, e del limone si poteva anche fare a meno; appena serviti dal farmacista erano pronti per il flash che li avrebbe trasformati da miserabili bisognosi negli invincibili signori del tuono.

Facevano discretamente schifo, i tossici, ma in quel momento la loro vicinanza mi diede conforto; se la Vespa dei miei persecutori fosse spuntata nell'aperto della piazza, perlomeno mi sarei potuto mimetizzare in mezzo a loro.

«Mira!» si levò una voce dalla fila dei questuanti, e aggiunse in tono caldo e amichevole: «Il vecchio Tommy!»

In quel girone d'inferno c'era qualcuno che mi conosceva, qualcuno che forse mi avrebbe potuto aiutare.

Mi arrestai posando il piede a terra sotto gli occhi dei desperados decisi a non perdere il proprio posto in fila, e finalmente riconobbi chi aveva parlato: era Pepe Fabiani, o meglio la sua versione devastata. Non lo vedevo dal raid contro gli hooligans, e mi domandai se avesse ripreso il suo voto giovanile di non lavarsi mai: le ginocchia possenti spuntavano dalle feritoie dei jeans, coperte di croste come ai tempi del cortile, una lurida frangetta gli ricadeva scomposta sulla fronte, e l'orecchio ricucito alla meno peggio, un tempo nascosto sotto una massa di capelli, ora sporgeva in evidenza. Finalmente capivo come mai la sera del raid mi fosse apparso tanto offuscato; si era fatto prendere dal vizietto, e gli erano bastati tre mesi per ridursi a una specie di zombie.

«Amigo» mormorai, cercando di nascondere la pena che mi ispirava. A occhio e croce aveva passato le ultime notti dormendo per strada, eppure trovai la forza di chiedere: «Come butta?».

«Me la cavo, dài» assicurò con un colpo di reni d'ottimismo. «Durante l'estate ho avuto qualche problema, ma ora è tutto a posto.»

Se quella era la sua idea di "tutto a posto", non potevo immaginare come se l'era passata nel periodo "qualche problema".

«Ma tu sei bagnato fradicio!» ridacchiò scoprendo una dentatura problematica.

«Monsters of Rock al Parco Nord» replicai. «È venuto giù il diluvio.»

«E ci sei andato in bici, al concerto?» s'intromise un veterano stortignaccolo col bulbo alla Iggy Pop e un assurdo gilet con le frappe da cheyenne sul petto. Allungò nella mia direzione l'indice, smunto e incoronato da un'unghia da strega, quindi osservò: «Bello sbattimento».

«Lui è Fiuto» me lo presentò Pepe in tono rispettoso.

«Piacere, Tommy» mormorai, i palmi incollati al manubrio nella speranza che non volesse porgermi la destra.

«Anche a me piace andare in bici» osservò Fiuto, e appese i pollici in perfetta simmetria agli occhi sformati del gilet dai quali sbucavano le braccia nude. Doveva essere un gesto consueto, e in quella posa da sceriffo fece presente: «Un figlio di puttana me l'ha rubata».

Un tossico che si lamentava dei furti di biciclette non l'avevo ancora sentito.

«Te la fregano e poi chiedono il riscatto» articolò. «Ti pare che devo darti venti sacchi per qualcosa che già mi appartiene?»

«Già. Non è giusto. Fregarle, dico. Ma lo fanno. A bizzeffe.»

La mia risposta era uscita a scatti come una strofa futuristica dei Faith No More: una Vespa procedeva a velocità ridotta sotto il Palazzo del Podestà. Seguiva torno torno il perimetro della piazza, e presto avrebbe curvato per sfilarci davanti.

«Cioè, anche noi facevamo gli espropri proletari» ricordò Fiuto. «Ma un conto è rubare ai padroni, un altro prendersela con chi è già sfruttato.»

«Bologna è diventata uno schifo» stabilì una voce catarrosa, mentre io cercavo di farmi piccino, di prendere come un camaleonte il colore dell'ombra.

«Colpa dei maghrebi» denunciò un altro. «Quando ci facevamo le nostre storie fra italiani si stava meglio! Senza contare che il denaro non usciva dal Paese!»

Le loro voci si mescolavano in un hellzapoppin disertato dal buonsenso, e intanto la Vespa procedeva guidata dalla luce esplorativa e terribile del faro rettangolare. Entrò in Curva con un'inclinazione modesta, sparì dietro una colonna, e quando rispuntò ci sfilava a pochi metri offrendo il profilo. Era uno Special dalla livrea bianca tempestata di grandi bolli rossi, come la maglia che al Tour de France spetta al re della montagna, e in sella erano in due. Avrei dovuto abbassare lo sguardo, arretrare verso il ventre buio del mio rifugio, ma non potevo staccare gli occhi dal ragazzo che la pilotava... Coño y mierda! Era Raul Germano, i capelli tagliati corti come un marinaio e le basette ben sotto la linea dell'orecchio! Sfoggiava una polo candida con l'alloro ricamato sul cuore, e l'avambraccio destro pareva coperto da uno scaldamuscoli, o un manicotto da tipografo. Ci misi un attimo a realizzare che era la trama fitta d'inchiostro di un tatuaggio che dal polso risaliva fino al gomito.

Il mio peggiore amico era tornato in città, si portava dietro il bastardo dal caschetto ossigenato che mi voleva pestare, e io non sapevo tanto bene se saltargli incontro per chiarire l'equivoco o starmene buono buono.

«Come va, tossici di merda?» mi levò ogni dubbio l'energumeno seduto alle sue spalle, e mi ritrovai a pregare che non si arrestassero per attaccare briga.

«Dovete morire tutti di AIDS, lo sapete?» riprese la voce ubriaca del bastardo, e il brontolio del motore accompagnava la sua voce in allontanamento.

«Vaffanculo, fascisti del cazzo!» gridò a squarciagola Pepe quando ormai lo Special ci offriva la coda. «Non si augurano le sfighe alla gente!»

«Zitto!» implorai, e realizzai che non aveva riconosciuto il ragazzo alla guida. «Ci manca solo che tornino indietro, Dio ce ne esca salvi!»

Un irridente gracidio di clacson fu l'unica replica, quindi Raul innestò la marcia da crociera, aprì il gas e lo Special a bolli rossi sparì su per via d'Azeglio.

Avevo i brividi, ma per quella sera ero salvo. Non restava che rimontare in sella, congedarsi dalla compagnia e filare a casa. Qualche ora di sonno in un letto asciutto mi avrebbe rimesso in sesto, e con la luce del sole sarebbe tornata anche l'energia necessaria a mettere le cose in chiaro: il giovane diavolo mi doveva delle spiegazioni.

# 26
# Bologna è piccola

L'estate moriva ancora una volta nei tramonti precoci di settembre.

La tradivamo noi per primi, rivolti all'avvenire immediato di libri scolastici da acquistare, abbonamenti allo stadio da acquistare e profumate consolazioni in grado di traghettarci attraverso l'autunno, anche quelle da acquistare.

L'ultimo giorno di vacanza, i campi da pallacanestro del centro sportivo erano più affollati che mai, come se i cestisti giovani del quartiere volessero strappare l'estrema occasione per osare una schiacciata o spanierare da tre di fronte ai coetanei. Raccoglievano le ultime briciole della buona stagione, preciso a come facevamo noi da bambini con le nostre partite settembrine giù in cortile.

Dalle casse installate sulla facciata del Capanno saliva il ritornello d'una hit mielestrazio firmata da Phil Collins, e io mi dissi che a calcio non ci avrei più giocato. Non avevo più voglia di faticare in allenamento né di sentirmi in ballo per la maglia da titolare. Dovevo trovare il coraggio di spiegare a mister Carboni che il mio tempo come portiere era finito.

Era un ruolo difficile e ingrato, quello dell'estremo difensore, e i giocatori di movimento, nascosti dietro le loro casacche tutte uguali, non avrebbero mai capito quanto pesa la responsabilità di ritrovarsi ogni volta da soli a salvare la baracca. Per quanto ti impegnassi, nella memoria dei tuoi compagni restavano solo gli errori; anche il grande Walter Zenga, il miglior portiere del pianeta, lo sapeva bene. Vederlo eletto a capro espiatorio della disfatta mundial contro l'Argentina mi aveva disgustato: se anche lui veniva messo in discussione, era segno che il mondo non conosceva la gratitudine. D'ora in poi, il meraviglioso gioco l'avrei seguito come tifoso.

Intorno a me, gli amici parlavano della nuova campagna acquisti dei Veltri; dissi anch'io la mia, ma parlavo senza convinzione, perché quella sensazione di cose che andavano a finire mi metteva addosso una malinconia guasta, che la nenia di Phil Collins rendeva quasi insopportabile.

Poteva andare peggio? Certo! Me ne resi conto appena si affacciò sul perimetro del centro sportivo il PX aerografato di Nelson. Insieme a lui c'era Ester.

Smontò con un saltello elegante, si accostò al chiosco per ordinare un gelato alla sua vecchia amica, e intanto il Centocapelli guidò la Vespa a passo d'uomo verso di noi. «Oilà, giovani» ci salutò. «Si son mica visti quei pendagli da forca di Zagor e dei Morgana?»

«Io son qui dalle tre e non s'è visto nessuno» rispose Cotenna, le cornee arrossate dai cigarros. «Mi sa che sono uccel di bosco.»

Il Centocapelli fece una smorfia delusa, e senza smontare di sella reclamò il joint che Selva reggeva in mano.

Il Biondino gli passò il cigarro di buon grado, l'altro lo posò fra le labbra in verticale come fosse una torre dal tetto in fiamme e attaccò un singolo, micidiale, tiro a pieni polmoni. Il fuoco scendeva rapido verso le fondamenta, e quando la costruzione fu rasa al suolo sino al filtro, il Centocapelli ringraziò col fiato corto: «Merci, monsieur!».

Il fumo gli usciva ancora dalla bocca e dalle narici, gli amici ridevano della sua prodigiosa performance e della delusione che albergava sul volto del Biondino; per conto mio guardavo Ester, e mi chiedevo cosa ci trovasse in quello sballone di ventun anni compiuti. Che lo facessero contro le chiese di campagna o da qualche altra parte, era ovvio che scopavano.

Nel vederla ridere con il suo cono in mano, i capelli di nuovo lunghi, sciolti sulle spalle abbronzate solcate dalle bretelle della canottiera marinière, mi parve l'unica persona viva all'intorno. Splendeva sullo sfondo d'una repubblica di ragazzi ormai prossima alla chiusura stagionale; meritava di essere felice, e mi augurai che il suo amante fosse sempre gentile con lei.

Si baciarono a poche braccia da noi; lui diede un colpo di pedale per rianimare il motore da 105, partì alla ricerca degli amici e me la lasciò sotto gli occhi. Doveva essere una qualche forma di tortura, come quella a cui viene sottoposto il malcico di *Arancia meccanica*, costretto a occhi spalancati di fronte a uno spettacolo che lo fa star male.

«Lo faccio confezionare a mia zia, lo striscione della Nuova» assicurò Cotenna. «Lei ce lo fa gratis. Escluso il materiale, ovviamente.»

«Ci mettiamo un deca a testa» propose Selva, e lei mi guardava come il primo giorno che c'eravamo incrociati alle medie. Io sono qui, sembrava dire. Se vuoi esistere ai miei occhi, spetta a te rompere il cerchio e rivolgermi la parola.

«So mica se basta» obiettò Cotenna.

«Niente furbate! La stoffa la compriamo insieme!» alzò la voce Athos.

Presero a discutere, ma non li ascoltavo più. Ormai mi ero staccato da loro e andavo verso Ester, gli occhi nei suoi, forte d'una certezza da equilibrista: se non avessi abbassato lo sguardo, sarei giunto alla meta senza rovinare.

«Se non sbaglio, l'ultima volta che ci siamo visti distribuivi volantini» considerò Ester. «Lo fai ancora?»

Deo gratias! Non aveva capito che si trattava d'un sondaggio per conto del Don!

«È passato un po' di tempo» sospirai, e mi sorpresi a considerare che solo poche stagioni mi separavano dal mio passato parrocchiano. Era accaduto praticamente di tutto, in quell'arco di tempo, come se gli eventi si fossero finalmente messi in moto per succedersi sempre più veloci. Cercai il suo sguardo e considerai: «A volte mi sembra di aver attraversato una specie di pre-vita. Adesso invece le cose vanno veloci, e tutto quel che succede è vero».

Mi guardò meravigliata e osservò: «Non ne sembri così contento, Tommy».

«Potrebbe andare molto peggio» considerai, e accennai agli amigos. «Con loro sto bene. E anche con i miei soci a scuola.»

«Fidanzato?» volle sapere.

«Macché» risposi, e avrei detto la stessa cosa anche se avessi avuto la ragazza. Mi sarebbe parso di offenderla, nel sottoporle la presenza di un'altra. Io per lei sarei sempre stato libero. Anche se non avevo la minima speranza di piacerle.

«Neanch'io» mi stupì. Ma come? L'avevo appena vista baciare il Centocapelli. Li avevo visti andare insieme sui Colli. Sorrise della mia incredulità e ammise: «Con Nelson non è una storia seria. È tutto matto, quello lì!».

Provai a reagire con disinvoltura. A non rabbuiarmi. Ma ormai era tardi. «Tutti credono che state insieme» recriminai.

«Se lo credono tutti!» diede una scrollata di spalle, e mi guardò come l'avessi delusa. «Tu hai una bella testa, Tommy» osservò. «Dovresti usarla per farti le tue idee da solo.»

Ecco cosa mi faceva brutto ai suoi occhi. La solita vecchia storia ch'ero un gregario. Provai la tentazione di rivelarle che avevo riempito di calci un hooligan, che gli avevo scagliato una catena in testa, ma forse non era una buona idea. In fondo sotto la Galleria del Toro eravamo dodici contro due.

«Raul mi ha raccontato di tutto lo schifo che avete messo su contro gli inglesi» mi spiazzò.

«Raul?» ripetei, imbambolato.

«È tornato a giugno» spiegò. «Non vi siete ancora visti?»

Alla fine non l'avevo raccontato neppure agli amigos, del nostro incontro notturno in piazza Maggiore. Potevo dirlo a lei?

«C'era anche lui fra quelli che inseguivano il poveretto ch'è finito sotto il taxi» sospirò. «Lui nega, come ai vecchi tempi, ma Bologna è piccola, e le voci girano.» Poi mi guardò con aria afflitta e fece presente: «Non so cosa gli bruci dentro, ma è sempre sul piede di guerra: se non ha un nemico se lo deve inventare».

Me li rividi insieme, mano nella mano fuori dal Bunker. Poi mi tornò alla mente la complicità che legava il nuovo Raul, il ragazzo dai capelli corti e l'avambraccio coperto di tatuaggi, all'attaccabrighe del Kinki.

«Va con i Wild Boys, adesso» spiegò Ester. Diede un'occhiata discreta ai ragazzi e aggiunse a bassa voce: «Zagor, Iago e il resto di quella bella gente».

Vedrai che anche il bastardo dal caschetto ossigenato era uno di loro. A ben vedere, frequentare lo stesso impianto dell'energumeno che mi voleva pestare poteva essere un problema. E c'era un uomo solo in grado di risolverlo.

«Dovrei chiamarlo...» esitai. «Hai il suo numero?»

«Vallo a trovare di persona» mi consigliò Ester. «Scommetto gli farebbe piacere.»

«Non so neppure dove abita» confessai.

«Allora aspetta di beccarlo in giro. Tanto Bologna è piccola.»

Sentivo l'ombra del giovane diavolo che tornava ad allungarsi su di noi. Ne provai fastidio e insieme una sensazione d'urgenza. Se volevo parlarle a cuore aperto, dovevo farlo in fretta, prima che l'autunno stendesse il suo mantello nebbioso su tutti noi.

«Se ti dico che non ho mai smesso di volergli bene, pensi che sono una sciocca?» mi annichilì.

Riprovavo la sensazione di schiantarmi a testa avanti contro una colonna, ma non volevo cadere di nuovo. Per aiutarmi a restare in piedi tornai a guardarla dritto negli occhi, come non avevo il coraggio di fare ai tempi del Bunker. «E tu?» mi giocai tutto sulla sincerità. «Se ti dico che nessuna ragazza mi è mai piaciuta come te, pensi che sono uno sciocco?»

Non abbassavo lo sguardo, lei neppure, così l'incalzai: «Non sai quant'ho sofferto, al Bunker. Prova a immaginarti. Sei innamorato cotto di una ragazza, e l'amico che ha la fortuna di starci insieme ti manda come ambasciatore da lei. Da seppellirsi vivi».

Mi guardava come non mi credesse. Cosa dovevo dirle perché si fidasse di me? Di quando pensavo alla nostra Laguna blu?

«Alle medie ero un geppo» mi umiliai. «Non trovavo il coraggio di parlarti. Così ti guardavo da lontano, e...»

«... E per vendicarti della mia indifferenza hai pensato bene di ferire un mio amico» coprì la mia voce.

«Non della tua indifferenza» precisai. «Di quando mi hai preso le mani e mi hai fatto promettere che non avremmo fatto niente a Pinzoglio. Mi sono sentito usato. Lo sapevi che ero innamorato di te, e pensavo che te ne approfittavi.»

Ester mi fissò con aria eloquente e osservò: «Siete un po' simplex, voi maschi».

Sorrise del mio stupore e concesse: «Presi uno per uno non siete così male. È la compagnia che vi fa un pessimo effetto».

A chi pensava? A Raul, a Nelson, al suo antico accompagnatore in bombetta? Non a me di sicuro. Le avevo appena dichiarato la mia devozione, e faceva le battute sui maschi. Non ero niente, per lei. Niente.

I giocatori in azione diradavano, e intorno al Capanno erano rimasti in pochi. Presto sarebbe stato il momento del congedo.

«A volte, Tommy, mi sembra che noi due siamo uguali» tornò a sorridermi.

Uguali? Saremmo stati meravigliosamente complementari, se solo avesse visto in me un cavaliere degno di starle accanto. Invece usciva con i pregiudicati ultraventenni, e ci andava a letto anche se non erano storie serie. Ma nel frattempo continuava a volere bene a Raul. Solo per me non c'era posto nella sua vita.

«E in cosa, saremmo uguali?» domandai in tono dubitativo.

«Tutti e due ci divertiamo a mancare di rispetto alla nostra intelligenza.»

Cosa diceva, adesso?

«E poi a tutti e due manca un padre» aggiunse. Poi diede un'occhiata agli amigos che s'infervoravano a parlare dello striscione, sollevò un sopracciglio e mise su una faccia buffa. «Dimmi la verità, Quinlan» pretese con voce improvvisamente bassa e chioccia da vecchino del West. «È per riempire quel vuoto che vai dietro ai fuorilegge?»

Era sempre un passo avanti, lei. Mi leggeva dentro. Se avessi pensato a una risposta, lei l'avrebbe indovinata.

«Per un maschio è diverso, presumo» riprese. «Ma per una ragazza è complicato avere accanto solo una madre. Se poi è una madre come la mia, auguri!»

Cosa voleva dirmi?

«Sei stato al Monsters of Rock con le Nicodemi, no?»

Anga sgevù, sapeva tutto!

«Adesso fanno tanto le alternative, ma alle elementari erano due perfettine. E quando facevano la festa di primavera nella loro villa del cavolo, chiamavano tutte le bambine della classe tranne me.» Mi guardò come se si vergognasse di quel piccolo dolore, e spiegò: «Ero quella diversa. Quella che non andava a dottrina. La sola a non portare il cognome del padre. E mia madre, la mia guida, la donna che conosceva ogni risposta, appena fuori di casa era degradata. La *saccopelista*» scandì in tono crudele. «Quella matta che fuma le sigarette da uomo, si veste strana e torna in taxi a notte fonda. Quella che, secondo certi stronzi, si fa pagare per...»

«Basta» la interruppi. «Io non penso niente di tutto questo.»

«Siete fatti così, voialtri» riprese. «Finché vi piace una, tutti galanti, ma appena finisce la storia la mettete in croce come una strega.»

Adesso m'incolpava anche delle bestialità del Voivoda. Cos'altro m'avrebbe rinfacciato? La colpa di Caino?

«Comunque se ne viene fuori» sospirò. «Basta mettere in conto che la maggior parte della gente è meschina. Se non riesce a possedere la persona che desidera, proverà a distruggerla. Mia madre me lo dice sempre.»

Io non l'avrei mai trattata così. L'avrei fatta sentire amata, e se pure la nostra storia fosse finita non ne avrei insozzato il ricordo con ripicche da minorati. Lo capiva, questo?

«Nessuno è un'isola. Non siamo fatti per farci piantare addosso una bandiera dal primo arrivato.»

Non aveva capito che la *amavo*? O fingeva per cavarsi d'impiccio? Forse avrei dovuto dirglielo chiaro e tondo.

«A te piacciono le rompiscatole?» mi prese in contropiede. «Quelle che vogliono sempre sapere dove sei stato, insieme a chi e cos'avete fatto nel dettaglio?»

Presumevo di no. Mi era bastata Loretta Farnè.

«Allora perché a una donna dovrebbe piacere un fidanzato oppressivo, che le fa una testa così se solo saluta qualcuno, e si fa venire il mal di mare se lei osa esprimere un'opinione?»

Io non ero meschino! Volevo solo ballare insieme *One step beyond*, fumare il marruego prelibato abbracciati sugli scogli, e cullarla fra le mie braccia di fronte al tramonto!

«Dovremmo essere tutti un po' più rilassati, non credi? Se non viene a letto con te il principe azzurro, amen. Ci verrà qualcun altro.»

Stava per farmi piangere. Ecco cosa stava per fare.

«Io ti amo, Ester!» s'impennò la mia voce, e restai a guardarla col fiato corto.

«No, Tommy» fece in tono severo, e oscillò l'indice come per ammonirmi. «Non possiamo. Te l'ho già detto. Siamo uguali, noi due.»

Al Caimani smerciavano resine soltanto in due: il maoista Zanasi e lo strafatto milord Martino. I loro giri erano pressoché impenetrabili, così i ragazzi del club antischiavista si rivolgevano fiduciosi al confratello Bandiera.

E vai di bernini e caravaggi accartocciati nel taschino verticale dei jeans, vai di mercanteggiamenti a luce bassa nel garage-tabernacolo dietro via Saffi dove il figlio del macellaio curava i motori di Vespe e moto da cross, allenava il corpo sulla panca da pesi e smerciava il combustibile per le menti.

A incentivare il consumo, c'era il fatto che Hoge, Depression Tony, Furiani, il bassista Alex e Macca si erano decisi a mettere su una band. Si chiamavano Vellocet, e provavano nella cantina del manager Nixon, un antro fiabesco con tanto di amplificatori posizionati in pianta stabile, registratore quattro piste e divani per gli ospiti. Lui la chiamava "la mia factory", e il sabato pomeriggio ci stipavamo là sotto per seguire le esercitazioni fumando come assassini.

La più insistente nel reclamare la sua quota di fumagione era Marzia, indispettita perché durante l'estate non l'avevo mai cercata, né avevo replicato a una cartolina che m'aveva inviato da un qualche château perso nella valle della Loira.

Si piangeva addosso perché non la consideravo, la magnate convertita al rock 'n' roll, e io sentivo nell'aria il colpo grosso, il primo dopo tante delusioni.

L'occasione per tastarle il polso arrivò col debutto dei Vellocet sul palco del Fitzcarraldo, un oscuro circolo del quartiere Barca.

Quella sera smontò dalla Lancia indossando un giubbotto in cuoio tipo Hell's Angels, un'incredibile maglietta in lamé, jeans decolorati e anfibi color ciliegia nuovi di zecca. Gli occhialetti alla Lennon erano stati abbandonati in favore delle lenti a contatto, e per l'occasione si era fatta bionda, tipo Debbie Harry nel video di *Heart of glass*. Il risultato non era esattamente identico ma, cavoli, ci si era messa d'impegno!

«Finalmente si muove un po' il culo» mi sussurrò all'orecchio mentre ci scuotevamo fra i diciannove eletti del pubblico sulle note d'una *Johnny B. Goode* che pareva suonata dai Black Flag. «Quest'estate ho colmato un po' delle mie lacune» m'informò. «Ho preso tutte le biografie dei gruppi dell'Arcana. E le sto leggendo una dopo l'altra».

«Tutte?» reagii incredulo.

«Non l'avresti mai detto, vero, che sarei diventata una groupie?» domandò maliziosa.

Quel termine comprendeva un'aura peccaminosa; faceva pensare a promiscuità itineranti, a feste che si protraevano per tutta la notte in motel del Nevada o del New Jersey.

Per nascondere il turbamento che mi procuravano quelle immagini, mi concentrai sulla danza.

Macca, statuario nel suo gessato color avana arricchito da un paio di bretelle turchesi, sull'ultimo ritornello arrivò a prendersi la confidenza di posare il piedone calzato da una scarpa bicolore sulla cassa-spia al limitare del palco, e improvvisò una serie di virtuosismi tenorili e rabbiosi.

«Soccia, ragazùl! Il ciccio spacca!» osservò un aborigeno con la toppa dei Motorhead sul giubbotto, e anche noi restammo a bocca aperta nel vedere l'ex panzone sfigato del Caimani roteare su se stesso come un derviscio; sostenuto dalla musica, girava a bocca aperta, improvvisava un balletto in stile pellerossa degno di Ian Astbury, osava pose da mimo.

Ballava anche Marzia, la destra levata nel gesto delle corna e una luce d'estasi sul volto pallido. Gli ingenui locals che la vedevano dimenarsi accanto a Vanessa Campora e alle perfide Nicodemi non avrebbero mai indovinato che quella ragazza era destinata a ereditare una fortuna. Né avrebbero indovinato che a mezzanotte in punto, puntuale come la carrozza di Cenerentola, un'auto blu l'avrebbe raccolta davanti al locale per riportarla in villa.

«Prendiamo qualcosa da bere?» propose mentre sommergevamo i ragazzi d'applausi.

Avevo in tasca duemila lire e una discreta scorta di m
go. «Perché non facciamo un cigarro, invece?» proposi.
«Dopo facciamo anche quello» prese tempo, e mi pr
mano trascinandomi verso il bar. «Adesso ho sete.»
Ce l'avevo anch'io, la sete, ma con due carte era tan
mediavamo una birra piccola.
«Tranquillo, rude boy» mi strizzò l'occhio. «Offre la
figlia di papà.»
Mezz'ora più tardi la baciavo a due passi dall'ingr
locale. Le mie mani correvano avide sotto la sua prisma
ta di maglia, saggiavano i piccoli seni e scendevano a
re le chiappe magre.
Forse Ester aveva ragione: cosa importava se non
storia seria? Magari si scopriva che non era così male

Un pomeriggio vagabondo di novembre saltò fuori
zia aveva le chiavi di un appartamento, porzione in
del patrimonio immobiliare di famiglia.
«Non è una vera casa» spiegò come dovesse giu
«È un pied-à-terre.»
Che cavolo era, un pied-à-terre? Col freddo che f
trava nelle ossa, valeva la pena di scoprirlo. E magar
ta rimediato all'intirizzimento, ci si riusciva addirit
dare insieme.
Mi condusse verso un vecchio palazzo di via Sa
mentre salivamo le scale mi scoprii intimorito: i su
vano, che eravamo lì? O aveva sottratto le chiavi?
era la prima volta che lo faceva?
Preferii non domandare, e attesi col cuore in g
le chiavi giravano nella serratura d'un uscio blin
senza nome.
Entrammo. La prima cosa che mi colpì fu la lan
pendeva dal soffitto priva di paralume.
«È un po' délabré» si scusò lei, e io approvai co
chi finge d'avere capito. «Non ci viene mai nessu
Una volta chiusa la porta alle nostre spalle,
mano e venni guidato lungo un corridoio arreda
minimale; sugli scaffali in alluminio della libre

no che pochi volumi, e l'unico decoro era costituito da una riproduzione d'un Gauguin che mi fece subito pensare a Ester.

Anche la principessa tahitiana conduceva di nascosto i suoi amichetti in luoghi appartati? O preferiva farsi condurre?

«Una volta ci veniva papà a giocare a carte coi suoi amici» rivelò Marzia, come rispondesse a una domanda.

I poveretti si giocavano lo stipendio nella sala sul retro del Bar Carioca, e i miliardari tenevano le loro bische in appartamenti semiarredati di via San Felice. Dovevo tenerlo a mente.

«Mia madre non aveva piacere lo facessero a casa, così si trovavano qui» spiegò, e scosse la testa come pensasse a qualcosa di spiacevole. «Poi mamma ha fatto i suoi conti» riprese, «e lui ha ricominciato a invitare gli amici a casa.»

Quali conti avessero indotto la madame royale a cambiare decisione, non osai chiedere.

Il corridoio sfociava su un ampio salotto arredato di tutto punto: sedie di design dall'alto schienale erano disposte intorno a un tavolo in marmo marezzato di sfumature rosa, ma il pezzo più impressionante era un gigantesco divano a L in pelle nera, sul quale si sarebbe potuti dormire comodamente in quattro. Ai suoi piedi era disposto un tavolino basso alla giapponese, carico di volumi d'arte e riviste di nautica; oltre a quello si levava lo schermo televisivo più grande che avessi mai visto.

«Però!» esclamai. «Spazioso è spazioso!»

«È una vergogna» si schermì, accennando alle regioni abbandonate di quella piazza d'armi. «Con tutta la gente che è senza un tetto!»

Una colonna faceva da confine ideale fra le aree colonizzate e la terra selvaggia, e sul fondo deserto della stanza si apriva, crudelmente esiliata dal resto, la bocca del caminetto. Ma là dentro non ardevano fiamme da molto tempo; dove ti saresti atteso una buona scorta di legna ammonticchiata, non si vedevano che un paio di scatoloni sigillati a forza di scotch marrone, e una lampada a stelo dalla coda vagante per il pavimento.

«Siamo già d'accordo che all'università mi fanno trasferire qui» rivelò. «Penso spesso a come arredarlo» aggiunse, e lanciò sul divano il cappottino optical che s'era regalata per Natale. Come? Ma che domanda era? Con la carta di credito del

babbus industriale e giocatore di poker, no? La stessa con la quale pagava i corsi di dressage e le vacanze scintillanti all'estero.

«C'è da sbizzarrirsi» osservai, impalato col mio parka addosso.

«Ho diversi progetti» assicurò, e mi accorsi con sorpresa che le era apparsa in mano una scopa. «Escluso lo stile tirolese, le ho pensate tutte» aggiunse, e armata a quella maniera si avviò verso le badlands.

Io, personalmente, avrei visto bene una porta scorrevole incardinata sulla colonna; avrebbe potuto separare l'area-pub, con le spine di birra e le panche, dalla smoking room in stile tibetano ai piedi del caminetto, mandàla in movimento sulle pareti a sparaflashare gli ospiti e cuscini bassi in broccato trapunti d'oro disseminati sul pavimento in mogano. E già che c'eravamo, in una delle stanze inutilizzate avrei collocato volentieri una bella alcova stile Playboy Mansion, con lo specchio appeso in orizzontale sopra il letto dalle lenzuola scarlatte.

«Ma spogliati! Butta la giacca dove ti pare!» m'invitò, mentre stanava la polvere dal perimetro della piazza d'armi, e la sua voce risuonò vezzosa nell'ambiente semivuoto.

Cosa faceva, adesso? Voleva dimostrarmi che anche lei sapeva fare i mestieri di casa? O era una specie di malizioso rebus stile (7; 3; 5) "ragazza che scopa"?

Mi guardò con un'aria da furbetta che mi fece vergognare. Stai a vedere che mi aveva sgamato.

«Quando abiterò qui, verrai a cena da me?» volle sapere mentre radunava la sporcizia su una paletta spuntata da chissà dove.

Così, nei suoi progetti, aveva previsto una cucina. In effetti, dentro una casa da donne, poteva tornare utile.

«Volentieri» annuii nell'aprire la zip del parka. «Cosa mi prepari?»

«Vorrei imparare la ricetta del vitel tonné come lo fa mia madre» spiegò.

Tutto lì? Se la cavava con un antipasto?

«Non è un normale vitel tonné» precisò. Per un po' pensò a come spiegarmi la sua unicità, quindi disse: «La salsina ha un sapore *incredibile*. Ci mette una salsa barbecue speciale che fa venire dall'America».

«Chissà che buono» mi sforzai di gratificarla.

Era una situazione un po' pazzesca, vedere la ragazza più ricca della scuola vagare con la paletta carica di schifezze alla ricerca d'un contenitore dove gettarle. Finalmente le parve adatto raccogliere dal tavolino una borsa in iuta col logo del British Museum stampato sopra: la spiegò, gettò tutto lì dentro, annodò i manici e l'appese alla maniglia della porta. «Devo ricordarmi di buttarlo» fece sovrappensiero, poi tornò a sorridermi.

«Per il mio compleanno lo volevo sempre» precisò, poi mi venne sotto e allungò sorridendo un dito da ET verso il mio volto. «Mi piace» rivelò, e per un attimo avvampai pensando che parlasse del mio naso. Setto deviato in tre punti. Il referto parlava chiaro. E a lei piaceva?

«Mi fa stare bene raccontarti di me» rivelò l'equivoco. «Solo con te non mi vergogno di parlare della mia famiglia.»

Poi mi scivolò alle spalle e, con delicatezza, sfilò il parka.

«Grazie. Sei molto gentile» riconobbi imbarazzato.

«Non fare l'ugonotto educato, rude boy» si raccomandò. «Con me non attacca.»

Lasciò scivolare la mia giacca addosso alla sua, quindi restò a guardarmi con la testa inclinata sulla spalla. Cosa voleva, adesso? Nel dubbio, la baciai.

«Tommy!» esclamò staccandosi da me. «È una frase del cavolo, lo so, ma sono felice!»

Diede una specie di saltello, e mi fece cenno di attendere, il volto illuminato da una nuova smania. La vidi muovere tre passi, le mani al cielo, quindi s'inarcò sulla destra fino a posare i palmi sul pavimento; sforbiciò l'aria con le gambe e atterrò in sicurezza sul lato lungo del divano.

«Complimenti!» esclamai, improvvisando un applauso per quel numero da saltimbanco. «Se ci provo io, finisco al Pronto soccorso.»

«Si vede che tutti quegli anni di ginnastica artistica sono serviti a qualcosa» spiegò, contenta di avermi impressionato. Mi sorrideva abbandonata, adesso, il maglione e la maglietta sollevati sulla pelle bianca e tesa del ventre. «Non serve che lo fai anche tu» mi rassicurò, quindi sfiorò il rivestimento in pelle del divano e m'invitò con voce morbida: «Basta che vieni da me, amore».

## 27
# Wild Boys

A Bologna, sul finire del 1990, per i ragazzi sembrava tutto facile. Anche morire.

Il 6 dicembre, nella II A dell'istituto Salvemini, si stava tenendo una lezione di tedesco quando un rombo spaventoso distrasse gli studenti. Nessuno di loro poteva immaginare che un aereo militare fuori controllo fosse prossimo a schiantarsi; il pilota, preso dal panico per un guasto, si era frettolosamente gettato col seggiolino eiettabile, e il velivolo impazzito piombò dritto sull'edificio, sbriciolò la parete e si adagiò in fiamme dentro l'aula.

Vidi al telegiornale decine di ragazzi della mia età che scavalcavano i davanzali in preda al panico, giovani in bilico sui cornicioni e altri, che si erano gettati dai piani alti per scampare al fuoco, sdraiati immobili ai piedi della scuola devastata.

Il padre di Athos, giunto sul posto con la sua squadra per domare l'incendio, si trovò di fronte all'inferno in terra; una volta evacuati i superstiti, gli toccò ricomporre i corpi carbonizzati delle vittime dentro sacchi di plastica simili a quelli dell'immondizia. Lo strazio dei genitori di fronte a quei contenitori che si portavano via tutti i loro sogni prosciugò per sempre la sua gioia di vivere.

Il giorno dei funerali, il mister era col picchetto dei vigili del fuoco accanto alle bare delle dodici vittime, quando gli mancarono le gambe e si accasciò sotto gli occhi del sindaco e dell'arcivescovo. Quel mancamento documentato dalle telecamere Rai fu derubricato a spiacevole incidente, ma la verità era ben più atroce: insieme ai ragazzi del Salvemini avevamo sepolto anche l'uomo allegro ed energico che conoscevo da sempre.

«L'incendio sul treno l'aveva provato, e quest'altra sfiga maledetta l'ha messo al tappeto» mi confidò scorato il Mezzosangue. «Si sveglia urlando alle tre di notte, frigna che suo figlio brucia vivo, e si calma soltanto quando mamma gli fa la puntura.»

Avevo provato molte volte a immaginare come doveva essere avere un padre. Talora erano semplici guizzi del professor Shiba sul monitor della base, lampi matti della mente, foto da immaginare sulla base del negativo. Altre volte si trattava di fantasie più nitide e stratificate, nelle quali dialogavo con Babbo da uomo a uomo, al solito remando insieme sulle acque placide d'un lago. Allora capitava che l'architetto Bandiera mi confessasse qualche marachella che aveva compiuto da ragazzo, o che mi sorprendesse con un'opinione acuta e incontrovertibile. Mai in quei sogni, però, avevo visto mio padre piangere. Che pena doveva provare il mio amico, che s'era ispirato un giorno dopo l'altro all'uomo di casa, e ora si trovava a consolarlo come fosse un bambino?

Fortuna che Mamma, a parte i raffreddori di stagione e qualche mal di schiena, godeva di buona salute. Era una dannata rompiscatole e aveva scelto un imbecille come fidanzato, ma ancora per qualche anno avevo bisogno di lei. Che non facesse scherzi, cortesemente.

I Vellocet infilavano una data dietro l'altra. Nixon dava il pilotto a chiunque potesse ospitarli, naturalmente gratis, e i ragazzi non erano schizzinosi. Guidati da un Macca trasfigurato nel suo nuovo look da gangster del futuro calcarono con lo stesso entusiasmo il palco del teatrino parrocchiale di Sant'Erasmo e la pedana del rustico circolo ARCI Gagarin; diedero spettacolo alla Sagra del Marrone di Pieve del Pino, al centro giovanile e, decisi a non perdere una singola occasione, si adattarono a suonare venti minuti al Boemia Café in apertura a una riprovevole cover band degli Scorpions.

Li seguivamo dappertutto in massa, e miss Corbelli Doria

era sempre in prima fila tra le sostenitrici più accanite: si sgolava sotto il palco, rianimava il pogo che languiva sui lenti, teneva nota delle scalette e fabbricò a sue spese una partita di spille scintillanti col nome del gruppo in bella vista.

Il mio ruolo, invece, era quello di portare la fumagione. Diceva Nixon che il pusher era un ruolo fondamentale, nell'entourage di un gruppo che si rispetti, e appena smontavo dalla Legnano mi filava incontro con aria speranzosa insieme alla mia nuova fidanzata: lei pretendeva un bacio e la sua mattonella prepagata, lui si contentava della resina, e come la otteneva filava in bagno, ansioso di fabbricarsi il personal che l'avrebbe sprofondato nel mondo dei manager da leggenda.

I parallelepipedi profumati che viaggiavano ogni sabato verso le sale da concerto erano come semi gettati nella terra buona, e da ognuno di loro fiorivano nuove domande: ero mica in grado di trovarne altro per soddisfare anche gli amici degli amici?

Come no! Bastava sganciare il copeco in anticipo, e io accontentavo tutti.

Da casa ci mettevo un quarto d'ora scarso per raggiungere Cotenna in Santa Viola e compiere la trasformazione alchemica della fresca in resina.

Sparito dalla circolazione il libanese, il lentigginoso Principe della maraglia ne commercializzava di tre qualità, che s'alternavano senza preavviso da una settimana all'altra: l'aspro e nerastro cioccolato, il farinoso marruego dai riflessi dorati, e il pregiato cremino.

Di qualunque natura fosse il rifornimento, lo nascondevo nelle mutande e filavo dritto alla magione. La sera, appena mia madre si metteva a letto, procedevo al bricolage: la spartizione in quote, il confezionamento individuale nel cellophane, l'adunata generale dentro una busta da freezer dalla chiusura ermetica. L'indomani consegnavo la merce nelle mani dei clienti a domicilio. O in qualche bar. Mai a scuola, in ogni caso, ché il mio fornitore mi aveva messo in guardia: se il preside chiamava Rin Tin Tin ero fritto.

Fra tradizionali bocconi del prete e sovrattasse applicate agli sconosciuti, mi restava sempre da fumare gratis. Mi ero giurato che non mi sarei mai ridotto a farlo da solo, invece l'abbondanza m'indusse a cominciare. Presi le mosse, secondo logica, dal mattino.

In dicembre, alle sette e venti faceva ancora buio pesto, e io mi rollavo un cigarro al cesso ché mi scortasse nel viaggio verso il liceo. Polverizzavo il marruego a secco sopra il lavabo per non insospettire Mamma con l'odore; a lavoro finito, facevo sparire i pelucchi di Samson e le particole di resina giù per lo scarico, e controllavo la ceramica due, tre volte, ché nessun residuo mi denunciasse come spinellatore, cannarolo, drughé.

Appena fuori saltavo in sella, e tempo di attaccare la strada maestra avevo già il joint fra le labbra. Che mi guardassero storti finché volevano, gli ugonotti fermi al semaforo sotto la Porta dei Leoni, e peggio per chi mi voleva male! Finché non vedevo il profilo biancazzurro d'una volante me ne stavo tranquillo, come avessi in mano una paglia ordinaria; ero a casa mia o no? E avevo sedici anni, giusto? Mi si lasciasse tranquillo dietro i Ray-Ban d'imitazione, dunque, ché avevo già i miei pensieri con la battaglia di Leuttra e l'interrogazione di filosofia.

La vigilia di Natale, la città si svegliò turbata e incredula: nella notte, un commando armato con fucili di tipo militare aveva dato l'assalto a un campo nomadi, aprendo il fuoco su quanti si aggiravano intorno ai fuochi e crivellando di colpi le roulotte. Erano morti in due, e tra i feriti c'erano persino bambini in età da asilo, ma quella sera al Bar Carioca Eolo e il cameriere Villiam brindarono agli audaci che avevano castigato gli zingari rognosi e ladri.

Non brindò nessuno, invece, quattro giorni dopo, quando i criminali che colpivano a bordo della Uno Bianca uccisero due bolognesi di mezz'età: la loro unica colpa era quella di avere incrociato la banda in azione. Se non ci si voleva trovare stesi con un buco in testa, quando arrivava certa gente era meglio tenere gli occhi bassi e non provare a fare gli eroi.

Le vacanze non erano ancora finite, che il mostro senza nome tornò a colpire, più temerario e feroce che mai: un'autopattuglia dei carabinieri in servizio notturno al Pilastro si ritrovò crivellata dalle raffiche delle armi automatiche, e i tre militari a bordo vennero finiti con un colpo alla nuca. Neppure gli uomini delle forze dell'ordine erano al riparo dalla devastante potenza di fuoco degli assassini.

Sette morti in due settimane, una rivendicazione firmata dalla Falange armata che agitava ombre di terrorismo, l'ansia che ti prendeva alla gola ogni volta che scorgevi una Fiat bianca con due o tre uomini a bordo. E la consapevolezza cartesiana che nessuno, a Bologna, poteva dirsi al sicuro.

Le sciarpe della Nuova Guardia erano una meraviglia. Ne avevamo fatte realizzare venti da uno stabilimento che si faceva pubblicità sulle pagine di "Supertifo", e finalmente qualcosa ci distingueva dal grosso dei tifosi, gli ugonotti che affluivano in disordine verso lo stadio con le loro schifezze traslucide da bancarella e la stampigliatura tarocca "Forza Veltri".

Quella sera si giocava contro il Torpedo, e nell'andare alla partita insieme a Cotenna valutai con soddisfazione che nessuno poteva avere dubbi sul nostro status: non solo portavamo sciarpe identiche, ma il Norcino – bomber nero, berretta a cestino stile pescatore e jeans maculati a forza di varichina – reggeva sottobraccio il nostro striscione arrotolato a sigaro. Si capiva lontano un miglio che eravamo ultras, noi, parte viva d'un gruppo con la sua identità e il suo posto in Curva Colli, a ridosso dello spicchio riservato agli ospiti.

«Cos'è il commercio?» domandò ispirato mentre procedevamo spalla a spalla, squali giovani frammisti ai banchi di tifosi generici, verso il catino in mattoni rossi sul quale svettavano le alte colonne delle fotoelettriche. «Te lo dico io, Tommy! È il trasferimento di beni alle condizioni più favorevoli!»

La sua unica lettura oltre a "Supertifo" era "Il Sole 24 ore", così non c'era da meravigliarsi che parlasse d'economia con una certa competenza. «Individuarle in anticipo, queste condizioni, fa la differenza fra un uomo di successo e un caviglio con le pezze al culo» stabilì, quindi mi guardò speranzoso e domandò: «L'hai mai fumata la calabra?».

«Erba?» replicai. «Mai avuto il piacere.»

«Un siluro!» assicurò deliziato. «Ti porta sempre più su. E quando sei al limite, plani tranquillo come una piuma, senza botta triste all'atterraggio.»

Faceva venire voglia di provarla. Lo sapeva, ma fece cenno di portare pazienza. «Questa spacca il mercato!» garantì. «Come la gente l'assaggia, si scatena la mania!»

«Io non l'ho mai fumata, l'erba» ribadii, e restai a guardarlo speranzoso. Non è che ne aveva in tasca un campioncino?

«L'erba sta al fumo come una scopata con Brigitte Nielsen sta a una pugnetta» mi rivelò. «E poi nel giro di qualche settimana arriva la bella stagione» riprese. «In primavera chi non si fa volentieri un petardo come si deve?»

Praticamente sbavavo, quando andò al sodo: «Me ne arriva un bel po' nel giro d'una settimana. E mi dicevo che potremmo fare lega, noi due, per una bella operazione».

«Sarebbe?» mi meravigliai.

«Ne compriamo un etto. Soci alla pari.»

«Perché vuoi metterti in affari con me?» indagai.

Sorrise come aspettasse una domanda del genere. «Facile» replicò. «Io so come trovare la calabra a cinque sacchi al grammo. E tu conosci i granosi che la pagano dieci senza fiatare.»

Ecco perché mi voleva come socio. Perché andavo al Caimani.

«È un rigore a porta vuota, Tommy!» insistette. «Li facciamo sconvolgere come Bob Marley, gli esperti di latinorum con i cani di razza e la casa a Cortina!»

Il suo ragionamento non faceva una piega. Peccato mi mancasse il capitale per avviare l'impresa.

«La fresca non è un problema» garantì mentre sfilavamo sotto i cancelli della Reno. «Per il primo giro posso anticipare la tua parte, e poi ci sistemiamo fra noi.»

Anga sgevù! Così si poteva fare.

«Allora?» domandò tentatore. «Ti fidi di me?»

Davanti alle biglietterie c'era la coda, ma il gruppone degli ultras in attesa di fronte alla Reno se ne infischiava: avrebbero presidiato il territorio sino al fischio d'inizio, i molesti, e solo allora si sarebbero riversati verso i cancelli, chi per esibire l'abbonamento e chi deciso a scavalcare.

Cotenna rivolse un cenno di saluto verso la torma dei Wild Boys. Non compresi a chi fosse rivolto e mi parve che nessuno gli rispondesse, eppure il figlio del macellaio sorrise e sospirò ammirato: «Il vecchio Iago. Il nostro conducator!».

Athos, Selva e gli altri ragazzi con la sciarpa della Nuova Guardia ci aspettavano all'ingresso della Colli per far entrare insieme lo striscione.

Appena li vide, il Principe della maraglia mi raccomandò a mezza voce: «Acqua in bocca, sulla calabra».

Quella condizione mi metteva a disagio, e lui se ne accorse subito.

«Non lascerei mai e poi mai un amico nella merda» mise in chiaro. «Ma un conto è l'amicizia e un altro gli affari.»

Si preparava a venderla anche a loro, la sua erba da dieci sacchi al grammo. Seguro. Portava lo striscione che rappresentava tutt' noi e nascondeva al suo interno la bandiera strappata insieme agli inglesi, ma negli amici vedeva altrettanti clienti. «Non si diventa mai ricchi, Tommy, se si lavora in troppi» si giustificò un attimo prima che fiorissero gli abbracci fraterni, i baci sulle guance e le strette di mano. «È un principio dell'economia.»

Annunciati da una sorda esplosione, i tifosi del Torpedo entrarono come un'onda di piena quando la partita era cominciata da pochi minuti; si affannarono ad appendere i loro striscioni, a dare il vento alle bandiere verdi, e subito intonarono cori minacciosi con il loro accento buzzurro.

«Benvenuti nel capoluogo, contàdi!» li apostrofava Cotenna, a cavalcioni della balaustra che ospitava il nostro gonfalone. «Scopagalline! Finocchi! Stasera vi insegniamo a stare al mondo!»

I carabinieri erano disposti in cordone dall'alto verso il basso, paralleli alla vetrata in plexiglas che arginava gli ospiti. Sulle loro teste riparate dai caschi volavano monete e bottigliette, ma i militari continuavano a seguire la partita con aria impassibile, come se i superiori avessero comandato loro di non perdersi un'azione.

Quando i Veltri andarono in gol con Mimmo Musitano, il nostro settore franò verso la balaustra in un boato d'entusiasmo, specchiandosi nella tempesta gioiosa che avvolgeva la Reno.

«Ma vieni!» esultò Athos, baciandomi sulla testa. «Grande Mimmo! Il Toro di Castrovillari colpisce ancora!»

Anche gli altri mi stringevano in un groviglio di pacche sul culo e sulle spalle, come nei distinti non succedeva mai. Sembrava di essere tornati ai tempi del cortile, prima che l'idea di contegno si facesse largo nelle nostre menti giovani.

Dietro la vetrata, gli ultrà del Torpedo si agitavano come una bolgia di dannati: mostravano le cinghie borchiate e battevano a due mani contro la barriera, il volto deformato dall'ira.

«Questo è solo il primo!» li provocò il Principe della maraglia, balzando di seggiolino in seggiolino attraverso la terra di nessuno presidiata dai carabinieri. «Adesso arriva il resto, brutte merde!»

I Verdi gli urlavano contro, la bava alla bocca. Se la vetrata avesse ceduto l'avrebbero fatto a pezzi, ma Cotenna andò avanti a danzare sotto i loro occhi, cavandosi di tanto in tanto qualcosa di tasca per scagliarlo a palombella verso lo spicchio degli ospiti.

«È la sua tecnica» osservò l'Assiro, a cavalcioni della balaustra dalla quale pendeva il nostro striscione. «Fa finta di sfotterli, e intanto tira i bulloni.»

Il Norcino andò avanti nel suo bombardamento solitario fin quando un militare non gl'intimò di tornare al posto. Mentre rientrava verso il settore, una parabola luminosa sorvolò la barriera e piovve dalla nostra parte: un attimo prima che ricadesse, gli ugonotti sui gradini sotto di noi si aprirono a ventaglio per schivarla.

«È solo una torcia del cazzo!» gridò Athos, facendosi largo a spallate come dovesse recuperare una reliquia. Raccolse la torcia e, con un gesto preciso, la rispedì da dove veniva: quella disegnò un arco perfetto scavalcando la barriera e ricadde sul mare di teste degli ospiti.

Dalla Curva Reno migliaia di voci sottolinearono il controlancio con un "olé" d'approvazione che mi trasmise un fremito d'orgoglio: l'avevano visto anche il Commando e i Wild Boys, che non ci lasciavamo mettere i piedi in testa.

Una nuova torcia, due, tre, volarono dalla nostra parte, poi il boato d'una bomba-carta vicinissima ci lasciò istupiditi. C'era gente che scappava verso i distinti, adesso, e anche il settore ospiti si andava svuotando in fretta, come se qualcuno avesse tolto il tappo in fondo al lavandino.

«Al cancello, ragazzi!» gridò allarmato Cotenna. Indicava il ballatoio che portava agli scaloni d'ingresso, e intanto strillava: «Le merde vogliono sfondare!».

Non sapevo come ci si dovesse comportare in casi del genere, ma gli altri parevano preparatissimi, così li seguii all'ombra delle gradinate.

«Dài che ci siamo!» Cotenna ci aizzò, e si lanciò verso il cancello a griglia che separava gli accessi ai due settori: un nugolo di Verdi, sciarpe e passamontagna sulla faccia, era già dietro il cancello.

Giovani e vecchi spalla a spalla, spingevano in massa per forzarlo e riversarsi dalla nostra parte; d'istinto mi guardai alle spalle per valutare la via di fuga. Arrivava gente anche da là: sparuti regaz con la sciarpa rossoblù si affacciavano increduli con le cinghie in mano, valutavano la situazione, si incoraggiavano a vicenda per venire a darci manforte.

Volavano monete, torce, petardi, e tutti urlavano come ossessi, menavano calci e cinghiate contro la griglia del cancello, le davano la scalata per avere agio di colpire dall'alto.

Era come essere nel bel mezzo di una rivolta sognata molte e molte volte, e non mi importava se fosse motivata dalla politica, dalla religione o da una semplice partita di calcio. I miei amici erano scesi in battaglia, e non potevo lasciarli soli.

Mi sfilai la cinghia e presi a piazzare fibbiate sulle manacce degli assedianti come faceva Athos, intanto che Selva li gasava a bruciapelo sventagliando il suo spray a ridosso della griglia. Ci volavano sulla testa aste di bandiere, ci piovevano sputi addosso, e bottiglie spuntate da chissà dove andavano in frantumi ai nostri piedi.

«Sei vecchio, Rovelli!» gridava Cotenna alla frotta dei nemici appesi alla cancellata. «Ormai non vali più un cazzo!»

Mi meravigliai quando lo vidi arretrare di due passi e piegarsi a libro.

«L'hanno preso» urlò l'Assiro, e mi si mozzò il fiato quando vidi che dalla testa del Norcino sporgeva qualcosa d'incongruo. «L'hanno preso in faccia!»

Aveva qualcosa piantato in mezzo alle sopracciglia, e solo la coda dalle ali di plastica mi fece capire che si trattava d'una freccetta.

«Strappatemela via!» urlava camminando piegato in avanti, il naso coperto di sangue e le braccia tese verso il basso, come s'imponesse di mantenere le mani lontane dalla testa. «Qualcuno me la strappi, per carità!»

«Hanno sfondato!» i pavidi in ritirata con lui propagavano l'allarme. «Si salvi chi può!»

«Non scappate!» ordinò Athos nel controluce d'una torcia piovuta a due passi da noi. Adesso che la griglia tornava a tremare sui cardini, eravamo rimasti in non più d'una decina. «Dove andate, stronzi?»

Un omone dalla barba sale e pepe che indossava una vecchia maglia del Torpedo, sostenuto da una piramide umana di sodali, conquistò la sommità del cancello, si sporse dal busto in su dalla nostra parte e tuonò: «Scappate finché siete in tempo, fagiani! Fra un attimo siamo di là!».

«Vieni, palla di lardo!» lo sfidò Selva, saltandogli sotto e mostrando i pugni. «Buttati di qua, se hai il coraggio!»

Era impazzito per l'eccitazione, incapace di valutare il pericolo che incombeva su di noi.

I Verdi si arrampicavano sul cancello a grappoli, padroni del confine, e per farli scendere da lì sarebbe servito un idrante, o un mitragliatore. Fra poco quei bastardi si sarebbero gettati dalla nostra parte, prima in tre, poi in dieci, venti, troppi, e per noi l'unica salvezza sarebbe stata nella fuga.

Un coro inatteso fece vibrare il ventre dello stadio: «Wild Boys! Wild Boys!». Lungo lo scalone sotto di noi, ora, risaliva un cuneo compatto di incappucciati: i ragazzi della Reno avevano fatto il giro dello stadio per darci man forte.

Avanti a tutti veniva un uomo in giubbotto mimetico, gli occhi imbelviti che fiammeggiavano tra il bordo della sciarpa sollevata fin sul naso e la visiera del berretto a scacchi. «È noi che cercavate?» ruggì agli ospiti, i pugni serrati nei guanti in pelle color della notte.

«È Iago!» mormorò Athos mentre ci facevamo da parte.

Indifferente alla pioggia di proiettili che gli pioveva addosso, il generalissimo dei Wild si piazzò a braccia conserte a un palmo dal cancello: «Qui non si combina un cazzo, Rovelli!» stabilì rauco. «Vediamoci stasera! Venti di voi contro venti di noi! A mezzanotte in punto al casello di Campogalliano!»

L'omaccio in maglia del Torpedo fece cenno ai suoi di placarsi, e nel silenzio innaturale ch'era sceso, uno dei luogotenenti che affiancava Iago reclamò: «Allora, banda di mongoli? Ci state o no?».

Da sotto il cappellino nero con la visiera ripiegata a becco d'anatra spuntavano ciuffi compatti d'un biondo che pareva bianco, e trasalii nel riconoscere l'energumeno che mi aveva inseguito fuori dal Kinki.

«Ma quale Campogalliano! Sei stupido o hai mangiato i geroni?» replicò il capo dei Verdi. «Siamo già qui, sgagnabrodo! E vi pisciamo nel culo a casa vostra!»

I suoi scoppiarono a ridere, e ci riversarono addosso i loro insulti rustici: musgotti da cesso, capponi, magnamale.

«Rifiutano il faccia a faccia!» gridò un altro dei luogotenenti, imbestialito per l'affronto. Il suo giaccone da pilota anni Trenta era munito d'un cappuccio che scendeva a coprirgli il volto sino alle froge del naso; solo due oblò ovoidali in plastica, simili a quelli d'una maschera antigas, gli consentivano di vederci chiaro. «Non si meritano niente, 'sti subumani!» gridò, quindi sguainò senza preavviso uno stocco dalla zanna lunga e sottile.

«Occhio! Ha una lama!» strillarono i Verdi, ma prima che potessero ritrarsi, quello l'affondò in orizzontale attraverso un varco della griglia.

La piramide umana franò su se stessa coprendo un grido risentito, e in quel momento Iago diede il segnale della carica: «Pietà l'è morta!».

La prima linea dei luogotenenti si slanciò insieme a lui contro il cancello, lo prese d'assalto sgombrando a pugni e manganellate gli avversari arrampicati alla sua sommità.

Volavano di nuovo le torce nell'aria carica di urla e bestemmie, ma la situazione si era ribaltata; adesso erano i nostri a controllare il confine, e bombardavano dall'alto gli avversari. In quel tumulto, vidi il lottatore Zagor che faceva scaletta per aiutare un ragazzo a issarsi sull'estremità del cancello. Quello si piazzò lassù a cavalcioni, periferico rispetto al cuore dell'azione, e non fosse stato per il mephisto alla Diabolik che gli copriva il volto, l'avresti detto un osservatore neutrale deciso a godersi lo spettacolo da una postazione privilegiata.

Fu un attimo: il lottatore gli passò una specie di pistola da fiera con un grosso cilindro innestato sulla canna, e il ragazzo col mephisto la sollevò sopra la testa perché tutti la vedessero.

«Il sìfolo ha una lanciarazzi!» Rovelli avvertì i suoi. «Indietro, gente!»

Come il ragazzo puntò l'arma a braccio teso verso i rivali, la ritirata dei Verdi si trasformò in un disperato fuggi fuggi.

«Via!» gridavano, scappando gobbi, le mani sulla testa. «Via tutti, coiòmbari!»

Il fischio del colpo che partiva precedette d'un niente la scia d'una saetta, una botta sorda e una tempesta di lapilli.

«Rovelli!» gridò Zagor, accogliendo in un abbraccio il ragazzo che scendeva quieto dalla griglia. «Hai beccato quel porco di Rovelli!»

L'omone era disteso faccia a terra, e non capivo se l'assurda colonna di fumo che l'avvolgeva salisse dalla sua schiena o dall'ordigno arenato sul pavimento che andava avanti a sputare scintille per conto suo.

Solo tre o quattro dei Verdi si fermarono a soccorrere il loro capo; cercavano di spegnere i tizzoni che gli bruciavano addosso, ma sembrava lo picchiassero al rallentatore.

«Siete dei miserabili!» li insultò Iago. «La prossima volta, se non vi tremano le gambe, vediamoci senza una barriera in mezzo!»

Scuotendo la testa, diede le spalle alla griglia e fece cenno ai suoi di ripiegare.

«Nevica!» diede l'allarme Athos. «Arrivano gli ussari! Torniamo nel settore, ragazzi!»

Mentre ci affrettavamo a seguirlo, i Wild Boys si andavano a ricompattare in testa allo scalone. In quell'incrocio di gruppi mi trovai addosso lo sguardo del ragazzo che aveva esploso la razzata. Mi fissava da sotto il mephisto coi suoi occhi color dell'oceano, identici al primo giorno in cui mi era apparso al Bunker.

I celerini risalivano a testuggine verso il ballatoio, battevano a ritmo i manganelli sugli scudi.

«Tutti qui, ciurma di bastardi!» reclamò rauco il generalissimo Iago. «Il bello viene adesso!», ma il mio peggiore amico esitava come volesse dirmi qualcosa d'urgente.

«Raul» mormorai, incapace di muovere un passo verso di lui.

Scrollò la testa orfana dei lineamenti, si strinse nelle spalle come volesse scusarsi di un'urgenza, e filò a intrupparsi nella schiera dei Wild Boys.

## 28

# Il nome di questa vertigine

A Marzia piaceva che io smerciassi la calabra. La eccitava sentirmi parlare di pesature e spartizioni, debiti e crediti, ombre di scazzo e prospettive di guadagno.

A modo suo, stava dalla mia parte, m'incoraggiava come una moglie che si augura la promozione del marito, e per Natale mi regalò un bilancino di precisione Tanita che non sbagliava il grammo, garantiva anzi una precisione scientifica fino al secondo decimale.

Certi sabato sera, mentre si ballava al Covo o alla Morara, non facevo in tempo a perdermi sotto la tempesta dei faretti sulle note di *Blue monday*, che la mia fidanzata arrivava a scuotermi, e mi presentava qualche geppo bisognoso sui quindici anni e mezzo. «Cercava da fumare, rude boy» illustrava allusiva. «Tu forse conosci qualcuno che può aiutarlo, non è vero?»

Quando eravamo soli, passavamo pomeriggi di delizia allungati sul divano del suo pied-à-terre. Fumavamo insieme e ci coprivamo di baci mentre sullo schermo scorrevano le immagini dei film che Marzia noleggiava grazie alla tessera della madame royale: *Blade Runner* e *Daunbailò, Cuore selvaggio* e *Belli e dannati*. Sul tavolino giapponese ai piedi della televisione, ora, erano impilati *Meno di zero* e i Vangeli apocrifi, *Le mille luci di New York* e la storia dell'abbazia fondata in Sicilia dall'occultista Aleister Crowley. Erano le letture che la traghettavano verso la sua nuova consapevolezza da ribelle, e quando me ne parlava gli occhi le luccicavano.

«Sono proprio una stupida bionda» si autocommiserava, vezzosa, rollando un altro conoide. «Devo recuperare prima che sia troppo tardi.»

Fumava di gusto, e appena era stonata si appassionava a raccontarmi le sue nuove verità sui tranelli del potere, il valore degli arcani maggiori e la morale cattolica. Quella ormai se l'era lasciata alle spalle, e lasciava ridendo che le facessi scivolare le mutandine sotto le ginocchia.

«Non smettere» sospirava, le dita sottili aggrappate al mio polso. «Fammi godere bene, rude boy».

Nel giro di due settimane l'erba scarseggiava, e io mi ritrovavo per le mani duecentocinquantamila lire. Nella mia giovane vita non ero mai stato così ricco.

«Te lo dicevo o no che quest'erbazzone faceva diventare tutti matti?» volle sapere il Principe della maraglia. Dopo gli scontri con i Verdi lo avevano dovuto ricucire; non erano che cinque punti, ma lì all'attaccatura del naso si facevano notare bene. «Dobbiamo battere il ferro sinché è caldo» stabilì.

D'accordo con lui, investii subito il capitale in un secondo carico: in pochi giorni Nixon e i suoi compagni prossimi alla gita scolastica spazzarono via anche quello, e io cominciai a valutare cos'avrei potuto comprarmi con quei soldi.

Conservavo il mio tesoro dentro una latta rossa a forma di cubo, destinata in origine a contenere del tè inglese. Era la mia piccola cassaforte, e la tenevo nascosta agli occhi di Mamma dentro la cassa in bambù dei giocattoli ormai dismessi. Il mio grisbì lievitava nell'ombra fra le vecchie squadre di Subbuteo, le figurette in gomma dei Puffi e i soldatini della Matchbox; lari e penati del passato covavano il mio avvenire, lo custodivano e gli permettevano di crescere al sicuro.

La verità era che sognavo di avere anch'io una Vespa. Per mia madre era un tabù, ché il professor Shiba era morto in un incidente stradale. Proprio non capiva la situazione, lei. Ero un liceale fidanzato, un giovane ultras e una figura-chiave nell'entourage di una band emergente; nei miei panni, non era più accettabile presentarsi ai rendez-vous ansimanti ed accaldati in sella alla Legnano.

Ne parlai a Cotenna, e quello mi assicurò che in cambio d'un milione m'avrebbe trovato uno Special con i documenti in regola.

Già pregustavo il figurone d'arrivare sgasando a scuola, sotto il pied-à-terre di miss Corbelli Doria, all'Abbazia e al Capanno.

Mamma se ne sarebbe fatta una ragione. D'altronde, mica poteva aspettarsi che le ubbidissi per sempre.

Cominciai a raccogliere le ordinazioni per un terzo carico.

C'erano giorni in cui si fumava troppo o troppo poco, e la paranoia blu s'impadroniva della mia anima.

Allora mi tornava in mente Ester, la naturalezza con la quale m'aveva spiegato ch'eravamo uguali perché entrambi offendevamo la nostra intelligenza; non mi aveva voluto, non mi avrebbe mai voluto, e forse rideva al ricordo di quando le avevo detto che la amavo.

Rivedevo Raul che esplodeva una razzata addosso a quelli del Torpedo, culo e camicia con i matti più matti della Curva Reno. Chissà cos'aveva provato, nell'inseguire un inglese e vederlo in diretta arrotato da un taxi.

Nausee impreviste salivano a disgustarmi; provavo ripugnanza al pensiero delle pose artistoidi dei miei compagni musicisti, e mi deprimeva il cinismo mercantile di Cotenna. Tanto l'uno quanto gli altri mi sfruttavano, ecco la verità. "Tommy" di su, "Tommy" di giù, "Non è che ci trovi del cremino per la festa delle Nicodemi?", e io a sbattermi come un dannato.

Intascavo, certo, ma a questo mondo i copechi non li regala nessuno.

Ci restavo io, a fronteggiare gli sguardi sospettosi di Mamma, a farmi venire il batticuore se una Gazzella mi rallentava accanto, a gestire l'incubo di ritrovarmi davanti a scuola il muso ferale di Rin Tin Tin.

Un pomeriggio, nel bel mezzo dei nostri giochi, Marzia si drizzò a sedere al mio fianco, mi passò un dito sulle labbra e mi guardò con aria complice. Le parole che cercava non le vennero in soccorso, così si alzò in piedi, nuda com'era, e raccomandò: «Aspetta. Un minuto e sono da te».

Ero nudo anch'io, e sullo schermo del televisore rombavano le onde dell'Oceano. La banda del surfista Bodhi si apprestava a entrare in scena, i volti nascosti dalle maschere dei presidenti, e io mi domandai cosa avesse in mente miss Corbelli Doria.

L'unica volta che aveva fatto tanto la misteriosa, alla fine mi aveva mostrato la versione di Crepax dell'*Histoire d'O*, prelevata dalla libreria di suo padre: l'avevamo sfogliata insieme col cuore in gola, e mi ero ritrovato sbigottito di fronte alla naturalezza con cui m'invitava a osservare con cura anche le scene più dissolute.

Sospirai a quel ricordo, mentre i quattro presidenti irrompevano in banca per fare man bassa dei verdoni. L'agente sotto copertura Johnny Utah arrivava tardi, non gli restava che inseguire a piedi Bodhi camuffato da Reagan; quasi mi mettevo ad applaudire quando il surfista rapinatore superava l'ultimo ostacolo e spiccava il balzo verso la libertà.

«Gli è scappato» osservò Marzia, le gambe lisce e il piccolo cespuglio del pube di nuovo a un braccio da me.

Tornò a sedere con un'aria compresa, e vidi che aveva in mano una scatoletta ancora avvolta da una pellicola lucente. Anga sgevù, preservativi!

Mi rivolse un sorriso d'intesa, quindi passò il palmo sulla confezione con la misteriosa familiarità che le donne riservano ai prodotti da farmacia. «Non pensi male di me, vero?» mi domandò con un'ombra d'imbarazzo.

Io? Figurarsi! Ero solo un attimo smarrito, ecco tutto.

«Perché, dici?» avvampai. «Non c'è niente di male.»

«Tu l'hai giù fatto, rude boy» constatò. «Per me, invece, è la prima volta, e ho paura di sbagliare qualcosa.»

Maledissi il momento in cui le avevo raccontato la più inutile delle frottole. E ora come mi cavavo d'impiccio?

Si adagiò al mio fianco, e nei suoi occhi ardeva una febbre nuova. «Non sapevo niente, prima di conoscere te» sussurrò. «E ora voglio arrivare sino in fondo.»

Se non volevo restare paralizzato dall'ansia, dovevo arrivarci un passo alla volta.

E cacciare l'idea che quella ragazza, un giorno, avrebbe ereditato una fortuna. Non mi faceva stare tranquillo.

Le dita sottili scivolarono verso il mio desiderio; il piacere tornava a invadermi, la sua bocca cercava la mia.

Ecco. Se invece di parlare ci baciavamo, tutto sembrava più facile.

Al Rialto davano *Leningrad cowboys go America*, e io sedevo per mano a Marzia punto da una curiosità inedita: mi domandavo se le donne in sala – le fidanzate, le mogli, le coppie di amiche – riuscivano a indovinare che noi due si era scopato.

Magari fra loro c'era una replicante che aveva installato nella retina un software per sgamare i vergini, e nel guardarmi le lampeggiava sopra la mia immagine la scritta a cristalli liquidi "Not anymore".

«Ti è piaciuto il film?» domandò Marzia, e ammise: «A me è sembrato un po' sconclusionato.»

«Forse hai ragione» concessi mentre per farla passare scostavo il sipario in velluto che difendeva l'uscita. «Però faceva ridere.»

«Exactement!» approvò mentre scivolavamo nell'atrio. «È più una sequenza di gag che una storia vera e propria.»

Mentre l'ascoltavo, restai a bocca aperta: a dieci passi da me, tra la gente in attesa d'entrare in sala, c'era Raul.

I capelli corti ravviati all'indietro, le basette ben curate e l'impermeabile lo facevano sembrare un bravo studente, o un giovane lavoratore di successo. Offriva il braccio a una donna più grande e nessuno, nel vederlo così compunto, l'avrebbe immaginato a cavalcioni d'una cancellata con una pistola lanciarazzi in pugno.

«Mister Bandiera!» mi salutò con uno sguardo ironico. «Ci si vede sempre di fretta, noi due!»

Marzia si arrestò come gli fosse apparso un fantasma, e la dama di Raul la soppesò con malcelata aria di superiorità. Avanzavo come allo specchio mentre il mio peggiore amico mi veniva incontro a braccia aperte; ci stringemmo forte davanti a tutti, come avevamo fatto tre anni prima di fronte alla Spaccanapoli.

«Come stai, cico?» volle sapere, ed esclamò: «Ti vedo in gran forma!»

Se c'era qualcuno in gran forma era lui, e provai a ricordare quando cadeva il suo compleanno per stabilire se avesse già toccato i diciotto. Quando gli domandai cosa faceva rispose che pascolava al Mameli, una scuola privata per casi limite. «Se sono riuscito io a farci due anni in uno, a te darebbero direttamente la laurea» riconobbe.

Gettò un'occhiata alle donne che si guardavano di sbieco, ne sorrise e mise in scena il rituale delle presentazioni.

La sua dama si chiamava Veronica, e mi lasciò secco quando aggiunse: «Mi occupo di cinema, io. Sono una videomaker indipendente».

Marzia, al massimo, avrebbe potuto raccontarle del compito in classe sulla perifrastica passiva che l'attendeva l'indomani, così la guardava come volesse strapparle gli occhi.

Ancora una volta, il mio peggiore amico mi surclassava. Lo vedevano tutti, nell'atrio del Rialto, che io ero un ragazzo e lui praticamente un uomo. Non c'era gara, ma insistette per lasciarmi il suo numero, e mentre m'allontanavo con la mia fidanzata buia in volto, Raul continuava a ripetere: «Dobbiamo assolutamente vederci, noi due. Assolutamente».

«Ti chiamo!» promisi prima che ci perdessimo di vista, e quel matto mi sorrise con la mano accanto alla testa, il pollice che massaggiava l'interno dell'anulare.

«Un vecchio amico» mi giustificai con Marzia appena fummo fuori portata. «Mi spiace che la sua ragazza...»

«Lo so benissimo, chi è quel delinquente» esclamò, incupita, e controllò di sottecchi la qualità della mia sorpresa. «Il fratellastro di Vittoria Altavilla.»

Delinquente poteva anche essere, ma cosa c'entrava, adesso, la ragazza più desiderata della scuola? Forse la stizza la stava portando a sragionare.

«Guarda che ti sbagli» le feci. «Eravamo insieme alle medie, lui e io, e di sorelle non mi ha mai parlato.»

Mi riservò un'occhiata di sufficienza: le mie puzzolenti memorie di quartiere non potevano competere con le sue pregiate informazioni.

«Come fa a essere il fratello dell'Altavilla?» la invitai a riflettere. «Hanno due cognomi diversi.»

«È proprio quello, il punto!» esclamò, quindi affondò le mani nelle tasche del cappottino e sibilò testarda: «Se non sai le cose infòrmati, rude boy.»

La poderosa intro di basso fece tremare i vetri, quindi entrarono in scena una batteria solenne e una chitarra elettrica grattugiata. Non facevi in tempo ad adeguarti a quel ritmo che il suono s'arrestava – era uno iato che aveva sempre il potere di disorientarti – per ripartire subito dubito. «I am a patient boy» scandiva la voce del cantante, identica a come l'avevi ascoltata la prima volta su una cassetta registrata ai tempi del Bunker. «I wait, I wait, I wait.»

Per uno strano prodigio, la musica risuonava nitida anche in cucina, intorno all'isola che ospitava i fornelli da ristorante, lungo il piano di lavoro affiancato dal lavello a doppia vasca e sulla superficie levigata del frigo all'americana.

Mentre le nostre piade si scaldavano sulla piastra, Raul andò a prelevare qualcosa dal frigo; di rado avevo visto ripiani così carichi di cibarie e valorizzati da una luce tanto azzurra e discreta. Prese una vaschetta che conteneva del formaggio morbido e un cartoccio di tacchino arrosto, richiuse il frigo e trasse dal pensile i graziosi cestini in vimini che ci avrebbero fatto da piatti.

Era impressionante, vederlo operare nella quiete domestica, attento a ogni gesto come si fosse dimenticato della mia presenza, e pareva così concentrato che non ti veniva da disturbarlo.

Mi domandavo quanto potesse costare lo stereo che diffondeva la musica in ogni stanza, e per quale magia Raul vivesse in una simile reggia, una villa con tanto di cancellata monumentale nella porzione di via Siepelunga che arrampicava verso i prati di Monte Donato.

«Hai deciso di non raccontarmi niente, cico?» domandò girando le piade. «Su, dimmi dei ragazzi. Il vecchio Athos e quel buffone di Selva. Andate allo stadio insieme, no?»

La nostra militanza ultras era poca roba rispetto alla sua, così risposi modesto: «Ci piace vedere le partite in compagnia».

L'inno dei Fugazi esplose in un'apoteosi di suoni scarnificati, e lui replicò: «Mica è obbligatorio fare casino». Poi scoppiò a ridere da solo e domandò: «Hai visto che carnevalata, con quelli del Torpedo?».

Annuii confuso. Se quella era una carnevalata, cosa s'inventava quando voleva fare sul serio?

«Cosa non si farebbe per vedere contenti gli amici?» sospirò, quindi mi guardò con aria da guappo e volle sapere: «Quanto te la sei cagata, in piazza Maggiore?»

Così mi aveva visto.

«Danko era un po' alterato» spiegò nell'afferrare il lembo d'una piada fumante con sicurezza da fachiro. La depose sul foglio di carta paglierina che guarniva il primo cestino, quindi aggiunse divertito: «Ce l'aveva con te perché l'avevi mandato affanculo davanti a tutti, il testone».

«Ma no» minimizzai. «È stato un malinteso. Io ero in bici e...»

«Nel dubbio, ho preferito non farvi incontrare. Ma stai tranquillo» si raccomandò nel raccogliere la seconda piada. «Quando beve, il giorno dopo s'è già dimenticato tutto.»

Depositò su un tagliere i cestini, il cartoccio dell'arrosto e il formaggio, lo raccolse con un gesto misurato e assicurò: «Se vi presento davanti a una birra, capace che diventi il suo migliore amico».

La giornata era mite, così pranzammo all'aperto.

Sotto il portico c'era un tavolo rivestito in ceramica alla portoghese che avrebbe potuto ospitare otto persone, e il giardino digradava lungo e stretto verso il fondovalle, punteggiato in distanza di filari e alberi da frutto.

«Mica è casa mia» spiegò come dovesse giustificarsi. «È di Veronica, ma finché non mi caccia me la sciallo.» Mi guardò con aria complice e fece: «Si era appena mollata col fidànzo storico, la poverina. Volevi non consolarla?».

Così la casa era della sua fidanzata, e lei gli consentiva di vivere lì anche se era soltanto uno studente.

Cos'avevo sbagliato?

«Fra poco spegne le ventisei candeline» spiegò, quindi rivolse un sorriso al prato e considerò: «In cambio devo falciare l'erba. E dare da bere agli animali».

C'erano anche degli animali? E dov'erano le stalle?

M'indicava con un ghigno malizioso, adesso. «Te la sei bevuta, eh?»

Lo fissai smarrito mentre addentava la piada come fosse un brano di carne cruda. «È di mio padre, questo ben di Dio» rivelò. «Ma lui non può metterci piede.»

«In che senso?» domandai.

«A volte le cause per il mantenimento vanno per le lunghe, ma alla fine farsi mettere incinta da un riccastro paga sempre: le spese le paga lo stronzo, ma la casa è assegnata a lei.»

Così aveva un padre, una madre, e quel paradiso era casa sua.

«Ai tempi del Bunker non parlavi mai della tua famiglia» ricordai.

«Da sbarbo avevo il rifiuto. Una specie di blocco. Così raccontavo un sacco di balle» mi meravigliò. «La storia che avevo vissuto in Inghilterra e tutto il resto. Mai mosso da Bologna, io. A Brighton ci sono stato giusto d'estate.» Poi mi guardò e scoccò la sua verità: «Via Paolo Martini 38. È lì che sono cresciuto con mia madre».

Una strada ordinaria, a dieci minuti da casa mia. C'ero passato davanti mille volte per andare al centro sportivo, e non me ne ero mai accorto.

«Molto diverso da qui» osservò. «Ma prima di tornarci facevo il giro dell'isolato tre volte. Controllavo che nessuno mi pedinasse.»

«Non ce n'era bisogno» sospirai. «Io non ti ho mai...»

«Lo so» m'interruppe. «Ma quel curioso di Selva ci ha provato almeno due volte.»

Non dimenticava niente, lui.

«Mamma si è trasferita qui un paio d'anni fa» spiegò. «Io ci sto in pianta stabile da quando sono tornato dal confino in Friuli» e ammise: «Ci saltano fuori delle belle feste.»

«Immagino» balbettai.

Poteva chiamare gli amici in un luogo sontuoso, lui, nascosto alla vista dei poveri. Un posto che forse somigliava alla villa di Marzia. Ma anche lei, fino a quel momento, si era ben guardata dall'invitarmici.

«L'unico problema è quando la gente strafatta si perde per i colli» ammise. «L'ultima volta quel testone di Zagor si è svegliato dentro un abbeveratoio senza più i calzoni, e non c'è più stato verso di trovarli.»

Tutti li conosceva, gli arconti ultraventenni della Curva Reno. Il generalissimo, l'ossigenato, il lottatore. Magari conosceva anche Nelson. E la storia poco seria di Ester col Centocapelli, stai a vedere, non gli faceva né caldo né freddo.

Viveva su un altro piano, il mio peggiore amico. E io non potevo fare altro che invidiarlo in modo sommesso, grato della sua ospitalità e sempre all'erta per distinguere i racconti onesti dalle storielle in cui la menzogna si travestiva da verità.

«Tu lo sai chi è mio padre, vero?» mi scoccò in faccia senza preavviso.

Sapevo solo quello che mi aveva detto Marzia. Troppo poco per rispondere.

«Un figlio di buona donna» tagliò corto. «Se n'è sempre fregato di me. Quando mi ha accompagnato al confino in Friuli, era come stare seduti di fianco a uno sconosciuto. Non avevamo mai fatto un viaggio in macchina insieme, capisci?»

Come potevo capire?

«Riavvolgiamo il nastro!» proclamò. «Bologna, anni Settanta. C'è una ragazza che lavora come babysitter per pagarsi l'università. I tizi granosi per cui lavora la invitano a un matrimonio. Lei ci va tutta timorosa con l'idea di tenere i bambini. E lì conosce un giovane notaio, erede d'uno studio notarile avviatissimo. Lui inizia a farle la corte, e lei non crede ai suoi occhi. Capirai, quello è arrivato in Jaguar e lei s'è dovuta far prestare la 126 da un'amica. Iniziano a vedersi, lei resta incinta, lui la molla. E dopo nove mesi nasce il qui presente.» Sospirò e disse: «È così semplice. Né più né meno di tanti altri. Ma ci ho messo un pezzo per riuscire a pronunciare le parole "figlio illegittimo"».

Allontanò da sé il cestino con la piada come se l'avesse disgustato e riprese: «Piccolo particolare, cico. Il tizio s'era dimenticato di raccontarlo, ma aveva già una moglie incinta».

Così Marzia aveva ragione. Vittoria, la bellissima del Caimani, era la sorella del mio peggiore amico. E bastava la decisione di un uomo pavido per separare i destini di due neonati.

«Doveva pensare alla sua famiglia *vera*, capisci? Aveva tanto da lavorare, e non poteva permettersi il fastidio di mantenere i rapporti col figlio nato per sbaglio.»

Un passerotto dalla maschera nera atterrò sul tavolo e restò a guardare Raul inclinando la piccola testa ora da un lato e ora dall'altro.

«All'inizio mi ha piazzato in via Martini con mia madre. Non lo vedevo mai, ma per il compleanno mi faceva arrivare regali fantastici. Anche il galeone della Playmobil, una volta. Ero felicissimo, ma mia madre m'ha smontato subito: "A te regala i giocattoli. A sua figlia, per Natale, ha regalato un pony vero".»

Il passerotto diede un verso implorante per attirare l'attenzione. Raul raccolse un avanzo di piada dal cestino e gli porse l'offerta fra due dita. «Era esaurita, e non faceva che raccogliere informazioni su di lui» riprese amaro. «I pochi soldi che aveva, li spendeva tutti in investigatori e avvocati. E la sera si addormentava sul divano abbracciata a una bottiglia di Martini.» Mi guardò come mi studiasse, e aggiunse: «Forse è per quello che non mi piace tanto bere».

Sembrava arso da una febbre, adesso. Come se da quel genere di esperienza, al pari della malaria, non si guarisse mai del tutto. Potevi credere di essertela lasciata alle spalle, ma gli attacchi continuavano a perseguitarti per tutta la vita.

«Quando si arrabbiava con me mi urlava contro: "Sei come tuo padre". Era l'insulto peggiore. Mi faceva sentire mezzo vittima e mezzo carnefice.» Chiuse gli occhi e spiegò in un sospiro: «Solo i mostri sono metà di qualcosa e metà di qualcos'altro. E io non volevo essere un mostro».

Mamma non aveva mai detto una parola storta sul professor Shiba. Come mi sarei sentito, se me ne avesse parlato da sempre come di una persona cattiva?

«Per fortuna si sopravvive a tutto» sospirò. «Anche a un'infanzia di merda. E adesso che mio padre mi cerca, sono io che lo faccio sentire come si merita. Vorrebbe darmi il suo cognome, lo stronzo. Portarmi in viaggio e tutte queste belle cose. Vuole farsi *perdonare*, capisci?»

L'aveva detto come fosse un'ipotesi assurda, e aggiunse: «Certa gente pensa di poter comprare tutto». Poi diede una risata argentina e intonò: «"Credi che basti avere un figlio, per essere un uomo e non un coniglio?"».

L'uccellino saltellava a zig zag come fosse impegnato in uno slalom fra paletti invisibili. Teneva d'occhio il cibo, ma non osava allungare il becco.

«E mangia, frescone» lo incoraggiò Raul. «Mangia finché ce n'è.»

La creatura era combattuta fra il desiderio di nutrirsi e il ritegno che lo frenava; ogni volta che si accostava alla mano che gli offriva il cibo, una forza misteriosa gli comandava di retrocedere, piroettare su se stesso, poi ricominciare il balletto da capo.

«Non fare mai loro del male» si raccomandò il mio peggiore amico. «Dicono che i passerotti sono le anime dei bambini senza peccato.»

Secondo il libro di greco, un tempo erano convinti che le anime migrassero negli uccelli. Ma la faccenda dei bambini non l'avevo mai sentita.

«E tu ci credi?» domandai.

«Da qualche parte devono pure andare, 'ste anime» considerò, e lasciò andare il boccone sul tavolo.

Rapido come un'ombra, un secondo passero si posò a un braccio da noi. Aveva un piumaggio uniforme, color dell'autunno, e nessuna mascherina gli disegnava la testa.

«Non ho mai capito se sono due razze diverse» considerai, ma Raul scosse la testa.

«Questa è la femmina» indicò la nuova arrivata che saltellava verso il cibo.

Il maschio si distrasse a rivolgerle un verso sonoro. Che fosse un saluto galante o un invito a smammare, quella lo ignorò; prese nuovo slancio e, battendo le ali per mantenere l'assetto, raccolse il cibo come fosse destinato a lei dall'inizio.

«Perfetto» sorrise Raul mentre la femmina s'involava col bottino nel becco e quell'altro pigolava di sconcerto. «Puoi far subire di tutto alla donne, ma alla fine l'ultima parola la dicono loro.» Raccolse dal cestino un'altra briciola, e la lanciò sul tavolo a mo' di risarcimento.

Il passerotto vi si avventò sopra come avesse mandato a mente una grande lezione, ma ero pronto a scommettere che presto sarebbe tornato a farsi fregare nella stessa maniera.

«È che sono più portate per la vita» stabilì.

Ovvio. A noi ci allevavano per fare la guerra, a loro per crescere bambini.

Abbassò la testa dai capelli corti come velluto, quasi si apprestasse a ricevere una benedizione, e appena tornò a guardarmi domandò: «Hai visto Ester, cosa non è diventata?».

Ecco. L'ultimo interrogativo che avrei voluto sentire. Sbattuto in faccia a tradimento mentre si parlava di volatili e di anime.

«Fai il timido con me?» m'incalzò sorridente. «Dopo che abbiamo sbattuto insieme il pisello in bocca a quella spia?»

«Tu glielo hai sbattuto in bocca!» protestai. Io l'avevo solo preso a pugni. Avevo dei testimoni.

«Sicuro?» domandò, e pareva sinceramente meravigliato. «Mi ricordavo che l'avevi fatto anche tu.»

Ecco che tornava quel suo modo di imbrogliare le cose. A dargli retta, finiva per confonderti; sarebbe stato capace di farti dimenticare quello che avevi visto coi tuoi occhi, di convincerti che avevi colpe mai commesse.

«Ti piace ancora, Raul?» andai dritto al punto. Se mi avesse ribaltato contro la domanda, ero pronto a rispondere che la amavo come si può amare la luce del sole. Costasse quel che costasse, non volevo più nascondermi.

«Sono fidanzato, io!» s'inalberò, ma la risposta gli era uscita fiacca.

Lo guardavo dritto negli occhi, ora, come al Bunker non osavo fare. Aspettavo una risposta sincera, e per la prima volta mi apparve a disagio.

«Lasciala perdere, Tommy» mi raccomandò scuro in volto. «Ester è una ragazza speciale, ma finisce per fare male a tutti.» Si cavò dal taschino una confezione azzurra di Rizla, la posò sovrappensiero sul tavolo e, come parlasse da solo, aggiunse: «Ha addosso una specie di maledizione. Lo sa benissimo anche lei».

I mille doni della calabra parevano poca roba rispetto alle piumose cime cariche di resina della superskunk coltivata in Olanda. Quella di Raul era un'erba da monarchi, la marijuana degli dei, la corrente del golfo capace di fluire tiepida attraverso il gelido oceano della fattanza. Alla seconda porra sentivo le gambe sciogliersi lentamente e gocciolare sul pavimento, mentre lui, come rinvigorito, teneva banco stile one man show.

«Negli anni Ottanta c'erano lo skate e il punk, mentre i Novanta sono il decennio degli ultras e della musica house.»

Aveva messo sullo stereo una traccia acida, bassi profondi e svisate apocalittiche che facevano pensare a una marcia di astronauti sotto anfetamina.

«Mica l'abbiamo scelto noi in quale epoca nascere» osservò. «Però io ci vedo una storia che va avanti. Forse Hardfloor e i mix dell'Amnesia di Ibiza sono la logica conseguenza delle cassette con i brani dei Misfits e dei Pistols. E la nostra vita di oggi è il nuovo capitolo – inevitabile, io credo – d'una saga che ha avuto inizio fra il Bunker e i Giardini Margherita.»

«Lo vedi più, Tesfay?»

«Fa hip hop con quelli dell'Isola» spiegò. «Gente con le palle, ma sempre dietro alla politica.» Fece spallucce e disse: «Siamo onesti. Come si fa a tifare per Saddam Hussein?».

Non lo sapevo. Ma la musica del futuro che suonava da dentro casa mi diceva che erano finiti i tempi eroici di guerriglieri e mujaheddin; nel nuovo decennio la vittoria era destinata a chi primeggiava in tecnologia.

«Cosa c'è di più autentico delle curve degli stadi?» cambiò ancora discorso Raul. «Mi scuso in anticipo se offendo qualcuno, ma la Reno è il posto più onesto della città! Tu lo sai, Tommy. Lì non gliene frega a nessuno se sei ricco o povero. Basta che i ragazzi siano uniti, e nessuno potrà mai dividerli! E che razza di coreografie, nei piazzali, quando ci si lancia sincronizzati contro quegli altri! Meglio dei balletti a teatro, cico!»

Ormai sapevo anch'io cosa si provava. Due o tre volte, quell'anno, insieme ai ragazzi della Nuova Guardia avevamo preso di mira plotoni innocui di tifosi ospiti. Ci sentivamo giustificati sotto ogni punto di vista: erano venuti a invaderci, loro, a sfotterci mentre i Veltri scivolavano verso il fondo della classifica! Pareva ovvio disperderli a pugni e cinghiate, inseguirli in massa verso il loro settore e insegnare a quanti s'attardavano il crudo rituale del pogrom.

«Non sai quanto mi dispiace per quel bastardo d'inglese» sospirò Raul, e aggiunse: «Nessuno dovrebbe morire per queste cose. È come morire per un bel gioco.»

L'idea che qualcuno potesse restarci secco mentre si giocava bastava a darmi i brividi. Eppure era così che succedevano le cose. Spingevi uno dalla recinzione per spedirlo a recuperare il pallone, e quello restava scemo a vita. Facevi una cattura a un altro in gita, e si trasformava in una specie di zombie. E quando pestavamo gli ugonotti che sciamavano ai margini del nostro territorio, alla fine scappavamo senza più guardarli in faccia. Ci sentivamo dalla parte del giusto, ma cosa ne sapevamo, davvero, di quanto dolore avevamo inflitto?

Meglio dare un buon tiro al nuovo cigarro e non pensarci più.

«Qualcuno li odia proprio, gli avversari» annunciò incredulo Raul. «Iago li chiama "il nemico". Ma che saranno mai, alla fine?»

Non era una risposta facile. Ce n'erano di molti tipi, e non andavano presi sottogamba. La sola idea del corpo a corpo con un uomo forte e deciso mi sprofondava nell'angoscia; meglio stringersi ai ragazzi, quando si profilava una minaccia autentica, e sperare che la testuggine del gruppo rappresentasse un riparo.

«Pensaci» fece. «Hanno due gambe e due braccia. Qualcuno anche la testa.»

Cosa stava dicendo?

«Te lo dico io, Tommy, qual è il nome di questa vertigine» mi trasse d'impiccio. «Loro sono noi.»

«In che senso?»

«Ci esaltiamo tanto quando li carichiamo, ma è a noi stessi che diamo addosso. Come allo specchio.»

Non lo seguivo più.

«In trasferta mica andiamo a molestare gli ugonotti con la famigliola» spiegò. «Cerchiamo gli ultras. Il doppio di noi stessi. Per stupirli e metterli muti, punirli col castigo che meriteremmo noi per primi.» Batté il palmo contro il petto, come ne tastasse la solidità, e all'improvviso mi parve di capire cosa intendevano i monaci zen quando parlavano dell'applauso di una sola mano. «Quando li troviamo gridiamo "Sono loro!", ma dovremmo dire "Siamo noi!".»

Erano passati tre anni, ma lo riconoscevo ancora. Lo stesso ragazzo che sapeva darmi da bere le sue balle, era capace di pensieri non ovvi.

«È una forma di espiazione, alla fine» valutò, quindi sorrise e cambiò tono un'altra volta: «Però è bello quando diventiamo tutti matti» valutò con favore. «Sono sicuro che anche i nostri vecchi provavano qualcosa del genere. Durante le guerre, dico. E i carnevali.»

Non gli stavo più dietro. Colpa della superskunk, forse.

«Dovresti venirci più spesso, in trasferta» m'invitò. «Succedono sempre cose interessanti.» Per un attimo parve riflettere, quindi aggiunse: «Potete venire anche senza quell'impiastro di Cotenna».

«Che ti ha fatto di male?» domandai.

«Un po' appiccicoso, il ragazzo» lo liquidò. «È sempre in mezzo ai piedi dei vecchi per mettersi in mostra.»

Decisamente non gli piaceva, il Principe della maraglia.

«Vorrebbe essere considerato una specie di cavaliere senza macchia» rincarò la dose. «Invece resterà per sempre un sensale.»

Che fosse al corrente della nostra società per la promozione della calabra?

«Certo che a vendere quell'erbaccia a dieci al grammo, siete senza vergogna!» proruppe. «Giusto gli ugonotti che non sanno dove sbattere la testa vi danno corda!»

Colpito e affondato.

«Cico!» esclamò, divertito dal mio imbarazzo. «Lo sai! Bologna è piccola!»

Poteva fare di tutto. Era ovunque, e sapeva ogni cosa.

Ma non aveva più di fronte uno sfighé di tredici anni, e stavolta qualcosa l'avevo capito anch'io: Ester piaceva ancora a tutti e due, e forse avrebbe continuato a farci girare la testa per sempre.

# 29
# Il concerto delle scuole

In primavera mi iscrissi al corso di prepugilistica della Sempre Avanti! insieme a Cotenna e al Mezzosangue: ci facevano sudare correndo su e giù per le gradinate della Curva, ci spedivano a saltare a piè pari sulle rampe del portico di San Luca, e una sera vedemmo arrivarci incontro i ragazzi dei Veltri che correvano in drappello fasciati dalle tute sociali.

Per causa loro, quell'annata partita in pompa magna si andava riducendo a un'imbarazzante sequela di insuccessi. Il sogno di fare strada in Europa era naufragato ai calci di rigore contro un modesto undici danubiano, e in campionato la sorte della squadra inclinava pericolosamente verso la bagarre-salvezza. Ci erano toccate partitacce da inchiesta e sconfitte umilianti, domeniche di dolore lenito soltanto dall'euforia d'una sassaiola, un accenno di carica, un mezzo tafferuglio. Ed ecco che si presentavano i responsabili, gli indegni portacolori del club, vicinissimi e vulnerabili alla fatica esattamente come noi.

«Dateci dentro, porca puttana!» tuonò Cotenna appena la squadra attaccò la rampa sotto la nostra. «Non vinciamo da gennaio!»

Avanti a tutti veniva il compatto difensore Ivan Pasotti detto il Terribile, che arrivava sì e no alla spalla degli altri ma in campo era sempre l'ultimo ad arrendersi: fissò il Norcino con una smorfia indulgente, ma dal cuore del gruppo ci piovvero sguardi torvi.

«Vi abbiamo sempre sostenuto, ma la pazienza ha un limite!» il figlio del macellaio ammonì i giocatori che ci sfilavano a due braccia. Aveva la felpa incollata al petto dal sudore, ma era impettito con le mani sui fianchi, le braccia ad anfora come un gerarca che passi in rassegna il suo manipolo. «Un'altra partita come quella di domenica e parte la contestazione!»

«Ma contestami la minchia, pel di carota!» salì una voce dal gruppo.

«Dovete sputare l'anima per la maglia, voialtri!» riprese Cotenna, incattivito dalle risatine degli uomini sotto sforzo. «Vi pagano per quello, se non sbaglio!»

Mi sembrava li avesse strigliati a sufficienza, così lo invitai a smetterla, ma quello era sordo a ogni prudenza: «Hop! Hop!» incoraggiava i giocatori sottoposti al supplizio dei gradini. «Ritmo!»

Se ci avessero incantonati, numerosi com'erano, ce le avrebbero suonate di santa ragione, ma per fortuna il preparatore li incoraggiò a procedere.

«Tu devi darti una calmata» osservò Athos. «Ci manca solo che facciamo a schiaffi con la squadra.»

Sembrava che l'incidente fosse chiuso, quando apparve un gruppetto di ritardatari: due uomini con la tuta dello staff corricchiavano sconsolati accanto al deludente trequartista Bela Teleki, che trascinava svogliato il corpaccione biondo. Del passaggio in Occidente aveva apprezzato soprattutto la generosità degli ingaggi e l'abbondanza di locali notturni; sul terreno di gioco si limitava a camminare, e ora che lo costringevano a guadagnarsi la pagnotta inquadrava di sotto in su la ripida teoria di rampe con uno sguardo sdegnato. Già me lo vedevo, che parlava con il suo agente di trasferirsi in una città completamente pianeggiante.

«Bevi meno gin tonic, ungaro!» gli urlò Cotenna quando attaccò la nostra rampa. «Contro l'Unione non stavi in piedi!»

Il temperamento fumantino e l'allergia alla fatica congiurarono nell'indurre Teleki a fermarsi. Fissava Cotenna col fiato corto, la frangia incollata alla fronte, animato da una diffidenza antica. «Cazzuvòi tu?» interrogò torvo il Principe della maraglia.

Era il numero 10 dei Veltri, e avevo sempre dato per scontato che fosse una specie di gigante, ma ora che l'avevo di fronte mi stupivo della sua taglia ordinaria. Non era più alto di Athos. E Cotenna lo fronteggiava senza paura, petto contro petto.

«Ti abbiamo accolto come un campione, ungaro!» riprese il Norcino. «E tu finisci svenuto sui divanetti delle discoteche! Ci hai presi per la Caritas?»

«Cazzuvòle lui?» Teleki domandò imbestialito ai suoi accompagnatori.

«Dài, dài» i tecnici lo incoraggiavano a riprendere l'allenamento. «Lascia stare, Bela.»

Ma quello, sordo ai loro inviti, tornò a squadrare il Principe della maraglia. «Fanculo» ringhiò, e gli allungò una manata sul petto.

«Piano» lo invitai. «Sta solo parlando!»

«Alza le mani, anche!» s'indignò Cotenna. «Ma lo sai cos'è il rispetto?»

«Tu pensa che sei capo?» si fomentò Teleki, l'indice puntato sotto il naso di Cotenna.

«Ti credi il padrone della città?» lo provocò il Principe della maraglia. «Be', non lo sei. Sei soltanto un mercenario che ha la fortuna di vestire la nostra maglia. E quando di te non si ricorderà più nessuno, noi saremo ancora qui. Capito la differenza fra me e te, mercenario schifoso?»

Prima che volassero i pugni, Athos e io ci gettammo addosso a Cotenna, mentre gli uomini dello staff si occuparono di bloccare Teleki.

«Se vedo te, ti amasso, filiuditroia!» minacciò il calciatore, le dita a V sotto gli occhi, mentre lo trascinavano via a forza.

«Vedi di rigare dritto!» gli urlò dietro il Norcino. «Sappiamo dove abiti, zingaro di merda!»

Perdemmo anche la domenica successiva, e ci ritrovammo in piena zona retrocessione. A fine partita i Wild Boys scacciarono la squadra raccolta sotto la Curva, intonarono "a lavorare, andate a lavorare", e attaccarono a calci e cinghiate quelli del Commando che insistevano a sostenere i giocatori.

Ormai in Curva Reno era guerra civile, e tre giorni dopo il generalissimo Iago guidò una minacciosa delegazione sul terreno d'allenamento. «Occhi bassi, disgraziati!» ammonì i giocatori schierati come penitenti nel cerchio di centrocampo. «*Zero* vittorie nel girone di ritorno! Per colpa vostra, ci ride dietro tutta Italia! Un altro passo falso e vi facciamo chiedere scusa in ginocchio!»

Ero sicuro che la squadra, messa sotto pressione a quella maniera, si sarebbe data una mossa. Invece i Veltri persero di nuovo.

La BMW dell'Anguilla Zanner andò a fuoco in garage, Teleki venne schiaffeggiato mentre pranzava con moglie e figli in un ristorante del centro, ma neppure i metodi forti bastarono a migliorare le prestazioni della squadra. Perdemmo ancora e ancora. Scivolammo all'ultimissimo posto, e nonostante le minacce, i voti e le bestemmie, a metà aprile eravamo già condannati. Proprio ora che la città aveva bisogno di aria fresca, calma e comprensione, si tornava a patire nell'oscurità insensata della Serie B.

Miss Corbelli Doria era stata irremovibile: di andare al concerto delle scuole seduta sul cannone della mia Legnano non se ne parlava neppure.

«Rilassati» mi aveva ammonito, sciallata dall'erba, mentre aspettavamo sotto il pied-à-terre che il taxi Zara 13 facesse la sua apparizione. «Stasera siamo Keith Richards e Anita Pallenberg, e al concerto ci andiamo in Rolls.»

Marzia ebbe la premura di fermare il tassista in una stradina laterale, così da evitare la figuraccia di smontare dalla vettura davanti a tutti i rocker giovani della città.

Come scendemmo nella penombra della sera di primavera, le confessai che quella pensata mi aveva lasciato secco. «Non avevo mai considerato che si potesse chiamare un taxi e farsi portare *vicino* alla meta.»

«Se in un posto fa fico arrivare a piedi, noi arriveremo a piedi» illustrò. Poi mi allungò una piccola gomitata e sospirò: «Siamo Keith e Anita, ricordi?».

Davanti al Centofiori erano già radunate in attesa le tribù convenute al seguito delle diverse band.

C'era un cerchio di rapper con le braghe a cagarella e i cappellini da baseball calzati al contrario, emuli giovani e un po' naïf dell'Isola Posse. Appena più in là pascolava una compagnia di metallari in braghe di pelle, stretti di bacino e con certe gambe a stecco che ti domandavi come facessero a spostare gli stivali. Una banda di rockabilly con la banana dava ostentatamente le spalle a tre mods in parka e Levi's col risvolto che si pavoneggiavano poco più in là; erano così orgogliosi delle chiome rétro, tenute insieme con la lacca, che continuavano a rimirarsi di sottecchi negli specchi tondi degli scooter. Greggi meno convinte si erano appiattite sullo stile di Seattle, camicia da boscaiolo aperta sulla maglietta a mostrarne le stampe, jeans luridi e cascanti, chiome incolte e accenni di barbe adolescenziali.

«Mai visti tanti poser tutti insieme» osservò caustico Nixon nel venirci incontro con la sua impeccabile giacca a doppiopetto, quindi sorrise lisciando fra due dita il cravattino e spiegò: «Il soundcheck sta andando per le lunghe. C'era da immaginarlo, con certi dilettanti dietro il mixer».

«I ragazzi sono carichi?» volle sapere Marzia.

«Fin troppo, sorellina» spiegò Nixon, e ripeté: «Fin troppo. Ce n'è voluta per fargliela capire, ma ormai sono consapevoli che stasera si giocano la credibilità.»

I ragazzi erano partiti alla grande: la versione tiratissima di *Andavo a cento all'ora,* interpretata da Macca con un piglio vigoroso stile Meat Loaf, aveva conquistato tutto l'anfiteatro.

Il pubblico ora appariva benevolo, predisposto all'ascolto del repertorio originale; una robusta e scintillante versione di *Gibraltar* strappò applausi convinti, e la ballad sperimentale *The catcher in the rye* sciolse definitivamente il sarcofago di cinismo che rivestiva i cuori dei giovani rocker.

«Che spettacolo, mate!» gongolava Nixon mentre ardevano nel buio della sala le fiamme degli accendini. «Che cazzo di spettacolo abbiamo messo su».

Anche Marzia aveva gli occhi che luccicavano per l'orgoglio. «Ci sarebbe da riprenderli con una telecamera professionale» stabilì. «Capace che un giorno tornano utili, i filmati degli esordi.»

La fissai in tralice bilanciando il mio gin tonic. Così anche lei voleva fare la videomaker?

«Saresti geloso, se fossi sul palco con una telecamera?» scoccò la sua domanda.

Era una specie di trappola, ed esisteva una sola replica possibile: «Geloso io?».

«Dico sul serio, rude boy» insistette. Doveva avermi sentito poco convinto, e ora girava il dito nella piaga. «Ti darebbe noia?»

«Se ti dico di no» sbuffai. Scopava con passione animalesca, come fosse l'unica cosa che le stava a cuore, ma quando si intestardiva a far polemica era pesante.

«Grazie!» Macca omaggiò il pubblico con un inchino mentre fiorivano gli applausi, i "bravi!" e le selvagge grida d'incoraggiamento.

«Questa è una consacrazione in piena regola» mormorò Nixon, fremente. «L'ultimo pezzo, e sono nella storia del rock giovanile di Bologna city!»

«È bello vedervi qui in tanti» mormorò Macca, schermandosi lo sguardo dalla luce dei fari per scrutare in sala. «Volevamo ringraziarvi di essere venuti.»

«Non gigioneggiare!» sibilò Nixon allarmato. «Alla Ramones. Un pezzo via l'altro. Così s'era detto!»

«Cantare è una bella cosa» se ne uscì il cantante. Esitò, come valutasse il gelo che quel pensierino da elementari aveva prodotto sul pubblico. Sollevò gli occhiali a specchio rivelando gli occhi bovini e, concentrato come volesse recitare Virgilio a memoria, aggiunse: «È una specie di missione. Ma forse vi domandate cosa si prova a stare quassù. E io ve lo dico. Tanta voglia di stringersi alle persone importanti della nostra vita...».

«Capito cosa sta per fare?» domandò Marzia allarmata.

«Una figura da scemo» replicai.

«La dedica» scandì la mia fidanzata. «Come un pivello.»

Sembrava che il sortilegio ordito da Nixon avesse terminato il proprio effetto. Dimentico della sua recente metamorfosi in vulcanico vocalist, Macca stava tornando lo sfighé sovrappeso e impacciato di sempre, e la regressione si produceva in diretta sul palco del Centofiori, davanti a tutti i rocker della città.

«... Come dicevano i Blues Brothers, *Everybody needs somebody to love*, e io non faccio eccezione. Eh già. Ho un cuore anch'io...»

Anche i ragazzi della band parevano sorpresi: per dare un

senso a quell'inatteso monologo alla Celentano, Helios toccava pianissimo il charleston e Tony si sforzava di cavare cascatelle di note dalla Fender con l'aria allarmata di chi stia tappando il buco d'una diga.

«... Così, ci tengo un casino a dedicare questo pezzo a una persona che ha un posto speciale nel mio cuore...»

«Fa la dedica!» ripeté Marzia accorata. «Alla Campora, ci scommetti?»

«Patetico!» ringhiò Nixon come se Macca potesse sentirlo, poi tornò a incoraggiarlo in tono amorevole: «Lascia stare i discorsetti! Sei lassù per cantare! Sorgi e splendi, big boy!»

Hoge, dietro la tastiera, era sudato come un maratoneta, la camicia hawaiiana incollata al torace magro, e nell'improvvisare lanciava occhiate disperate ai compagni; anche Alex si era messo a pizzicare le corde del basso, ma ognuno andava per conto suo, messo in crisi dal fuoriprogramma.

«... La verità è che quello che provo va oltre le parole...»

«Dio del rock, aiuta il tuo popolo!» implorò Nixon, stringendosi alla mia spalla. «Illumina l'obeso, per carità!»

Ormai il patrimonio di simpatia che la band s'era guadagnato era andato disperso, e da diversi punti della sala risuonavano convinti "bùùù".

«Vanessa!» gridò Macca in quel momento critico. Accostò la mano da Garrone alle labbra, schioccò un bacio che fece fischiare orrendamente il microfono e proclamò: «Questo pezzo è per te, my sweet sixteen!».

«Te lo dicevo o no?» fece Marzia, troppo eccitata per valutare le proporzioni del disastro. «Ma dov'è, lei?»

«No!» gridò Hoge a squarciagola. Era paonazzo, e nello sbigottimento generale lanciò lo spartito addosso al cantante. «Questa è una bastardata!» denunciò. «Questo non era in scaletta!» Per un attimo parve boccheggiare, quindi afferrò il microfono con l'energia disperata d'un ufficiale golpista che inviti la popolazione a insorgere contro il tiranno. Quindi sorrise, il matto, e precisò con voce calda: «Io ti amo, Vanessa!».

Coño y mierda! Mesi di pratica alla Factory, discussioni minuziose su attacchi, varianti e chiusure, dibattiti persino sul colore dei calzoni da indossare. E poi andava a finire così.

«Fatti i cazzi tuoi, Hoge!» perse il controllo Macca. «Hai rovinato la mia dedica, stronzo!»

«Tu hai rovinato tutto, palla di lardo!» replicò l'altro, quindi uscì dal riparo delle tastiere, afferrò il leggio a treppiede di Alex e lo scagliò addosso al cantante.

La gente intorno a noi rideva senza ritegno al vedere i due che s'accapigliavano sul palco, e quell'allegria sembrava ricadere addosso a Nixon come schizzi d'olio bollente. «Perché lo fanno?» gemette. «Non ci pensano al loro manager?»

«E tutto questo per la Campora!» esclamò indispettita Marzia. «Neanche fosse chissà chi.»

Macca, ora, brandiva a due mani l'asta del microfono, l'agitava contro Hoge per tenerlo lontano, e mi parve di vedere Helios che singhiozzava sullo sgabello della batteria.

Quando partì il coro «Buf-fo-ni! Buf-fo-ni!», Nixon lasciò andare un verso gorgogliante e mi si accasciò addosso. «Era un trionfo» balbettò, incapace di staccare gli occhi dal palco. «Mancava solo il gran finale.»

«Su, su!» lo incoraggiai, ma toccava reggerlo come Dorando Pietri. «Animo, amico!»

Il lampo verdissimo d'una Heineken da 66 sorse dalla platea e si abbatté a pallonetto sulle assi del palco.

«Tirano le cose, adesso» balbettò Nixon. «Che vergogna», e andò giù come se la bottiglia l'avesse preso in testa.

«Io sin qui ho fatto finta di non vedere» annunciò Mamma. «Speravo che fosse un momento difficile. Un passaggio. Invece è diventato un vizio, Tommy.»

Sapevo che, prima o poi, quel momento sarebbe arrivato. Me l'ero immaginato tante volte, e proprio come nei miei presagi si andava svolgendo intorno al tavolo della cena. Quel che non avevo mai calcolato era la presenza di Pozzi. Invece sedeva a capotavola, l'usurpa, e mi fissava con aria severa come se l'avessi deluso personalmente.

«Prima le sigarette!» protestò mia madre. «E ora la droga!»

*Droga*. Neanche fossi stato Pepe Fabiani, accucciato dietro un cespuglio stento a picchiettarsi l'interno dell'avambraccio, la spada carica fra i denti come un pugnale da pirati.

«Quando l'ho trovata, per poco non mi sentivo male.»

D'accordo. Ammetto lo stupore. Ma cosa hai trovato? Un ciuffo disperso? Una cima raminga? Il pacchetto già incellofanato da cinquanta carte che mancava all'appello da settimane? Circostanziare le accuse, please.

«Fammi capire, per cortesia» la pungolai, e mi sforzai di sorridere. «Forse è solo un grosso equivoco. Forse parli di qualcosa che appartiene a un mio amico.»

«Eccolo lì!» esclamò divertito l'usurpa. «Ci avevo scommesso, che lo dicevi! L'avevo previsto o no, Alice?»

Mia madre non gli diede ascolto e insistette: «Era un bel po' di marijuana, Tommy!».

La tribù perduta d'Israele, seguro. L'importante era che non avesse messo le mani sulla latta di tè inglese, cubica come il deposito di Paperone, che conteneva i fondi per la Vespa.

«Chi te li dà i soldi per comprarla?» riprese. «Voglio saperlo!»

Marzia. Hoge. Helios Nardini. Il vulcanico Macca e certi compaesani suoi di Vergato. Vanessa Campora e le Nicodemi. Nixon e i suoi compagni in gita scolastica a Berlino. Gli amici. E gli amici degli amici. Un sacco di gente. Se l'aveva trovata in casa non era perché la compravo. La vendevo, claro? Cosa pensava, che si potesse vivere con la sua pidocchiosa paghetta da venti a settimana? E allora perché, invece di giocare a miss Marple, non si affrettava a restituire il maltolto?

«Ti ho detto che non era mia» m'ostinai a negare. «Anzi, mi piacerebbe averla indietro.»

Mi guardò come le avessi lanciato addosso la caraffa. «Tu sei ammattito!» mi accusò.

Errore. Ero appena stato promosso un'altra volta. E una principessa tahitiana di mia conoscenza mi annoverava tra le persone intelligenti.

«Quella munnezza l'ho fatta sparire io stesso giù per il gabinetto!» spiegò Pozzi, lieto di essersi ritagliato una parte tutta sua in quella vicenda penosa. «È quello il posto dove deve stare. Capitto mi hai?»

Me lo rividi che inabissava nella tazza le mie cime sotto lo sguardo apprensivo di Mamma, e provai l'urgenza di andarmene prima di perdere le staffe.

«Ti credi una specie di gangster, ma sei solo un piciu» mi offese l'usurpa. «Nella tasca del giaccone, l'avevi dimenticata!» Mi ghignò in faccia e aggiunse: «Dovresti saperlo che le donne...».

«Ma fatti i cazzi tuoi!» lo invitai. Me l'aveva strappato dal petto, e nel vederlo interdetto gli rovesciai addosso tutto il carretto del mio malcontento. «Ti piace dare aria alla bocca, ma quello che dici non conta un cazzo. Non sei mio padre, e non lo diventerai mai neppure se occupi il suo posto.»

Lo sfidavo come Cotenna aveva sfidato l'ungaro Teleki, ragazzo orgoglioso di sostenere lo sguardo d'un uomo.

«Chiedi scusa, Tommy!» mi distrasse Mamma, e il bastardo aspettò che mi volgessi verso di lei per rifilarmi un manrovescio.

«Pier!» esclamò mia madre con la voce di una furia. «Non ti permetto...»

«L'hai sentito!» si scaldò lui. «Hai sentito come mi ha parlato?»

«Mi ha dato uno schiaffo!» esclamai incredulo, tastandomi la guancia al rallentatore. «Questo coglione mi ha dato uno schiaffo, Mamma!»

Ora doveva cacciarlo di casa. Altra soluzione non c'era. Invece si lasciò portare dalla materia debole, e diede un singhiozzo senza pronunciare una parola in mio favore.

Mi levai lentamente in piedi, squadrai Pozzi e reclamai: «Vattene! Esci da casa nostra, stronzo!».

Ce l'avevo a portata di mano, ma quello adesso si giustificava, chiedeva scusa per essersi lasciato trasportare, si affannava a consolare Mamma.

E lei consentiva che lui la toccasse, si lasciava carezzare la mano mentre piangeva affranta. Ma da che parte stava?

«Mandalo via, Mamma!» le ordinai. «Mandalo via subito!»

Niente. Adesso mandava un inascoltabile "iii" da Woodstock in crisi di nervi. Facevo prima ad andarmene io.

Filai a mettere il parka, mi annodai intorno alla gola la sciarpa della Nuova Guardia con le dita che tremavano, ma prima di uscire mi prese l'urgenza di tornare da lei.

«Cos'ho fatto di male?» si lamentava, mentre l'usurpa le cingeva le spalle come un buon confidente. Dentro casa nostra. Nella cucina ch'era stata di mio padre. «Cos'ho sbagliato, con lui?»

Cosa aveva sbagliato *con me*? Era troppo.

Andai a staccare dal muro del salotto il nostro ritratto. Quella foto racchiusa nella cornice a nastri d'argento era il simbolo di quel che sarebbe potuto essere se la sfortuna non ci avesse colpito. L'ultimo ricordo di Babbo. La nostra famiglia. Tutto quello che lei aveva infangato e non meritava più.

«Cosa fai?» domandò disperata nel vedermi tornare con la reliquia. Intuiva quel che avevo in animo, ma non poteva fare niente per fermarmi. «Mettila giù, ti supplico!»

«Non fare il pazzo, Tommy» esalò l'usurpa mentre agitavo la cornice fuori dalla sua portata.

«Sei tu il pazzo!» gli urlai contro. «Entri in casa d'altri e credi di poter fare il capo?»

«Ma no» gemette. «Non ci siamo capiti», e la sua impotenza era il mio piacere. «Dài retta a tua madre!»

Avrei voluto trovare le parole per spiegare a Mamma quanto mi costava quel sacrificio. Ma almeno il professor Shiba non avrebbe più dovuto assistere a spettacoli indegni.

«È questo che volevi?» gridai. «Cancellare mio padre?»

Mi venne fuori un verso da bestia, mentre scaraventavo il ritratto contro la parete: il vetro esplose in una tempesta di frantumi e la cornice ricadde a piombo, rimbalzò a terra e si adagiò di piatto, come un uccello colpito in maniera irrimediabile.

All'Abbazia trovai Athos e Selva che fumavano da una bottiglia di Levissima.

Dopo averla svuotata per metà, avevano praticato un foro con l'accendino due dita sopra il livello dell'acqua, vi avevano infisso un joint e aspiravano a turno dal recipiente colmo di fumo.

Erano in ghingheri per andare al Matis, ma a vederli fumare in quella maniera sembravano due ragazzi di strada brasiliani.

«Qual buon vento» ghignò Selva. «Allora te la ricordi ancora, la strada», e compresi subito che ce l'aveva con me.

«Vieni a ballare?» domandò il Mezzosangue, accomodante nella sua camicia candida. «Abbiamo un tavolo.»

Sapeva che al Matis non ci avevo mai messo piede; non era il mio genere di posto, ma scazzato come mi sentivo ci avrei anche fatto un pensiero. Magari mi faceva bene, annientarmi nel *tunz tunz* analfabeta della musica house.

«Vestito così, però, mica ti fanno entrare» chiarì Selva.

Lo sapevo già. La maglietta di "London Calling" e i lembi dei jeans adagiati sulle Adidas Gazelle non piacevano ai buttafuori delle disco commerciali.

«Nel caso, mi cambio» replicai, anche se il solo pensiero di far rotta verso casa mi suonava doloroso.

«Dài che viene con noi!» s'entusiasmò Athos, e diede un lungo tiro a movimentare il fumo che colmava la bottiglia.

«Alla fine non viene» mi sfidò il Biondino. «Sennò la fidanza lo sgrida.»

«Si può sapere che cazzo hai?» lo presi di petto. «Non mi sono neanche seduto e già rompi con le tue frecciatine.»

Selva si schiarì la voce come non aspettasse altro. «Sei un bel tipo, Tommy» esordì sarcastico. «Proprio un bel tipo.»

«Buono, Secco» gli raccomandò il Mezzosangue, e gli passò la bottiglia. «Fuma, e vedi di non rovinare la serata.»

Era al corrente del malcontento dell'altro. Forse avevano parlato di me sino a un momento prima.

«Sai cosa?» riattaccò Selva. «Ho tre pasticche in tasca, io.»

«Bravo» mascherai la sorpresa. Così calavano, adesso.

Athos mi sorrise imbarazzato, scrollò le spalle.

«Sono tre, e tu adesso vieni a ballare con noi, ce ne sarebbe una a testa. Logico, no?»

Doveva voleva arrivare?

«Io non calo» ricordai. «Mi basta l'erba.»

«È un esempio» spiegò Athos, poi guardò la bottiglia che fumigava in mano a Selva e lo avvertì: «Se non tiri, si spegne.»

Il Biondino ci si applicò col minimo sindacale delle energie, e tornò a passare la Levissima al Mezzosangue.

Mi saltavano, adesso! Escluso dal giro come un estraneo!

Quando si accorse della mia faccia, Athos si affrettò a rimediare.

«Io le ho pagate venticinque sacchi l'una, le paste» riprese Selva. «Fuori però vanno via agili a cinquanta.» Diede un colpo di tosse, quindi mi sorrise e domandò sarcastico: «A te quanto le dovrei far pagare, Tommy? Dimmelo tu».

Sulle prime non afferrai il senso di quella domanda balorda. Poi vidi il Mezzosangue che annuiva grave come un pellerossa, e compresi quel che avevano da rinfacciarmi.

«Siamo cresciuti insieme» ricordò addolorato il Biondino. «Avevi promesso di votare per me alle elezioni, ricordi?»

«Cosa stai dicendo?» trasecolai.

«Tu mi votavi, io diventavo Senatore come mio nonno, e facevo una legge che i Veltri vincevano sempre lo scudetto. Hai perso la memoria, Tommy?»

«Altroché scudetto. Siamo di nuovo in B, puttana d'una puttana!» imprecò Athos, ma l'altro era troppo in vena di nostalgie per preoccuparsene.

«Abbiamo sempre fatto tutto insieme, Tommy. Abbiamo sempre diviso in parti uguali.»

Dal loro punto di vista avevano ragione. Ma ero io che stavo mettendo insieme i soldi nella latta di tè inglese. Io che faticavo dietro a una consegna a Helios in via della Foscherara, e quella dopo al chiosco della Panoramica. Ero io che avevo un disperato bisogno d'una Vespa. Parlavano facile, loro, con il Cagiva e la vecchia Lambretta di mister Carboni artisticamente posteggiate di tre quarti al limitare dell'asfalto.

«Tante chiacchiere sull'essere fratelli, e poi tu e quell'altro ci affamate» sospirò Athos. «Ormai tocca rifornirsi altrove, tocca.»

Lo guardai costernato. Mi vergognavo. E in quel disagio mi veniva in soccorso una sola scialuppa. "Un conto è l'amicizia e un altro sono gli affari!" suggeriva l'uomo affacciato a prua. Avrei potuto ripeterlo ad alta voce. Li avrei certo zittiti, ma a quale prezzo? Sarebbe stato come innalzare la pietra tombale della nostra amicizia.

«Capisco a sette. Posso capire anche a otto» s'infervorò Selva. «Ma a dieci? Come a due ugonotti qualsiasi? Qui si umilia la gente!» sospirò in tono tragico.

«Non è bello guadagnare alle spalle degli amici» il Mezzosangue calò l'asso di bastoni. «Spero almeno tu sia diventato ricco.»

A ben vedere, facevo come Penelope. Appena mettevo insieme una bella cifretta – il record era fissato a settecentonovantamila lire – mi affrettavo a cavare dal deposito un bernini o due, ché non si poteva lasciar marcire in negozio la raccolta dei Clash in vinile, né avevo cuore di abbandonare certe magliette meravigliose sugli scaffali di Bambulé . E a ben vedere non ci si poteva astenere neppure dal concerto degli Strike, dalla serata al bowling per tirare su di morale Nixon. E solo uno Scrooge dei sentimenti avrebbe lasciato partire Marzia per le sue lunghe vacanze senza invitarla a cena e donarle il bootleg del festival di Pinkpop. Tutte spese necessarie, per carità. Ma così, anziché raggiungere la fatidica cifra a sei zeri, i fondi calavano, si rimpinguavano a sorpresa, uscivano temporaneamente per un nuovo investimento, volatili quanto il fumo che sorgeva dalla bottiglia.

«Macché ricco» protestai, agitando le mani avanti a me. «Cosa vi siete messi in testa?»

Quanto c'era al momento nel mio deposito? Qualcosa come seicentomila, avrei detto, e mi sentii in colpa perché all'inizio tenevo la situazione sotto controllo al centesimo. E non mi dimenticavo i cinquanta già confezionati nelle tasche dei giacconi.

«Sarebbe tempo di fare una bella scorta per l'estate» sospirò Athos. «Ma ai prezzi che fate voialtri, non si arriva a metà luglio.»

Io, a loro, non avevo proposto niente. La mia idea era di piazzare l'ultimo giro prima dell'estate a Nixon e ai suoi colleghi maturandi pazzi d'ansia. Così potevano strafarsi tutti insieme ascoltando *Notte prima degli esami*. A prezzo pieno, naturalmente.

«Sentite un po'» mi scaldai. «Mentre voi vi incipriavate il deretano per la vostra serata, magari qualcuno passava un brutto quarto d'ora. Ma cosa ve lo dico a fare? Neanche vi passa per la testa, che uno abbia dei problemi.»

«Tòòòmmy!» sospirò magnanimo il Biondino. «Non fare il tragico, adesso.»

«Che ti è successo?» domandò Athos. «Stai con una miliardaria e piangi miseria?»

Se la sciallavano motorizzati e ribaldi – calavano anche, adesso! – e poi se la prendevano con me? Ero uno studente-lavoratore di sedici anni e mezzo con l'incubo di Rin Tin Tin; un povero ambulante della dopa che iniziava a perdere colpi; uno sfruttato, alla fine.

«Vi ho chiesto niente, io?» insorsi. «Mi faccio le mie storie per i cazzi miei. E non vi vengo a chiedere niente, mi pare, sulle vostre pastiglie di merda.»

«Te lo dicevo, Secco» osservò Athos, rabbuiato. «Adesso strippa.»

«Per un acquisto di un certo spessore ci si metterà d'accordo, voglio sperare» si augurò Selva. «O la politica della casa è quella di succhiare il sangue agli amici?»

«Chi cazzo siete?» gridai, e lanciai via la bottiglia in un fiotto d'acqua sporca. «Parlate di amicizia, ipocriti del cazzo, e tutto quello che volete è uno sconto!»

«Ecco» sospirò il Mezzosangue. «È strippato.»

E vai con un'estate di merda fra scazzi e chiarimenti, trattati di pace e nuovi piani mercantili elaborati nel garage di Cotenna, ritti come chirurghi di un'ospedaletto da campo intorno alla scocca del mio Special che prendeva forma un giorno alla volta. Mancava ancora il motore, ma già inorgoglivo per i dettagli che gli conferivano un aspetto unico: i profili in lamierino sull'esterno delle pedane, pensati per proteggere la carrozzeria anche nelle pieghe più ardite, l'adesivo dei Veltri già in posizione sul portello del bauletto, il vistoso 3 verniciato a stencil sullo scudo e sul bandone. Dicevano gli antichi che era un numero magico, e io avevo deciso che mi avrebbe portato bene; secondo i filosofi tre erano le età dell'uomo, tre il corpo, l'anima e lo spirito, e sempre tre le fasi del ragionamento che culminavano nella sintesi.

Di ragionare non avevo troppa voglia, in quel mese di giugno umido e bilioso, ma di magia sentivo un gran bisogno.

A cosa serviva essere un robot d'acciaio se il futuro partiva col piede sbagliato?

Ti ritagliavi un ruolo di prestigio nell'entourage di una band, e quelli mandavano tutto a ramengo come dei bambocci.

Provavi a tirar su del copeco, e gli amici di sempre ti facevano sentire una merda.

Facevi l'amore con una ragazza, ma intanto ne desideravi un'altra, un'irraggiungibile dea abbronzata dagli occhi verdi e la chioma corvina, ignara di crociere e di vacanze-studio all'estero.

A sera Ester planava sul Capanno in sella a una stilosa Primavera color carta da zucchero, una meraviglia d'epoca con le manopole bianche e le gomme bicolori; il suo motore mandava un canto diverso da tutti gli altri, e nel vederla arrivare mi sembrava di sentire in testa la chitarra di Johnny Marr che suonava l'attacco di *How soon is now?*

Chi aveva restaurato per lei quella vespa? Come aveva messo insieme i soldi? O forse era un regalo di chi sapevo io? Non c'era domanda che non procurasse dolore. Eppure non sapevo resistere, le andavo incontro e la salutavo, provavo a intrecciare quel po' di chiacchiere che ci avrebbero permesso di sentirci vicini.

Una sera la principessa polinesiana arrivò su tutte le furie. Aveva appena litigato con la madre e voleva fumare per sfogarsi.

«Sono stufa che la mia vita ruoti intorno a lei» spiegò, seduta in sella alla sua meraviglia mentre io le stavo accanto come un sollecito palafreniere. «Non ha più senso chiedersi quale delle due è sbagliata» sbuffò sovrappensiero. «Siamo due persone diverse, punto.»

«Credo che vada così, coi genitori» ammisi. «È che non si rassegnano.»

«Lo so che ha fatto mille sacrifici per me e mia sorella. Me li ha serviti anche a colazione, i sacrifici. E ci stavo male. Volevo diventare come lei, impermeabile, dura, inaffondabile. Ma non ero capace. Perché lei era esperta, e io non sapevo niente. Tuttalpiù riuscivo a fare la bulletta da film, il ghiacciolo, la scema.»

«Non ti ho mai visto così» assicurai sbriciolando la calabra nel palmo. Una bella presa, ché mi sembrava bisognosa di pace.

«Mi ha sempre concesso tanta libertà» ammise, e ne provai un rammarico vigliacco. Se fosse stata una brava ragazza da parrocchia, magari ci saremmo fidanzati già all'epoca dei campo-scuola, e nessun altro le avrebbe messo le mani addosso. «Però quando mi sgridava, ho sempre abbassato la cresta. Era lei quella che faceva i sacrifici. Lei quella bellissima. Lei la padrona di casa. Ma adesso ce l'ho anch'io un lavoro.»

Lei lavorava?

«Lo capisco, cosa vuol dire spaccarsi la schiena. E mica in ufficio. In piedi alla cassa del Burghy.» Arrestò quel profluvio di parole, inclinò il capo e rivelò: «Da lunedì. Non senti che profumino?».

*Profumino?*

«Senti i capelli» m'invitò. Voleva farsi annusare, adesso. «Puoi lavarli finché vuoi, ma ci resta su l'odore di patate fritte.»

Lo capiva quale effetto mi faceva, accostare il volto alla sua chioma lucida?

«È stato un disastro» sospirò nell'aria arancio e viola del crepuscolo estivo. «Tutti i dispiaceri che mi ha dato senza volere si sono mescolati alla rabbia, e sono diventati un'arma da usare contro di lei.»

La seguivo solo a tratti, ora che il joint ardeva a separarci.

«Così gliel'ho strillato in faccia, che prima di parlarmi in quel modo avrebbe fatto bene a farsi una doccia e pulirsi la faccia dagli sbaffi di rossetto.»

Di quel litigio epico mi sfuggivano parecchi aspetti, a cominciare dalle cause, ma lo stesso ero grato al destino. Dopo tanto tempo avevo l'occasione di trascorrere un quarto d'ora in pace con Ester, e lei mi stava raccontando qualcosa che le stava a cuore.

«Quando l'ho chiamata "patetica" è andata completamente fuori di testa. Mi sarei dovuta fermare, lo sapevo, invece la sua rabbia mi è sembrata il segno che ero sulla strada buona. Così ho usato una dopo l'altra le parole più cattive che conoscevo, e mi sono fermata solo quando l'ho vista piangere.»

Tacque, rabbuiata, e io avrei dato qualsiasi cosa per poterla abbracciare, consolarla, spiegarle che a volte è difficile essere buoni, quando gli altri ti ringhiano addosso.

«Anch'io provo cose del genere» ammisi. «Solo che non ho il coraggio di raccontarle a nessuno.»

Ester si rivolse a me come finalmente mi riconoscesse. Era tornata a benedire la mia serata col sorriso, e ne provai una dolcezza struggente.

«Tu non sei come loro. Vero, Quinlan?» domandò, e subito mi sentii in difetto.

«Loro chi?» volli sapere.

«Quelli che pensano alle donne come a una specie di angeli. Be', dài retta a me: non lo sono. Non io, almeno.»

«Non siamo angeli né diavoli, io credo» ammisi. «Siamo ragazzi che fanno le loro prove.»

«A proposito!» s'illuminò. «Lo sai che ricomincio a suonare?»

Era decisamente la serata delle scoperte. «Cosa suoni?» domandai meravigliato.

«Il basso. Ho cominciato due anni fa, fra compagne di scuola» spiegò. «Ci chiamavamo Tampax, e facevamo punk femminista» sorrise come di un'antica ingenuità.

Lei a quindici anni, calze rotte e trucco sbavato. Un basso da principianti a tracolla, l'urgenza di esprimersi, la piccola grande sfida di esibirsi davanti ai compagni dell'Artistico.

«Abbiamo fatto solo tre concerti.»

Non due, e neppure quattro.

«E un demo che devo ancora avere da qualche parte. Una cosa vergognosa, a dirla tutta. Pensa che la nostra hit si chiamava PMS.»

La fissai in attesa di chiarimenti.

«Pre Menstrual Syndrome!» esclamò. «Eravamo proprio delle fissate!»

All'epoca l'avrei detestata, ché mi sarebbe parsa solo una prova di vanità, dettata dal desiderio di mettersi in mostra; adesso invece mi faceva tenerezza. Se avessi potuto, l'avrei fatta tornare indietro nel tempo per proteggerla e incoraggiarla.

«È finita coi soliti scazzi: per un uomo» aggiunse divertita. «Pensa che femministe eravamo.»

Forse il problema era proprio quello: non avrei mai avuto quei due o tre anni più di lei che mi avrebbero permesso di scoprire le cose in anticipo, e giudicare le sue esperienze col giusto distacco.

«Per un po' non ho più suonato. Mi faceva male vedere la custodia chiusa a prendere polvere. Però il basso mica si suona da soli. Serve una band, e un progetto chiaro.»

Annuii come se conoscessi a perfezione quel sentimento. Il destino ci aveva voluti coetanei; se volevo apparire interessante ai suoi occhi dovevo imparare a proiettarmi nel futuro, parlare come se il presente fosse per me già passato, accettare ogni sua fascinazione e colpo di testa con la noncuranza indulgente di chi ne ha viste capitare d'ogni colore.

«E poi?» volli sapere. «Cosa ti ha convinto a ricominciare?»

Un uomo. Un *altro*. Lo sapevo già. Ma ero pronto a incassare con flemma signorile. A spostare il discorso su prospettive e influenze, persino sulle marche di amplificatori, se voleva. Alla Factory mi ero fatto una certa esperienza.

«I soldi» mi lasciò smarrito. «Mia madre non naviga nell'oro. Fa tutto il possibile, e a casa non manca niente. Ma se voglio andare in vacanza, devo incassare.»

Era tempo di dar voce al buon Tommy esperto e sgamato di due o tre anni più grande. «Capisco» premisi. «Ma saprai anche tu che non è facile guadagnare suonando in giro. Siamo mica in Inghilterra.»

«Col rock non si tira su una lira» ammise.

Sorrisi di fronte alla sua ragionevolezza. «E allora...» feci per dire, ma lei mi sbalordì con un piccolo pugno alla pancia. Neppure il tempo di tendere gli addominali, mi aveva dato.

«Il liscio!» esclamò vittoriosa.

«Il liscio?» ripetei incredulo.

Conoscevo gente che faceva surf metal, blues appenninico, persino folk insurrezionalista. Liscio, nessuno. Vedrai che scherzava. «Così suoni Casadei e roba del genere?» domandai divertito. «Bello sperimentale!»

«Anche mazurke, calipso e tutto il resto. Non lo sai che le orchestre di liscio suonano più di tutte le altre?»

All'inizio pensavo che scherzasse, ma sembrava maledettamente seria.

«La prima volta mi hanno chiamato come rimpiazzo, solo perché ero carina e sapevo tenere un basso in mano. Mai nella vita avrei pensato di suonare quella roba. Ma mi avevano promesso cinquanta carte, e a me facevano comodo. Così mi sono messa d'impegno, e in qualche modo ho portato a casa la serata. Poi è saltato fuori che la bassista non stava bene perché è incinta. E dal 21 prendo il suo posto.»

Come in una girandola, s'inseguivano davanti ai miei occhi le immagini di Ester col suo basso a tracolla, concentratissima alle spalle di un istrionico frontman in giacca di lamé sopra un palco all'aperto della Riviera romagnola. La immaginavo presa nel suo flusso, impassibile di fronte a una marea di turisti intervenuti alla festa dei fuochi di San Giovanni o alla sagra del pesce arrosto.

Per quanto sorprendenti, erano le istantanee del percorso che le avrebbero permesso di ottenere ciò che desiderava. E io che avevo due o tre anni in più non dovevo giudicarla.

«Da qui a fine agosto sono già in agenda ventisei date» annunciò.

«Però!» approvai. A cinquanta carte a sera, presto detto, facevano un milione e trecentomila lire.

«Appena si comincia, ciao ciao Burghy! Suono con l'Orchestra Happiness dei fratelli Canestri, io!»

Via tutte le puttanate artistoidi sul suonare gratis o non suonare. Via i pregiudizi, i nasi arricciati, i distinguo ideologici e le altre stronzate. La gente aveva bisogno di soldi. C'era chi li trovava commerciando resine e chi suonando le mazurke. Sempre meglio che distribuire volantini in via d'Azeglio. O friggere patatine.

«È un bel circo, sai?» mi raccontò. «Si viaggia tutti insieme sul pullmino con il nome dell'orchestra scritto di fianco, e quando ci sono quattro o cinque date di fila si dorme fuori.»

Cercai di allontanare da me le immagini che un proiezionista maligno insisteva a farmi apparire in testa: Ester corteggiata da un orchestrale ubriaco che avrebbe potuto essere suo zio, da uno straniero troppo insistente, da un manager bavoso come una lumaca.

«Non è un mondo di grande eleganza, ma sono tutte brave persone» spiegò come mi avesse letto nel pensiero. «È una specie di famiglia, e io che sono l'ultima arrivata sono un po' la mascotte.»

Per mettere insieme cinquanta carte a sera, si sobbarcava delle oneste trasferte, lo sbattimento di prove-palco e check, infine il paio d'ore in cui si sentiva addosso gli occhi del pubblico e sorrideva equanime mentre intesseva le sue linee di basso.

Non faceva proprio nulla di male. E poi chi ero io per giudicarla? Uno che comprava l'erba a cinque e la rivendeva a dieci, uno che s'esaltava a giocare a *Street fighter* con i tifosi ospiti, uno che ancora non s'era arreso all'idea che il professor Shiba sarebbe rimasto congelato per sempre nel suo monitor.

«Se la stagione va come deve, una settimana a Londra non me la leva nessuno» dichiarò.

Con chi ci sarebbe andata? Non era affar mio.

«Che bello!» sciolsi la briglia alla sincerità. «Piacerebbe un sacco anche a me!»

Ecco. Così si doveva fare. Autentici e propositivi. Stare sulla difensiva non era servito a niente. Bisognava concedere e osare.

«E cosa ti piacerebbe vedere, a Londra?» domandai.

«Il 100 Club in Oxford street» rispose, e per poco non piansi di gioia. Era il locale benedetto dai Pistols e dai Clash, lo stesso indirizzo al quale mi sarei portato io se per incanto mi fossi svegliato in the City. «E poi Carnaby street, anche se ormai è un posto per turisti. E Camden Town. È lì che si trovano i ragazzi, e ci sono concerti ogni sera.»

«Che bello!» mi trovai a ripetere, prossimo all'estasi. Beato l'uomo che ti ci porterà davvero, Ester Bonsignori.

Le stelle del Carro ardevano in cielo sullo sfondo chiarissimo della Via Lattea, e noi parlammo fino a tardi di locali e festival, dei nuovi free party dove si ballava all'aperto per tutta la notte e del nuovo tellurico singolo dei Nirvana.

Su Raul, nemmeno una parola. Sentivo che nominarlo avrebbe spento quell'incanto. Per fortuna nessuno lo tirò in ballo, e il suo fantasma restò ad aleggiare su di noi senza disturbare.

«Però non vale» notò mentre le passavo il joint della staffa. «Stasera ho parlato solo io.»

«Ma no» la rassicurai, sgamato e fatto mite dalla calabra. «Mi fa piacere ascoltarti.»

«Sono un po' logorroica» si giustificò. «Però sto cercando di smettere» garantì. Mentre aspirava a occhi chiusi dal cigarro, fantasticavo di baciarla senza preavviso su una guancia, ma appena tornò a guardarmi mi vergognai di quelle fantasie. A cosa sarebbe servito rubarle un bacio, se non a perdere la sua fiducia? Meglio sorridere, esser grati al destino che me l'aveva portata vicina, e accettare solerte come un cicisbeo il cigarro di ritorno.

Lei subito levò le mani in un gesto di consapevolezza asiatica, gli indici ripiegati sui pollici.

«Esercizio zen, esercizio zen» prese a scandire. «Non essere logorroica, tipa. Non abusare della pazienza degli altri. Alla gente non interessano la rava e la fava della tua vita.»

Me la serviva su un piatto d'argento, me la serviva. «A me interessano, Ester» mi affrettai a correggerla. «Sul serio. Mi piace quando racconti di te.»

Quel che accadde subito dopo, per poco non mi uccise.

Le sue mani salirono verso il mio volto mentre mi guardava come implorasse venia per una debolezza. O avesse un gran bisogno di complicità.

«Tommy» sospirò, carezzandomi in stereo le guance. Con gli occhi dalle lunghe ciglia e il profumo della sua pelle nuda addosso. «Voi maschi siete così... testoni, per non dire altro. Ma tu sei diverso.»

Allora l'aveva capito, finalmente! L'energia specifica delle sue mani stava facendo collassare le resistenze del robot d'acciaio. Se non la smetteva di guardarmi in quel modo, presto mi sarei accasciato in un fragore di lamiere.

«Sembra che mi capisci. Per quello mi piace parlare con te» spiegò, e appena le sue mani si staccarono dal mio volto ne provai la mancanza.

Anga sgevù, era successo davvero? Mi aveva carezzato il viso sotto il cielo d'estate?

«Possiamo parlare quando vuoi» proposi. «Penso che non me ne annoierei mai.»

Avevo per le mani qualcosa di nuovo e delicato come una pianticella appena nata. Dovevo proteggerla. Non mentire mai. E non cedere all'istinto dell'impazienza. Avevo due o tre anni in più, io. Ero Quinlan lo sgamato, e nulla rovinò le parole dolci del congedo, l'abbraccio affettuoso, l'augurio onesto di passare una bella estate.

Alla fine potevo anche illudermi. Forse la nuova confidenza che mi legava a Ester era il preludio a qualcosa di più. Potevo sognare a occhi aperti, sentirmi all'inizio di una storia grandiosa, ma intanto mi ritrovavo in esilio a Pinarella, in pace armata con mia madre e sempre sul chi vive per gli improvvisi blackout di nonna Sandra. Quando se la sentiva, le offrivo il braccio e la portavo a passeggiare in pineta ché si distraesse;

camminava piano, la matriarca, stanca anche da appena sveglia, eppure si sforzava di ridere dei suoi guai. «Ormai sono una scarpa rotta. Non è stata una buona idea, farmi venire. Così vi rovino la vacanza.»

Il nipote mercante di resine la sorreggeva cercando di nascondere la sua pena; sentiva che non ce ne sarebbero più state, di vacanze così, e osando un altro passettino la invitava a ricordare com'era stato essere ragazza.

La donna non aveva più schermi, ora che lo vedeva grande. O forse era lei che stava tornando fanciulla. Fatto sta che raccontava e raccontava, dimentica dei pudori che avevano sempre avvolto la sua giovinezza.

Per quanto fosse assurdo, mi parlava come a un'amica. Chi le piaceva verso il 1935 e i giovanotti a cui piaceva lei. Il vestito che portava un certo sabato che in paese era arrivata un'orchestra di fox trot. Da chi avrebbe accettato subito l'invito a scendere in pista, e chi invece doveva sudarselo per dimostrare la sua devozione.

«Bròtta la vètta» sospirò una volta, nell'imboccare il vialetto che dalla pineta riconduceva alla pensione. Non l'avevo mai sentita imprecare contro la vita, lei così religiosa, e ci restai male. «Passa così veloce» sospirò in tono di scuse. «Un attimo lui ti viene incontro sorridendo davanti a tutti e ti senti come una regina, e il momento dopo devi già levare il disturbo.»

## 30

## La mia notte fortunata

Il mio Special verde filava ch'era una meraviglia, reattivo in ripresa e teso come una fucilata sui rettilinei, ma la gioia più grande era infilare una dietro l'altra le curve dei Colli.

In settembre me ne andavo in giro per conto mio, solo come un esploratore alla scoperta d'un continente in larga parte inesplorato. Spostai le colonne d'Ercole dal cippo di Paderno a un castello in stile moresco che si profilava contro le prime montagne. L'aveva fatto erigere nell'Ottocento un conte matto fissato col magnetismo, e le sue torrette in rovina erano lo sfondo perfetto per scendere a fumare un personale, quietare le domande che mi ronzavano in testa e interrogare il futuro studiando le volute azzurrine di fumo.

Una sera, al rientro in città, puntai l'Abbazia e ci trovai solo Aribò, che consumava con aria colpevole un piccolo chilum. Arenata sull'erba a un passo da lui c'era la confezione vuota d'un Calippo, e quando mi accomodai al suo fianco mi meravigliai della quantità di mosche posate sul cartone fradicio del ghiacciolo; si nutrivano sotto lo sguardo benevolo del Mangialiquerizia, tranquille come animali da compagnia.

«Hanno sei occhi» m'informò quando si accorse che le osservavo. «Sei occhi e sei gambe.»

Qualcuno doveva avergli spiegato che quegli insetti vedevano il mondo attraverso una sorta di griglia a esagoni, e lui aveva preso fischi per fiaschi.

«Sei zampe lo sapevo» concessi. «Quella dei sei occhi, però, non l'avevo mai sentita.»

«Me l'ha detto Coti» inorgoglì.

Dovevo vederlo a giorni, il Principe della maraglia, per il consiglio d'amministrazione. Andava a cominciare una nuova stagione, e c'era da riempire daccapo il cubo in latta del deposito.

«Hai sentito che è volato?» domandò.

Cosa diceva, stavolta?

«Dice che l'hanno lanciato fuori da un bar» svelò il Mangialiquerizia.

«Cotenna?» sbiancai. «Ma chi è stato?»

«Due vecchi del Commando. Si mettono a discutere sulle cose della Curva e a quelli non piace cosa dice Coti... Allora sbabàm! Lo buttano fuori, ma non dalla porta. Dalla vetrina.»

«Si è fatto male?» domandai allarmato.

«Poco e niente» assicurò, poi strinse gli occhi e spiegò orgoglioso: «È un osso duro, lui.»

«Mica mi piace, la piega che sta prendendo la Curva» sospirai. «Non dovremmo farci la guerra fra noi.»

«Sono stronzi, però» osservò il Mangialiquerizia. «Lui è uccel di bosco, adesso» e mi porse il suo chilum sbavato.

Declinai l'invito estraendo le cartine. «Ho deciso di fumare solo personali» mi giustificai come faceva Nixon.

«E se non torna?» domandò sconsolato Aribò.

«Non può essere» ribattei. «Per un litigio?»

Era un'idea bislacca, ma provai a figurarmi cosa sarebbe successo se il Norcino si fosse inabissato. Niente, all'inizio. Solo che sarei tornato povero un giorno alla volta. Senza calabra da smerciare, addio vinili e cassette, addio miscela al 2% per lo Special, addio mondo crudele. Alla fine, dipendevo da lui.

«È bravo, Coti» sospirò, come se il ragazzo che gli aveva negato una vita normale, il primo a inneggiare al pogrom, fosse la persona che gli mancava di più al mondo. Deglutì a forza, si nettò le labbra e spiegò: «Mi aiuta sempre, lui».

«In cosa, ti aiuta?» gli diedi corda.

«Ho avuto una bella sfiga, io» sospirò. Poi mi guardò tutto serio e fece: «Ho sbattuto la testa da piccolo».

«Lo so» spiegai. «C'ero anch'io, quel giorno.»

Mi guardò come parlassi un dialetto ugro-finnico. Scosse la testa e spiegò in tono amorevole: «Non era un incidente. Era apposta».

Cosa sapeva? Cosa gli aveva raccontato, l'unico ragazzo di cui si fidasse davvero?

«È Pepe Fabiani il colpevole» confidò Aribò, ed era come se un'ombra cattiva gli fosse scesa sul volto dai lineamenti sbozzati. «Il tossico con l'orecchio storto. È lui che mi spingeva.»

Ecco come gliel'aveva raccontata il Norcino. Si era lavato la coscienza con una balla spietata, addossando la responsabilità a un innocente.

«Non è vero» provai a spiegare. «Pepe non c'entra.»

«Me l'ha detto Coti!» s'infuriò. «È colpa del tossico! È colpa sua se le fighe non mi vogliono!»

Faceva paura, grosso com'era, così non trovai adatto insistere.

«Non era un incidente» considerò su un tono più mansueto, e ripeté: «Era apposta». Accese daccapo il braciere del chilum e diede un tiro che parve colmarlo di soddisfazione. Nel rovesciare a terra la cenere sibilò: «Fabiani deve morire», poi parve estraniarsi. Fissava a bocca semiaperta il dorso delle colline di fronte a noi, finalmente calmo. «Che flash!» esclamò. «Non sembra anche a te che i prati si muovono?»

«Già» ammisi, sollevato all'idea che non pensasse più al suo guaio. L'avevo notato anch'io parecchie volte, quel fremito misterioso.

«Sembra che si muovono come se vogliono andare da qualche parte, invece restano sempre lì.»

Pomeriggi interi a scervellarmi sulla questione – avevo pensato perfino alla deriva dei continenti – ma alla fine la spiegazione poteva essere solo una. «È per via di quel che fumiamo» spiegai. «Ci sembra che si muovano, ma è solo il vento che li spettina.»

«Fa dei giri strani, il vento» osservò, poi mi guardò di sotto in su e sorrise beato: «Eccolo che torna, Coti.»

«Adesso voglio capire come fai» m'incaponii. «Senti già il motore?»

«Arriva» si limitò a dire.

Facemmo silenzio, e per quanto tendessi l'orecchio, non distinguevo musiche meccaniche in avvicinamento. «Non ti sbagli proprio mai?» volli sapere dopo un po'.

Non rispose, ma la sua espressione era quella d'un cane in punta. In qualche modo lo sentiva.

«Bella regiz!» risuonò alle nostre spalle la voce del Mezzosangue.

Ci volgemmo di scatto verso monte: Athos scendeva trotterellando a torso nudo dal cuore del parco. «Cosa fate tutti soli?» domandò allegro. «Vi date i bacini?»

Dietro a lui scendevano lungo il prato Selva e il figlio del macellaio, incerottato come una specie di mummia.

«Coti!» esclamò il Mangialiquerizia. Mi sorrise scoprendo i denti grigi e muschiosi, poi tornò a guardare in su e non levò più gli occhi di dosso al Norcino.

Ormai era deciso: nella stagione a venire, lo striscione della Nuova Guardia avrebbe fatto bella mostra di sé in Curva Reno, appeso alla vetrata sotto la balaustra centrale, appannaggio delle ballotte vassalle dei Wild.

L'idea di contestare la società mi attirava, e quella di affrontare gli invasori in mezzo a una compagnia qualificata ancora di più.

Era finito il tempo d'imbastire le nostre azioni vicarie contro i drappelli isolati: si andava a caricare davvero, gomito a gomito con il generalissimo Iago e i suoi, i massimi esperti cittadini nell'arte dello scontro frontale.

Non era una meraviglia? A diciassette anni suonati, kaputt ai complessi d'inferiorità! Insieme ai Wild Boys avremmo guardato negli occhi le bestie peggiori di ogni città, i fasci e i compagni, i tornitori e i laureandi, i mariuoli di periferia e gli schizzati dei quartieri alti.

Nella stagione in cui Ester mi concedeva per la prima volta la sua confidenza, mi esaltava l'idea di sfogare la furia che sentivo addosso senza più filtri. Era una compensazione? Un indizio di schizofrenia? O non piuttosto la soddisfazione di essere arrivato dov'era Raul, senza bisogno che fosse stato lui a invitarmi alla festa?

Nel dubbio, mi affrettai a sottoscrivere l'abbonamento.

Durante l'estate, Marzia aveva proposto di sentirci a giorni alterni, ma quel ritmo severissimo di chiamate internazionali non era sopravvissuto alla prima decade di luglio.

Una certa insofferenza del sottoscritto e il recapito della bolletta a Mamma avevano sancito il termine dell'esperimento. E da allora, a essere onesti, l'avevo cercata di rado. Preferivo di gran lunga trascorrere il pomeriggio all'Abbazia o a cavallo del mio Special, concedermi una birra al tramonto al Bar Carioca e filare rapido al centro sportivo nella speranza d'incrociare Ester.

Il primo incontro con Marzia, alla vigilia del rientro a scuola, cominciò benissimo – facemmo l'amore per tutto il pomeriggio – ma fra una ripresa e l'altra non mancarono segnali inquietanti, domande abrasive e repentini infoscarsi.

Più di ogni altra cosa m'insospettì il suo invito a cena, così simile nelle implicazioni a una cartolina di precetto. Sentivo odore di trappola, così miravo a tirarla in lungo, tornavo esausto a carezzarla, la riempivo di baci con le labbra ormai incollate dalla sete. Mentre m'industriavo per prenderla ancora una volta, sbirciavo la finestra e vedevo il sole abbassarsi sui Colli; speravo che passasse l'orario, invece niente. Alle sette e mezzo spaccate, Marzia, interruppe le ostilità: bisognava prepararsi per la cena.

Di lì in avanti si fece sempre più cupa. «Va bene che noi bionde siamo stupide per definizione» premise mentre ci chiudevamo alle spalle l'uscio del pied-à-terre. «Però tu esageri, rude boy. Ormai mi tratti come una pezza da piedi.»

Mi girava la testa e avrei bevuto volentieri un cordiale, un grappino o un uovo crudo. Avevo chiesto troppo a me stesso, e adesso non sapevo più come difendermi dalle sue recriminazioni.

«Io ti ho raccontato tutto dei miei viaggi» osservò. «Tu invece non mi hai detto niente della tua estate.»

Per forza. Non avevo mica preso voli in prima classe con Air France, io, né avevo veleggiato su un catamarano a noleggio da un milione al giorno.

«Niente di che» spiegai. «Sono stato a Pinarella come al solito.»

«Ecco!» protestò. «"Niente di che" mi dici.»

Nel breve tragitto a piedi verso il ristorante, auspicò, sollecitò e infine pretese una cronaca dettagliata delle mie settimane al mare.

Era una situazione incresciosa, ma in qualche modo dovevo cavarci i piedi.

«Ho fatto i miei bagni» sospirai. «Ho letto *Rimini* di Tondelli, e ho portato mia nonna a fare delle passeggiate in pineta.» E poi ho sperato con tutte le mie forze di vedere apparire sui cartelloni coloratissimi degli eventi estivi il nome dell'Orchestra Happiness, ma purtroppo non è mai successo.

«Come sta tua nonna?»

Mica tanto bene. Ma non volevo che Marzia s'intromettesse. «Così così» restai sul vago. «Alla sua età, qualche acciacco va messo in conto.»

«E la sera cosa facevi?» insistette. «Insieme a chi uscivi?»

Dopo cena andavo al centro commerciale, un'insula di palazzoni ai piedi dei quali sorgevano pub e sale giochi. Era il mio feudo estivo da molti anni, così avevo le mie conoscenze, ma più che bere un paio di birre non si faceva. Glielo dissi. Quasi se ne offese.

«Allora non vuoi proprio raccontarmi niente!» protestò.

E io giù, di buona lena, a raccontarle le adorabili stronzate pinarellesi: quanto ci si divertiva con il nuovo picchiaduro Konami dei *Simpson*, che matte risate ci eravamo fatti la sera in cui il figlio del bagnino Stelvio, ubriaco di vodka al lampone, aveva pisciato nella buca delle lettere, e la faida tra fruttivendoli che opponeva Benito al cavalier Venturi.

«Io capisco che tu abbia altri pensieri, rude boy» concesse appena avvistammo i tavolini della trattoria schierati sotto il portico di via Augusto Righi. «Ma si dà il caso che, mentre tu folleggiavi, qualcuno abbia passato le ore dentro le cabine più zozze d'Europa con una tessera internazionale per le mani.»

Le cose viravano al peggio. E non avevamo ancora fatto in tempo a sederci.

«Lo sai quante volte ti ho cercato?» tornò alla carica mentre prendevamo posto al tavolo contrassegnato dal cartellino "Corbelli Doria". «Ma tu, certo, dovevi ubriacarti di vodka al lampone.»

«Non l'ho bevuta io, quella vodka» precisai, ed ebbi l'impressione che tutti ci guardassero. «È stato il figlio di Stelvio.»

«Se ti divertivi di più a pisciare nelle buche della posta, potevi dirmelo» notò. «Almeno mi risparmiavo il rischio di prendere qualche infezione.»

Il cameriere portò in tavola il pane e i menu come se camminasse sulle uova. Marzia gli sorrise remota, comandò una bottiglia d'acqua liscia e un quarto di vino, quindi andò avanti a parlarmi come quello non esistesse: «Ogni tanto penso che ti diverti a farmi soffrire».

Il tizio mi rivolse uno sguardo preoccupato. «Vi lascio dare un'occhiata» annunciò, e batté in ritirata.

«Scusa» sibilai. «Non me le potevi dire prima, queste cose? O dopo?»

Mi guardò distillando meraviglia: «Se è per questo che ti ho invitato a cena!».

Ero in trappola, sbalestrato e affranto dall'imbarazzo. Intendeva parlare degli affari nostri davanti a tutti. Riparai sul pane.

«Sto pensando che faremmo bene a separarci per un po', rude boy. Così da capire se davvero siamo necessari l'uno all'altra.»

Non potevo preoccuparmi di chi ci stava ascoltando dai tavoli vicini. Dovevo far sentire la mia voce. «Perché?» esalai.

Sul suo volto si dipinse un'espressione speranzosa. «Mi sei mancato ogni giorno, Tommy. Mi sei mancato come al deserto manca l'acqua. E invece ti sento lontano.»

Non l'avevo già vissuta, quella situazione? O una sua parente giovane?

Commisi l'errore di aprire il menu. Gramigna alla salsiccia. Tortellini in brodo o alla panna. Tagliatelle al ragù.

«Tu hai già in mente cosa mangiare?» indagai, preda d'un incontrollato fervore delle papille gustative.

Mi guardò come se le avessi chiesto quanto voleva sua madre per partecipare a un addio al celibato.

«No, dico» mi trovai a ridacchiare. «Con tutto che oggi pomeriggio... Tu non hai un po' fame?»

«Mi prendi in giro?» domandò piccata. Poi mi guardò con aria severa e spiegò: «Ho litigato con i miei».

Adesso non c'erano più dubbi: fra i tavoli non volava una

mosca. E grazie al cazzo. Con quel cartellino lasciato in bella vista sul tavolo da chissà quanto, era corsa fra la clientela la voce che un Corbelli Doria sarebbe arrivato a cena, e adesso erano tutti curiosi di origliare. Mi venne in soccorso un'idea matta: per quel che ne sapevano, potevo essere io l'erede dell'industria di cancelli automatici.

«E perché mai hai discusso coi tuoi?» me ne uscii, drizzandomi composto alla maniera d'un Gastone.

«Volevo invitarti al Forte. Speravo che fosse una bella sorpresa, ma loro non hanno voluto.»

Invitato al mare da una delle famiglie più ricche della città? Io? Mi vidi col braghetto di madras e le ciabatte De Fonseca, a inorridire i plutocrati sul bordo della piscina col mio proletario tuffo a bomba.

«Dovevamo essere soli» rivelò Marzia.

«Sarebbe stato simpatico» rientrai nella parte dell'ereditiero, cercando telepaticamente d'indurla ad aprire il menu. Altrimenti il cameriere sarebbe arrivato per nulla, ci avrebbe lasciato altri cinque minuti, e io sarei morto di fame al tavolo d'una trattoria.

«Lo sai cosa diceva Hemingway?» buttai lì, occhieggiando le copertine in similpelle con il nome della trattoria punzonato a caratteri d'oro. «Che Bologna è una città dura dove si mangia benissimo.»

«Tu ci terresti?» domandò, per nulla impressionata dalla citazione.

«A venire al Forte?» domandai, sforzandomi di assumere il tono d'un giovane che passava le vacanze fra Maldive e Barbados. «D'accordo.»

«A fidanzarci ufficialmente» rispose, e per poco le zampe della sedia non cedettero tutte insieme sotto il mio peso.

«Voglio fare una festa per il mio compleanno» annunciò. Ero esterrefatto. Prima mi proponeva di fidanzarci, e senza aspettare risposta già cambiava discorso. O mi sbrigavo a fare una mossa da ricco, o avrebbero capito tutti da che parte girava il fumo.

«Scusi!» reclamai l'attenzione del cameriere, ma quello non mi calcolò.

Marzia diede una smorfia infastidita, alzò l'indice e il cameriere accorse.

«Ci porta da bere, intanto?» domandò. «È da un po' che aspettiamo.»

L'uomo si scusò, garantì che sarebbe stato di ritorno con acqua e vino. Per il cibo toccava aspettare che la signorina si decidesse.

«Voglio chiamare Nixon, la mia amica Elodie di Parigi, le Nicodemi, Hoge e Helios» enumerò. «Quella buzzurra della Campora, invece, non la chiamo.»

«Possiamo farla al pied-à-terre, la festa» proposi. Ormai vedevo bianco dalla fame.

«Ma no!» mi corresse. «Lì non c'è neppure il tavolo adatto per far sedere dieci persone.»

Dovevo aver perso il conto. «Non siamo in otto?» domandai.

«Dieci con i miei genitori» spiegò.

La fissai smarrito.

«La facciamo a casa da noi, la festa» chiarì.

Coño y mierda! Voleva vedermi vestito da cresima, ibernato dall'imbarazzo, mentre i signori del maniero mi prendevano le misure?

«Se fra noi due è una cosa seria, è tempo che vi conosciate» stabilì.

Allora avevo capito bene. Mi sognava tremante davanti al temibile vitello tonnato della madame royale, esposto alla curiosità sufficiente del miliardario capofamiglia; mi voleva zimbello e trofeo, rude boy impagliato come le teste d'antilope esposte nel gabinetto delle meraviglie di nonno Learco.

«Non sono persone così orribili» mi pungolò. «Per una cena si possono anche sopportare.» Mi carezzò una mano e promise: «Se i miei ti conoscono, dopo ci lasceranno andare al Forte da soli».

Mi guardai in giro alla ricerca disperata d'un diversivo.

«Allora che dici?» domandò soave. «Me lo faresti questo regalo?»

Glielo facevo o no? Mentre mi fissava in attesa d'una risposta, il menu ancora sigillato sul tavolo, mi dissi che non era colpa di nessuno, se ognuno era esattamente la persona che si trovava a essere.

Lei era cresciuta in un certo modo, e poteva travestirsi da ragazza yé-yé finché voleva: ecco che venivano fuori, netti e insormontabili come pinnacoli di roccia scoperti dal disgelo, i bisogni e le aspettative da giovane miliardaria.

E io, che ricco non ero e forse non lo sarei stato mai, sognavo di vederla svaporare in una nebbia colorata per vedere apparire al suo posto Ester. Per regalarsi una settimana di vacanza aveva lavorato due mesi, lei, e dagli uomini sembrava non pretendere niente.

Era semplice e onesta, dura e dolce. Sapeva che un ragazzo, per diventare uomo, ha bisogno di poche cose. In fondo mi bastava il rispetto dei pari, e quel po' di calore che viene dalle emozioni buone: il cibo preparato con amore, la musica potente che propizia la libertà, il cuore che batte in gola al solo pensiero degli occhi di lei.

«Allora?» domandò Marzia. «Ci terrei così tanto, rude boy.»

Nixon, frustrato dal fallimento come manager dei Vellocet, aveva reagito in maniera imprevista: sicuro nei suoi mezzi di ex suonatore d'acustica, aveva comprato una Telecaster di seconda mano e s'era messo subito d'impegno per cavarne qualcosa di buono.

«Se proprio mi devo mettere nella condizione di farmi deludere da qualcuno» aveva spiegato, «che almeno quel qualcuno sia io stesso.»

A eccezione dell'interrail con i compagni di classe, aveva trascorso tutta l'estate barricato alla Factory, seguendo la ritmica dei suoi 33 preferiti che suonavano sul giradischi.

A settembre lo trovai in forma strabiliante: a forza di registrarsi e riascoltare, aveva individuato da sé i punti deboli, corretto errori, aggiustato impostazioni, e smaniava all'idea di mettere su una band tutta sua.

Ormai era una matricola di filosofia, lui, e nessuno lo avrebbe più costretto a svegliarsi alle sette per ritrovarsi sotto il portico del Caimani, tra i pisquani che ripetevano greco, le carlotte col naso all'insù e i giovani disadattati in cerca di compagni per fare fuga. A me invece toccava ogni giorno l'avidità di Crasso e la tavola periodica degli elementi, il presente storico e la discordia dei diadochi intorno al letto di morte del grande Alessandro.

Di voti e medie non mi davo più pena. Se scivolavo in un'interrogazione, tiravo le briglie e badavo a recuperare la volta dopo; ormai sapevo come gestire la faccenda, e sorridevo al ricordo del timore che un tempo mi incutevano i professori.

Adesso vedevo le cose sotto una luce diversa. Erano altre le faccende per le quali riservare le proprie emozioni. C'erano da sondare i sorrisi sornioni di Hoge e del bassista Alex che t'invitavano a infilarti con loro al Bar degli Artisti, base d'ogni fuga che si rispetti. Bisognava gestire lo scontento autunnale di Marzia e le emozioni adulte fresche di conio: lo scatenarsi del terrore all'apparire di un'auto civetta degli ussari nella strada quieta che ospitava il garage di Cotenna, le paranoie della Campora d'essere rimasta incinta, lo sguardo allucinato di Martino che il sabato si presentava a scuola ancora ubriaco, e l'inquietante bellezza di Vittoria Altavilla, bastevole a ricordarmi che il mio peggiore amico era ovunque, pronto a inabissarsi e riapparire nella mia vita senza preavviso.

Aveva trascorso le vacanze a Ibiza, il giovane diavolo, le notti scandite dalle marce sintetiche di deejay Alfredo sulla pista dell'Amnesia.

Come si potesse ritrovare l'energia selvaggia del rock nei pattern artificiali che s'intersecavano con le trame cosmiche dei Roland, lo sapeva solo lui.

I suoi fratelli nell'anfetamina, che non avevano mai conosciuto i Misfits e i Fugazi, si accontentavano di vivere il presente, annientare il sonno e la fatica a forza di pasticche. Erano sempre più numerosi quanti cercavano sollievo nella religione nuova che aveva come segno di riconoscimento una rotonda faccia gialla: mostrava il suo sorriso smagliante sulle magliette e sulle spille, le toppe da giubbotto e gli adesivi, onnipresente come le icone di moda. Aveva un aspetto inoffensivo, quella mascotte, ma ti parlava di mascelle tirate, risse nei parcheggi nella luce livida dell'alba, carbonari rendez-vous dove si fornivano le mappe che avrebbero guidato gli esploratori verso i free party in stile goa.

La nuova band di Nixon debuttò al Covo in apertura a Persiana Jones e le tapparelle maledette.

Nell'andare in là, Marzia si stringeva a me come la sella rimpicciolisse a ogni sgasata; ancora non le avevo detto che, a pensarci meglio, l'idea della cena in villa mi dava il voltastomaco, e nello sfilare sotto il cavalcavia di viale Zagabria trovai adatto introdurre l'argomento.

Tempo di issare lo Special sul cavalletto, si litigava già.

Non lo sapevo, io, che preparava quella festa da settimane?

E non lo sapeva, lei, che i rude boys non si possono trasformare in maggiordomi?

Era una scena patetica, e i superstiti del club antischiavista ci isolarono come si fa con gli appestati.

Restammo soli sotto gli abeti del parco, esclusi dalla festa che andava in scena dentro il casale, a recriminare sul numero ingiustamente rarefatto delle scopate – io – e sullo schifoso egoismo di cui ero capace – sempre io.

Era vestita da Twiggy, ma mi scaricava addosso malcontenti da donna inacidita, signora, moglie.

«Sai cosa?» sbottò. «Dovremmo stare un po' senza vederci, noi due.»

L'idea di assistere al concerto senza di lei mi sembrava promettente e meravigliosa. «D'accordo» concessi. «Perché non cominciamo da stasera?»

Ne venne fuori una scenata da chiodi, ma alla fine si convinse a chiamare un taxi; ero libero. Libero di pagare l'ingresso, accostarmi al bancone senza la furia di ritrovare gli altri e bere con calma una birra per conto mio.

Fu esattamente quello che feci, e più sorseggiavo la mia bionda alla spina, più ero sicuro di avere fatto la cosa giusta. Che ci portasse qualcun altro, miss Corbelli Doria, a farsi esaminare dai parents!

Quando mi feci largo nella sala lunga e stretta destinata ai concerti, i ragazzi avevano appena attaccato.

Al centro del palco, inquadrato dall'occhio di bue, uno suedehead dalla chioma ossigenata e un incredibile blazer tricolore fremeva aggrappato al microfono alla maniera di Morrissey; Nixon occupava la porzione sinistra con la Telecaster scarlatta appesa a tracolla, unico tocco di colore su un abbigliamento uniformemente nero; sull'ala opposta, una ragazza macinava linee di basso sulle quattro corde del suo Rickenbacker. Aveva abbinato giacca, camicia e cravatta di una divisa scolastica britannica a un paio di ridottissimi calzoncini da atletica che lasciavano scoperte le gambe, mentre il suo volto era seminascosto da un ampio cappello di paglia stile Saint-Tropez. Dal nastro sorgeva un mazzetto di smisurate piume di pavone, e solo al primo ritornello mi resi conto che la band era alle prese con una versione accelerata e acida di *New age*, il pezzo dei Blitz che il mio amico collocava nel suo personale tabernacolo della musica da salvare.

Sotto il palco, pochi peones coi capelli lunghi, qualche cresta e una gran quantità di teste rasate già pronte alle sfide del futuro; camicie Ben Sherman a fantasie tartan, polo dai colletti rigati con l'alloro ricamato sul cuore, Sergio Tacchini bicolori e vecchie Fila a pinstripes dell'epoca di Borg. Un paio di ragazze si agitavano in abitino anni Sessanta, le chiome da modette tenute insieme da un lavoro di lacca che doveva avere richiesto parecchie ore; altre si erano affidate a un più battagliero taglio corto, ma tutte loro svanivano al cospetto d'una giovanissima tank girl in canottiera, impegnata a danzare al centro della sala, accaldata e compresa come se fosse il suo lavorio d'anfibi a imprimere al mondo la necessaria rotazione. Decisamente non era una serata per hippie del cazzo.

Lame di suono interstellare percorrevano il locale, nubi gonfie d'oro si addensavano e tornavano a diradarsi; Nixon traeva dallo strumento cascatelle via via più rade, e quando finalmente fu il silenzio, quella pace di morte non durò che pochi istanti. Già il batterista perimetrava lo spazio con un pattern neanderthaliano, e nel riconoscere la strofa tutto il locale riprese a ballare.

«The things you say, your purple prose just gives you away» il cantante lanciò il ritornello. «The things you say...» ripeté, rivolgendo il gambo del microfono al pubblico.

Sul vuoto degli strumenti gli rispose un poderoso coro da pub: «You're unbelievable!», e la batteria riprese a macinare strada come una muta di cani lanciati nelle peste della preda.

Aeree vibre surf e linee materiche, dense di corda, stravolgevano superhit radiofoniche, classici minori del punk e oscuri inni alternativi; senza rendermene conto avevo preso anch'io a ballare, beato fra i beati; una vocina nella mia testa mi suggeriva di sfidare i gagliardi marosi umani che si abbattevano sotto il palco per farmi riconoscere da Nixon, puntarlo con gli indici a pistola e applaudirlo. Gli avrebbe fatto piacere, ma un'altra parte di me preferiva ritardare quel momento. Volevo godermi lo spettacolo e lasciare che anche lui godesse senza pensieri, posseduto dallo spirito della musica. Per congratularmi ci sarebbe stato tempo più tardi.

«Fuoco?» sussurrò ridente la snella tank girl, e la sua cresta ondeggiò così vicina al mio volto che ne percepii la consistenza contro la guancia. «Hai del fuoco?» ripeté, levando sotto il mio naso il pugno dal quale svettava un joint a forma di clava.

Aveva un collo sottile e un profilo delicato, che lì per lì mi fecero pensare a un cigno, ma il suo sguardo era quello di una giovane leonessa.

Pescai il Bic nella tasca sinistra dei calzoni, diedi vita per lei alla fiamma; aspirò a un palmo da me, sostenendo ironica il mio sguardo. Doveva avere sì e no quindici anni, ma sembrava sapere il fatto suo. Il fumo della prima boccata m'investì in pieno col suo aroma d'Afghanistan.

«Tieni» mi disse offrendomi la fiaccola, e domandò in ritardo: «Ti va?»

Mi andava.

«Spaccano, eh?» volle sapere accennando alla band.

«Sono amico del chitarrista» mi vantai fra un tiro e l'altro. «A proposito» aggiunsi offrendole la destra, «io mi chiamo Tommy.»

«Diana» si presentò a sua volta. «Come la lady del cavolo.»

«Come la dea» replicai.

«Esatto» ammise con un'ombra d'orgoglio, e mimò l'atto d'incoccare una freccia puntandola verso di me. «Attento che non sbaglio un colpo» aggiunse civettuola, e scoppiò a ridere.

Forse era la mia notte fortunata.

Appena la band scese dal palco, Diana e io solcammo per mano la folla di skin dalla fronte madida, di giovani punk e pisquani generici; guidava lei, e in un attimo ci ritrovammo di fronte a un tarchiato a braccia incrociate, le spalle posate alla porticina nera che immetteva al backstage.

Diana gli sussurrò qualcosa nell'orecchio e subito il tizio si fece da parte, aprendo per noi l'usciolo.

Il retropalco era un ridottissimo suk pieno di gente che fumava, beveva birra e si accalcava intorno ai membri della band per congratularsi.

«Il mio vecchio mate!» esclamò Nixon appena mi vide. «Allora c'eri anche tu!»

«Avete spaccato» assicurai mentre lo abbracciavo. «Ora sì che suoni con gente alla tua altezza.»

«Facciamo del nostro meglio» osservò, agro e impiccione, il cantante.

«Be', complimenti» replicai amichevole. «Gran bel concerto. E la cover di *New age* era per intenditori.»

«Ma dove sono Marzia e gli altri?» domandò, sfilando con cura la cinghia della Telecaster da sopra la testa. «Non dirmi che non sono venuti!»

«Lei è andata via prima» balbettai. «Gli altri devono essere qui in giro.»

Non riuscivo più a parlare tanto bene, ché la bassista scendeva verso di noi lungo la scaletta che metteva in comunicazione il palco e quella stanza strapiena di gente e, adesso che si era levata il cappello, finalmente la riconoscevo.

Cosa ci faceva a gambe nude, con una cravatta reggimentale e un Rickenbacker a tracolla insieme agli alfieri del rock alternativo? Non suonava liscio con l'Orchestra Happiness, lei?

«Lui è Tommy» mi presentò Diana, ignara del mio turbamento, poi mi guardò e annunciò orgogliosa: «Lei è mia sorella Ester!»

Realizzai in una vertigine che la tank girl era la stessa bimbetta che non si separava mai dal suo bambolotto Marcellino.

La principessa tahitiana mi rivolse uno sguardo nel quale la tenerezza si mescolava al sarcasmo. «Attenta, sai» ammonì la sorella. «Sembra un bravo ragazzo, quello, ma è un pendaglio da forca.»

«Voi vi conoscete?» domandò Diana interdetta.

«Da una vita!» svelò Ester.

Per un attimo mi guardò come volesse tirarmi un manrovescio davanti a tutti, invece mi prese il mento fra le mani e mi stampò un bacio plateale a un niente dalla bocca. «Quinlan!» sospirò, mandandomi il cuore in controtempo. «Lo sapevo che ci venivi a vedere, stronzetto che non sei altro!»

La Primavera di Ester aveva una voce diversa da tutte le consorelle, e il suo canto si levava purissimo nella notte mentre filavamo seduti sulla stessa sella.

La piccola bugia dello Special rimasto a secco davanti al locale – l'unica che le avessi mai raccontato – mi era valso un passaggio verso le strade che ci avevano visti crescere.

«Ti chiedo scusa» si volse a dirmi. «Avrei voluto avvertirti del concerto, ma non me la sentivo. Sai, era la prima volta.»

«Non ti preoccupare» gridai controvento. «È andata alla grande.»

Viaggiare alle spalle della principessa tahitiana, con le mani a cingerle la vita e il profumo dei suoi capelli vicinissimo al volto, mi confondeva; non avevo mai provato qualcosa che somigliasse così tanto alla pura essenza del tormento e, insieme, alla segreta ricetta della felicità.

«Ho suonato tutta l'estate davanti a dei perfetti sconosciuti» considerò. «E me la facevo sotto all'idea che ci fossi tu a vedermi.»

Mi sembrava incredibile, non averla riconosciuta sul palco. «Mica lo sapevo che suonavi con Nixon» spiegai. «Ti rendi conto della coincidenza?»

«Non esistono le coincidenze» spiegò. «Si chiamano segni del destino.»

Se ne erano manifestati parecchi, quella sera, e io avrei voluto che quel viaggio durasse per sempre.

Quando cambiò marcia per allungare il passo verso la Porta dei Leoni, mi parve che la voce del puledro d'acciaio trascolorasse in una risatina ironica. Conosceva la natura degli esseri umani, lui che li trasportava per mestiere, e sembrava capire fin troppo bene quel che provavo.

«Sigaretta della staffa?» mi domandò mentre galoppavamo lungo la strada maestra levigata dalla luna. «Non ho mai sonno, dopo i concerti.»

Quando domandò dove volevo andare rischiai di trasformarmi in un sospiroso personaggio da filmetto di terz'ordine. "Con te, ovunque", fui tentato di rispondere.

«Parco del Pellegrino?» disse invece la mia voce. «È il prato più bello di Bologna.»

Raggiungere la sella panoramica da cui si dominava tutta la città era semplice: bastava parcheggiare di fronte al cancello delle scuole di Casaglia, e risalire le scalette che da lì si arrampicavano lungo il fianco del colle.

Una volta in cima, le arcate della basilica di San Luca sembravano vicinissime; illuminata dal basso, la chiesa consacrata alla Madonna che aveva salvato la città dalla peste si stagliava nelle tenebre carica di riflessi rosa e arancio.

Da molti secoli i nostri concittadini erano soliti promettere alla madre di Gesù che, se il loro voto fosse stato esaudito, sarebbero saliti lassù a piedi lungo le rampe del portico; mentre offrivo la mia felpa a Ester ché la impiegasse per sedersi sull'erba, anch'io rivolsi la mia preghiera alla misteriosa regina di quel tempio.

Ero solo un peccatore, un teppista esiliato dalla parrocchia e un modesto mercante di sostanze proibite, ma confidavo che da quel prato il mio messaggio potesse arrivarle forte e chiaro. Lo capiva, lei che controllava tutto dall'alto, come mi sentivo? Erano anni che quella ragazza mi faceva girare la testa, e finalmente eravamo soli. Sui colli. Di notte. Un bacio, un bacio soltanto, e a San Luca ci sarei andato l'indomani stesso. Di buon'ora, come i pellegrini. Parola.

«Oi, Ester» le feci mentre osservava il plancton di luci che ardeva freddo sotto di noi. «Alla fine ci sei poi andata, a Londra?»

«Macché» sospirò. «Fra l'orchestra e le prove coi ragazzi, non ho ancora staccato un giorno.»

«Ti ammiro, sai?» le dissi.

«C'è poco da ammirare» sospirò. «I soldi sono già andati. Ma hai visto che meraviglia il Rickenbacker?»

Sbiancai. Dov'era?

«Tranquillo» mi rassicurò. «Me l'ha portato Nixon in cantina da lui.»

«Il Rickenbacker è uno spettacolo» ammisi, e subito rilanciai: «Vedere te sul palco è uno spettacolo. Sei davvero brava. E mica ti avevo riconosciuta, con quel cappello.»

Mi guardò incerta. «Dimmi la verità» pretese. «Com'è fare gli occhi dolci a due sorelle nella stessa serata?»

«Non ho fatto gli occhi dolci a tua sorella!» protestai cavando di tasca la fumagione. «Devi ammettere che è stata una combinazione incredibile. E comunque non ci stavo provando.»

«Diana ha la testa sulle spalle, e decide lei a chi dare confidenza. Gli altri li morde direttamente. Ma vedervi insieme è stato lo stesso un colpo.»

A San Luca. Domani. Anche a zoppo galletto.

«Lei non lo sa, ma è evidente che svolgeva il ruolo di facilitatore.»

«E sarebbe?»

«Quello che nelle fiabe aiuta l'eroe.»

Annuì e disse: «Mica ti ci vedo tanto, come principe azzurro».

Perché no? Per fortuna ero Quinlan lo sgamato, così incassai con eleganza: «Al massimo io sarei Cenerentola. È lei la protagonista».

Scoppiò a ridere e disse: «Proprio non ti ci vedo, a cucirti il vestito insieme agli uccellini e ai topi gentili».

«A volte le cose non sono come sembrano» ammisi, e mi avvicinai sensibilmente a lei. Quando trovai il fegato per guardarla, vidi che mi fissava di sotto in su col viso posato su un palmo. C'era malizia, attrazione, desiderio in quello sguardo? A ben vedere, ci trovavo solo curiosità innocente, come quella d'un cucciolo che osservi una creatura della quale ha deciso di fidarsi.

«Alla fine noi due ci siamo conosciuti grazie a Raul» sospirò, e mi fece l'effetto di una sberla in pieno volto. Lo sapevo che prima o poi quel nome sarebbe venuto fuori.

«A me sembra di conoscerti da sempre» mormorai. «Non importa chi ci ha fatto conoscere.»

«Sono preoccupata per lui» confessò. «A quanto dicono, ci dà dentro con le paste e i cartoni.»

Io no! Fumavo e basta, io! E ascoltavo rock esattamente come lei! «Non sai quanto ci sono stato male, quando mi dicevi che ero il suo schiavetto» mi commiserai. «Io volevo piacerti, non essere l'amico del ragazzo che piaceva a te.»

«Peggio per te che ti accontentavi» mi deluse. «Non stavi con quella col naso da porcellino? E adesso? Con chi esci, Tommy?»

«Avevo una fidanzata» spiegai. «Siamo stati insieme un anno, e ci siamo lasciati da poco.» Molto poco. Non ancora, praticamente. E le balle erano già due.

«Mi spiace» disse.

«A me no!» assicurai. Ormai ero allo scoperto. Lanciai una muta richiesta di soccorso verso la cupola della basilica, quindi le sorrisi.

«A me piaci tu, Ester» sussurrai. «Non voglio nessun'altra.»

Ero a due palmi dalle sue guance ambrate, dai suoi capelli color dell'ebano, dalla sua bocca carnosa, e lei continuò a sostenere il mio sguardo senza ritrarsi.

«Ascoltami, Tommy» mi fece. «Magari non sono da buttare. Anzi, certi giorni mi sto abbastanza simpatica. Però finisco per fare male a tutti.»

Sperava mi bastasse la malinconia che ora l'avvolgeva per farmi desistere, ma ormai non potevo più fermarmi.

«A me non fai male» assicurai.

Mentre avvicinavo al rallentatore la bocca alla sua, Ester si sottrasse all'improvviso drizzando la schiena, sgranò gli occhi e li puntò entrambi verso il naso.

Che cavolo faceva?

«Te l'ho mai fatta vedere, l'imitazione della scimmia ubriaca?» domandò divertita, e prese a oscillare la testa fissandosi la punta del naso. La ragazza più bella del mondo si era trasformata all'improvviso in un giullare.

«Sono una scimmia» sostenne, parlando come avesse la lingua gonfia. «Lavoro in un circo.»

Quel muso infantile mi lasciò di stucco. Di solito le ragazze si davano un tono da donne fatali; lei, invece, scherzava come avrebbe fatto un monello.

«Durante lo show sono caduta in un barile di vino rosso» illustrò, e proiettò la punta della lingua fuori dalle labbra. «Ora mi sento così strana.»

Un attimo prima provavo a baciarla, e ora mi stava facendo venire la risarola.

«Basta!» supplicai. «Ti prego, torna in te!»

La scimmia ubriaca sparì, rapida come si era presentata per svolgere la sua missione.

«Fai il bravo, Quinlan» mi sollecitò Ester tornando alla voce di sempre.

«Perché poi mi chiami così?» domandai.

Scrollò le spalle. «È un nome da cowboy, no?»

«Mi piace» ammisi. «Però solo usato da te.»

«Insomma?» pretese. «Salti fuori dopo un secolo, ci provi con mia sorella e mi fai il numero del serbatoio a secco...»

Beccato. In pieno.

«Avevo voglia di stare con te» sospirai.

«Ci sei» confermò. «E adesso non mi racconti niente?»

Cosa le sarebbe piaciuto ascoltare? Aveva senso raccontare a una principessa polinesiana della vita piatta al liceo e dei problemi con l'uomo di mia madre? Di Marzia non potevo parlare. Dei miei traffici neppure. E delle domeniche allo stadio meglio non fare menzione, se non si voleva richiamare in scena il fantasma di Raul.

Non restavano fatti eclatanti, solo piccole cose, ma dovevo sfruttare quel che mi trovavo a disposizione per tenere Ester vicina e coltivare il sogno di rivederla.

«Sei mai stata a Pinarella?»

Fece segno di no, ed era già un invito.

«Ci vado fin da piccolo» premisi, e iniziai a srotolare le cronache della mia estate.

Le stesse cose che di fronte a Marzia sembravano noiose, raccontate a lei uscivano felici, autentiche, umane. Le parlai di *Rimini*, un romanzo diverso da tutti gli altri, di cosa provavo nel lasciarmi andare a morto nell'acqua bassa dell'Adriatico, di come nonna Sandra richiamava in qua i suoi ricordi di ragazza e della tenerezza che provavo nello scortarla attraverso la pineta. Le raccontai anche delle baggianate che ci inventavamo per far passare le serate al centro commerciale. Persino la faida tra i due fruttivendoli, a ben vedere, poteva risultare una storia divertente: bastava descrivere i trucchetti che escogitavano per rubarsi i clienti, imitare le loro voci quando si rovesciavano addosso a vicenda le loro sequele d'insulti pittoreschi.

Per quella sera non l'avrei baciata, maledizione. Però avevo lo stesso un'opportunità di scaldarle un po' il cuore. Così parlavo e parlavo, felice di farla ridere mentre una brezza buona carezzava i colli.

## 31
## Viva la revolution

La stradina sembrava deserta, ma non bisognava lasciarsi ingannare dalle apparenze. Prima di smontare dallo Special la percorsi nei due sensi, attento a controllare che non ci fosse qualche stronzo in borghese appostato vicino alla fonte dell'oro.

Due settimane prima Cotenna era stato fermato davanti allo stadio con un cigarro appeso in bocca; se l'era cavata con due sberle e la schedatura, ma per fortuna a nessuno era venuto in mente di andare a perquisire il garage.

Adesso però bisognava tenere gli occhi aperti, perché gli ussari avevano il vizio di tenere d'occhio le loro conoscenze. Capacissimi di piazzarsi sotto casa sua, per beccare la clientela e indurla, con i loro metodi raffinati, a firmare una deposizione per inguaiare il Norcino.

Niente. Nessuno gironzolava con aria noncurante per la strada, e non si vedeva nessuno neppure dentro le auto in sosta. Via libera.

Risalii verso il palazzo dall'intonaco color vinaccia nel quale viveva la famiglia del macellaio, e posteggiai lo Special sotto una bacheca pubblicitaria; il manifesto invitava a visitare la grande esposizione organizzata a Genova in occasione dei cinquecento anni dalla scoperta dell'America.

A me bastava restare nel vecchio mondo, Marocco o Medio Oriente; al massimo potevo spingermi in Afghanistan, o su per la valle dell'Indo, dove le discendenti degli opliti di Alessandro lavoravano la resina fresca a piene mani, come le nostre donne con l'impasto delle tagliatelle all'uovo.

Imboccai con naturalezza la rampa. Scesi nel cortiletto in penombra, e quando mi trovai di fronte al portone in legno del garage mi parve di sentire un certo lavorio all'interno.

Bussai tre volte come al solito; dall'interno mi risposero un sordo clangore di metallo e una bestemmia smozzicata, quindi la voce di Cotenna domandò: «Lo zio?».

«Ha i baffi lunghi» risposi. Era la parola d'ordine, e dall'interno vennero aperti i chiavistelli. Coi lavori manuali il figlio del macellaio andava forte, e aveva aggiunto alla serratura un paio di sbarre lunghe tre palmi; nel caso scalognato che le guardie tentassero l'irruzione, la blindatura extra gli avrebbe dato agio di eliminare un po' di prove prima che l'uscio venisse giù.

Scostò d'un palmo il battente per controllare che fossi solo, quindi la porta si aprì e io mi affrettai a scivolare dentro il fortilizio.

Cotenna non aveva indosso che un paio di bermuda mimetici e le infradito in gomma da spiaggia; nella destra, sporca di morchia sino al polso, reggeva una minacciosa chiave inglese, e la patina di sudore che rendeva lucidi il volto e il torso lo faceva apparire ancora più nudo di quanto già non fosse.

«Bella, socio» mi salutò puntandomi addosso gli occhi cerulei mentre tornava a sprangare l'uscio. «Se Dio vuole, è arrivato il rifornimento», e mi fece cenno d'accomodarmi sul vecchio divano addossato alla parete sinistra.

Sul ripiano del tavolino in metallo che fronteggiava la seduta, la statuetta d'un drago orientale vegliava su una distesa di cartine Smoking, paglie sventrate, vecchi numeri del "Guerino" e di "Supertifo". L'avresti detto un salotto da studenti trasportato di peso dentro un'officina: sul fondo dell'ambiente, la Cagiva di Selva galleggiava a mezza altezza ancorata a un sollevatore meccanico, e il mosaico di bacheche porta attrezzi appese alle pareti era carico di un'ordinata panoplia di cacciaviti, pinze e martelli.

«Sto mettendo a punto il bolide del milordino» spiegò mentre mi accomodavo sul velluto smangiato del divano. «Un altro po' e grippava, lo scemo» notò sollevando il gomito per asciugarsi contro l'avambraccio la fronte accaldata. Gli era rimasta una brutta cicatrice a forma di Y all'attaccatura del naso, ricordo della freccetta scagliata dai Verdi del Torpedo, ma lui ci scherzava su dicendo che tanto era brutto anche prima, così non gli avevano fatto un gran danno.

Si portò al lavello dal cui rubinetto pendeva un tratto di tubo verde da giardino, quindi aprì la scatola a cilindro della pasta abrasiva e se ne riempì i palmi.

«Tu che hai studiato, cosa sai dell'Albania?» domandò mentre faceva scorrere l'acqua.

Sapevo quel che sapevano tutti. Quei poveracci erano rimasti prigionieri d'un regime isolazionista che li aveva trattenuti fuori dal tempo per mezzo secolo, e ora la gente si stipava sulle navi per traversare l'Adriatico e rifarsi una vita in Italia.

«Sono ottimi agricoltori, gli albanosha» spiegò sopra lo scroscio. «E ultimamente si sono specializzati a coltivare la ganja.»

Non avrei mai immaginato che da quelle parti si producesse erba da fumare, e Cotenna ammise che, fino a poche settimane prima, non l'avrebbe indovinato neppure lui.

«La miseria fa aguzzare l'ingegno» considerò nel chiudere il rubinetto. «È una legge dell'economia. Laggiù i contadini si sono rotti le palle di coltivare grano saraceno, patate o altra roba che non rende niente.» Si asciugò le mani con un vecchio straccio e considerò: «Hanno solo terra, sole e acqua, i poveracci. Perché non sfruttarli al meglio piantando la ganja?».

Mi guardò come in attesa d'una risposta.

«Ma infatti» approvai. «Lo farei anch'io, al loro posto.»

«Morire di fame non piace a nessuno, e i nuovi fertilizzanti a base d'ammoniaca fanno spuntare piante di tre metri, con le cime grosse come grappoli d'uva. Ho visto le foto» aggiunse. «Roba da farsi venire le lacrime agli occhi.»

«E tu dici che se ne trova?» indagai.

«Ascolta» mi fece, irritato come avessi messo in dubbio le sue parole. «Se qualcosa in un paese vale dieci, e nel paese di là dal mare si può vendere a cento, dici che non si trova uno stronzo disposto a portare la merce di là in motoscafo o su un Cessna del cazzo?»

«Presumo di sì» replicai.

«Presumi questo!» esclamò con una risata, affondò la mano nella tasca destra dei bermuda e ne trasse un disco coperto di cellophane del diametro d'un compact. «Frisbee!» annunciò, e lo fece volare con un colpo di polso nella mia direzione.

Lo afferrai in presa alta; sotto la plastica c'era una sorta di hamburger verde alto due dita, e prima ancora di poterlo esaminare fui investito dal suo profumo ignorante.

«Coño...» mormorai incredulo. «Ma quanto pesa?»

«Fai su una porra» m'invitò. «Poi vediamo cosa ne pensi.»

Gli hamburger albanesi pesavano due etti, e Cotenna assicurò che un certo Dritan ce li passava a ottocento sacchi l'uno. Facevano quattromila lire al grammo, e quell'erba potente dal gusto amarognolo si rivendeva comoda a dodici senza far la parte dei rabbini.

Triplicare gli investimenti era una specie di sogno, la garanzia di una stagione nell'agio. A mettermi d'impegno, potevo mettere da parte abbastanza soldi per regalare a Ester il viaggio dei suoi sogni. Come ci sarebbe rimasta, se l'avessi invitata a Londra?

«Facciamo che ne prendo un disco» annunciai prudente. «Ormai i ragazzi si erano affezionati alla calabra, e prima di...»

«Eh no!» m'interruppe. «Se ci stai, facciamo a mezzo come al solito» premise. «Ma ti avverto che l'ordine è grosso.»

«Quanto grosso?» balbettai.

Batté la mano sulla spalliera del divano e mi fece cenno d'alzarmi. Cosa gli passava per la testa, adesso?

«Solito schema: io penso alla Curva e tu ai gagà del liceo» dispose, e trasse il divano verso di sé facendolo scorrere lungo il muro. Ai miei piedi era apparsa una botola, difesa da un coperchio quadrato di cemento dal quale sporgeva un'anello. Si inchinò a sollevarlo, e l'apertura rivelò l'accesso a un piccolo pozzo.

«Fatta con le mie mani» assicurò, inginocchiandosi per pescare all'interno. Ne trasse una borsa di iuta, la rovesciò ai miei piedi e io non potei fare altro che chinarmi a considerare quell'abbondanza.

C'erano dieci pani di ganja – due chili, mai vista tanta erba tutta insieme! – e il Norcino li impilò cinque a cinque. Perché mi mostrava tutta quella roba?

«Se ci stai, questi sono tuoi» disse spingendo verso di me una delle pile. «Costano quattro milioni e ne valgono dodici.»

«Averceli, quattro milioni!» esclamai per levarmi d'impiccio.

«Non hai capito» mi fece. «Dritan ce li ha dati sulla parola.»

«E dunque?»

«Socio» alzò la voce. «Non sono in conto vendita. Devo smaltirli per forza.»

Il fumo dell'erba si solidificò nella mia mente in una scultura astratta e minacciosa, un'installazione intorno alla quale saltavano folletti dal volto maligno sulla musica di *Too much paranoias*.

«Ormai mi sono impegnato a nome di tutti e due» si scaldò Cotenna. «E per la fine del mese devo pagare quello là.»

«Hai fatto una cazzata!» protestai. «Riportagliela, e morta lì!»

Scrollò la testa, indicò il pozzo nascosto e mi disse: «Senza rischio non c'è guadagno, socio. È una regola».

«Non puoi costringermi, cazzo!» protestai.

«Scemo che sei» obiettò, spazientito, e accennò con un movimento del capo all'uscio carico di chiavistelli. «Qui nessuno costringe nessuno. Devi dirmi soltanto se lavoriamo ancora insieme, o se preferisci tornare là fuori a mani vuote. Ma ti avverto: se mi lasci in braghe di tela, la nostra società è morta.»

Fu come rendersi conto per la prima volta del grande vuoto che mi si spalancava sotto i piedi. Come Icaro, mi ero messo in volo per ambizione, e ora mi toccava gestire la vertigine. Se non volevo schiantarmi, dovevo governare la discesa, allontanarmi dal sole e perdere quota un po' alla volta.

«Che sia l'ultima volta!» dichiarai, soppesando a vista i cinque pani rotondi della mia pila. Non sarebbe stato facile piazzare al dettaglio tutta quell'erba, ma avevo già qualche idea. «Se siamo soci, gli acquisti si concordano insieme!»

«Ma certo» ammise con aria di sufficienza. Poi mi guardò stranito e berciò come un pappagallo: «Gli acquisti si concordano insieme». Diede una risata superba e aggiunse: «Dovresti baciare la terra dove passo, caviglio!».

«Ehi!» protestai. «Come mi parli?»

«Ti ho mai tirato un pacco, io?» sospirò rabbonito, quindi radunò i suoi pani nella borsa di juta, e mi guardò come un buon maestro fissa il discepolo ottuso. «Se ti dico che è il momento di investire tutto sull'albanese, avrò ben fatto i miei calcoli, no?»

Avevo trovato il coraggio di trasportare a casa un chilo di ganja e la lucidità per allestire una rete di fiduciari che m'aiutasse a smaltire il carico.

Aggiornavo i conti tutti i pomeriggi come se la matematica fosse la mia passione, e rischiavo grosso a ogni consegna.

Potevo tremare nello spingermi al liceo artistico per cercare Ester? Be', io tremavo.

Da quelle parti mi sentivo inadeguato nel mio giacchetto Harrington e nei Marten's color sangue di bue, e mi sembrava che tutti i punk di quattordici e quindici anni che sbucavano dal portone squadrassero la mia chioma corta come velluto da rude boy.

Per ultimi uscirono i grandi, inquietanti Iggy Pop appena maggiorenni frammisti a greghe di rappers grossi e incazzati dalle braghe cadenti, macilente Christiane F ed epigone di Nina Hagen, Donatella Rettore, Siouxsie Sioux.

Quando la vidi, la cartella dei disegni sottobraccio e un baschetto rosso posato sulla bella testa, fui tentato di correrle incontro. Mi feci avanti al passo, invece, e gli sguardi dei suoi compagni non mi facevano più né caldo né freddo. Non esistevano più, loro. C'era solo Ester, indorata dal sole di mezzogiorno, e nell'aria suonava *Viva la revolution* degli Adicts.

«Quinlan!» Ester mi salutò come mi vide. «Che ci fai da queste parti?»

Portava un brillantino nuovo di zecca alla narice sinistra, e sembrava contenta di vedermi.

«Brutto screanzato!» mi rimproverò baciandomi sulle guance. «Ti ho cercato tre volte.»

«Ma quando?» replicai.

«Ho anche parlato con tua madre.»

«Non mi ha detto niente» confessai in un sospiro. E dire che mi ero raccomandato di tenere traccia di tutte le chiamate. Mi boicottava, adesso. «Credevo non mi avessi più cercato» le feci presente. «Così sono venuto io.»

«Provvidenziale» riconobbe Ester, quindi accennò a un uomo dai capelli lunghi che montava in bicicletta. «Era un mio prof al biennio» spiegò, e aggiunse: «Ultimamente mi sta un po' addosso, lo scemo.»

Un professore che ci provava con una studentessa? Non era certo la prima volta che capitava, ma lì per lì provai l'istinto di partire all'inseguimento, per atterrare l'uomo e prenderlo a calci.

«Maiale» sillabai. Poi cercai lo sguardo di Ester e domandai: «Serve spiegargli che deve stare alla larga?».

«Ehi, piano!» si raccomandò. Posò i palmi sul volto con perfetta simmetria, quindi li allontanò in stereo e spiegò: «In sostanza, l'anno scorso abbiamo avuto una storia».

Bell'affare, la visita a sorpresa all'Artistico.

Ester restò a guardarmi come volesse imprimersi bene in mente la mia reazione.

Forse temeva che sarei scappato urlando.

L'avrei fatto, ma ero inchiodato dall'orrore: Raul, Nelson, adesso anche il professore, Dio ce ne esca salvi!

«Ti dispiace che te l'abbia detto così?» domandò con l'aria birichina, come volesse mettermi alla prova.

«Figurati» esalai. Ero sgamato, io. E dovevo trovare il modo di reagire. Silenziare la rabbia che ora provavo, anestetizzare la sensazione epidermica di schifo, cancellare in fretta l'immagine di lei che si lasciava prendere in una stanza d'albergo. «Ognuno ha gli ex che si merita» mi venne in soccorso un motto di spirito. «Figurati che la mia si è divertita a tagliarmi le gomme dello Special.»

Non l'aveva presa bene, Marzia, la mia decisione di sottrarmi alla cena in villa. E ancor meno l'annuncio che, per quanto mi riguardava, potevamo considerarci liberi. Mi aveva tormentato con le sue telefonate a tutte le ore, le suppliche per interposta persona e gli appostamenti da matta, ma ora era finita. Non le restavano che i dispetti, ma io non le davo la soddisfazione di reagire, e confidavo che presto si sarebbe stufata.

«Ma quale ex!» esclamò scura in volto. «È anche sposato, naturalmente. Bisognava fare tutto di nascosto. Una tragedia.»

«Immagino» mentii. Cosa ne sapevo, io, di come poteva essere stare insieme a un'insegnante? Neppure se mi sforzavo, riuscivo a farmi venire in mente una professoressa per la quale provare una sottospecie d'amore.

«Quando l'ho lasciato, ha minacciato di uccidersi» considerò, come se fosse la certificazione della sua pochezza. «Dimmi tu se un uomo con tre figli può fare discorsi del genere.»

«Assurdo!» le diedi ragione. «I figli dovrebbero sempre venire prima di tutto.»

Non sapevo neanch'io come mi era uscita, ma guardai il cielo, come un contadino o un marinaio, e ringraziai le potenze superiori per avermi dato la forza di incassare quel colpo senza farmi prendere dallo sconforto.

«Non m'interessa degli altri» scrollai le spalle. «Sono venuto per te», e il suo sorriso mi parve il premio nascosto alla fine di quella trafila dolorosa.

«Però, Quinlan!» sbuffò. «Non mi hai neanche detto come sto col piercing» sospirò indicandosi il naso.

Era un orpello inutile, dal mio punto di vista. Ma a lei, porca miseria, stava davvero bene. «Forte» ammisi. «Ti ha fatto male?»

«Son mica un uomo, io» mi prese in giro. «Fate tanto gli eroi, poi basta un'unghia rotta e vi preoccupate di morire.»

«Non io» precisai con un moto d'orgoglio. «Ma che dici» proposi «se noi due si mangia qualcosa insieme?»

«Offro io, però» si premunì nell'accettare. «Ho appena preso l'ultima tranche dell'ingaggio dall'Orchestra.»

Io invece avevo un milione e settecentoventimila lire dentro una latta di tè, due pani ancora intatti da vendere, un bel po' di erba in giro e un bernini tutto intero nel portafogli.

«Ti va se ti porto in una trattoria buonissima?» proposi.

«Non se ne parla neppure» si sottrasse. «Non voglio che spendi per me. E poi preferisco i pic-nic. Ti va se ci compriamo qualcosa da mangiare ai giardini?»

«Come volete, mademoiselle» accettai, galante, e mi giocai il tutto per tutto offrendole il braccio.

«Che gentiluomo, Quinlan!» esclamò, e quando posò il palmo nell'incavo del mio gomito provai una sensazione nuova e destabilizzante: andavo a braccetto con Ester per le vie di Bologna, adesso!

Mi sforzavo di camminare composto, di ascoltare con garbo i suoi racconti, ma dentro di me esultavo come Tardelli al Bernabéu.

Sedevamo sull'erba a due passi dal laghetto, e mentre mangiavo il mio trancio di pizza non potevo levare gli occhi di dosso a Ester. Ogni suo gesto esprimeva la fierezza di una giovane donna che comincia ad aprirsi la strada da sola. Mi faceva pensare a sua madre, così come mi era apparsa la prima volta; ormai la bellezza dell'una era quella dell'altra, e mi dissi che appartenevano a una specie rara e speciale, una stirpe di creature mandate sulla terra a far sognare e disperare gli uomini.

Femmine così non si potevano possedere o comandare; facevano quel che volevano, preciso a noialtri, se ne fregavano dei giudizi delle comari e non avevano bisogno di un fidanzato o un marito dietro al quale nascondersi.

Ormai l'avevo capito, e mi concentravo per inviare telepaticamente il mio messaggio.

"Non mi aspetto che tu diventi la mia ragazza, se tu non vuoi essere la ragazza di nessuno. Sarò già contento di poter fare un pezzo di strada con te. Il poco che ci resta prima che la grande mareggiata disperda la flotta dei diciottenni di questa città, e condanni ognuno a navigare da solo. Mi puoi sentire, Ester?"

Sospirò trasognata, e ora mi parve guardasse lo stesso cespuglio al riparo del quale, insieme a Raul e al suo amico eritreo, avevo fumato il mio primo joint.

Glielo raccontai senza paura d'evocare il mio peggiore amico, come ormai il suo fantasma si fosse placato. «C'erano anche Athos e Selva, quella volta. Eravamo sempre insieme, all'epoca. Non come adesso, che loro vanno a ballare in disco e sembrano vivere per l'ecstasy.»

Si sfidavano a chi calava di più, quei due rimasti: un weekend il Mezzosangue vinceva di misura cinque pastiglie a quattro e mezzo, un'altra il nipote del Senatore allungava sull'otto a sei, e una volta che avevano fatto undici pari, Selva era tornato a casa verde e si era ripreso dopo tre giorni.

«Mi fai pensare alle ragazze delle Tampax» sospirò. «Abbiamo dormito cento volte nello stesso letto, e adesso non ci parliamo più, come delle perfette imbecilli.»

«È brutto quand'è così» sospirai.

«L'hai letto il libro di Konrad Lorenz, quello che viveva con gli animali?» mi fece.

L'avevo letto mille anni prima; al momento ricordavo solo una foto nella quale era pedinato da una teoria di anatroccoli convinti di avere trovato la mamma.

«Ha fatto esperimenti tutta la vita, lui» spiegò Ester. «A un certo punto scrive di certe anatre selvatiche dalle penne nere. Per natura sono animali socievoli, ma odiano tutti quelli che hanno provato a catturare una di loro. Basta che vedano qualcosa di nero che penzola addosso a un uomo o a un animale, e l'istinto le fa scatenare. Magari è solo il cinghietto della macchina fotografica, ma lo scambiano per i resti di un'anatra spennata, così diventano aggressive.»

«Suscettibili» osservai.

«All'inizio aprono le ali e provano a beccare l'assassino, poi se ne vanno. Per sempre. Non perdonano mai più, neppure se prima eri un amico, e puoi aspettarle tutta la vita che tanto non torneranno.»

Perché mi raccontava quella storia?

«E tu?» domandai. «Sai perdonare oppure no?»

«Io perdono tutti» spiegò. «Voglio la pace. Ma se qualcuno mi fa male vado via e non torno più.»

Io la amavo. Non voleva che spendessi per lei, ma solo perché non si era ancora affezionata. Se fossi stato capace di tenerla vicina, avrebbe accettato: chi non capisce che fare doni alla persona amata è istinto naturale, cosa buona e giusta, gioia pura?

«Fai bene» approvai. «Quand'è finita, è finita.»

Aveva lasciato metà buona della pizza sulla carta oleata distesa accanto a sé. Ne staccò un brano e lo lanciò sul prato in direzione dell'acqua; subito un passero dalla mascherina scura saltellò circospetto in direzione dell'offerta.

«È per questo che non capisco voi maschi» osservò. «A cosa serve picchiarsi come imbecilli nel cortile dell'asilo?»

Di cosa stava parlando?

«Quand'anche hai riempito un poveretto di calci e pugni,

cosa pensi di avere ottenuto? Mica cambi il suo modo di pensare. Hai solo aggiunto odio all'odio.»

Lo sapevo. Giuro che lo sapevo. Ma come facevo a spiegarle che era una specie di palestra, nella quale si combatteva allo specchio contro le proprie paure?

«Sono sciocchezze da uomini» minimizzai, mentre il passero becchettava il suo pasto. «Una specie di gioco.»

«Li conosco, i vostri giochi» osservò. «Pistoleri e gangster.»

Che smazzavo erba l'aveva capito benissimo. Ma fino a che punto ci fossi dentro, non poteva immaginarlo.

«Giro per strada da prima di te, Quinlan» sospirò. «E ti assicuro che nessuno è mai diventato una persona felice a far quello che fai tu. Ricco, forse» ammise. «Ma non felice.»

Una passerotta dal piumaggio mimetico sorvolò il prato e venne ad atterrare con un cinguettio gentile a un braccio da noi. Mentre l'amico si dava da fare intorno al suo boccone, lei puntava direttamente il grosso della pizza.

Ester staccò un angolo e glielo porse. La creatura lasciò andare un pigolio di compiacimento, e saltellò a beccare dalla sua mano.

«Dicono che i passeri sono le anime di chi è morto innocente» considerò la ragazza che amavo, e io sprofondai in un luogo freddo e buio. «Se ci fai caso, hanno qualcosa dei bambini. Per questo non bisogna mai far loro del male.»

Le stesse identiche parole di Raul. Di quali altre prove avevo bisogno? La loro storia era andata avanti come un fiume carsico, si era insinuata oltre le valli del tempo, e forse continuava ancora, indifferente ai fidanzamenti dell'uno e ai proclami d'indipendenza dell'altra.

«Sai quando pensi sempre a una persona, e ti dici che ci potresti trascorrere tutta la vita?» domandò.

«Ho presente» sospirai. Ero la bestia del sacrificio, pronta al colpo di maglio che avvia la mattanza. Ora avrebbe pronunciato il nome di lui, avrebbe detto che lo amava, e io sarei morto sull'erba dei Giardini Margherita, ucciso dalle mie speranze da idiota.

«E quando hai la prova che con quella persona le cose non possono funzionare, come ti senti?» domandò invece. «Una stupida» si rispose da sola. «Una cretina che si accontenta di sognare come potrebbe essere la sua vita, e intanto non la vive.»

Era così, che si sentiva? E le dispiaceva almeno un po' rinunciare alla primavera per rimuginare sul passato?

«Così fai i tuoi esperimenti» riprese. «Sei una ragazza carina di diciassette anni, vuoi forse chiuderti in convento? Ma uscire con un uomo non è mai gratis. Quello che dovrebbe essere leggero diventa pesante. Ed essere stati felici diventa una colpa.» Mise su l'aria impertinente e illustrò: «Ti danno della zozza e della squilibrata, sai? E sono gli stessi che prima ti portavano i fiori!»

Io no. Non le avrei detto mai cose meno che gentili, e avrei sopportato tutte le rivelazioni che si sarebbe sentita di farmi.

Prima di lasciarla la portai al Disco d'oro; ci tenevo a regalarle *Viva la revolution*, e almeno quello me lo concesse. Nel vederla riporre il compact nella cartella dei disegni mi sentii felice: non sapevo che aspetto avesse la sua casa, ma quelle note esaltanti l'avrebbero fatta pensare almeno un po' a me, e tanto mi bastava.

Cotenna viveva il trasloco in Curva Reno come una promozione.

Adesso che eravamo stati ammessi nel settore più caldo, non stava più nella pelle, misurava la distanza che lo separava dalle teste matte in prima fila, e squadrava goloso il megafono tempestato d'adesivi col quale Iago lanciava i cori. Avrebbe dato qualsiasi cosa, pur di posizionarsi spalle al campo accanto al generalissimo a infuocare gli animi, così si faceva trovare solerte nel rilanciare i cori, sboccato nell'insulto ai cani morti che indossavano la sacra maglia, feroce nell'offendere la famiglia del presidente rabbino e quaquaraquà.

Chi si fidava di quello che scriveva il giornale diceva che i Wild Boys erano un gruppo fascista, ma i casi erano due: o non erano mai stati in Curva, o non avevano idea di come fossero fatti i fascisti.

A sgolarsi in balaustra accanto a Iago c'erano il persiano Amir, al quale nessuno faceva pesare la pelle scura, e il lottatore Zagor che votava Cossutta. Insieme a loro si vedeva spesso la Crazy, un'eccentrica sempre in minigonna, bomber e basco da pittrice. «Cantate, micetti!» esortava i guerrieri. «Vogliamo farlo venire giù o no, 'sto stadio?», e nessuno osava ricordarle che il posto delle donne era in cucina.

Per quanto sembrasse bizzarro, anche il generalissimo e i luogotenenti un tempo erano stati ragazzi di parrocchia; si conoscevano da una vita, e quel che li teneva insieme non era la politica, ma la fede nell'amicizia, negli estremi rimedi e nella missione storica della Curva Reno: tenere alto il nome della città e dare filo da torcere a tutte le tifoserie d'Italia.

La lealtà al gruppo si misurava una settimana dopo l'altra, e in quella banda di adulti il ragazzo Raul si muoveva a suo agio, il joint d'olandese sempre appeso alle labbra e in pace con tutti. Di tanto in tanto lo vedevi filare con qualche luogotenente verso i bagni, rifatti per i Mondiali e già cadenti, dai quali tornava elastico e rinfrancato, pronto a dare il suo contributo a cori e sciarpate.

Ai tre fischi dell'arbitro si sfollava dalle gradinate tutti insieme – cinquanta, ottanta, più di cento – e si partiva alla ricerca degli ospiti.

Il più delle volte gli ussari si mettevano di traverso per evitare il contatto, ma quando non si presentavano in forze capitava di andare avanti per delle mezz'ore, a giocare a rimpiattino dietro la Sacra Famiglia e alla rotonda della Funivia. Serviva manovrare fra puntate e ripiegamenti, pur di levarsi la gioia di piombare urlanti addosso a una mandria di Panthers ai piedi del pullman, all'incauto corteo dei Kaos o – fortuna delle fortune! – a una piccola carovana con le bandiere a scacchi bianconeri dell'USM che vagava prigioniera dei sensi unici dietro via Montefiorino.

Allora si levava nell'aria carica d'umidità padana il fischio delle lanciarazzi e volavano le pietrate contro i parabrezza, si circondavano le auto e si gettavano torce attraverso i finestrini sfondati dei furgoni per costringere i rivali a fermarsi.

Su quanti scendevano a terra piovevano fitte le mazzate, gli altri erano trascinati fuori di forza e sottoposti al rituale del pogrom. Erano ultras come noi, non ugonotti di passaggio, e provavo una febbre meravigliosa nel vibrare colpi a due mani con la mia asta da bandiera in gomma azzurra spessa un dito;

si abbatteva sulle teste e sulle spalle pesante quanto un randello di castagno e più elastica d'una canna di bambù.

Quell'adrenalina dava una strana forma di dipendenza, e il suo principio attivo non era la violenza in sé, ma il piacere di sconfiggere il timore, la soddisfazione di correre ancora una volta incontro al futuro spalla a spalla coi regaz, Athos con la coda al vento e il tirapugni nella destra e Selva che gridava agitando lo spray: «Vi gaso, charlie di merda!».

Noi non eravamo più noi. Ci separavano *I've got the power* e la loro spensierata adesione alla religione dell'ecstasy, la mia nuova ansia di far quadrare i conti e la speranza di mettere abbastanza soldi da parte per fare un regalo bellissimo a una ragazza. Se avessi confessato che miravo a un viaggio a Londra con Ester, non avrebbero più finito di prendermi in giro: rischiavo la galera, e volevo sputtanare il frutto dei miei sbattimenti per una femmina?

Solo lo stadio, ormai, ci teneva insieme, come se la lingua degli assalti e dei ripiegamenti fosse il nostro esperanto, la nostra ultima possibilità per sentirci fratelli.

Raul aveva ragione: vista da fuori sembrava una guerra, ma gli avversari erano uguali a noi.

Come si chiamavano? Com'era fatta la casa in cui vivevano? Glielo domandavo fra me e me, con la mia voce sintetica da robot d'acciaio, mentre distribuivo i miei colpi alla cieca.

Nelle mischie Cotenna tirava fuori certe lame da paura per non essere da meno degli anziani, attrezzi di lavoro del padre dalla zanna lunga e stretta, affilate in punta come un quadrello da sicari. Sventagliava fendenti per tenere in rispetto i nemici con la frenetica precisione d'un impresario che distribuisca biglietti omaggio alla folla, e se qualcuno si faceva troppo sotto mimava l'affondo.

Una sera d'inverno lo vidi per la prima volta bagnare la lama.

Un marcantonio dei Rangers, i capelli lunghi fino a metà schiena, aveva ribaltato Selva sul cofano di un'auto e lo stava gonfiando di pugni. Il Principe della maraglia gli arrivò quatto quatto alle spalle, gli piantò il ferro dritto nel culo e quello smise di picchiare il Biondino come si fosse ricordato all'improvviso di un dettaglio fondamentale; si portò con fare perplesso una mano alla chiappa, e appena vide le dita sporche di sangue mandò un lamento acuto e grottesco; grosso com'era, scoppiò a piagnucolare e cercò riparo a balzi come una lepre.

Cotenna scoppiò a ridere con lo stocco grondante ancora in mano, e solo quando i nemici si dispersero si chinò per gettarlo sotto una Ritmo in sosta.

«Fanno più male le mazzate, o un buon calcio in faccia» spiegò mentre filavamo a testa bassa, innocenti fino a prova contraria, verso il Bar Carioca. «Ma non c'è niente da fare» aggiunse. «L'arma bianca fa sempre la sua impressione.»

Fumare con Ester, da soli nella sua camera, era il paradiso in terra.

Adesso che mi ammetteva in casa, vivevo per stare con lei, raccontarle ogni cosa e chiudere fuori i problemi.

Filavo all'appuntamento con il cuore in gola, e appena scorgevo la palazzina a tre piani in mattoni a vista nella quale abitava cominciavo a sentirmi felice.

La sua famiglia di sole donne viveva al piano superiore, dentro un appartamento dalle imposte azzurre, e sua madre non c'era mai. In compenso, la casa era sempre trafficata dalle amiche della sorella.

Le loro stanze erano state ricavate da una mansarda, e sul soffitto obliquo della sua Ester aveva affrescato un planisfero decorato da animali e monumenti; una volta chiusa la porta a escludere le più giovani, m'invitava a sedere sulla stuoia carica di cuscini ai piedi del suo letto. Emozionato dalla sua vicinanza prendevo a rollare un cigarro nel cono di luce del velux socchiuso, e intanto lei faceva da disc jockey. Ogni volta mi proponeva una selezione di meraviglie, come se in attesa del mio arrivo avesse predisposto una scaletta: erano rari nastri d'importazione con le tracce originali dello Studio one, compact capaci di sprigionare la siderale chitarra surf di Dick Dale, o qualche pezzo nuovo di Nirvana, Peppers e Pearl Jam.

Le volute di fumo si combinavano alle molecole della musica, e viaggiavano leggere verso le fronde del tiglio incorniciate dalla finestra dagli infissi azzurri. In quella pace mi veniva spontaneo parlare di poesie e di film in programmazione al Lumière, imbastire teorie o riferirle le mie impressioni su un libro che avevo letto, un'idea che mi era apparsa o una nuova canzone intercettata su Radio Città del Capo.

Era come se tirasse fuori il meglio di me, un Tommy mite e depurato dai massimalismi, alieno dalle logiche mercantili... Felice, cazzo.

Le veniva facile perché era onesta e sincera, e gli unici calcoli che faceva erano quelli sui denari messi da parte con l'Orchestra Happiness.

«Un tempo a suonare in giro ci si campava» considerò una volta. «Ci sono certe cariatidi, con noi, che erano già a zonzo ai tempi dell'Equipe 84 e dei Corvi. A Bologna chi sapeva suonare non moriva mai di fame. Così dicevano.»

«L'importante è non morire di sete» scherzai.

«Quanto sei scemo, Quinlan?» domandò divertita, ma subito tornò seria. «Adesso invece devono fare tutti un altro lavoro. Anch'io, che pure non ho la menata di pagare un affitto, è tanto se arrivo a farci i regali di Natale.» Mise su un'aria preoccupata e spiegò: «Andrà a finire che mi tocca tornare a friggere patate al Burghy».

Era parsimoniosa, umile, assennata. Altroché "uguali". Era tutto quello che io non ero.

«Facciamo un gioco» saltò su appena le passai il cigarro. «Fai finta che arriva la fatina, quella che esaudisce i desideri.»

Avevo già in mente cosa chiedere, a quella fata.

«Vuol sapere dove vuoi vivere» precisò Ester. «Se rispondi entro dieci secondi, ti regala una casa in quel posto. Una bella casa.»

Dove avrei voluto vivere? Non lontano da lei.

«Tu cosa le dici?» mi premunii.

«Londra!» decise sicura. «Da quelle parti è possibile veramente pagarsi le bollette con la musica, e non serve suonare le mazurke. A Camden Town c'è un locale in fila all'altro, tipo che vai a farti una pinta al pub e incontri gli Stone Roses, e in fila davanti a te al supermercato ci sono gli Inspiral Carpets.»

Non ero sicuro che gli Inspiral Carpets andassero a fare la spesa tutti insieme, ma non volevo rovinare il suo sogno. A tacere ed ascoltare, si mettevano insieme un sacco di spunti utili. Anche il quartiere nel quale cercare un albergo decente, tanto per dire.

«E tu?» domandò. «Cosa dici alla fatina?»

«Se tu scegli Londra, dico Londra anch'io» sospirai.

«Non vale, Quinlan!» protestò. «Non vale copiare!»

Ero esiliato fuori Londra. Escluso dagli otto o dieci milioni di cristiani che potevano incontrarla per strada, a Hyde Park o sulla piattaforma della tube. Indispettito da quella discriminazione, mi atteggiai a tropicalista: «Allora vivrò in un posto caldo e vicino al mare, dove si può girare in ciabatte tutto l'anno, ascoltare musica sulla spiaggia e fumare senza paranoie».

«Carino. Ma dovrai pur fare qualcosa per mantenerti» mi fece notare. «Tipo gestire un ristorante o almeno un chiringuito. O pensi di passare le giornate a guardare le ragazze in bikini?»

Me ne sarebbe bastata una, di ragazze in bikini. Aveva i capelli corvini, gli occhi verdi e la pelle ambrata. Lo aveva capito benissimo anche lei. Perché allora mi provocava?

«In effetti un lavoro mi toccherà farlo» ammisi.

«A meno che tu non voglia andare avanti per sempre a vendere erba, naturalmente» mi sorprese. «Ma quello non è un mestiere. È solo un'illusione.»

«Di cosa parli?» feci lo gnorri.

«Non prendermi per scema, Tommy» mi folgorò. «Non sei il primo che si compra la Vespa con l'erba.»

Tacqui.

«Ma che cavolo di mestiere è?» protestò. «Ti tocca gestire le paranoie per conto degli altri, e quando hai messo insieme un po' di soldi hai fretta di spenderli. Due settimane a Rimini, due mesi a Ibiza o due anni in Messico. E quando la fresca è finita, torni a casa che non sai fare niente.»

Ai suoi occhi non ero un maschio alfa come Raul. E neppure un ragazzo baciato dalle Muse come Nixon e gli altri della band. A ben vedere, latitava in me qualsivoglia talento. Però stavo mettendo insieme i soldi per portarla a Londra.

«Finisci quest'anno di scuola, finisci il prossimo, e poi?» domandò. «Qual è il tuo progetto?»

Un albergo a Camden Town. Un casino di concerti. E fare l'amore con te per tutta la notte.

«Ho capito» fece. «Ti parcheggerai qualche anno all'università in attesa che ti venga l'ispirazione, giusto? Tanto di fretta non ne hai. Mica come la qui presente, che ha una gran urgenza di uscire di casa.» Mi guardò e aggiunse maliziosa: «D'altronde i maschi con la mamma ci stanno volentieri».

Per chi cavolo mi aveva preso, adesso?

«Oi!» esclamai. «Ma che ti ho fatto?»

Il mio risentimento svanì di fronte all'apparizione strabica e buffonesca della scimmia ubriaca.

«Te la sei presa!» mi accusava dondolando la testa. «Sei un permaloso, Quinlan!»

Era la ragazza che desideravo più d'ogni altra, la sola della quale m'importasse l'opinione e l'unica capace di farmi ridere.

«Scusami» fece. «Sono stata antipatica. Ma tu hai troppo talento per sprecare così il tuo tempo. Ti serve un piano, non credi?»

A lei potevo raccontare tutto. Anche di quando ero piccolo e passavo le giornate a casa di nonna, ad ascoltare i racconti di Ianez, giocare in cortile e fare il giardiniere nell'orto dove cresceva il mio oleandro.

«Da piccolo davo per scontato che sarei diventato un giramondo come mio zio» spiegai. «Mica ci pensavo, che per viaggiare servivano dei gran copechi.»

Sentivo venire a galla tutto il mio scontento: a forza di ubbidire e farmi promuovere, i miei anni migliori stavano scappando uno dietro l'altro. Ormai era tardi per diventare mozzo su un transatlantico, volontario garibaldino, mitragliere su una fortezza volante. Ero solo uno studente di liceo classico con una inutile passione per il rock e parecchi conti in sospeso.

«Volevo fare il signore di un'isola, io» confessai mentre sul giradischi suonavano gli accordi luminosi di *Alive*. «Il gran corsaro. Pensa che mestiere! Così non ho imparato a fare niente.»

«Adesso rilassati, Quinlan» suggerì nell'inginocchiarsi alle mie spalle. «Chiudi gli occhi e manda via tutti i pensieri brutti.»

I suoi polpastrelli premuti in cerchio sulle tempie mi ipnotizzavano, svuotavano di senso ogni domanda, invitavano a godere di un eterno presente. All'avvenire ci avrei pensato un giorno alla volta, man mano che s'affacciava col suo muso di mostro sulle nostre vite di ragazzi.

# 32
# Tu che sei di me la miglior parte

Con Cotenna riuscimmo a pagare l'albanese il giorno stabilito; ce ne restava a bizzeffe, e ora tutto quel che vendevamo era guadagno.

«Facevi il difficile ma adesso ci sballi, eh?» mi provocò mentre andavamo a rifarci il guardaroba. «Te lo dicevo o no che l'albanese ci avrebbe fatti felici?»

Alle nostre spalle, schierate sulla spianata ai piedi del palazzo dei telefoni, le tende della Piazzola offrivano di tutt'un po', dalla biancheria alle prese elettriche; c'erano anche banchi d'abbigliamento, ma noi li schifavamo.

I mercanti che interessavano i regaz, specializzati in surplus militare, jeans di seconda mano, camicie inglesi, Adidas e Doctor Martens, occupavano un settore a parte appena oltre via Irnerio, stretto fra la rampa monumentale della Montagnola e il palazzo dove un tempo si praticava il gioco del pallone col bracciale.

«Occhio alla scarsella» fece Cotenna mentre varcavamo la cinta. «È pieno di manoleste, qui.»

Che ci provassero, ad allungare le manacce da zingari verso il mio guiderdone! Gli insegnavamo noi, cosa succede a toccare uno della Nuova Guardia col portafogli giustamente gonfio.

La ruota girava dalla parte giusta, ma questa volta non avrei sputtanato tutto in cazzate. Avevo lasciato settecentomila lire nella mia latta di tè, in cantina c'era un pane di ganja ancora intatto e restavano parecchi crediti da esigere. Mi ero già informato da Magellano Viaggi, all'Alitalia e da Cucets: per i biglietti aerei e una settimana di albergo in zona Camden dovevo contare due milioni, e me ne serviva almeno un altro da convertire in sterline come pocket money. Mica potevo andare a Londra, la tana di tutte le delizie, e fare la vita del lumpen. E poi che figura ci facevo, con Ester, se capitavamo nel periodo di qualche festival e non potevo offrirle il biglietto?

No, no. Dovevo essere assennato, e risparmiare.

«Vado a vedere i giubbotti» fece Cotenna, dirigendosi verso un banco che pareva destinato alla vestizione d'un reggimento di incursori.

Per un po' mi baloccai davanti a una rivendita di toppe ricamate: distintivi da Hell's Angels, profili d'hippie con la chitarra, teste di cobra, smile da impasticcati. Sarebbe stato fico, fabbricarne una per la Nuova Guardia; mi riproposi di parlarne a Cotenna, poi la mia visione periferica registrò il banco col cartello Rule Britannia, e fu la fine; c'erano le Fred Perry della nuova collezione, le Ben Sherman che da sole ti facevano già sentire a Camden, i maglioncini col collo a V e gli Harrington di tutti i colori. Provare a resistere quando si aveva il portafogli pieno era inutile. "Allungo giusto un'occhiata" mentii a me stesso, e iniziai a scivolare un passo alla volta verso la perdizione.

Alle cinque del pomeriggio ci trascinavamo ancora in giro per bar.

Dopo il pranzo in pizzeria, ci eravamo concessi un numero imprecisato di brindisi con certe studentesse di Sulmona. Speravamo ci invitassero nel loro appartamento, ma quando era venuto fuori che tifavano per la Vecchia Signora, Cotenna le aveva coperte di insulti; quelle erano scappate senza pagare il conto, e a noi non era rimasto altro che andare avanti a bere.

Mi ero limitato alle birre, mentre lui aveva ammazzato i dispiaceri a forza di Jägermeister e adesso era ubriaco fradicio.

«Sai qual è la differenza fra noi e loro?» bofonchiò, gli occhi strabuzzati dall'alcool, mentre cercavamo di raggiungere l'Osteria dell'Orsa.

Indossava il suo nuovo giubbotto mimetico aperto sopra il bomber, il cartellino del prezzo appeso a penzolare sulle spalle. Diceva che era il suo talismano, e finché nessuno gliel'avesse strappato sarebbe stato invincibile.

«Loro chi?» domandai, il sacchetto di Rule Britannia a pesarmi in mano come l'ombra della colpa.

«Queste merde umane» spiegò, aprendo un gesto da istrione a comprendere gli studenti ai piedi del Teatro comunale, i passanti frettolosi che risalivano largo Respighi e i tossici appostati all'ingresso dei Giardini del Guasto. «Sopravvivono e basta, loro!» proclamò. «Noi invece viviamo oltre! Ventiquattr'ore al giorno... Sette giorni su sette. E questa città è la nostra città!»

Non erano discorsi da farsi in piazza Verdi, il cuore della zona universitaria colonizzata dai fuorisede e dai compagni dei collettivi. «Oi!» cercai di distrarlo. «Hai visto quella là?»

Gli indicavo una ragazza in giubbotto di pelle a cinquanta passi da noi, ma strizzò le palpebre come non ci vedesse più tanto bene. «Bologna è nostra!» tornò a delirare. «Mio nonno sparava ai tedeschi e il mio babbo faceva il bagno in via Riva Reno!» Represse un rutto e spiegò sornione: «Ti facevano i bocchini per venti lire, le lavandaie!».

Me ne avevano parlato, ma non si sembrava il caso di ricordarlo urlando ai quattro venti.

«Dovremmo ripristinarle!» proclamò. Indicò a terra, si morse il labbro e spiegò: «Tutti hanno diritto a un bocchino!».

Quella sconclusionata dichiarazione ormai aveva richiamato gli sguardi su di lui, così lo presi sottobraccio per convincerlo a riprendere la strada.

«Cazzo guardi?» domandò a un tipo con gli occhiali da professore e le bretelle tempestate di piccoli ananas. «Da dove vieni, tu?» volle sapere, trattenendo a stento un conato.

L'altro aggrottò le sopracciglia e rispose timidamente: «Verbania. Perché?».

«Scommetto che è vicino a Sulmona» gli ghignò in faccia Cotenna. «Tutti uguali, voi terroni. Tifate le squadre degli altri e scappate senza pagare il conto. E sai perché? Perché vi manca l'orgoglio.»

«Ha un po' bevuto» lo giustificai, trascinandolo via.

«Lasciami» reclamò, mentre il tizio di Verbania se ne andava allibito.

«Stai buono, tu» gli raccomandai, e quando abbassò la testa portandosi una mano alla bocca mi staccai per prudenza da lui.

«Non sto tanto bene» riconobbe, e barcollò a reggersi a un fittone.

Produsse un verso che faceva pensare a un drago, mi guardò con la disperazione in volto, quindi si piegò in avanti e cominciò a vomitarsi sui piedi.

La gente gli girava al largo e io, che m'ero messo in salvo per un pelo, controllai che la busta di Rule Britannia non avesse riportato danni.

«Che schifo!» gemette una ragazza. «Ma come si fa a ridursi così?» e io annuii, consapevole e amaro. Chi lo conosceva, quello zulù con due giubbotti uno sopra l'altro? Per sottolineare che nulla ci legava, mi spostai sino all'attacco del portico, e all'improvviso mi trovai addosso uno sguardo carico d'intenzione.

Raul era fermo a un passo da me col suo impermeabile elegante, il maglione a collo alto e un berretto tartan che non gli avevo mai visto. Spostò l'attenzione da me alla sagoma infetta di Cotenna che continuava a eruttare, quindi tornò a guardarmi con aria di rimprovero.

«Sempre stiloso, il Norcino» osservò salace. «E tu, cico? Non ti sei ancora rotto le palle, di andargli dietro?»

A lui mica potevo dirlo, che mi serviva lavorare con il Principe della maraglia per stipare nella latta di tè il po' di fresca che mi avrebbe permesso d'invitare Ester a Londra.

«Non fa mai niente gratis, quello» mi ricordò e, come dovesse giustificarsi, aggiunse: «Non mi è mai piaciuto.»

Sentivo che c'era dell'altro, così misurai a occhiate la distanza che ci separava da Cotenna e domandai preoccupato: «Stai cercando di dirmi qualcosa?».

«Sai cosa dovremmo fare, noi due?» mi sorrise. «Prenderci una bella serata tranquilla per fare le nostre chiacchiere in santa pace.»

Purché non si parlasse di Ester, poteva andare. Ma si poteva ancora passare una serata del genere, senza che saltasse fuori il nome di lei a metterci uno contro l'altro?

«Mi farebbe piacere» restai sul vago.

Raul mi puntò con aria sofferta l'indice sotto il naso, quindi s'illuminò come gli fosse venuta un'idea meravigliosa: «Ce l'ho, cico!» lo sentii esclamare. Infilò la mano sotto il petto dell'impermeabile, si guardò alle spalle e squadernò a mezza altezza il portafogli in pelle da uomo di successo. Dietro lo scomparto riservato alle schede telefoniche e alla tessera del bancomat occhieggiava un biglietto ripiegato. Raul lo fece scivolare fuori e lo aprì sotto i miei occhi. «Cascasse il mondo, non prendere impegni per sabato prossimo» intimò. «Ci andiamo insieme, qui.»

Sul volantino era scritto "Free party" sopra la testa d'uno smile coperto di crepe. Sotto la data, una sola indicazione: "info point benzinaio villa Mazzacorati".

«Non so se è il mio genere» ammisi.

«Ma no, ma no» si raccomandò come volesse consolarmi. «Andiamo insieme» ribadì, e misurando a occhiate la distanza che ci separava dal Norcino aggiunse: «Adesso che sei diventato grande, Tommy, ci sono due o tre cose che ti farebbe comodo sapere.»

Ogni volta che mi ritrovavo davanti alla casa dalle finestre azzurre esultavo e mi davo dello sciocco; l'orgoglio mi suggeriva di lasciar perdere Ester, eppure non sapevo rinunciare a quella vicinanza che mi dava gioia, alla speranza sottile che un giorno le cose fra noi potessero cambiare e trasformarsi in passione.

Quale combinazione alchemica servisse a scatenare la metamorfosi, io non sapevo, ma avrei scambiato qualche anno di vita e la mia agendina di clienti con quella miracolosa ricetta.

Un pomeriggio di pioggia la sorpresi con un biglietto. Era un semplice foglio in cartoncino, chiuso nella sua busta, e sopra avevo copiato per lei dei versi trovati sul libro d'inglese. Non sapevo a chi pensasse il Bardo nel comporli, ma appena me li ero trovati sotto gli occhi avevo subito pensato a Ester.

Mentre lo leggeva, le fronde del tiglio incorniciate dalla finestra sventavano sotto l'acquazzone, e la sua stanza sembrava l'unico posto del mondo al sicuro dalla tempesta.

«Tommy» sospirò quand'ebbe finito, e mi si accoccolò così

vicina da farmi paura. Sollevò il biglietto e m'invitò esitante: «Leggimelo tu, per favore».

Un conto era farglielo avere. Un altro trovare il coraggio di dar voce a quelle parole. Ma era la mia sola possibilità, e mi ci misi d'impegno.

«Oh in che maniera posso mai cantarti / Sapendo che tu sei di me la miglior parte?» attaccai, consapevole di spostare più in là il limite del consentito. «Cosa mi dà un elogio che a me stesso io faccia? / E che cos'è lodarti se non lodare me?»

Controllai che mi guardasse. Mi guardava.

«Proprio per questo allora dobbiamo separarci / Così che il nostro amore non sia più indivisibile / Ed io da te lontano possa infine donarti / Quello che ti è dovuto, e che tu sola meriti.»

«Sono versi bellissimi» mormorò colpita. «Va a finire che una ragazza semplice come me si ritrova in imbarazzo.»

«E non hai ancora visto tutto» spiegai. «Gira il biglietto.»

Le sue sopracciglia disegnarono un arco mentre leggeva perplessa: «"Ti va di venire a un free party con me sabato sera?"»

Tanto ormai lo sapevo, dov'era l'info point. Con Raul mi sarei inventato una scusa, e tanto peggio per lui quando ci avrebbe visti arrivare insieme alla festa.

Ester abbassò il biglietto e scoppiò a ridere. Temevo facesse la scimmia ubriaca, invece disse: «Sei fuori come un balcone, tu».

Era il suo modo per dirmi di sì?

«Non sarebbe bello?» aggiunsi trepidante. «Un po' di elettronica di qualità, tanto per variare il menu. Mica mettono su le schifezze da discoteca. E così si riesce finalmente a ballare insieme.»

«Questa da te non me l'aspettavo» ammise. Stava per dirmi di sì? Voleva venire insieme alla festa del futuro? «Sabato?» ripeté incerta, e si coprì la bocca con le dita. «Ma porca miseria!» esclamò. «Io sabato devo suonare al Vox di Nonantola con Nixon e gli altri!»

«E figurarsi!» replicai stizzito. Tanto nel fine settimana era sempre la stessa storia. Se non era in giro a suonare, c'era sempre qualche altro impedimento: una serata da hostess per un convegno gestito da sua madre, il cinema con sua sorella o la visita di un'amica di famiglia arrivata dalla Spagna. «Credi che non abbia capito?» m'indispettii. «Se ti vergogni a uscire con me, dillo chiaro e tondo, invece di lasciarmi a bagnomaria!»

Era una reazione da bamboccio, e lei stringeva delusa il mio biglietto in mano, come non sapesse quale lato riportasse il messaggio di cui fidarsi. Quali erano le parole che le raccontavano la verità sui miei sentimenti? I versi disinteressati del Bardo, o quell'invito rancoroso che suonava come un diktat?

«Non fare il ragazzino» disse, lasciando venire a galla il dispiacere. «Devo suonare, mica posso piantarli in asso.»

Stavo rovinando tutto, ma la speranza di vederla ballare a un braccio da me, resa sfrontata e instancabile dall'ecstasy, mi spinse a insistere.

«Possiamo andarci dopo, al party» azzardai. «Quando tornate da Nonantola.»

«Ma sarà notte fonda!» protestò, e io compresi che dovevo levarmi dalla testa il mio piano ribaldo.

Niente Ester in deliquio. E niente smacco storico per Raul. Mi toccava andarci con lui, alla festa.

«Lascia stare» la invitai. «Speravo di portarti in un posto che fosse nuovo per tutti e due. Volevo stupirti. Scemo, vero?»

«Io ti voglio bene, Tommy...» assicurò.

Ma. Eccolo che arrivava.

«... Ma sono la ragazza più incasinata di questa terra.» Mi prese le mani e aggiunse accorata: «Te l'ho già detto: non so perché, ma finisco per fare male a tutti».

«Agli altri non so» mi rinchiusi nel mio sarcofago. «Con me ci riesci benissimo.»

Scimmia ubriaca. A sorpresa.

Voleva farmi ridere ma, arrabbiato com'ero, non mi strappò che un sorriso incerto.

«Le idee migliori del mondo moderno sono venute fuori grazie all'acido» assicurò Raul mentre viaggiavo nella notte aggrappato alle sue spalle. «Facci caso, cico: quelli che oggi fanno soldi a palate coi computer e i videogiochi, sono tutti geniacci delle università americane tuonati dall'LSD.»

Le sentinelle nascoste nell'ombra della stazione di rifornimento ci avevano fornito la mappa per raggiungere la festa, e ora la Vespa a bolli rossi filava per le strade vicinali che solcavano la prima campagna.

«Al prossimo incrocio dovremmo trovare un'indicazione» assicurai, compreso nel mio ruolo di navigatore.

«Pensa a Pac Man» proseguì il suo ragionamento. «Mangia pillole per vivere, e sa sconfiggere i suoi fantasmi solo quando manda giù la frutta coi superpoteri.» Scrollò le spalle e domandò: «Poteva venire in mente un'idea del genere a uno che non si mangia a colazione dei cartoni inzuppati nell'acido?».

I quadrati benedetti dalla pozione magica del dottor Hoffman covavano al tiepido, avvolti nel cellophane dentro il taschino del suo berretto a falda rotonda, stampato a schizzi di colore come quello di Reni degli Stone Roses.

Fin da piccolo, quando spiavo le foto dei festival hippie racchiuse nella biblioteca di Ianez, saluti al sole e girotondi con le chiappe al vento, mi domandavo come doveva essere provare l'acido.

Si sarebbero spalancati per me, bravo ragazzo d'una pianura annebbiata dalle spezie, i baratri vertiginosi della percezione? Avrei acquisito consapevolezza di dimensioni nuove, compreso verità indicibili sull'umanità, le leggi della fisica, la seduzione? Mi sarei trovato a gridare stralunato il crescendo di *Light my fire*? Avrei finalmente contemplato il volto di mio padre? O sarei finito in un cantuccio, preso malissimo, a piangere per le colpe dell'umanità?

«E quei fattoni di Mario e suo fratello?» riprese il mio peggiore amico mentre la Vespa filava a briglia sciolta sotto la stellata. «Si trasformano quando mangiano i funghi, vedi un po'!»

L'incrocio ancora non si vedeva, ma un pannello attaccato col fil di ferro al tronco di un albero mostrava lo smile giallo e una incoraggiante freccia che invitava a proseguire.

«Mica possono pubblicizzarlo apertamente» considerò Raul, quindi staccò la sinistra dal manubrio per toccare la tasca del berretto, così vicina alla tempia che mi domandai se l'acido non avesse già cominciato a sprigionare il suo effetto. «Sono tutti segnali, cico, strizzate d'occhio, consigli.»

«E accettiamoli, questi consigli!» approvai, cercando di nascondere il timore che provavo.

«All'inizio ne prendiamo solo un quartino» spiegò. «Appena ti sale per bene, decidi tu se mantenere la quota oppure insistere. In ogni caso vai tranquillo. Il qui presente ti resta accanto per farti da spirito guida.»

Cosa potevo chiedere di più? Potevo contare persino sullo spirito guida.

Un crocevia si delineava lattiginoso nella notte.

Era tempo di lasciare la strada vecchia per quella nuova.

All'inizio pensavo a un pacco.

Sotto il muro di casse eretto in un capannone agricolo abbandonato, i ragazzi ballavano a centinaia, chi smandibolando e chi con gli occhi a girandola, nuotatori a proprio agio nel maelstrom di 24 hours party people; il volume smodato e la corposità dei bassi facevano rimbalzare il cuore in gola e invitavano a muovere il culo, ma non potevo impedirmi di notare la differenza fra noialtri appena arrivati, ancora portati a scambiarci istruzioni e commenti semiragionevoli, e i lotofagi già persi nel loro sogno.

A gestire la baracca era una sfuggente brigata di alieni, amigos di quelli che ci avevano passato la mappa alla stazione di rifornimento; li riconoscevi dall'aspetto incongruo e postmoderno, non ancora censito da alcuna mappa sulle sottoculture cittadine: dal mare di teste emergevano dreadlocks corti alla Rijkaard, sobrie creste di nuova generazione, chiome decolorate a punte, e bulbi di colori tipografici, ciano, magenta e un giallo tanto acceso da risultare fastidioso. Forse aveva ragione Nixon, quando diceva che i Novanta avrebbero segnato la fine dei generi e la loro fusione definitiva: sembrava che i guardaroba di mods, punk e metallari fossero esplosi tutti insieme, e ciascuno avesse raccolto a casaccio i pezzi dell'outfit con cui marciare incontro all'avvenire.

Poiché si trattava di una spedizione dall'esito incerto, andava forte lo stile militare, e fra le giacche grigioverdi e le mimetiche di quell'armata di irregolari spuntavano caschi imbottiti da carrista sovietico, cappelli a visiera da fuciliere nordista, persino un vecchio elmetto a scodella dell'Ottava armata di Montgomery.

Le sobrie reliquie del passato in lana, feltro e cotone cedevano opache il passo a un abbigliamento nuovo, reso possibile dalla moderna stampa sublimatica su fibre sintetiche: la maglia iridata di Gianni Bugno, le lucide tutine pastello da *Saranno famosi*, i top scollati ricoperti di figurette alla Keith Haring.

Ci si era radunati in quel magazzino in disuso, dove i nostri padri accumulavano granaglie e balle di fieno, per andare tutti insieme in avanscoperta verso il futuro; per questo gli esploratori più accorti si erano preparati vestendo i colori metallici delle spedizioni spaziali, strisce di alluminio da cucina avvolte intorno ai capelli, fuseaux argentati, anfibi ridipinti con la porporina.

Raul ondeggiava felpato, improvvisava pose da statua, piroettava derviscio, a proprio agio con i suoi calzoni in velluto dal cavallo basso e la maglietta a fasce bianche e rosa con l'alloro sul cuore. Con i suoi avambracci carichi di tatuaggi e la tesa del berretto calata fin sugli occhi, si sentiva cittadino di quel mondo schizzato, membro a pieno titolo dell'avanguardia anni Novanta. Aveva ripiegato con cura il giaccone da battaglia e il maglioncino, li aveva deposti ai suoi piedi come fossero al sicuro in un armadio e ballava tranquillo, quasi non ci fosse nulla da temere dagli autostoppisti della galassia e dai replicanti che si agitavano a pochi passi da noi, le mani serrate intorno ai respiratori dal tubo corrugato, gli occhi nascosti dai levigati visori per la realtà virtuale

Non avevo mai visto niente del genere, neppure al cinema, e adesso c'ero dentro fino al collo, assordato dal beat e incapace di indovinare quali reazioni chimiche si producessero a catena nel cervello delle ragazze che si scuotevano tarantolate, indossando solo bikini da brasiliane e stivali alla moschettiera. Nell'umidità da monsone che si addensava sotto il muro di casse diventava complicato stare fermi, impossibile non sudare. Eppure eran fremiti e traspirazioni sobrie, cartesiane, a prova d'antidoping.

«Non sale mica, 'sto cartone» confidai carbonaro a Raul. Per farmi sentire dovevo urlargli all'orecchio, e quello mi rispose con una scrollata di spalle. Sollevò la tesa del berretto, fece scivolare i Ray-Ban sul ponte del naso e mi rivolse un'espressione cubista che rinfocolò la mia fiducia in un decollo imminente.

«Sale, cico» assicurò. «Garantito al limone.» Indicò un punto lontano, mi richiamò a sé e giurò: «Se ti lasci andare, puoi già veder sorgere sulla linea dell'orizzonte la cintura di Orione».

I trip che avevamo inghiottito provenivano dalla stessa partita; se stava salendo il suo, presto anche il mio avrebbe cominciato a lavorare. Era una questione di logica, incontestabile come il fatto che le gocce di acido liberate su grandi fogli di carta assorbente si disperdono in maniera uniforme nelle fibre della materia. Oh sì. Non sapevo esattamente quando né come, ma presto sarei partito anch'io verso il mio viaggio interplanetario. E al ritorno avrei avuto un racconto nuovo di zecca per stendere Ester. Altroché il concerto al Vox di Nonantola.

«Ecco Sirio!» esultò il mio peggiore amico, estasiato dai lampi di luce che s'andavano sprigionando dalla pozione magica. Si lasciò andare in ginocchio, sollevò le braccia e rovesciò la testa all'indietro come il sergente Elias sulla locandina di *Platoon* e, ubriaco di gratitudine, proclamò: «Benvenuta, o scintillante stella del cane!».

C'era una sola cosa da capire: la musica non andava semplicemente ascoltata con le orecchie.

Mi stupivo di come quell'intuizione rivoluzionaria non mi fosse mai apparsa prima: se le concedevi anche il resto del corpo, lei ti accoglieva e si svelava, si lasciava toccare e annusare come una donna, un'enorme divinità mediterranea tollerante e generosa.

Il beat elettronico mi risuonava nel midollo delle ossa, le faceva sfrigolare come su un monitor da radiografie prossimo al corto circuito. Calcio. Erano fatte di calcio. Lo stesso nome del meraviglioso gioco. Chissà se voleva dire qualcosa.

La dea mi avvolgeva con le sue tette calde e burrose, mi stringeva devota le chiappe, mi teneva nella sua bocca, e io intanto marciavo lungo l'unico sentiero luminoso a sufficienza da promettere la verità.

«Suggerisco un classico quartino di Panoramix, amarognolo ma dal retrogusto sapido» venne a propormi Raul, l'indice teso nella mia direzione con la nuova razione di acido incollata al polpastrello. «Invecchiato sei mesi sotto vetro alla periferia di Praga, come da disciplinare dell'Accademia delle scienze cecoslovacca.»

Stava per andare a ramengo anche la Cecoslovacchia. Lo sapeva, quella specie di sommelier col berretto da imbianchino? E i mostri vudù che ballavano a braccia alte alle sue spalle, le maschere della morte dipinte in volto, cosa ne sapevano delle richieste d'indipendenza in arrivo da Bratislava?

Sentivo che l'acido mi avrebbe dato la forza di spiegare loro la situazione.

«Su!» mi incoraggiò il mio peggiore amico. «Chiudi gli occhi e aprì la bocca!»

Abbassai il capo come quando ero un bravo sbarbo da parrocchia e don Gandolfi mi dava la comunione. Raul m'infilò l'indice in bocca e io, dimentico d'ogni vergogna, succhiai via il cartone.

Le sue labbra s'increspàrono in un sorriso tollerante, mentre puliva la mano contro il velluto dei calzoni, quindi aprì le braccia e cominciò a batterle al rallentatore; si stava trasformando sotto i miei occhi in uccello migratore, e sapeva benissimo quale itinerario seguire.

Spiccai un saltello per andargli dietro, e presi a volare con lui nel cielo pieno di luce. La terra da lassù sembrava un lucido, immenso, diorama: vedevo le fattorie e i fiumi, le capanne del presepe con i re magi in arrivo, i trenini Lima che imboccavano sicuri gli scambi, e poi le barricate, i muri anneriti, i panzer in fiamme alla periferia di Stalingrado.

Odore acuto di colla da modellismo nel naso. Un riquadro di luce che rischiara all'improvviso il cortile buio. La curiosità legittima di saperne di più, la sorpresa che provi nel vedere la donna più bella del mondo che si offre al tuo sguardo, l'ansia rapace dell'appostamento e il desiderio che cresce.

La musica era un'amante che non conosceva la gelosia. Si divertiva a mostrarti le altre femmine, la gran puttana.

La techno grulla e interlocutoria di Detroit si deformava, acquistava punti di luce, cadeva dilaniata da riff inattesi di Telecaster capaci di riecheggiare all'infinito.

Non se ne andava più, la madre di Ester. Che tette. E che gambe. A un tratto mi mancò il respiro. Non era la madre. Era Maimiti, il vero nome della principessa polinesiana, e io ero Fletcher Christian, che si strappava la camicia di dosso per correrle incontro. Si mostrava sugli scogli che dominavano la nostra Laguna blu, i capelli sciolti sulle spalle e il brillantino al naso. "Guardami, Quinlan" m'incoraggiava da lassù. Come faceva a dire che eravamo uguali? "Ormai sono una donna, e ho tanto bisogno di te."

«Anch'io» risposi, volteggiando la maglietta sulla testa. «Non sai quanto, amore mio.»

Avevo veleggiato per tutti gli oceani solo per arrivare da lei. Adorarla e proteggerla, farla ridere e trovare poesie bellissime da dedicarle. Non volevo altro. Così, quando mi avevano comandato di ripartire, mi ero ammutinato.

«Andiamo a Londra» le dissi piangendo di gioia. «A Camden, piccola.»

«Sei un uomo da niente!» gridava Raul, digrignando i denti, e non si capiva se ridesse o fosse sul punto di piangere. «Vigliacco d'un vigliacco!»

A chi diceva? Ci aveva visti? Sollevò il pugno, levò il dito medio e guardando avanti a sé ringhiò: «Notaio del cazzo!».

Non ce l'aveva con me, e nessuno intorno sembrava disturbato da quel litigio che l'opponeva a un fantasma.

«Ficcatelo su per il culo, il tuo studio!» andò avanti. «È troppo tardi, ormai!»

La house, ora, si contraeva acida; scie di lucciole disegnavano arabeschi nell'aria, e ogni cosa intorno a noi si duplicava. Non mi sarebbe venuto nulla di buono dal restare lì. Dovevo tornare da Ester.

Adesso Ester era nuda sugli scogli ed era di fronte a me. Mi aveva fatto una sorpresa. Vedrai che il concerto era finito, e lei si era fatta lasciare alla festa da Nixon e gli altri.

«Grazie di essere venuta» le dissi. «Sai sempre come stupirmi, tu.»

Ballava a un braccio da me, il volto nascosto da una maschera antigas, ma riconoscevo benissimo la curva delle tette trattenute a malapena dal top da atletica, il ventre piatto, coperto di goccioline di sudore che imploravano d'essere leccate via, le belle gambe che giostravano a orologeria sotto i calzoncini traslucidi da boxe thailandese.

«Dove hai lasciato il cappello con le piume di pavone?» andai a domandarle, e lei mi carezzò il volto, poi mi respinse dolcemente. Voleva che la guardassi ballare.

Saliva tutto quello che doveva salire, fra aurore boreali e scalinate sospese in cielo. Da dietro la sua maschera, Ester m'implorava che la guardassi; il mio peggiore amico se n'era accorto, e non ci trovava niente da ridire.

«Non è una benedizione?» mi gridò all'orecchio, finalmente rasserenato. «Non dovrebbe essere sempre così?»

«Sarà sempre così!» gli promisi.

Ballava dondolando la testa, ora; mi sorrideva a tutti denti, e con le mani sollevate all'altezza delle orecchie eseguiva in stereo i suoi sfregamenti d'indice e anulare. Ricordatene sempre, cico.

Avrei voluto ringraziarlo di tutto. Mi aveva mostrato la strada quand'ero soltanto un pulcino delle medie; aveva accettato il ruolo di facilitatore nella favola, e adesso era felice per Ester e per me.

«Io...» mormorai mentre gli gettavo le braccia al collo. «Non l'ho mai conosciuto uno come te... Sei davvero un gentiluomo, Raul.»

Si schermì, mimò un inchino da cinese, quindi allargò i gomiti e prese a saltellare sul posto, come se l'impiantito del magazzino fosse all'improvviso diventato di gomma, e lui un cartone animato. Si cavò di tasca un piccolo oggetto argenteo, e quando se lo piazzò fra le labbra mi resi conto ch'era un fischietto da arbitro.

Non voleva farmi pesare che stava lì a reggere il moccolo, così si teneva occupato: faceva la sua ginnastica, socializzava con altri, mi lasciava campo libero.

Ester, sotto la sua maschera antigas, carezzava a uno a uno gli accordi di Roland, come fossero cuccioli ai quali non voleva far mancare il proprio affetto.

Era la ragazza più dolce e gentile del mondo. Aveva capito quanto ci tenevo. E guarda se non aveva indovinato a perfezione il tono della festa!

Mi beavo del suo stile mentre dal cielo color indaco cominciava a cadere un vago nevischio; la Bianca signora scendeva a graziare la pianura, e la principessa tahitiana roteava il bacino sul ritmo che accelerava, screziato dai campionamenti doo wop. Aveva capito tutto dall'inizio, lei. Finalmente, a un free party, avevo capito che lei aveva capito. E lei, naturalmente, l'aveva capito subito.

«Vado a prendere dell'acqua» mi gridò un ragazzo mai visto. Aveva gli occhi del bassista Alex, la frangia asimmetrica di Nixon e l'orecchio ricucito alla meno peggio identico a quello di Pepe Fabiani.

«Bene!» lo incoraggiai.

«Tu non hai sete?» mi sorrise l'ircocervo, e fradicio com'era tentò di abbracciarmi.

Mi feci indietro, e quello mi guardò disperato.

«Come mi chiamo?» volle sapere.

Aveva perso il suo nome, un destino orribile, a ben pensarci. «Mi dispiace» assicurai, poi mi dissi che potevo aiutarlo. Ne conoscevo tanti, e lui se ne sarebbe fatto andare bene uno qualsiasi. «Aribò» gli dissi. «È così che ti chiami.»

Quello si toccò la tempia, e mi guardò con gli occhi che ridevano. «Aribò» ripeté. Gli andava a genio, e si allontanò gridando a gran voce il suo nuovo nome.

Ester non si era persa una mossa, e mi sorrise da sotto la maschera.

«Ogni tanto bisogna aiutarla, la gente» spiegai, e lei annuì. Lo sapeva da sempre, e quando tese il braccio avanti a sé, socchiudendo lentamente la mano col palmo verso l'alto, compresi che aveva qualcosa per me.

Era una pastiglia bianca e romboidale dagli angoli smussati, e un solco netto la separava in due parti.

Avrei voluto dividerla con la ragazza che amavo, ma la maschera le impediva di portarla alla bocca. La guardai pieno di pena, ma i suoi occhi mi sorrisero da dietro i visori ovali. Non le dispiaceva. Voleva proprio regalarla a me.

Mi scioglievo e solidificavo, sublimavo e mi facevo gas, ma quei cambi di stato non mi facevano paura, ché lei era sempre al mio fianco; nei brevi iati in cui tornavo uomo, la divertivo con la mia Stakanov dance, mimando i colpi di piccone vibrati nel cuore delle gallerie, con le mosse da ninja e il passo a marionetta di Totò.

Solo il riecheggiare profondissimo delle percussioni tribali mi suggerì che non era più tempo di commedie. Ormai la nostra generazione s'era messa in marcia, e non avremmo avuto tregua sino alla vittoria.

L'ircocervo danzava al rallentatore, gli occhi ribaltati e bianchi come l'Uomo Ragno. Al suo fianco, un ragazzo si era lasciato andare nella neve. Non lo sapeva che presto avrebbe provato un gran sonno, e l'abbraccio del gelo l'avrebbe inchiodato lì per sempre?

"Ghe riverèm a baita, sergentmagiù?" mi parve domandasse una voce lontana.

Soffrivamo, adesso, per non restare indietro.

Ester combatteva come una leonessa. Si dava da fare a ginocchia alte e carezzava il pavimento con le suole, pervasa da una febbre misteriosa che la costringeva a scuotersi.

Me lo spiegava il morse delle sue dita, cosa le era successo: odiava il freddo, lei ch'era cresciuta ai tropici, e non restava che ballare.

Percussioni preistoriche ritmavano la notte, promettevano la salvezza, e lei soffriva e godeva insieme. Ero io che l'avevo convinta a venire. Come minimo dovevo mostrarle che apprezzavo il suo sforzo.

Mi inginocchiai ai suoi piedi, le mani aperte per invitarla a lasciarsi cingere il bacino. Me lo consentì. Posò le mani sulla mia testa, e intanto mi guardava dall'alto attraverso gli ovali della maschera antigas.

Le goccioline di sudore che scendevano lungo il suo ventre scintillavano dolorose di fronte ai miei occhi. Erano il segno della sua fatica. Presi devoto a leccarle via.

La prima cosa che mi colpì fu la direzione da cui proveniva la luce: non ero nel mio letto.

Poi intuii la presenza di lei. Mi dava le spalle, nuda dalla vita in su sotto il lenzuolo sporco di cenere. Controllai d'istinto: ero nudo anch'io.

Il mio sguardo vagò speranzoso alla ricerca di qualche linea nota. Non trovavo il planisfero affrescato sullo spiovente del tetto, né l'occhio quadrato del velux. Niente. Il soffitto era parallelo al pavimento in maniera sconsolante, e a parte la maschera antigas che pendeva dal gancio dell'appendiabiti, non c'era nulla in quella stanza che appartenesse a Ester.

Librerie in legno chiaro, poster di spirali psichedeliche appesi alle pareti, supporti per l'incenso sul comò economico... Coño y mierda! Dove cazzo ero finito?

Tornai a guardare la ragazza che mi dormiva accanto. Quella schiena bianchissima, coperta da una impalpabile peluria bionda e fitta di nei, io non l'avevo mai vista prima.

Cos'avevo fatto? Ero riuscito a fare qualcosa? E nel caso, avevo usato le mie precauzioni, Dio ce ne esca salvi?

Avevo un bisogno fottuto di vederla in faccia, adesso. O di fuggire. Scivolai fuori dal letto ed esultai nel riconoscere sopra il cadavere dei miei calzoni i bordi zigrinati d'una busta metallica. Almeno avevo usato il preservativo.

Quando la porta della stanza ruotò sui cardini per aprirsi verso l'interno, non feci neppure in tempo a gridare.

Ero nudo nel letto d'una sconosciuta, e il mio peggiore amico mi fissava con aria arruffata, l'indice in verticale davanti al naso.

«Le domande dopo» sussurrò, aggiustandosi il giaccone sulle spalle. «Io vado a fare colazione. Se vuoi venire anche tu, muoviti.»

Coño y mierda! Ricordavo tutto, ora. Compreso quel che avrei preferito non ricordare. A un certo punto c'era anche lui, nel letto della ragazza.

«'Spetta!» implorai, e planai a raccogliere le mie cose col cuore in gola. Se quella si fosse svegliata, sai quante domande? Meglio trasportare tutto in corridoio e vestirsi lì, sotto lo sguardo divertito del demonio, complici e già pronti alla fuga.

## 33

## Voler bene alle persone

«Non è la mamma, questa!» strillò zia Paola fuori di sé. «Non è così, lei!»

Mi si gettò addosso piangendo, come volesse trascinarmi lontano dalla bara, e dovette intervenire Aldo per ridurla alla calma.

«Su» le diceva abbracciandola. «Hai ragione, Paoletta. Non è lei», e coprendo di baci la sorella aggiunse con voce stridula d'angoscia: «Adesso è in un posto più bello, la nostra mammina.»

Nonna Sandra, o la statua di cera di nonna Sandra, giaceva a occhi chiusi, le mani intrecciate sul ventre, nella cassa dall'imbottitura in velluto ancora aperta.

L'avevo guardata a lungo, la matriarca, la signora della casa che avevo amato più della mia, ma non avevo ancora trovato il coraggio di farle una carezza.

Anche i miei cugini Ettore e Valeria si tenevano a distanza, lui scuro in volto e lei in lacrime sottobraccio alla madre. Mamma, invece, non lasciava la bara d'un passo; sostenuta dall'usurpa Pozzi, guardava Nonna in viso e le parlava come se lei potesse ancora sentirla.

Ianez, sul fianco opposto della cassa, annuiva con aria grave alle parole che zio Camillo gli sussurrava all'orecchio. L'aria di Milano l'aveva sciupato: la sagoma appesantita come quella del fratello, i capelli ormai grigi e la barba lo facevano apparire più vecchio della sua età. Era davvero lui, lo zio che mi aveva fatto sognare un'esistenza straordinaria?

Al suo fianco il cugino Ernesto, a dispetto della camiciola a quadri e dei calzoni corti, si manteneva impettito come una guardia del picchetto d'onore. Era cresciuto un bel po', dal giorno in cui l'avevamo perso all'autogrill, e mi domandai se facesse ancora le elementari o fosse già alle medie. Le sue sorelle passavano tra i presenti per distribuire i santini con la foto di Nonna; li consegnavano ai vicini di casa, ai vecchi colleghi di Nonno, al po' di persone estranee alla famiglia che avevano voluto bene alla matriarca. C'era anche Athos, accompagnato dai genitori, e il Biondino, elegantissimo nel suo completo nero; erano i soli amici che avevo invitato, e mi faceva piacere vederli lì.

A un tratto nella camera ardente volarono sussurri che invitavano al silenzio.

Era arrivato don Gandolfi, l'aspersorio in mano come uno scettro. Fece cenno al chierichetto che lo accompagnava di scuotere il turibolo e, mormorata una formula delle sue, prese a far zampillare l'acqua santa.

Una goccia mi raggiunse sulla fronte, e solo in quel momento realizzai che Nonna sarebbe andata a finire nello stesso posto in cui era ormai da tanto tempo mio padre. Si sarebbero incontrati? O l'avevano già fatto, e ci guardavano da lassù, commentando i nostri gesti con la cordialità un po' ritratta che lega suocere e generi? Forse loro lo sapevano, quanto sarebbe stata lunga la mia avventura in quel mondo dove, alla fine, morivano tutti.

«Siate forti» si raccomandò il parroco mentre l'aria si riempiva d'incenso. «Ci vediamo in chiesa», e subito si fecero avanti i necrofori col coperchio del sarcofago.

«Dobbiamo chiuderla» fece presente con garbo il più anziano, compìto e assurdamente neutrale nel loro ruolo.

Allora Mamma e i suoi fratelli si strinsero intorno alla bara per salutare l'ultima volta nonna Sandra. Mi feci largo tra loro, e finalmente anch'io trovai il coraggio di sfiorare quelle mani rigide e fredde che tante volte mi avevano carezzato.

Camminavo su e giù per il cortile fra Aldo e Ianez, e visti da fuori dovevamo sembrare tre detenuti in ora d'aria.

Gli zii parlavano di vendere la casa in cui erano cresciuti, la stessa casa in cui io ero stato bambino, e l'ansia che ce ne veniva obbligava a muoversi, come se quei pensieri fossero troppo dolorosi per essere affrontati in posizione d'attesa.

Non ero pronto a separarmi da quel dedalo di stanze amiche, dai libri che mi avevano tenuto compagnia e dall'oleandro che, finalmente, svettava nell'orto come qualcosa di antico e imponente. Qualcuno si era preso la briga di ricavarne delle talee, così al tronco originario se ne affiancavano altri due, già belli frondosi, e le loro chiome ormai si carezzavano a vicenda. Rimpiansi di non aver seguito la crescita della mia pianta, la sua trasformazione in boschetto, e l'idea di dovermene staccare suonava come una beffa crudele.

«Vi ricordate quando abbiamo caricato tutto sulla vecchia Volvo?» domandò Aldo, poi cercò lo sguardo del fratello e aggiunse: «Il giorno in cui partivi per Milano.»

Ianez annuì con un sorriso amaro. Si ricordava davvero, di quando era ancora un ragazzo che girava il mondo e faceva sognare il nipotino coi suoi racconti? E di quando mi spediva i dischi comprati da Buscemi?

«Pensavo che mi sareste venuti a trovare, ogni tanto» considerò.

Erano passati anni, e non c'ero mai andato. All'inizio era il mio modo per fargli sapere che non l'avrebbe passata liscia, poi si era trasformata in un'abitudine. Come fumare l'erba. O amare Ester.

«Cosa vuoi» fece Aldo. «Io ho da lavorare fin sopra i capelli, e Tommy ormai ha la sua vita. Tu, piuttosto, potresti farti vedere più spesso. In fondo è questa, casa tua.»

Ianez sospirò. «Lo sapevo che andava a finire così» disse. «Dopo i quaranta, il tempo vola.» Con lui non era stato clemente: miope e imbolsito, sembrava avere perduto ogni entusiasmo. «Cosa combini con Alice?» domandò senza guardarmi. «Tientela cara, Tommy, invece di farla ammattire.»

«È lei che fa ammattire me» spiegai. «Ha dato tutto il potere all'usurpa. E casa mia non è un posto dove io voglia restare.» Considerai il suono di quel che avevo appena detto, valutai quei due uomini che avevano appena sepolto la loro madre e misi in chiaro: «Una volta finita la scuola, me ne voglio andare».

«A fare cosa?» domandò Aldo. «Spacciare?»

Così lei aveva raccontato tutto. E i suoi fratelli avevano già deciso da che parte stare.

«È capitato a tutti di fare delle cazzate, Tommy» sospirò Ianez. Mi guardò attraverso le lenti degli occhiali, poi volse subito lo sguardo avanti a sé come se lo imbarazzassi. «L'importante è capirlo e rimettersi in carreggiata.»

«Ragionavi così, una volta?» lo provocai.

«Quello che abbiamo fatto è quello che ci ha resi ciò che siamo» osservò. «L'uomo che ti parla in questo momento è anche il bambino che andava alle elementari col grembiule, il liceale innamorato, il giovanotto che girava l'Europa in autostop e non si decideva mai a laurearsi. È passato del tempo, ma loro sono ancora qui.»

Se era come diceva, non stavano tanto bene.

«È la vita di tutti» riprese Ianez. «Nessuno ringiovanisce, ma neppure s'invecchia così in fretta da dimenticare.»

Non era vero. Lui non si ricordava più quello che mi aveva promesso. I viaggi, le avventure, gli incontri da romanzo. Niente. Era finito a chiudersi in una redazione di Milano, e io me l'ero dovuta cavare da solo. Per questo adesso provavo una rabbia sorda nei suoi confronti.

«Lo sapevi che mio padre non c'era più!» trovai il coraggio di accusarlo. «Lo sapevi che mi lasciavi in braghe di tela!»

«Mi dispiace, Tommy» ammise. «Lo so che mi volevi bene.» Aveva usato il passato. Lo capiva anche lui che il tempo scorreva in una direzione sola. «Ho sbagliato. Ti ho lasciato scivolare via un giorno dopo l'altro. Ma a volersi bene bisogna essere in due» notò con aria scontenta. «Anche tu, cazzo!» sbottò. «Quanti dischi ti ho mandato? Quante volte ti ho invitato a Milano? E tu, quante volte hai risposto alle mie lettere?»

Neanche una.

«Dopo un po' ho smesso. Ho pensato che fosse meglio così, che forse avevi bisogno di non sentirmi per un po'.» Tornò a guardarmi agitando le mani come non gli ubbidissero fino in fondo, e sospirò: «Lo vedi? È così che si uccidono i sentimenti. Convincendosi non sono necessari».

Forse aveva ragione, e se adesso sentivo crescere dentro l'amarezza era perché mi rendevo conto della mia colpa. Non era stato Ianez ad abbandonarmi. Ci eravamo abbandonati a vicenda.

«La tua nonna è sempre stata fiera di te» riprese Aldo. «Forse fra tutti eri il suo nipote preferito. Di certo noi ti vogliamo un bene dell'anima. E adesso che la mamma non c'è più, spetta a noi tenere la famiglia unita.»

Di cosa banfava? Erano anni che per Natale non li si vedeva. Lui e sua moglie ci tenevano troppo alla casa di Ortisei per passare le feste con i parenti poveri.

«Lo sai che il fumo dà dipendenza?» se ne uscì, e mi tornò in mente il giorno in cui mi aveva portato allo stadio con suo figlio e dalla Reno era salita una zaffata dolciastra d'erba. «Vedi, fumare marijuana sembra una cosa da niente, ma agisce sui neurotrasmettitori. Sei ancora molto giovane, e ti stai devastando il cervello da solo.»

Cosa avrebbe detto, il fariseo, se gli avessi rivelato che avevo provato l'acido e l'ecstasy?

«Quanto spesso fumi?» indagò Ianez. «Solo nel weekend?»

Sì, proprio. Cominciavo il lunedì mattina alle sette e mezzo, io.

«Ti hanno mai beccato?» tornò alla carica. «La pula, dico.»

Lo guardai meravigliato, e risposi: «Mai».

«Ti è andata bene» considerò, «ma a nessuno può andare bene per sempre.» Diede un sospiro profondo e ammise: «Fumavo anch'io, da ragazzo».

Aldo lo guardò come se l'avesse colpito con uno schiaffo. «Ianez!» lo rimproverò, ma quello aveva deciso di parlare.

«So come funziona» insistette a spiegarsi. «Inizi a cederla a un amico per averne gratis, poi gli amici diventano tre, sette, dodici, e tu scopri quanto è bello potersi comprare qualcosa col ricavato.»

Eccolo che tornava. Allora lo sapeva anche lui, come ci si sentiva.

«È come camminare sul filo» riprese Ianez. «Se hai equilibrio puoi andare avanti un pezzo. Ma nessuno può vivere per sempre lassù.»

Aveva ragione. Ma io dovevo portare Ester a Londra.

«Se hai bisogno di soldi, io un lavoretto onesto te lo trovo» promise Aldo. «Prima però ti devi disintossicare.»

Disintossicare? Per chi mi aveva preso? Lo guardai risentito.

«C'è un mio amico che può aiutarti» promise. «Una specie di mago dell'agopuntura. È una tecnica poco invasiva, ma serve che il paziente ci metta del suo. Non basta ripulirsi. Serve un progetto.»

Mi trattava da drogato, adesso. Mi rivolsi a Ianez alla ricerca di soccorso.

«L'agopuntura è una buona idea» mi lasciò l'amaro in bocca. «Dicono faccia miracoli.» Mi allungò un colpetto di gomito e aggiunse: «Tentar non nuoce, Tommy».

«Riprenditi il tuo futuro!» m'incoraggiò Aldo, fasullo come un attore della Pubblicità Progresso, e si arrestò sotto la verticale del tinello. Era da lassù che nonna Sandra si affacciava per richiamarmi in casa al termine dei lunghi pomeriggi estivi, e vedrai che un tempo, quando la vita scorreva in bianco e nero, l'aveva fatto anche con loro. Nella buona stagione la finestra restava aperta in permanenza, e faceva impressione vederne l'orbita rettangolare accecata dalla saracinesca. Nell'indicarla, Aldo si sforzò di sorridere. «Devi cambiare vita, Tommaso» stabilì. «Se non vuoi farlo per tua madre, fallo per la nonna.»

Ester mi massaggiava le tempie inginocchiata alle mie spalle, e nella sua tana dal soffitto obliquo i vapori della ganja si mescolavano al chitarrismo visionario e struggente di Frusciante.

Cercai le parole per spiegarle che avevo capito: quel che era stato non poteva tornare. Potevi mettertici d'impegno, struggerti persino, ma non sarebbe servito a niente.

Il professor Shiba e nonna Sandra non sarebbero tornati su questa terra, Mamma e io avremmo continuato ad allontanarci, e i miei zii non erano più capaci di parlare una lingua che io potessi intendere

«A cosa serve, volere bene alle persone?» le domandai. «Se ne vanno tutti, alla fine.»

«È un momento difficile, povero Quinlan. Stai salendo una montagna, e il passo che ti porterà dall'altra parte è avvolto dalla nebbia.»

Sentivo che aveva ragione. Come sempre. Ma cosa voleva dire?

«Io non lo so, a cosa serve volere bene alle persone» sospirò.

«So che con qualcuno mi viene naturale, e credo sia una bella cosa. Ma amare una persona significa donarle tempo e attenzione, senza pretendere nulla.»

Mi parlava col cuore in mano, la ragazza che adoravo, e profumava d'agrumi e latte fresco.

«Non bisogna confondere l'amore col desiderio di avere qualcuno per sé. È un regalo, non uno scambio.»

«E se questo qualcuno non li vuole, i tuoi regali?» domandai con voce smorta.

«Magari li vorrà più avanti» disse, e mi parve di indovinare che stesse sorridendo. «Bisogna avere pazienza, con le persone. Non rivolgere loro degli inviti che sembrano degli ordini.»

Mi lasciava intravedere uno spiraglio di luce. E io, che prima le avevo giurato amore eterno e poi mi ero lasciato trascinare in una nottata assurda, mi sentivo una discreta schifezza.

«Ho fatto male a insistere» ammisi. «Ma quando camminiamo a braccetto, io sono l'uomo più felice del mondo. E non ci posso fare niente se sogno di poterti vedere anche la sera, e di ballare insieme a te.»

Adieu, Quinlan lo sgamato. È tornato Supersfighè, impacciato come un giocoliere alle prime armi che si perde per strada palline e clavette.

«Io, io, io» ripeté con aria di rimprovero, e smise con un sospiro di massaggiarmi. Sentii le sue mani sulle spalle, i suoi seni contro il dorso. Dovevo avere detto qualcosa di sbagliato, e un attimo dopo ce l'avevo di fronte, seria come non mi aspettavo. «Non mi hai nemmeno chiesto com'è andato il concerto, lo sai?»

«Hai ragione» gemetti. «Scusa.»

«Non lo dicevo per quello. È che fai davvero fatica a metterti nei panni degli altri.»

Forse aveva ragione. Risparmiavo per portarla a Londra, e neanche le avevo chiesto se le avrebbe fatto piacere oppure no.

«Sono un vero disastro» sospirai.

«Ma smettila!» mi ammonì. C'era qualcosa di sottinteso, nella sua ostilità improvvisa. Qualcosa che non riuscivo a decifrare. «L'importante è che tu ci sia andato, alla tua festa» notò, e per la prima volta quella ragazza abituata a parlare chiaro mi apparve ambigua. Il suo profumo lasciò il posto a una vibrazione minacciosa, e un dubbio terribile si affacciò sulla mia mente.

«Così hai fatto le tue esperienze insieme a quell'altro. Bibì e Bibò. Come ai vecchi tempi.»

Ma quale dubbio! Era la sigla d'inizio dell'apocalisse!

«Alla fine vi siete divertiti, mi pare» notò scura in volto.

Una mota collosa sembrava inchiodarmi al suolo; non c'erano più tappeto e cuscini, e sembrava svanita anche la musica buona. Raul mi aveva tradito.

«La penserai come lui, immagino» sospirò. «L'uomo è poligamo per natura, no?»

Le sabbie mobili erano pronte a inghiottirmi, schiacciato com'ero sotto il peso della vergogna.

«Animo, Quinlan» mi fece. «Raccontami. È stato divertente?»

# 34
# La Corriera della morte

Il torpedone color crema viaggiava lungo la prima corsia sul filo dei cento all'ora.

Nessuno dei guidatori che lo superavano avrebbe indovinato che a bordo di quel mezzo, dismesso anni prima dalla flotta di un'autolinea, erano radunati i cinquanta peggiori elementi di Bologna city.

Noi della Nuova Guardia li seguivamo verso Tiberia a bordo del Ducato che Cotenna aveva preso in prestito a suo zio. L'abitacolo era invaso dalla nebbia ammoniacata di albanese e dalla musica orrenda: in tutto il mondo civile risuonava *Smells like teen spirit,* ma al Norcino pareva adeguato viaggiare verso la sfida di Coppa Italia sull'onda sintetica e melensa della disco commerciale.

«Siamo in ottantuno» annunciò con certezza. «Contati prima al parcheggio.» Distolse lo sguardo dal nastro d'asfalto e annunciò: «Se gli Etruschi si fanno trovare all'appuntamento, li ribaltiamo».

«Perché, c'è un appuntamento?» domandò Selva, sbriciolando nel palmo una supposta di charas.

«Sono stati avvertiti che arriva la Corriera della morte» replicò il guidatore, accennando al torpedone che ci precedeva. «Così che non abbiano scuse.»

Il bagagliaio conteneva il nostro piccolo arsenale: sotto un asciugamano da spiaggia erano impilate cassette da frutta colme di torce e spranghe accatastate. Le zampe d'un paio di sedie metalliche prese in prestito al Capanno avevano fornito degli adatti cilindri lunghi mezzo braccio; li avevamo riempiti di ghiaia per dar loro il giusto peso, quindi Cotenna ne aveva tappato l'estremità con la fiamma ossidrica.

«Meglio entrare in città già pronti» osservò Athos. «Se li troviamo lì, non ci lasceranno il tempo di prepararci.»

«Noi faremo esattamente quel che faranno loro» lo corresse Cotenna con un cenno al pullman che ci precedeva. «Fidati che i ragazzi sanno come muoversi.»

Raul l'avevo visto di sfuggita alla partenza, un'ombra snella e tardiva, curva nella luce dell'alba a pippare coca insieme a Zagor sullo specchietto estirpato da una Panda. Per quanto mi riguardava, potevamo ignorarci.

Appena facemmo sosta all'autogrill, invece, mi venne subito incontro tutto sorridente, le pupille spiritate e la barba sfatta. Portava una giacca militare in cordura color ghiaccio; il taschino sulla sinistra del petto era gonfio sino all'inverosimile, mentre da quello opposto sporgeva un lembo lucido del mephisto.

«Lo sapevo, cico» mi disse allegro, «che prima o poi si tornava in gita insieme.»

Accennai gelido alla Corriera della morte in sosta dietro i distributori, e ricordai: «L'ultima volta che ti ho visto su un pullman era a Spoleto».

«È un buon mezzo» valutò. «Anonimo al punto giusto.»

Mi sorrideva, stringendomi la spalla come si aspettasse che gli raccontassi qualcosa.

Non sapevo come dirglielo, ma la sua impeccabile faccia di bronzo era deturpata da una grottesca striscia di muco che insisteva a fare capolino dalla narice.

Per qualche motivo, mi fece pensare a quando Ester mi aveva raccontato delle anatre dalle piume nere e della loro incapacità di perdonare. Mi aveva fatto male apposta, il giovane diavolo; non volevo vendetta, ma ormai avevo deciso che per lui non ci sarebbe più stato posto nella mia vita, e non sarei più tornato indietro.

«È stata una bella bastardata, raccontare a Ester del free party» lo accusai. «Non so come fai a venire qui a fare l'amico.»

«Dio santo!» sospirò, come rivangassi un torto ormai perso nelle nebbie del passato. «Io sono tuo amico, Tommy! Siamo innamorati della stessa ragazza, tutto qui! Vuoi anche che ti spiani la strada?»

La sua capacità di mandare gambe all'aria il tavolo dei ragionamenti era allucinante. Eravamo innamorati della stessa ragazza. Tutto qui, no?

Scemo io che pensavo di poterci parlare come a una persona normale.

Gettò uno sguardo pieno d'allarme al profilo del Ducato, e annunciò: «Oggi c'è mossa. Se non sai come muoverti, stammi di fianco».

Come no. Mi ci sarei affidato a occhi chiusi, a un figlio di puttana del genere.

Partì con battimano ritmato, lo sguardo pieno d'una luce allegra, e domandò: «Te la ricordi ancora?».

Lo guardai senza capire, così intonò: «If the kids... are united... they will never... be divided!».

Tentò di coinvolgermi in un pogo al rallentatore sotto gli sguardi indulgenti dei luogotenenti che sciamavano verso l'autogrill a caccia di cibo e bevande.

«Si paga fino all'ultimo pacchetto di Ziguli!» intimò il persiano Amir, elegantissimo nella sua giacca da pilota anni Trenta. «Siamo mica dei subumani che devono rubare, noi!»

Raul, sollecito come un buon padrone di casa, lo fermò per presentarmelo, poi mi fece conoscere gli altri luogotenenti dei quali era amico, l'elegantone Milton e quel Danko che una sera voleva uccidermi.

«Tombola!» esclamò il lottatore Zagor appena mi vide insieme a lui. «Anche tu qui, Bunny?»

«Bunny?» si meravigliò Raul.

«Lo conosco da quando si faceva le seghe su Postalmarket, questo qui!» ribadì Zagor. Mi scosse per le spalle con una forma ruvida d'affetto, poi guardò Raul con un sorriso sospettoso. «Ma certo!» esclamò all'improvviso. «Siete stati voi due, a farcire il frocio di spuma per capelli!»

I meriti di gioventù, prima o poi, finivano per essere ricordati.

«Noi e loro!» Raul volle condividere la gloria con Athos e

Selva, che arrivavano al piccolo trotto. «Abbiamo il quartetto al completo, quest'oggi!»

«Ti ricordi, Zagor, quando ci avete regalato il primo caccolo di libanese?» lo stuzzicò il Mezzosangue.

«Io non vi ho regalato un bel niente!» precisò il lottatore. «Eravate solo dei dannati impiastri», ma si vedeva che non gli dispiaceva trovarci lì.

Cotenna, escluso dalle rievocazioni, pareva indispettito.

«Oi, Zagor» provò ad attirare l'attenzione. «Nel mercatino di "Supertifo" ho beccato un napoli che fa le torce a due sacchi! E il bello è che consegna direttamente in città. Ha un cugino gommista a San Lazzaro, e scarica da lui tutte le settimane!»

«Due sacchi è un prezzo stracciato» convenne il lottatore. «Sicuro che si accendano, Norcino?»

Il figlio del macellaio s'incupì. «Son mica scemo» mise in chiaro. «Ne ho volute provare un paio, prima di tirare fuori la fresca. E si accendono benissimo.»

«Saranno di quei pacchi cinesi che finiscono subito» ventilò, scettico, l'altro.

«Made in Italy! E durano eccome!» s'intestardì Cotenna. «È dei Quartieri spagnoli, il tipo» aggiunse, ormai padrone della scena. «E tratta anche fuochi d'artificio navali.»

Mentre il figlio del macellaio sciorinava i prezzi di traccianti e fontane impiegati sui transatlantici, Raul l'osservava incuriosito, quasi volesse decifrarne la natura.

«Cazzo fate lì fuori, ciurma di bastardi?» troncò la discussione Iago, affacciandosi dall'autogrill. «Fra dieci minuti si salpa!» Si calò il passamontagna in volto sotto gli occhi sbigottiti della gente di passaggio, ed esplose in una risata guasta. «Allegri, figli di puttana! Andiamo a spaccare tutto come ai bei tempi!»

Ora che il più della strada era alle spalle, nell'abitacolo del Ducato era scesa una tensione carica di presagi, come se ognuno fosse occupato a interrogare la propria sorte.

Ci saremmo trovati di fronte agli Etruschi già schierati con le sciarpe giallonere davanti al volto, o saremmo avanzati in corteo nel loro territorio? E gli ussari si sarebbero fatti vedere per scongiurare la fiesta, o avrebbero lasciato che la battaglia infuriasse senza interferire?

«Le torce che non si accendono!» esclamò Cotenna all'improvviso. «Ci hanno presi per bambocci!» Diede una risatina indignata e spiegò: «La Nuova Guardia avrà addosso gli occhi di tutti, oggi. Dobbiamo muoverci bene».

«Io dico che gli Etruschi si fanno trovare» sospirò il Biondino. Mise su un'aria concentrata e proclamò: «Pietà l'è morta! Mazza ferrata nella destra, spray nella sinistra e sotto a chi tocca!»

«Occhio, fratellini, ché a Tiberia non si scherza» si raccomandò l'Assiro con la sua voce indolente.

«Sono gente all'antica» ammise il figlio del macellaio. «Manco parlano italiano, e scopano fra cugini come nulla fosse. Per questo hanno tutti la stessa faccia.» L'orrore allignava fra i sedili, ma lo vidi strizzare gli occhi nello specchietto, concentrato alla ricerca d'un argomento decisivo. «Ammazzano ancora i maiali alla vecchia maniera» annunciò, «con il secchio sotto la gola per raccogliere il sangue. Roba che da noi arriva l'ufficio d'igiene in zero secondi.»

«L'anno scorso hanno tirato un colpo di forcone in pancia al capo degli Indians» aggiunse l'Assiro con la sua voce indolente.

Era uno scherzo, vero? Cose del genere potevano accadere ai tempi di Attilio Regolo, o nel corso delle rivolte medievali.

«Un forcone?» domandò incredulo Stramenghi.

«L'ho sentita anch'io» spense ogni speranza il Mezzosangue. «Prima l'hanno infilzato, poi l'hanno caricato su una carriola e l'hanno buttato giù per le scalette della città vecchia.»

Cosa ne pensava Raul, mentre viaggiava strafatto cento metri avanti a noi? Erano il nostro doppio, quei feroci bifolchi? La nostra immagine allo specchio? O non piuttosto i fantasmi di un'epoca buia decisi a ghermirci e portarci lontano dall'avvenire?

«Quaranta chilometri» annunciò Cotenna. «Mezz'ora, e siamo in quella città di froci medievali.»

Nell'abitacolo scese un gran silenzio

Presi in automatico a preparare un altro cigarro. Finché nessuno ci prendeva a colpi di forcone in pancia, meglio profittarne.

All'uscita prescelta per spiazzare i controlli non si vide neppure una miserabile pattuglia dei vigili urbani. Via libera. Mentre traversavamo la zona industriale, a bordo fiorivano i preparativi.

Volevo essere preciso e non farmi prendere dall'ansia.

Sistemai la sciarpa sulla bocca come un monatto, inforcai i Ray-Ban d'imitazione e sollevai il cappuccio sulla testa, quindi calzai con cura i vecchi guanti imbottiti della Uhlsport. Il loro palmo zigrinato era progettato per mantenere la presa, e Selva mi guardava ammirato mentre soppesavo la spranga.

«Ci avevo pensato anch'io, ai guanti» rivelò con voce sottile. «Poi me li sono dimenticati a casa.»

Athos, senza una parola, infilò sulla destra il tirapugni.

Dallo stereo di bordo, adesso, imperversavano i coretti suadenti e paraculi di Vanilla Ice.

«Giusto per informazione» annunciò Cotenna. «Se qualcuno di quegli stronzi si avvicina allo striscione, lo apro.»

«Hai lo stocco?» domandò Athos contrariato. «Si era detto niente lame.»

Il Norcino staccò gli occhi dalla Corriera della morte che risaliva avanti a noi la strada panoramica che portava alla città vecchia. Cercò lo sguardo del Mezzosangue nello specchietto e domandò: «Dici che gli scopasorelle non ce le hanno?».

Si piegò in avanti per raccogliere qualcosa da sotto il sedile. Il Biondino gli sedeva accanto, e fu il primo a vedere.

«Merda!» imprecò. «Che cazzo è, un machete?»

«Si chiama mannaia» precisò Cotenna. Sull'impugnatura in legno che stringeva in verticale era innestata una lama a trapezio che pareva la testa d'una scure; solo il foro che la passava da parte a parte mi suggerì che doveva essere un attrezzo del padre. «Ci si aprono i quarti di bue» spiegò compiaciuto.

«Io dico che ti stanno lontani» presagì l'Assiro.

«Così lo striscione è al sicuro» assicurò il Principe della maraglia.

Perfetto. Aveva la mannaia, lui. Ma mica si poteva scendere. Cosa facevo, l'obiezione di coscienza? Davo l'addio alla reputazione, agli affari, alla vita?

«Non fare il matto, Cotenna!» protestò Athos mentre quello

riponeva l'arma sulla pedana. «È troppo! Va a finire che combini un casino e ci andiamo di mezzo tutti!»

C'eravamo già, in mezzo.

«La fai sempre drammatica, Carboni» osservò infastidito Cotenna. «Oggi c'è rumba, lo dicono tutti. E noi non possiamo rischiare di farci fottere la pezza. Che figura ci facciamo, altrimenti?»

«Se è per lo striscione, ha il suo senso» osservò l'Assiro.

«Striscione perso uguale gruppo sciolto!» si accalorò il Norcino. «C'è la bandiera degli inglesi, cucita lì dentro. C'è tutta la nostra storia!»

Cosa potevo fare?

Chiedevo a quel matto di accostare? Mi facevo scaricare lungo la panoramica alle dieci del mattino, già bardato per la rumba, e raccoglievo info per raggiungere a piedi la stazione?

«Usa la testa, però» sospirò Athos. «Quella è un'arma da guerra.»

«Maneggio 'sti gingilli da quando vado all'asilo» sbuffò Cotenna. Poi tornò a cercare gli occhi del Mezzosangue nello specchietto e domandò: «Tu, piuttosto. Mai pensato a portare una bella ascia da pompiere?».

Il Ducato scivolava sul selciato che portava all'antica porta della città. Dalla nicchia che si apriva sopra l'arco, un papa ci guardò severo. C'era da capirlo. Gli erano appena sfilati sotto il naso di marmo i Wild Boys, muti e già pronti all'attacco.

La Corriera della morte svoltò a fatica fra due palazzi in tufo e sbucò su una piazza selciata al limitare della zona chiusa al traffico. Vidi una chiesa antica, il fioraio, il panettiere e l'edicola anni Sessanta che vendeva il "Corriere d'Etruria".

«Ci siamo, ragazzi!» annunciò Cotenna manovrando dietro il torpedone. «Eccoci a casa loro!»

Intercettai gli sguardi allarmati di una coppia che passeggiava mano nelle mano, e mi sentii in colpa per il disturbo che andavamo a spargere nelle vite degli altri. I due si allontanarono di buon passo, ma potevano stare tranquilli. Non era la gente come loro che cercavamo.

Il generalissimo Iago balzò a terra dal mezzo ancora in movimento, e dietro di lui scesero Danko, l'elegantone Milton e il persiano Amir col cappuccio da pilota sollevato sulla testa. Traversavano lo slargo, spalle alla chiesa, bilanciando manici di piccone come fossero bastoni da passeggio. Raul, il mephisto calato sul volto e le mani in tasca, camminava noncurante spalla a spalla con Zagor e la Crazy; era la molecola d'un'orda silenziosa e malintenzionata, indifferente alla risacca dei cittadini che cercavano riparo come fossero apparsi degli appestati.

«Giù tutti!» ordinò Cotenna arrestando il Ducato, e in quel silenzio irreale scapparono anche i due fidanzatini. «Andiamo a fare la nostra parte!»

La Corriera della morte continuava a vomitare gente, ma i primi erano ormai a due passi da un bar dalle tende gialle, e già si vedevano volare i primi tavolini.

Il tuono futurista d'una bomba-carta certificò l'emergenza: quell'angolo pacifico di provincia italiana era prossimo ad essere devastato.

«Geronimo!» gridò Selva facendo scorrere il sipario dello sportello. «Vi ammazziamo tutti, charlie di merda!» Sventagliava al cielo la sua spranga, lo spray nella sinistra, e appena gli fummo accanto Athos e io si lanciò a grandi balzi nelle peste del Nucleo.

Ora tutti urlavano, e forse urlavo anch'io mentre correvo verso l'obiettivo aggrappato alla mia spranga, monaco fra i monaci, pronto alla metamorfosi in robot d'acciaio.

I primi erano già dentro il bar a sventagliare le mazze, e gli altri si accalcavano verso l'ingresso, bocca troppo piccola per inghiottirli più d'un paio alla volta.

La Crazy, intanto, guidava un gruppetto d'intraprendenti che s'era impadronito d'un bidone della spazzatura e lo trascinava per impiegarlo come ariete contro l'uscita di sicurezza.

Mentre spingevamo per entrare anche noi, risuonò il boato d'un'altra bomba. Non riuscivo a capire se a far crollare una dopo l'altra le vetrine del locale fossero le esplosioni o i colpi sferrati dall'interno.

Entrai fra gli ultimi, quand'ormai era tutto finito e all'interno andava in scena il saccheggio.

I ragazzi che all'autogrill s'erano comportati da milord ora s'abbandonavano alla frenesia della vittoria: ottusi come i minatori di Ceausescu, insistevano a percuotere la cimbali, sradicare il televisore dal muro, radere al suolo il locale.

Quell'escursione fra i cocci di bottiglia e i tavolini gambe all'aria somigliava a uno spettacolo dell'assurdo o all'ora d'aria di un manicomio. Nel viavai di gente su di giri, una discreta pattuglia s'era infilata dietro il bancone, Milton spogliava la vetrinetta di coppe e medaglie, altri si servivano di liquori a sbafo.

«Hanno lasciato la postazione sguarnita, i subumani» riferiva annoiato il persiano Amir di ritorno dal fondo del locale. «Roba da dilettanti allo sbaraglio.»

Laggiù, dove la calca era più fitta, erano radunati dei prigionieri alla mercé dei luogotenenti; i cinque o sei ragazzi che s'eran fatti sorprendere all'interno erano gettati uno addosso all'altro, quali seduti a terra con il terrore negli occhi e quali sdraiati fra sangue e vomito senza più scarpe, come in una fossa comune.

Pochi minuti prima erano seduti a leggere il giornale in attesa degli amici, poi sul loro ritrovo si era abbattuta senza preavviso la tempesta.

«Fermi lì, figli di una gran puttana!» reclamava il gigante Egisto Fontana impartendo manrovesci per tenere la pattuglia radunata. «E ringraziate che non vi tagliamo la gola!»

Uno dei dannati, un trentenne dai baffi sottili, piangeva senza vergogna, le mani sulla testa; gli occhi pesti e pieni di lacrime, mi guardava da sotto in su come mi volesse chiedere conto di qualcosa. Lo sapevo, vero, che mi sarei potuto trovare io al suo posto? Il cerchio si strinse, e non lo vidi più: Zagor, senza una parola, si tirò fuori l'uccello e cominciò a pisciare sui nemici.

«Oi, Tommy!» mi venne incontro Athos sfilando il tirapugni con aria allarmata. «Ce n'è uno messo male, di là.»

Lo seguii oltre l'ingresso dei bagni, fra ragazzi che coprivano i muri di scritte e altri che stracciavano con dedizione scimmiesca gli elenchi del telefono.

«Ci siamo messi avanti con un piccolo blitz!» strillava Iago nel ricevitore della cabina a muro. «Esattamente!» scoppiò a ridere. «E i quattro scemi che abbiamo trovato son da raccogliere col cucchiaino!»

In quell'apocalisse aveva trovato lo spirito d'inserire una moneta nella feritoia della gettoniera per chiamare qualche vecchio degli Etruschi, aggiornarlo dal cuore del disastro e sfidarlo a scendere in battaglia.

«Scusate il rumore, ma qui c'è un po' di disordine!» lo derise con la sua voce rauca. «Almeno allo stadio pensate di farvi vedere o no, branco di conigli?»

Il Mezzosangue mi fece largo in una saletta dalla porta scardinata; là dentro, una dozzina dei nostri erano intenti a demolire il biliardo, meticolosi e solidali come cacciatori preistorici sulla carcassa della preda: chi faceva a brani il tappeto verde, chi incideva graffiti con l'Opinel sul legno del tavolo, chi s'occupava di spezzare con metodo le stecche.

In quel caos, Athos m'indicò la sagoma d'un ragazzo allungata sotto una finestra dal telaio squinternato. Giaceva supino tra i frantumi di vetro, il braccio coperto di tagli ripiegato sul volto e l'altra mano sul ventre; era identico nella posa alla statuina del dormiglione che da piccolo piazzavo alla periferia del presepe.

Il ragazzo gemeva dimenticato in quello scenario di distruzione, i lunghi capelli sparsi intorno al capo come un'aureola. I cristalli formavano un tappeto da fachiro sotto di lui, scintillavano sulla sbrindellata maglietta gialla col nome del gruppo, ricoprivano il davanzale, come se il poveraccio si fosse lanciato dall'esterno attraverso la finestra chiusa.

Solo quando inquadrai la pozza che si espandeva sotto la sua schiena mi resi conto di quanto sangue stava perdendo.

«Bisogna chiamare un'ambulanza» mormorò Athos, e mi fissò con aria sgomenta: «Senza soccorsi, questo muore.»

L'unico telefono del locale era occupato dal Conducator, e gli altri sembravano inconsapevoli dell'emergenza, troppo occupati nella loro opera sistematica di demolizione.

«Aiuto!» gorgogliò il ragazzo steso, e un fiotto scuro gli scese dall'angolo della bocca. «Aiutami, mammina!»

«Gente!» mi trovai a gridare. «Ehi, gente!»

Mi risposero solo il lamento delle stecche spezzate e l'eco delle bestemmie.

Raul ci arrivò incontro con gli occhi fuori dalla testa e una palla da biliardo in ogni mano. «Cosa fate?» domandò irridente. «Del turismo?», e quando gli mostrammo il dormiglione sorrise della nostra sorpresa.

«Ha lasciato gli amici nella merda, il cuor di leone, e si è chiuso qui dentro» ci informò con aria grave, soppesando le palle colorate come fossero frutti dei quali voleva scoprire un'imperfezione. «Abbiamo dovuto buttare giù la porta, e stava provando a scappare dalla finestra, quando l'abbiamo preso.»

«Si è preso una coltella nella schiena» spiegò il Mezzosangue. «Ha bisogno d'aiuto.»

Alle spalle di Raul, i ragazzi s'erano messi d'impegno per ribaltare il tavolo, ma io riuscivo solo a guardare le sue mani.

«Chi è stato?» volli sapere, ma il suo sguardo di fuoco certificò che avevo pronunciato una domanda proibita. Nel posto in cui ci trovavamo, nessuno era in diritto di chiedere informazioni.

«Su, andiamo!» ordinò, mentre il biliardo s'inclinava a quarantacinque gradi come una nave prossima all'affondamento.

«Ha bisogno di aiuto!» andò al punto il Mezzosangue, coperto dallo schianto del tavolo che ricadeva sul fianco.

«Appunto, genio!» lo prese per il gomito Raul. «E prima ci leviamo di torno, prima quelli dell'ambulanza troveranno il coraggio di entrare.»

«Via tutti, ciurma di bastardi!» salì la voce di Iago. «Ci siamo rimasti fin troppo, qui dentro!» Il generalissimo s'era affacciato sulla stanza stringendo in pugno il ricevitore dal quale pendeva il filo strappato, e con l'altra mano indicava perentorio l'uscita. «Tutti in carrozza, si va allo stadio!»

Il lavorio dei demolitori si arrestò all'istante, e io filai con gli altri verso l'uscita, senza più guardare il ragazzo che implorava aiuto steso in una pozza di sangue.

Quando arrivammo sotto il Ducato, Cotenna era già seduto alla guida, come non fosse mai sceso di lì.

«Presto!» ordinò con gli occhi fuori dalla testa. «Teliamo, prima che mi prendano la targa!»

Avevamo aspettato gli Etruschi fino all'ultimo, ciondolando fuori dallo stadio con le Beck's in mano.

Per non allarmare la schiera di celerini che ormai ci avevano inquadrati, spranghe e manici di piccone erano rimasti sui mezzi posteggiati a cinquanta passi; l'idea era di lasciarli sottocoperta finché non si fossero mostrati i padroni di casa. Dopo quello che avevamo fatto in città, adesso toccava a loro. La contromossa, però, non era arrivata.

Così eravamo entrati dentro quel piccolo stadio che somigliava a un vecchio velodromo, e adesso che le squadre s'affacciavano in campo, Raul srotolava orgoglioso coi luogotenenti un rotolo di cotone sul quale era scritto a caratteri fasci: "Siamo tornati".

Chi era tornato? Gli spartani o i cro-magnon? I robot d'acciaio o i mostri che spuntavano da sotto terra?

«Su lo striscione, Nuova Guardia!» ci incoraggiò Cotenna, la sciarpa tirata su fino al naso.

Lo reggevamo a mano, il nostro gonfalone, fianco a fianco coi Wild Boys, e Stramenghi si beava: «Dài che ci fanno una bella foto per "Supertifo"».

Ai locali non restava che sfogarsi a voce. «Veltro infame, ti difendi con le lame» scandiva la Curva di casa, e da tutti i settori la gente ripeteva in coro quelle parole come un atto d'accusa.

«Perbenisti del cazzo!» salì di rimando la voce del mio peggiore amico. «A la guerre comme à la guerre!»

Avrei voluto domandargli se era compresa nelle regole del gioco l'eventualità di morire per una coltellata alla schiena. Ma ormai mi ero spinto troppo in là, dove non si potevano più fare domande. C'ero entrato anch'io, dentro quel bar. Non restava che mandare avanti lo spettacolo, resi muti dalla lealtà al gruppo.

Passavano di mano in mano le torce, adesso. Presi la mia, la liberai dal tappo in plastica che ne proteggeva la testa. Svitai anche il tappo inferiore; all'interno nascondeva un disco ruvido come la lista d'innesco d'un pacchetto di fiammiferi. Lo sfregai contro l'estremità opposta all'unisono con gli altri, e il nostro spicchio fu rischiarato dalla luce rossastra che zampillava contro il cielo. Ora noi e i luogotenenti non eravamo che un esercito di ombre sanguigne, indistinti nel mascheramento, uguali nel valore e nella colpa.

Gli Etruschi ci aspettavano all'uscita, sotto un cielo di nuvole che viaggiavano veloci. Erano schierati a semicerchio intorno al piazzale, più numerosi di quanto avrei mai potuto immaginare.

Gli anziani, i passamontagna metà gialli e metà neri, venivano avanti brandendo a due mani tubi da cantiere, e le seconde linee li scavalcavano con i lanci di torce e bombe-carta.

Il plotone degli ussari, incalzato dalla marea degli ausiliari adolescenti con una pioggia di sampietrini, sgombrava il campo per mettersi al sicuro dietro i blindati. Non ne volevano sapere di restarci in mezzo

«Madonna di Montevergine!» esclamò Athos, mentre ali di scooter incrociavano tra le linee come carri da guerra, un ragazzo alla guida e l'altro dietro a tirare di fionda. «Le mazze sono sul Ducato!»

Era tutto lassù, persino i guanti della Uhlsport, ma ormai ci avevano tagliati fuori.

«Ma la pula è sparita?» si lamentò il Biondino mentre Ginko si accasciava con le mani sul volto. «Questi ci ammazzano!»

Era quel tipo di emozione che andavo cercando da quando avevo visto per la prima volta la Curva in azione. Adesso ce l'avevo tutta per me, senza sconti, e mi toccava sopportarla senza farmi scoppiare il cuore.

Gli astati in passamontagna erano a cinquanta passi. A quaranta. Uomini tozzi e decisi, non ragazzi come quelli trovati al bar.

«A testuggine, ciurma di bastardi!» gridò Iago, il passamontagna calato fino alle sopracciglia e un fazzoletto nero a cancellare i lineamenti. Era lui che ci teneva insieme. Lui che rinserrava la prima fila e si prendeva la responsabilità di portarci a casa vivi. «Spalla contro spalla, e pronti all'urto!»

Istupidito dal terrore, feci come gli altri, mi aggiustai la sciarpa in volto e sfilai la cinghia. Ero nel cuore dello schieramento, stretto fra il Mezzosangue e Selva che tremava come un uccellino, e non sarebbe venuto a salvarci nessuno. Se volevamo tornare a casa vivi, dovevamo restare uniti e aprirci la strada verso i mezzi.

Gli astati rallentavano. Magari le seconde linee ci tiravano qualcos'altro, e poi scappavano tutti insieme, liberissimi di credere di aver pareggiato il conto.

«Wild Boys!» scandì la voce del generalissimo.

«Wild Boys! Wild Boys!» gli fecero eco in dieci, venti, cinquanta.

Era come se quel coro diradasse la nebbia che ci intorpidiva, e quando la testuggine si mise in moto con un sussulto, per poco non finii travolto da quelli dietro. Altroché resistere! Avanzavamo!

«Nessuno esca dai ranghi finché non lo dico io!» ordinò la voce del generalissimo, nitida e roca nell'aria carica d'elettricità. «Il primo che scappa fa il viaggio legato dietro alla Corriera!» minacciò. «Ricordatevi di Abba Melèk!»

Poche sillabe nell'imminenza del contatto, registrate in automatico mentre tutti i sensi erano vigili a intercettare i movimenti del nemico, le traiettorie di sassi, lattine e biglie di ferro che infittivano man mano che avanzavamo.

Qualcuno dei nostri andò giù, ma gli altri non s'arrestavano; scorrevamo intorno ai feriti, li inglobavamo come un fiume che tracima lento e ce li lasciavamo indietro.

Erano gli astati in passamontagna, adesso, a retrocedere a braccia larghe; bilanciavano i tubi da cantiere a delimitare il loro spazio, urlavano per mostrare che non avevano paura, ma ormai avevano perso l'impeto.

Erano così vicini, ormai, che potevi distinguerne il colore degli occhi e la qualità della voce che gridava insulti arcaici ai forestieri: bragalisse, smerdacamicia, cacarelli.

«All'arma bianca!» comandò Iago, e lasciò andare una risata soddisfatta, come chi cala l'asso di briscola.

Adesso intorno a noi fiorivano le lame snelle degli Opinel e quelle triangolari dei pugnali da tasca, le zanne ignoranti dei Gerber e gli steli acuminati dei farfallini a scatto.

Avevo solo la cinghia, io, sentivo le gambe molli e provavo un gran bruciore allo stomaco.

«Statemi vicini!» implorò Cotenna, bianco come un cencio. Cercava di infilare lo striscione, ripiegato alla meno peggio, sotto il giubbotto, ma per quanto si sforzasse di ridurlo quello non c'entrava. «Non possiamo farcelo fregare!»

«Dov'è la mannaia?» gridò l'Assiro. «Ora sì che ci serve!»
«Persa!» rispose Cotenna. «Non c'è più.»
«Carica!» ordinò il Conducator. «All'assalto, fratelli!»
La testuggine si scompaginò in un batter di ciglia; Iago e i luogotenenti si scagliarono addosso alla prima linea, mentre noialtri ci aprimmo a falange dietro di loro per controllare le ali.
Ci venivano incontro strillando i frombolieri e la marea dei giovani in giallonero; i più arditi si lanciarono a testa bassa verso il corpo a corpo.
Nell'impeto della carica, vidi Athos che si lanciava a gamba tesa verso uno degli astati, fintava come avesse il pallone fra i piedi per evitare il suo fendente, lo centrava alle ginocchia, lo spediva ventre a terra.
Corsi da quella parte e scaricai una fibbiata a tutto braccio sul passamontagna dell'uomo. Quello fece per ripararsi con le mani larghe e pelose che somigliavano a quelle del cameriere Villiam. Caricai il colpo e gli piazzai un'altra frustata in testa, mentre il Mezzosangue gli levava il respiro con un calcio nelle costole. Un attimo dopo si tuffò a raccogliere il tubo rotolato via dalle mani dell'uomo e si lanciò avanti spazzando l'aria con la sua preda di guerra. Come vide un SH bianco che tagliava il piazzale nella sua direzione, caricò il colpo e, all'ultimo, vibrò un fendente pauroso sullo scudo. Lo scooter, centrato in pieno, s'imbarcò a terra e i due ragazzi rovinarono gambe all'aria.
«Sotto a chi tocca!» gridò il Mezzosangue, su di giri come da piccolo quando minacciava "ti struppèo", e si lanciò nel cuore della mischia.
Ero rimasto solo in mezzo a quella bolgia con l'uomo mascherato. Ansimava puntellandosi sui gomiti e sembrava studiare le imperfezioni dell'asfalto da un palmo di distanza; una macchia scura gli sporcava il passamontagna all'altezza della tempia, e io non avevo più voglia di colpirlo.
«Vattene!» tentai di stipulare una pace separata. «Alzati e vai via!»
Quanti anni aveva? Trenta? Quaranta? Be', le aveva prese da due ragazzi. Poteva bastare.
Mentre si risollevava a quattro zampe mi prese il desiderio matto di domandargli che mestiere facesse – operaio o murato-

re, ero pronto a scommettere – e poi come andava con la donna, se aveva figli oppure no. Magari in un'altra vita potevamo pure diventare amici.

«Chi cazzo credi di essere?» domandò, insensato.

«Vai a casa» lo incoraggiai. «Basta così.»

I blindati degli ussari non si vedevano più, ma in lontananza si udivano i colpi smorzati che annunciavano le scie dei lacrimogeni. I loro pennacchi schermavano come un velario i palazzi sul lato più remoto della piazza; indugiai di fronte a quei vapori fiabeschi portati dal vento lungo le facciate color dei palazzi, e la distrazione mi fu fatale.

«Porta rispetto, sbusciafratte!» ringhiò l'uomo, e si gettò in avanti per prendermi le gambe.

Riuscii a non farmi afferrare, ma sbilanciato dal suo peso caddi all'indietro. Ora vedevo il cielo, e lui mi bloccava i piedi, mi prendeva a zampate come un orso. La cinghia non serviva a niente. Potevo solo ripararmi dalla tempesta di colpi ravvicinati. Che coglione, ero. E io che volevo lasciarlo andare. L'uomo mi pesava sopra, risaliva il mio corpo. M'inghiottiva un pezzo alla volta come un anaconda. Avevo il suo fiato addosso. Un colpo secco al torace mi levò il fiato. Era finita.

Gente si avvicinava di corsa. L'incubo del linciaggio.

«Brutto figlio di puttana!» sentii gridare da una voce di donna.

Un bagliore nel buio della miniera più profonda.

«Lascialo stare, scopasorelle di merda!»

La speranza a livello dell'asfalto polveroso e pisciato.

«Tranquillo, micetto. Ci siamo noi, adesso, qui!»

Era proprio la voce della Crazy.

Poi le botte, crude e selvagge; erano indirizzate al bastardo, ma fra gli errori di tiro e i contraccolpi era come picchiassero anche me.

Raul riempiva l'uomo di calci alternando destro e sinistro, come fosse una sagoma da allenamento per la boxe thailandese, mentre la Crazy aveva cavato da chissà dove un manganello telescopico, e gli rifilava la gobba a staffilate canticchiando *Singin' in the rain*. Tempestato di colpi, l'uomo mascherato si aggrappava alla mia cintura, istupidito dal panico come chi è prossimo ad annegare. Mi stava portando via le braghe, mi stava.

«I walk down the rain» si sgolava la Crazy. «With a happy refrain.»

La suola d'un anfibio viaggiò veloce dall'alto in basso e si stampò al centro del passamontagna con un rumore croccante di cartilagine danneggiata. Appena sentii cedere la presa rotolai sul fianco e feci per balzare in piedi, ma non ci riuscii. Avevo l'impressione che la gamba destra non mi reggesse più.

«Te l'avevo detto, cico, di starmi accanto» sospirò Raul con aria malinconica, e sferrò un calcio definitivo al ventre dell'uomo. «Questi sono rustici.»

«Tutto bene, micetto?» domandò la Crazy, poi mi sorrise amorevole e valutò: «Ma sì! Giusto qualche abrasione per farti bello con la fidanzata!»

Salvato dal mio peggiore amico. E da una donna.

«Grazie» mormorai.

Mentre Raul mi aiutava a risollevarmi, la Crazy mi agitò il manganello sotto il naso come fosse la bacchetta d'una maestra: «È andata grassa che ti abbiamo visto» valutò amorevole. «Ma devi stare più attento.»

Alle loro spalle, la massa degli Etruschi era sparita, e in quel grande vuoto punteggiato di aste spezzate, colli di bottiglia e coltelli abbandonati, i primi luogotenenti rientravano ridendo, carichi di trofei.

Il nemico era scappato, vinto, battuto.

Il persiano Amir rientrava verso il torpedone mani in tasca, una sciarpa giallonera a pendergli dalle spalle. Zagor, invece, arrivava tastandosi un fianco, una smorfia di dolore dipinta in volto. «Gli ussari si son fatti di nebbia anche oggi» gridò appena ci vide, e parve recuperare al volo la solita aria da spaccamontagne.

Giusto qualche sadico si divertiva a inseguire gli ausiliari nemici in rotta.

Era finita. Quant'era durata? Tre minuti? Un quarto d'ora?

«Come va la gamba?» s'informò il mio peggiore amico.

Rotta rotta forse no. Però non la piegavo, e ogni volta che appoggiavo il peso sul piede destro sentivo una fitta di dolore bianco.

«Visto, cico?» riprese, per nulla impressionato dalle mie condizioni. «Hanno lasciato campo libero, gli elmetti. Sperano che ci ammazziamo fra noi. Ma in un mondo dove la gente ha un po' di sale in zucca, ci metteremmo tutti insieme per dare addosso alla madama.»

«Quello sì che sarebbe un gran giorno, micetti» sospirò la ragazza. La giornata complicata le aveva strappato le calze e nel pacchetto di Marlboro non restava che l'ultima sigaretta, ma non sembrava affatto preoccupata. In qualche modo era sempre riuscita a tornare a casa, e ce l'avrebbe fatta anche quel giorno. Così appese la sigaretta fra le labbra, gettò il pacchetto a terra e, cercando l'accendino, si scusò: «Da qui la nettezza urbana deve passare di sicuro». A bordo della Corriera avrebbe trovato il calore dell'amicizia, il piacere dei racconti, e certo anche una o due paglie.

Forse stavo impazzendo, ma all'improvviso mi sembrava tutto bellissimo, come avessi appena bevuto o fumato una buona olandesina di erba sincera. Forse il ragazzo dentro la sala dei biliardi, a quell'ora, era tranquillo in un letto d'ospedale. Ma sì. Alla fine non era morto nessuno. Io no di sicuro. Al massimo mi ero fatto un po' male al ginocchio.

Mentre il vento mi portava l'odore delle campagne mescolato al profumo acre dei lacrimogeni, mi dissi che in quella giornata matta avevo imparato qualcosa. Non sapevo bene quale nome dargli, ma avrei avuto tempo per pensarci; per il momento eravamo fortunati a poter rientrare in città, con le gazze a saltellare ai bordi dell'autostrada, l'aria che rinfrescava pian piano e il lusso d'una, due, tre soste al grill, dove tutti si sarebbero comportati da gentiluomini.

«No, dico» fece la Crazy, seguendo il filo d'un suo ragionamento. «Io vorrei sapere quando ci diamo tutti una bella svegliata.» Accennò ai blindati lontani e sospirò: «La gente si beve proprio tutto».

«Durante il viaggio parlavamo della Uno Bianca» rivelò Raul, ma non riuscivo a capire il nesso.

«Cosa c'entra?» domandai.

«Non si capisce?» domandò Raul. «Quegli assassini scappano come se conoscessero benissimo la città. Fanno fuori chiunque li veda in faccia. E la polizia non riesce mai a brincarli.»

«Cane non mangia cane» sospirò ironica la ragazza.

Cosa stavano dicendo?

«È uno specchietto per allodole, Tommy» mi riscosse il mio peggiore amico. «Quelli sono ussari.»

Che quella banda di assassini godesse d'una protezione particolare mi era già balenato per la testa. Ma che a sparare sui cittadini fossero direttamente gli agenti di polizia deputati a proteggerli, gli stessi agenti dai quali si andava a denunciare uno scippo o rinnovare il passaporto, andava oltre ogni immaginazione.

«È il vuoto di potere, micetto» sopirò la Crazy. «Ogni volta che in Italia c'è un vuoto di potere, saltano fuori i terroristi e le bombe.» Oh sì. Questo lo sapevo. L'avevo imparato dai libri di Ianez e dai suoi racconti. «Poi dicono che il problema di questo Paese sono gli ultras.»

Non capivo come facessero a essere sicuri della loro teoria, ma anche i massimalisti come Raul e la Crazy contribuivano a rendere la nostra città esattamente ciò che era. Per gli ugonotti perbene che si fidavano dei giornali, i ragazzi della Curva Reno erano soltanto teste calde e barbari, ma quel giorno due di loro mi avevano salvato. E di questo, nel provare a capire com'erano andate le cose, bisognava tenere conto.

«Chi non muore si rivede!» esclamò Raul. «Guarda un po' chi arriva, cico!»

Il profilo del Ducato ci arrivava incontro a passo d'uomo attraverso il parcheggio devastato. I ragazzi mi venivano a prendere.

«Si è fatto male?» volle sapere Cotenna, sporgendosi solerte dal finestrino.

«Già alla guida, Norcino?» replicò sarcastico Raul. «Dove si va, di bello?»

L'altro lo fissò interdetto mentre la fiancata opposta dell'arca s'apriva per accogliermi a bordo. C'erano Athos e Selva, l'Assiro e tutti gli altri, e nessuno diceva una parola, come se la mia presenza li imbarazzasse.

«La battaglia era finita» mormorò Cotenna. Indicò la schiera in disarmo ai piedi della Corriera e sibilò: «Mi pare che...».

«Finita o no, Tommy è con voi» lo interruppe Raul. «Ve l'eravate perso.»

«Si arriva tutti insieme, micetto, e si va via tutti insieme!» ricordò la Crazy, tornando ad agitare il manganello.

«Guardate che noialtri abbiamo dovuto combattere, per riportare lo striscione qui sopra!» se ne uscì Cotenna d'un fiato, e sollevò la maglia sul torace mugolando: «Mi sono beccato una biglia d'acciaio sullo sterno, io.»

«La Corriera la vedo ancora ferma laggiù» la Crazy lo mise di fronte alle sue responsabilità. «Ma forse vedo male» concesse. «Sarà un gruppo di pellegrini che vanno al santuario», e se ne andò da quella parte scuotendo la testa, come una signora dei quartieri alti scandalizzata da un comportamento inurbano.

«Siete tutti testimoni, ragazzi!» reclamò il guidatore con un filo di voce. L'aveva capito, che per lui si metteva male. Si sporse dal finestrino e gridò dietro alla Crazy: «Ti dico che abbiamo dovuto combattere, per risalire su questo furgone di merda», ma lei non si voltò.

Raul mi aiutò ad aggirare il muso del Ducato. Selva, uno zigomo gonfio e le mani grattugiate dall'asfalto, mi aiutò a salire a bordo, e appena fui seduto il giovane diavolo si sporse all'interno dell'abitacolo.

Nessuno a bordo osava fiatare.

«Non correre troppo, Cotenna» raccomandò velenoso Raul. «Ormai non ti insegue più nessuno.» Poi mi strizzò l'occhio e sfregando le dita alla sua maniera disse: «C'è un momento per combattere e un momento per provare pietà. Non vanno confusi, cico. Ricordatene sempre».

Il mio peggiore amico richiuse per me il portello dell'arca, e nel vederlo incorniciato dalla guarnizione del finestrino mi si strinse il cuore.

«Mi fa le frecciatine, lo stronzo» protestò Cotenna nell'inserire la marcia. «L'avete sentito? Mi dà del cagamutande!»

Raul aveva la barba sfatta, l'espressione segnata di chi non dorme da troppo tempo, e sorrideva malinconico nel ripetere il suo gesto, come un attore rassegnato a proporre un vecchio tormentone.

Mi tornò in mente un giorno lontano, giù al Bunker, quando me l'ero lasciato alle spalle nell'ufficio di Bruslì. Come allora, c'era nell'aria una vibrazione minacciosa, il richiamo di qualcosa che brucia in un istante e subito dopo è già finito.

Il Ducato si mosse, e Cotenna ribadì: «Oggi la Nuova Guardia può essere orgogliosa di se stessa». Doveva essersi reso conto anche lui che la voce gli era uscita fessa, come in cerca d'approvazione. Poiché nessuno rispondeva, si schiarì la voce e riprese: «Siamo tutti qui e lo striscione è salvo. Ci siamo mossi bene, zio gorilla! E fanculo a Raul Germano che viene a mettere i puntini sulle i!».

«Guarda che mi ha salvato» gli feci presente, mentre un'ambulanza entrava sul piazzale devastato virando al largo dalla nostra scialuppa.

«Si sa muovere solo lui, allora!» esclamò stizzito il Norcino, e inchiodò il furgone a mezza via fra la Corriera e l'uscita del parcheggio. Si volse a guardarmi, gli occhi cerulei iniettati di sangue, e mi ruggì addosso: «Prima ha fatto quel che ha fatto dentro il bar, e poi ha salvato te! Praticamente ha sconfitto gli Etruschi da solo, giusto?».

Fu come avesse pronunciato la parola magica che poteva restituire la voce all'equipaggio ammutolito.

«Allora è stato Raul?» domandò Selva. «È stato lui ad accoltellare il tipo alla schiena?»

Adesso ognuno si lasciava andare alla smania delle domande, proponeva ricostruzioni, ventilava conseguenze, e Cotenna sembrava trarre forza da quella ridda di ipotesi. «Io nomi non ne faccio!» proclamò con un ghigno torbido. «Ma certa gente ha un bel coraggio, a venirmi a dare lezioni.»

«Ci stiamo sbagliando, ragazzi» alzò la voce Athos. «Così non mi piace. Quando si rischia tutti insieme, non ci devono essere segreti né infamate.»

«Giusto» si affrettò ad approvare Cotenna. «Siamo un gruppo, noi», e nell'abitacolo tornò il silenzio.

«Guarda che dico a te, amico!» intimò il Mezzosangue. «Quando siamo arrivati al bar sulla piazza, tu avevi la mannaia. E dopo non l'avevi più. Dove cazzo l'hai messa?»

«Tu sei pazzo, Carboni» ridacchiò il guidatore, ma la domanda di Athos scavava la pietra del suo sarcasmo. «Pazzo e paranoico. Non è che ti è andata una pastiglia di traverso?»

«Rispondimi, Norcino!» reclamò il Mezzosangue, le vene del collo gonfie.

«Neanche fosse stata tua!» protestò Cotenna, ma sapeva anche lui che il filo si stava per spezzare. «Non volevo che lo striscione corresse rischi, ve l'ho detto...» Aveva il fiatone, adesso. «Così appena arrivati allo stadio l'ho nascosta sotto un cespuglio... Proprio laggiù, vicino al chiosco dove abbiamo bevuto le Beck's. Contento?»

Poteva anche avere la sua logica, ma Athos non si scompose. «E quando siamo usciti?» reclamò. «Fammi capire. Vedi che ci aspettano in tre o quattrocento per rifarci la pettinatura coi tubi da cantiere, e tu, che hai un'arma a due passi dai cancelli, la lasci lì?»

«Chi cazzo sei, Carboni?» sbottò Cotenna. «La pula?» Diede un sospiro di naso e ricordò addolorato: «Avevo lo striscione, io! Dovevo pensare allo striscione!».

«Era proprio per quello che avevi portato la mannaia, no?» fece presente l'Assiro.

Cotenna diede un ruggito di scontento, inserì la marcia e allontanandosi verso l'uscita del piazzale esclamò: «Se non c'era più! Che cazzo ne so io che fine ha fatto? L'avranno presa gli ussari!».

I blindati, adesso, si staccavano dai palazzi sul fondo del piazzale e avanzavano in schiera verso l'angolo di piazzale dove stazionava ancora la Corriera. Si muoveva nella scia dei mezzi uno squadrone di elmetti; marciavano a ranghi serrati, battendo il manganello contro lo scudo, già disposti alla carica mentre Cotenna accelerava la sua traiettoria sfuggente.

«Adesso si presentano, gli ussari maledetti!» esclamò il Biondino, e non capivi se fosse più deluso o sollevato all'idea di mancare l'appuntamento.

«Vanno a brincare i ragazzi!» si allarmò il Mezzosangue. S'incollò al finestrino come non volesse perdersi un gesto, quindi gridò strozzato: «Oi, li caricano! E noi ce ne andiamo così?».

Cotenna guidò in silenzio il Ducato lungo lo scivolo che conduceva fuori dal piazzale, gettò uno sguardo rapido ai ragazzi che si preparavano a combattere un'altra volta.

«Non stiamo facendo una bella parte» mise in chiaro l'Assiro.

«Abbiamo dei feriti a bordo» gli ricordò il Norcino. «Dei feriti e lo striscione.»

Ai piedi della Corriera, i Wild Boys erano disposti su due file dietro il generalissimo; sollevarono tutti insieme i manici di piccone, e se pure non potevo sentirli ero sicuro che stavano lanciando il grido di battaglia.

«Stiamo scappando!» urlò Athos mentre le sagome dei ragazzi e quelle degli ussari si confondevano nel nebbione dei lacrimogeni. «Li stiamo lasciando nella merda!» Era come gridasse "al fuoco!", ma nessuno a bordo del furgone insistette per fermarsi.

«Non abbiamo più niente da fare, qui» il Norcino borbottò risentito, e s'immise sul viale che conduceva all'autostrada. «Tanto la storia è già scritta. È Raul Germano, l'eroe di giornata!»

## 35

## L'ultimo giro

I giornalisti andavano in sollucchero per i disordini da stadio, ché i lettori avevano la psicologia dei guardoni: a parole condannavano la violenza, ma poi erano curiosi come scimmie di conoscere i dettagli. Così, il giorno dopo la battaglia, comprai tutti i quotidiani a disposizione per ritagliarne gli articoli, e implorai l'edicolante di mettermi da parte la scandalizzata locandina della "Voce democratica": "Follia ultras a Tiberia – Assalto dei Rossoblù – Feriti e devastazioni". Se non era degna di campeggiare in camera dentro una bella cornice, be', allora non m'intendevo di poster.

La storia di come la nostra spedizione aveva messo una città intera sotto assedio rimbalzava fra i bar e le birrerie di Bologna. Contro gli Etruschi era stata una vittoria su tutta la linea, e l'epilogo dei crudi scontri con la polizia nel piazzale dello stadio consacrava la domenica fra le giornate memorabili della Curva.

Solo il Principe della maraglia aveva il muso lungo: la reprimenda sul piazzale degli scontri l'aveva messo in crisi, e le scritte "Cotenna coniglio", "Norcino velocista" e "Ducato sprint" fiorite sui muri del quartiere lo sprofondavano nell'angoscia.

«Come si fa a confondere un ripiegamento con una fuga?» domandò in un lamento di fronte ai vecchi del Bar Carioca. «Questa è malafede! Quando sono arrivati gli ussari ormai eravamo a bordo del furgone! La Corriera era lontana, e noi ormai eravamo tagliati fuori!» Mimava con le mani i movimenti dei mezzi, tentava concitato di giustificarsi facendo appello alle circostanze sfavorevoli. «Scendere dal Ducato avrebbe messo a repentaglio lo striscione. E poi eravamo tutti malandati!»

Al sentirlo così provato, potevi persino convincerti che non avesse colpe. E infatti Kociss, Eolo e Villiam gli davano retta, lo incoraggiavano a non prendersela; non capivano perché il generalissimo Iago si rifiutasse di riceverlo: secondo loro sarebbe bastato che il Norcino si spiegasse con i veterani della Curva perché l'equivoco venisse chiarito una volta per tutte.

Poteva raccontarla come voleva. Che la sua fuga fosse stata motivata da paura, calcolo o semplice dispetto, secondo i codici della Curva aveva sbagliato. Lo sapeva benissimo anche lui, e ora temeva che quel colpo di testa gli sarebbe costato la reputazione.

«Abbiamo ribaltato gli Etruschi a casa loro... Ci siamo impadroniti della città, ci siamo impadroniti!» ricordò, seduto come un'anima in pena sul dondolo che occupava il cortiletto interno. «Noi della Nuova abbiamo fatto la nostra parte come gli altri... È stato il nostro esordio in grande stile, ma qualcuno che ci vuole male ha seminato zizzania per farci sembrare dei cagamutande!»

«È stato un gran numero, Coti» volle confortarlo Aribò, l'unico che ancora si fidasse delle sue parole. «Li avete inculati senza burro.»

«Vedrai se "Supertifo" non ci fa un servizio!» esclamò il Norcino. «Cento a uno che pubblicano la foto della sciarpata! O quella di noi dentro il settore che teniamo su gli striscioni a mano!»

Mi guardava come se cercasse la mia approvazione, ma la gamba malconcia bastava a ricordarmi la differenza fra chi nel momento più difficile m'aveva aiutato e chi aveva avuto soltanto fretta di andarsene.

Gli avrei già girato le spalle, non fosse stato per i nostri affari in sospeso; i pani di albanese ormai si erano volatilizzati, e i maturandi stressati m'imploravano di trovarne altra. Mi serviva fare un ultimo giro prima delle vacanze per raggiungere la cifra necessaria a partire per Londra con Ester e mettermi tranquillo sino al termine della buona stagione. Poi, per quanto mi riguardava, il Norcino e la sua lingua da bugiardo potevano anche sparire dalla mia vita.

«Non ci siamo lasciati bene, coi nostri» feci notare con prudenza mentre sbriciolava sul palmo una cima d'erba. «Athos ce l'ha ancora su con te.» Gettai un'occhiata al Mangialiquerizia seduto accanto a lui, tornai a guardarlo negli occhi e aggiunsi: «Tu lo sai, perché».

Il Principe della maraglia sospirò a occhi chiusi. «È un complotto!» esclamò. «Un cazzo di complotto per arrestare l'ascesa della Nuova Guardia in Curva! E voialtri, invece di difendere il gruppo, fate il gioco di chi lo vuole distruggere.»

«Chi lo vuole distruggere?» domandò Aribò.

Cotenna scrollò le spalle e rispose vago: «Gli stronzi invidiosi». Macinò l'erba che gli restava fra le dita come volesse polverizzarla, cercò il mio sguardo con un sorriso rassegnato e domandò: «Lo sai cosa mi brucia di più?».

Sentiamo.

«Che tu, il mio socio, adesso dubiti di me.» Mi fissò sdegnato e domandò: «Lo vuoi sapere, com'è andata nella sala del biliardo? Ho visto tutto con i miei occhi».

Accennai al Mangialiquerizia, ma il Norcino non se ne curò.

«Quando abbiamo sfondato la porta della sala biliardi, il tipo cercava di scavalcare il davanzale» raccontò con un'espressione allucinata.

Non stava in piedi, la sua balla: era sceso dal Ducato insieme a noi e, quando eravamo entrati nel bar, ormai la porta della sala biliardi era andata giù da un pezzo.

«Gli siamo arrivati addosso in tre o quattro» riprese. «L'abbiamo tirato dentro di peso, e lo stronzo ha riscosso il suo avere.»

Mi domandai se mentiva in maniera consapevole, o se invece, a forza di raccontarsi da solo quella versione tutta storta, se n'era convinto davvero.

«E quando ormai era steso, quando non serviva più a niente, il nostro eroe gli ha piazzato una lamata nella schiena.»

Aribò sussultò drizzando la spina dorsale, e si massaggiò fra i lombi come se qualcosa l'avesse punto. «Merda» sospirò. Poi guardò il Norcino e domandò: «Chi è il nostro eroe?».

«Non bisogna fare nomi!» lo sgridò Cotenna. «Mai fare nomi, cazzo!» ribadì concitato, poi si lasciò andare sul dondolo, spossato come al termine di una crisi. Si coprì il volto con l'avambraccio sinistro, la destra carica di mesta stesa avanti a sé come un medicante, e recriminò: «Vado in Curva da quando ho nove anni, io! Lo sanno tutti che non ho mai fatto la spia! Ma se devo passare per cagamutande, allora non ci sto più! E alla fine del match, chi arriva a farmi la lezione? Uno che ha appena colpito il nemico alle spalle. E non per una punturina sulla chiappa. Dritto sulla spina dorsale!».

Si struggeva come un personaggio di Kafka, prigioniero d'un labirinto d'obblighi incrociati che lo costringevano in una situazione assurda.

Come il preparato fu al sicuro sul dorso d'una cartina, saltò in piedi, di nuovo elettrico; si bilanciava a gambe larghe come un surfista, adesso, e disegnò nell'aria un rettangolo. «Quella era la finestra» spiegò, poi si contrasse in una posizione da supplice, le mani aggrappate al davanzale immaginario. «Il tipo non mollava, sperava ancora di riuscire a scappare, ma lo tiravamo dentro in troppi.» Poi cambiò postura, si fece cupo e disse: «Ho visto all'ultimo che il tuo amicone aveva tirato fuori il pugnale». Sollevò il gomito e mimò un affondo feroce dall'alto al basso. «L'ha infilzato così» spiegò. «Ci sono rimasti tutti di merda.»

Non gli credevo. Un uomo che sferra un colpo semimortale, non resta sul posto a raccogliere palle da biliardo.

«Quand'ho visto che l'Etrusco pisciava sangue, sono saltato fuori dalla finestra per telare al furgo» concluse la sua ricostruzione. «È lì che mi avete ritrovato, no?»

Già. Con gli occhi fuori dalla testa e una gran furia di ripartire. Per paura che i vigili gli prendessero la targa. Come no.

«È lì che ci siamo rivisti» gli diedi ragione. «E sempre lì è nato l'equivoco della mannaia.» Volevo vedere fino a che punto era in grado di spingersi, così domandai: «A quel punto ce l'avevi ancora, però».

«Te l'ho detto!» esclamò. «L'ho avuta addosso sino allo stadio, quando l'ho buttata sotto una macchina per non farla trovare agli sbirri.»

Sotto una macchina, adesso. L'altra volta era un cespuglio vicino al chiosco delle birre.

«Peccato che non c'ero» sospirò il Mangialiquerizia, tirandosi una dopo l'altra le dita a cannolo. «Mi piace se una volta facciamo un pogrom insieme.»

Cotenna arrotolò il cigarro e, mentre lo chiudeva con un colpo di lingua, sorrise sornione. «Ti sfoghi a sufficienza, mostro» gli disse. «Adesso non esagerare.»

Aribò gli allungò un colpo di gomito e mise su la stessa aria lubrica di quando si faceva picchiare da tutti i monaci dell'Abbazia. «Ce lo portiamo Tommy?» domandò. «Eh, Coti? Ce lo portiamo?»

«Portarmi dove?» indagai, mentre il Norcino gli faceva segno di lasciar perdere.

«A Villa Pallavicini» spiegò fregandosi le manacce. «A fare i pogrom alle troie.»

«Prego?» domandai.

«Io m'imbosco nel bagagliaio e sto zitto» spiegò divertito, quindi fece cigolare il dondolo mimando dei colpi di bacino. «Coti se le scopa, e...»

«Chiudi quella boccaccia lercia, mostro!» intimò il Norcino, poi mi domandò incredulo: «Lo senti cosa s'inventa?»

«Ma è vero!» l'altro protestò come un bambino. «Lo facciamo!»

«Fanculo, idiota!» lo insultò il Principe della maraglia sistemando il cigarro fra le labbra. «Ho già abbastanza guai senza che t'inventi stronzate.»

«È vero, Tommy!» garantì Aribò, la mano sul cuore. «Lo facciamo, e appena dice "Pietà l'è morta", io salto fuori e scatta il pogrom.»

*Pietà l'è morta*. La parola d'ordine di Iago. Questa Aribò non se l'era potuta inventare.

«Zitto, mongolo!» reclamò il Norcino, e sporgendosi all'indietro per caricare meglio il colpo gli sferrò un ceffone in pieno volto.

Aribò lo fissò inorridito portandosi le mani alle guance.

«Te l'avevo già detto!» reclamò Cotenna, poi tornò a guardarmi senza curarsi di lui e considerò: «Sarà anche scemo, ma la fantasia non gli manca.»

Cos'altro mi serviva per sapere che il Norcino viveva dentro un labirinto d'inganni? Aveva mentito ad Aribò per cancellare la sua colpa. E, forte dell'influenza che aveva su di lui, lo portava a picchiare le donne a Villa Pallavicini.

«Io non dico le bugie» piangeva il Mangialiquerizia, il volto fra le mani. «Lo facciamo davvero.»

«Frigni anche, adesso?» lo irrise Cotenna offrendogli il joint. «Fuma, va', che almeno ti calmi.»

Mi aveva lasciato da solo nella fase più delicata della battaglia. E scaricava su Raul la colpa di un atto che, ormai ne ero sicuro, aveva compiuto lui.

«Non voglio che lo prendi a schiaffi» lo ammonii. «Non è giusto.»

«D'accordo» ammise. «Ma le senti le stronzate che non s'inventa?» domandò per giustificarsi. «Da querelarti, mostro!» esclamò, e quando Aribò fece per raccogliere il joint, glielo sottrasse per porgerlo a me. «Prima Tommy» spiegò. «Altrimenti lo sbavi tutto, mostro.»

Certo l'erba che mi girava a quattromila lire il grammo, a lui costava tre. Massimo tre e mezzo. Ero il primo sul quale faceva la cresta. Il suo cliente principale, il capofila degli sfruttati. Mi teneva in pugno come faceva col povero Mangialiquerizia, e io glielo consentivo.

«Lo zio?»

«Ha i baffi lunghi» risposi, e l'uscio carico di chiavistelli ruotò sui cardini.

Era per lei che lo facevo. Per la principessa polinesiana. Per dimostrarle che ci tenevo più che a ogni altra cosa al mondo.

«Capito come sono andate le cose?» sospirò Cotenna richiudendo la porta alle mie spalle. «Sputtana la Nuova Guardia, il granoso figlio di puttana!» m'investì. «Lecca il culo agli anziani per farci il tagliafuori! Ci odia perché abbiamo un gruppo tutto nostro, mentre lui se lo sogna. Va coi Wild, lo stronzo, ma è l'ultima ruota del carro, così si vendica con le sue scritte del cazzo contro il sottoscritto!»

Fra tutti i difetti che aveva il giovane diavolo non c'era l'invidia, e dare la scalata alle gerarchie della Curva non rientrava fra le sue ambizioni. Era Cotenna, quello che sognava di sedere a cavalcioni della balaustra accanto a Iago.

«Sveglia, socio!» m'incoraggiò, muovendo una mano vicino all'orecchio come vi avvitasse qualcosa dentro. «Lo hai capito o no, che il fighetto di via Siepelunga mira a diventare il nuovo capo della Reno?»

Mi accomodai sul divano sdrucito che nascondeva la botola, e mi parve di vedere il Norcino come attraverso il monitor a infrarossi di Terminator. Ecco qual era il suo modo di ragionare: lui era sempre innocente, si assolveva delle sue colpe, e ribaltava i suoi difetti addosso ai rivali. Si era fissato con Raul, e gli attribuiva persino i suoi sogni più intimi, le aspirazioni meschine che gli facevano battere il cuore.

«Passerà anche questa» gli diedi corda.

«Mi fanno le scritte sotto casa, mi fanno! Ne ho cancellate tre, prima!» si lamentò. «Ti pare giusto, zio caribù?»

Roba che, a non conoscerlo, ti faceva quasi pena.

«Guarda!» fece, e mi indicò una vecchia sciarpa appesa al muro sopra una bacheca porta attrezzi. Era in raso blu, con la scritta "Wild Boys" e il teschio stampato al centro. «Lo sai cos'è, quella?»

Sollevai il mento, in attesa che me lo spiegasse lui.

«La primissima sciarpa del gruppo!» esclamò vittorioso. «Ce l'ha Germano, secondo te?»

Scrollai le spalle. «Non so.»

«Te lo dico io che non ce l'ha» garantì. «Non ci veniva neppure, lui, allo stadio, quando l'hanno fatta. Io invece, a nove anni...»

«Andavi in Curva, me l'hai detto.»

Mi guardò senza nascondere la stizza, e sillabò: «Me l'ha regalata Iago!»

«Ci hai poi parlato?» chiesi.

Non me ne fregava niente del suo avvenire in Curva. Volevo solo comprare due hamburger albanesi e levarmi di torno, ma restai ad ascoltare le sue recriminazioni. Per quanto la facesse lunga, sarebbe stata l'ultima volta.

Mi raccontò di quando era l'unico bambino ammesso nel settore dei Wild, di quando tutti lo consideravano una mascotte, e di come noialtri della Nuova Guardia, un giorno, avremmo dovuto prendere il posto dei luogotenenti.

«Ascolta» gli feci quando non ne potei più. «Qui mi pressano.»

Mi guardò con un'aria furbesca, e io ebbi paura che profittasse del mio stato di bisogno. «Chi ti pressa?» domandò sollevando il naso come un bracco che fiuti la preda.

«Avevi ragione, quando dicevi che l'albanese avrebbe fatto diventare tutti matti» concessi. «Il problema è che non basta mai.»

Spalancò le braccia, disponibile alla trattativa.

«Ce la facciamo a organizzare un bel giro in tempi brevi?» domandai. «Me ne servono quattrocento grammi».

«Anche subito» concesse, poi si fece più vicino e domandò: «Ce li hai, i soldi?»

I caravaggi e i bernini erano dentro una busta dell'Air mail con i bordi rossi e blu, e la busta era infilata nella tasca del mio giacchino estivo color kaki comprato da Rule Britannia. Un milione e seicentomila lire. L'intero contenuto della mia latta-deposito. Una mazzetta spessa e consistente come un'edizione tascabile della Bibbia a proteggere il cuore. Mi era costata ansie e brutti sogni nei quali un Rin Tin Tin gigantesco mi affondava i canini dritti in gola per scuotermi come un pupazzo di stracci, e non vedevo l'ora di procedere allo scambio. I pani di ganja che avrei ricevuto in cambio avrebbero trasformato quell'incubo nel sogno più bello, e io sarei finalmente stato libero.

Come posai la busta dell'Air mail sul tavolino, subito Cotenna la raccolse, si levò in piedi e l'affondò con gesto fluido nella tasca destra dei bermuda. «Li hai contati bene?» volle sapere.

«Un palo e sei» assicurai. «Due hamburger», e restai inebetito ad aspettare che accadesse qualcosa.

«Dritan me la porta fra poco» assicurò. «Per stasera ce l'hai.»

«Non è qui, l'erba?» domandò la mia voce, più sottile del solito, e lui restò in piedi di fronte a me come un attore solo sul palcoscenico. Aveva il cono di luce dell'occhio di bue puntato addosso, la mia busta ben ficcata in tasca, e se tendevo l'orecchio potevo udire l'eco di risate che salivano dalla platea.

«Ho detto che te la mollo stasera» osservò. «Mica è colpa mia, se quello vuole essere pagato in anticipo.»

Se non mi fidavo, dovevo riprendermi subito la busta. Ma significava rinunciare all'erba, lasciare a bocca asciutta i pulcini che pigolavano nei nidi, ritrovarmi a malapena con quello che bastava per il viaggio e l'albergo. E poi come le finanziavo le dolci follie nei locali di Camden, i festival, lo shopping matto e disperato nelle botteghe dei nouveaux scapigliés di Carnaby?

No, no. Piuttosto che fare la parte del poveretto con Ester, preferivo rischiare il mio capitale con la legittima speranza di triplicarlo.

Pendevo dalle labbra di lei, d'accordo? E non vedevo l'ora di rivederla per farmi perdonare della mia nottata di tuono al free party. Se c'era rimasta male era perché forse, almeno un po', a me ci teneva. Non è così che ci si raccontano le cose quando si è innamorati? Figurarsi se volevo partire con lei senza poterle offrire neppure una cena.

«Ho dei giri da fare» mi ridestò Cotenna, ed era il suo modo per invitarmi a levarmi di torno. Batté il palmo contro la tasca che conteneva tutti i miei sogni, e disse: «Qui alle sette, d'accordo?».

Quel giorno Ester faceva la doppietta: prove al pomeriggio con Nixon e gli altri, concerto la sera insieme all'Orchestra Happiness.

Era una meraviglia, con la maglietta arancio dell'Acid Jazz Records, i capelli raccolti all'indietro sotto la bandana e il Rickenbacker a tracolla, ma dovetti accontentarmi di scambiare due parole.

Si lavorava seriamente, alla Factory, non come ai tempi dei Vellocet; si suonavano due o tre pezzi di fila, il registratore sincronizzato col sistema Midi all'Atari 1024 acceso a catturare ogni nota. Cavi colorati collegavano il sistema a un misterioso sequencer della Korg, e gli ospiti dovevano stare zitti come in chiesa finché non si spegneva l'ultimo riverbero. Solo quando Nixon premeva il tasto che bloccava la registrazione si poteva fiatare di nuovo.

Avevo trascorso gli anni verdi a mimare allo specchio i gesti degli eroi della chitarra elettrica; erano uomini coi capelli lunghi e uomini dai capelli corti, ma non avrei mai indovinato che sarei diventato il fan di una donna. Mi piaceva vederla impegnata, e mi piaceva ancora di più quando diceva la sua, ammetteva un errore, proponeva migliorie alla struttura o suggeriva variazioni per un finale.

Suonarono d'infilata *She's so high* e *These boots are made for walking*, e appena si fece silenzio fu chiaro che qualcuno bussava alla porta del garage. Toccava a me aprire, e mi trovai di fronte all'ex bassista Alex con addosso una maglietta dei Clash, i calzoni scozzesi e un assurdo paio di Tricker's gialle che facevano pensare alle scarpe di Topolino.

Adesso che non usciva più con la flirteuse Valentina, pativa il mal d'amore per una certa Adelaide, una ragazza a modo di I C dalle superbe tette reggae. Lo faceva camminare a un metro da terra, ma quel giorno aveva il muso lungo.

Rivolse un saluto composto ai suonatori, poi mi guardò scuotendo la testa.

«Martino» mormorò nel lasciarsi cadere sul divano, e mi venne in mente che da qualche tempo faceva lega con il mangiapasticche del liceo. Chissà se c'era anche lui, al free party.

«Martino cosa?» volli sapere.

«Beccato dalla madama» spiegò. «Fuori da una sala giochi. Coi precedenti che ha, sono cazzi.»

«Mi spiace» assicurai. «L'hanno legato?»

Fece segno di no.

«Non andarmi in paranoia, allora» lo invitai. «Vedrai che si sistema tutto.»

«Ti immagini come si sente?» domandò con aria drammatica.

E lui poteva vagamente immaginare cosa significava spogliarsi di un milione e seicentomila lire, tutto il fondo, in attesa di ricevere la merce pattuita?

«Vuoi far su un cigarro?» proposi per distrarlo.

Niente. La preoccupazione per il suo amico lo rendeva sordo. Cominciai la lavorazione per conto mio.

«E con Adelaide come va?» domandai per distrarlo.

Mi guardò come gli pesassero le palpebre. «Il migliore disastro della mia vita» rispose. Poi sniffiò e mi osservò di sotto in su con aria arresa. «Sai quando ami una ragazza? Tipo che anche tu per lei sei speciale, però mica si decide.»

Oh sì. Ne avevo idea. Ce l'avevamo di fronte, la ragazza che amavo, impegnata a concordare l'attacco migliore per il prossimo pezzo, con la maglietta arancio dell'Acid jazz che appena si muoveva le lasciava la pancia scoperta, il profilo identico a quello di Maimiti e quella capacità tutta sua di trovarsi a proprio agio con le persone.

«Magari è una storia che capita anche ad altri» considerò Alex. «Però saperlo mica ti aiuta. E se penso che l'anno prossimo va a studiare in America, non so dove sbattere la testa.»

«Credo sia così, essere innamorati» spiegai. «Si rischia tutto, e nessuno sa come andrà a finire.»

Assentì con un'aria grave che gli metteva addosso più dei suoi diciassette anni, poi accennò rispettoso a Ester e fece per dire qualcosa, ma Nixon reclamò il silenzio.

«One! Two! One, two, three...» scandì il bassista, e il "four" non lo sentì nessuno, ché ormai il lavoro di cassa e rullanti aveva messo in moto il tappeto volante della musica.

Provarono ancora un paio di pezzi, poi Ester dovette rinfoderare il basso nel suo sarcofago dall'interno in velluto. Doveva farsi raccogliere dal pullmino dell'Orchestra all'incrocio più vicino, così mi offrii di scortarla.

«Dove suonate, stasera?» m'informai.

«Al Kiwi di Piumazzo» rispose, e aggiunse con un sorriso appena accennato: «Una gran bella cittadina.»

Si caricò in spalla lo zainetto che conteneva il necessario per passare la notte fuori. La custodia del basso le pesava nella destra, così mi offrii di aiutarla con la borsa in tela che conteneva le scarpe e l'abito di scena.

Salutammo i ragazzi, e mentre risalivamo verso il piano terra domandai: «Sei ancora arrabbiata, Ester?».

Fece spallucce. «Per cosa?» domandò, ma ormai mi aveva risposto.

«Mi dispiace» le assicurai. «Ho fatto una cazzata. E forse anche più di una. Ma non volevo farti male. Mi credi?»

«Perché non dovrei?» domandò irritata, e mi prese una paura animalesca che non volesse partire con me, né come fidanzata né come amica.

Abbassai il capo, dalla borsa occhieggiavano impietose liste di lamé fitte come la lorica d'un legionario. Avrebbe suonato al Kiwi con quella roba addosso, arrampicata su un paio di tacchi alti, e all'idea di vederla trasformarsi da casta rocker in sciantosa da balera provai una fitta al cuore.

«Sbrilluccica, eh?» notai seguendola nell'atrio.

«Cosa?» domandò irritata.

Le mostrai la borsa sforzandomi di sorridere.

«Deve splendere sotto i fari» fece. «Se non ti piace, convinci i grandi capi a lasciarci vestire da band alternativa. Starei molto più comoda, sai?»

Guadagnammo l'atrio, mi precedette all'interruttore che apriva il portone e lo scostò con la mano libera.

«Prego, gentleman» mi invitò a precederla.

Fermai la porta, e replicai goffo: «Prima le signore».

Passò avanti senza guardarmi, e io mi sentii profondamente infelice.

«Si è fatto arrestare, il grand'uomo» sospirò rabbiosa appena fummo fuori.

Per un attimo pensai che parlasse di Martino.

«Ma chi?» domandai.

«Immagino che per i duri come voi sia una specie di medaglia» ignorò la mia domanda, e compresi che si riferiva al mio peggiore amico.

«Raul?» domandai smarrito. «Ma quando?»

«Tempo che la Scientifica esaminasse i filmati» spiegò.

Non potevo credere che fosse per la battaglia. Una volta trascorse le ventiquattr'ore per la flagranza di reato, di solito gli ussari non arrestavano nessuno. A meno che non fosse in corso un'operazione grossa.

«Li sono andati a prendere stamattina prima dell'alba» spiegò. «Raul, il capo della banda e altri cinque o sei.»

«Sei sicura?»

«Cristo, Quinlan!» sbottò. «Credi che mi piaccia scherzare su queste cose?»

Non lo credevo.

«Ecco cosa succede a prendere a bastonate la polizia.» Lasciò andare una risata amara e considerò: «Finalmente ha realizzato il suo sogno di ragazzino. Chissà se adesso cresce».

Avevano cominciato ad arrestare i luogotenenti, ma se la Legge si metteva d'impegno, ci stava che convocassero anche le figure secondarie. Magari erano curiosi di sentire la versione di tutti, anche i vassalli a bordo di un Ducato.

Dovevo vedere subito i ragazzi.

«Preoccupato?» mi fece, ed esclamò severa: «Bravo Quinlan! Prima ti fai azzoppare giocando ai fuorilegge, e poi te la fai sotto!»

«Non sono preoccupato per me» provai a spiegarle. Non avevo niente, io, a casa. Né armi né ganja. E, al momento, neppure i soldi. «È che eravamo là tutti insieme. Non vorrei che...»

«Tu eri sul furgone del macellaio» precisò. «Quello che aveva fretta di andare via.» Mi guardò con aria di sfida e aggiunse: «Bella compagnia, cowboy».

C'era una coppia di donne che usciva da una lavasecco. Un tizio che passava in bici lungo il marciapiede. Ragazzini col gelato in mano. Avevano tutti qualcosa in comune: il loro peggiore amico non era appena stato arrestato, potevo scommetterci. E non sapevano niente della piovra gelatinosa della paranoia che ti scende dal sommo del cranio e s'abbarbica coi tentacoli intorno alla mascella, li allaccia sotto la gola come i cordoncini d'un berretto invernale.

Il pullmino policromo dell'Orchestra Happiness era posteggiato in seconda fila con le quattro frecce inserite.

«Non ti devo insegnare niente» disse Ester, come ripetesse a mezza voce una lezione da mandare a memoria. «E poi le donne che danno consigli non richiesti sono noiosissime.»

Cosa voleva dirmi?

Salutò da lontano un orchestrale sulla cinquantina in attesa accanto al pullmino, quindi si fermò e disse: «Se tanto mi dà tanto, quel furgone è stato fotografato da tutti gli angoli. E anche le facce dei balordi che ci stavano sopra. Se avessi affari in ballo con qualcuno di loro, cercherei di risolverli in fretta».

Alle sette Cotenna non si fece trovare al garage. E nemmeno alle dieci. Uccel di bosco anche il giorno dopo, e al telefono di casa non rispondeva nessuno.

Preso da un'angoscia senza nome, il lunedì mattina sul presto mi spinsi alla macelleria del padre per chiedere di lui.

Accanto all'entrata, una scritta resa illeggibile da stanghe e pance aggiunte a spray in un secondo momento; se ti sforzavi, però, riuscivi a decifrare un insultante "Norcino Mennea".

Trovai Cotenna padre, identico al ragazzo nei lineamenti ma più alto e pasciuto, al lavoro sul tavolo lucente del retrobottega; era intento a mozzare una testa di maiale con una mannaia simile a quella che avevo visto sul Ducato.

«Non ho ancora aperto ai clienti, e sei già il terzo che viene a chiedere di mio figlio» spiegò menando un colpo secco alle vertebre. «Il primo era un mezzo spostato dello stadio. Il secondo puzzava lontano un miglio di sbirro. E te chi cazzo ti manda?»

«Mi chiamo Tommy, e sono suo amico» trovai adatto qualificarmi. «Dovevamo vederci l'altra sera, e non s'è più fatto vivo. Mi basta sapere che sta bene.»

Il macellaio separò la testa dal corpo, la ruotò sul bancone volgendo il muso verso di me come fosse un feticcio per tenere lontani i cattivi spiriti.

«Di tutte le cose inutili, essere giovani è la più inutile di tutte» sospirò. «Ti credi immortale, fai le tue cazzate una dietro l'altra, le paghi quasi tutte, e poi fatichi per mettere la testa a posto. Tempo di avere un figlio, sei pronto a metterlo in guardia su tutti gli errori. E lo fai. Cazzo se lo fai. Quando serve gliele suoni pure, e sa il porcozio come ti senti a picchiare tuo figlio. Ma non servono le buone e non servono le cattive.»

Chissà se il professor Shiba ce l'aveva ancora con me per avere distrutto il monitor. La sua immagine era tornata al solito posto, racchiusa dentro una nuova cornice in oro bianco, levigata come richiedeva il nuovo decennio, ma l'ultima volta che avevo osato guardarlo la sua espressione era ancora risentita.

«Lo sai qual è il problema di voi giovani?» domandò il macellaio, la mannaia a mezz'asta. «Che non scoppia mai una guerra. È per questo che si facevano. Per decimarvi, coglioni!»

Mi cadde lo sguardo sul muso del maiale, e sentii la nausea invadermi.

«Chiedevo solo se lei sa dove...»

«Affanculo» rispose, vibrando un colpo sul tagliere per piantarvi lo spigolo della mannaia. «È lì che devi andare. E scommetto che ci trovi anche quel beota di mi figlio.»

## 36
# Abba Melèk

«Brutto, stare al gabbio» considerò Selva, bilanciandosi sulla sedia a dondolo dalla fodera polverosa piazzata nel giardino interno del Bar Carioca. «Mi spiace per loro, soprattutto per Raul. Però, se ci pensate, tutto questo bailamme è il segno che abbiamo fatto qualcosa di grande.» Sollevò sulla fronte i Ray-Ban a specchio da aviatore e riattaccò: «Mica capita tanto spesso che si mettano ad arrestare la gente a tutto spiano». Strizzò gli occhi a ripetizione, si inumidì le labbra come avrebbe fatto un anziano e propose: «Io dico che una maglietta celebrativa della battaglia ci sta tutta».

Da quando calava pastiglie, si stava riempiendo di tic, e i suoi lineamenti gentili avevano un che di corrotto.

«Ve la immaginate?» riprese, e figurò raggiante: «Una bella maglietta solo per i presenti, con la data sopra e la scritta "Tiberia delenda est". Diventa di culto in un attimo, dico bene?»

Viveva ancora dentro lo stesso sogno di quando eravamo andati a vedere *Platoon*. Non era diventato un marine né un commando dei corpi speciali, si era anzi presentato ai tre giorni con un fascio di certificati che dipingevano una salute delicata, precaria, praticamente minata. Però nella Bologna del 1992 poteva fare l'ultras, e trovava una soddisfazione speciale in quei pomeriggi di battaglia.

Lui, nipote d'un senatore, poteva mescolarsi alla teppa, era libero di sventagliare il suo spray addosso alle mezze figure e ai delinquenti professionisti, e anche se alla fine le prendeva era contento così.

«Sei arrivato sulla cima della montagna, Secco?» lo provocò Athos, seduto su un tavolino in metallo con le gambe penzoloni.

La maglietta attillata del Cocoricò gli disegnava un torso da Aiace, e i bicipiti sorgevano dalle brevi maniche raglan gonfi e tesi. Sembrava un miracolo che la seduta non scricchiolasse sotto il suo peso. «Oh sì, pisellino» riprese. «È così che ti senti. Sei tanto contento di stare lassù, slumi il panorama e fai i tuoi autoscatti da scemo con le dita a V. E mica ci pensi, coglione, che la parte più pericolosa della faccenda è la discesa.» Si mise zitto un momento, poi mi guardò allarmato e disse: «Ci hanno fotografati. Sanno nome, cognome e numero di scarpe di ognuno. Adesso è facile che vengono a chiedere conto un po' a tutti».

«Anche a noi?» cadde dalle nuvole Selva. Assunse un'aria modesta, ma subito un sorriso gli rischiarò il volto. Strizzò ancora gli occhi e sussurrò: «Togo».

Athos si affibbiò una manata sulla coscia, poi mandò una specie di nitrito insoddisfatto, tornò a guardare il Biondino e gli fece: «Chissà come te la ridi, simplex, se domani gli ussari ti tirano giù dal letto alle cinque».

Un tempo credevo che suo padre fosse l'uomo più forte del mondo. Mister Carboni era un eroe sempre allegro che saliva lungo scale altissime per salvare le persone dagli incendi; ora che la vita l'aveva piegato, costringendolo nel limbo della depressione, il mio amico era pronto a raccoglierne l'eredità.

La figura era sputata a quella di lui, mentre la mandibola forte già ombreggiata di barba a metà mattina e lo sguardo fiero, la folta chioma scura raccolta a coda e le sopracciglia pronunciate arrivavano dritti dagli antenati sanniti della madre.

Forse si poteva intuire già da bambini, come sarebbe diventato. Ma ormai sapevo che non c'era nulla da dare per scontato. Qualcuno si faceva male, e non riusciva mai a inverarsi nell'uomo che sarebbe dovuto diventare. Qualcuno si perdeva lungo strade sbagliate, e qualcun altro moriva, di colpo o un giorno alla volta. C'era anche chi, fra i regaz di Bologna city, si ammazzava da solo. Come Martino il mangiapastiglie, l'amico del bassista Alex, che non aveva retto il peso dei suoi problemi; aveva visto tutto buio, si era arreso all'idea del fallimento, e forse nel levarsi la vita pensava di fare una cosa da samurai. Invece era stata una mossa da perdenti integrali, l'apice dell'egoismo, la versione romantica d'un tradimento imperdonabile. Non ci pensava, il flippato, a quanto dolore si sarebbe lasciato dietro? A quale condanna infliggeva agli altri? Era così che si restava soli, senza musica e senza amici, al proprio funerale.

«Mica spero che ci leghino» si giustificò Selva. «Dico solo che la gente si ricorderà a lungo di questa battaglia. E noi c'eravamo, amici!»

«È proprio quello il punto» considerò paziente il Mezzosangue. «Dobbiamo concordare una versione, e raccontare tutti la stessa cosa. Parola per parola. Ma quel deficiente del Norcino deve dire le cose come stanno, altrimenti ci imbrogliamo sicuro!»

«Te l'appoggio» concesse il Biondino. «Dobbiamo andare a parlarci.»

Mi ritrovai addosso gli sguardi d'entrambi, e non potei fare altro che spalancare le braccia. «Lo sto cercando anch'io» ammisi. «Qui c'è qualcosa che non quadra.»

Athos incrociò le braccia sul petto e mi osservò severo. «Lo sai cosa non quadra, Tommy?» domandò in tono amaro. «Che ci siamo confusi. Un conto è fidarsi dei fratelli, che non ti metteranno mai nei guai.» Chiuse il pugno destro, lo agitò nella mia direzione con aria sofferta e disse: «Ma ce ne sono poche, di persone così».

Mi sentivo in colpa per avere lasciato che Cotenna si insinuasse fra noi. Avevo agito per interesse, alla fine. E ora che temevo di non vedere più né lui né i miei soldi, la vergogna si mescolava al risentimento.

«Sentite questa» sospirai. Indicai il dondolo e dissi: «L'altro giorno erano seduti proprio lì, lui e Aribò. E sapete cos'è saltato fuori?»

Presi a raccontare, e i miei fratelli mi ascoltavano in silenzio. Lo capivano senza bisogno di farmelo pesare, che stavo cercando il loro perdono.

Entrammo per ordinare un caffè, e gli avventori erano schierati a confabulare intorno al bancone. C'erano Eolo e Nelson Centocapelli, i gemelli Morgana, il cameriere Villiam e il vecchio custode Strazzari, che da qualche tempo camminava reggendosi a un bastone bianco e lucido che pareva fatto di zucchero. Appena ci avvicinammo ci guardarono tutti, come fossero in attesa del nostro arrivo.

«Oilà, giovani» ci salutò Kociss con un sorriso gelido. «Ve lo fate un bertigaro insieme a noi? Offre la casa!»

Non regalava mai nulla, neppure una spuma ai bambini, e comprendemmo che non si poteva rifiutare. Annuimmo nel silenzio di tomba ch'era sceso.

Il barista schierò per noi tre calici, prese la caraffa nella quale erano già miscelati granatina e vino bianco, la bibita ufficiale dell'estate al Bar Carioca, e li riempì con cura.

«Non è che vi abbiamo disturbati?» domandò timoroso Selva, ma Nelson, posato di gomito al bancone, gli scoccò uno sguardo di fuoco. Da quando avevano arrestato Zagor, era intrattabile.

Levammo i calici per un brindisi. Ci imitò solo Eolo, col suo bicchiere colmo di Fernet.

Kociss piazzò i pugni sul bancone, a un niente dai cerchi d'umidità lasciati dai tre calici, e sporgendosi verso di noi domandò: «Vi dice niente Abba Melèk?».

L'avevo già sentito, quel nome. Sul piazzale dello stadio di Tiberia, nel momento del massimo pericolo. «Il primo che scappa fa il viaggio legato dietro alla Corriera» aveva minacciato Iago nell'imminenza della carica, e aveva aggiunto sibillino: «Ricordatevi di Abba Melèk!»

«Non era il suo vero nome» spiegò Eolo. «Quello non si può dire.»

«E noi, infatti, non lo diciamo mai» confermò Villiam. Ci guardava con intenzione, e non capivi se fosse incazzato o si trattenesse a fatica dal venire ad abbracciarci.

«C'era una volta, al tempo di sticazzi, Abba Melèk» attaccò Kociss. «Il quartiere era diverso, allora. Una specie di paese, dove i ricconi come il cavalier Bonsignori e i poveretti come me si davano del tu. Noi sbarbati eravamo tutti amici, e lui era uno dei più amati.»

Athos e Selva ascoltavano in silenzio, attenti come quando il mister prendeva la parola nello spogliatoio angusto del Rapid. L'avevano capito anche loro che quella storia arrivava da un passato in cui i nostri padri – Carboni senior, il figlio del Senatore, il professor Shiba – erano stati ragazzi come noi.

«Era uno a posto» riprese Kociss. «In ballotta sapeva stare allo scherzo, e quando c'era da fare casino non si tirava mai indietro.»

«Quand'era in buona, era uno spasso» confermò Villiam. Fece per dare un sorso al suo bertigaro, ma arrestò il calice a mezz'aria e aggiunse: «Se gli pestavi i piedi, però, sapeva farsi rispettare».

«Ci divertivamo come ci si divertiva allora» ricordò il barista. «Gran partite di pallone, corse in bicicletta, e d'estate andavamo a fare il bagno al Lido.»

«Lido degli Estensi?» domandò Selva.

Villiam trattenne una risata di pena.

«Al Lido di Casalecchio, asino!» spiegò Eolo. «In mezzo ai ciottoli del Reno. Era quella la nostra villeggiatura.»

«È lì che Abba Melèk ha conosciuto la sua futura moglie» spiegò Kociss, e tese una mano avanti a sé come volesse raccontarci qualcosa di lei. «Ma andiamo con ordine» si frenò. «Ogni tanto, voialtri capirete, si combinava qualche malestro. Cose non esattamente consentite dalla legge.»

Il Biondino annuì con entusiasmo.

«Da che mondo è mondo, quel che succede dentro la ballotta resta dentro la ballotta» riprese il barista. «Lo sanno tutti, e lo sapeva anche lui.»

«Certo che lo sapeva» confermò Eolo. «Mica era scemo.»

«A diciott'anni capitava di farne qualcuna grossa» osservò senza passione Kociss. «A volte andava liscia, e a volte la pula ci trovava da ridire. Ma tutti sapevano comportarsi a modo, e se toccava a te la penitenza, te la tenevi senza fiatare.»

Il barista si fermò con tempismo teatrale, scuotendo sconsolato la testa, e io non riuscivo più a capire se quella storia era capitata davvero, o non fosse invece una sorta di parabola. «Per levarsi il cazzo dal culo, ha messo gli amici nei guai» la sua voce si fece aspra. «Se l'è cantata, l'infame, e la gente ha pagato al suo posto. Pensava di fare il suo interesse, ma ha sbagliato i suoi conti. Li ha sbagliati di grosso.»

«Bologna è piccola» sospirò Eolo, come fosse una maledizione, e io cominciavo ad aver paura.

«Al Sud gli sparavano in bocca e morta lì» notò Villiam, e aggiunse con favore: «Ma noi non siamo mafiosi. Se pesti i piedi a noi, non finisce in un giorno.»

«Nessuno ha più pronunciato il suo nome» rinverdì la maledizione il barista. «Così è diventato Abba Melèk.»

«Non era più nessuno» s'infervorò Villiam. «Era un fantasma, e un giorno alla volta ha perso tutto. La moto. La macchina. Anche la casa, alla fine.»

Dovevo ancora nascere, quando s'era consumata quella tragedia, o solcavo in passeggino gli stessi marciapiedi di quel Giuda? E il professor Shiba, a trovarselo di fronte, l'avrebbe riconosciuto?

«E non dimentichiamo la moglie» ricordò Eolo con una nota guasta d'allegria. Ci osservò con aria indulgente e garantì: «Se la sono scopata in tre mentre un altro faceva le riprese. Un film da Oscar, vi assicuro. Volevano vederlo tutti, e le proiezioni nei garage sono andate avanti per un pezzo».

«Una cosa non l'ho mai capita» ammise Nelson nel silenzio lubrico ch'era sceso. «L'hanno... costretta?»

Eolo fece un gesto come dire "metà e metà", e Villiam considerò: «Non è facile mangiare, se non trovi lavoro da nessuna parte. Così è diventata una puttana».

«A quel punto non hai scelta» salì ruvida la voce di Kociss. «Se non sei completamente pazzo, capisci che l'unica è mollare la città e scappare dove nessuno ti conosce.»

«È quel che ha fatto Abba Melèk» notò il tabaccaio. Buttò giù un buon sorso di Fernet, schioccò la lingua e aggiunse: «Certa gente, però, la sfiga se la porta dietro».

«Gli è andata male dappertutto» notò Villiam.

«Dopo sette anni è tornato» spiegò Kociss, e si versò da bere dietro il bancone. «Sperava nell'amnistia o qualcosa del genere, il disgraziato. Gli hanno detto di levare subito le tende. Si è intestardito a restare. E ha fatto la fine che ha fatto.»

La vena sporcacciona che aveva accompagnato il racconto

delle riprese amatoriali adesso era prosciugata. Restava solo l'arida consapevolezza d'una proscrizione in arrivo, e la sorpresa di scoprire ancora in vigore codici antichissimi.

«Io allo stadio non ci vado» osservò Nelson. «Però Zagor e gli altri hanno sempre fatto il diavolo a quattro senza che nessuno interferisse. O ti legavano in flagranza, o bona lé. Invece stavolta li sono andati a pescare a casa, con uno spiegamento di volanti da operazione antimafia.»

«Bolle in pentola qualcosa di grosso» notò Max Morgana.

Parlavano tutti insieme, adesso, e ognuno garantiva che la madama, prima di muoversi in forze, voleva avere qualcosa in mano. Una confessione, o una testimonianza firmata.

«Capito come gira il fumo, sbarbi?» domandò Nelson fissando noi ragazzi. «Qui qualcuno ha cantato.» Diede un sorso al suo bertigaro senza levarci gli occhi di dosso, poi abbassò il bicchiere con una smorfia, come se nella bibita fosse finito il pepe.

«Certo che avete una bella fortuna, kamaraden» osservò malizioso il Morgana mangiacartoni. «Eravate a far casino con gli altri, eppure non vi rompe le scatole nessuno.»

«Cosa vuoi dire?» s'inalberò Athos. «Parla chiaro, Clod!»

«Ci stai dando degli infami?» gli fece eco Selva. Aveva di fronte una pattuglia di adulti, ma l'indignazione lo accecava. «Usciamo io e te, e prova a dirlo di nuovo!»

«Vuoi morire, nano?» lo provocò Clod.

«Non fare il coglione» alzò la voce suo fratello.

«Se voglio dire una cosa, la dico chiara e tonda, Carboni» riprese la parola Nelson. «Siete i nostri sbarbi e nessuno vi sta accusando di niente. Ma chi ha cantato era a Tiberia. Ottanta persone, e una di loro è l'infame.»

«Ottantuno con l'iscariota» confermò Eolo.

Sapevano anche i dettagli. Chissà quanti ne conoscevano gli ussari, ormai.

«Difficile capire adesso chi ha fatto la cornetta» stabilì Kociss, e buttò giù il suo bicchierino. «Ma lo sapremo presto. Sotto le deposizioni serve un nome e un cognome. E appena i ragazzi li leggeranno, per il nuovo Abba Melèk sarà la fine.»

L'indomani, all'uscita di scuola, mi venne incontro circospetto un tizio con il berrettino viola dei Lakers e un paio d'occhiali a mosca dalla montatura in plastica trasparente. Il cuore mi saltò in gola quando lo riconobbi: Cotenna indossava un paio di jeans lunghi col risvolto, e anche la camicia a pois non era da lui.

«Dove cazzo eri finito?» gli ringhiai in faccia. «T'ho cercato anche in macelleria!»

Senza una parola m'invitò a seguirlo. Svoltammo davanti all'ingresso del teatro Duse, e come prendemmo per via Cartolerie lo scossi per un gomito.

«Allora?» lo incalzai.

Per tutta risposta levò il berretto. Si era tagliato i capelli a boccia, come un militare o un malato di rogna. «È successo un imprevisto» mi svelò, raccogliendo qualcosa dalla cupola rovesciata del berretto. «Un casino col vecchio Dritan.»

«E sarebbe?» cominciò a montare l'ansia.

«L'erba per te non ce l'aveva» spiegò passandomi un pacchetto di cellophane appiattito. «Per farmi perdonare ti ho portato un presentino, socio.»

Cosa cosa? Gli avevo mollato il capitale, e pensava di cavarsela così?

«Non se l'aspettava che gli chiedessi due hamburger in più» spiegò mentre facevo sparire in tasca quel regalo compromettente. Ma tranquillo, ché a giorni ne trova altra anche per te.»

«Tranquillo il cazzo!» protestai. «Prima sparisci, poi ti presenti vestito da carnevale...»

«Zitto!» fece sistemandosi daccapo il berretto. «Sono un ricercato.»

«Cosa?»

«Qui bisogna stare pronti a tutto» mi ammonì. «Stanno legando i ragazzi uno dopo l'altro.»

Sfilavamo sotto la facoltà di Lingue, e io sentivo una trappola che mi si spalancava sotto i piedi. Quello era una scheggia impazzita, e non era più il tempo di fare i diplomatici. «Se non c'è l'erba, voglio i soldi indietro.»

Mi guardò con una smorfia triste da dietro gli occhiali fuori misura, quindi accennò al vicolo del Collegio illirico-ungarico. «Andiamo un attimo in sambo» propose.

Voleva stare in sambo? Non chiedevo di meglio! Così se mi diceva che i soldi non c'erano più, eravamo già in un posto adatto per saltargli al collo e strozzarlo. Solo nell'imboccare quello stradello che ripiegava discreto verso via Castiglione valutai che poteva essere armato.

«Qui arrestano tutti, socio» menò il can per l'aia. Sulla destra costeggiavamo una parete cieca, il portico a sinistra era deserto, e io non perdevo di vista le sue mani.

«Dove sono, i copechi?» andai al sodo.

«È per quello che sono venuto» spiegò. «Con l'aria che tira, è meglio sospendere le operazioni.»

Si batté due dita sulla tasca destra, ne cavò fuori la busta dell'Air Mail, e nel rivederla quasi gliela strappai di mano.

«Così siamo paciati, socio» disse nel passarmela. «Nessuno deve niente a nessuno.»

La cara busta era tornata, grazie al Cielo! Ne scostai l'angolo per ammirare le mazzette che la farcivano, e mi parvero più in forma che mai, come se quella sgroppata fuori dal pascolo di sempre avesse giovato loro.

«Proprio non ti fidi, di me» notò. «Cosa credevi, che scappavo?»

«Mai detto» notai, mentre affondavo la busta in tasca, al sicuro, di nuovo a casina bella. «Avevo paura che avessi dato i soldi a Dritan, e recuperarli fosse un problema.»

«Potrei essere in galera prima di domattina» replicò amaro. «E l'unica cosa a cui pensi sono i tuoi copechi di merda.»

Riuscì quasi a farmi sentire avido.

«A proposito» gli feci mentre costeggiavamo il convento di San Giovanni in Monte. «Ti dice niente il nome Abba Melèk?»

«È come dire Giuda» spiegò rabbuiato. «Perché me lo chiedi?»

«Ne parlano tutti» osservai. «Dicono che c'era un infame, a Tiberia. È per quello che arrestano la gente.»

«Non l'hai ancora capita?» domandò. «Qualcuno ha parlato. Qualcuno di quelli che è dentro.»

Eravamo paciati. Nessuno doveva niente a nessuno, così ormai gli potevo dire le cose come stavano.

«Raul, scommetto» lo provocai.

«Io nomi non ne faccio» ripeté il suo mantra. «Non ne ho

mai fatti e mai ne farò. Ma per chi ha visto come sono andate le cose, basta fare due più due.»

Non sapevo cosa intendesse, e non m'interessava. Ormai lo conoscevo abbastanza bene da sapere che perderlo era meglio che trovarlo.

Camminavamo di buon passo, così vedemmo presto la luce radente che, oltre il fondo del vicolo, disegnava un arco di portico decorato in terracotta. Era come se fosse il traguardo d'una strana partita che avevamo giocato insieme. Mi era fruttata il necessario per fare a Ester una sorpresa clamorosa, ma non mi dispiaceva che fosse finita.

«Lo so che mi hai fatto la cresta sopra per tutto questo tempo» spiegai. «Ci stava, per carità. Ognuno coi suoi soldi fa quel che gli pare. Ma non fare tanto il santerellino con me.»

«Tommy!» reclamò offeso. «Cosa cazzo stai dicendo, adesso? Ti hanno convinto a rivoltarti contro di me, vero?»

Il traffico di via Castiglione era sempre più vicino, e ormai non avrebbe potuto riprendere la busta in nessun modo.

«Perché hai raccontato ad Aribò che è stato Pepe, a fargli battere la testa?» domandai a bruciapelo.

Mise su un'aria inorridita e fece per scuotermi una spalla, ma arrestò la mano a mezz'aria e la lasciò ricadere con un sospiro di resa. Sembrava sul punto di scoppiare a piangere, e scuotendo la testa sospirò: «Allora siete tutti d'accordo. Volete farmi impazzire». Sfilò gli occhiali e guardandomi desolato volle sapere: «Non ti ricordi più, Tommy? Tu c'eri! Se non è stato Pepe, chi cazzo è stato?».

«Quand'ero piccolo non stavo mai fermo» raccontai a Ester, mentre le fronde del tiglio incorniciate dalla finestra danzavano leggere nel vento di giugno. «Si giocava in cortile da nonna, si leggeva, si studiavano gli atlanti; una cosa dietro l'altra col terrore di fermarsi» ripresi. «Piuttosto che far niente si scavava un buco nell'orto. Tutto pur di non stare mani in mano. Per questo odiavo essere malato.»

Ripensai con un brivido alla sensazione della fronte che scottava, all'aroma forte degli impacchi che mamma mi metteva sul petto, al piccolo conforto di soffrire dentro un pigiama di spugna, più comodo dei pigiami da uomo con i bottoni che finivano sempre per staccarsi e perdersi nel letto.

«A volte credevo che sarei morto» confessai, e i pigolii dei passeri sembravano scandire il final countdown verso la nuova estate.

«A me piaceva, ogni tanto, avere la febbre» spiegò Ester. «Mia madre mi leggeva le storie, e mi faceva delle cose buone da mangiare.» Mi rivolse uno sguardo carico di pietà e ammise: «Per me, però, era facile. Io ero sicura che sarei guarita».

«Col tempo non mi sono più preoccupato così tanto» cercai di darmi un tono. «Era una cosa che mi capitava da piccolissimo» minimizzai.

«Quinlan piccolissimo» mi canzonò. «Chissà com'eri buffo.»

«Buffo? Ero il bambino più bello del mondo» volli stare al gioco. «Se mi conoscevi all'asilo, ti innamoravi all'istante. Seguro.»

Sorrise divertita all'idea.

«È un peccato che tu mi abbia incrociato in un periodo complicato» mi rammaricai. «Alle medie ero in piena fase Supersfighè.»

Era brutto da ammettere, ma sapere Raul al fresco mi regalava una sicurezza mai sperimentata. Non incombeva più su di noi, adesso che la sua Vespa a bolli rossi era ferma e i suoi racconti irriverenti non potevano uscire dalle quattro pareti d'una cella. "È tutto scemo, quello" l'aveva liquidato. "Speriamo che la lezione gli faccia bene", e nessuno l'aveva più nominato.

«Anch'io ero inguardabile, ai tempi del Bunker» sospirò Ester.

«Se erano tutti innamorati di te!» esclamai, sollevando gli occhi al planisfero dipinto sopra le nostre teste. «Io almeno lo ero.»

«Si vede che ero simpatica» si schermì. «Bella proprio no.»

Stavo sognando a occhi aperti, o anche lei sembrava sollevata al sapere che il giovane diavolo non ci avrebbe potuti disturbare?

«E insomma, hai ancora paura di annoiarti?» mi fece.

«Proprio no!» esclamai. «Adesso è esattamente il contrario. Succede una cosa dopo l'altra, a mitraglia, e sembra che non ci sia un attimo di pace.»

«La pace» considerò. «Che bello sentirtela in bocca, Tommy.»

Mi sorrise come non mi aveva mai sorriso, e una speranza meravigliosa mi accese l'animo.

Le andai vicino, i volti che quasi si sfioravano, e restai a guardarla da lì mentre osavo per la prima volta carezzarle le guance.

«Ti ricordi come fa Humpty Dumpty con Alice?» domandò, e trattenne un brivido: «Mi ha sempre fatto una paura dannata, quell'ovaccio!»

Se aveva paura, io potevo abbracciarla. Purché non smettessimo di guardarci da vicinissimo.

«Cosa le dice?» domandai.

«Fa il superbo, appollaiato in cima al suo muro. Non le risponde. La tratta malissimo. Lo odiavo, per quello. E mi viene sempre in mente, quando sento le voci dei signori sotutto che ti danno consigli non richiesti.»

Non ero sicuro di avere afferrato, ma non avevo mai guardato le sue ciglia da tanto vicino, e mi parve adatto incoraggiarla a proseguire.

«Pensavo che è bello poterli zittire. E fare quello che ci si sente davvero.»

A me lo diceva? Era una specie di permesso, giusto?

«Da piccoli era difficile» la sentii sospirare. «C'era sempre qualcosa che...»

Non la stavo più ascoltando. Cercavo le sue labbra, adesso, col terrore che mi facesse la scimmia ubriaca. Invece restò lì, e quando mi resi conto che ci stavamo baciando sulla bocca mi parve di sentir riecheggiare un grido di vittoria che traversava i secoli.

Dopo tanto tempo, Ester mi stava regalando un bacio, forse addirittura una promessa. E, a prestare ascolto, sembrava che la sua bocca raccontasse una storia tenera ed emozionante, una storia che m'interessava da sempre.

Solo quando riaprii gli occhi e mi trovai addosso il suo sguardo compresi che la mia bocca era rimasta orfana. La principessa polinesiana mi fissava con una nota struggente di malinconia, e intanto sorrideva complice, come una bambina al compagno di marachelle.

«Tu lo sai come finirà, vero?» mi sorrise, e non poteva esistere al mondo un'altra ragazza bella com'era lei in quell'istante preciso.

«Non lo sa nessuno, come finirà» diedi voce alla speranza. «Il futuro è ancora da scrivere.»

«Ci faremo male, noi due» pronosticò. «Non è un modo di dire» chiarì scuotendomi per una spalla, e sembrava terribilmente seria. «Mi chiamerai stronza, e maledirai il giorno in cui mi hai aperto il tuo cuore. Lo sai, vero?»

Cosa diceva, adesso?

«Non ti chiamerò mai così» promisi. «Io ti voglio bene.»

«È come dico io» si ostinò. «Lo sai o no, Quinlan?»

Faceva la bisbetica per gioco, o cercava davvero di dirmi qualcosa? Non lo sapevo, ma avevo bisogno di ascoltare ancora quella storia bellissima che s'ascoltava a occhi chiusi.

«Tranquilla, piccola» assicurai. «Nessuno vuole fare male a nessuno», e tornai a cercare le sue labbra.

«Immagino lei non disponga d'un libretto degli assegni» notò il direttore di Magellano Viaggi con aria rammaricata. Gettò uno sguardo alla mia carta d'identità squadernata sulla scrivania e aggiunse: «Sarebbe più comodo, signor Bandiera». Se l'era già scordato due volte, il mio nome. Se non guardava il documento, proprio non gli restava in testa.

«Vorrei pagare coi soldi» spiegai.

«Contanti, allora» sospirò, e restò a fissarmi.

Mi battei una mano sulla tasca, ma compresi in fretta che quel gesto non poteva bastare a convincerlo.

Li voleva vedere, i copechi. Giustamente.

E io ci tenevo ad andare d'accordo, ché doveva prenotarmi i voli della British e sette notti con colazione al New Rose Hotel di Chalk Farm road, a due passi dal mercato delle pulci e dalla sequenza di locali più interessanti della città.

Assistette all'apertura della busta con aria inorridita. Forse neppure gli zingari si presentavano da lui a quella maniera, con le banconote tenute insieme dagli elastici.

«Contiamoli insieme» proposi disinvolto. Liberai la prima mazzetta e iniziai il gioco di prestigio delle somme. Erano quasi tutti bernini. «Mi pare che mezzo palo c'è tutto» assicurai. «Mezzo milione, intendo. Controlli pure», e spinta la lira dalla sua parte, liberai la seconda mazzetta.

«Lei studia, presumo» mi fece l'uomo.

«Al Caimani» specificai.

«Encomiabile. Ma le posso chiedere come mai un liceale...»

«Nel tempo libero vernicio saracinesche» prevenni la domanda. Ero preparatissimo. «L'anno scorso mi hanno bocciato, e per punizione mia madre mi ha costretto a sistemare la porta del garage. Poi ci ho preso gusto ed è diventato un lavoretto. Ed ecco come ho messo insieme il gruzzolo.»

«Capisco» ammise. «Ma mi permetto di consigliarle l'acquisto d'un portafogli. Se ne trovano di tutte le fogge, e risultano molto pratici.» Si chinò sulla scrivania e aggiunse a mezza voce: «A portare i denari in giro così, qualcuno potrebbe pensare che sono di provenienza sospetta».

Dubitava di me, ma sul punto dovevo dargli ragione. «Ne comprerò uno» assicurai, mentre controllava con aria assorta le banconote.

Squadernai la seconda mazzetta, e all'improvviso l'uomo esclamò con aria severa: «Eh! Eh! Eh!».

Saggiò fra due dita il lembo di un bernini, e quando lo sollevò per osservarlo in controluce cominciai a preoccuparmi: che mi avessero rifilato un cinquanta tarocco?

«Qualcosa non va?» domandai impietrito.

L'uomo pescò un'altra carta vermiglia, controllò anche quella in controluce e scoppiò a ridere. «Mi risparmi la fatica» sospirò. «Son tutti così, i cinquanta?»

«Così?» balbettai. «Così come?»

«Ne prenda qualcuno dei suoi» m'invitò. «Ne bastano un paio.» Aprì le mani, unì le dita e sospirò: «Lei sa cos'è un numero di serie?».

Ero talmente confuso che non sapevo se mi convenisse negare o dargli corda.

«Dia un'occhiata ai suoi» m'invitò, liberale. «Cosa vede?»

Cosa dovevo vedere? Della fresca. I soliti, vecchi, cinquanta sacchi col bernini che accennava un sorrisetto sornione.

«Vede questa serie alfanumerica?» m'indicò la parte bassa d'una banconota. «Ogni banconota che esce dalla Banca d'Italia ha la sua. Diversa da tutte le altre. È la loro carta d'identità. E se due sono uguali, c'è qualcosa che non va.»

Scorsi fra le dita la mia mazzetta. Coño y mierda! I numeri di serie erano tutti uguali!

«Questo denaro è falso, giovanotto» sancì il titolare mentre squadernavo l'ultimo lotto abbandonato nella busta. Stessa storia: portavano tutti la marca della peste scarlatta.

All'improvviso una specie di punteruolo mi si era conficcato nel plesso solare. Un punteruolo, o il più mostruoso attacco d'acidità di stomaco della storia. Quel bastardo di Cotenna si era grattato le carte buone e mi aveva restituito della carta straccia.

«Sono rovinato, cazzo!» gemetti con le mani fra i capelli.

«Lo sa che dovrei chiamare la polizia, vero?» domandò l'uomo.

«Mi hanno fregato!» esclamai. «Non ne sapevo niente, lo giuro!»

Confuso com'ero, sulle prime non compresi nemmeno cosa mi avesse colpito. Mi reggevo incredulo al bordo della scrivania, e solo la certezza acustica, il rumore pieno della sua mano aperta contro la mia guancia, insisteva a dirmi che sì, quell'uomo composto mi aveva davvero tirato uno schiaffo.

«Noi qui lavoriamo» spiegò tranquillo. «Dedichiamo il nostro tempo a realizzare i sogni della gente. E cercare di ripagarci con cartamoneta fasulla è una mancanza di rispetto bella e buona. Lo capisce, questo?»

«È... impazzito?» balbettai.

Spinse dalla mia parte tutti i denari e disse: «Adesso lei raccoglie i suoi soldi del Monopoli, si alza e se ne va senza dire "beo"». Poi raccolse la mia carta d'identità per un angolo, e me la porse come fosse una schifezza. «Non dimentichi questa, signor... Non me lo dica. Tanto lei qui non c'è mai stato. Noi due non ci siamo mai visti, vero?»

"Norcino infame" recitavano le scritte fresche a vernice spray. "Norcino spia."

Tappezzavano i muri del quartiere ad altezza testa, perentorie come una messa al bando; erano firmate con la sigla dei Wild Boys, e scandivano le tappe della via crucis verso casa di Cotenna.

Che fosse scappato o meno nella fase finale della battaglia, adesso non importava più a nessuno. Lo accusavano della colpa più grave. Aveva cantato.

Mi sentivo in pericolo, nell'avvicinarmi a casa sua, ma l'urgenza era troppa, e non potevo consentirmi prudenze: se volevo recuperare i copechi, dovevo andare a stanare quel bastardo. Sarebbe servito minacciarlo? O mi toccava appenderlo al muro? E se quello tirava fuori una delle sue scuri da macellaio, come la mettevo?

Non importava. Dovevo provarci. Se non per me, dovevo farlo per Ester.

Posteggiai la Vespa davanti al solito pannello pubblicitario. Le chiappe da sogno delle mutande Roberta erano sfregiate da un messaggio definitivo: "Abba Melèk – Sei morto".

Scesi col cuore in gola verso la rampa del garage, e quando ne trovai la porta socchiusa fui tentato di darmela a gambe.

Poi pensai al New Rose Hotel, ai baci della principessa polinesiana, e scostai l'uscio quel tanto che bastava per scivolare dentro.

Entrai dov'era solo silenzio e penombra; era tutto sottosopra come fosse passato un tifone, e quando vidi Cotenna sdraiato a faccia in giù sul fondo dell'ambiente profanato, mi resi conto che la galera era l'ultimo dei suoi problemi.

La faccia affondata in una pozza di sangue e morchia, giaceva a torso nudo su un tappeto di vetri in frantumi, bulloni e attrezzi da meccanico; la gamba sinistra era piegata in maniera innaturale, il piede assurdamente rivolto all'insù, ma appena mi chinai su di lui mi accorsi dal movimento del dorso che respirava.

Chi gli voleva male era stato più veloce degli ussari: l'avevano sorpreso, o forse lo aspettavano nascosti dentro, e lo avevano ridotto a un cristo in croce. L'arredamento era stato distrutto in maniera scientifica come al Bar degli Etruschi; sul ponte elevatore deserto era finito un cuscino sventrato del divano, il tavolino era gambe all'aria, ogni scansia ripulita da un colpo di spugna che aveva scaraventato tutto a terra fra le pagine strappate dei giornali.

Non si vedeva più nemmeno la sciarpa dei Wild Boys.

Mi sentii come quando si accende un fumogeno. Magari hai fatto cilecca al primo colpo, magari ne sono serviti addirittura tre, ma una volta che schizza dalla testa del tubo la prima fontana di luce, non c'è più niente da fare per arrestarlo: dalla base delle scintille sorge in fretta una nube colorata, sempre più densa, che reclama il suo spazio e satura in fretta.

Finalmente mi sembrava di capire: non erano stati lì soltanto per dargli una lezione; ad Abba Melèk andava portato via tutto, e chi l'aveva punito cercava qualcosa. Il suo tesoro.

Mi avventai sul divano: l'avevano ribaltato e spogliato dei cuscini, avevano sventrato con le lame le fodere dello schienale e i braccioli. Ma non ne avevano spostato la mole dal solito posto.

Lo trascinai lungo il pavimento, come aveva fatto Cotenna quando mi aveva mostrato la botola segreta, e quando vidi ch'era ancora chiusa dal coperchio in cemento mi sarei messo a uggiolare per l'eccitazione.

Non l'avevano trovato.

Sollevai per l'anello la copertura, la depositai a terra e raccolsi a due mani la borsa di iuta. Anga sgevù! Era colma di pani di ganja! Li contai incredulo: otto, dieci, dodici. Due chili e mezzo d'erba: il mio risarcimento, con gli interessi.

Avrei dovuto raccogliere l'erba e scappare a gambe levate, ma sul fondo del pozzo c'era il nostro striscione piegato con cura, e posata sopra quello c'era una busta di plastica trasparente chiusa da un bottone automatico.

La aprii con dita tremanti: c'erano il passaporto del Norcino, il pieghevole d'un villaggio turistico in riva a un mare cristallino, e un biglietto aereo dell'Iberia. Destinazione L'Avana, partenza di lì a tre giorni. Altroché galera. Prima il Norcino aveva fatto la cornetta e adesso si preparava a piazzare l'ultimo giro per telare a tasche piene.

Valutai di portare via il passaporto e distruggere il biglietto, ma subito mi diedi dell'idiota; che andasse pure, l'uccel di bosco. Cuba o dove voleva, purché si levasse di torno e non tornasse più. Risistemai tutto nella busta, e la lasciai ricadere nella botola.

Raccolsi lo striscione, invece, lo spiegai per metà e me lo posai a cavallo d'una spalla come un mantello in grado di proteggermi dai cattivi spiriti, strinsi al petto la borsa di iuta colma di pani e, mormorando una preghiera, scivolai fuori.

Via libera. Presi a salire in diagonale la rampa dei garage. Io lì non c'ero mai stato.

Mia madre quella sera era andata al cinema con Pier, così solo il professor Shiba mi vide sgattaiolare fuori di casa a mezzanotte, il tesoro di Abba Melèk nascosto dentro il borsone del Rapid.

Una volta in strada, sistemai il carico sulla pedana e avviai il motore col minimo della forza bastevole a dargli vita. Filai per strade secondarie cauto come trasportassi un lampadario di Versailles, e mi fermai solo ai piedi della recinzione che delimitava il cortile di nonna Sandra

Da quando nonna era morta la casa era rimasta chiusa. Mi era giunta eco di dissapori tra i fratelli sul destino di quell'appartamento spazioso, ma una cosa era certa: per il momento non ci abitava nessuno. Era ancora nostra, ed ero pronto a scommettere che nessuno aveva più messo piede nell'orto.

Issai il borsone sulla traversa in pietra, vi montai a cavalcioni, recuperai il carico e saltai dentro.

Scivolai nel cuore del cortile, pronto a difendere il mio diritto a essere lì, ma in giro non si vedeva nessuno; la facciata del palazzo si stagliava come l'oscura murata d'una nave all'ancora, e solo una finestra al primo piano era rischiarata dai bagliori azzurrognoli della tele.

Svettavano nella notte come le mura d'una città antica, le fronde del boschetto di oleandri che aveva la mia stessa età, e mi venne da sorridere nel ripensare a quando m'illudevo che potesse diventare alto quanto la torre degli Asinelli. Sul lato della vecchia rete perimetrale era tutto un debordare di foglie a punta di lancia; nello scostare il cancellino rugginoso che difendeva l'ultimo fazzoletto di terra della mia famiglia, provai la sensazione di ritrovarmi a casa dopo un lungo viaggio.

Addossai il borsone al vecchio recinto in pietre di luna, e mi diedi dell'imbecille per non essermi portato dietro una pala. Adesso mi toccava scavare a mani nude come in spiaggia.

Mentre valutavo i contorni della mia dabbenaggine, lo sguardo corse all'angolo dove un tempo lasciavamo gli attrezzi.

Tombola! Semisepolto fra le gramigne trovai un badile: lo

soppesai grato, e finii per convincermi che fosse lì dal giorno in cui avevo aiutato Aldo e Ianez a estirpare la vigna.

Chino al piede dell'oleandro capostipite, presi a scavare in silenzio la materia morbida e nera da cui il mio boschetto traeva nutrimento.

Era la terra di nonna Sandra, e là sotto il tesoro sarebbe stato custodito dagli spiriti buoni.

## 37

# Il tesoro dei pirati

Ero nascosto dietro la porta spalancata della cucina, le spalle premute contro le piastrelle celesti che rivestivano la parete, la bocca gocciolante della mia arma sollevata all'altezza della testa.

Dal mio riparo non scorgevo che una minima parte dell'ambiente, ma ero sicuro che, prima o poi, Ester si sarebbe mossa, e il rumore dei suoi passi l'avrebbe tradita.

Era solo questione di avere pazienza, controllare la respirazione e confidare nelle doti di pistolero sviluppate in cortile, quando ci sparavamo con le Jaguarmatic dal tappo rosso e le rivoltelle dai caricatori a corona che si compravano in cartoleria.

In teoria ci eravamo visti per sostenerci a vicenda mentre preparavamo le ultime interrogazioni dell'anno. Poi avevamo messo su *Puta's Fever* dei Mano Negra, e la voglia di applicarci s'era sgretolata sotto le percussioni tribali di *King Kong Five*. Ci eravamo sorpresi a ballare da seduti, e il contagio del ritmo ci aveva portato a dimenarci al centro della stanza ridendo come due folli. Come non bastasse il turbamento di vederla danzare con le spalle nude e i pantaloni indiani a stampe variopinte, c'era stato un abbraccio complice, una specie di seguito galante a quella coreografia.

Ester mi aveva rivolto uno sguardo promettente mentre mi si stringeva addosso, ed io ero rimasto esterrefatto di fronte alla proposta matta di caricare i mitragliatori da spiaggia.

«Non ti va di giocare alle sparatorie, Quinlan?» mi aveva mandato in confusione mostrando i mitra ad acqua della sorella.

Davvero potevamo spararci addosso senza preoccuparci di bagnare casa?

Ma certo! Tanto era solo acqua e l'avremmo asciugata in fretta. E poi sua madre e Diana erano a Firenze, e non sarebbero tornate prima di sera.

«Guarda che sono micidiale» mi aveva messo sull'avviso nel passarmi una specie di fucile a fiocina giallo e salmone, la canna sormontata da due serbatoi accoppiati d'un verde saturo non disponibile in natura. «Non metterti a frignare appena ti faccio secco.»

Mi provocava come una ragazzina, e quando mi era stato ordinato ero corso col cuore in gola a nascondermi dabbasso.

Era la sola persona al mondo con la quale mi potevo emozionare a usare un mitra ad acqua, era la mia bassista preferita, la ragazza con la quale volevo andare a Londra, la sola persona al mondo di cui fossi innamorato.

Adesso la sentivo muoversi lungo il corridoio alle mie spalle.

Veniva avanti con un cauto passo pattinato, e sapeva che non dovevo essere lontano. In cucina, o sul balconcino. Altre possibilità non c'erano.

Quando si accostò alla porta che mi nascondeva, me la trovai così vicina che potevo sentirla respirare. Rideva in sordina, il fiato corto, tesa e pronta a fare fuoco. Forse anche a lei capitava raramente di giocare partite tanto coinvolgenti con i Liquidator.

«Mani in alto, Quinlan!» intimò affacciandosi sulla cucina. «Getta l'arma e vieni fuori con le mani dietro la testa! È la tua ultima occasione di uscirne vivo!»

Stava bluffando. Non mossi un dito.

Era appostata dietro lo stipite dell'ingresso, curva in avanti e con le ginocchia piegate. Distinguevo attraverso lo spiraglio verticale fra i cardini della porta il serbatoio lucido del suo mitra, i suoi capelli morbidi e la pelle ambrata d'una guancia.

«Sei in terrazzo!» insistette. «Vedo l'ombra!»

Io, zitto.

Aspettai che entrasse in cucina, e quando i suoi passi si furono allontanati a sufficienza, me la trovai a tiro. Mi dava le spalle, incerta se sporgersi sul balcone, l'arma puntata con un angolo incongruo verso il soffitto; si mordicchiava le nocche della sinistra, e il petto generoso andava su e giù per la tensione.

Puntai con calma il mitra verso quella preda sublime e abbassai senza una parola la leva dello stantuffo. Appena Ester venne raggiunta dallo zampillo, mandò uno strillo di terrore.

«Beccata, bella!» annunciai mentre l'acqua le saltava contro la spalla nuda, sulla canottiera e sui capelli lucidi.

«Pietà!» reclamò un'ottava sopra, ma era troppo bello vederla saltare ridendo come impazzita. Quando comprese che non avrei smesso di sparare, aprì il fuoco anche lei.

«Sono dei corpi speciali, io» mi vantai, ma ormai il mio getto si era trasformato in una fontanella sfiatata, così feci il gesto di consegnarmi.

«Adesso ti arrendi, manigoldo?» protestò e si fece sotto per scaricarmi addosso il suo mitragliatore. L'acqua mi zampillava addosso, così lasciai andare l'arma, mi portai le mani al cuore e finsi di morire.

Ridemmo insieme, lei scrollando i capelli bagnati e io ipnotizzato dalle goccioline iridescenti che ora le impreziosivano il viso, le braccia, la scollatura.

«Siamo due scemi» osservò considerando lo sfacelo d'acqua sul copritavola gommato e sul pavimento. «Però è stato forte. Dobbiamo rifarlo, Quinlan. E la prossima volta mi nascondo io.»

Le presi la mano e sussurrai: «È una vita che ti nascondi, Ester».

Mi guardò con una sorta di nostalgia negli occhi. Le andai incontro col cuore che mi batteva all'impazzata. Le sfiorai le labbra con un dito e finalmente ci baciammo come un uomo e una donna si possono baciare.

Ci stringemmo l'uno all'altra, fradici com'eravamo, e un minuto dopo le nostre mani correvano sotto i vestiti.

Mi guidò ridendo su per le scale, e quando fummo chiusi nel suo rifugio dal soffitto obliquo sfilò la canottiera, la impiegò per asciugarsi le mani e mise sullo stereo *Dogs of Lust*.

La saracinesca della finestra venne abbassata per tre quarti.

La ragazza che desideravo da una vita era di fronte a me,

a un passo dal suo letto, con indosso soltanto un reggiseno e un paio di calzoni leggeri all'indiana. Suonava la mia canzone preferita, e fino a sera non ci avrebbe disturbato nessuno.

«Mi prometti una cosa sola?» mi domandò a voce bassa.

Quello che voleva.

«Voglio che tu sia sempre gentile con me, Tommy. Gentile come sei adesso.»

Le bastava così poco? Annuii, sopraffatto dalla gratitudine, e mi meravigliai quando volle suggellare la nostra promessa con una stretta di mano.

«Sei tu che mi sei venuto a cercare» mise in chiaro. «Riconosco che hai un bel coraggio» aggiunse, e abbassò lo sguardo. «Io non ti farei mai del male apposta, Tommy. Ma sono esattamente chi sono, e ormai mi conosco...» Agitò la mano come per scusarsi e cancellare quel che stava dicendo, poi sospirò: «Io non voglio che mi dici mai delle parole brutte. Me lo prometti?».

Ci fissammo gravi come due persone che concludano un accordo solenne, valido a tempo indeterminato, poi lo sguardo di Ester tornò a farsi languido, e la sua mano scivolò fuori dalla mia.

«Rilassati, Quinlan» mormorò al mio orecchio. Sentivo addosso il suo reggiseno bagnato. Il suo profumo d'agrumi e latte fresco. «Sono solo coccole.»

Mi baciò sul collo, lo coprì di piccoli morsi, e io mollai gli ormeggi.

Dov'eravamo? In camera sua? Sull'Isola del Gran Corsaro? O già a Camden?

Ester aveva preso fra le dita belle l'orlo della mia polo, e con labbra tremanti la sollevava lentamente lungo il torso.

Alzai le braccia per agevolarla, e in quella vidi la mia ombra allungarsi sulla parete: con le sue mani al cielo, pareva quella d'un uomo che esulta. O s'arrende senza condizioni.

Facevo correre l'indice lungo il filo della sua schiena, dalla fossetta alla base delle chiappe su fino al collo, e intanto la guardavo negli occhi da un palmo di distanza. I capelli morbidi sparsi sulle spalle, la principessa polinesiana mi fissava rasserenata, e non poteva esistere al mondo uomo più fortunato di me.

Io avevo baciato le sue spalle e il suo seno, io avevo avuto i suoi occhi addosso mentre ci cercavamo e li avevo visti chiudersi quando ci eravamo trovati.

«Ti amo, Ester» mormorai.

Sollevò l'indice davanti al naso. «Non dire queste cose, Tommy. Finisce sempre che uno si pente.»

«È la verità» obiettai. «Perché dovrei pentirmene?»

«Chiudetevi in casa, gente! È arrivato Quinlan il permaloso!» sorrise Ester. Si ravviò i capelli dietro l'orecchio e posò la mano sul mio petto. Sino a un'ora prima, il tocco di quel palmo sul torace sarebbe bastato a rendermi felice. Adesso che sapevo come potevamo stare insieme, invece, mi parlava di nostalgia e risvegliava in me il desiderio.

«Ci pensi che siamo cresciuti praticamente fianco a fianco?» domandò. «Fin da piccoli, dico.»

«Ci ho pensato parecchie volte» ammisi. «E non sapevo se era una fortuna o no.»

Quel che volevo dire l'avevo detto nella maniera più goffa, ma non feci in tempo a chiarirmi.

«Lo sai che sei proprio uno screanzato?» domandò divertita. «Certo che è una fortuna!», e mi rivolse una linguaccia impertinente come la prima volta che ci eravamo visti.

Aveva preso a carezzarmi in una maniera che mi faceva stare male: i suoi polpastrelli, adesso, disegnavano lenti una spirale che s'apriva verso il plesso solare, i capezzoli e la gola indifesa.

«È stato bello, Tommy» sospirò.

Avrei voluto chiederle d'interrompere quel tormento e l'avrei implorata di continuare per sempre.

«Non so perché abbiamo aspettato tanto.»

Erano parole che forse avevano già detto altri, parole che magari, prima o poi, avevano detto tutti, ma solo io avevo i capelli di Ester sparsi sul volto e sul torace.

Aveva accostato il viso al mio petto, come volesse adorarmi, e mi baciava lungo lo stesso percorso che prima avevano seguito le dita.

«Non è l'ultima volta che lo facciamo, vero?» la sentii dire.

E io, scemo che ero, mi ero preoccupato che non le piacesse lasciarsi andare.

Sollevò il volto, colpita dalla sua stessa domanda, e sussurrò imbarazzata: «Scusa. È che mi è piaciuto davvero».

Anche a me. E se restavamo vicini a scambiarci le nostre coccole, presto ci sarebbe piaciuto di nuovo.

«Vieni qui» le feci, e ci accoccolammo uno addosso all'altra in un abbraccio.

Era quella, la pace. L'assenza completa di domande, paranoie e sbattimenti.

La si poteva toccare, proprio come si poteva toccare la musica se si era disposti a mandar giù un cartone, ma la pace non era una corpulenta divinità arcaica. Era una dea più slanciata e attraente, e io potevo mandare a memoria le linee del suo corpo scorrendole sotto l'indice.

Restava a prendersi le carezze come un meraviglioso felino, una leonessa o una tigre che abbia per miracolo deciso di farsi amica dell'uomo.

Se non glielo chiedevo in quel momento, quando mai ne avrei trovato il coraggio?

«Ci verresti a Londra con me?» scoccai la mia proposta. «Un alberghetto fico a Camden» l'emozione mi rapì i verbi. «Una settimana alla fine dell'estate.»

Strofinò la guancia contro il cuscino, e ammise: «Sarebbe bello. È da tanto che vorrei. Ma con che soldi?».

«Ho qualcosa da parte» sussurrai. «Qualcosa di mio. E voglio che ci andiamo insieme, a Londra. Sarebbe la cosa più bella del mondo, per me.»

«Cosa cosa?» domandò. «Fammi capire. Con quel che costano gli aerei, tu...»

«Ti sto invitando» ribadii. «Tu non devi pensare a niente.» Quell'impegno solenne mi fece sentire come un capitano alla sua prima missione. Avevo giurato, e ora toccava fare l'impossibile per portare l'opera a compimento.

Si puntellò sul gomito e mi fissò incredula.

«Tu vorresti pagare la mia parte?» pretese di sapere. «Ho capito bene?»

«È un regalo» spiegai. «Un regalo per noi due.»

«Aspetta aspetta» si premunì. Tutta la pace se n'era andata, adesso. Era in allarme.

«Un regalo» implorai. «Non si può fare un regalo?»

«Lascia perdere chi paga cosa, adesso!» si scaldò. «Guardami, invece!»

Ubbidii. Da seduta mi sovrastava, e i frutti maturi dei suoi seni erano così vicini al mio volto che provai l'istinto di leccarli.

Quando se ne accorse, incrociò le braccia e sospirò: «Si può sapere in che razza di casino ti sei ficcato, Tommy?».

«Nessun casino» assicurai. «Nessunissimo. Ho da parte del mio, ti dico.»

«Mezza città sta dando la caccia al tuo vecchio socio» insistette. «Ha inguaiato tutti. Lo sai cosa succederà appena i ragazzi escono di galera, vero?»

Non lo si pronunciava più, il nome del mio peggiore amico. Era solo uno dei ragazzi, adesso. E quel che doveva succedere era già successo.

«Io non ci ho più niente a che fare» chiarii. Mi persi ad ammirare l'arco delle sue sopracciglia, e all'improvviso mi venne in soccorso una buona storia per avvalorare le mie parole. «Figurati che prima di sparire dalla circolazione, lo stronzo mi ha rifilato un bel po' di banconote false.»

Un lampo traversò lo sguardo verde di Ester, e gli angoli della sua bocca si sollevarono in un accenno di sorriso.

«Povero Quinlan» mi compatì, ma per qualche motivo pareva sollevata. «Giochi a fare il gangster e ti lasci fregare come un pivello.»

«Non c'è nessun casino all'orizzonte, neanche uno» sottolineai il concetto, e mi domandai se sarei mai stato abbastanza convincente da farla sentire al sicuro. «Sono soldi che mi ha lasciato Nonna, d'accordo?» spergiurai, e implorai la matriarca che mi perdonasse per quella bugia.

«Non per farmi gli affari tuoi» premise, e restò a osservarmi con attenzione. «Sarebbe tipo un'eredità, quindi?»

La pentola d'oro verde era nella terra di nonna Sandra. In un certo senso era come se il regalo arrivasse da lei. «Esatto» spiegai. «Due lire mie, e quello che mi ha lasciato.»

«Non voglio che spendi per me» ribadì, ma sembrava sollevata.

«So che lei sarebbe contenta» raschiai il fondo. «Condivideva tutto con le persone a cui voleva bene. E mi ha insegnato a fare così.»

Ester annuì, e intanto era tornata a far correre le dita sul mio petto.

«Ti prego» la implorai. «Pensaci, prima di dirmi di no.»

«Non sono una principessa, io» sussurrò. «Mai stata. Se vengo a Londra con te è perché riesco a pagarmi la mia parte. E si va in ostello, non a buttare via i soldi in albergo.»

Giove ottimo massimo! Forse si partiva davvero!

«Ostello, albergo, dove vuoi» concessi, ubriaco d'una nuova speranza. «Non sarebbe la cosa più bella del mondo?»

Troppo tardi. Aveva ricominciato a baciarmi sul petto. Sentivo la punta della sua lingua sui capezzoli, li tormentava con le labbra e coi denti. Mi danzava addosso, si avviluppava su di me come le fosse venuta fretta, e nel giro di poco anch'io mi lasciai contagiare dall'urgenza.

Quella notte sognai il professor Shiba.

Non ero di fronte al suo ritratto congelato, e neppure alla sua coscienza che mi parlava attraverso il monitor. Lo avevo di fronte in carne e ossa, e mi parlava sullo sfondo d'un cielo solcato dalle scie degli asteroidi.

"Hai finalmente capito a cosa serve portarsi dentro il passato?" mi domandò con una voce che mi pareva di conoscere da sempre.

"Ci insegna a combattere" risposi, e domandai a mia volta: "Tu l'hai mai fatto?"

"Ogni giorno" sorrise remoto. "Ma non come intendi tu." Mi fissò come spiasse la mia reazione, e aggiunse: "Sei ancora un ragazzo, tu. Ma col tempo imparerai che per essere valorosi non serve un nemico".

Nel sogno, quelle parole mi arrivavano gradite, come fossi finalmente pronto a comprenderle.

"Le voci del passato che portiamo dentro ci trascinano indietro e ci mortificano" spiegò. "Ma bisogna conoscerlo. Solo così possiamo vincerlo e andare incontro all'avvenire."

Era bello stare lì con lui dopo tanto tempo. Mi ricordava di quando mi ero spinto con nonno Learco a vedere l'ansa del fiume, e di quando urlavo "ciao, Babbo" alle nuvole con la speranza di poter guardare mio padre negli occhi. Era servito aspettare molti anni, ma finalmente l'avevo tutto per me.

"Sono molto felice" gli rivelai. "Amo una ragazza, e forse partirà con me."

"Quel che imparerai dalle donne ti farà diventare uomo" mi sorrise, come si scusasse d'un tono troppo pomposo. "È proprio così. E magari, finalmente, smetterai di far soffrire tua madre."

Pensavo che ce l'avesse con me perché non l'avevo custodita. Ero io l'uomo di casa, e avevo lasciato terreno all'usurpa. "Non giudicare chi ti ha messo al mondo" mi ammonì invece. "Le donne non appartengono ai padri, non sono proprietà dei mariti e non devono diventare le serve dei figli. Chi guarda al futuro, almeno questo dovrebbe capirlo." Mi guardò con aria di quieto rimprovero e raccomandò: "Non farla diventare matta. Non se lo merita nessuno dei due".

Di tante cose avrei voluto domandargli. Da ragazzo era mai stato cacciato da un campo-scuola della parrocchia? Più grande, aveva mai provato l'acido? E com'era stato prendermi in braccio la prima volta?

Scariche elettrostatiche gli correvano lungo il corpo, ma lui ne pareva inconsapevole. Non avevo più tanto tempo. Stava per tornare da dov'era venuto.

Che m'ispirasse per l'avvenire, prima! Che mi suggerisse una via! Mi affrettai a domandare una direzione.

"Studia per il piacere di conoscere" si raccomandò. "E impara da un maestro il lavoro che ti dà gioia." Ormai il suo volto fondeva, si faceva cangiante, svaporava.

"Ma quale?" gridai angosciato.

"Il lavoro che sceglieresti... se fossi l'uomo... più ricco del mondo" spiegò distorto. Svaniva, ma ancora mi guardava benevolo e pieno di aspettative, come facevano i padri dei miei amici con i loro figlioli. "Servirà combattere... ma solo così... sarai il signore del tuo futuro."

Il tempo per le domande era finito, e io non ero neppure riuscito ad abbracciarlo. Quando l'ultimo sorriso del professor Shiba divenne tutt'uno con il respiro della galassia, mi ritrovai solo su quello che – ora lo vedevo chiaramente – era il bordo d'una terribile rupe.

Lui non c'era più, era parte del buio che ora mi avvolgeva, ma io continuai a interrogare la tenebra come l'avessi ancora davanti agli occhi.

Cosa doveva fare un ragazzo innamorato per restare vicino alla sua bella?

Quali doni, quali parole, quali prove l'avrebbero convinta che valeva la pena di partire insieme a lui?

E lui personalmente mi perdonava, se organizzavo con tutte le cautele del caso l'ultimissimo giro?

«Almeno su una cosa, Abba Melèk ha detto la verità» sospirò amaro il Mezzosangue nel richiudere la "Gazzetta felsinea". «Gli ussari hanno trovato il suo machete in un cespuglio, proprio come diceva lui.»

Io, che lo conoscevo da sempre, vedevo che stava cambiando. Quando parlava del futuro metteva su un'aria grave, come fosse consapevole che gli toccava tenere la barra dritta. Gli pesava l'anno di studio che lo separava dalla maturità; fosse stato per lui, avrebbe cominciato a lavorare subito. Elettricista o elettrotecnico, non avevo capito bene la differenza, ma ogni tanto andava a bottega da un artigiano per imparare il mestiere.

Lasciò andare il giornale sul piano scorrevole del frigo sponsorizzato dalla Sammontana, affondò le mani in tasca e spinse indietro le spalle. «Peccato che quel cespuglio non era affatto vicino allo stadio» riprese, puntandomi l'indice addosso come volesse demolire una mia teoria. «La mannaia era dentro un'aiuola della città vecchia, a due passi dal bar, ed era sporca di sangue.»

«La Scientifica non ha dubbi» chiosò Selva, i Ray-Ban a specchio da aviatore calati anche al chiuso, come non volesse permettere a nessuno di leggergli nello sguardo. «È con quell'arma che è stato ferito il tizio nella sala biliardi.»

«Io lo dicevo» notò il Mezzosangue. «L'avevo capito subito, che era stato lui. Forse voleva solo affettargli il culo, e nel casino ha sbagliato il colpo» sospirò volgendo le spalle al frigo. «Io non lo so, com'è andata là dentro» ammise. «Però è stato lui. E se uno è tanto bugiardo da accusare un innocente di fronte agli amici, cosa vuoi che dica seduto in sala interrogatori, con gli ussari intorno che si fanno scrocchiare le nocche e s'infilano i guantini da boxe?»

Ancora non sapevano di cosa era toccato al Norcino. E io non potevo dirglielo, altrimenti avrebbero capito subito che il tesoro di Abba Melèk ce l'aveva il sottoscritto.

«Avrà ripetuto la sua fola!» rispose Selva. «Ha detto che è stato Raul a usare il machete, e chissà cos'altro.» Si coprì il volto con le mani, come dovesse sopportare un'offesa bruciante alla sua dignità personale, quindi tornò a guardarmi e sibilò a denti stretti: «Pensa la gioia degli elmetti quando ha iniziato a vuotare il sacco! Finalmente hanno trovato il merdoso che cercavano da tanto tempo per inguaiare il gruppo».

«E quando ha firmato e controfirmato le sue carte, quelli in cambio l'hanno lasciato andare» concluse Athos. «È così che fanno per ringraziare i loro confidenti. Gli avranno detto di tenersi a disposizione, ma lo sapevano anche loro che provava a scappare appena girato l'angolo.»

La data del biglietto per l'Avana era ormai passata. Era riuscito a salire in aereo, ingessato e dolorante? O era ancora uccel di bosco dalla nostra parte dell'oceano, bestia braccata col terrore di veder spuntare i cacciatori?

«Adesso si sono fissati a portargli via il tesoro» spiegò il Mezzosangue. «Dicono che aveva appena fatto rifornimento dal suo albanese. Un rifornimento grosso.»

Raggelai.

Come cazzo facevano a saperlo? L'unico che poteva conoscere l'entità del carico era il fornitore che gliel'aveva passata. Forse i ragazzi l'avevano individuato ed erano riusciti a farlo parlare.

«Tu ne sai niente, Tommy?» domandò Selva. «Eri pur sempre il suo compare.»

E io che avevo pensato di farmeli soci per smerciare i miei pani prima che smettessero di profumare. No, Bologna era troppo piccola. In qualche modo dovevo piazzarla fuori, all'insaputa di tutti.

«Bel compare!» mi trincerai dietro la mia versione. «Lo sapete che inculata m'ha tirato? Mi ha chiesto dei soldi in prestito, e me li ha restituiti tarocchi! Soldi stampati con la fotocopiatrice! E io, coglione che non sono altro, me le sono prese senza accorgermi di niente.»

«Bravo scemo!» esultò Selva.

«A un certo punto sembravi convinto che quello stronzo ti avesse portato nel Paese dei balocchi» notò il Mezzosangue. «Invece un posto così non esiste.»

Sapeva il cielo quanto avesse ragione. Mi sorrise franco, e io gli domandai scusa fra me e me per le bugie che davo loro da bere. Erano le ultime, promesso, ché non le meritavano.

«Tutto bene quel che finisce bene, brutti stronzi!» esclamò tuffandosi a occupare la porzione centrale del dondolo. «Noi stiamo coi buoni, e il cattivo è Cote...» Si schiaffeggiò la bocca da solo e si corresse: «Abba Melèk di merda!».

«L'importante è che questo sia chiaro» mi premunii. «Lo devono sapere tutti, che non gli reggiamo il sacco.»

«Se non era chiaro, a quest'ora eravamo tutti all'ospedale» spiegò Athos.

«Ci mancherebbe altro!» esclamò il Biondino. «Noi siamo i danneggiati principali!»

«Guarda che quelli sono in galera» gli ricordò il Mezzosangue. «In ogni caso, con noi non ce l'ha nessuno» garantì, pescando dal pacchetto una Camel tutta ammaccata. «Non sto tirando a indovinare» aggiunse. «Mi sono premunito di chiederlo a chi poteva darmi una risposta.»

Mi dissi che a proteggerci doveva essere una voce ascoltata. Da chi poteva arrivare la disposizione di non torcerci un capello, se non dal mio peggiore amico?

«Vedrai che Raul ha parlato per noi» confermò il Mezzosangue. «Però su una cosa sono stati chiari: lo striscione della Nuova Guardia, in Curva non deve starci più.»

Solo qualche stagione prima si sarebbe impuntato, avrebbe gridato all'ingiustizia e si sarebbe fatto sentire con chi poteva revocare quella decisione. Sospirò rassegnato, invece, e ammise: «Minimo della pena. Volevano bruciarlo, ma chissà il bastardo dove l'ha nascosto. E, dopo quello che ha combinato, non mi sembra il caso d'insistere».

Ormai ragionava da uomo.

«Io spero che lo trovino, il figlio di puttana» s'infervorò il Biondino. Batté due dita sul fondo del pacchetto di Marlboro, e raccolse sul palmo una scheggia di charas. «Anzi, spero che lo troviamo noi! Deve pagare per quello che ci ha fatto. Eravamo il miglior gruppo emergente della città, e per colpa sua è andato tutto a ramengo.»

«C'era la bandiera degli inglesi, dentro quello striscione. E lui se l'è portata via come fosse una sua proprietà personale.»

«Ormai era infetta, Secco» considerò Athos, e m'invitò a raggiungerli sul dondolo.

Se mi volevano ancora, io ci andavo.

«Dovevamo capirlo subito di che pasta era fatto» insistette il Biondino, e sollevò gli occhiali sulla fronte. Nel pescare in tasca lo Zippo mi guardò costernato. «Dal pomeriggio in cui ha fatto volare Aribò.»

Forse era davvero cominciato tutto con quel calcio di rigore maledetto. Stava tutto spostato verso un palo, il Mangialiquerizia. E quando Athos aveva calciato, si stava già buttando a terra. L'aveva parata per pura combinazione. Ma quello che era successo dopo, non era stato un caso: il figlio del macellaio l'aveva spinto di sotto. E noi avevamo cominciato quel giorno a mentire ai grandi per lealtà al gruppo.

«Lui non era uno di noi» si rammaricò Selva, lavorando di fiamma sulla charas. «Non era del cortile. Invece gli abbiamo dato spazio. E questo è il risultato: sbattuti fuori dalla Curva.»

«Non ci hanno sbattuti fuori» precisò Athos. «Noi possiamo girare a testa alta.»

Selva sbuffò per quella che gli sembrava una precisazione da sofisti. «Se ci hanno sciolto il gruppo!» gemette.

«Mettiti nei loro panni» lo invitò Athos. «Era lui che portava lo striscione allo stadio. Anch'io non vorrei più trovarmelo davanti agli occhi.»

L'erba andava venduta in tempi brevi, altrimenti sarebbe diventata secca e infumabile. Lo striscione, invece, doveva restare nascosto per un bel pezzo. Anni. Provai a immaginare che faccia avrebbero fatto quando gliel'avrei mostrato, e mi venne da sorridere.

«Figlio di puttana d'un macellaio!» gemette il Biondino, sbatté le palpebre a raffica e domandò se qualcuno aveva voglia d'incollare due cartine.

Adesso che gli avevano rotto il giocattolo preferito, provava una rabbia sorda verso il responsabile. Ma lo conoscevo da abbastanza tempo per sapere che, anche nella frustrazione che sentiva, era confortato dal fatto di ritrovarci vicini. Eravamo i suoi amici di sempre, le sue stelle polari, gli unici insieme ai quali valesse la pena di vivere quello smacco. Per lui quella vicenda tutta storta d'opliti e mazzieri, di robot d'acciaio e traditori, era solo il nuovo, emozionante, capitolo delle avventure dei tre amigos cresciuti in cortile.

«Io vorrei che noi tre facessimo un patto di sangue» se ne uscì mentre Athos attaccava due cartine in forma di L.

Lo guardammo perplessi. Forse un giorno avremmo accettato, ma quel tempo era ormai dietro le spalle.

«Non importa che ci buchiamo il dito» concesse Selva, poi ci guardò di sotto in su, sornione come da cinno quando ti proponeva di votare per lui al Senato. «Passassero vent'anni» lo sentimmo dire, «me lo promettete che, se troviamo quel bastardo, lo torturiamo insieme?»

Non riuscivo a immaginarlo adulto, finalmente capace di guidare da solo la propria canoa, ma di una cosa ero quasi sicuro: la strada, per lui, era ancora lunga.

«Lo portiamo nella mia casa a Cortina. Fuori stagione non c'è un cane» prese a fantasticare. «Lo teniamo incatenato nella legnaia, incaprettato nudo come il frocio Pinzoglio, e quando ci prende la fotta di vederlo soffrire, scendiamo di sotto e gli spalmiamo della crema di formaggio sul culo.»

«Perché la crema di formaggio?» domandò inorridito il Mezzosangue.

«Perché?» replicò il Biondino con gli occhi che brillavano. «Così poi liberiamo i topi, no?»

Coño y mierda! I topi! E le talpe, Dio ce ne esca salvi!

Dovevo prendere l'iniziativa, altrimenti ci avrebbero pensato loro, a fare piazza pulita del tesoro.

## 38
# Rimini

Albeggiava appena, quando posteggiai lo Special sotto il portico di fronte alla stazione. Solo nel chiuderne la ruota anteriore con la catena, realizzai di averlo lasciato giusto in faccia a un bar di terz'ordine che ricordavo bene: era il posto dove erano andati a bere il padre di Athos e gli altri uomini al ritorno dal disastroso Derby dell'Appennino.

Fuoco, grida di guerra e legge del taglione. Era quello il passato da lasciarsi alle spalle, secondo il professor Shiba. Però ammetteva anche lui che andava conosciuto. Io ormai il mio viaggio d'istruzione l'avevo fatto; ora non restava che incamminarsi verso l'avvenire.

Traversai il viale deserto nell'aria fresca del mattino, e mi parve di avere ancora addosso il profumo di Ester.

Con me avevo solo cento carte d'albanese da dividere con calma in assaggi, campioncini da rappresentante deciso a piazzare la sua merce. Glielo facevo vedere io, a Pozzi, come si chiudeva un affare col ricarico del trecento per cento.

Intorno alla fontana centrale dormiva una torma di stranieri appena sbarcati. Solo maschi. Con certi tagli di capelli che non vedevo dalle foto di classe delle elementari. E le scarpe sventrate portate senza calzini, i calzoni e le camicie in fibre sintetiche ignote in Occidente.

Loro sì che venivano dal passato; si erano stipati come formiche sulle grandi navi mercantili, e da quel misero accampamento avrebbero provato a conquistarsi il futuro.

Sentivo addosso la loro medesima ostinazione, nel lasciarmi sulla sinistra la lapide sotto la sala d'aspetto sventrata dalla bomba del 2 agosto, l'orologio fermo per sempre sulle 10.25. "Vai potente" mi dissi. "Chiudila una volta per tutte, questa partita", e una volta nell'atrio squadrai il tabellone delle partenze.

Mi serviva un treno che mi portasse in Riviera, dove sorgeva dalle onde il sol dell'avvenire e i ragazzi in vacanza avevano tanta fame di spezie.

Il primo regionale sarebbe partito entro mezz'ora. Già me lo vedevo, carico di mamme di Milano e di Parma con i bimbastri in sandali di pezza ipnotizzati dal Game Boy, le cappelliere cariche di reti colme di secchielli e maschere da sub.

Della schiera di sportelli delle biglietterie, a quell'ora ne erano aperti solo due.

Mi consegnai paziente a quella che sembrava promettere la fila più rapida, e intanto ripassai le mie mosse: puntare l'albergo, acquistare il cellophane, prendere alloggio, dividere la merce in campioncini da degustazione, partire a caccia di fumatori, inserirmi socievolissimo nella brigata e setacciare i potenziali mariuoli interessati a un acquisto massiccio.

Trovato l'acquirente, non restava che rientrare a casa, far sparire per sempre il tesoro da Bologna city, e tornare in Riviera per scambiare l'erba con un bel gruzzolo.

Era un piano rischioso, ma a quel punto mi sembrava la cosa migliore da fare. La più ragionevole.

Sui giornali locali non si diceva nulla degli arrestati.

Mi spinsi all'edicola maestra di Marina centro, dove mi assicuravano che avrei trovato facilmente la "Gazzetta felsinea". Il chiosco era affacciato su piazzale Kennedy; lì a Pasqua si svolgevano i raduni dei mods vestiti come a Brighton, e mi tornò in mente di quando Raul aveva imbrogliato tutti raccontando di avere vissuto lassù.

Niente. Le poche copie con la cronaca di Bologna erano andate via al mattino.

Pensai di telefonare ad Athos per sapere se c'erano novità, poi mi diedi dell'imbecille: nessuno doveva sapere dove mi trovavo. Ero un ranger paracadutato oltre le linee nemiche, tagliato fuori dalle comunicazioni con la base. Se volevo tornare a casa, dovevo prima trovare il modo di portare a termine il mio compito.

Mi prese una gran voglia di ascoltare Morricone, il tema del *Buono, il brutto e il cattivo* col lamento del coyote, ma dalle casse appese fuori dai bar di viale Vespucci non usciva niente che ci assomigliasse: ti bombardavano con *Rythm is a dancer, I've got the power* e le adorabili stronzate di MC Hammer, e tanto bastava a catturare intorno ai tavolini le prime greghe di vacanzieri giovani di Francoforte e di Rotterdam.

Non erano quei lungagnoni dai coppini ustionati, i miei uomini. Mi serviva trovare gente che parlasse la mia lingua, aborigeni abbastanza sgamati da far apparire dei milioni fitti. Ventotto milioni e ottocentomila lire. Era una cifra talmente enorme che faceva paura pensarla; era quel che valevano sul mercato dodici pani di ganja doc, a venderli un tanto alla volta. Ma io dovevo fare molto, molto, più in fretta. Avrei provato a piazzarla tutta in una volta per un prezzo da grossisti, e sarebbe stato in ogni caso tanto di guadagnato. Roba da andarmene di casa il giorno dopo la maturità, e pagarmici l'affitto per un bel pezzo. A metà con Ester, magari.

A lei avevo detto che sarei rimasto tre giorni ospite di mio cugino Ettore, e quando trovai un bar dove si ascoltava *Thunderstruck* degli AC-DC, mi fermai come mi fosse apparso il Taj Mahal. Nel giardino esterno sedevano tre rocker, i capelli impomatati e gli stivali. Insieme al sottoscritto, dovevano essere gli unici in tutta Rimini a non portare ciabatte ai piedi.

«Ciò, che potenza!» esclamò il più corpulento del gruppo, suonando la sua chitarra immaginaria.

«Ah, di'!» approvò un biondo dai baffoni stile motociclista. «Pensavo che erano finiti, senza la sargatèla di Bon Scott, e invece anche il nuovo bastardàz dice la sua!»

«Nuovo? Sei in gatta, burdèl?» replicò lo smilzo del trio. «È dodici anni che Brian canta con loro!»

Locali che più locali non si poteva. Cugini mangiapiada con gli stivali. Se non era un segno quello.

Entrai come camminassi sul ponte di luce che sorgeva dalla Gibson "Diavoletto" del vecchio Angus, ordinai una birra al bancone e mi accomodai al tavolo vicino al loro, già pronto ad attaccare discorso.

Fu l'inizio di una lunga serata fitta di contatti, un domino di conoscenze bagnato da un numero esagerato di bevute.

Sorgeva il primo sole dietro il promontorio di Gabicce, quando uscii dal Rock Island sottobraccio al mio nuovo amico Morgan, un ventenne dalle basette smisurate e il tatuaggio di un'ancora sulla gola. Organizzava serate in giro, lui. Aveva lo sguardo sveglio dell'imprenditore del divertimento, la cazzimma da street fighter e un bel talento nel mangiare la foglia. Al terzo round di confidenze annaffiato da un cuba libre al bancone, in lui avevo scorto, nientemeno, l'uomo della provvidenza.

Così, mentre arrivava da oriente la gloria del nuovo giorno, ci addossammo agli scogli del faro per ripararci dalla brezza, e fumammo insieme un paio di campioncini che mi ero portato dietro.

«Ciò!» esclamò mentre barcollavamo lungo la palata del molo. «All'inizio pensavo volessi comprare. Invece vuoi vendere, te. E devo ammettere che le tue erbe di campo spaccano.»

Aveva le palpebre semiabbassate, ma il suo sguardo restava vivace.

Non avrei giurato sul mio, ché ogni pochi passi mi sembrava di sprofondare brevemente nel sonno, e quando mi riprendevo dovevo correggere la rotta con un colpo di timone.

«Anch'io ho capito subito che abbiamo studiato alla stessa scuola, Morgan» bofonchiai lottando con la stanchezza.

«Ah dì» fece noncurante. «Se mi dici cos'hai, ti dico se m'interessa.»

Facile, così. «Dimmi tu quanta ne vuoi» replicai, «e ti dico cosa ti costa.»

«Buona è buona» considerò, mentre un barchino rattoppato solcava l'ultima tratta del porto-canale. Un pescatore solitario, animale diurno d'una razza che partiva a notte fonda e ancora doveva rientrare. «Sennò mica m'informavo, patàca d'un patàca!»

Ridacchiai, e mi dissi che era meraviglioso trovarsi lì con lui.

Forse avevo bevuto troppo, ma camminavo beato fra mare

e terra, e pensavo al proverbio secondo il quale chi trova un amico trova un tesoro. O riesce a liberarsene.

Il Titano svettava dietro il totem in cemento armato del grattacielo; in secondo piano, la mole gigantesca d'una montagna usciva dalla bruma come dipinta ad acquerello, e faceva pensare a un gigante alpino cui avessero segato di netto il vertice. Il filo dell'altopiano sommitale era talmente lungo e pianeggiante che non avrei saputo indicarne il punto più alto.

«Che montagna è, quella dietro San Marino?» m'informai.

«Carpegna. Qui si fa surf e lassù si scia» osservò Morgan, poi sorrise con un'ombra di rammarico e disse: «Cambi discorso, adesso?»

Perché? M'interessava, quella faccenda. «Ma sci di fondo?»

«L'erba» mi ricordò. «A quanto me lo fai, un etto?»

«Non mi disturbo neppure, per un etto» bofonchiai.

Mi squadrò incuriosito e osservò: «Ah dì, credevo di andare a ballare e ho beccato il Pablo Escobar di Bologna!».

Mi stava bene che lo credesse. «Non parlo di etti, Morgan» partii al contrattacco. «Parlo di chili. Pani a disco di ganja pressata che si sente il profumo da qui a Riccione» gli mostrai il calibro dei prodigi. «Due etti l'uno.»

«Quello è il culo che ti faccio se mi tiri un pacco» sorrise gelido, e si lisciò la gola tatuata.

«Ma quale pacco!» protestai. «Facciamo le cose per bene, noi. Tu e io da soli in campo neutro. Una cosa da gentiluomini.» Provai a raccogliere le idee e spiegai: «Vedi, è strano. Ma io credo che ognuno di noi sia come una stella. Anzi, un asteroide. E sa il cazzo perché, ma capita che ci incrociamo in un punto preciso dello spazio».

Per qualche motivo, fra vocali strascicate e sibili involontari, mi sembrava di parlare in genovese. «Tipo adesso» mi sforzai di spiegare. «Nessuno frega nessuno. Io mi becco i miei copechi per portarci la sbarba a Londra, tu compri la tua erba a un prezzo da favola, ci fai quel che ti pare, e siamo tutti felici e contenti.»

«Non sei Pablo Escobar» osservò impressionato. «Sei un pazzo da manicomio. O una specie di Madre Teresa di Calcutta.»

«Sarai tu, Madre Teresa!» protestai. Feci per allungargli un pugno complice, ma in qualche modo lo mancai: tempo di stendere il braccio e quello era due passi avanti, ignaro del mio gesto.

«Al dunque» fece, e si meravigliò di non avermi più accanto. Si fermò ad aspettarmi con aria indulgente e domandò: «Tanto per capire se sto perdendo tempo o cosa, quanto verrebbe un chiletto di questa insalatina?».

Anche bevuto com'ero, mi resi conto di essere a una svolta fondamentale.

"Non venderla a meno di sei" suggeriva una vocina prudente. "Ma prima prova a otto! Hai sentito che qui la vendono cara!"

Per fortuna era in vista una fontanella, così puntai da quella parte. «Ho sete, Morgan» spiegai, ma la verità era che volevo piazzare la testa sotto l'acqua.

«Io ancora non ho capito se mi stai prendendo per il culo, o cosa» denunciò mentre m'inchinavo verso il getto trasparente. «Lo sai quanti ubriachi vediamo qui ogni anno?»

L'acqua mi rimbalzava sul cranio, mi scendeva giù per il petto e lungo la schiena, mi prendeva con sé in un mondo dove le cose tornavano a vedersi chiare.

«Ho bevuto quanto te, amico» misi in squadra la situazione. «E ti assicuro che nessuno si diverte a perdere tempo.»

Annuì, rispettoso. Aspettava di sapere.

«Te la posso fare a ottomila» annunciai, e senza aspettare la sua reazione aggiunsi: «Se me ne prendi due chili anche a sette.»

«Sette al grammo...» ripeté i termini dell'accordo. Già si figurava il guadagno, e mi offrì la destra mentre una brezza tiepida saliva ad avvolgerci.

Anga sgevù, ci stava, e nel vederlo all'amo posi le mie condizioni: «Funziona se si fa entro tre giorni».

«Due chili a sette, fanno quattordici milioni» considerò, come se non fosse un grosso problema racimolare quella cifra. Con tutto il contante che girava in Riviera. Uno che organizzava serate, poi. Figurarsi se non aveva le casse piene di bella fresca per me.

«Ognuno ha i cazzi suoi» concesse Morgan mentre infilavamo il varco che dal porto immetteva in strada. «Però devo dirti la verità. Sembri uno che scappa, sai?»

Cosa faceva? Ci ripensava?

«In un certo senso è così» ammisi. «Voglio fare il giro del mondo con la mia fidanzata.»

Quello annuì grave. «È proprio vero quel dice il mio amico di Ancona» sospirò. «Con la figa ce giri il mondo, col cazzo al massimo te mòvi in tondo.»

Ridemmo insieme, e nel grande parcheggio che si allungava verso lo Yacht Club non restavano che un malconcio furgone Volkswagen e una lucente Audi Quattro color latte. Morgan puntò da quella parte, e quando arrivammo alla macchina domandò se volevo uno strappo.

Mi avrebbe fatto comodo, ma sentivo che mi avrebbe indebolito nella trattativa. «Se non ti offendi faccio due passi» spiegai. «Così mi rianimo.»

«Come vuoi» considerò. Poi mise su un'aria preoccupata e domandò: «E noi come restiamo d'accordo?».

Avrei dovuto lasciargli il recapito della pensione. Ma significava farmi localizzare. Chiedergli il suo numero? Mi pareva di chinare il capo. Era il momento di giocarsi il tutto per tutto.

«Ascolta» gli feci. «Sappiamo tutti e due cosa sono due chili di erba. Ce n'è abbastanza da sballare i ragazzi da qui a Cattolica. Bisogna fidarsi l'uno dell'altro, giusto?»

Assentì, ma lo vidi che si tormentava il labbro inferiore coi denti.

«Domani, qui, a mezzogiorno» decretai.

«Io i soldi ti assicuro che li trovo» fece la voce grossa. «Ma tu l'erba dove ce l'hai?»

«A casa» spiegai. «Pensi che me la porti dietro come un ambulante?»

«Ciò» tornò a imprecare. «Io spero che tu non mi stia prendendo per il culo.»

«Guardami bene» gli feci. «Dormici su e decidilo con calma, se sono un ubriaco che svalvola o uno di cui ti puoi fidare.»

«Come cazzo ti ritrovo?» implorò.

«Io oggi torno a Bologna, e domani a mezzogiorno sono qui» assicurai.

Sbuffò e disse: «A mezzogiorno. Intesi, capo». Mi indicò i dintorni come volesse accertarsi che fossi in grado di riconoscere il posto, e ribadì: «Qui proprio qui. Ma non portarti l'erba dietro. Ci manca solo che ci becca la finanza».

«Per chi mi hai preso?» gli feci. «Lo scambio lo facciamo al coperto.»

Gli augurai la buona giornata e, sentendomi più alto d'un palmo buono, puntai verso il Grand Hotel: ricordavo di essermelo lasciato alle spalle la sera prima nell'ultimo allungo verso il Rock Island. Dovevo superarlo, procedere sul lungomare fino all'altezza del bagno 50, e a quel punto mi sarei trovato a un tiro di voce dalla mia pensioncina. Era una bella passeggiata, col sole ancora basso e l'aria che cominciava a scaldarsi, e nel costeggiare la facciata tutta stucchi e pinnacoli dell'albergo caro a Fellini mi dissi che avevo fatto la cosa giusta.

I versi dei gabbiani sembravano darmi ragione. I segni si moltiplicavano. Non si poteva dire ad alta voce, ma forse le cose si stavano allineando nella maniera più favorevole. Ancora ventiquattr'ore, e quel sogno sarebbe finito.

Oltre il traffico del viale, sotto i portici che fronteggiavano la stazione, il mio Special occhieggiava verde e impaziente. Ero più contento che mai di vederlo, il mio amico senza targa, e ne carezzai la sella come fosse il dorso del mio mustang. «Lo sai cosa facciamo domani, tu e io?» gli spiegai chino sul tachimetro. «Una cavalcata che neanche t'immagini! Ti porto a vedere il mare, old boy! Ce la prendiamo con calma, e la mettiamo in culo a tutti gli ussari della Repubblica!»

Pistonai felice verso la piazzetta della Pioggia, posteggiai davanti al Disco d'Oro e appena dentro mi persi fra le scansie.

Usciva musica eccellente tutte le settimane, e anche a dannarsi l'anima si restava indietro. Valutai di regalarle l'album degli Screaming trees, il singolo *Fight da faida* di Frankie Hi-Nrg, il nuovo radicale *Check your head* dei Beastie Boys. Nell'indecisione mi ritrovai persino a valutare una compilation strumentale di musica rai dell'Atlante algerino. Poi mi apparve il compact di "Loco live", la registrazione del concerto dei Ramones a Barcellona, e bastò scorrere la tracklist per sapere di avere trovato quel che cercavo: il concerto si apriva con il tema de *Il buono, il brutto e il cattivo*.

Ero partito con la voglia di ascoltare i versi del coyote, e adesso che le mie decisioni erano state prese fino all'ultimo dettaglio, tornavo da lei con la stessa canzone registrata in stile punk rock. E, a seguire, trentadue tracce dritte e veloci suonate dai ragazzacci del Queens davanti a qualche migliaio di catalani pazzi di gioia.

Lo Special risaliva il selciato di via Sant'Isaia, e il compact danzava matto nel suo sacchetto in plastica lucida, assicurato per le orecchie al gancio della sella.

Non c'era niente di più bello che regalare qualcosa a Ester.

Sentivo di amarne ogni gesto, l'aria pensierosa che metteva su alle volte, la naturalezza con la quale si spogliava, e la gratitudine orgogliosa con la quale mi accoglieva dentro di sé.

Avevo da completare il mio affare con Morgan, una questione di poche ore, e poi sarei stato tutto per lei. Libero di adorarla senza più bisogno di bugie, di assediarla con galanteria e convincerla a suon di baci, un giorno alla volta, che quella di Londra era un'idea perfetta. Sarebbe stato l'inizio di una storia lunga e appassionante, meglio di Sid e Nancy, meglio di Keith e Anita, meglio persino del poeta marcio di Seattle e della sua Courtney.

Magari, dopo la maturità, ci trasferivamo in pianta stabile, lei diventava un'artista famosa, e io m'appassionavo a un lavoro che avrei fatto anche gratis. Figurati se a Camden non se n'erano inventati di nuovi.

Per parte mia, cominciavo a sospettare che l'unico campo in cui potessi far valere il mio curriculum fosse la pubblicità. Quelli vendevano fumo per definizione. Proponevano mirabilie discreti, amichevoli quasi, abili a negare la fame disperata di fresca che li spingeva a raccontare qualsiasi cazzata. Pubblicitario! A Londra! Non suonava alla grande, nel 1992?

Già rallentavo sotto la casa dalle finestre azzurre, quando notai la sorella di Ester che indugiava davanti al portone con un'amica.

«Oi, Diana!» la salutai spegnendo il motore, e mi sentii invaso da un moto d'affetto. Era una bella ragazza di quindici anni con un taglio di capelli coraggioso; per avere l'età che aveva, sapeva il fatto suo, ed era la sorellina del mio amore.

«Tommy» balbettò, e la sua cresta decolorata ondeggiò incerta. «Non eri al mare, tu?»

Un po' fredda, diciamolo, ma la perdonai in virtù della giovane età. Magari le avevo interrotte nel bel mezzo d'un discorso serio.

«Esatto» assentii, le suole delle Gazelle adesive all'asfalto. «E ora son qui.»

Volevo risultare simpatico, ma lei sorrise appena, e anche la cicciottella dalla scriminatura viola e gli occhi bistrati che stava con lei mi fissava imbarazzata. Che Diana le avesse raccontato di quando ci eravamo conosciuti al Covo?

«Ho un regalo per Ester» annunciai, trascinando lo Special verso un varco nella schiera di scooter che assediava il marciapiede. «Una sorpresa.»

«Ester...» ripeté Diana, meravigliata come avessi nominato una lontana parente. «Lei è fuori, adesso» garantì. «Scendo ora da casa, e lei non c'è.» Si spiegava con foga sospetta. Come l'attrice di un telefilm mediocre che carica la battuta.

«No problem. Lo lascio a te e glielo dai» proposi aprendo il gancio per liberare il dono. «Ti dispiace?»

In fondo, non era una missione impossibile. Eppure, nel vedere che m'avvicinavo lungo il marciapiede, si bilanciò con le mani come si trovasse all'improvviso lungo il pendio d'un ghiacciaio.

«Non c'è problema» si sforzò di sorridere. Che cavolo le prendeva? «Lascialo pure a me. La vedo dopo. Ma lei sa che tu....»

Nell'ascoltare i suoi farfugliamenti intercettai lo sguardo bistrato della sua amica. Puntava verso la schiera dei ciclomotori parcheggiati, come se lo Special avesse qualcosa di strano.

Mi volsi a controllare, e fu allora che la vidi: la Vespa dai bolli rossi, come quelli d'un animale appestato, era sistemata in diagonale a un braccio dalla mia. Che ci credessi o no, Raul era lì. Appena più in là spiccava il muso del Primavera di Ester, simile alla creatura più innocente del mondo che riposa ignara accanto a un terribile predatore.

Le orecchie del sacchetto mi scivolarono di mano, e il compact dei Ramones cadde a piombo sul marciapiede. «Ma...» balbettai. «Lui non era...»

«L'hanno fatto uscire adesso» sussurrò Diana mentre raccoglievo il regalo. Dovevo darglielo lo stesso, anche se mi sentivo le frecce nella carne come san Sebastiano? Lo consegnai in automatico, accecato dal dolore; nel vedere le sue mani, così simili a quelle di Ester, che stringevano la busta del Disco d'Oro, la testa mi ricadde in avanti come mi fosse piovuta una manganellata sul collo.

Così era da lei che era andato il mio peggiore amico, appena s'erano aperti i cancelli della gabbia. Lei l'aveva accolto. E ora aveva spedito la minore fuori di casa. Chissà cosa dovevano fare.

Ansimai come se un nuovo dardo m'avesse preso nel costato.

«Mi dispiace» sospirò Diana, gli occhi lucidi. Le aveva retto il sacco, le aveva. Ma era sua sorella, cos'altro avrebbe potuto fare?

«Taglia corto» le rovesciai addosso la mia rabbia. «Hai appena cercato di fregarmi. Almeno taci.»

La cicciottella era paonazza in volto, ma la curiosità dell'età giovane non le consentiva di perdersi lo spettacolo. C'era da capirla: mica capita tutti i giorni di vedere in diretta un tipo al quale crolla il mondo addosso.

"Esercizio zen" mi sorpresi a ripetere. "I ragazzi non piangono."

Diedi loro le spalle, rimontai in sella e girai la chiave che dava la vita al mustang.

Non volevo farmi vedere da quelle due a singhiozzare come uno scemo.

Riavviai il motore con un colpo feroce di pedale, puntai il muso verso la strada e inserii la marcia. Tempo di fare cento metri, e mugolavo come un animale giovane ferito a morte.

## 39
# Il rimedio

Dallo stereo d'un'auto in corsa, Chris Robinson dei Black Crowes implorava un rimedio che non sembrava troppo complicato da trovare. Io, invece, ero ormai al quinto joint consecutivo, praticamente sdraiato sul pendio ad anfiteatro dell'Abbazia, ma non riuscivo a intravedere una via d'uscita.

Studiavo la lingua segreta delle nuvole, supplicavo di avere sognato, ma l'avevo vista bene, la Vespa a bolli rossi posteggiata sotto la casa dalle finestre azzurre.

Raul, sempre Raul, che entrava nella mia vita senza chiedere il permesso, una volta per affascinarmi e un'altra per calare sul mio collo la lama della ghigliottina. Chi cazzo era, in verità? Cosa voleva da me?

E a cosa era servito, specchiarmi per tutta la vita negli occhi da principessa polinesiana di Ester? A farmi sentire inadeguato, a cercare delle improbabili sostitute, a essere felice pochi giorni per poi ritrovarmi a scandagliare con esattezza la profondità del dolore?

Eppure era stato bello ritrovarsela davanti nel retropalco del Covo, riempirsi di tenerezza nell'ascoltare i suoi racconti notturni, e presagire finalmente la gioia della meta che si mostra al termine d'un lungo viaggio.

Per un attimo, mentre le puntavo addosso in silenzio il mitra ad acqua, mi ero persino illuso che potesse essere una preda. Era bastato abbracciarla per ricordare ch'era sempre la regina, e io soltanto il suo cavaliere. Mi ero creduto unico perché era successo quel che sognavo da molti anni.

Ora mi sembrava soltanto un sogno figlio d'una cattiva magia, ma era tutto vero.

Avevo condiviso con lei la gioia della battaglia più bella, la sola che un uomo può combattere, lealmente e fino all'ultimo respiro, con la sua donna. Ma per lei non era così. Per lei restavo "l'altro", la storia da poco. E "lui", l'amore della vita, era sempre Raul Germano.

«Bella Tommy» mi salutò cauto Aribò. «Sei sveglio?»

Sconvolto com'ero, non mi ero neppure accorto del suo arrivo. Invece torreggiava accanto a me col fiato corto, come fosse appena risalito di buon passo dalla strada.

«Tutto bene, vecchio?» volle sapere.

«Più o meno» risposi. Mi asciugai gli occhi col dorso della mano e lo invitai a sedersi al mio fianco.

«Vuoi una rotella?» propose.

Era un pensiero gentile, ma la busta formato-famiglia che m'offriva mi fece pensare a una cesta piena di serpenti arrotolati.

«Grazie lo stesso» sospirai. «Non mi va.»

«Hanno liberato i ragazzi» annunciò. «Il generalissimo, Zagor, Raul e tutti gli altri.»

«Ho sentito» dissi.

«Stanotte Coti...» cominciò un discorso, ma subito aggrottò le sopracciglia e scosse la testa. «Non bisogna più chiamarlo così» si corresse. «Bamalèk, si chiama.»

«Cosa fa, stanotte?»

Sorrise e disse: «Muore».

La sicurezza con cui l'annunciò mi lasciò raggelato, poi compresi l'equivoco. Ripeteva quel che aveva sentito al bar, seguro. Per come l'aveva capito lui.

«Non lo uccidono davvero» spiegai. «L'hanno bandito.»

«È un bandito» ripeté sdegnato.

Non ero sicuro che avesse inteso, così spiegai: «Deve stare via dalla città, e non può più tornare».

«Io spero che lo beccano» mi stupì. «Era mio amico. Ma adesso non più.» Masticò una liquerizia e domandò: «Tu sei ancora suo amico?».

«No» replicai reciso. «Neanche un po'. Prima di sparire, mi ha anche rifilato dei copechi falsi.»

«Vuol fare l'uccel di bosco» osservò amaro. «Ma non se la cava così facile.»

Lo guardai mentre fissava la lavagna verde del colle in faccia; non tirava un refolo, e nel vedere l'erba immobile, uno spirito matto mi suggerì la domanda: «Dov'è? Dove si è nascosto, la merda?».

Aribò strizzò le palpebre, e mi domandai se nella sua sensibilità sbilenca da uomo selvatico potesse indovinare il rifugio del Norcino. Invece disse: «Hai ragione tu. Pepe Fabiani non c'entrava niente. È stato lui a farmi cadere dal muro». Mi guardò dritto in volto e scandì: «Il mio problema è colpa sua».

Era servito che il Norcino si mettesse tutti contro, per accettare ch'era un bugiardo, ma finalmente l'aveva capito.

«Mi ha rovinato la vita» proseguì la litania del dolore. «Poi mi dice "andiamo a divertirci", e io ci vado. Sai perché? Perché nessun altro si vuole divertire con me. Ma non devo più fare quelle cose. Non è giusto.»

Con la sua sintassi sbilenca, ti raccontava d'una tragedia lunga una vita, della condanna all'isolamento, all'emarginazione.

E io, che alla vigilia del mio trionfo avevo perso tutto, lo capivo. Anch'io ero stato ingannato. Anch'io mi ero sentito sminuito per anni e anni. E anch'io avevo finalmente capito che razza di persona era il mio vecchio idolo.

«Cosa dici che si merita lui lì? Bamalèk, dico, o come si chiama adesso.»

«Che nessuno gli creda più» provai a formulare una condanna. «Né una donna né un amico.»

«Giusto» approvò. «Neanche una donna.»

L'unica differenza fra noi, in fondo, stava nel fatto che io avevo appena perso l'amore mentre lui non l'aveva mai conosciuto. Così la pena si mescolava all'invidia, come un uomo che perde la vista ormai adulto può invidiare chi è nato cieco. Non sarebbe stato mille volte meglio non avere idea dei batticuori e delle attese, dei baci interlocutori e di quelli sfrenati? Almeno non avrei saputo cosa m'era negato. Invece tornava su tutto, e appena mi pareva di sentire il profumo di agrumi e di latte di Ester, la mente tornava a ricordarmi che, in quel momento preciso, lei era a letto con Raul.

«Fa male, a volte, la verità» sospirò il Mangialiquerizia, e si asciugò le labbra umide. «Però bisogna farci i conti.»

Mi puntellai sul gomito e lo osservai meglio. Da dove arrivava, la sua nuova saggezza?

«Alla fine ho una vita sola» osservò severo. «Tutti noi abbiamo una vita sola» si corresse. Annuì, come ripetesse fra sé e sé un giuramento, quindi la sua espressione problematica si sciolse in un sorriso. «Sempre meglio che niente. Giusto, Tommy?»

Al calar della sera, la chiamata alle armi del maestro Battiato usciva fessa e svogliata dallo stereo di casa. C'era l'intro col discorrere levantino, precisa a come la ricordavo, e c'era anche la vibra atmosferica dei fiati. Gran bel pezzo, seguro, ma dovevo essermeli sognati, certe sfumature e determinati riverberi epici.

"Alla riscossa stupidi". Ad ascoltare bene il testo, lo spiegava chiaro e tondo, a chi erano rivolti quei versi. E non diceva nemmeno "anga sgevù". Diceva "engagez-vous", in francese. Non c'era nessuna parola d'ordine, nascosta fra le liriche, e mi sembrava pazzesco essermi illuso per anni che quel pezzo contenesse un messaggio segreto destinato al sottoscritto.

Così ristavo istupidito sul divano, come un ferito imbottito di morfina, a gestire domande che mi scavavano nel petto e mi beccavano le viscere.

Quanto si può sopravvivere alla felicità assoluta, alla fortuna perfetta, al favore degli dèi? Lo sapevo che il destino degli eroi si consuma rapido come fiamma.

Come Icaro, mi ero dimenticato di perdere quota e mi ero spinto nell'aria fine e luminosa, fin dove non avrei dovuto osare.

Come lui, adesso precipitavo.

Mi attendeva uno schianto e, dopo quello, la condanna a non staccare più l'ombra da terra. Che vita poteva esserci, dopo aver perso Ester in maniera tanto brutale? Un'esistenza vicaria, orbata delle sensazioni forti, depurata d'ogni traccia d'amore.

Etereo un violino mi trafiggeva il cuore, Venezia ricordava

istintivamente Istanbul, e bastava l'immagine dei palazzi affacciati sul mare e dei rossi tramonti che si perdono nel nulla per farmi risalire un groppo in gola.

Come aveva potuto, la maledetta, farmi una cosa del genere?

Lo sapeva che vivevo per lei.

E se n'era fregata, la bastarda.

Mi parve finalmente di capire perché mi avesse domandato di non rivolgerle mai brutte parole. "Finisco sempre per fare male a tutti." Il suo ritornello da stronza di talento che si prepara a fregarti.

«Scusa, Amore, se ti chiamo così» singhiozzavo. «Però sei stata cattivissima.» L'avrei mai più avuta di fronte per parlarle occhi negli occhi? O ero condannato a vederla solo nel ricordo?

Provavo a reagire, mi dicevo che altri uomini erano passati attraverso quel che passavo io in quel momento, ma ero troppo fragile; mi bastava ascoltare di due amanti abbracciati in un cinemino di periferia che mi tornava da piangere.

«Perché?» ripetevo inebetito. «Perché, cazzo?»

Cos'era, la punizione dell'Onnipotente? La frusta degli dèi? La vendetta delle arpìe?

"Qala' mua'llimu'll qariatì" prese a salmodiare Battiato. "Kana aggiabalù fi-ggiabalì."

Non avevo la minima idea di cosa intendesse, ma quel richiamo da muezzin mi ridestò dalla mia deriva nel dolore. Non avevo qualcosa d'importante da fare?

"A-ssalàm 'alaikùm 'alaikì."

Morgan, zio svizzero! I pani di albanese! Tutti i milioni che mi attendevano a Rimini!

Dovevo tornare a farmi beduino senza cuore, predone del deserto, archeologo prudente ai piedi del boschetto d'oleandri.

Avevo la borsa di juta da disseppellire. E l'indomani, al primo sole, mi sarei messo in viaggio sullo Special per chiudere l'affare più ricco della mia carriera. L'ultimo. Quello che doveva traghettarmi verso la felicità, e invece diventava il viatico per la mia vita monca.

Aribò aveva ragione. Ce n'era toccata in sorte una sola, 'alaikùm 'alaikì. Fanculo Ester e fanculo Raul. Andavo a prendermi il tesoro, io.

All'imbrunire scesi in cantina per recuperare lo zainetto nel quale stipare i miei dodici pani.

Era posato sulle scansie d'un mobile in metallo, sopra gli scatoloni dei miei vecchi libri, quelli che mi erano stati regalati e gli altri che non avevo mai restituito a Ianez. Mentre lo recuperavo vidi sporgere dal piano superiore le punte ricurve di due vecchi Rossignol. Non avevo mai sciato, io, e non mi risultava che Mamma fosse capace; dovevano essere appartenuti per forza al professor Shiba, e mi prese l'urgenza di vedere meglio quegli attrezzi che permettevano a mio padre di filare vento in faccia.

Salii in piedi sul ripiano inferiore, guadagnai ancora un appoggio e mi stupii di trovare insieme a sci e racchette una quantità di oggetti mai visti: accatastati a ridosso della parete c'erano due alari, una pinza e un mantice, persino una maschera da subacqueo con due pinne color petrolio.

Quegli oggetti arrivavano dritti dal passato, praticamente intatti dal giorno in cui Babbo se n'era andato. In mezzo a quell'eredità inattesa, mi apparve un manico in legno chiaro lungo un buon braccio. C'era ancora l'etichetta d'una serra di Borgo Panigale attaccata sopra, e quando lo sfilai dal groviglio di attrezzi che non servivano più a nessuno, trasecolai: all'estremità più lontana era assicurata una testa di zappa. Il trapezio della lama appariva ombreggiato dalle prime tracce d'ossidazione, ma il taglio risplendeva affilato come il primo giorno.

Aspettava me, non potevo avere dubbi. Era Babbo che aveva deciso di regalarmela sul finire di quella giornata disperata, e lui sapeva bene cosa andavo a fare. Era con quell'arnese che somigliava a un'arma che avrei conquistato il mio futuro.

Per arrivare da nonna, dovevo passare per forza sotto la casa dalle finestre azzurre; mi imposi di non guardarla, ché mi avrebbe fatto troppo male rivedere là sotto la Vespa dai bolli rossi, ma all'ultimo non mi trattenni. Abbracciai in una frazione di secondo le mura in mattoni a vista, le fronde del tiglio che Ester vedeva dalla sua stanza, il pulpito del balcone.

Ero stato incomparabilmente felice in quella casa di donne,

e mi chiedevo con quali occhi l'avrei guardata ora che si era trasformata nel teatro della sconfitta più bruciante.

Nello sfilarle accanto, pregai che Ester scendesse e mi facesse segno di fermarmi. Se non lei sua madre, o la sorella. Qualcuno che mi ricordasse la principessa polinesiana, e conoscesse qualche parola adatta a regalarmi un po' di pace.

Niente. Non apparve nessuno.

Mi lasciai la casa alle spalle con un'accelerata crudele, e ripensai a quando avevo raccontato a Ester dei miei sogni e dei libri che amavo. Le avevo parlato di mia nonna, persino, e della musica che avrei voluto al mio funerale. Coglione, che ero. Come mi faceva sentire quella sincerità, adesso? Ero stato trasparente con lei, e in cambio mi aveva inflitto l'umiliazione somma: mi aveva illuso di potermi salvare dalla mediocrità insieme a lei, e invece mi sospingeva a calci nella palude dei gregari.

Non ero uomo per lei, io. Non come poteva essere Raul.

Non le avrei mai potuto torcere un capello, ma con lui era diverso.

Quale supplizio doveva toccare, secondo le antiche regole, all'ultimo dei traditori? Avessi potuto ucciderlo impunemente, in quella serata di rabbia sorda l'avrei fatto. E chi se ne fregava se era un osso duro, uno dei Wild Boys, uno pieno di amici pronti a vendicarlo.

Un bel rovescio a due mani con la zappa che reggevo fra le gambe, la lama che gli arrivava di taglio in fronte, e sai cosa se ne faceva, della fama e degli amici? La lama a trapezio di quell'attrezzo poteva viaggiare veloce e, a seconda dell'angolo d'incidenza, poteva limitarsi a frantumarti l'occipite, sfondare la scatola cranica, lasciarti scemo a vita o ammazzarti sul colpo.

Il tabaccaio Eolo fumava sulla soglia del Bar Carioca col suo Fernet in mano, e sgranò gli occhi quando mi vide smontare dallo Special con lo zaino in spalla e la mia arma da contadino in mano

«Oilà, Tommy. Sei stato a fare giardinaggio?» domandò col suo timbro chioccio.

«Tutt'oggi» risposi. «Gran sbattimento.»

«Cosa coltivi, l'albero della gnocca?» domandò Eolo, e rise da solo alla battuta.

«Macché» risposi per le rime. «La pianta della fresca. Sai quella di Pinocchio con le monete d'oro?»

«Dillo anche a me dove sta, che ne ho tanto bisogno» implorò il tabaccaio mentre m'affacciavo all'interno. «Io le mie monete le ho sempre seminate nei campi sbagliati.»

Il barista Kociss, Villiam e mister Carboni mi fissavano meravigliati.

«Al bar col badile, mi arrivi?» domandò il titolare sporgendosi sul bancone.

«Sono dietro a dei lavori» spiegai. «Ma ditemi dei ragazzi. Ho saputo che sono fuori. Speravo di trovarli qui per bere qualcosa insieme.»

Lo squadrai impassibile, pronto a decifrare ogni esitazione.

«Sono fuori, finalmente» confermò. «Ma qui non si sono fatti vedere.»

«Vedi, giovane» mi fece Villiam. «Quando uno esce dalla gaiuffa, ha cose più urgenti da fare che andare al bar.»

Gli uomini sogghignarono, e io li squadrai a uno a uno per capire se ridevano di me. Che fossero d'accordo con Raul e l'aiutassero ad evitarmi?

A meno che non fosse nascosto nel giardino interno, l'iscariota.

Stavo svalvolando, vero?

«Di' un po'» mi fece Villiam, staccandosi dal frigo della Sammontana. «Tu hai la faccia di uno che ha avuto una giornata difficile. Te lo lasci offrire un bertigaro?»

Depositai il mio attrezzo contro il bancone, che fosse a portata di mano, e replicai: «Con piacere, monsieur».

La materia pulsante del mio dolore si anestetizzò un sorso alla volta.

A forza di bere con gli anziani, mi parve che il mio dolore si lenisse. Forse per un uomo non esistevano prove insopportabili. Una città poteva risorgere dalle proprie rovine. Ci si poteva salvare persino dal fuoco. E adesso arrivava l'estate. Vuoi che un giovane imprenditore con un bel po' di milioni di lire in tasca non riuscisse a trovare qualche distrazione?

All'altezza del terzo giro, ormai l'atmosfera era quella d'una festa tra uomini, come quelle che i nostri avi soldati avevano tenuto nelle retrovie. Villiam cantava *Je ne regrette rien*, una mano avvinghiata al bancone e l'altra sul petto, ed Eolo insistette per ricordare al povero babbo di Athos come si volteggiava nelle balere d'una volta.

In capo a un'ora eravamo tutti ubriachi, marinai d'un vascello che traversava l'oceano delle stagioni, e mi domandai se anch'io, dentro un bar del futuro, avrei costretto un amico a mostrare come si ballava nei club degli anni Novanta *Smells like teen spirit*.

Fuori ormai era buio pesto. Il dolore, per il momento, era sedato, ma la rabbia dimorava intatta; anche quando si rideva, non smisi mai di tenere d'occhio il rettangolo della porta. Speravo con forza che apparisse Raul. Che si mostrasse, il bastardo! Ci avrei messo un attimo, a metter mano alla zappa per dargli il benvenuto sotto gli occhi sbigottiti degli uomini.

Ma il viziatello, il figlio del notaio, il finto povero che abitava in una villa di via Siepelunga, non si fece vedere. Doveva subodorare che tirava una brutta aria, e in quella sera lunga d'inizio estate si mantenne al largo dal Bar Carioca.

Preferiva evitare lo scontro. Prudente. Diplomatico. Cagamutande. C'era da capirlo. Anni a costruirsi una reputazione da duro, e poi finisci preso a zappate in testa. Mica bello. Ma Bologna era piccola. E prima o poi, cascasse il mondo, trovavo il modo di ringraziarlo a dovere.

Il disco pieno dell'astro caro ai poeti rischiarava la notte umida di mezzo giugno, e io non potevo credere ai miei occhi.

Il cancellino dell'orto veniva chiuso da sempre sino a fine corsa; così l'avevo lasciato, invece era aperto per metà.

E il vecchio badile di Ianez? Ricordavo di averlo abbandonato disteso al limitare del fazzoletto di terra, parallelo all'argine in pietra di luna. Cosa ci faceva, addossato in verticale alla rete? Lo guardai meglio, la zappa del professor Shiba che mi tremava nella destra, e mi parve il testimone di una beffa terribile.

Coño y mierda, qualcuno era entrato nell'orto!

Il cuore che batteva dispari, mi precipitai verso l'oleandro. Le foglie a punta di lancia vibravano nella brezza che scendeva dai colli, e i fiori nuovi parevano invitare a una quieta rassegnazione: se si voleva andare verso il futuro, bisognava accettare che le cose cambiassero senza sosta.

Mi chinai ai piedi del tronco capostipite, e il mio sbalordimento si trasformò in una forma nuova di panico: la terra era smossa nel punto preciso in cui avevo sepolto il tesoro.

Iniziai a scavare con rabbia disperata, ma la terra che spostavo con la lama della zappa nascondeva soltanto altra terra.

«No!» gemetti. «Madonna di San Luca! Questo no, per pietà!»

Ecco cosa! Avevo fatto un voto, io! Avevo promesso di salire a omaggiare la Signora, e me n'ero dimenticato! Era questa la punizione che mi toccava?

Scavavo e scavavo, ma là sotto non c'era più niente. Non il tesoro, e nemmeno più il buco che lo ospitava.

«Merda!» ringhiai, le ginocchia che si facevano fragili, inadatte a sostenere il peso del corpo. E la mia zappa nuova minacciava di scivolarmi di mano.

Qualcuno doveva avermi visto all'opera mentre nascondevo il tesoro. Un vecchio, forse, appostato nel buio alla finestra. Mi aveva spiato, e la notte dopo, consumato dal morbo della curiosità, era venuto a disseppellire la mia borsa di juta. Ma cosa se ne faceva, un vecchio, di due chili e quattrocento grammi di marijuana albanese? E dello striscione della Nuova Guardia?

Forse stavo sognando. Valutai la terra sconvolta dallo scavo, e provai a convincermi di aver cercato nel punto sbagliato.

Ecco la panacea, la soluzione a ogni angoscia, l'ultimo desiderio dei disperati: il dono del dubbio, la possibilità di scavare ancora.

«Ti prego, Gesù!» supplicai come quand'ero piccolo. «Aiutami!»

Non è forse l'atto stesso di cercare la prova che la ricerca non si è esaurita?

Mi convinsi che, se non mi fossi fermato, qualcosa sarebbe saltato fuori. Così scavavo e scavavo, impolverato di quella terra grassa e nera, identica a quella delle campagne che avevano nutrito i nostri padri. Ormai ero lordo sino alle caviglie e all'attaccatura dei polsi, e ogni volta che davo tregua alla zappa per asciugarmi il volto, le mani diffondevano il loro colore cupo alle guance, agli zigomi e alla fronte. Ero pronto a farmi terra io stesso, a scavarmi letteralmente la fossa e sparire, ché quell'ultima beffa era troppo dura da mandar giù.

No, a giocarmi quel tiro non era stato un vecchio curioso. Era stato qualcuno ch'era andato a colpo sicuro. Ma io non ne avevo parlato a nessuno. Neppure a Ester.

Che mi avessero seguito?

Ormai calavo zappate a raggiera. Non cercavo più. Volevo solo punire quella terra puttana che doveva custodire il mio futuro, e invece l'aveva fatto sparire. Come avevo fatto a fidarmi di lei? E cosa potevo dare a Morgan, adesso, che per l'indomani a mezzodì mi aspettava a Rimini con i suoi milioni pronti?

«Bella fregatura, cico!» risuonò una voce alle mie spalle.

Raggelato, mi volsi. Raul era a dieci passi da me, appena fuori dalla rete dell'orto. Il gran bastardo, profilato dalla luce della luna, se ne stava con le mani affondate nelle tasche del giubbotto e mi sorrideva. Cos'era venuto a fare? E come osava presentarsi a notte fonda in quel luogo sacro alla mia famiglia?

«Allora non sono io che ho sbagliato posto» considerò aggirando la rete per guadagnare l'ingresso. «Ci credi che ho cercato fino a farmi venire le vesciche alle mani?» domandò. «Be', vedi anche tu che non c'è più niente.»

«Cosa cazzo vai dicendo?» ruggì la mia voce. «Sparisci da qui, stronzo!»

Levò i palmi, come dovesse scusarsi d'una mancanza veniale, quindi si fece largo nell'orto. «Non mi aspettavo mi facessi le feste» ammise nel richiudersi con cura il cancellino alle spalle. «Però io sarei uscito oggi di galera, Tommy. Almeno un po' di cordialità la merito, no?»

A zappate in testa, gliela davo, la cordialità.

«Ero quasi sicuro di trovarlo qui, il tesoro di Abba Melèk» ammise. «Avrebbe la sua logica, no?» domandò.

Era entrato senza invito nel recinto in cui un tempo cresceva la nostra uva. E non per la prima volta. Aveva violato un confine sacro, e tanto era bastato a Romolo per ammazzare suo fratello; perché non trovavo la forza per scagliarmi addosso a lui e punirlo del suo sacrilegio?

«Ai ragazzi non l'ho detto» spiegò arrestandosi a cinque passi da me, poi mi guardò con aria severa e aggiunse: «Io però lo sapevo bene, che eri il socio di quel bastardo. Se non lo sapevi tu, dove teneva il suo tesoro, chi doveva saperlo?».

Distruggeva tutto, ci seminava sopra il sale, e aveva anche il coraggio di vantarsi della sua sagacia.

«Prima quello pianta una mannaia nella schiena d'un tipo che non può più difendersi» alzò la voce. «Poi ti molla nel bel mezzo degli scontri. Era già pronto a tornare a casa senza di te, l'hai capito o no?»

Cosa contava, adesso? Forse le colpe del Norcino lo giustificavano per essere entrato come un ladro in casa di Ester? E cosa cazzo lo faceva sentire in diritto di continuare a presentarsi senza invito?

«Dentro nessuno ha detto una parola» riprese, le mani nelle tasche del giubbotto leggero con le spalline da militare. Sorrise amaro e riprese: «Il magistrato del cazzo minacciava di spedirci in galera in Sardegna. "È anni che fate comunella, e a sentir voi nessuno conosce nessuno!"» imitò una voce stridula. «"Ma chi siete, la 'ndrangheta?" ci urlava in faccia, ma noi zitti, dal primo all'ultimo.» Annuì trasognato, guardò il disco della luna e fece: «Si lascia guardare da tutti, lei. Mica come il sole».

Giostrava con le parole per distrarmi, profittava della mia inazione per guadagnare fiducia.

«Poi spunta lui, il tuo caro socio» riprese inviperito. «E nota che mica l'arrestano. Si presenta da solo, così da guadagnare crediti e cancellare qualche peccatuccio del passato. Arriva, e racconta agli ussari tutto quello che vogliono sentirsi dire. Volevano un colpevole per l'uomo che aveva ferito nella sala biliardi. Se non l'avevano ancora, era perché nessuno di noi l'aveva accusato. Ed eccolo, il colpevole!» esclamò Raul. «Ideale, no?», poi cavò le mani di tasca e le fece scendere in parallelo davanti al torace, come volesse mostrarmi il suo giubbotto. «Mi avrebbe sentito dire durante il viaggio d'andata che volevo ammazzarne uno. E poi ha giurato di avermi visto mentre affondavo la mannaia nella schiena del tizio, così ho rischiato un'incriminazione per tentato omicidio.»

«Quello è una merda, e mi dispiace che sei stato in galera per colpa sua» mormorai. Era tutto quello che potevo concedergli mentre mi stava di fronte lungo il corridoio delimitato dalle pietre di luna. «Adesso, però, gira i tacchi e vattene da qui. Non ti voglio vedere mai più, stronzo.»

Raul tornò a mettere la mani in tasca e scosse la testa come non credesse a quel che aveva appena sentito. «Mettiamo le cose in ordine, cico» s'indurì la sua voce. «I beni di Abba Melèk sono a disposizione di chi li raccoglie. Preda di guerra. Sono le regole. E tu avevi diritto di cercare il suo tesoro quanto me.»

«Vattene» ripetei, stringendo il manico della zappa. «Vattene adesso, Raul, o qui succede un disastro.»

«Sapevo bene che quel bastardo non te l'avrebbe mai affidato» riprese indifferente alle mie minacce. «Così mi sono detto che dovevi avergliello fregato.» Mi puntò l'indice contro e osservò compiaciuto: «Non so come hai fatto, cico, a trovarlo. Gli altri l'hanno cercato ovunque. Comunque sia andata, devo ammettere che sei stato un fottuto genio».

Proprio. Ero riuscito a trovare il tesoro e, con la stessa naturalezza, l'avevo perso per sempre. Da Premio Nobel.

«Sai come ho capito che l'avevi messo qui?» domandò divertito. «Per tutte le volte che hai raccontato di questo cortile, del posto dove tenevate la vigna e del tuo oleandro.»

Gliene avevo mai parlato? A Ester, forse. Ma a lui non ricordavo di avere raccontato niente.

«Anche in acido, ne parlavi. Non ricordi?»

Non ricordavo quasi niente. Solo la costellazione di goccioline di sudore sul ventre levigato della ragazza con la maschera antigas.

«Dicevi che i men in black della CIA ti davano la caccia» ricordò divertito. «Ma tu sapevi dove costruire un rifugio che nessuno avrebbe mai trovato. "È dove siamo scappati col Ku Klux Klan" dicevi. "Dove giocavo col Biondino e il Mezzosangue. Dove è cominciato tutto e tutto finirà." Non te lo ricordi?» domandò nuovamente.

Ecco cosa succedeva, a mangiare i cartoni con il giovane diavolo. Credevi di volare, e invece propiziavi lo schianto.

Levò di tasca una busta di Samson, ne aprì la lista adesiva e frugò all'interno. «A quanto pare, però, qualcosa è andato storto» disse pescando dalla busta un joint quasi intatto. Ne aggiustò il calibro lisciandolo fra da due dita, e se lo piazzò fra le labbra. «Credevo fossimo in due, a sapere di questo posto. Invece eravamo almeno in tre.»

Rividi la Vespa appestata che insidiava il Primavera di Ester sotto la casa dalle finestre azzurre, e mi parve di comprendere ogni cosa.

L'acido non c'entrava niente. Avevo parlato di quel posto al mio amore, e lei l'aveva svelato a Raul. La mente e il braccio. Sid e Nancy del cazzo.

«È stata lei a dirti di venire qui» mormorai. «Siete due schifosi.»

«Ti chiedo scusa in anticipo» premise scoperchiando lo zippo, e la fiamma salì oblunga a tingergli il volto. «Forse quello che devo dirti ti ferirà.»

Forse?

«Non hai capito» gli dissi. «Non voglio sentire niente.»

«C'erano una volta tre ragazzini» attaccò. «Uno era sempre su di giri, l'altro un bravo cico, e lei... Dio, cosa non era! Bella da far male, intelligente, spiritosa. Ovvio che se ne innamorarono tutti e due.»

Perché continuava a parlare? Non lo capiva che doveva andarsene?

«Gli anni passavano, e lei era un fiore rarissimo. Era un fiore e una ragazza, ogni giorno più simile a una donna. Doveva darsi da fare, perché a casa sua non navigava nell'oro. Avesse fatto la smorfiosa, ci sarebbe stata la fila di uomini pronti ad aiutarla. Ma era troppo orgogliosa per cercare scorciatoie, così ha imparato da sola quel che costa e che vale.»

Era pazzo. Completamente pazzo. Vedeva di nascosto la ragazza che amavo e, d'accordo con lei, provava a rubarmi in casa. O forse l'aveva fatto. E ora veniva lì per spiare la mia reazione, il giovane diavolo.

«È cresciuta libera!» esclamò come mi esponesse una verità ineluttabile. «Non è una principessa, Tommy. O forse sì, ma in ogni caso non cerca un principe. E noi che la amiamo dobbiamo metterci il cuore in pace: Ester va con chi vuole, quando vuole, e se non le va a genio un'idea è inutile insistere.»

Così lei gli aveva parlato di Londra. Vedrai che avevano riso insieme della mia insistenza, i due bastardi. Fumava placido, giustificava ogni freccia che m'era piovuta addosso, e intanto aveva messo sicuro al tesoro per goderselo insieme a lei.

«Mi hai imbrogliato, stronzo» ringhiai. «Mi avete imbrogliato insieme.»

«Tommy» sospirò, e pareva sinceramente deluso. «Non ti starò a dire che, dal mio punto di vista, hai fatto una schifezza. Sei andato a letto con la donna che amavo mentre ero in galera. Mica tanto sportivo, se ci pensi.»

Non lo ascoltavo più. Me lo vedevo insieme a Ester sotto il soffitto obliquo del posto che avevo creduto un rifugio sicuro. Sorrideva sopra di lei. Affondava nella sua bocca. La prendeva forte, e lei tremava per la paura e il piacere.

Raul sbuffò fuori il fumo, e valutò: «Se ognuno continua a pensare per sé, ci sentiamo sempre in credito con la vita. Prova a vederla in un'altra maniera, cico. Nessuno qui ha portato via niente a nessuno, e tutti hanno ricevuto dei doni non scontati».

Dal manico in legno opaco che stringevo in pugno saliva una vena saettante d'energia. Era una forza sconosciuta che mi correva lungo il braccio, parente della furia spartana e dell'ansia di giustizia che mi aveva guidato da bambino ad abbattere l'astuccio in testa a Carlotta Caliceti.

«Hai un bel coraggio, bastardo» lo accusai. «Sei venuto a rubare in casa mia, e fai i discorsi da profeta del cazzo.»

«Allora proprio non capisci?» domandò. «Io non ho trovato niente, Tommy.»

Credevo che quell'oggetto magico eredità del dottor Shiba dovesse aiutarmi a conquistare il futuro rivoltando la terra. Invece il destino aveva in serbo per me un piano diverso. Dovevo impiegarlo come arma, vibrarlo a due mani nel cielo notturno per scacciare gli spiriti cattivi. L'occhio di metallo col quale la sua testa a trapezio era assicurata al manico avrebbe retto all'urto contro un'armatura, e il suo taglio luccicante m'implorava di non esitare: avevo un colpo a disposizione, uno solo, per uccidere il demonio che mi rendeva la vita impossibile.

«Se non ti va di perdonare, accetta almeno di sospendere le ostilità» propose. «Stasera c'è una festa, su da me, in onore dei ragazzi appena liberati. Ti ho pensato parecchio mentre ero dentro. Non sempre con amore, lo ammetto, ma bando alle miserie.» Si tolse il cigarro di bocca, me lo offrì e precisò: «Alla fine, sono venuto per invitarti».

Te la faccio io, la festa, brutto diavolo.

«Tregua?» propose, e mi offrì il cigarro.

Imbracciai l'arma a due mani, ne levai la testa sopra la spalla, e un reticolo di guide luminescenti mi mostrava la traiettoria da seguire con la mia arma preistorica per annichilire il mostro.

«Ehi!» gridò la sua voce in allarme. «Cazzo fai?»

«Muori, bastardo!» gli ringhiai contro.

La brace del joint cadde a terra come un fiocco di lava, mentre il taglio della lama viaggiava orizzontale verso la sua testa.

Raul improvvisò un balzo all'indietro da schermidore, le braccia sollevate d'istinto a proteggere il volto.

Il profilo affilato della zappa colpì la sua mano sinistra, e lui la fece schizzar via come avesse tentato di parare una cannonata.

La forza del rinculo mi fece quasi perdere la presa, ma quando lo vidi cadere all'indietro tornai a stringere il manico. L'avevo solo ferito, e adesso toccava finirlo.

«Fermo dove sei, Tommy!» mi gridò contro, schienato com'era, la mano sinistra sollevata a sprizzar sangue e la destra a frugar sotto la cintura.

A la guerre comme à la guerre. Me l'aveva insegnato lui. Mai confondere il momento della determinazione e quello della pietà. Alzai in verticale la zappa, il manico si fece l'ago d'una meridiana lunare, la lama il mezzo che avrebbe posto fine ai tempi bui. Un colpo dritto in testa, uno solo, ed era finita.

«Fermo!» ordinò. «Fermo o sei morto!», e solo allora mi resi conto che mi puntava contro l'occhio buio d'una pistola. Era un'arma vera, non una lanciarazzi da stadio, e Raul, ansimando dorso a terra, la reggeva a braccio teso contro di me.

«Dovrei stenderti, Tommy» sillabò come recitasse una preghiera, e ormai il sangue che colava dalla mano aperta gli inzuppava la manica del giubbotto sino al gomito. «Dovrei farlo davvero, cazzo! Io ti invito alla mia festa, e tu provi ad ammazzarmi!»

Per quanto si sforzasse di tenermi sotto tiro, il cannone ondeggiava nell'aria umida della notte. Stai a vedere che gli scivolava di mano, e a ridere ultimo ero io.

«Metti giù la zappa!» intimò.

Chissà quante volte, in battaglia, i padri dei miei padri avevano ucciso uomini in nome del re e della patria. E io, che avevo deciso per conto mio di farlo, non ne ero capace?

«Mettila giù subito. Non mi costringere.»

Niente. La canna restò sempre in linea col mio volto. Non erano che variazioni millimetriche dell'angolo d'impatto, dettagli inutilmente precisi sulla morte d'un liceale. Toccava ubbidire.

«Dio!» ringhiai, e lanciai via la zappa.

Neppure l'arma magica del professor Shiba era bastata. Altroché demone cornuto e robot d'acciaio. Ero il fallimento d'ogni speranza, la vergogna della mia stirpe, la pianta sterile che condannava la specie all'estinzione. Avevo alle spalle una storia cominciata mille e mille anni prima, e l'ultimo capitolo finiva con la mia sconfitta, nel cuore dell'ultimo pezzo di terra che restava alla famiglia.

Raul si risollevò con un gemito, agile come da ragazzino. Senza smettere di puntarmi contro il cannone, si guardò per la prima volta la mano devastata, e nel premerla contro il fianco mi rivolse una smorfia di scontento. «Lo vedi?» domandò con aria di rimprovero. «Continui a pensare solo a te stesso. Se però ti ricordi com'erano quei tre ragazzini, io credo che nessuno ci ha perso niente. Alla fine si sono fatti dei regali a vicenda, no?»

Mentre blaterava, mi trovai a sperare che mi facesse la cortesia di premere il grilletto senza farla troppo lunga. Così potevo salutare quella valle di stronzi senza amore, per accasciarmi in pace sotto la facciata muta del palazzo di Nonna, a due passi da una pianta dai fiori velenosi che aveva la mia stessa età, sulla medesima terra che un tempo dava grappoli d'uva e sarebbe rimasta per sempre la testimone della mia disfatta.

«Spara, figlio di puttana!» lo sfidai. Forse morire era facile. «Mi hai portato via tutto! Sei entrato nella mia vita per distruggere ogni cosa! Vai fino in fondo, almeno!»

«Allora non hai capito niente» scosse la testa, e abbassò l'occhio buio della pistola sino a mostrargli il terreno. «Non sei una vittima, cico. Non hai il diritto di prendertela. Il tesoro non era tuo. E Ester non è di nessuno.» Per essere un uomo che si stava dissanguando, manteneva una calma invidiabile. «Credi che mi abbia fatto piacere, sapere che ci sei andato a letto? Be', per niente. Siamo animali a sangue caldo. Ma siamo anche bestie intelligenti, si spera. Non è che ci possiamo scannare fra amici solo perché ci piace la stessa femmina.»

Non l'avrei ucciso. E nemmeno lui avrebbe ucciso me. Non quella notte.

«Non sei per nulla sportivo, cico» osservò, mostrandomi il palmo, aperto in diagonale da un taglio sfrangiato. «E dire che giocavi a calcio. Dovresti pensare di più al bene della squadra.»

Adesso ch'ero in sua balia, potevo quasi rilassarmi. Provare a vedere le cose dal suo punto di vista.

«Guarda che sbrego m'hai fatto!» sospirò. «E per poco non mi staccavi la testa dal corpo.»

Ci avevo provato. E se non fosse stato così veloce, ci sarei riuscito.

«Ti pare il caso di accogliere un amico appena uscito di galera a colpi di badile?» mi rimproverò. «E io che venivo in pace.»

«In pace con una pistola?» replicai incredulo.

«Devi ammettere che è stata utile» notò, e un *clic* metallico raccontò della sicura inserita. «A un certo punto credevi d'avermela fatta, vero?»

Lo guardai mentre infilava l'arma sotto la cintura, e per un attimo restò inerme, una mano occupata e l'altra fuori uso. Se gli fossi balzato addosso in quel momento preciso, l'avrei potuto sopraffare. Forse sarei anche riuscito a sottrargli la pistola. Ma per farne che? All'improvviso quell'affrontamento mi pareva assurdo.

«A vederla per il verso giusto, è una storia che fa ridere» notò, e tornò a premere la mano ferita contro il fianco. Aveva perso parecchio sangue, ma forse l'emorragia cominciava ad arrestarsi. Come minimo, serviva disinfettare. «Abba Melèk credeva di avere fregato tutti» spiegò divertito. «Tu credevi di avere fregato lui, e io credevo di avere fregato te.»

Ancora non sapevo cosa credere. Si era portato via il tesoro, e si preparava a dividerlo con Ester? O davvero era rimasto a bocca asciutta anche lui, ed era venuto a farmi la posta nella speranza che lo facessi risorgere dalle profondità della terra?

«Peccato che il tesoro non c'è» andò al punto, e domandò

costernato: «Sicuro che non ti ha seguito nessuno, quando sei venuto a seppellirlo?»

Non sembrava più il terribile semidio che imponeva col carisma e la forza la sua legge ai voivodi delle medie. E neppure il guerriero da strada che calava impassibile sulle città nemiche. Era soltanto un ragazzo ferito che soffriva con dignità e provava a mettere in ordine le cose.

«Non sono più sicuro di niente» ammisi.

«Invece una cosa sicura c'è» considerò. Mi mostrò la ferita aperta e fece: «Con la mano conciata così non guido di sicuro. Adesso ti tocca proprio accompagnarmi».

«Al pronto soccorso?»

«Alla festa!» scandì come fossi duro d'orecchi.

A casa sua? In bocca ai pazzi dei Wild Boys?

«Tranquillo» assicurò. «Nessuno ce l'ha con te. E poi arrivi col padrone di casa. Saranno tutti carini, con te.»

«Carini» ripetei, e domandai velenoso: «Vuoi che assista al tuo trionfo, vero?»

«Ma quale trionfo» scrollò le spalle. «Vanno festeggiate alla grande le salvezze. Celebrare le vittorie è volgare.»

Su quello, forse, aveva ragione, ma non volevo vederlo ballare insieme a Ester. «Io non ce la posso fare» ammisi. «Non vi voglio vedere insieme.»

«Lei non ci sarà» spiegò. «Mica voglio rischiare di vedervi fare i piccioncini alla mia festa.»

Mi venne da ridere. «Ma cosa dici?»

«Meglio tenerla fuori, da certe occasioni» illustrò, la mano aperta premuta contro il petto. «D'accordo che la gelosia non è più di moda. Ma siamo tipi che si scaldano, e non vorrei rovinare la festa.»

Magari a ripensarci le cose m'apparivano sotto un'altra luce, e finivo anch'io per accettare come faceva lui quella strana geometria a triangolo.

«Tregua olimpica» proclamò, offrendomi il pugno destro. «Almeno per questa sera. Te lo chiedo per favore, Tommy.»

Chiusi la destra e lo colpii piano sulle nocche. «Tregua olimpica» ripetei, e sapevamo tutti e due che il nuovo patto sarebbe sopravvissuto all'alba. Magari ci si tornava a perdere di vista. Per stagioni intere, addirittura, com'era già successo. Ma se non ci eravamo fatti fuori a vicenda quella notte, non l'avremmo fatto mai più.

Uscimmo dall'orto, e richiusi il cancellino alle nostre spalle.

A Morgan non potevo portare un bel niente. Come minimo m'avrebbe maledetto. I miei milioni erano persi. Le speranze annullate. Non avevo più niente.

Potevo decidere se buttarmi dal ponte sul Reno con una pietra legata alle caviglie, oppure andare a una festa. L'invito veniva da un ragazzo che conoscevo da una vita e avevo appena cercato di uccidere. Il mio peggiore amico. Non sapevo a cosa andavo incontro, ma tutto sommato era meglio la festa.

«Da bere forte ce n'è?» m'informai. «O ci fermiamo a comprare qualcosa?»

Diede una risatina sghemba, mi assestò un pugno sulla spalla con la mano sana e rivendicò: «Ma certo che c'è da bere, cico! È una festa, ti ho detto, mica la quaresima!».

Scoppiammo a ridere insieme e, sporco di terra l'uno, di sangue l'altro, ci facemmo strada spalla a spalla verso lo Special in attesa sul fondo del cortile.

40

# La festa dei ragazzi

Spronavo lo Special su per via Siepelunga, rilanciando l'andatura all'uscita d'ogni curva.

Il mio peggiore amico e io cavalcavamo insieme come due templari, feriti entrambi e determinati a rispettare la tregua. Raul aveva strappato una manica del giubbotto per avvolgerla intorno alla mano aperta, e con quella fasciatura approssimativa mi stringeva in vita, sangue rappreso contro la terra grassa di cui ero insudiciato, una pistola sotto la cintura e troppe storie in testa per tenere ferme le labbra.

Mi raccontò di quand'era appena entrato in cella e gli zingari avevano provato a metterlo sotto; di come nell'ora d'aria i Wild se ne stavano per conto loro, e di quando i mustafà li avevano attaccati in massa con i loro cocci di vetro in mano. Aveva visto cose che io non potevo immaginare. Forse per questo riusciva a inquadrare la situazione in modo diverso dal mio. E io, che pure mi sentivo morire dentro al pensiero di quei due a letto insieme, avevo finalmente la certezza che continuare a prendere quota verso il poggio dove si sarebbe tenuta la festa dei ragazzi era la cosa giusta da fare.

Era passato un secolo da quando mi era apparso sulla porta della classe in terza media, e forse non era venuto soltanto a portare lo scompiglio; avevamo percorso un lungo tratto di strada insieme e, nei passaggi difficili, ci eravamo aiutati a vicenda.

Guidavo lungo una chicane scavata in trincea fra due pareti in pietra di luna, e mi veniva da piangere e da ridere insieme.

Quei due ragazzini, il bulletto con la cresta e il gregario da parrocchia, erano morti per sempre. Uno soffriva la lontananza del padre, l'altro non l'aveva mai conosciuto, così si erano dovuti adattare alle circostanze, e avevano fatto i loro esperimenti senza la guida di un uomo che li avvertisse in anticipo dov'era il confine tra il buonsenso e la follia.

Avevamo sperimentato la stessa rabbia e la medesima mancanza, ma ormai quelle ombre di cuccioli doloranti erano svanite. Al loro posto c'erano due giovani che presto avrebbero dovuto fare le loro scelte. Nessuno dei due era stato capace di catturare il vento, ma a forza d'inseguirlo erano quasi diventati uomini. Lui era un cittadino a pieno titolo della Repubblica; poteva votare e aprire una società, anche se all'arrivo degli ussari sotto la Corriera della morte scandiva "arrestate i poliziotti, sono della Uno bianca" e li accoglieva imbracciando un manico di piccone.

Alla fine dell'estate, sarei diventato maggiorenne anch'io, e potevo sfruttare l'ultimo anno di liceo per gettare le basi della mia nuova carriera; forse in città c'era qualche agenzia che cercava un apprendista volonteroso, e io riuscivo a pagarmi gli studi all'università dei pubblicitari.

Fuori di casa, però. Me ne sarei andato a costo di dividere un appartamento con sette aspiranti ingegneri; con certe persone è più facile volersi bene da lontano, e se volevo ritrovare un rapporto sereno con mia madre, era indispensabile che non vivessimo più sotto lo stesso tetto.

«Ci siamo» mi avvertì Raul, e con la mano fasciata da lebbroso m'indicò il cancello spalancato in cima al poggio; ai piedi dei montanti ardevano due torce giapponesi, e come il muso del mio mustang s'affacciò oltre la soglia vidi che il vialetto scendeva verso la villa affiancato da torce per tutta la sua lunghezza. L'abitazione era illuminata a giorno, e sembrava rigurgitare gente dalle portefinestre spalancate sul giardino; era circondata da un alone di musica elettronica che faceva venire voglia di saltare, e non si capiva se fosse la base dei pirati o una fortezza appena espugnata.

Scivolai a motore spento tra i profili delle auto posteggiate sul prato, e nel mettere a fuoco i capannelli di scamiciati e ragazze discinte che brindavano mi venne in mente quella mania del grande Gatsby, che organizzava le feste e poi non si faceva vedere.

Appena sbucammo sul giardino, Danko ci guardò come fossimo due fantasmi e prese a urlare: «C'è Raul, ragazzi! È arrivato il nostro fratellino!».

I Wild Boys sbucavano da ogni dove, e ci circondarono esultando come avessimo appena segnato la rete decisiva.

«Ma tu hai una mano sbregata!» notò Zagor. Mi squadrò sospettoso e, offrendo l'orecchio buono per distinguere la risposta in quel bailamme, domandò: «Che razza di casino avete combinato, tu e Bunny?».

Ero circondato, le suole delle Gazelle posate sul prato, le chiappe sulla sella e il motore muto. Se il mio peggiore amico avesse raccontato quel che era successo, mi sarebbe toccato il linciaggio.

«Non è niente» assicurò Raul. «Brindavamo, e mi si è rotto un bicchiere in mano.»

Insistettero per vederla, e quando mostrò il taglio dai bordi slabbrati in parecchi si fecero indietro con aria compunta.

«Bello sbrego» osservò il persiano Amir con aria clinica. «Qualche punto te lo danno di sicuro.»

«Domani» spiegò Raul. «Adesso è la nostra festa.»

«C'è un medico, in sala?» gridò in falsetto l'elegantone Milton. Doveva avere già bevuto parecchio, perché fingeva di strapparsi i capelli come una donna disperata: «Aiuto, per carità! In nome dell'Onnipotente! Un uomo sta per morire!».

«Se non vuoi farti ricucire, almeno mettici una fasciatura pulita» suggerì la Crazy. «Ma prima va disinfettata, micetto.» Sollevò la testa dalla ferita e domandò: «Qualcuno mi prende una bottiglia di grappa, per cortesia?».

«Andrà bene anche il rum» annunciò il generalissimo Iago. Il suo volto mi appariva per la prima volta pacifico, la sua voce morbida come non la ricordavo, e stringeva al petto una bottiglia di cubano invecchiato sette anni. «Qua la mano!» pretese.

Raul gli offrì il palmo, e il generalissimo annaffiò la ferita in tutta la sua lunghezza con il liquido color del bronzo.

Sentii il mio amico contrarsi sul mio dorso, aspirò a denti stretti, ma non gli uscì un lamento.

«Ecco!» esclamò Iago. «I germi sono kaputt.»

«Adesso va fasciata» ricordò premurosa la Crazy. «Bisogna tenerla pulita.»

«Corretto» approvò il generalissimo. «Ma prima gli integratori.»

A un suo cenno, un fremito pervase la cerchia dei luogotenenti. Avanzava tra loro una ragazza giovane dalla frangetta bionda che non avevo mai visto; indossava soltanto una salopette e il top variopinto d'un bikini, e reggeva una sorta di vassoio avanti a sé con l'aria attenta di chi non vuole sbagliare mossa nel corso d'un cerimoniale.

«Lei è Natalia» annunciò il Conducator. «Tifa Ferencvaros, ma questa sera sta con noi.»

La ragazza sorrise a Raul. «Sei coraggioso» disse con voce sonora e quasi priva d'accento. «Brucia tanto, mi sa» e si posizionò alla destra dello Special come una palafreniera.

Quello che m'era parso un vassoio si rivelò la lastra d'uno specchio posta in orizzontale. La sua superficie che baluginava sotto la luna faceva pensare a un mare tranquillo, solcato da una trama fitta di scogliere frangiflutti bianchissime e opache, dritte come solo le cose create dall'uomo.

«Con questa passa tutto» garantì Zagor.

«Gli Incas la sapevano lunga» assicurò a sua volta Iago, e passò al mio amico una banconota da cento arrotolata a cannuccia.

Raul la strinse nella mano buona, si affacciò sullo specchio e fece sparire il suo segmento di boliviana.

«Gentilissima, Natalia» approvò. «Davvero rinfrancante.» Tirò su col naso e propose: «Che ne dici di offrirne anche al mio amico Tommy?».

Era la sua festa e mi guardavano tutti. Potevo rifiutare?

Roteavo derviscio sull'avanzata devastante delle chitarre, saltando a ginocchia alte per atterrare sull'avampiede delle Gazelle, raccogliere nuovo slancio e saltare ancora.

Avevo ballato l'acid house occhi negli occhi con Natalia e avevo ascoltato la storia della sua vita in Ungheria, a Vienna e infine in Italia. Avevo versato da bere a Iago e lui a me. Ero tornato a chinarmi sullo specchio insieme a Zagor, e quando erano arrivati Nelson e i fratelli Morgana le esplorazioni oceaniche avevano subito un nuovo impulso.

A un certo punto la Crazy ci convocò in giardino, e vidi che nel bel mezzo del prato era stato eretto un patibolo. Appeso per il collo c'era un fantoccio che puzzava di carburante e indossava una maglietta mimetica. Qualcuno s'era preso la briga di disegnare i lineamenti a pennarello sull'ovale della testa sormontato da un grottesco parrucchino rosso: la vela del naso era ridotta a una L allo specchio e il taglio della bocca, solcato dallo slalom d'una vistosa cucitura, conferiva a quella testa un'aria lugubre da teschio messicano, ma gli occhi rotondi avevano l'iride ceruleo come quello del Norcino.

«Eri uno di noi, micetto» sussurrò la ragazza come se il fantoccio potesse sentirla. «E guarda come ti sei ridotto.»

«Maledetto in città e maledetto fuori» scandì Iago, puntando l'indice contro il fantoccio, e il cerchio di Wild Boys si strinse silenzioso intorno al patibolo. «Maledetto quando entri e maledetto quando esci» riprese il generalissimo. «Maledetto da vivo e maledetto da cadavere. Che il tuo cielo si faccia rame e la terra ferro rovente sotto i tuoi piedi, o maledetto che hai portato l'infamia nella casa dei fratelli.»

Distese il braccio, il palmo aperto verso il suolo, e poiché tutti lo imitavano lo feci anch'io.

«Giuriamo sulle tombe dei nostri padri e sulle teste bionde dei figli» riprese il Conducator con la voce che vibrava d'emozione. «Giuriamo sulle nostre bandiere e sul sangue versato in battaglia. Mai pace, fra noi e Abba Melèk.»

«Mai pace» ripetemmo in coro.

Allora Raul, la sinistra fasciata alla meglio dalla Crazy, levò la fiamma dello zippo, la passò a Iago, e quello l'accostò in silenzio al fantoccio. Era fradicio di carburante, così prese fuoco in un niente.

Danzava nella notte trasformato in torcia, e le lingue delle vampe che lo mangiavano ricordavano il pulsare azzurrognolo di Sirio. Nessuno pronunciava una parola, come se ascoltare il crepitio del rogo fosse parte integrante di quel rituale pagano. In breve, però, la corda che lo stringeva alla gola si trasformò in un brandello sfilacciato; il fantoccio in fiamme dondolò fuori asse, e un grido selvaggio salutò il suo precipitare a terra in una sarabanda di scintille.

Il decollo verticale della festa passava al setaccio la volontà dei partecipanti: man mano che i primi se ne andavano, chi restava s'aggrappava con più rabbia all'idea di accelerare. Ci si consegnava ai labirinti acidi della house, ci si versava un'altra bibita, si disquisiva barcollando sul fatto che "ultras" viene dal latino, ed è la filosofia di chi vive oltre, sopra la melma della mediocrità e le pastoie della legge.

Avevo diciassette anni e nove mesi, e mi trovavo a festeggiare con i peggiori elementi di Bologna city la loro prima sera di libertà. Ero con quelli della Corriera della morte, e nessuno mi voleva male. Contando che avevo perduto tutto, cercavo ragioni di conforto: in fondo ero vivo, nessuno minacciava la mia libertà e potevo girare sotto i portici senza dovermi guardare alle spalle. Meglio che niente.

«If the kids are united... They will never be divided!»

Adesso cantavo in coro con Raul, e lui m'abbracciava, ubriaco come può esserlo alle tre di notte un ragazzo che è stato in galera fino alla notte prima, e sa che l'indomani non dovrà tornarci.

Il mio peggiore amico gettò un'occhiata incuriosita a Danko che entrava attraverso la portafinestra camminando sulle mani e le ginocchia.

«Bau bau!» esclamò, le palpebre semichiuse e la testa ossigenata che ondeggiava come se il collo non ne reggesse più il peso. «Sono il cane Nebbia!»

Zagor lo seguiva da presso, anche lui a quattro zampe; aveva il naso praticamente tuffato fra le chiappe del biondo, come fanno gli animali per conoscersi meglio, e quando emersero dalla portafinestra le spalle e il torso mi avvidi che il lottatore portava a cavalcioni Natalia. Era completamente nuda, una bottiglia di spumante in mano, eppure aveva l'aria dignitosa di chi tiene la situazione sotto controllo.

«A cosa serve avere una casa grande se non ci fai mai delle feste?» domandò Raul come cercasse la mia approvazione, e ondeggiò verso lo stereo. «Adesso, però, ci vuole qualcosa di arioso.»

Nello iato del cambio compact, mi persi dietro la schiena dritta della ragazza che si lasciava trasportare verso il tavolo del salotto. Sul mare freddo dello specchio venivano scoperte meraviglie sempre nuove, e man mano che sparivano, per magia ne fiorivano altre, che andavano perfezionate, rettificate, poste all'attenzione della comunità scientifica.

Qualcuno non si scollava dal tavolo da ore; riconoscevi gli irriducibili dalla posa a scoiattolo, le mani al petto e le mascelle gonfie; fissavano con aria grave le nuove barriere frangiflutti e parevano domandarsi fino a dove può spingersi l'ardire d'un marinaio.

«Siamo due belle teste di cazzo, cico» considerò Raul, e come risuonarono le prime note di *Alive* dei Pearl Jam mi batté sulla spalla con la sua mano fasciata alla meno peggio. «Se mi prendevi in testa con quel badile di merda, me l'aprivi a metà!»

Oh sì. Avevo rischiato di ucciderlo. Era una consapevolezza che in quel momento preciso, ospite d'una scialuppa di folli decisi a celebrare, mi faceva sentire in colpa e mi riempiva di orgoglio. «Ho paura che se non eri tanto veloce a parare il colpo, ci restavi secco» ammisi. «E comunque non era un badile. Era una zappa.»

Annuì come gli avessi svelato una notizia di primaria importanza. «Giusto» fece. «Chiamiamo le cose col loro nome.»

«Me l'aveva fatta trovare mio padre» confessai. Forse, a quel punto, poteva capire.

«Guarda» fece. «Io propongo un brindisi a tuo padre. Ti va?»

Mi andava. C'erano bottiglie ovunque. Recuperò una bottiglia di cubano, la posò accanto a noi, poi tornò in caccia come l'avesse dimenticata, e al ritorno fece saltare coi denti il tappo a corona d'una Nastro Azzurro. Fece per offrirmele entrambe, ma, al punto in cui eravamo, scelsi il rum. Brindammo vetro contro vetro, e il mio peggior amico domandò: «Come si chiamava, lui?».

«Leonardo Bandiera» pronunciai il nome di Babbo, e aggiunsi: «Era architetto.»

«All'architetto Leonardo, allora» proclamò, e buttò giù un

buon sorso di birra. «Al mio non voglio brindare» spiegò in tono di scuse. «Non sono ancora pronto, e forse non lo sarò mai.»

Come preferiva. L'importante era che il professor Shiba non si vergognasse di me. Alla fine mica era colpa mia, se l'arma magica non funzionava. Io ci avevo provato, a rivoltare la terra e a scacciare i cattivi spiriti, ma quella non era servita a niente.

«Crescere senza un padre significa dovere trovare da soli le proprie radici» sospirò Raul. Alzò la mano sana, e mi aspettavo che facesse il suo solito gesto da "ricordatene sempre". Invece si lisciò le froge del naso, e considerò: «Dobbiamo farci da soli la nostra legge, noi».

Lo guardai negli occhi color dell'oceano e mi parve di realizzare che eravamo animali di specie diverse. Avevamo fatto amicizia da cuccioli, ma non potevamo niente contro il nostro destino. A ognuno era riservata la sua vita, e solo quella.

«Noi giochiamo due partite diverse» trovai la forza di spiegare. «Possiamo sentirci vicini, ma non saremo mai la stessa cosa.»

«No, Tommy!» mi ammonì. «Non ricominciare. Noi siamo già la stessa cosa.»

Era sempre in discesa, per Raul. Era già una cosa sola con Ester, non aveva mai smesso di esserlo, e adesso non gli costava niente mostrarsi generoso con me.

«Parli bene» ammisi. «Ma non sei tu, quello che ha perso tutto.»

«Perso?» domandò indignato. «E chi ci avrebbe sconfitto? Ci siamo salvati, Tommy!» Posò la birra, mi abbracciò e, battendomi la mano sul dorso, sussurrò: «Non ci hanno messi sotto, i bastardi! Salvi all'ultimo, alla faccia di tutti!» ripeté, e da sopra la sua spalla vidi Ester.

Credevo di sognare, invece era lì davvero, ritta a due passi dall'uscio come lo spirito protettore della casa. Ci guardava con una tenerezza che non conoscevo, indifferente agli ultimi fuochi della bolgia, e reggeva fra le mani una borsa azzurra dell'Adidas che avevo già visto da qualche parte.

«È permesso?» domandò cercando di mascherare l'imbarazzo. Rivolse un cenno di saluto agli irriducibili seduti intorno al tavolo, quindi venne decisa verso di noi. «Ho saputo ch'eravate qui» spiegò, «e dopo tutto l'ambaradàn mi sembrava carino passare a salutarvi.»

«È stata una buona idea» commentò Raul con un filo di voce. «Non me l'aspettavo, onestamente, ma hai fatto bene.»

«Aspetta aspetta. Cos'hai fatto alla mano?» volle sapere.

«Un incidente da nulla» fece lui. Abbassò lo sguardo e aggiunse: «È che oggigiorno li fanno troppo sottili, i bicchieri».

«Lo dico sempre anch'io» osservò Ester con aria di rimprovero, e lo baciò su una guancia.

Guardava me, adesso. Il ragazzo che prima aveva reso felice e poi aveva demolito.

«Tu non ti lasci salutare, Tommy?» domandò.

Mi offrii al suo bacio come il condannato si lascia stringere il cappio alla gola.

«Che muso lungo» sospirò. «Eppure te l'avevo detto in tutti i modi, che finivamo per farci male.»

Pensava di cavarsela così, dopo che mi aveva spezzato il cuore?

Mi scosse per un braccio e insistette: «Non fare il matto. Te l'avevo detto o no?».

Davanti a lui, mi toccava parlarle? Con gli uomini-scoiattolo che si sporgevano tutti dalla nostra parte, l'udito reso ultrasensibile dalla boliviana?

«Perché non andiamo in giardino?» propose Ester. «Staremo più tranquilli.»

La sicurezza con cui si muoveva mi suggerì che conosceva bene quella casa.

«Giusto» approvò Raul. «In questa stagione si sta bene all'aperto», e prese per primo la via della portafinestra.

«Ciao, Tommy» tornò a salutarmi Ester mentre lo seguivamo attraverso il patio. Mi aveva guardato di sfuggita, come si faceva nei corridoi di scuola quando si aveva paura di mostrarsi troppo interessati. E io che per mesi mi ero trovato a struggermi per le sfumature di una parola, io che sentivo il bisogno di decifrare d'ogni suo discorso gli accenni più intimi, carezzavo con sguardo carico di rimpianto le sue guance ambrate, e mi sentivo il più sventurato fra gli uomini.

Sfilammo accanto al patibolo, così vicini che avremmo potuto tenerci per mano. Ester l'osservò senza una parola, e si limitò ad aggrottare le sopracciglia quando distinse il fantoccio carbonizzato di Abba Melèk. Anche l'amore perfetto che avevo provato per lei era mangiato dalle vampe, dondolava precario, precipitava in fiamme e ristava irriconoscibile sull'erba nera.

Raul scendeva con calma lungo il prato rischiarato dalla luna; ci faceva largo come una guida discreta che si fingesse incapace di comprendere la nostra lingua per non dare disturbo.

«Ti prego, Quinlan» sospirò lei. «Non posso vederti così.»

«Sai com'è» trovai la forza di dire. «Londra, e tutto il resto. Mi ero fatto i miei progetti.»

«Ho visto» replicò con una punta di sarcasmo. «Ti organizzi sempre bene, quando sono i tuoi progetti.»

Mi rinfacciava qualcosa, anche? Non le bastava avermi distrutto?

«Tu ti sei organizzata meglio» replicai senza guardarla in volto. «Guarda che l'ho capita, com'è andata.»

«La sai sempre più lunga degli altri, vero?» domandò indispettita, e ora mi cresceva in petto una certezza scura e vischiosa: per quanto l'amassi, non sarebbe mai più stata la mia ragazza. «Forse non è così, che vanno le cose» suggerì. «Forse per capire bisogna metterci un pezzetto per uno, come in una band.»

Ma quale band? Quei due s'erano messi d'accordo contro di me, lei l'aveva istruito, lui aveva eseguito l'operazione, e ora che m'avevano fregato il tesoro recitavano la parte degli amici ignari.

«È inutile che fate la commedia» li ammonii. «Anche tu, Raul. Tanto l'ho capito che siete d'accordo.»

«Qui va bene» stabilì Ester, e il padrone di casa s'arrestò. «Per favore, Tommy» la ragazza reclamò la mia attenzione. «Anche se non ti va di ascoltarmi. Dammi solo un minuto, vuoi?»

Mi aveva ingannato. Continuava a ingannarmi. Ma ormai Raul si era seduto sull'erba, e io non potei fare altro che imitarlo.

Solo lei restò in piedi, le belle cosce carezzate dal vento e la borsa dell'Adidas che le pendeva fra le mani. «A volte non è facile spiegare come ci si sente» disse. «È come se non avessero ancora inventato le parole adatte.»

I raggi della luna la prendevano di spalle, così che ne vedevo solo il profilo, ma non mi serviva altro per figurarmi i suoi capelli morbidi, gli occhi dal taglio esotico, la curva generosa delle labbra. Mi ero consumato la vita a guardarla, così potevo vederla come se fosse in piena luce.

«Speravo di tenere tutto insieme» sospirò. «Invece ho ferito entrambi, e per questo vi devo delle scuse.»

«Scuse accettate» replicò pronto Raul, e cercò il mio sguardo.

«È una messinscena» gli feci. «Io ascolto da bravo, ma non chiedermi di credere a una parola.»

«Finiscila, Tommy!» protestò lei. «Così rovini tutto.»

Peggio di così. Avevo perso ogni cosa.

«È testardo!» denunciò Raul, e quell'accusa mi parve assurda. «Ci hai trovati che andavamo d'amore e d'accordo, ma l'inizio della serata è stato complicato.»

Cosa faceva? Riferiva?

«Non è vero!» esclamò Ester con una punta d'indignazione. «Non ditemi che avete discusso per colpa mia!», e nella sua voce non c'era ombra di compiacimento. Esplorò i nostri volti e concluse: «Ma allora non avete capito niente!».

«Discusso» fece Raul come valutasse il suono di quella parola. Scoppiò a ridere e svelò: «Stasera il qui presente cico ha cercato di uccidermi».

«Ma perché?» domandò Ester, costernata come una maestra giovane di fronte all'ennesima intemperanza dei soliti scalmanati.

«Voleva spiccarmi la testa dal collo con un badile, il caro Tommy.» Tutto le diceva. Le mostrò la mano fasciata come un bambino orgoglioso d'una ferita di gioco, e aggiunse sornione: «Mi sono riparato appena in tempo, ma se muoio di tetano, sappiamo tutti di chi è la colpa».

Se mirava a mettermi in cattiva luce, allora parlavo anch'io.

«Intanto non era un badile» specificai. «Era una zappa. E faccio presente che tu avevi una pistola.»

«Siete due teste di cavolo!» s'infervorò Ester. «Avete rischiato di farvi male come due deficienti!»

C'era qualcosa, in lei, che finiva per rabbonire ogni stizza. Il modo che aveva di conquistarti anche quando ti aveva già dalla sua parte. Finivi sempre per fidarti.

«Fa tanto il santerellino, ma voleva spararmi!» rivelai a mia volta.

«Era una pistola finta» sbuffò Raul, ma non gliela concessi.

«Finta il cazzo!» protestai. «Era una berta vera, e non voglio sapere a cosa ti serve!»

«A difendermi dagli amici nervosi, a cosa sennò? Ti sembro uno che va a rapinare le banche, io?»

«Lo saprai tu, riccastro» replicai. «Tanto caschi sempre in piedi, vero?»

Bisticciavamo innocui sotto i suoi occhi, e lei era tornata a sorridere. «Così vi voglio» approvò. «Non potete essere sempre così?»

Mi tornò davanti agli occhi l'espressione determinata di Raul, spalle a terra nell'orto, che mi puntava contro la pistola.

«Se mi sparavi, levavi di mezzo l'unico testimone» considerai come vedessi la faccenda da fuori. «E voi due bastardi potevate fare festa indisturbati.»

«Bastardi a chi?» protestò Ester. «Modera i termini, cowboy!»

«Sarebbe stato il delitto perfetto» la ignorai. «Peccato che non hai avuto le palle di sparare.»

«Delitto perfetto?» protestò Raul. «Volevo solo difendermi, io!»

«Silenzio, grand'uomini!» pretese Ester. «Non mi obbligava nessuno a venire qui, e non è stato facile. Ma almeno lasciate che mi levi il mio peso dal cuore.» Spostò il peso da una gamba all'altra, staccò la destra dai manici della borsa e si ravviò i capelli lucidi dietro l'orecchio.

«Forse sono stata un'egoista» ammise. «Di certo un'imprudente. E dire che mi avevano messo in guardia. Una ragazza che fa sempre quello che si sente, prima o poi finisce per comportarsi in maniera deplorevole. Lo sanno tutti» osservò con l'ironia a colorarle la voce. «Brutti scemi!» proruppe. «Fra una settimana sarà estate, e voi vi siete rivoltati uno contro l'altro come due bestie. Pensate che non mi senta responsabile?» Diede uno scossone alla borsa e riprese: «Ma qual è, alla fine, la mia colpa? Udite udite, sono andata a letto con tutti e due! Dio santo, bruceremo tutti all'inferno, per questo! Fortuna che siamo quasi nel 2000...».

«Nessuno ce l'ha con nessuno» garantì Raul. «Stai tranquilla.»

«Pensate da maschi» ci incalzò. «Non sapete fare altrimenti. Vi piace troppo sapere che qualcosa è vostro. Anche le persone.» Ci guardò scorata e spiegò: «Non sapete che pena mi fa, quando sento dire "la mia donna"».

L'avevo mai detto? Di certo l'avevo pensato.

«Non ho scelto io di nascere femmina» spiegò. «E non è colpa di nessuno se ci s'innamora. Giudicatemi lealmente, come fareste fra pari: io non ho mai promesso niente a nessuno. Giusto?»

Vero. E mi aveva rimproverato quando le avevo detto di amarla.

«Ci siamo scelti a vicenda. Tutti e tre. E se c'è qualcuno che ha promesso qualcosa, è stato di essere sempre gentile con la sottoscritta.»

Raul e io annuimmo in stereo, poi ci guardammo interdetti. L'aveva fatto giurare a entrambi, la diavolessa.

«Forse non si può. Anzi non si può di sicuro» Ester soffocò un singhiozzo. «Ci facciamo solo male, così. Ma lo capite che voglio bene a tutti a due, brutti scemi?» Sollevò l'ovale del volto come chiedesse conforto alla luna, e sussurrò: «Come al solito ho parlato troppo. Forse bastava dire questo».

Piangeva di fronte a noi, le spalle scosse dai tremiti, e sembrava chiedere perdono per essere stata felice.

«Anch'io ti voglio bene, Ester» disse la mia voce. «Ci sono molte cose che non capisco, ma ti voglio un bene dell'anima.»

«Ci vogliamo tutti bene, cazzo!» s'infervorò Raul. «Saremo tre scemi, ma il bene non è in discussione!»

Ester si asciugò gli occhi e ci sorrise incredula. Per un attimo mi sembrò di rivederla alla fine della nostra sparatoria coi mitra ad acqua, mentre ci abbracciavamo grondanti e le nostre bocche si cercavano.

«Sono molte le cose che non capisco neppure io» mormorò. «Però è un sollievo sentirvelo dire. Non sapete quanto.»

Alle sue spalle, ardevano le luci della città che ci aveva cresciuto. Per quanto ciascuna non producesse che un bagliore fioco, erano migliaia e migliaia, e tutte insieme formavano una specie di fortezza dorata, appena velata dall'umidità della notte. Era una tana dove si era condannati a vivere per sempre il passato, o l'astronave pronta al decollo che ci avrebbe trasportati nel nuovo millennio?

«Che storia pazzesca, però!» esclamò Raul come se gli fosse venuto in mente qualcosa di divertente. «Si naviga a vista per anni, senza sapere dov'è il vero e dove il falso, poi in pochi giorni si fa tutto chiaro: chi mentiva e chi era sincero, chi ci mette il cuore e chi non merita di stare al mondo.»

Aveva ragione. Non capitava spesso, di impararne tante tutte insieme. Era il segno certo d'un cambiamento in arrivo, un giro di vento che avrebbe rimescolato le nostre vite, e nessuno poteva dire cosa sarebbe stato di noi. L'unica cosa certa era che non saremmo mai più stati raccolti nel palmo della mano che ci teneva in quel momento, fragili e sconvolti e colmi di amore come ci sentivamo sul prato reso argenteo dal plenilunio.

«Almeno adesso fra noi non ci sono più segreti» sospirò Raul, e il suono della sua voce bastò a mandare in frantumi la pace precaria che m'abitava. «Forse è una luce troppo forte, ma ce lo dovevamo.»

«Andiamo in giro di notte e ci consumiamo col fuoco» scandì Ester come una formula magica.

«Ancora non ci credo» considerò Raul. «Se penso che la notte scorsa ero in cella sulla mia branda schifa, e adesso sono qui con voi, vorrei fare le capriole.»

«Giusto» approvò Ester. «Capriole!»

Posò la borsa, s'inchinò verso terra come volesse baciarla e un attimo dopo le sue gambe disegnavano una sforbiciata contro il cielo.

«Forza, pelandre!» c'incoraggiò mentre risorgeva dentro lo stesso movimento fluido. «Se non le fate anche voi, non vale.»

Toccò fare le capriole e vedere il cielo a rovescio, perché lei era matta e lui appena uscito di galera. Non mi capitava da molti anni, e in breve mi ritrovai a ridere come uno scemo, i piedi incastrati a quelli di Raul.

Quando l'orizzonte si decise a fermarsi, il mio peggiore amico sorrideva beato, il dorso sull'erba e la mano ferita sollevata da terra come un'offerta. «Non le guardo mai abbastanza» ammise. «Ma cosa non sono, le stelle?»

Ester scese a sedere fra noi come un'ombra benevola, ma

quando la sentii che mi scompigliava i capelli ne provai un turbamento che non mi piacque.

«Così tu credi ancora che i due cattivoni si sono messi d'accordo contro il nobile Quinlan?» domandò bonaria. «Ma lo sai cos'è una squadra?»

«Giocava in porta, lui» spiegò Raul. «È un individualista.»

«Avanti, Tommy» insistette Ester. «È la notte della verità. Raccontaci che film ti sei fatto.»

Due contro uno. Finiva così per forza, quando si era in tre. E la donna era sempre dalla parte giusta.

«Crede che siamo d'accordo per fregarlo!» rispose Raul al mio posto. «Gliel'ho detto in tutti i modi, che io del tesoro non so niente. Ma gli ha preso la voga vittimista e...»

«Godetevelo alla mia salute, il tesoro!» sbottai. «Ho perso, va bene? Non c'è bisogno che mi trattate come uno scemo.»

«Mi deludi, Tommy» osservò Ester. «Mi deludi molto.»

«Sei stata tu a dirgli di cercare nell'orto» insistetti. «Non me lo levo dalla testa.»

«Ci sono andato di mia iniziativa, invece» assicurò Raul. Parlava rassegnato a non essere creduto, ma sentiva il dovere di ripetere la sua versione. «Sono arrivato lì un'ora prima di te. E non c'era proprio niente.»

«Allora dimmi, signor sotutto!» mi sfidò Ester, e venne a scuotermi per un braccio. «Perché mai avrei dovuto dividere il tesoro con qualcuno? È preda di guerra. Chi lo trova se lo tiene. E le regole valgono per tutti.»

«Tu da sola non...» balbettai, e il suo sguardo ironico mi smontava le frasi ancor prima che potessi pronunciarle.

«Io da sola cosa?» domandò. «Pensi che una ragazza non sappia scavare?»

Mi lasciò a bocca aperta.

«Io me lo sentivo!» esclamò il mio peggiore amico, e batté le mani in preda a un'eccitazione nuova. «Non avevo il coraggio di dirlo, però me lo sentivo. Sei stata tu, Ester, a fregarci!»

«Come l'hai trovato?» balbettai.

«Non è stato difficile» rispose lei. «C'è un solo oleandro, in quel labirinto di orti. E, se posso permettermi, cercherei di liberarlo dalle erbacce.»

«Perché l'hai fatto?» sospirai arreso.

«Per insegnarti a non dire le bugie» rispose pronta, come chi voglia levarsi una soddisfazione da tempo.

Così mi sistemava.

«Il tuo socio cade in disgrazia e tu diventi ricco all'improvviso» spiegò. «Era ovvio che l'avevi tu, e onestamente ne ero contenta. Volevo proteggerti, ma quand'ho capito che raccontavi balle, ci sono rimasta male.»

«Che balle le hai raccontato?» domandò complice Raul, ma lei non rispose.

«Mai prendere le donne sottogamba, Tommy» mi ammonì, e il mio peggiore amico approvò con un cenno silenzioso. «Abbiamo preso pugni in testa per duemila anni, e adesso ci siamo stufate.»

Avrei dovuto raccontarle tutto dall'inizio, senza fare i miei conti su quel che conveniva dire e cos'era meglio che restasse nascosto. Ma ormai era troppo tardi. «Se stai dalla mia, non ho segreti» ribadì. «Ma se mi tratti da donnetta scema, mi fai venire voglia di dimostrarti chi è lo scemo dei due.»

«Eccomi» sospirai. «Sono qui.»

«E io, allora?» protestò Raul. «Io che volevo sposarla?» Mi guardò con aria colpevole e rivelò: «A Las Vegas».

Ester rise a occhi bassi. Anche quella, aveva dovuto sentire.

«Non sposo nessuno, io» assicurò. Poi accennò alla borsa azzurra posata sul prato a due braccia da noi, e domandò: «Non sembra un cane?».

Guardai da quella parte e tornai stranito a fissarla. «Perché un cane?»

«I manici sono le orecchie dritte» illustrò. «E lui è un bel cagnolino che aspetta pancia a terra.»

«A te non serve bere» notò divertito Raul. «Sei già fuori di tuo, Ester.»

Lei tornò guardare la borsa e disse: «Fra una settimana è estate. L'estate dei nostri diciotto anni. Non dovremmo essere almeno un po' felici?».

Mai stato così lontano dalla felicità. Da quella che raccontavano i film, almeno. I protagonisti si mostravano felici a camminare in coppia sotto la pioggia e in riva al mare, a fare l'amore fra lenzuola pulite e sorprendersi con promesse di fedeltà. Per noi non ci sarebbe stato niente del genere. Mai. Eppure non riuscivo neppure a sentirmi infelice, alla fine. Forse ero un po' rintronato, ma sentivo di vivere un momento raro, e l'emozione riusciva a ottundere il mio dolore.

«Forse non è andata come ce l'immaginavamo» spiegò Ester. «Però abbiamo sofferto insieme e ci siamo esaltati a vicenda. Perché noi siamo una squadra.»

Si sollevò agile in piedi, raccolse il cane-borsa per le orecchie, e ce lo mostrò. «Sapete cosa è antipatico dell'essere donna?» domandò. «Che devi sempre dimostrare qualcosa. Se non porti prove, non ti credono.»

«Cos'hai lì dentro, Ester?» domandò Raul con un tono venato di speranza.

«È solo un cagnolino» scherzò, e si drizzò fiera come una ragazzina sul palcoscenico. «Vediamo di farli andare d'accordo, questi pirati che si volevano fare la pelle» sorrise, quindi chinò il capo per far scorrere la zip della borsa.

«Dimmi che l'hai qui!» implorò Raul. Si risollevò come in trance e muovendo verso di lei ripeté: «Dimmi che hai il tesoro, donna geniale!».

«Vade retro!» lo ammonì Ester con uno sguardo lungo alla portafinestra spalancata della villa. «Sei il padrone di casa, Raul Germano, non il capo! Subito a sedere o me ne vado!»

Il mio peggiore amico tornò ad accosciarsi mesto al mio fianco, lei infilò la destra nel ventre socchiuso della borsa e sospirò: «Sei antico dentro, tu! E quando capirai che una donna può valere esattamente quanto te, sarà sempre troppo tardi».

Il primo hamburger albanese prese il volo nella notte, splendente nel suo involucro di cellophane, e atterrò ai nostri piedi come un disco volante reduce da una missione ai confini del cosmo.

«Ecco il premio per i ragazzi» illustrò Ester con un sorriso, e ci lanciò un secondo hamburger. «Uno per uno. Da bravi fratellini» stabilì rovesciando la borsa sull'erba.

«Se resta un'ombra di sportività, nel tuo animo, devi riconoscere che ha fatto un gran numero» notò Raul mentre s'affannava a raccogliere i pani che gli spettavano. Ne mettemmo da parte quattro a testa, e restammo a guardarla increduli.

«Non sapete che paura, in quell'orto» sospirò, e sorrise. «A un certo punto è anche uscito un topo.» Poi mi guardò contrariata e osservò: «Guarda che quelli se la mangiano. Non potevi metterla dentro una tanica, o qualcosa del genere?».

Aveva ragione su tutto. «Ci avevo pensato» ammisi. «È che non...»

«Un attimo» reclamò Raul valutando le due pile. «Sicura che i pani d'erba non fossero dodici?»

«Dodici? E chi l'ha detto?» domandò Ester, simulando un contenuto stupore, e strizzandomi l'occhio rovesciò la borsa: vuota.

Ripensai a quando mi aveva ammonito di non fare il furbo, ché era per strada da più tempo del sottoscritto. S'era tenuta la sua parte.

«La tua ganja l'hai già venduta, vero?» domandò il mio peggiore amico. Sorrideva come l'avesse scoperta a combinare una marachella, e insistette divertito: «L'hai già venduta, lo so».

«Sei incorreggibile, Raul» protestò lei. «E che cavolo! Siamo in tre o no?»

«L'ha già venduta» dedusse Raul. Mi scosse per una spalla e osservò compiaciuto: «È stata un missile».

«A me dispiace non poter essere come mi volete» sospirò Ester. «Ma se avete un minimo di senso della giustizia, ogni tanto dovreste mettervi nei panni delle ragazze. Ce ne sono di quelle che aspettano il principe azzurro, e altre che non vogliono essere la fidanzata di nessuno. Non lo fanno apposta per offendervi, né mancano di rispetto alla vostra virilità. È che sanno vivere solo così, e magari un giorno sarà normale.»

Fra le onde dolci dei colli spiccava a ponente la basilica di San Luca illuminata a giorno. Era come se la sua Signora ascoltasse Ester, e sorridesse comprensiva delle sue parole.

«Se vogliamo bene a qualcuno non commettiamo nessun delitto, e non leviamo nulla agli altri» riprese. «È un sentimento pulito, e non è giusto sporcarlo con le bugie.»

Forse il futuro aveva il suo volto. Quello d'una ragazza fiera e leale, ch'era devota a entrambi ma non sarebbe mai stata dell'uno né dell'altro. Non come ci avevano insegnato in parrocchia, perlomeno.

«Il futuro è nostro» promise. «Se solo capiamo cosa vuol dire "noi"» aggiunse, poi raccolse la borsa e annunciò secca: «Vado. Volevo stupirvi con un colpo di scena, fuori l'erba e via, e invece l'ho tirata in lungo.»

Non volevo che andasse, ma non sapevo come dirlo.

«Ho già pianto come una stupida, prima» ricordò. «Preferirei non dare spettacolo un'altra volta.»

Quando vide che ci alzavamo per accompagnarla, ci invitò a restare comodi. Assicurò che conosceva la strada da sola, ma ormai ci eravamo incamminati con lei, ombre silenti di pirati, verso la villa dove risuonavano ancora la musica e le voci degli irriducibili.

«Che squadra!» sospirò Raul. «Che razza di squadra!»

Ester si aggiustò la borsa vuota a tracolla, e ci prese entrambi per mano.

Di quel che sarebbe accaduto l'indomani nessuno poteva dire. Sapevo soltanto che un giorno avrei pensato a quella notte di plenilunio con una nostalgia capace di far male.

Eravamo tre piante giovani spuntate dalla stessa terra, tre alleati legati da un giuramento, e mi mordeva il cuore l'idea che presto ognuno sarebbe andato per la propria strada.

Forse la mia ferita non si sarebbe rimarginata mai più, eppure sentivo che avrei pensato per sempre a lei con gratitudine.

«Come si fa?» le domandai mentre ci avvicinavamo alla villa. «Come si fa quando sai che una cosa è giusta, ma ammetterlo ti fa patire le pene dell'inferno?»

«Adesso siamo un po' scossi. Ma vedrai che col tempo capiremo meglio tutto quanto» assicurò Ester, e mi strinse la mano per reclamare attenzione.

Mentre camminavamo la guardai con gli occhi velati di lacrime, e nel vederla mi parve identica a quando mi era arrivata incontro sotto il portico insieme al suo amico chitarrista. Era di nuovo la ragazzina che s'affacciava curiosa sulla scena rock della città, ed era la giovane con la testa sulle spalle che una sera al Capanno mi parlava con orgoglio del suo lavoro, le spalle nude carezzate dalla brezza della notte. Era tutte quelle ragazze, era la donna che avrei voluto accanto, e in quella notte di festa la perdevo per sempre.

Quando arrivammo di fronte al patio, le stelle quasi non si vedevano più, cancellate dalla prepotenza della luce artificiale.

Doppiammo l'angolo dell'edificio. Il Primavera era di fronte a noi, elegante e orgoglioso a due passi dal mio Special derelitto.

Ester depositò con cura la borsa azzurra sulla pedana, poi ci guardò come se all'improvviso la spaventassimo.

«Mi spiace che ci siamo fatti male» sospirò. «Però nessuno ha fatto apposta. E ora siamo in pace, vero?»

«Conto pari» confermò Raul. «Però la vincitrice morale sei tu.»

«Molto gentile da parte tua» approvò. Si asciugò rapida le ciglia umide e disse: «Adesso vado davvero, ragazzi, oppure è un disastro».

Baciò sulla bocca Raul, e baciò allo stesso modo anche me.

«È stato bello» sospirò, i palmi sulle mie guance, e io m'aggrappai alle sue mani. Non era quello che volevo fare. Era dura per tutti, e avrei voluto restare impassibile come Raul. Invece tremavo, e non potevo farci niente: la tenevo, la supplicavo di non andare, terrorizzato da quel che sarebbe accaduto dopo.

«Ma no, ma no» mi sorrise Ester. «Non vale proprio la pena di piangere.»

«Crede che ci perdiamo di vista, lui» spiegò Raul, indulgente, e ci strinse entrambi in un abbraccio. «Ha paura che è finita, e gli viene il magone.»

Lottavo per non singhiozzare, adesso. Per uscire di scena con stile e non sfigurare rispetto al mio peggiore amico.

«Non è finita, Tommy» mi rassicurò lei. «Ci serve solo un piccolo cambiamento di prospettiva.»

Nessun'altra al mondo poteva avere quel profumo.

«La gente come noi, cico, non si perde mai di vista» assicurò Raul, e anche la sua voce adesso suonava incrinata. «Ormai dovresti saperlo.»

Forse aveva ragione, ma riuscivo a pensare soltanto che non mi sarei mai svegliato insieme a lei al New Rose Hotel di Chalk Farm road. Pensavo a tutti i baci del buongiorno che non ci saremmo scambiati, alle schegge di possibile che non si sarebbero mai inverate. Mi figuravo il miele e le marmellate che non avrei potuto offrirle per farcire i pancake, i sottobicchieri in eterna attesa delle nostre pinte, i dischi stupendi che non avremmo scoperto insieme, e bastavano quei pensieri piccolissimi a scuotermi come colpi d'ariete.

Tenevo dentro l'urlo che mi premeva in petto, ma intanto le lacrime uscivano fuori controllo, spiccavano dalle ciglia il loro volo suicida, cadevano a precipizio addosso a Raul e addosso a Ester.

Feci per scusarmi, ma lei sorrise come fosse una cosa da niente. «Non devi avere paura» si raccomandò, e andò avanti a carezzarmi e scuotermi per le spalle. «Non muore nessuno, Tommy.»

Voleva farmi coraggio, ma lo sapeva anche lei: l'abbraccio che ci rinserrava somigliava maledettamente a un addio.

«A volte tutto quello che conosciamo perde luce» sussurrò a un palmo dal mio volto.

La vedevo attraverso un velo di lacrime, bella come può essere bella la prima ragazza che ti porta in dono il sentimento dell'amore. Se avessi chiuso gli occhi sarebbe sparita, ma guardarla mi faceva troppo male.

«In quei momenti le cose perdono i contorni, e tutto si fa ombra» spiegò, e anch'io m'arresi al buio.

Per non perdere ogni speranza, mi dovevo fidare della sua voce.

«Quella tenebra improvvisa ci angoscia» andò avanti. «Spaventati come siamo, rischiamo di scambiarla per la fine. Ma non è così.»

Posò sulla mia guancia un bacio leggero e disse: «È solo il futuro che arriva».

Mi carezzò la testa come volesse ridestarmi, e appena riaprii gli occhi domandò: «Non è una magia meravigliosa, Quinlan?».

# Indice

Mondadori Libri S.p.A.

Questo volume è stato stampato
presso ELCOGRAF S.p.A.
Stabilimento - Cles (TN)

Stampato in Italia - Printed in Italy